LES SOIXANTE-QUINZE FEUILLETS

MARCEL PROUST

LES SOIXANTE-QUINZE FEUILLETS

d'après le manuscrit conservé à la
Bibliothèque nationale de France, département des Manuscrits

ET AUTRES MANUSCRITS INÉDITS

Édition établie par Nathalie Mauriac Dyer
Préface de Jean-Yves Tadié

nrf

GALLIMARD

En 1949, Suzy Mante-Proust avait confié à Bernard de Fallois le classement du fonds manuscrit qu'elle avait reçu en 1935 de son père, le docteur Robert Proust, frère cadet de Marcel Proust, après qu'il en eut lui-même hérité à sa mort en 1922.

Bernard de Fallois en avait tiré deux éditions (*Jean Santeuil*, 1952 ; *Contre Sainte-Beuve*, 1954), puis s'était engagé dans une thèse universitaire, avant d'y renoncer. À sa mort, des archives proustiennes – désignées dans le présent volume sous le nom d'« archives Fallois » – ont été découvertes à son domicile, en particulier les « soixante-quinze feuillets », manuscrit le plus ancien d'*À la recherche du temps perdu*, dont il avait été le premier à mentionner l'existence dans la préface à son édition de *Contre Sainte-Beuve*[1].

Les « soixante-quinze feuillets », joyau proustien, ont rejoint la Bibliothèque nationale de France.

1. Gallimard, p. 14.

LE MOMENT SACRÉ

Les voici donc, ces soixante-quinze feuillets si longtemps cachés, si longtemps attendus et devenus légendaires ! Michelet a regretté, dans *Le Peuple*, que le génie ait effacé les traces de la genèse de sa création : « Rarement ils gardent la série des ébauches qui l'ont préparée[1]. » L'historien cherche à saisir le moment unique de la conception, quel fut le « moment sacré » où la grande œuvre jaillit pour la première fois. Ici nous approchons de ce « moment sacré ». Un grand mérite de ces pages du livre futur est d'être les premières qui aient été écrites, bien que ce soit les dernières qui nous soient parvenues. Au moment où les éditeurs de la Pléiade et les chercheurs de l'ITEM-CNRS s'efforçaient de mettre en place l'histoire du texte proustien à travers ses strates matérielles, ses traces successives, il leur manquait cette première étape. Comme les archéologues recherchent une petite église mérovingienne ou romane sous la cathédrale gothique.

Le premier éditeur de *Jean Santeuil* et de *Contre Sainte-Beuve* en avait signalé l'existence. Il se référait à la liste de « pages écrites » que Proust avait dressée dans le premier des carnets qu'il utilisa en 1908, notamment pour esquisser des débuts de récit, liste qui ne recouvre pas exactement le contenu de ces feuillets. Elle ne décrivait qu'une étape. Nous sommes en effet à la fin de 1907 ou au premier semestre de 1908. Proust n'a plus abordé le genre romanesque depuis 1899, lorsqu'il a abandonné définitivement *Jean Santeuil*. Il a alors traversé un désert. Seules, deux traductions de Ruskin et leur préface l'occupent jusqu'en 1905. Après la mort de sa

1. *Le Peuple*, 5e éd., p. 255.

mère, une année blanche, ou noire (bien que son ami René Peter affirme, dans *Une saison avec Marcel Proust*, l'avoir vu écrire sans cesse à Versailles, à l'automne 1906), où paraissent cependant sa traduction de *Sésame et les lys* et un article sur *Les Pierres de Venise*, de Ruskin. Venise, « cimetière de bonheur », que nous retrouvons dans ces feuillets[1].

En 1907, un extraordinaire article où il explique sa conception du complexe d'Œdipe, « Sentiments filiaux d'un parricide », un autre sur la « mort d'une grand'mère », des « Impressions de route en automobile », c'est-à-dire des pages où la pensée théorique se combine avec le récit autobiographique, et quelques notes de lecture. Autant de thèmes qui se retrouveront dans l'œuvre future, mais qui n'auraient pas suffi à eux seuls à imposer le nom de leur auteur. Soudain, à la fin de 1907 ou au début de 1908, les portes de la création romanesque se rouvrent. Des routes en éventail, abandonnées avant d'être suivies jusqu'au bout. Les idées, les thèmes sont venus et repartis, comme après la visite d'étranges fantômes.

Car Proust devra s'y prendre encore au moins à deux fois avant d'écrire non pas même *À la recherche du temps perdu*, mais « Combray », ses deux côtés et un séjour au bord de la mer, et attendre beaucoup plus longtemps encore pour raconter un voyage à Venise. Qu'y avait-il dans ces soixante-quinze feuillets, de si bien pour qu'il les écrive, de si mal pour qu'il les abandonne ? Comme ces programmes informatiques qui se détruisent eux-mêmes à peine utilisés ? Est-ce la forme fragmentaire, qui lui rappelle encore trop les pages des *Plaisirs et les Jours* ? L'intrigue, qui ne peut être que l'histoire d'une vocation, est-elle trouvée ? Que raconter, en effet ? Quels souvenirs ? L'histoire de quels personnages ? Celle d'un frère, qui disparaîtra ? de la vie familiale dans une maison de campagne, située non à Illiers mais à Auteuil ? des deux côtés de son sol mental ? de nobles provinciaux ou parisiens ? de jeunes filles au bord de la mer ? Où est l'amour ? Où sont Sodome et Gomorrhe ? Et surtout, où est la mémoire involontaire ? À ces questions, Nathalie Mauriac répond dans sa notice. Car le roman n'existera vraiment que lorsque Proust aura fait de la mémoire involontaire non seulement un événement psychologique capital mais le

1. Une allusion mystérieuse à sa mère figure dans une lettre du début de juin 1906 à Lucien Daudet, évoquant « quelque chose que j'ai commencé et qui n'est rien que sur elle » (M. Proust, *Correspondance*, VI, Plon, 1980, p. 100).

principe organisateur du récit, c'est-à-dire le jour où il a imaginé d'écrire que tout Combray était sorti d'une tasse de thé.

Proust a lui-même décrit ces scènes où on délaisse un spectacle, un visage, une impression qui auraient pu et dû être approfondis : les clochers de Martinville, les trois arbres d'Hudimesnil, la laitière de Balbec. Dans sa vie, il a abandonné des êtres aimés comme des textes, Reynaldo Hahn pour commencer, Henri Rochat pour finir, éternelles esquisses, éternels brouillons, d'un homme digne d'être aimé et jamais rencontré. Présenter des inédits, c'est raconter l'histoire d'un abandon, d'un roman abandonné, comme la *Femme abandonnée* de Balzac, comme la *Passante* de Baudelaire. Une intelligence et un cœur étonnamment agités habitent Proust, il est le Chérubin ou le Don Juan de la page écrite.

Il en deviendra la Pénélope. Présenter des inédits, c'est aussi raconter l'histoire de résurrections successives. Écartées, défaites et refaites, de nuit, de jour, ces pages reviendront. Ce retour est une reprise et un dépassement, une *Erlebnis*. Ce que Proust n'avait pas fait pour *Jean Santeuil* et ce qui demandera du temps et beaucoup de tentatives avortées pour *Du côté de chez Swann*. Ces feuillets n'ont d'ailleurs pas de titre. Certains romanciers commencent par un titre et écrivent leur livre ensuite ; Balzac, par exemple, a laissé des listes de titres pour des livres non encore écrits. Or le titre est un facteur d'unité, un moteur, un idéal, avant d'être une raison de gloire. Pas de titre et le livre ne se fait pas, n'est qu'une ombre, un pantin disloqué. Vous n'y reconnaîtrez pas, dirait Horace, les membres dispersés d'Orphée, *Disjecti membra poetae*[1].

Le sentiment de « déjà-lu » est très injuste : il est dû au fait que ce qui est lu en dernier a été écrit en premier. Le paradoxe de l'amateur d'inédits est là : il recherche ce que justement l'auteur a rejeté, il admire ce qui a été raturé, ôté, refait, parce que c'est différent. La différence redevient la nouveauté, un nouveau Proust, qui est le plus ancien. On espère y trouver un secret, le secret même de l'œuvre, l'image dans le tapis, les papiers d'Aspern. Le miracle des manuscrits est qu'ils permettent ce retour à l'enfance, impossible dans la vraie vie. Il n'y a que dans les œuvres d'art, et notamment au cinéma, justement, qu'un enfant puisse apparaître en flash-back, après l'adulte qu'il est devenu. Retournons l'image bien connue, suivant laquelle nous sommes des nains juchés

1. Horace, *Satires*, livre I, satire IV, v. 61.

sur les épaules de géants. Le géant s'est juché sur les épaules d'un nain, qui était lui-même.

Le flot intarissable des souvenirs d'enfance et du deuil n'est pas encore maîtrisé, il coule sans s'interrompre. La raison en est simple : ce monologue sans fin est celui de la confession, de l'autobiographie, non du roman. C'est cela que Proust commence au terme de 1907. Ce qui l'atteste, c'est un phénomène capital : l'auteur utilise les vrais prénoms de la famille. La grand-mère s'appelle Adèle (Berncastell-Weil), la mère Jeanne (Weil-Proust), le narrateur Marcel. La grand-mère, la mère, c'est toujours lorsqu'il parle d'elles que Proust est le plus émouvant. L'expression de la souffrance enfantine, si différente de celle des adultes, derrière le baiser trop rapide ou refusé, derrière ou en dessous, en prend un caractère presque insupportable ; car bien des enfants se seraient contentés de savoir leurs parents présents, non loin d'eux, dans le jardin ou la salle à manger. Les pages sur le bord de mer témoignent d'un désir éperdu d'être reconnu, tout comme celles sur l'aristocratie. Qu'est-il arrivé au petit Marcel, quelle injustice ou quel coup du destin pour qu'il souffre autant ?

Un petit enfant pleure à Auteuil. Cette blessure à vif, la littérature la masquera progressivement, dans *Contre Sainte-Beuve*, puis dans les états successifs de *Du côté de chez Swann*. L'étude magistrale de Nathalie Mauriac Dyer montre les progrès de la création, depuis ces feuillets jusqu'à leurs prolongements, et comme leurs tentacules, dans les cahiers suivants. Les voici qui s'entassent pour cacher une blessure sous le poids des pages. Les involutions de la longue phrase masquent la plainte. Après ce début d'autobiographie, Proust a recours à l'essai critique. Après l'essai, toujours insatisfait, il commence son roman. Après la dernière phrase de ces soixante-quinze feuillets (ou soixante-seize) et l'écriture des pastiches jaillira l'idée du *Contre Sainte-Beuve*, ou plutôt, de la conversation avec Maman sur Sainte-Beuve. Ce moyen de ressusciter la mère est aussi un moyen de s'en séparer. Ce n'est que lorsqu'il y sera parvenu que Proust pourra véritablement commencer son roman.

C'est le recours à la technique du roman qui donnera au monologue proustien une forme, des limites, des procédés, une densité, une pudeur aussi, qu'il n'avait pas encore en ce début de 1908. En revanche, nous avons l'impression de mieux comprendre l'œuvre et nous sentons qu'on nous explique tout ce qui était caché. Dans le texte final, nous en aurions voulu davantage. Ici, nous savons tout et éprouvons le sentiment d'une sorte d'impudeur. Mais le génie se nourrit des sacrifices que le talent ne fait pas. Un petit enfant pleure à Combray, et il en sort un chef-d'œuvre.

JEAN-YVES TADIÉ

LE MANUSCRIT

Lors de leur découverte au domicile de Bernard de Fallois les « soixante-quinze feuillets » – exactement : soixante-seize pages écrites – étaient rangés dans une chemise cartonnée bordeaux de format standard, étiquetée de sa main « Dossier 3 », cette étiquette masquant une première inscription.

Ils étaient répartis en cinq ensembles, placés dans des chemises respectivement intitulées par Fallois « Soirées de Combray », « Le côté de Villebon », « Les Jeunes Filles », « Noms nobles » et « Venise », titres qu'on retrouvait sur des intercalaires placés en tête des pages. Sauf pour « Le côté de Villebon », y étaient joints de brefs inventaires de contenu, de la main de Fallois également, sur des feuilles volantes. Nous n'avons que partiellement conservé ces titres pour la présente édition (voir ci-dessous).

De nombreuses pages étaient endommagées : bords externes déchirés (f. 70, 83), petit reliquat collé d'un autre feuillet (f. 83), réparations de fortune (papier collant au f. 53v), taches diverses ; la partie inférieure du f. 84 avait été découpée, vraisemblablement par Proust.

Le manuscrit des « soixante-quinze feuillets » se compose de 43 bifeuillets (ou feuilles doubles), soit 86 feuillets ou 172 pages, de papier vélin, non réglé, non filigrané, de format 360 x 230 mm. Il s'agit d'un format moyen, car la pliure des feuillets est irrégulière[1]. 76 pages sont écrites à l'encre par Proust, dont trois au verso (f. 41v, 83v, 85v). Sauf pour une dizaine d'entre elles, l'espace a été entièrement rempli, sans laisser de marge. Elles ne comportent aucune pagination de l'auteur. On note quelques dessins : petits croquis abstraits (f. 36), profil féminin (f. 39), église (f. 43).

1. On y note parfois de petites perforations régulièrement espacées : il pourrait s'agir d'une liasse qui aurait été, à l'origine, destinée au brochage, selon les restaurateurs de la BnF, que je remercie. On ignore évidemment dans quelles circonstances Proust a acquis ce papier. Les premières pages du NAF 16636 (f. 1-19), identiques aux « soixante-quinze feuillets », présentent ici et là les mêmes caractéristiques (pliure irrégulière, présence de perforations).

Sont restés vierges les f. 8, 38, 42, 44-50, 52, 66 et 84. Les folios 44 et 49, 45 et 48, 46 et 47 étaient à l'origine emboîtés en cahier dans les folios 43 et 50.

La foliotation suit l'ordre dans lequel le manuscrit nous est parvenu, sauf pour les f. 27-43, qui ont été reclassés (voir ci-dessous). Nous avons adopté le découpage et les titres suivants, qui diffèrent en partie de ceux de B. de Fallois :

— f. 1-26 : [Une soirée à la campagne]. 13 bifeuillets soit 26 feuillets, 25 pages écrites au recto. Le f. 8 est vierge.

Les deux dernières pages (f. 25-26) ont été publiées anonymement sous le titre « Séparation » dans le *Bulletin de la Société des Amis de Marcel Proust et des Amis de Combray* (n° 1, 1950, p. 7-8). Les sept dernières (f. 20-26) l'ont été par B. de Fallois dans *Contre Sainte-Beuve* (*CSB*, chap. XV, « Retour à Guermantes », p. 291-297).

— f. 27-52 : [Le côté de Villebon et le côté de Meséglise]. 13 bifeuillets soit 26 feuillets, 17 pages écrites, toutes au recto, sauf pour le f. 41, écrit également au verso. Les f. 38, 42, 44-50, 52 sont vierges.

En nous appuyant sur les indices matériels et génétiques, nous avons reclassé cet ensemble qui nous était parvenu dans l'ordre suivant : f. 27-30, 39-41v, 43, 37-38, 35-36, 33-34, 31-32. On constate que, sauf pour le premier groupe, cet ordre est l'ordre inverse de celui qui a été obtenu après reclassement. Il est donc probable que les bifeuillets avaient simplement été mal remis en place après avoir été manipulés. Le f. 51 est de classement difficile.

— f. 53-65 : [Séjour au bord de la mer]. 7 bifeuillets soit 14 feuillets, 13 pages écrites au recto. Le f. 66 est resté vierge. Nous expliquons dans les *Notes* en fin de volume la raison pour laquelle, contrairement au classement de B. de Fallois, nous dissocions ce « chapitre » et le suivant (voir ci-dessous, p. 316 et 328).

— f. 67-74 : [Jeunes filles]. 4 bifeuillets soit 8 feuillets, 8 pages écrites au recto.

— f. 75-82 : [Noms nobles]. 4 bifeuillets soit 8 feuillets, 8 pages écrites au recto.

Les 7 premières pages (f. 75-81) ont été publiées par B. de Fallois dans *Contre Sainte-Beuve* (*CSB*, chap. XIV, « Noms de personnes », p. 273-283).

— f. 83-86 : [Venise]. 2 bifeuillets soit 4 feuillets, 5 pages écrites, dont deux pages versos (f. 83v, 85v). Un petit fragment du coin supérieur droit d'un autre feuillet est demeuré attaché dans la marge gauche du f. 83, à la hauteur des deuxième et troisième lignes ; on peut encore y lire deux lettres de la main de Proust. Il manque la partie inférieure du f. 84, laissé vierge par Proust.

Le manuscrit des « soixante-quinze feuillets » est aujourd'hui conservé dans les collections du département des Manuscrits de la Bibliothèque nationale de France, sous la cote NAF 29020.

NOTE SUR LA PRÉSENTE ÉDITION

Principes d'établissement du texte

La rédaction des « soixante-quinze feuillets[1] » s'est échelonnée entre les premiers mois et l'automne de 1908 ; leur élaboration a peut-être commencé dès la fin de 1907. Faute de savoir comment Marcel Proust avait organisé ces pages, nous les donnons dans l'ordre correspondant au texte d'*À la recherche du temps perdu*, qui est aussi celui dans lequel elles ont été retrouvées.

Les titres des « chapitres » ne sont pas de Proust. Ils sont purement indicatifs, et ont été choisis afin de fournir au lecteur des repères familiers.

La transcription est allégée des ratures du manuscrit et permet une lecture courante. On trouvera ci-après les principes que nous avons suivis pour l'établissement du texte.

Une transcription diplomatique intégrale, c'est-à-dire fidèle page par page à la topographie de l'écriture et restituant l'ensemble des ratures et ajouts de Proust, peut être téléchargée sur le site gallimard.fr et rapprochée du fac-similé des « soixante-quinze feuillets » quand il sera disponible sur gallica.fr.

Cette transcription a servi de base à la transcription courante. Toutes deux ont bénéficié de la relecture de Bertrand Marchal.

La transcription courante est suivie de documents (*Autres manuscrits de Marcel Proust*) qui éclairent à la fois la genèse des « soixante-quinze feuillets » et leur place dans celle d'*À la recherche du temps perdu.* Ces documents proviennent du fonds Proust de la Bibliothèque nationale de France ainsi que des archives Fallois.

1. Nous conservons l'appellation « soixante-quinze feuillets » sous laquelle cet ensemble manuscrit a été porté à la connaissance du public en 1954 par Bernard de Fallois. Proust en a cependant utilisé soixante-seize (voir p. 16).

L'écriture au brouillon de Proust comporte de nombreux repentirs et ajouts. Dans la transcription simplifiée qui suit, les ajouts ont été intégrés au texte et les ratures ne sont pas signalées, sauf par une note s'il s'agit d'un passage significatif, dont on pourra prendre connaissance dans la transcription diplomatique ou dans les notes critiques.

Proust écrivant très vite, il arrive qu'il oublie certains mots ou néglige les raccords entre versions successives. Chaque fois que c'était nécessaire pour la correction syntaxique et l'intelligibilité de la phrase, nous avons donc opéré les quelques ajustements de détail qui s'imposaient (voir les notes d'établissement en bas de page). Nous plaçons entre crochets droits les passages restitués quand le manuscrit, endommagé, est lacunaire ; la restitution est alors conjecturale.

La place où insérer certaines additions n'a pas toujours été clairement indiquée par Proust : nous avons dû trancher.

La ponctuation du manuscrit est très économe et parfois irrégulière : nous l'avons complétée afin de faciliter la lecture, sauf dans les dialogues, où cette économie sert le style oral, et sauf dans les cas où une modification aurait manifestement pesé sur l'interprétation. L'orthographe a été corrigée au besoin, et la présentation typographique (abréviations, titres d'œuvres) a été normalisée. Nous avons, dans la mesure du possible, respecté les alinéas.

Ce « toilettage » du manuscrit n'en dissimule pas le caractère inachevé. Il arrive que la rédaction s'interrompe *in medias res* : nous le signalons par un bref commentaire éditorial entre crochets droits. Les raccords entre certaines pages rédigées à des moments différents n'ont pas toujours été soignés : nous avons laissé les répétitions. Quand plusieurs versions d'un même passage se succèdent, elles sont données dans l'ordre de rédaction le plus probable, la version la plus ancienne d'abord.

Notes

Les notes sont de trois types :

— en bas de page, appelées par des lettres, les notes d'établissement indiquent les leçons du manuscrit (ms.) quand nous avons dû en corriger légèrement le texte. Nous signalons également, quand elles diffèrent, les leçons correspondantes figurant dans l'édition de Bernard de Fallois (*Contre Sainte-Beuve*, Paris, Gallimard, 1954, désormais abrégé *CSB*) ;

— en bas de page, appelées par des chiffres, les notes explicatives fournissent brièvement les informations qui nous ont paru essentielles pour éclairer le texte à la lecture cursive, par exemple la variation de l'identité d'un personnage au sein d'un même passage ;

— en fin de volume, après la *Notice* et la *Chronologie*, les notes critiques s'efforcent d'éclaircir la genèse et/ou les références, citations et allusions du texte de Proust. Pour ne pas gêner la lecture des « soixante-quinze feuillets », ces notes n'y sont pas signalées par des appels ; elles sont présentées par folio, et précédées de l'extrait, ou de la fin de l'extrait, concerné.

Abréviations et sigles

col.	colonne
f.	folio (sans autre indication, il s'agit par défaut d'une page recto)
ms.	manuscrit
NAF	Nouvelles Acquisitions Françaises (cote du département des Manuscrits, Bibliothèque nationale de France)
v	verso
[ ]	intervention de l'éditeur
*	lecture conjecturale
/	passage à la ligne, ou séparation entre les deux parties d'une surcharge, soit entre la partie biffée et son substitut
//	passage au folio suivant

La Bibliographie générale et les abréviations des éditions utilisées figurent en p. 361-367. Nous renvoyons à un ouvrage ou à un article en faisant suivre le nom de l'auteur de l'année de publication.

Dans l'apparat critique, la transcription des manuscrits a été allégée et simplifiée, sauf indication contraire. Les passages biffés apparaissent sous biffure et les ajouts entre chevrons (< >). Un trait oblique (/) sépare les deux parties d'une surcharge, soit la partie biffée de son substitut. L'orthographe a été normalisée, ainsi que les graphies de Proust (« peut-être » et non « peut'être », « grand-mère » et non « grand'mère », « Mme » et non « M^{e} », etc.).

LES SOIXANTE-QUINZE FEUILLETS

Une soirée à la campagne

On avait rentré les précieux fauteuils d'osier sous la vérandah car il commençait à tomber quelques gouttes de pluie et mes parents après avoir lutté une seconde sur les chaises de fer étaient revenus s'asseoir à l'abri. Mais ma grand-mère, ses cheveux grisonnants au vent, continuait sa promenade rapide et solitaire dans les allées parce qu'elle trouvait qu'on est à la campagne pour être à l'air et que c'est une pitié de ne pas en profiter. La tête levée, la bouche aspirant le vent qui soufflait et qui lui faisait dire qu'« enfin on respirait », elle accélérait sa marche, et paraissait ne pas sentir la pluie qui commençait à la transpercer ni les railleries de mon grand-oncle qui de la vérandah criait : « C'est agréable la pluie Adèle ; c'est bon n'est-ce pas. Ça fait du bien à ta robe neuve (ceci était pour tâcher de s'attirer lâchement l'alliance de mon grand-père qui se contenta de hocher la tête). C'est drôle tout de même qu'elle ne soit jamais comme tout le monde. » Il le disait parce qu'il le pensait. Mais il le disait aussi parce que comme elle n'était jamais comme lui, et que peut-être dans un fond de sa conscience qu'il ne s'avouait pas il n'était pas absolument sûr d'avoir toujours raison, il n'était pas fâché de mettre avec lui « tout le monde ». Comme le jardin n'était pas très grand, ma grand-mère n'était jamais très longtemps sans repasser près de nous. Dès que je la voyais déboucher de l'allée de traverse je commençais à trembler, car je sentais qu'on allait l'interpeller, lui dire des choses désagréables qui me fendaient le cœur et j'avais même f. 1

peur que mon grand-père ne la forçât à rentrer ; dans ces moments-là
j'aurais voulu tuer tout le monde pour la venger et parfois n'y tenant
plus je me précipitais sur elle et je l'embrassais éperdument pour la
consoler et lui prouver qu'au moins quelqu'un la comprenait, puis je
me sauvais aux cabinets qui étaient mon seul refuge à cette époque
f. 2 et j'y donnais libre cours à mes sanglots. Mais ma grand-mère // ne
répondait jamais aux railleries que par ce beau sourire affectueux
qui avait l'air de prendre part aux moqueries des autres contre elle-
même car elle n'en a jamais voulu à personne, elle n'a jamais eu
d'autres sentiments que ceux de l'amour, du dévouement absolu
aux autres. Le seul sentiment hostile qu'elle ait éprouvé et qu'elle
éprouvait constamment c'était l'indignation, mais la seule personne
en faveur de qui elle ne s'indignait jamais c'était elle-même. Il sem-
blait qu'en venant au monde elle eût fait le sacrifice de sa personne
et de sa vie, tant elle était dénuée d'amour-propre, d'amour de soi,
d'intérêt. Et on aurait pu l'emprisonner injustement, la condamner à
mort, sans exciter en elle cette indignation dont elle tremblait quand
mon père par faiblesse me laissait manger un éclair au café, ou me
permettait de rester au salon une heure plus tard que d'habitude.
Sa promenade avait pris fin et la pluie aussi, elle était revenue s'as-
seoir avec nous mais naturellement hors de la vérandah. Bien qu'elle
n'eût fait que quelques pas et que les allées n'eussent pas eu le temps
d'être encore bien détrempées elle avait horriblement crotté sa jupe
prune, car il est à remarquer que les jambes des personnes qui sont
douées d'une imagination ardente, d'un esprit élevé et sans contre-
poids d'amour-propre, ne cessent pas un instant, tandis qu'elles se
promènent en agitant mille pensées, de ramasser toute la boue des
chemins et même semble-t-il plus encore, de la faire remonter rapi-
dement le long des jupes, de la frotter de manière à l'étaler conve-
nablement sur une assez large étendue et d'en éclabousser les parties
de la robe ou du pantalon trop éloignées pour être gagnées direc-
tement par l'alluvion. Ma grand-mère regardait le jardin sans rien
dire et sans doute elle pensait à tout autre chose, mais mon oncle,
f. 3 qui // savait qu'elle blâmait vivement la manière dont son nouveau
jardinier avait tout transformé, incriminait jusqu'à ses silences où il

croyait lire de la désapprobation. « Tu ne trouves pas le jardin bien, Adèle, s'écria-t-il, naturellement, tout ce que nous trouvons bien est mal. » Il est certain que depuis que le nouveau jardinier avait émondé les arbres des branches dans lesquelles elle s'accrochait tous les jours mais où elle croyait retrouver la liberté de la nature, où il avait, au milieu d'une pelouse « tracée au cordeau », dessiné une croix d'honneur en joubarbe[a1], et où enfin, sous prétexte de faire de l'eau de fleur d'oranger, il[b] avait persuadé à mon oncle de le laisser enlever toutes les fleurs aux petits orangers de l'entrée, ma tante[2] souffrait cruellement. Je peux dire qu'elle n'avait jamais tant souffert depuis le jour où on avait décidé de ne plus nous laisser sortir les jambes nues. Hélas bientôt l'arrivée d'une nouvelle cuisinière qui faisait des plats « déguisés », puis d'une maîtresse de piano pour nous qui faisait des mouvements en jouant et, par sentiment, ne jouait pas les mains ensemble, devait lui préparer d'autres soucis. Elle nous conduisait tous les ans au bord de la mer et là nous faisait vivre à sa guise. Elle aurait mieux aimé, si les prix[c] étaient trop élevés, ne nous louer que des mansardes, mais il fallait que ce fût sur la plage. Elle n'aurait pas voulu d'un palais dans la ville, n'aurait même pas pris le temps d'aller le visiter, pour ne pas perdre une heure de bon air. Les gens qui vont faire des promenades en voiture, dans la campagne, qui restent chez eux, qui vont au casino, lui inspiraient une pitié profonde. Nous partions le matin au bord de la mer, elle installait son pliant au bord de la vague et descendait et remontait avec la mer pendant que nous jouions sur le sable. On avait juste le temps d'aller déjeuner, et on laissait les pliants qui nous étaient régulièrement enlevés par la mer ou par des passants. Pour le retour[d] elle trouvait trop malheureux de ne pas en profiter[e] pour nous faire voir quelque site célèbre, quelque

a. ms. : joubarde
1. Plante grasse ornementale.
b. ms. : le nouveau jardinier
2. *Sic.* La tante redevient la grand-mère au f. 5.
c. ms. : aimé, ~~si c'éta~~ les prix
d. ms. : le retour du départ
e. ms. : pas profiter

monument dont la[a] beauté simple et grande rivalisât avec celle de la nature, sur la route. Alors au lieu de prendre le train à l'endroit où nous étions, on partait à cinq heures du matin en diligence, on s'éloignait de vingt lieues, on n'arrivait ni à voir la cathédrale[b], ni
f. 4 à attraper la « correspondance » // avec le train et nous restions en panne, sans pouvoir prévenir nos parents affolés. Je me mettais généralement au lit en arrivant pour quinze jours. Pendant le séjour elle envoyait elle-même de nos nouvelles à nos parents parce que ç'aurait été un crime de nous faire perdre une heure d'air à écrire. Mais ses lettres étaient illisibles. « Tu viendras me lire tes lettres au retour » lui disait tous les ans mon oncle quand elle partait en voyage. Et puis comme elle était spirituelle, lettrée, et trouvait que par prudence il ne faut jamais mettre de noms propres dans les lettres elle ne parlait de tout que par allusions, figures, énigmes, personne ne comprenait de qui elle voulait parler et si plus tard on lui demandait des explications, elle avait beau chercher, elle ne pouvait absolument plus se rappeler ce qu'elle avait voulu dire, ou de qui elle avait voulu parler. D'ailleurs cela n'avait aucune importance parce qu'elle oubliait toujours de mettre l'adresse et ses lettres tombaient toujours au rebut. J'en ai retrouvé pieusement gardées par sa fille après sa mort, quelques-unes de celles qui étaient pourtant arrivées à destination et qui par une non moins rare bonne fortune étaient à peu près lisibles et compréhensibles. Elles sont toutes malgré cela conçues dans ce style conventionnel qui en rend la lecture assez difficile. En voici une au hasard :

Ma fille

Tiré hier Durandal Hollandais volant avec Je vous ennuie Madame. Ah ! la folle, la folle, la folle. Nous avons été interrompus par vilain doc et ma mère vous êtes la reine du bal. Il a décrété que les enfants étaient anémiques. Ce Machut. Je l'ai regardé de nos quarante siècles mais vous auriez su mieux que moi ce qu'il fallait répondre, hélas je

a. ms. : sa
b. ms. : à ri[en] voir ni la cathédrale,

suis à Étampes. Je vous envoie deux ou trois petits Pends-toi Sévigné qui valent leur pesant d'or. Avez-vous reçu les hirondelles de Myroti.

À vingt ans de distance j'ai pu arriver à presque tout reconstituer. « Tirer Durandal » signifiait par allusion à Durandal, l'épée de Roland dans la *Chanson de Roland*, se mettre en colère, prendre fait et cause pour quelqu'un. *Le Hollandais volant*, sous-titre du *Vaisseau fantôme* de Wagner, était le surnom que nous donnions à un banquier hollandais mélomane que nous croyions fort voleur. Ma tante prenait souvent sa défense. Et évidemment elle l'avait prise contre : « je viens vous ennuyer Madame », assommante personne que nous avions connue au bord de la mer et qui chaque fois que ma tante causait avec nous, ou lisait un livre intéressant, venait s'installer en disant régulièrement : « Je viens vous déranger Madame » et sans[1] attendre une protestation qui d'ailleurs ne venait pas, s'installait. Elle n'avait pas // le sens commun et faisait à ma tante des confidences f. 5
ridicules sur son ménage. C'est à quelque confidence de ce genre que ma tante doit faire allusion en citant ces mots de Sganarelle dans *L'Amour médecin* : « Ah ! la folle, la folle ! » Elles avaient été interrompues par « vilain doc », médecin peu sérieux, à qui mon oncle qui ne se gênait pas appliquait, en sa propre présence, les mots de Labiche dans *La Poudre aux yeux* : « Vilain docteur qui ne voulez pas être de l'Académie ! » car il ne croyait qu'aux médecins « agrégé, hôpitaux » et était plein d'ironie pour les autres. « Ma mère vous êtes la Reine du bal » avait été dit naïvement à sa propre mère, fort laide d'ailleurs, dans un bal, par un jeune crétin à qui le surnom était resté. On nous citait souvent son exemple pour nous montrer qu'il ne fallait pas faire de compliments aux siens, ni croire trop facilement les compliments qu'on nous fait d'eux. Très tard, quand je faisais un compliment à Maman elle me répondait en se moquant de moi « Ma mère vous êtes la reine du bal ». J'ai dit que « Vilain doc » était une allusion à *La Poudre aux yeux* de Labiche. Ses pièces étaient à ce moment-là fort à la mode car les deux phrases suivantes sont encore des allusions à ses

1. ms. : Madame » sans

pièces. « Ce Machut », à *La Grammaire* : « Ce Machut il vous regarde une vache dans l'œil »... et sait de suite ce qu'elle a, et à *La Grammaire* également : « Comment pourrais-je être à Étampes pendant que mon orthographe serait à Arpajon ». Ici « mon orthographe » est ma mère, plus au courant de nos santés. « Nos quarante siècles » est une allusion naturellement à la phrase de Napoléon « Songez que du haut de ces pyramides quarante siècles vous contemplent ». « Pends-toi Sévigné » voulait dire des lettres mal tournées (car elle appréciait toutes celles qu'elle recevait, non du point de vue d'une étroite correction, mais de l'élévation des sentiments, de la simplicité du style, de l'élégance de l'écriture etc.), à cause de cette exclamation arrachée à un monsieur stupide que nous connaissions par les lettres non moins stupides de sa fille : « Ah ! pends toi Sévigné ! » Quant à « hirondelle de Myroti » c'est certainement hirondelles demi-rôties, car ma grand-mère était coutumière d'écrire par distraction un mot tout de travers. Mais que pouvaient être ces hirondelles demi-rôties. Je me suis épuisé à le chercher. Et hélas les dernières personnes sont mortes qui auraient peut-être pu me fournir quelque éclaircissement à cet égard.

Je crois que j'ai laissé mon oncle disant à ma grand-mère : « Hé bien Adèle le jardin ne te plaît pas ». Mais après avoir ainsi montré qu'il ne fuyait pas la discussion il préféra l'éviter en disant « allons
f. 6 rentrons », et après avoir poussé les petits bancs sous les // chaises pour qu'on ne pût « s'y prendre les pieds », on passa au salon, comme il y avait encore une grande heure avant le dîner. Malheureusement, comme ce soir-là mon oncle avait invité un couple de ses amis dont il était très fier, le vicomte et la vicomtesse de Bretteville, et à qui il brûlait de faire admirer sa maison, ses neveux, sa belle-sœur etc. (et il ne désirait pas moins nous faire admirer M. et Mme de Bretteville), le jardinier, qui savait plaire à mon oncle par ces petites attentions et lui faire plus facilement fermer les yeux sur le dépouillement de son jardin dont il vendait les plus belles fleurs, avait mis des bouquets dans tous les vases. Or la façon dont le jardinier faisait les bouquets, que ma grand-mère naturellement aimait « naturels », jetés, vastes, libres, avait été dernièrement le sujet d'une

des plus orageuses discussions entre elle et mon oncle. Elle avait déclaré qu'il ne savait pas faire un bouquet. « Je ne suis pas jardinier et pourtant si on me laissait faire », comme elle disait je ne suis pas professeur de piano mais je sais bien qu'il ne faut pas faire ces petits effets prétentieux de diminuendo en jouant la *Polonaise* de Chopin, je ne suis pas médecin mais je sais bien que la flanelle et les sucreries ne peuvent faire que du mal aux enfants. La vue des bouquets tout en faisant plaisir à mon oncle qui pensa aussitôt qu'ils donneraient une bonne idée du luxe de la maison aux Bretteville l'irrita en lui rappelant la discussion récente et lui fit craindre qu'elle ne reprît. Il n'avait pas tort car à leur vue ma grand-mère, qui pourtant s'était juré de ne plus jamais laisser paraître sa manière de penser, ne put se contenir et d'un geste rapide tira une rose pour lui donner une pose plus négligée et lui faire dominer le bouquet, mais le vase qui n'était probablement pas bien[a] d'aplomb vint avec la rose, l'eau se répandit sur le tapis. Ma grand-mère s'excusa mais en riant, en disant que si vases et bouquets étaient détruits ce ne serait pas un si grand malheur ce qui exaspérait mon oncle. Puis on apporta les lampes. Tous les soirs leur vue, le bruit des rideaux qu'on fermait aussitôt après me serraient le cœur. Car je sentais que dans[b] quelques heures viendrait l'affreux moment où il fallait dire bonsoir à Maman, sentir la vie m'abandonner au moment où je la quittais pour monter dans ma chambre, et ensuite souffrir ce qu'on ne saura jamais, dans ma chambre, d'où j'entendais le bruit d'en bas, jusqu'au moment où je parvenais à m'endormir. Quand j'y parvenais. //

Dès l'arrivée des lampes je ne pouvais plus penser à autre chose, f. 7
et je restais immobile, dans ma chaise, l'œil fixe, ne sentant pas encore s'élever l'angoisse affreuse, mais triste et brisé en pensant que peu de temps m'en séparait, n'ayant plus de bonheur devant moi. Ma grand-mère seule ne voulut pas monter s'habiller car on ne s'habille pas à la campagne. Quand mon oncle en redescendant vit

a. ms. : probablement bien
b. ms. : je sentais dans

qu'elle était restée en robe de jardin il eut un mouvement de fureur en pensant à Bretteville et murmura quelque chose que je n'entendis pas bien mais je crois bien que ce fut « la rosse ». Il était bien décidé d'ailleurs à la faire passer pour folle aux yeux de l'invité. Ce soir-là mon supplice était plus grand que d'habitude parce que, comme je ne devais pas dîner à table, je devais dire bonsoir à Maman avant qu'elle aille dîner, et monter me coucher à huit heures et demie comme d'habitude pendant qu'elle serait encore à dîner. J'avais déjà bien de la peine tous les jours, en remplissant toute ma pensée du baiser que je venais de donner à Maman, de me calmer de cette douceur pour vite me mettre au lit, croire que j'avais encore sa joue sous ma lèvre et m'endormir avant que l'angoisse de ma séparation d'avec elle m'eût repris. Et hélas je n'y parvenais pas. La demi-heure qui précédait la minute fatale, j'étais comme un condamné. Par moments suppliant je demandais quelques minutes de grâce, j'implorais du regard, mon oncle, mon grand-père, chacun se mêlait de donner un conseil, que huit heures et demie c'est déjà tard pour un enfant, sans savoir les coups qu'ils me portaient. Puis les dernières minutes arrivaient, je ne savais plus ce qu'on disait, je regardais silencieusement Maman, son beau visage si doux, et si cruel de ne pas vouloir (mais pouvais-je même concevoir une telle vie !) ôter de la vie de son petit ce supplice, j'y cherchais des yeux la place où je l'embrasserais, je tâchais de vider de toute ma pensée tout ce qui ne serait pas la sensation de cette place, pour que mes yeux en conçoivent bien la couleur et le rapport avec l'essence de son visage, que mon esprit reçoive bien directement la notion de sa saveur au moment où mes lèvres le toucheraient, et qu'enfin ce baiser précieux, unique, car on ne me laissait pas l'embrasser plusieurs fois, trouvant que c'était ridicule, je puisse bien en garder le souvenir entier, mieux la présence prolongée dans mon esprit, de façon à pouvoir dans ma chambre, quand je commencerais à haleter de me sentir seul et séparé d'elle, en ouvrir le souvenir intact et gardé par mon[a] intelli-

a. ms. : gardé mon

gence à sa portée comme // une hostie où je trouverais sa chair et son sang, ou plutôt c'était à une des modernes hosties de la science qu'il ressemblait[b] ce souvenir de sa joue, car je le rompais et le portais à mes lèvres pour qu'elles crussent retrouver la douceur de sa joue, et comme dans un[c] cachet de narcotique j'y trouvais le sommeil. Aussi je tâchais toujours d'attirer Maman dans une autre pièce. Ah ! si je pouvais obtenir qu'elle monte me dire bonsoir dans ma chambre, quand je serais couché, alors je[d] garderais son baiser comme un sceau ineffaçable qui fermerait mon cœur aux vaines angoisses. Ah ! alors le bruit de son pas qui entrait dans ma chambre, presque redouté, car il annonçait, après son entrée si brève, le bruit de sa robe s'en allant vers la porte... une fois refermée je ne pourrais plus l'embrasser. Quelquefois je la rappelais : « Maman Maman » mais je l'osais bien rarement, car elle que cette nervosité désolait prenait une figure irritée, et alors toute la douceur du baiser était évanouie, c'était l'anxiété atroce qu'elle me laissait. Quelquefois après avoir hésité à la rappeler, en entendant son pas qui descendait les premières marches de l'escalier et que bientôt elle serait redescendue au jardin, d'un bond je la rattrapais sur l'escalier. Presque avec violence je l'adjurais de ne pas être fâchée. Mais ce soir-là j'allais être[e] obligé de lui dire adieu une demi-heure avant de me coucher. J'avais tout essayé, j'avais supplié elle[1], osé demander à Papa, écrit un petit mot à ma grand-mère, je m'étais jeté à genoux devant Maman. Cela n'avait servi à rien. Et je fus surpris par le bruit de la sonnette de la porte, la sonnette de M. de Bretteville. Ce baiser dont il fallait prolonger la douceur si longtemps, sans qu'elle se dissipât, sous la véran-dah, pendant mon dîner, dans l'escalier, jusqu'à ma chambre, voilà que je ne pouvais même pas le lui donner, seul, en concentrant toute ma pensée, comme un maniaque concentre son attention en fermant sa porte pour être certain qu'il l'a fermée et quand il y repensera f. 9[a]

a. Le f. 8 est vierge.
b. ms. : ressemblait plutôt
c. ms. : comme un
d. ms. : alors que je
e. ms. : ce soir-là être
1. *Sic.*

dans quelques minutes apporter comme démenti à son doute le souvenir entier du moment où il la fermait. Maman m'embrassa vite je la retenais suppliante, elle me repoussa dans l'inquiétude de l'ennui
f. 10 que Papa // aurait de ses manifestations, sa légère robe bleue où se suspendaient des cordons de paille s'échappa de mes bras, elle me dit d'un ton de reproche, plus doux que les reproches d'autrefois pour éviter de me donner de nouvelles angoisses : « voyons voyons mon chéri », mon père à ce moment se retourna furieux : « voyons Jeanne c'est ridicule », et je me sauvai, mais je sentais que mon cœur ne pouvait venir avec moi et était resté près de Maman qui ne lui avait pas donné par son baiser habituel licence de la quitter et de m'accompagner. J'essayai de dompter mon angoisse tant que je restai en bas, m'efforçant de ne pas penser au moment (il n'y avait plus que dix minutes) où il faudrait monter, je m'efforçais de lire quelques lignes d'un livre, de regarder les belles roses, d'écouter un piano qu'on entendait dans la maison à côté, mais rien ne peut pénétrer dans le cœur quand on a trop de chagrin, les plus belles choses restent en dehors. C'est ce qui donne aux personnes inquiètes ce grand regard vide où l'on voit que rien n'entre en elles de ce qu'on leur dit, des choses qu'elles voient, des belles choses, ou des choses gaies. Regard convexe comme est devenue leur âme, tendant sa préoccupation vers le dehors et n'en laissant rien pénétrer en soi. J'avais beau ne pas vouloir anticiper sur ma souffrance j'étais déjà arrivé en pensée dans le vestibule, au pied de cet escalier qui montait à ma chambre et dont chaque marche ne m'aurait pas été plus cruelle à monter que s'il avait conduit à la guillotine. Et il[a] fallut en effet sur le coup de huit heures et demie tourner la porte quadrillée de bois vert, sentir cette odeur de vernis de l'escalier et des lattes qui y étaient appendues et qui amalgamées et imprégnées chaque soir avec mes pensées tristes les exprimaient d'une façon plus douloureuse encore que n'aurait fait une traduction claire, une pleine conscience d'elles. Elle m'en obsédait comme ces démons du rêve qui expriment par la
f. 11 course rapide d'une idée toujours // la même une sensation doulou-

a. ms. : Et quand il fallut

reuse que nous avons alors ; sensation si douloureuse qu'au réveil on a une sorte de soulagement à savoir que cette fleur qu'on voulait à toute force arracher, c'était notre rage de dents, que cette jeune fille qu'on essayait de soulever c'était notre crise d'étouffements. Au moment où ma tristesse m'apparaissait obscure sous l'assaillement de l'odeur de vernis de l'escalier peut-être m'accablait-elle plus cruellement qu'à aucun autre moment. Et alors commençait ce labyrinthe de marches dont chacune m'éloignait de Maman, et m'approchait de ma prison, du moment où il serait trop tard pour me reprendre, pour revenir une fois encore (chose déjà bien difficile) lui redire au revoir[a] ; labyrinthe de douleurs si affreux que cet escalier, que même dans le jour (quand la journée n'était même pas à la moitié, où je passerais encore des heures avec Maman, où peut-être même une bonne odeur de cuisine l'emplissait de la promesse de moments délicieux), si j'avais quelque chose à monter chercher dans ma chambre et à effectuer ce montage d'escalier sans périls, cette rentrée dans ma chambre d'où j'allais ressortir, cette contemplation de mon lit où je n'allais nullement me coucher, si cette montée de l'escalier ne ressemblait pas plus à la montée au supplice du soir que la représentation de la mort dans un drame où nous assistons confortablement dans une loge ne ressemble à la mort réelle, je ne pouvais le monter sans un vague trouble et j'avais beau ne pas reconnaître sur ces marches paisibles, blondes de soleil et que je montais et dégringolais, libre, les degrés de ma passion sur l'échelle desquels le soir je ne pouvais m'élever[b] sans aller « à contre cœur », ce théâtre de mon supplice de chaque soir gardait, éveillait encore pour moi le jour une impression douloureuse.

Tout en allumant ma bougie dans le vestibule j'avais déjà le sentiment que je ne pourrais pas monter, comme quelqu'un qui boucle ses dernières malles pour un voyage où il ne peut pas se décider et sent déjà qu'il n'ira pas jusqu'à la gare. Qu'ils sont douloureux les actes // de préparation à une action qu'on n'est pas encore certain f. 12

a. ms. : (chose déjà bien difficile lui redire au revoir)
b. ms. : m'élever le soir

d'avoir la force d'accomplir et qui semblent nous rapprocher d'elle et la rendre plus inévitable, gants qu'on boutonne lentement en allant vers la porte qu'on ne franchira pas, après une scène avec une maîtresse. Mais la bougie allumée, résolument je l'éteignis et allant à pas de loup vers le salon écrivis à Maman une courte lettre suppliante où « pour des raisons que je ne pouvais lui écrire » je lui demandais de venir me parler le dîner fini. Je dis à ma vieille bonne : « Mon Dieu voilà que j'ai oublié de donner à Maman le renseignement qu'elle m'avait tant recommandé de lui donner pour le Monsieur qui dîne ce soir. Est-ce qu'elle n'a pas encore envoyé dire qu'on me le demande. C'est qu'elle n'y a pas encore pensé. Elle va être très en colère. Faites-lui vite remettre ce mot par Auguste sans cela je serais grondé. » Ma vieille bonne, méfiante d'abord, alla porter le mot à Auguste qui répondit que pendant le dîner c'était impossible mais que, quand on se lèverait pour aller prendre le café au salon, il irait le donner à Maman. J'attendis avec délices, ce que j'avais en face de moi ce n'était plus ma chambre, c'était Maman même furieuse. Hélas elle me fit dire qu'il lui était *impossibile* de venir, que je devrais être couché depuis longtemps, que je monte vite, qu'elle était très mécontente. Je montai, j'entrai dans ma chambre, je construisis moi-même ma prison en fermant mes volets et mes fenêtres qui donnaient sur le jardin où on viendrait peut-être prendre le café tout à l'heure s'il faisait beau, en défaisant ma couverture, en ouvrant ce lit qui était la prison dans la prison, celle où j'avais juste[a] la place de remuer mon corps. Je me tins immobile dans le lit le cœur battant. Tandis qu'à
f. 13 Paris entre les[b] meubles de ma chambre // et mon regard il semblait s'être fait une sorte d'harmonie plutôt douce et qui faisait de tout ce que j'y avais sous les yeux comme un prolongement de mon regard, presque aussi mien que lui, et qui était[c] comme enfermé en moi, dans cette chambre nouvelle (nous n'étions arrivés que depuis quelques jours) je me sentais entouré d'étrangers, mon âme n'osait pas se détendre[d]. La forme de la pendule, le bruit de son tic-tac,

a. ms. : celle juste
b. ms. : Paris les
c. ms. : et était
d. ms. : pas détendre

l'emplacement des chaises, l'odeur de vétiver, la couleur rouge des rideaux, étaient pour ma sensibilité comme une nourriture nouvelle, inassimilable, et qui absorbée par mes yeux, mon oreille, mes narines, qui avaient beau se rétracter les absorberaient tout de même, faisait subir à tout mon être comme un véritable empoisonnement moral, me donnait une tristesse affreuse. J'essayais de garder une immobilité indifférente, je me répétais sans même comprendre le sens des mots des vers que j'aimais, j'assurais mon regard contre la forme blessante de la pendule et des énormes candélabres qui assuraient sur la cheminée, avec un aplomb hostile, leur contenance multiple, boiteuse et encombrante, je m'efforçais de penser que l'odeur du vétiver est sans signification douloureuse et à penser à l'odeur du thé que je faisais dans ma chambre de Paris l'hiver ; tout en regrettant que cette pendule, une de ces personnes inhabituelles, laides, indifférentes à notre malheur, imperturbablement gaies et ne faisant pas attention à nous, qui en un instant ôtent pour nous tout prix à l'existence, ne laissât pas oublier un instant son existence en parlant si fort sans arrêter dans la chambre et en ne paraissant pas y tenir compte de ma présence, je me répétais que dans huit jours, je le savais par expérience, tous ces démons de la chambre seraient domptés et que je n'écouterais plus la pendule elle-même que comme une vieille servante qui ne bavarderait que pour moi, et que j'aurais trouvé étrange et irrespirable une atmosphère où il n'y eût pas cette petite dose de vétiver, et je crois que j'aurais fini par m'endormir si en me levant pour chercher un mouchoir je n'avais aperçu oubliée là avec un paquet qui était posé pour Maman depuis le[a] matin sa « mantille » qu'elle mettait à Paris sur ses épaules les soirs où elle allait dîner en ville. Or comme elle ne disait : « Eugénie // donnez-moi ma mantille » que f. 14
quand elle était prête et arrivée dans l'antichambre, c'est-à-dire peu après une heure après l'heure pour laquelle elle était invitée, et une heure un quart après celle où Papa l'attendait furieux et ayant sonné tous les quarts d'heure pour dire : « Allez dire à Madame qu'il est huit heures, que nous sommes d'une demi-heure en retard », la vue

a. ms. : Maman le

de la mantille me rappelait aussitôt l'angoisse avec laquelle je voyais Maman se préparer, tremblant de la colère de mon père, le priant de ne pas se fâcher, et souffrant pour Maman de sa précipitation, ayant peur qu'elle ne prît froid, mourant d'envie de pleurer quand je l'entendais si doucement dire à[a] Papa : « je sais que je suis en retard ». La pensée des chagrins de Maman (que Papa rendit toujours la plus heureuse des femmes) me causa une peine si profonde que je sentis l'irrésistible besoin de l'embrasser pour la consoler, pour me consoler, et sachant que ce ne serait plus possible avant demain matin, qu'il fallait dormir d'abord c'est-à-dire renoncer à elle, l'oublier, mourir à elle, mon cœur commença de battre d'une façon intolérable, quand tout d'un coup une joie immense m'envahit, risquant tout je venais de prendre la décision de me lever et d'attendre Maman quand elle passerait pour aller dans son cabinet de toilette. Précisément à ce moment j'entendis la cloche de la porte d'entrée, c'était M. de Bretteville qui s'en allait, je savais que mon père partant de bonne heure le lendemain, mes parents ne tarderaient pas à monter, j'ouvris tout doucement ma fenêtre, et j'entendis le bruit des pas de mon oncle et de mon grand-père qui avaient accompagné l'invité. //

f. 15 Bientôt j'entendis une vive discussion entre mon oncle et ma grand-mère. « Non qu'est-ce que tu veux, disait ma grand-mère avec une douce fermeté, c'est peut-être un excellent homme, il peut avoir beaucoup plus de chevaux que moi, il n'est pas distingué. » « Pas distingué ! s'écria mon oncle d'un ton qui faisait comprendre que jusqu'à cette minute M. de Bretteville avait incarné pour lui la suprême distinction, pas distingué ! Mais quand je te dis, répéta-t-il avec rage, qu'à Bretteville-l'Orgueilleuse tout lui appartient, qu'il a dans sa propriété deux villages, un lac, une église, une caserne. Une caserne ! » « Tout cela n'a rien à voir avec la distinction, répondit ma grand-mère. Un homme qui dit : "Ce n'est pas le Pérou" n'est pas distingué. Mais Auguste (c'était le valet de chambre) est cent fois plus distingué que lui ! » Mon oncle ne sentit pas à ce moment tout ce qu'avait de flatteur la pensée d'être servi par un valet de chambre

a. ms. : doucement à

plus distingué que M. de Bretteville et au paroxysme de la rage il s'écria : « Ma parole elle est folle. » « Mais il me demanderait la main de Juliette, ajouta-t-elle (Juliette était une jeune ouvrière qui venait en journée à la maison et que ma grand-mère, sur ses manières, sur sa jolie voix, sur ses billets sans orthographe mais toujours "parfaitement tournés", sur les sentiments qu'elle exprimait ou laissait entrevoir, jugeait "extrêmement distinguée"), que je ne la laisserais pas épouser un homme aussi commun. » « Ma parole elle est enragée », s'écria mon oncle qui n'avait pas de la distinction et de la vulgarité une notion aussi spiritualisée. À vrai dire lui qui, dépensier et on peut dire vaniteux comme il était, se privait de la moitié de son revenu pour faire des rentes à des cousines pauvres qu'il ne voyait jamais, et ne voulut jamais mettre son bien en viager pour laisser toute sa fortune précisément à[a] ma grand-mère avec qui il se disputait tant, mon oncle était doué à sa façon un peu de cette distinction morale que prisait ma grand-mère. Il // en était doué mais il ne la concevait f. 16
pas. Et il imaginait plutôt qu'elle dût être l'apanage du vicomte de Bretteville, membre du Jockey et administrateur de plusieurs sociétés financières, que d'une ouvrière en journée. Quoi qu'il en soit on ne revit jamais M. de Bretteville. Mon oncle accusa ma grand-mère de l'avoir brouillé avec lui par l'accueil glacial qu'elle lui avait fait. Mais je crois qu'en réalité lui-même avait été un peu éclairé sur le personnage et il concéda avec assez de bonne humeur qu'il avait été un peu ridicule quand en voyant des œufs dans la salade il avait dit que « dans la bonne société de Bayeux (dont est voisin Bretteville) on ne servait jamais des œufs dans la salade ». Quand il y avait des œufs dans la salade et que quelqu'un risquait[b] : « Dans la bonne société de Bayeux... », mon oncle ne répondait rien, mais il ne se fâchait pas et[c] on sentait qu'au fond il était plutôt du côté de ses parents plus intelligents que du préjugé de Bretteville. Je ne connus que le lendemain l'attitude réprobatrice de la bonne société de Bayeux à

a. ms. : avec
b. ms. : quelqu'un qui
c. ms. : fâchait et

l'égard des œufs coupés dans la salade mais je sentis bien dès le soir même au silence avec lequel mes parents assistaient à la dispute entre ma grand-mère et mon oncle que s'ils ne prenaient pas par politesse pour mon oncle la défense de son invité c'est qu'ils ne l'avaient pas trouvé magnifique. Pour moi j'écoutais avec délices la querelle entre mon oncle et ma grand-mère, j'étais dans cette disposition joyeuse qui précède une lutte qu'il va y avoir à soutenir, et puis je sentais malgré moi de l'allégresse d'avoir mis fin au supplice que j'endurais, et à tout moment je retombais sur mes pieds en m'écriant « Zut, Zut, Zutiflor », et au sourire de bien-être infini, au sautillement de tout mon corps dont j'accompagnais ces paroles prononcées inconsciemment il eût semblé qu'elles étaient les plus hautes expressions de la félicité humaine. Au dernier « Zutiflor » mon bonheur fut à son comble et approchant ma main de mes lèvres je l'embrassai tendrement. //

f. 17 Une fois les derniers invités reconduits et mes parents rassis, j'entendis ma mère demander : « Voyons maintenant que nous sommes seuls était-ce bien, comment était le filet. » Sur un mot de mon père : « Oui je sais que le caneton était une erreur, mais la langouste devait être excellente. Il m'a du reste semblé qu'on en prenait beaucoup. Avez-vous vu si Laure a bien dîné, il m'a semblé qu'elle ne reprenait pas de salade à la banane. Elle m'avait pourtant semblé bien bonne. Il faudra que j'aille féliciter la pauvre Angèle. Auguste avez-vous vu si on reprenait de tout, avait-on l'air de trouver cela bon. » Auguste déclara que le vicomte de Bretteville surtout avait repris de tout et qu'il avait l'air d'aimer particulièrement les ortolans. Ma mère avec bonté le dit à mon oncle : « Auguste dit que M. de Bretteville a paru trouver les ortolans bons. » La fraîcheur de l'air, ces conversations accoutumées, tout cela calmait mon agitation et me ramenait à la réalité. Pourtant je commençais à être très effrayé du moment où j'aborderais ma mère. Bientôt j'entendis qu'on se levait. Quelque temps se passa encore. Puis j'entendis mes parents monter ; ma mère entra avec mon père dans leur chambre. Ma bonne l'avait attendue pour défaire son corsage et sa coiffure, puis ma mère ressortit pour aller dans son cabinet de toilette. Je l'attendais dans l'ombre comme un voleur. Elle était en peignoir de toile blanc, ses admirables cheveux noirs défaits où il y avait toute la douceur et toute la puissance de sa nature, et qui survécurent si longtemps comme une végétation inconsciente des ruines qu'elle protège tendrement à la ruine de son bonheur et de sa beauté, encadraient alors un visage d'une pureté adorable, rayonnant d'une intelligence, d'une douceur enjouée que la douleur n'a pu jamais éteindre, mais allant au-devant de la vie avec un espoir, une innocente gaieté qui disparurent bien vite et que je n'ai revus que sur son lit funèbre quand toutes les douleurs que lui avait apportées la vie furent effacées du doigt de l'ange de la mort, quand son visage pour la première fois depuis tant d'années n'exprimant plus la douleur et l'anxiété, revint à sa forme première comme un portrait surchargé d'empâtements que le peintre efface d'un doigt. //

Ce premier visage de ma mère que j'ai tant aimé n'est pas celui qui devait rester pour moi définitivement le sien, celui qui m'apparaît encore quand je la revois. La dernière fois que j'ai vu ma mère sur ces routes obscures du sommeil et du rêve où parfois je la rencontre elle était dans cette robe de crêpe qui signifiait qu'elle avait au moment où je la rencontrais dans mon songe dépassé les jours qui ont brisé sa vie, ont préparé sa mort en peu de mois. Son visage était rouge de fatigue, du mauvais état de sa circulation, ses yeux fatigués d'une préoccupation incessante devaient souffrir par moi. Elle était vêtue avec un soin qui prouvait l'effort qu'elle faisait pour se rattacher à la vie, mais elle avait marché vite et le bas de sa robe était crotté, elle marchait en courant presque vers la gare, je sentais qu'elle s'oppressait, qu'elle souffrait dans son embonpoint, elle relevait gauchement ses jupes pour ne pas se salir. Et des sanglots m'étouffaient de la voir se presser, se fatiguer ainsi, j'aurais voulu lui donner ces baisers qui n'effacent rien, qui ne l'auraient pas fait arriver plus tôt ni plus doucement au terme de sa dure route ; elle marchait de plus en plus vite, ce qui me déchirait le plus le cœur, c'était une sorte d'irritation peinte sur son visage qui était la forme de la souffrance passant à travers sa santé qu'elle altérait, sa raison qu'elle choquait, irritation qu'elle cachait pour ne pas me faire mal, mais qui me rendait plus malheureux que tout car je sentais qu'elle était en partie dirigée contre moi et qu'ainsi elle m'accusait un peu. Je me mis à courir après elle.

Quand Maman passa près de moi je l'appelai tout bas, « Maman », ma mère se retourna étonnée, puis son visage prit une expression de colère. « Si tu ne te couches pas immédiatement, je ne te reparlerai jamais. » Mais je savais que maintenant qu'elle était si irritée, jamais je ne pourrais regagner mon lit sous une impression pareille : « J'ai quelque chose de très important à te dire », et je me mis à sangloter (tous les soirs je disais cela, et elle savait bien que c'était toujours un nouveau prétexte pour la revoir). « Va-t'en, va-t'en », mais je ne voulais pas, bravant sa colère je m'attachais à ses pas, je la suivais, je me jetais à genoux, j'embrassais sa robe ; à la fin vaincue elle me dit au
f. 19 comble de l'exaspération // « tais-toi au moins, tu vas réveiller ton père », et d'un air furieux elle entra dans ma chambre. C'était une première victoire mais quand elle voulut me quitter après m'y avoir fait entrer je me mis à sangloter tellement fort qu'après quelques paroles encore de colère, elle ne me dit plus rien. Elle me prit la main, me consola ; pour la première fois de ma vie aux yeux de ma mère pleurer ce n'était pas « ne pas être sage, être méchant, mériter d'être puni », c'était avoir du chagrin, même plus, un malaise dont on n'est[a] pas responsable. Et quand, un instant après, ma vieille bonne ne trouvant pas ma mère à qui elle voulait demander si elle n'avait plus besoin de rien et entrant dans ma chambre la trouva auprès de mon lit où elle m'avait mis de force et me tenant les mains pendant que je pleurais, et comme restée à la conception en vigueur jusque-là des larmes punissables elle demandait d'un air étonné en me voyant pleurer sans que Maman s'éloignât avec colère : « Qu'est-ce qu'il a, pourquoi pleure-t-il », Maman répondit : « Il ne sait pas lui-même, il est souffrant », et elle m'essuyait les yeux de sa belle main douce et blanche que j'aimais tant embrasser, où brillait l'alliance d'or que nous lui avons laissée sous la terre. Bien que je sentisse bien qu'un nouvel ordre heureux n'était pas créé pour cela et que les mêmes difficultés se présenteraient tous les soirs, pourtant le fait que

a. ms. : on est

mes chagrins du soir fussent en quelque sorte « reconnus » officiellement, que je n'en fusse plus responsable, m'ôtait un énorme poids de sur la conscience. Mais je sentais aussi que c'était comme une première défaite de Maman devant la vie. Jusque-là fidèle à ce que lui conseillait sans doute notre médecin elle ne voulait pas avoir l'air d'admettre que je pusse être triste autrement que par une méchanceté que j'étais libre de corriger. Elle avait persévéré dans cette voie, lutté dans sa volonté d'avoir un fils digne des espoirs qu'elle formait pour lui, à qui elle[a] ne concéderait rien de ce qui pouvait être mauvais pour lui, pas plus les larmes du soir que les « éclairs » du goûter, ou de rester une heure quand il y avait du monde. Elle ne voyait que le grand but, l'amour véritable, et sacrifiait mon plaisir du moment à mon bonheur, à la nécessité de me faire une santé exempte de nervosité, capable des grandes tâches. Ce soir où assise près de moi malgré l'heure indue, malgré mes larmes défendues, les laissant couler, ou me priant de les arrêter avec une douceur d'où avait fui tout reproche, elle venait de consacrer maladie ce que pour le guérir elle n'avait jamais voulu reconnaître pour une maladie, je sentis // que f. 20
cette concession était une première déception, une première abdication, qu'un peu de sa force s'était brisée, confessait son impuissance, elle si brave, si résolue à avoir raison des obstacles de la vie. Il me sembla que je venais de lui faire mal, que dis-je de l'amoindrir, de lui faire éprouver une sorte de diminution, qu'elle valait moins en ce moment, que j'étais arrivé à pervertir sa volonté et sa raison, que c'était cela ma victoire. Mes pleurs redoublèrent sans qu'elle comprît pourquoi et s'oubliant un moment à me regarder pleurer, elle me dit : « ne pleure pas ainsi » d'une voix qui se brisa, ses yeux se ternirent, je crus qu'elle aussi allait pleurer, elle se reprit vite et se mit à rire. « Tu vas finir par me rendre aussi bête que toi, petit crétinos, petit jaunet. » Et voyant que je me jetais dans ses bras en pleurant davantage elle s'éloigna, se ressaisissant tout à fait : « Non, ton père serait furieux, c'est aussi mauvais pour toi que pour moi ce que nous faisons là. » Je crois surtout que si elle était restée c'est que

a. ms. : il

si élevées que fussent ses théories elle était avant tout un esprit admirablement pratique, sachant que le mieux est quelquefois un compromis entre le mal présent et un plus grand mal. Elle n'était pas des médecins qui vous laissent indéfiniment souffrir parce qu'ils savent que la morphine est mauvaise, elle savait que la souffrance l'est parfois davantage. Dorénavant c'est avec une tendre douceur qu'elle devait se moquer de mes tristesses, ne s'en fâchant que quand je ne savais pas les contenir, quand je faisais des scènes. Elle m'embrassait, me disait : « Alors c'est mon jaunet (serin), mon petit crétinos », et elle me caressait la tête : « C'est tout de même malheureux que la mère ourse aime mieux ses petits quand ils sont mal léchés. » Quelques jours après Mme de Z. nous ayant invités à venir passer quelques jours chez elle, il fut décidé qu'elle partirait avec mon frère et que j'irais la rejoindre un peu plus tard avec mon père. On ne me le dit pas pour que je ne fusse pas trop malheureux à l'avance. Mais je n'ai jamais pu comprendre quand on essaye de nous cacher quelque chose comment le secret, si bien gardé qu'il soit, agit involontairement sur nous, excite en nous une sorte d'irritation, de sentiment de persécution, de délire de recherches. C'est ainsi // qu'à
f. 21
un âge où les enfants ne peuvent avoir aucune idée des lois de la génération ils sentent qu'on les trompe, ont le pressentiment de la vérité. Je ne sais quels indices obscurs s'accumulaient dans ma cervelle. Quand le matin du départ, Maman entra gaiement dans ma chambre, dissimulant je crois bien du chagrin qu'elle avait aussi et me dit en riant, me citant Plutarque, « Léonidas dans les grandes catastrophes savait montrer un visage jaunet[a], j'espère que mon jaunet va être digne de Léonidas », je lui dis « tu pars » sur un ton si désespéré, qu'elle fut visiblement troublée, je crus sentir que je pourrais peut-être la retenir ou me faire emmener ; je crois que c'est cela qu'elle alla dire à mon père, mais sans doute il refusa et elle me dit qu'elle avait encore un peu de temps avant d'aller se préparer, qu'elle s'était réservé ce temps pour me faire une petite visite. Elle devait partir je l'ai dit avec mon petit frère et comme il quittait la maison

a. *CSB* ne transcrit pas « jaunet » et indique en note : Lacune dans le manuscrit.

mon oncle l'avait emmené pour le faire photographier à Évreux. On lui avait frisé ses cheveux comme aux enfants de concierge quand on les photographie, sa grosse figure était entourée d'un casque de cheveux noirs bouffants avec des grands nœuds blancs[a] plantés comme les papillons d'une infante de Vélasquez, je l'avais regardé avec le sourire d'un enfant plus âgé pour un frère qu'il aime, sourire où on ne sait trop s'il y a plus d'admiration, de supériorité ironique ou de tendresse. Maman et moi nous partîmes le chercher pour que je lui dise adieu, mais impossible de le trouver. Il avait appris qu'il ne pourrait pas amener[b] le chevreau qu'on lui avait donné et qui était, avec le tombereau magnifique qu'il traînait toujours avec lui, toute sa tendresse et qu'il « prêtait » quelquefois à mon père, par bonté. Comme après le séjour chez Mme de Z.[c] il rentrait à Paris, on allait donner le chevreau à des fermiers du voisinage. Mon frère en proie à l'accablement de la douleur avait voulu passer la dernière journée avec son chevreau, peut-être aussi, je crois, se cacher pour faire par vengeance manquer le train à Maman. Toujours est-il qu'après l'avoir cherché partout nous longions le petit bosquet au milieu duquel se trouvait le cirque où on attelait les chevaux pour faire monter l'eau et où jamais n'allait plus personne, sans certes nous douter que mon frère pût être là quand une conversation entrecoupée de gémissements frappa notre oreille, c'était bien la // voix de mon frère et f. 22
bientôt nous l'apercevions[d] qui ne pouvait pas nous voir ; assis par terre contre son chevreau et lui caressant tendrement la tête avec la main, l'embrassant sur son nez pur et un peu rouge de bellâtre couperosé, insignifiant et cornu, ce groupe ne rappelait que bien peu celui que les peintres anglais ont souvent reproduit d'un enfant caressant un animal. Si mon frère dans sa petite robe des grands jours et sa jupe de dentelles, tenant d'une main à côté de l'inséparable tombereau des petits sacs de satin où on avait mis son goûter, son nécessaire de voyage et de petites glaces de verre avait bien la magnificence

a. ms. : des grands blancs
b. *CSB* : emmener.
c. ms. : M[e] de X.
d. *CSB* : aperçûmes

des enfants anglais près de l'animal, en revanche sa figure exprimait, sous ce luxe qui n'en rendait le contraste que[a] plus sensible, le désespoir[b] le plus farouche, il avait les yeux rouges, la gorge oppressée sous ces[c] falbalas, comme une princesse de tragédie pompeuse et désespérée, par moments de sa main surchargée du tombereau, des sacs de satin qu'il ne voulait pas lâcher, car l'autre ne cessait d'étreindre et de caresser le chevreau, il relevait ses cheveux sur sa tête avec l'impatience de Phèdre : « Quelle importune main en formant tous ces nœuds A pris soin sur mon front d'assembler mes cheveux ». « Mon pauvre petit chevreau s'écriait-il, attribuant au chevreau la tristesse que seul il éprouvait, tu vas être malheureux sans ton petit maître, tu ne me verras plus jamais, jamais », et ses larmes brouillaient ses paroles, « personne ne sera bon pour toi ne te caressera comme moi, tu te laissais pourtant bien faire, mon petit enfant, mon petit chéri », et sentant ses pleurs l'étouffer, il eut tout d'un coup pour mettre le comble à son désespoir l'idée[d] de chanter un air qu'il avait entendu chanter à Maman et dont l'appropriation à la situation redoubla ses sanglots : « Adieu des voix étranges M'appellent loin de toi, Paisible sœur des anges ». Mais mon frère quoiqu'il n'eût que cinq ans et demi était plutôt d'un naturel violent et passant de l'attendrissement sur ses malheurs et ceux du chevreau à la colère contre les persécuteurs, après une seconde d'hésitation il se mit à briser violemment[e] par terre ses glaces, à trépigner les sacs de satin, à s'arracher non pas les cheveux mais les petits nœuds qu'on lui avait mis
f. 23 dans les cheveux, à déchirer sa belle robe asiatique en // poussant des cris perçants : « Pour qui[f] serais-je beau puisque je ne te verrai plus » s'écriait-il en pleurant. Ma mère voyant les dentelles de la robe s'arracher ne pouvait rester insensible à un spectacle qui jusqu'ici l'avait plutôt attendrie. Elle s'avança, mon frère entendit du bruit, se

a. ms. : que le contraste
b. *CSB* : n'exprimait [...] que le désespoir
c. *CSB* : de ses
d. ms. : désespoir de
e. *CSB* : vivement
f. *CSB* : Pourquoi

tut immédiatement, l'aperçut, ne sachant pas s'il avait été vu, et d'un air profondément attentif, et en reculant avec feu se cacha violemment derrière[a] le chevreau. Mais ma mère alla à lui. Il fallut venir mais il mit comme condition que le chevreau l'accompagnerait jusqu'à la gare. Le temps pressait, mon père en bas s'étonnait de ne pas nous voir revenir, ma mère m'avait envoyé lui dire de nous rejoindre à la voie ferrée qu'on traversait en passant par un raccourci derrière le jardin car sans cela nous aurions risqué de manquer le train et mon frère s'avançait conduisant d'une main le chevreau comme au sacrifice et de l'autre tirant les sacs qu'on avait ramassés, les débris des miroirs, le nécessaire et le tombereau qui traînait à terre. Par moments il levait sa main chargée des sacs du tombereau qu'il soulevait de terre, jusqu'à sa cravate bouffante et à ses voiles de gaze : « Que ces vains ornements, que ces voiles me pèsent. »[b] Et par moments, sans oser regarder Maman, il lançait à son adresse tout en caressant le chevreau des paroles sur l'intention desquelles elle ne pouvait se méprendre : « Mon pauvre petit chevreau, ce n'est pas toi qui chercherais à me faire de la peine, à me séparer de ceux que j'aime. Toi tu n'es pas une personne, mais aussi tu n'es pas méchant, tu n'es pas comme ces méchants », disait-il en jetant un regard de côté à Maman comme pour juger de l'effet de ses paroles et voir s'il n'avait pas dépassé le but, « toi tu ne m'as jamais fait de peine » et il se mettait à sangloter. Mais arrivé à la voie ferrée et m'ayant demandé de tenir un moment le chevreau, dans sa rage contre Maman, il s'élança, s'assit sur la voie ferrée, et nous regardant d'un air de défi ne bougea plus. Il n'y avait pas à cet endroit de barrière. À toute minute un train pouvait passer. Maman folle de peur s'élança sur lui, mais elle avait beau tirer – avec une force inouïe de son derrière sur lequel il avait l'habitude de se laisser glisser et de parcourir le jardin en chantant dans des jours meilleurs, il adhérait aux rails –, // sans f. 24
parvenir à l'arracher. Elle était blanche de peur. Heureusement à ce moment mon père débouchait avec deux domestiques qui venaient

a. *CSB* : reculant se cacha derrière
b. *CSB* : omission depuis : « Par moments il levait ».

voir si on n'avait besoin de rien. Il se précipita, arracha mon frère, lui donna deux claques et donna l'ordre qu'on ramenât le chevreau. Mon frère terrorisé dut marcher mais regardant longuement mon père avec une fureur concentrée, il s'écria : « Je ne te prêterai plus jamais mon tombereau ! » Puis comprenant qu'aucune parole ne pourrait dépasser la fureur de celle-là il ne dit plus rien. Maman me prit à part et me dit : « Toi qui es plus grand sois raisonnable, je t'en prie n'aie pas l'air triste au moment du départ, ton père est déjà ennuyé que je parte, tâche qu'il ne nous trouve pas tous les deux insupportables. » Je ne proférai pas une plainte pour me montrer digne de la confiance qu'elle me témoignait, de la mission qu'elle me confiait. Par moments une irrésistible fureur contre elle, contre mon père, un désir de leur faire manquer le train, de ruiner le plan ourdi contre moi de me séparer d'elle, me prenait. Il se brisait devant la peur de lui faire de la peine et je restais souriant et brisé, glacé de tristesse. Nous devions [*interrompu*]//

f. 25 Nous revînmes déjeuner. On avait fait à cause « des voyageurs » un vrai déjeuner dînatoire avec entrée, volaille, salade, entremets. Mon frère toujours farouche dans sa douleur, ne dit pas un mot pendant tout le repas. Immobile sur sa chaise haute il semblait tout à son chagrin. On parlait de choses et autres quand à la fin du repas, à l'entremets, un cri perçant retentit : « Marcel a eu plus de crème au chocolat que moi » s'écriait mon frère. Il avait fallu la juste indignation contre une pareille injustice pour lui faire oublier la douleur d'être séparé de son chevreau. Ma mère m'a dit du reste qu'il n'avait jamais reparlé de cet ami que la forme des appartements de Paris l'avait obligé à laisser à la campagne et nous croyons qu'il n'y a jamais repensé non plus. Nous partîmes pour la gare, Maman m'avait demandé de ne pas l'accompagner[a] mais devant mes prières, elle avait cédé, depuis la dernière soirée elle avait l'air de trouver mon chagrin légitime, de le comprendre, de me demander seulement de le maîtriser[b]. Une fois ou deux sur la route, une sorte de fureur m'en-

a. ms. : m'accompagner à la gare
b. *CSB* : mépriser

vahit, je me considérais comme persécuté par elle et mon père qui m'empêchait[a] de partir avec elle, j'aurais voulu me venger en lui faisant manquer le train, en l'empêchant de partir, en mettant le feu à la maison ; mais ces pensées ne duraient qu'une seconde ; une seule parole un peu dure put effrayer[b] ma mère mais bien vite je repris ma douceur passionnée avec elle et si je ne l'embrassais pas autant que j'aurais voulu c'était pour ne pas lui faire de peine. Nous arrivâmes devant l'église, puis on passait le cours[c] ; cette marche progressive au-devant de ce qu'on redoute, les pas qui avancent et le cœur qui s'enfuit... puis on tourna encore une fois, « nous aurons cinq minutes d'avance » dit mon père, enfin j'aperçus la gare. Maman me pressa légèrement la main en me faisant signe d'être ferme. Nous allâmes sur le quai[d], elle monta dans son wagon et nous lui parlions d'en bas. On vint nous dire de nous éloigner, que le train allait partir. Maman en souriant me dit : « Régulus étonnait par sa fermeté dans les circonstances douloureuses. » Son sourire était celui qu'elle prenait pour citer des choses qu'elle jugeait pédantes et pour aller au-devant des moqueries si elle se trompait. Il était aussi pour signifier que ce que je trouvais un chagrin n'en était pas un. Mais tout de même elle me sentait bien malheureux et comme elle nous avait dit adieu à tous elle laissa mon père s'éloigner, et me rappela une seconde et me dit : « Nous nous comprenons mon loup tous les deux n'est-ce pas. Mon petit aura demain un petit mot de sa Maman s'il est bien sage. *Sursum corda* », // ajouta-t-elle avec cette indécision qu'elle f. 26
affectait quand elle faisait une citation latine pour avoir l'air de se tromper. Le train partit, je restais là, mais il me sembla que quelque chose de moi s'en allait aussi.

a. ms. : empêchaient
b. *CSB* : effraya
c. *CSB* : on pressait le pas
d. *CSB* : les quais

Le côté de Villebon et le côté de Meséglise

Je fus étonné d'apprendre par mon mécanicien qu'en prenant à droite de Chartres la route de Nogent-le-Rotrou puis en tournant deux ou trois fois à gauche on arrive au château de Villebon. C'est pour moi comme si on me disait qu'après avoir pris un premier chemin et un second chemin on arrive au pays des rêves. Ainsi dans l'Antiquité le puits par où on descendait au royaume de la vie future avait une situation géographique précise et était situé au milieu d'endroits réels. Pendant bien longtemps je ne me doutais même pas de ce que c'était que Villebon. On disait après le déjeuner, après qu'on était resté indéfiniment à terminer une tasse de café, et à reprendre une dernière prune trois quarts d'heure après qu'on avait déjà fini de déjeuner : « Il fait beau, il n'y aura pas d'orage. Si on allait sur la route de Villebon ? » La route de Villebon c'était en pays étranger, tout autre chose que la route de Bonneval par exemple, sur laquelle on allait tout simplement les jours où on avait passé l'après-midi au parc. Alors vers cinq heures, pour avoir faim pour le dîner, on nous faisait fermer nos livres ou cesser nos jeux et on partait faire un petit tour sur la route de Bonneval qui était tout en haut après le plant d'asperges et la porte de bois blanc qui était en osier, route où il faisait[a] toujours déjà un petit peu frais (peut-être parce que nous y allions à la fin de l'après-midi), où le soleil se couchait remplissant f. 27

a. ms. : ~~faisait~~

tous les champs de pourpre et où on entendait au loin les cloches pour les biens de la terre. J'aurais bien voulu savoir ce que c'était que Bonneval qui était au-delà de mon univers connu, de ce qu'on apercevait de plus lointain, des petits bois de chênes jamais atteints où je sentais que commençait une autre vie. Mais Villebon était encore bien plus étranger et plus mystérieux. Pour aller sur la route de Villebon c'était de la maison qu'il fallait partir, et par-derrière encore ; au lieu de sortir du vestibule dans la rue comme pour aller à l'église, au marché, au parc, à la gare, on sortait par-derrière, c'est-à-dire que du
f. 28 vestibule on descendait dans le petit // jardin et on sortait par une porte que je ne prenais que rarement et qui servait plutôt au jardinier, à la laitière, au boucher ; et tout de suite on arrivait à la rivière qui paraît-il était la même que celle qui passait dans le parc et qu'on suivait avant[a] d'arriver à lui. Mais là-bas c'était un filet d'eau dormante qu'on passait sur un pont de bois et où un gamin était toujours en train de plonger une carafe qui se remplissait au soleil de têtards et de vairons, entre les nénuphars et les boutons d'or de la rive. Ici c'était presque un petit fleuve de ville traversé d'un grand pont de pierre. Comme je ne l'ai jamais suivie[1] du petit pont de bois au grand pont de pierre, et comme les deux parties que j'en voyais se rapportaient à deux pays différents, à des journées entièrement disparates, à un autre côté de la maison qui me semblait un autre côté du monde, je n'établis aucun lien de continuité entre eux. Par ici je ne connaissais personne. Et quelquefois nous allions donner un coup d'œil à[b] un petit jardin que mon oncle avait là en bas de la ville et qui nous permettait de couper en le[c] traversant et de retomber directement « dans la route de Villebon ». Ce jardin était la chose la plus merveilleuse que j'aie jamais vue. Au lieu d'être fatigué comme dans les autres de la variété de fleurs que je n'avais[d] pas encore appris à aimer ou qui commen-

a. ms. : avait
1. « L' » renvoie à « la rivière », quelques lignes plus haut.
b. ms. : coup à
c. ms. : couper entre le
d. ms : aimais

cerait à me laisser indifférent[a], il n'y avait que quelques espèces, que j'adorais dans une profusion délicieuse. Le petit prodige d'une fraise rouge et sucrée tenant vraiment par une tige aux feuilles rondes et nervurées qui ne ressemblent à aucune autre s'y répétait des milliers de fois. Le prodige non moins charmant de grandes asperges tenant au sol par leur queue et élevant de terre leur léger plumet de mauve et d'azur n'y était pas répété avec moins de grâce. Quelques lézards d'un vert merveilleux étaient toujours posés au soleil à côté du puits où on voyait mille petits vairons comme dans la rivière. Enfin des cerisiers y portaient des cerises à profusion. Entre la multiple ombrelle de pourpre transparente qu'ils inclinaient gracieusement innombrables, et le jardin de pourpre écrue qu'était le jardin de fraisiers, jardin bleu pâle aussi, de la soie pas brillante mais si douce de ses myosotis, du bleu moins soyeux, plus céleste, de ses pervenches, et bleu sombre, bleu-violet, bleu de velours de ses cinéraires, et à peine bleuâtre de ses asperges, passaient d'innombrables papillons aux ailes bleu pâle aussi. Et pas une seule des fleurs qui // m'ennuyaient dans le parc et que je ne devais aimer que plus tard. Pas f. 29
les bégonias qu'eux je n'aimerais jamais, pas[b] les grands fuchsias du vilain rouge de la joue de la fille du jardinier, qui tout le temps laissaient tomber de leurs fleurs dans leurs vilaines caisses vertes là où[c] on m'envoyait apprendre mes leçons, pas les énormes pivoines roses qui me semblaient si lourdes, si communes, qui sentaient si mauvais dans le grand massif où il faisait toujours si chaud qu'on n'arrêtait plus d'éternuer et qui avaient toujours une bête dans leur cœur déjà à demi échenillé. Pas les géraniums ennuyeux qu'on longeait chaque fois qu'il fallait faire faire le tour du parc à des étrangers et dont les fleurs étaient si habituelles, si pauvres, si courtes, avec une feuille poilue, d'une odeur commune, fleurs après lesquelles le jardinier était tout le temps, qui ne semblaient faites que pour lui et qui ne se liaient pour moi encore à aucune poétique idée qui vien-

a. ms. : me commencerait à me laisser indifférente
b. ms. : n'aimerais, pas
c. ms. : vertes où

drait les renouveler, les rendre désirables comme étaient les fraisiers, les pervenches, les ne-m'oubliez-pas, les asperges, les roses. Et ceux-là dont je rêvais et que je m'émerveillais de trouver réalisés devant moi, c'était un délice d'en trouver tant en face de moi et d'en avoir ainsi une vision complète sans qu'elle fût interrompue de choses que je n'aimais pas. Les autres jardins ressemblaient à la *Colomba* de Mérimée ou *Le Merle blanc* de Musset que j'aimais bien moins que le *Picciola* de Saintine parce qu'à peine parle-t-il de quelque chose de beau qui me plaît, d'une lune [*interrompu*]

En sortant du jardin nous tombions dans une grande rue où on passait devant le jardin du notaire, un jardin d'une autre sorte encore avec de grands arbres à fleurs de couleurs étranges qui me paraissaient très laides, un bassin, un jet d'eau. On ne l'apercevait que par une grande grille. On voyait une pelouse avec la croix de la Légion d'honneur faite en joubarbe[a] ; le reste de la façade était en murailles où retombaient des clématites et… une aubépine rose. L'arbuste que j'ai toujours le plus aimé, que j'ai tellement aimé qu'il m'est par moments, quand il penche, laisse retomber en souriant ses fleurs roses et confuses, presque impossible de ne pas croire que je suis quelqu'un de particulier pour lui comme il est quelqu'un de particulier pour moi, depuis le temps que je l'aime et que déjà quand j'étais tout petit on plaisantait ma passion pour la fleur aimée. Quand je tombai si malade là-bas la première joie de ma convalescence fut la visite d'une cousine que j'aimais, que je n'aurais jamais cru qui fût venue à la maison, et une grande branche d'aubépine rose qu'elle m'apporta. Elle était la parure merveilleuse de l'autel et quelque chose qui dans les chemins à la grâce divine et embaumée de l'aubé-
f. 30 pine que j'adorais ajoutait // de la couleur, la même couleur que les biscuits roses de Tours qu'on sortait de leur boîte après le déjeuner les jours de grande faveur, ou que le fromage à la crème quand on y avait écrasé des fraises. Voir mon aubépine chérie, l'enchantement de l'église et du printemps, peinte en rose, c'était pour moi l'ivresse qu'est pour l'amant d'une symphonie de Beethoven qu'il ne connaît

a. ms. : joubarde. Voir p. 27, note 1.

que pour l'avoir lue de l'entendre à l'orchestre, pour celui qui est fou, sur une simple photographie, d'un tableau de Ver Meer de Delft, de le voir avec toutes ses couleurs. Aujourd'hui encore quand je pense qu'il y a des chemins où il y a de l'aubépine rose ils me paraissent faits d'une substance particulière analogue au rêve, il me semble si ma triste infirmité ne m'empêchait de m'y promener que j'y pénétrerais dans ma douzième année et que bien des choses qui me semblent de la couleur insignifiante de l'expérience redeviendraient pour moi belles, mystérieuses, analogues à cette réalité divine que nous touchions partout alors et que ne l'ayant jamais trouvée dans la vie nous essayons si péniblement plus tard, quand nous sommes artistes, de découvrir et d'élucider dans notre cerveau. Il y avait dans les chemins creux qu'on prenait ensuite d'autres aubépines, et rien que sa feuille, comme plus tard la feuille du pommier, me paraissait quelque chose d'absolument différent d'une feuille, comme le nom d'une femme qu'on aime, mais la promesse particulière d'une félicité. Déjà j'aurais voulu rester seul devant elle, chercher à me rendre compte de ce qui m'y plaisait tant, mais mes parents me rappelaient. Et puis l'arbuste ne pouvait pas me dire davantage. Il ne pouvait que me donner son image. C'était à moi plus tard, averti par le plaisir qu'elle me donnait que cela correspondait à quelque chose de réel dans ma pensée, à essayer[a] de soulever l'image restée intacte à sa place et de chercher ce qui se cachait au-dessous, non pas dans l'arbre, mais dans mon cerveau. Et je cueillais au passage quelques-unes de ces fleurs d'églantine qui plaisent un jour plus que les roses, quatre morceaux de fragile tissu rose pointant avec un pistil, et tout cela soufflé par le vent avant d'être rentré. //

[*Nouvelle version*]

Pendant bien longtemps je ne connus Villebon que par ces mots « la route de Villebon, du côté de Villebon ». « J'en étais sûre, disait ma grand-tante quand on rentrait en retard pour dîner (c'est-à-dire seulement une demi-heure d'avance, en n'ayant que "le temps de f. 31

a. ms. : à plus tard essayer

s'apprêter" avant "le premier coup"), j'en étais sûre, je me disais pour ne pas être rentrés à cette heure-ci il faut qu'ils aient pris par Villebon. Vous devez en avoir une faim ! Allez-vous seulement avoir assez à dîner… » « Prendre » ainsi à l'improviste « par Villebon » (c'est-à-dire rejoindre la route de Villebon pour rentrer) était d'ailleurs très rare. Quand on allait se promener du côté de Villebon, on le savait en partant. Et d'abord on ne quittait pas la maison par la même porte que pour l'autre promenade. Il y avait deux promenades, « le côté de Meséglise » et « le côté de Villebon »[a]. Le « côté de Meséglise » commençait en haut du parc pour nous. Pour les pauvres gens, et les gens du pays les jours de fête, il y avait un chemin creux d'aubépine qui longeait le parc en montant, et qui aboutissait au même endroit que la porte du haut du parc, c'est-à-dire aux champs. Le « côté de Meséglise » était à ciel découvert, immense, il y pleuvait quelquefois, car comme c'était la petite promenade, on la réservait pour les temps incertains ; et le soleil y était toujours près de se coucher car on n'y partait qu'après les heures chaudes passées dans le parc. On était allé d'abord au parc, aussi on était sorti par la porte qui donnait du vestibule sur la rue de l'Oiseau bleu, saluant l'armurier, « Monsieur Orange » (l'épicier), traversant la rivière mince comme un fil, sur un petit pont de bois où nous nous arrêtions[b] à considérer les têtards qui en un instant s'aggloméraient, ou étaient dispersés ; parfois des gamins mettaient des carafes dans la rivière pour les prendre, et parfois du pont pêchait un homme en chapeau de paille qui connaissait mon oncle. Et à peine avait-on passé le pont, plus de cent mètres avant d'arriver au parc, on était salué par l'odeur du grand lilas qui restait prisonnier derrière la petite porte blanche où il s'agitait avec distinction et mille frémissements et manières sur sa taille souple mais qui envoyait ses parfums au-devant de nous. Tel était le vestibule du « côté de Meséglise ». Sans doute on n'était jamais allé
f. 32 jusqu'à Meséglise mais Meséglise n'était pas très loin // de l'endroit où on s'arrêtait. On sentait bien que le pays commençait à changer,

a. ms. : ~~et le côté de Villebon~~. Nous restituons.
b. ms. : où nous arrêtions

qu'il y avait des bouquets de bois, que la route commençait à redescendre. Et le dimanche, près du parc on rencontrait des gens que personne ne connaissait, des « étrangers » et qui venaient d'au-delà de Meséglise. Meséglise restait mystérieux comme l'horizon. (Peut-être mettre ici : c'est sur ces champs qui allaient à Meséglise que j'ai pour la première fois vu se coucher le soleil, remarqué l'ombre autour de leurs pieds, vu le croissant si pâle, entendu les cloches de l'angélus au retour, connu la douceur de rentrer avant tout le monde. C'est dans ces champs de Meséglise que douze ans plus tard j'ai connu le charme de sortir après tout le monde quand la lune est déjà levée, de rencontrer les moutons bleus de lune etc.[a]) Mais Villebon était aussi lointain, aussi abstrait que le Nord ou l'Espagne. Pour aller du côté de Villebon, après que mon père avait consulté le jardinier et s'était fait promettre qu'il ne pleuvrait pas, on partait après déjeuner. Et on ne partait pas par la rue de l'Oiseau, le pont de bois, etc. où le chemin était divisé comme par autant de bornes par l'armurier, « Monsieur Orange », le pêcheur en chapeau de paille qui saluait mon oncle, l'odeur du lilas. //

[*Reprise et développement des deux pages précédentes*]

Pendant bien longtemps je ne connus Villebon que par ces mots : f. 33
« la route de Villebon, aller du côté de Villebon », par opposition à « l'autre » promenade, la route de Meséglise, le côté de Meséglise. « J'en étais sûre, disait ma grand-tante quand on rentrait dîner en retard (c'est-à-dire seulement une demi-heure d'avance et n'ayant que "le temps de s'apprêter" avant le "premier coup"), j'en étais sûre, je le disais à Félicie (la bonne qu'elle avait envoyée nous attendre sur le pas de la porte) pour ne pas être rentrés à cette heure-ci, il faut qu'ils aient pris par Villebon. Allez-vous seulement avoir assez à dîner après une trotte pareille, le gigot est tout petitot. » Mais « prendre » ainsi à l'improviste par Villebon c'est-à-dire rejoindre la route de Villebon pour allonger la promenade de Meséglise était une chose exceptionnelle et qui m'est d'ailleurs toujours restée incompréhen-

a. Cette note de régie, que nous donnons entre parenthèses, est portée en tête du feuillet.

sible, le côté de Villebon et le côté de Meséglise étant des parties de l'univers trop opposées comme l'Orient et l'Occident, pour pouvoir communiquer entre elles par un chemin de traverse. Habituellement quand on devait aller se promener du côté de Villebon, on le savait avant de partir. Et on ne partait pas du même côté que pour aller « vers Meséglise ». Pour aller vers Meséglise on partait comme pour aller au parc que nous avions en dehors de la ville, c'est-à-dire qu'on quittait la maison par la porte d'entrée du vestibule, qui donnait sur la rue de l'Oiseau bleu ; et jusqu'au parc on rencontrait sur le chemin, à distances à peu près égales, comme autant de bornes qui le divisaient d'abord l'armurier qui fermait sa boutique[a], puis, aussitôt tournée la rue du Saint-Esprit, « Monsieur Orange »[b] l'épicier qui nous croisait[c], tête nue en portant des pains de sucre, puis, au sortir de la ville, le petit pont de bois sur lequel on passait la rivière mince comme un fil et où pêchait un homme en chapeau de paille que je ne connaissais pas et qui saluait mon
f. 34 oncle, // et[d] enfin, en longeant la rivière sur le sentier surélevé, l'odeur du grand lilas qu'on ne pouvait pas apercevoir encore, prisonnier derrière les barreaux blancs de la petite porte de bois, qui crierait si doucement sur les cailloux tout à l'heure quand nous la pousserions, dans son massif où il se livrait avec exagération, pour le moindre souffle de vent, à des frémissements interminables qui faisaient valoir la grande distinction de ses manières, la légèreté de ses beaux panaches mauves, et sa taille restée si souple ; il envoyait son odeur au-devant de nous sur le petit sentier de halage, et nous le rencontrions, à peu près à égal chemin du pêcheur inconnu en chapeau de paille et de la porte du parc, à l'endroit où des gamins plaçaient toujours des carafes dans la rivière, plus fraîches à voir ainsi étinceler entre l'eau qui les emplissait et l'eau qui les entourait que sur une table servie, et où se prendraient beaucoup de ces

a. ms. : que nous fermait sa boutique (états précédents : qui nous saluait de sa boutique, que nous saluions devant sa boutique)

b. ms. : par « Monsieur Orange »

c. ms. : nous croisait au tournant de l

d. Jusqu'à « se disperser tout d'un coup », nous donnons la seconde version du manuscrit. Proust a omis de biffer la précédente (voir Transcription diplomatique).

vairons et têtards que çà et là dans la rivière, nous nous amusions à voir brusquement s'agglomérer comme si l'eau enfin sursaturée les avait contenus jusque-là en dissolution, puis se disperser tout d'un coup. Comme la promenade de Meséglise était courte on restait d'abord une heure ou deux à jouer au parc, et on sortait ensuite par la porte du haut, quand la chaleur diminuait, vers quatre heures. Aussi le pays de Meséglise était-il éclairé par un soleil oblique. Son climat était assez pluvieux, son sol souvent détrempé, parce qu'on réservait la promenade sur cette route pour les temps incertains où on n'aurait pas osé risquer Villebon. Le pays de Méséglise[a] [*la suite, biffée, est reprise au début du f. 35*] //

Le pays de Meséglise se composait, à perte de vue, de champs de blé, de seigle, de sarrazin. Seulement tout au bout sur la droite un petit bouquet de bois qui semblait signifier que le pays commençait à changer de caractère là-bas, et derrière lequel paraît-il était le fameux Meséglise. Mais nous n'allions jamais jusque-là. f. 35

Et je n'aurais pu avoir quelques renseignements sur Meséglise que par des inconnus et des étrangers, en casquettes, en bonnets, même en chapeaux, que parfois le dimanche on voyait se promener dans la ville, regarder le parc par la porte, et qu'on nous disait venir « du côté de Meséglise », d'au-delà, sans doute, du petit bouquet de bois. Mais il ne m'était pas permis de parler aux personnes que je ne connaissais pas. D'ailleurs je ne comprenais jamais ce qu'on me disait, même ce que me disaient mes parents. Et absorbé par je ne sais quoi je ne l'écoutais même pas. Et Meséglise était mystérieux pour moi comme l'horizon. Mais Villebon était aussi abstrait qu'un point cardinal. Tout pour aller du côté de Villebon était différent de la promenade de Meséglise. Et d'abord on partait par une petite porte du jardin par où n'entraient que le boucher, le laitier, l'épicier, et tout de suite on se trouvait dans une partie de la ville où nous n'allions jamais, dont les habitants nous étaient inconnus. On passait la rivière sur un large pont de pierre, parfois encombré de carrioles. Et comment supposer que cette rivière large et profonde était // la même f. 36

a. Graphie isolée : dans ces pages, Proust écrit toujours « Meséglise ».

que le mince filet d'eau entièrement couvert par endroits de nénuphars, de plantes vertes, de boutons d'or qu'une planche de bois traversait si facilement avant d'arriver au parc ? On passait devant le jardin du notaire dont les arbres du Japon aux fleurs rouges, toujours répandues par le vent devant la porte, me semblaient bien laids, et dont des clématites en velours violet couvraient le mur dès le mois de Mai comme si elles fussent nées de l'air chaud. On passait le Calvaire, puis ce n'était plus qu'une seule rangée de maisons, un bras de la ville paysanne tendu vers la campagne et auquel des haies d'églantines et d'aubépine blanche faisaient une manche de soie rose et de mousseline parfumée. Puis une allée d'arbres commençait qui semblait savoir où elle conduisait [*Un trait de jonc-*
f. 37 *tion relie cette page à la suivante*] // On prenait une sorte d'avenue de grands arbres qui avait l'air de savoir où elle conduisait. Souvent depuis, revoyant des arbres pareils en Normandie, en Bourgogne, soudain je sentais une sorte de douceur m'envahir et mes états de conscience actuels glisser doucement pour en laisser apparaître un très ancien. « J'ai déjà vu ces arbres, où ». C'était si vague que je pensais que c'était seulement en rêve. Et puis je me rappelais, c'était l'avenue qu'on prenait en sortant de la ville pour aller sur la route de Villebon. J'ai eu si souvent envie de la revoir, cette avenue, qu'elle est devenue constamment, dans mes rêves, plus mystérieuse encore qu'elle n'était dans mon souvenir, dans mon désir, pleine de femmes mystérieusement dans l'ombre, avec leur visage seul éclairé, et surtout ce sentiment si particulier d'un lieu qui ne ressemble à aucun autre, tel que nous imaginons chaque lieu que nous ne connaissons pas encore, et que nous ne trouvons jamais quand nous y allons. Ce désir obsédant d'épuiser la particularité d'un pays et de l'exprimer a fini par devenir comme une sorte de malaise intellectuel qui me revenait en rêve, comme des malaises physiques. Je sentais l'extrême particularité de cette avenue, je la sentais inexprimable, j'allais l'exprimer, je me réveillais. Puis les arbres se multipliaient, c'était une forêt, mais le sentier tournait, les arbres s'éclaircissaient, et on arrivait sur une route très élevée, bordant de profondes vallées bleues qui fuyaient de chaque côté, vite fermées par des coteaux et qui s'enfuyaient ailleurs, où on ne

les voyait plus. Puis la route tournait encore et c'était une vaste plaine, vide, sous un ciel bleu, vacant, où quelques nuages blancs avaient été laissés [*interrompu*] //

[*Reprise de la page précédente*]

Avant de gagner ce qui était proprement la route de Villebon on prenait une sorte de grande avenue d'arbres qui semblait savoir où elle conduisait. Même aujourd'hui où tous les lieux de la terre m'ont l'un après l'autre refusé l'essence mystérieuse que je rêvais en chacun d'eux et m'ont appris l'un après l'autre l'inutilité de ces voyages dont leur nom éveillait en moi un désir insensé, il me semble que cette avenue doit contenir réellement quelque chose d'analogue à ce dont j'ai tant rêvé. Quelquefois je la vois en rêve, des femmes à demi cachées dans l'ombre y sont occupées à d'invisibles travaux. Je sens, et cette fois non plus par l'imagination, je sens directement l'essence mystérieuse d'un pays, c'est mon imagination qui voit, c'est mon rêve que je vais vivre, mais alors je m'éveille. D'autres fois c'est éveillé que j'ai cette sensation merveilleuse, mais au moment même où je vais saisir la particularité mystérieuse de l'allée d'arbres, je m'endors, ou si je me force à rester éveillé je ne la vois plus. Car il est vraiment des choses qui ne doivent point nous être montrées. Et à voir que toute ma vie s'épuise à essayer de voir ces choses, je pense que là est peut-être le secret caché de la Vie. Les arbres se multipliaient, on traversait un moment la forêt de Barbonne, puis ils s'éclaircissaient et on rejoignait la vraie route de Villebon, dominant d'un côté de profondes vallées bleues qui tour à tour s'entrouvraient et se refermaient, entre de hauts coteaux, s'enfuyant vers un horizon que les coteaux nous cachaient et auquel elles semblaient appartenir. Nous étions pour ainsi dire entourés des formes d'un autre pays qui ne faisaient que passer par là, et dont nous n'apercevions que le commencement, ou la fin, au-dessus de nous, dans une lumière bleue. De l'autre côté la route était de plain-pied avec une vaste plaine, entièrement vide car nous y arrivions d'ordinaire à l'heure où les paysans f. 39[a]

a. Le f. 38 est vierge.

quittaient leur travail ; au-dessus des champs vides, le ciel vacant était tout bleu et comme les instruments de travail sur les sillons, de gros nuages blancs avaient été laissés sur les côtés. Tout semblait immobile à jamais comme dans le tableau d'un peintre. Mais pourtant les nuages blancs, comme des cadrans solaires naturels, montraient par l'inclinaison où ils recevaient la lumière qu'il était très bas et que f. 40 bientôt le soleil baisserait. Bientôt la route // quittait cette plaine et nous avions devant nous une immense vallée, des coteaux très élevés sur lesquels une forêt faisait un déchiquetage de croix, et sur un autre coteau plus lointain encore, le clocher d'une église, seule trace humaine dans tout le paysage, inscrivait dans le ciel bleu son petit triangle clair. « Quel magnifique point de vue », dit un jour l'adjoint qui nous avait accompagnés. J'en fus stupéfait.

Sources du Loir[a]

C'est probablement aux promenades du côté de Meséglise que je dois de ne pouvoir quand je longe le talus d'un champ, apercevoir posées sur une tige verte au milieu des blés les deux ailes rouges d'un coquelicot, sans ressentir une joie profonde que la beauté d'une fleur ne serait pas suffisante à me donner. Je dis des autres fleurs que je les trouve belles, mais celles-là et plusieurs autres, si je les aperçois d'une voiture, je fais arrêter et je descends aller les regarder de près, comme je m'écartais autrefois de mes parents pour aller les cueillir. Et sans elles un champ pour moi n'est pas un champ. Un champ plein de coquelicots me fait penser que la poésie est une réalité et que le bonheur et la bénédiction peuvent descendre sur la terre. C'est aussi aux promenades du côté de Meséglise que je dois d'aimer tout autant les bleuets, presque autant la toison pourprée du trèfle, mille fois plus la fleur blanche du pommier que je reconnaîtrais entre mille autres, à l'émotion ressentie, comme devant une femme aimée qu'on ne peut confondre avec aucune autre. Mais c'est au « côté de Villebon » que je dois ma tendresse plus profonde encore pour l'aubépine, si grande, si persistante au cours de ma vie, que j'ai peine à croire qu'elle ne sache pas de quelle prédilection elle est l'objet.

a. Note de régie, en vue de l'intercalation du morceau correspondant.

Quand en poussant des cris de joie, à un âge où je ne pouvais même pas articuler son nom, quand je l'apercevais tendant sur ses petites branches aux feuilles ajourées la mousseline embaumée de ses fleurs, l'avais-je déjà vue à l'église sur l'autel et est-ce cela qui a commencé à lui donner pour moi quelque chose de sacré qu'elle n'a jamais perdu ? Mais ma tendresse pour elle n'a rien de cette simple admiration pour une belle fleur qui pourrait tourner à l'ennui comme toute satisfaction purement esthétique. Sa floraison suppose pour moi des charmes indicibles de vie délicieuse, entre les jeux du parc, les merveilleuses lectures de la maison, les mois de Marie de l'église. Et quand je l'aperçois devant une haie je m'arrête devant le miracle de ses fleurs comme devant un rêve bien réel dont ce serait le bonheur de vivre la douceur, toute la philosophie de le comprendre, et tout l'art de le recréer. C'est au côté de Villebon que je dois d'aimer aussi d'amour, mille fois moins mais un peu tout de même, le
// miracle des fraises sous leurs grandes feuilles courbées, des cerises f. 41
d'agate dans les cerisiers, des pervenches, des ne-m'oubliez-pas de soie bleu pâle. C'est sur la route de Meséglise que j'ai appris à aimer l'air vif en plein champ, la douceur de frapper du pied le sol des labours, l'ombre noire au pied des pommiers, la tristesse des bruits à l'automne comme dans une maison démeublée. Mais c'est du côté de Villebon que j'ai remarqué pour la première fois le rose mystérieux qui s'élève au-dessus des bois après le coucher du soleil, qui fait paraître les branches toutes noires, qui se reflète rouge dans l'eau, et qui rendrait triste et ferait rêver, s'il ne donnait si envie de rentrer, d'être à table avant la nuit tout à fait venue devant un bon feu, avec la lampe allumée, et la perspective d'un agréable dîner près de soi. Bien des années plus tard[a] sur la route de Villebon j'ai connu un plaisir différent de celui de se promener tout le jour et de rentrer à la nuit, c'est celui de rester chez soi à travailler le jour, et avec la duchesse de Villebon, qui avait l'habitude de dîner à l'heure où j'étais couché des années avant quand j'étais petit, de partir à la nuit se promener. Alors les dernières gens qui rentraient, c'est en partant que nous les croi-

a. ms. : ~~Plus tard~~

sions en traversant le village quand nous voyions au-dessus des toits la lune déjà d'or dans le ciel encore rose. Puis la lune régnait tout à fait et nous marchions dans les chemins dominant ces vallées dont nous voyions des files de moutons à la toison bleuâtre, au nez rougeâtre et noble de jeunes premiers, rentrer confusément, cependant que nous nous rangions pour les laisser passer, jouissant de l'étonnement que notre promenade singulière causait, et bientôt nous trouvant seuls dans les champs, le silence, le clair de lune. Quand on est seul avec un autre être dans l'univers vide, il semble que seul on existe pour lui. J'eus alors quelquefois en descendant avec elle les vallées fantastiquement éclairées par le clair de lune pour notre promenade fantasque, la sensation que j'existais réellement pour elle dans l'univers, que je n'étais pas une image qui passe et s'efface. Mais je me souvenais des amis à qui je l'avais entendue si tendrement parler, sa voix s'appuyant sur leur existence, que je ne pensais pas qu'elle pourrait vivre sans eux, devenus ce « pauvre un tel » dont on ne parle jamais, dont on ne peut[a] parler. Et après une longue marche nous rentrions, nous voyions dans le village les maisons nous montrer[b] et nous nous réjouissions quand la grande silhouette du château nous présentait les deux grandes fenêtres éclairées nous faisant présager pour l'heure où tout le monde dort, le dîner délicieux, les conversations des amis, la musique fort avant dans la nuit. //

f. 41v Pour revenir au temps où je ne connaissais que le « côté de Villebon » et le « côté de Meséglise », quand je fus amoureux, pendant les promenades dans ces champs infinis et plats de Meséglise, où un souffle de vent traverse des lieues sans rencontrer d'obstacle, où un rosier n'embaume pas, où un angélus ne tinte pas, où une brise ne s'éveille pas à dix lieues de là sans venir jusqu'à nous, je me disais : « cet air elle l'a respiré, brise va jusqu'à elle, dis-lui mes larmes, unis nos pensées, chant des cloches ». Mais quand nous allions du côté de Villebon, je voyais dans un bas-fond une petite maison qui avait l'air isolée de tout, enfermée sans vue, enchaînée à un pli de rivière caché

a. ms. : on peut
b. Blanc dans ms.

de nénuphars et de plantes aquatiques, triste, inconnue, attachée au sol humide. Et je pensais à la tristesse de venir vivre là toujours, sans elle, pour l'oublier, de faire taire ses révoltes le soir, d'accepter l'oubli, l'isolement, de rentrer dans le sol, dans l'immobilité, perdu dans ces terres infréquentées. Une femme élégante, avec un triste visage, était sur le balcon, je pensais qu'elle aussi était venue là oublier un amour. Mais aussi comme on doit alors épouser la terre, quelle meilleure manière de connaître l'âme de ses lieux perdus, de leurs habitants, que de devenir leur habitant, d'avoir à soi ce lieu, cette maison ignorée, ce pli dormant de rivière enfoui sous sa végétation aquatique, d'être justement la personne dont nous cherchions à pénétrer l'âme. Mais je sentais bien que j'aurais vite fait en y volatilisant perpétuellement mon âme d'anéantir celle de ces lieux et de les pénétrer de mes pensées toutes connues de moi plutôt que de recevoir, autrement que dans les premiers jours, d'un malaise sans pensée, l'impression de la leur. Des voitures passaient, des trains sifflaient, des fils télégraphiques chantaient, je me sentais uni à celle que j'aimais. Ce train m'apporte peut-être une lettre. C'est peut-être sa tendre pensée qui court vers moi que ces fils sont en train de me chanter. Je pourrais avoir la lettre ce soir, je vais l'avoir, elle commence par ces mots. Et je savais maintenant que je ne l'aurais pas, parce qu'il n'y a pas de raison pour qu'exactement ce qu'on a imaginé[a] se réalise aussitôt. Et si cela était arrivé il m'aurait semblé que ce n'était pas vrai, la réalité n'aurait été qu'une sorte d'imagination émanée de moi, ne m'aurait pas apporté quelque chose d'indépendant de moi qui pût me donner de la joie. Ce n'est pas pour moi que ces fils chantent, ce n'est pas une dépêche pour moi qu'ils transmettent, me disais-je, et pourtant, ajoutais-je // en pleurant, « si tu voulais, si tu f. 43[b]
avais voulu, ce serait ta dépêche, je l'aurais en rentrant méchante » ; je trouvais du plaisir à courir loin de mes parents, à me sentir seul, à m'asseoir dans un lieu où on ne pouvait me voir, à pleurer, à chanter en écoutant ma voix « Les reproches ne servent point » ou « Adieu

a. ms. : qu'on imaginé
b. Le f. 42 est vierge.

des voix étranges t'appellent[a] loin de moi », à prier le Christ du Calvaire, quand nous passions devant lui au retour, et comme il était souvent tard car mes parents ne calculaient pas exactement le temps que nous mettions pour revenir de la descente de Villebon, à regarder les étoiles s'allumer, à me dire qu'elle les regardait sans doute en ce moment, à me dire qu'elle m'aimait si j'en apercevais cinq à la fois, à recommencer si je n'en avais vu que quatre, et si je n'en voyais encore que quatre, à me dire que cela faisait cinq, quatre étoiles, et une phrase : « Je t'aime ».//

f. 51[b] Une fois nous avions poussé plus loin que d'habitude sur la route de Villebon, nous étions allés aux Sources du Loir.

Je n'avais jamais vu Villebon. Quelquefois Madame de C. disait à Maman, il faudra un jour venir à Villebon.

a. ms. : m'appellent
b. Les f. 44-50 sont vierges, ainsi que le f. 52.

Séjour au bord de la mer

La question de savoir si en voyage on doit faire ou non de nouvelles relations, question qui vient de se poser je suppose un grand nombre de fois pour tous nos lecteurs pendant les mois qui viennent de s'écouler, est en réalité résolue par la meilleure portion de l'humanité dans un sens qui me semble déplorable pour ce qu'il est destructeur de la sincérité et de la vie. Ma grand-mère, elle, ignorait je peux dire sincèrement les personnes qui habitaient l'hôtel. D'ailleurs eût-elle aperçu dans la salle à manger des amis à elle que la pensée constante de ne jamais nous faire perdre dix minutes de mer, de soleil, et plus souvent hélas de froid et de pluie, l'aurait empêchée de « reconnaître » quelqu'un à qui il aurait fallu parler, « faire des frais ». Sur la plage nous ne quittions jamais la mer (ma grand-mère pouvait s'en apercevoir à ses jupes trempées), montant et descendant avec elle, elle suivant le flot avec son pliant, et nous ne quittions la plage que juste le temps d'aller déjeuner. Encore ne la quittions-nous pas des yeux car ma grand-mère au refus formel du directeur de l'hôtel de nous faire servir dehors s'était fait retenir une table contre la baie vitrée, qu'elle tâchait toujours de faire ouvrir malgré les récriminations des clients. Quelquefois si le maître d'hôtel avait refusé elle essayait de la manœuvrer elle-même. Et dès qu'elle était ouverte tout s'envolait, les menus couraient dans le hall, les voiles posés sur les tables s'envolaient dehors. Ma grand-mère en riait beaucoup mais les autres personnes le prenaient beaucoup moins bien. C'était un f. 53

tollé général, le maître d'hôtel était obligé de fermer non sans avoir adressé quelques observations à notre endroit qui faisaient notre désespoir à mon frère et à moi mais étaient bien loin d'atteindre ma grand-mère qui trouvait ces gens « communs » et regardant le soleil sur la mer disait : « Quelle pitié de ne pas profiter de ce beau temps, d'être enfermé ici comme à Paris. Mes enfants déjeunez vite
f. 54 pour aller retrouver la mer. » // Si ma grand-mère ne souffrait pas de ne pas être connue des personnes qui habitaient l'hôtel, et d'être un peu méprisée par eux, peut-être n'en était-il pas de même de quelques autres personnes. Mais les gens ont tellement pris l'habitude de dire d'une chose qui les contrarie qu'elle leur est agréable[a], s'ils jugent cela plus flatteur, qu'ils ont pris depuis bien longtemps l'habitude de se le dire à eux-mêmes et de le croire. De sorte que notre âme vit entourée d'une série de plaisirs qui ne sont que des mécontentements inavoués ou au mieux un vague ennui réputé plaisir, et laisse à distance et non goûtés par respect humain les plaisirs naturels, qui à vrai dire quand on peut les goûter ne sont pas bien vifs mais au moins ont l'avantage de ne pas nous donner l'impression de vivre toujours au milieu d'impressions travesties. Ainsi la vieille dame qui dînait à une table voisine de la nôtre, je suis bien sûr qu'en arrivant dans un hôtel elle aurait voulu que toutes les personnes qui causaient dans le hall, que le financier, le médecin connu et la vicomtesse provinciale, lisent écrit sur sa figure qu'elle connaissait la duchesse de T. et avait une lettre d'elle dans sa poche et bien d'autres choses qui leur auraient donné d'elle une estime[b] que son petit « deuil » noir et blanc ne leur donnait nullement. Mais elle avait pris l'habitude de se dire qu'elle était indifférente à l'opinion des autres et qu'elle désirait ne pas connaître les gens qu'elle rencontrait en voyage. Et pour ne pas avoir à expliquer qui elle était et ne pas souffrir d'être méprisée des autres elle avait tendu entre elle et les autres – entre elle et la vie – un certain nombre de personnes qui étaient chargées de faire comme une série d'enceintes

a. ms. : leur agréable
b. ms. : qui lui auraient donné une estime

vivantes // entre elle et la vie. Dans chaque nouvelle ville, dans chaque nouvel hôtel, elle arrivait, précédée d'une gouvernante qui retenait ses chambres, accompagnée d'une femme de chambre, d'un chauffeur. Et quand son automobile arrivait devant l'hôtel et qu'elle montait à ce qui était déjà sa chambre, sa gouvernante l'attendant sur la porte, sa femme de chambre, elle jouissait d'une sorte d'exterritorialité, n'ayant pas le sentiment de mettre le pied sur une terre étrangère mais de continuer de vivre dans un même microcosme qui se déplaçait avec elle, aux frontières duquel se tenaient en sentinelles sa gouvernante, sa femme de chambre, son maître d'hôtel et son chauffeur, et pour rejoindre une chambre où déjà on avait préparé tous ses objets venus de Paris. Et quand elle gagnait rapidement sa chambre traversant le hall sans regarder personne et répondait le plus brièvement possible au directeur de l'hôtel à qui elle n'avait pas à se nommer, que sa gouvernante avait déjà mis au courant de tout ce qu'elle désirait, sans doute le directeur de l'hôtel se disait que c'était une fière dame qui ne voulait avoir de rapports avec personne ; et quand elle descendait déjeuner et qu'elle gagnait sa table et jetait sur les personnes en train de déjeuner un regard qui semblait leur signifier son indifférence et sa supériorité mais qui probablement ne signifiait cela que pour elle car ils avaient un peu l'air de rire en la regardant, je me demande si tout cela n'était pas un mensonge dans lequel elle vivait, destiné à lui masquer la réalité et qui avait fini par la lui masquer en effet. Je me demande si elle n'avait pas été une personne très intimidée d'arriver dans un nouvel hôtel, // très soucieuse de l'opinion des beaux messieurs qui y fumaient ou causaient dans le hall, ou partaient en promenade, très désireuse de les connaître, de leur plaire, peut-être d'y trouver un amant, très angoissée d'entrer dans une chambre inconnue. Mais son orgueil et sa sensibilité souffraient de ces premières minutes où il fallait être regardée avec méfiance[a] croyait-elle par le directeur de l'hôtel, – comme un client peu chic, peut-être –, de ne pas pouvoir faire connaître vite, peut-être jamais, qui elle était à tous ces gens, enfin

f. 55 / f. 56 (marges)

a. ms : méfiance – croyait-elle

d'être[a] dédaignée de ceux à qui elle souhaitait de plaire ; sa sensibilité, sa santé peut-être souffraient de ce premier tête-à-tête avec un pays étranger, avec une chambre nouvelle, au milieu de meubles qui ne la connaissaient pas. Même si au bout d'un instant elle avait pu citer des références au patron de l'hôtel, peut-être plus tard entrer en relation, faire savoir quelles étaient les siennes au beau monsieur à gardénia, au jeune homme en bottes à l'écuyère en train de flirter avec une dame, peut-être si elle avait pu s'habituer à la chambre, contracter amitié avec ces portraits qu'elle ne connaissait pas, avec ces deux vases chinois dont l'accueil était glacial, il y avait un premier temps d'acceptation d'une réalité nouvelle qui était trop pour elle. Peut-être dans deux mois serait-elle connue du jeune homme en bottes à l'écuyère et ce serait-il lui qui souhaiterait d'être reçu par elle à Paris. Peut-être dans quelques jours quand elle penserait à partir les dames tenant une rose à la main au-dessus de la[b] porte lui
f. 57 feraient-elles un regard // à sentir son cœur se fondre à la pensée de s'en séparer, et dans les vases chinois eux-mêmes reconnaîtrait-elle de vieux amis qui silencieusement s'étaient mis à l'aimer et dont elle ne se séparerait pas volontiers. Quant au directeur vraisemblablement au bout d'une demi-heure il aurait compris qu'il avait affaire[c] à un client de choix. Mais même avec lui il y avait cette première minute, cette première parole adressée qui était l'acceptation d'être prise pour *une minute* pour l'étrangère peut-être méprisable. Et elle avait supprimé cette minute en envoyant sa gouvernante. Elle avait fait enlever d'avance les vases chinois en[d] faisant ressembler la chambre autant que faire se pouvait à sa chambre de Paris. Elle avait supprimé toute la période où ce monsieur en bottes à l'écuyère à qui elle désirait plaire aurait pu la mépriser en niant qu'elle eût désiré lui plaire, comme elle avait nié qu'elle eût peur du premier contact avec le directeur et avec sa chambre. Et elle avait donné comme traitement à son âme la même parole qu'elle disait aux autres et qui au

a. ms. : de ne pas être
b. ms. : au-dessus la
c. ms. : à faire
d. ms. : chinois et en

bout de peu de temps devait la mettre sous son[a] influence médicamenteuse et intoxicante : « C'est si assommant de s'entendre avec le directeur d'hôtel que j'envoie ma gouvernante. Les chambres sont si laides que j'amène de mes petites // affaires pour que ce soit joli. f.58
J'aime bien voyager pourvu que je ne connaisse[b] personne et qu'on ne me demande de faire la connaissance de personne, c'est si assommant de faire de nouvelles connaissances. » Et aussi, sensibilité délicate et frémissante analogue[c] à un frémissant colimaçon suivi[d] de toute sa *maison*, elle allait dans la vie suivie de son chauffeur, de son maître d'hôtel, de sa gouvernante, de sa femme de chambre, de ses affaires, qui mettaient leur croûte plus dure entre la vie et sa sensibilité trop délicate. Mais ainsi cette sensibilité délicate n'était plus affectée directement par la vie, ayant toujours entre elle et la réalité cette carapace qui supprimait les contacts. Elle avait supprimé de sa vie le travail qu'on est obligé de faire pour s'accommoder à des lieux nouveaux, à des gens nouveaux, pour rebâtir perpétuellement sur un sable inconnu le château de cartes de sa « situation », mais ainsi elle avait supprimé de sa vie les lieux nouveaux, les gens nouveaux, la vie. N'était-il pas un peu dans le même cas le riche élégant que je voyais à une table plus loin avec sa maîtresse et deux amis ? Sa maîtresse était charmante et intelligente, pleine d'esprit, avait pris tous ses goûts d'art, de lecture, de bibeloterie, de causerie et son amitié pour quatre ou cinq êtres charmants qui se plaisaient, et lui et elle et eux, dans la société les uns des autres et ne voyageaient qu'à condition de pouvoir comme à Paris dîner ensemble, excursionner ensemble, aller au théâtre ensemble. // Ils ne venaient dîner que f.59
très tard quand il n'y avait plus personne dans la salle à manger pour être bien entre eux, et s'il y avait eu encore du monde ne leur jetaient pas ce regard dédaigneux de la vieille dame car ils se sentaient plutôt admirés et enviés et n'avaient pas besoin d'affirmer une petite supériorité qu'ils pouvaient croire reconnue à leur élégance et leur

a. ms. : mettre son
b. ms. : je connaisse
c. ms. : frémissante qui analogue
d. ms. : colimaçon que suivi

charme. Mais cette maîtresse élégante tendait entre cet homme riche et la vie un voile souple et parfumé qui ne l'en séparait pas moins[a]. La toilette différente qu'elle mettait chaque soir pour descendre dîner lui terminait l'univers, comme sa gouvernante à la vieille dame, et quand ils inventèrent pour ne pas être au milieu de tout le monde dans la salle à manger de l'hôtel de partir tous les soirs – très tard, à l'heure où tout le monde finissait de dîner – dans un restaurant élégant où ils avaient un salon à part – leur automobile qui les attendait et où ils partaient leur faisait tourner le dos à la vie. Même ce pays merveilleux que leur automobile eût pu leur faire visiter, ces chemins où les pommiers et l'aubépine aperçoivent la mer, ils l'asservissaient à n'être pour eux, ne sortant qu'à la nuit noire à l'heure où d'autres se couchent, que l'image noire et toujours partout la même du trajet qu'il faut faire de son cabinet de toilette à un cabinet de restaurant ou à une salle à manger mondaine, de l'endroit où on vient de se donner un dernier coup de peigne, et d'assujettir une fleur à sa boutonnière, ou de mettre un peu de rouge à sa lèvre et d'hésiter entre deux chapeaux, au moment où on tend son pardessus au valet de pied et où après peut-être[b] un coup d'œil à la glace et un frémissement de la peau dans la chemise blanche, on entre et on tend la main.
f. 60 Cette rue des Capucines // quelconque qu'on ne reconnaît même pas du fond de l'auto où on achève de mettre ses gants et où en voyant qu'il est huit heures et demie on souhaite la mort des passants qui nous retardent, oui voilà ce que devenaient pour eux les merveilleux chemins de Normandie. Apporter ses affaires avec soi dans un pays étranger, c'est ne pas vouloir communier avec ses chambres inconnues, entrer dans une vie nouvelle, mais emmener sa maîtresse avec soi c'est ne pas vouloir communier avec ses femmes inconnues, entrer dans une vie nouvelle. Mon oncle n'était pas ainsi et le jour où n'ayant réussi à connaître aucune des femmes élégantes d'un pays, à se faire présenter à aucune de ses jeunes filles, à prendre la taille

a. ms. : séparait moins
b. ms. : après être

d'aucune de ses[a] servantes, il écrivait en désespoir de cause à sa maî-
tresse de venir, il lui semblait faire acte de renoncement, et de men-
songe en faisant semblant de mener une vie complète là où tout
simplement il substituait à la partie de la vie qu'il ne pouvait explo-
rer, quelque chose qui n'était pas d'elle. Ce n'est pas lui qui se serait
enfermé dans ses relations anciennes, dans le sentiment de son quant-
à-soi, de sa « situation ». Sa situation, mais ce n'était plus pour lui
une chose existante mais une chose finie qui avait pris la forme d'un
outil utile pour lui en faire une nouvelle. La situation qu'il avait dans
le faubourg Saint-Germain[b] à Paris, maintenant qu'il en connaissait
toutes les femmes ce n'était plus rien qu'une sorte de masse inerte,
sans valeur en soi, mais très utile comme truelle pour s'en bâtir une
n'importe où dans le village ou la ville d'eaux // où il arrivait et où f. 61
il se trouvait une femme qui lui plaisait. En tant que situation dans
le faubourg Saint-Germain dont il connaissait toutes les femmes cela
ne lui était plus rien. Mais en tant que situation possible à Quimper-
Corentin où la fille du juge au tribunal de première instance lui plai-
sait et semblait ne pas faire attention à lui c'était énorme. Cette
situation en un mot n'était pas une demeure où il eût été assez sot
comme certains pour se prélasser. C'était une maison démontable
avec laquelle il voyageait et qu'il s'efforçait selon les possibilités et
les usages de chaque pays de reconstruire partout où il se trouvait de
manière à y faire bonne figure. Peut-être eût-il pu arriver auprès des
jolies femmes de chaque pays à réussir aussi bien sans faire cette
même belle figure d'homme élégant. Mais s'il ne mettait la vanité
qu'au service de l'amour et la tenait en elle-même pour rien, en
revanche il ne possédait pas de ces âmes comme celle de ma grand-
mère qui ne comprennent pas ce que c'est que la vanité et même si
on pouvait les imaginer logées dans le corps d'un jeune homme
amoureux, ne se soucieraient pas d'éblouir celle qu'ils aimeraient.
Et par là si je considère mon oncle, maintenant qu'à distance je com-
prends et reconstitue sa vie, comme bien plus près de la vie que la

a. ms. : ces
b. ms. : Faubourg ~~de~~ / Germain

vieille dame précédée de sa gouvernante et suivie de son chauffeur, que l'homme élégant lui-même vivant toujours avec sa maîtresse dans la même société choisie, pourtant je crois que ce besoin de paraître brillant à ce qu'il aimait ou courtisait, d'aborder les femmes par *en haut*, d'une situation qu'elles enviassent, en ayant l'air de condescendre, je crois que là encore il y avait dans une certaine mesure //
f. 62 comme chez la vieille dame sensibilité et timidité qu'on ne veut pas mettre à l'épreuve, renoncement non pas à la vie, à ses joies nouvelles, comme chez la vieille dame, mais au contact complet avec la vie. Mais quant à ses relations je le répète ce n'étaient qu'inutiles chaînes d'or jusqu'au jour où trouvant un plat à son goût – comme un homme qui aurait une chaîne d'or et aurait besoin de bijoux – il la vendait au premier changeur contre de l'argent aisément échangeable. Toutes les amabilités qu'il avait faites dans sa vie à une duchesse, toute la « situation » qu'il s'était faite auprès d'elle, il les résumait, par une impérieuse demande, avec une lettre de recommandation lui permettant d'avoir accès, parce que sa fille était jolie, chez un fermier. Aussi comme les mouvements de notre sang par exemple se révèlent aux autres, même à ceux que nous prétendons ne pas les comprendre, par des lignes sphygmographiques toujours les mêmes, aussi comme on le reconnaissait à ces lettres qu'on recevait souvent de lui, demandant avec une indifférence feinte, sous des
f. 63 prétextes inventés, avec une diplomatie dont // la persistante originalité, bien reconnaissable à tous, de son caractère, rendait les habiletés plus dénonciatrices que des maladresses, une lettre d'introduction, une invitation, ou simplement renouant avec des amis qu'il n'avait pas vus depuis longtemps et dans l'orbe de qui il jugeait pouvoir rencontrer la personne qui lui plaisait au moment . Ainsi je me rappelle avec une certaine tristesse la fin de non-recevoir constante que mes parents opposaient toujours à ses demandes[a]. À chaque lettre de lui on se méfiait, on refusait de lui faire connaître telle personne que nous mettions en rapport si facilement avec tant de gens qui n'en avaient aucune envie, que nous aimions moins que mon oncle

a. ms. : assez demande

et qui étaient « moins » que lui. Sitôt son écriture reconnue mon père disait : « C'est Florian qui va nous demander quelque chose. À la garde. » Et on prétextait que la personne en ce moment sortait peu, que nous-mêmes ne pouvions pas recevoir. Et chaque fois (quand j'avais deviné la demande de mon oncle à des bribes de conversation) que je voyais la personne venir, et souvent s'ennuyer seule à la maison, mes parents n'ayant trouvé personne à inviter, je pensais quelle joie c'eût été pour mon oncle d'être là, de quel mystère bienheureux eût été baignée notre salle à manger, s'il avait su qu'elle était ce soir-là le monde où elle rayonnait, que la lampe qui éclairait notre salle à manger était celle qu'elle voyait, dont la lumière éclairait ses joues un peu pâles, ses petits cheveux blonds. Il y avait certainement de la part de // mon oncle une certaine audace à vou- f. 64
loir, du moment qu'il était sans cesse sollicité par de nouvelles formes de la vie, à vouloir que le monde entier lui servît d'entremetteur. Il ne faudrait pas pourtant s'imaginer qu'il se représentait tous les gens qu'il connaissait et tous ceux que ces gens-là connaissaient et par qui il disposait d'eux, toute cette foule de savants, de princes, de généraux, de duchesses, de financiers rangés des deux côtés de la chambre où il voulait pénétrer, chacun une lumière à la main et lui les congédiant ensuite après leur avoir payé en amabilités d'une sorte ou de l'autre le prix de la chandelle, l'indemnité de dérangement, et comme on dit l'heure d'attente. Ce serait d'autant moins exact que parfois mon oncle dès le premier regard ne désirait pas coucher, que même s'il l'avait désiré dès le début – ce qui n'arrivait pas toujours – il y renonçait souvent en route pour les raisons que nous verrons, et qu'ainsi ses intentions, sinon ses désirs, de fornication l'ayant abandonné en cours de route depuis le moment où il avait aperçu l'objet qui lui plaisait jusqu'au moment où il le connaissait assez bien pour pouvoir s'occuper de les mettre à exécution, les rares fois où l'intention l'avait accompagné jusqu'au bout, la dureté des circonstances qui était habituellement la vertu de la demoiselle l'obligeait par force à y renoncer. Non ce qui le poussait c'était le désir, c'était aussi une sorte de sincérité, c'était de prendre le désir pour ce qu'il est, un chemin qui nous fait espérer d'aller à la vraie connaissance des choses

particulières, des individus. C'était de ne pas « passer » sur une maî-
f. 65 tresse habituelle toujours la même // le désir que lui avait inspiré la laitière aux blanches manches qui l'avait regardé au coin de la rue quand occupé de reconduire une vieille dame il n'avait pas osé quelque envie qu'il en eût, ou pas pu, quelque prétexte soudain inventé, la plaquer aussitôt, ou le trottin[1] qu'il avait – sans l'avoir vu avouons-le – cherché (car on peut provoquer des expériences, les savants appellent cela l'expérimentation) et vainement cherché tant qu'il était à pied, et qui, quand voyant qu'aucune femme ne passerait plus il avait arrêté un taxi, lui avait passé sous le nez, sans qu'il ait eu le temps ou le toupet de faire arrêter la voiture, c'était [*interrompu*]

1. Terme vieilli : commissionnaire, jeune ouvrière chargée de faire les courses.

Jeunes filles

Un jour, comme deux oiseaux de mer marchant sur le sable et prêts à s'envoler, j'aperçus sur la plage deux fillettes, plus tout à fait des petites filles, pas encore des jeunes filles, dont l'aspect inconnu, la toilette étrange pour moi, me les firent[b] prendre pour des étrangères de passage et que je ne reverrais pas. Elles marchaient, rieuses, hautaines, semblaient ne pas voir les autres êtres humains qui étaient sur la plage, et parlaient fort. Bientôt deux, trois autres, de même espèce, les avaient rejointes et le tout formait un conciliabule jacassant, sans cesse grossi et pour qui le reste de l'univers paraissait ne pas exister. Si ç'avait été de nouvelles arrivantes, je les aurais revues le soir même, le lendemain avant, après déjeuner, sur cette petite plage où tout le monde s'apercevait et se retrouvait dix fois par jour. Mais quelques jours plus tard autour d'un superbe break arrêté au coin d'une des rues qui débouchent sur la plage je les aperçus, peut-être pas tout à fait les mêmes, mais il me semblait bien en reconnaître plusieurs. Les unes déjà montées sur le break disaient adieu aux autres qui ne tardèrent pas à rejoindre les chevaux qui les attendaient un peu plus loin, tenus en bride par des piqueurs. Cette fois-ci j'en distinguai nettement une de ces étrangères qui avait l'air décidé et rapide, de longs cheveux roux qui flottaient au vent dans f. 67[a]

a. Le f. 66 est vierge.
b. ms. : me firent

son dos, et un chapeau formé d'une seule mouette les ailes grandes ouvertes qui semblait faire partie de sa personne aussi bien que son nez pur, que ses yeux clairs qui se fixèrent en passant, mais comme les yeux d'une mouette peuvent se fixer sur les nôtres, en ne prenant pas conscience de nous, ou comme quelqu'un d'une autre race. Elle arrangeait un petit col de guipure qui devenait charmant, comme
f. 68 // une chose qui n'avait d'autre but que de couvrir son cou et qui s'en acquittait d'ailleurs fort mal, car elle le tordait et le serrait sans cesse, ce qui ajoutait à son charme, d'être sans cesse manié par ses mains, et rapproché de son cou.

Sans doute l'attitude de Maman était la plus belle. Mais elle est si rare et l'indifférence à ce qui les entoure n'est chez la plupart qu' [*interrompu*] //

f. 69 [*Reprise et nouveau développement des deux feuillets précédents*]

Un jour sur la plage marchant gravement sur le sable comme deux oiseaux de mer prêts à s'envoler, j'aperçus deux petites filles, deux jeunes filles presque, que leur aspect nouveau, leur toilette inconnue, leur démarche hautaine et délibérée me firent prendre pour deux étrangères que je ne reverrais jamais ; elles ne regardaient personne et ne me virent pas. Je ne les revis plus les jours suivants ce qui me confirma dans l'idée qu'elles n'avaient fait que passer sur la petite plage où tout le monde se connaissait, menait la même vie, se retrouvait quatre fois par jour aux jeux innocents de la plage. Mais quelques jours plus tard autour d'un splendide break arrêté devant la plage j'en vis cinq ou six du même genre, les unes dans le break qui disaient adieu aux autres, lesquelles d'ailleurs ne tardèrent pas à rejoindre des chevaux qu'on tenait en laisse à côté et sur lesquels elles partirent. Je crus bien reconnaître une des deux que j'avais vues marcher sur le sable mais ne fus pas sûr mais en distinguai bien nettement cette fois une à sa chevelure rousse, à l'œil clair et hautain qu'elle posa sur moi, à ses narines frémissantes au vent, à un chapeau formé des ailes ouvertes d'une mouette qui semblait voler encore dans le
f. 70 même vent qui soulevait les // boucles de cheveux roux. Elles partirent. Quelquefois je les revoy[ais.] J'en reconnus bien deux que je

souhaitais revoir. Quand j'aper[cevais leur] assemblée étrange parfois ces deux-là n'y étaient pas et j'en [étais] triste. Mais ne sachant ni d'où elles venaient ni à quelles heures elles étaient là je ne pouvais m'attendre à leur apparition et me consumais à les espérer sans les voir, ou étais trop troublé de les voir tout d'un coup sans les avoir espérées pour en avoir un grand plaisir. C'étaient les filles ou les nièces des principaux châtelains du voisinage, nobles ou gens riches frayant avec la noblesse qui venaient passer quelques semaines tous les ans à C. Quelques-uns même dont les châteaux[a] étaient tout voisins fréquentaient la plage en cette saison mais sans[b] habiter la station même, leur château n'étant qu'à quelques kilomètres de là. Bien que dans leur milieu il y eût sans doute bien des exceptions à cette élégance le hasard de ce groupement voulait que toutes eussent une grâce, une élégance, une agilité, une fierté dédaigneuse aussi qui les faisaient d'une tout autre race que les petites filles de mon monde. Elles me semblaient aussi habillées d'une façon extraordinaire que je n'aurais pas su définir et qui tenait probablement tout simplement à ce que passant leur temps à des exercices que mes petites amies ignoraient, l'équitation, le golf, le tennis, elles étaient généralement en jupe de cheval, en costume de golf, en chemisette de tennis. Probablement elles jouaient à tout cela loin de la plage et n'y venaient qu'à des intervalles assez éloignés dont je n'avais pas encore su découvrir la périodicité, par exemple je suppose après le golf le jour où il n'y avait pas danse au château de T., etc., et elles n'y venaient qu'un moment, comme en pays conquis, sans accorder aux indigènes qui l'habitaient généralement qu'un regard hautain, franchement impoli qui signifiait « vous n'êtes pas de mon monde », et parfois sans se gêner échangeaient entre elles un sourire qui signifiait : « Quelle touche. » Notre vieil ami monsieur T. ne cessait de s'élever contre leur mauvaise éducation. Maman au contraire n'y faisait aucune attention et s'étonnait, comme d'ailleurs presque tous les gens intelligents, qu'on pût s'occuper de gens qu'on ne connaissait pas et se

a. ms. : le château
b. ms. : en

f. 71 demander s'ils étaient polis ou impolis. Elle // leur trouvait du chic et mauvais genre, mais il lui était entièrement indifférent qu'elles pensassent d'elle une chose ou une autre. J'avouerai franchement que je n'avais nullement la philosophie de Maman et que j'aurais passionnément aimé, je ne dis même pas les connaître, mais qu'elles eussent de moi l'idée la plus haute. Si elles avaient pu savoir que mon oncle était le meilleur ami de S. A. le duc de Clermont et qu'en ce moment même si Maman avait voulu et n'avait pas préféré pour nous l'air de la mer, nous aurions été à Clermont où Son Altesse nous avait invités. Ah ! si cela avait pu être écrit sur ma figure, si on avait pu le leur faire dire, si le duc avait pu venir passer deux jours ici et me présenter ! En réalité si le duc de Clermont était venu ici elles l'auraient pris pour un vieux bourgeois fort mal habillé et d'une politesse où elles auraient vu une preuve de roture et elles l'auraient regardé de haut en bas. Car elles ne le connaissaient pas, étant d'un monde qui se croyait fort brillant, mais ne l'était aucunement. Et je ne vois pas que le duc de Clermont même en descendant jusqu'à ses plus humbles connaissances aurait pu trouver à me mettre en relation avec elles. Leurs pères étaient des industriels enrichis, ou de petits nobles de province, ou des industriels récemment ennoblis. Monsieur T. connaissait du voisinage les pères de plusieurs qui pour lui étaient des gens plutôt brillants, et quoique en somme du même point de départ que lui menant une vie plus brillante. Deux fois je le vis causer amicalement avec des messieurs que j'avais vus avec les petites filles et qui n'étaient autres que leurs parents. Quand je l'appris j'en eus la fièvre, je pourrais ainsi sinon les connaître au moins être vu par elles dans la société de quelqu'un qui les connaissait (je ne savais pas encore qu'il se répandait sur leur grossièreté). Tout d'un coup je me sentis pour T. la plus vive amitié, je lui fis mille caresses, et avec la permission de Maman qui n'en sut pas la raison, lui achetai une superbe pipe que son avarice lui avait empêché d'acheter. Et le jour où je les aperçus sur la plage, je ne fis qu'un bond chez T. Au moment d'arriver chez lui je recourus à la maison me donner un coup de peigne, une cravate rose à mon frère aîné, un peu de poudre de riz à Maman sur un petit bouton que je croyais

avoir sur la joue et l'ombrelle de Maman parce qu'elle avait son manche en jade et me paraissait un signe d'opulence. « Monsieur T. je vous en prie venez faire un petit tour de plage. » « Mais pourquoi mon ami. » « Je ne sais pas, je vous aime tant cela me ferait plaisir. » « Hé bien si tu veux, attends il faut que je finisse une lettre. » Il rit de mon ombrelle, voulait que je la laisse chez lui, sauvagement je la lui repris, disant que Maman m'avait forcé à la prendre contre le soleil. Je devenais menteur et impitoyable pour la défense de mon désir. « Oh ! si vous ne finissiez pas la lettre. » Je me disais elles vont être parties, je le pressais, j'avais la fièvre, // tout d'un coup de sa f. 72
fenêtre j'aperçus les six petites jeunes filles (justement ce jour-là elles étaient au grand complet, ç'aurait été merveilleux) qui prenaient leurs affaires, sifflaient leurs chiens, se disposaient à partir. Je le suppliai, il ne comprenait pas mon insistance, nous descendîmes, la plage était déserte, j'avais les larmes aux yeux, je sentais cruellement sur moi la beauté inutile de la cravate rose, du coup de peigne, du doigt de poudre et de l'ombrelle. Je ne voulais plus rester sur la plage. Je l'accompagnai à la poste où il avait une lettre à mettre quand en rentrant de la poste nous nous trouvâmes tout d'un coup en face les six jeunes filles qui avaient arrêté break et chevaux pour faire une emplette. Je pris vivement monsieur T. par le bras pour qu'elles vissent bien que j'étais avec lui et commençai à lui parler avec animation pour nous faire remarquer, pour qu'elles nous vissent bien, et pour être sûr de ne pas leur avoir échappé je proposai à monsieur T. de venir acheter quelque chose dans la boutique ; cependant je déboutonnais mon pardessus pour qu'on vît bien ma cravate rose, je relevais mon chapeau en arrière pour que la mèche frisée apparût, je regardais furtivement dans une glace si le bouton n'avait pas réapparu sous la poudre enlevée, et je prenais l'ombrelle par le bout pour pouvoir exhiber dans toute sa splendeur le manche de jade que je faisais tourbillonner en l'air. Littéralement suspendu au bras de monsieur T., l'accablant des marques de mon intimité je causais avec lui avec une surprenante animation. Puis tout d'un coup à un moment où je vis qu'elles nous regardaient toutes et où je dois le dire l'ombrelle ne paraissait pas produire exactement l'effet que j'avais sou-

haité, prenant un prétexte absurde, pour bien leur prouver que j'étais très lié avec quelqu'un qui connaissait leurs parents, je me jetai au cou de monsieur T. et l'embrassai. Un léger rire sembla bruire dans la foule juvénile, je me retournai et les regardai avec l'air d'étonnement et de supériorité de quelqu'un qui les apercevrait pour la première fois et semblait prendre connaissance de ce peuple. À ce moment monsieur T. salua le père[a] de l'une d'elles qui venait les chercher. Mais tandis que le père répondait très poliment au coup de chapeau, ses filles que monsieur T. avait saluées en même temps, au lieu de lui répondre le regardèrent d'un air impoli et se retournèrent vers leurs amies en souriant. En réalité leur père considérait monsieur T. comme un brave homme qui n'était pas de ce qu'il appe-
f. 73 lait depuis quelques années son monde. Et les filles qui // se considéraient comme appartenant de toute éternité au « monde » où était entré leur père, et qui croyaient ce monde, celui de l'ancien notaire T., du grand marchand de biscuits, du fabricant de monts artificiels, du vicomte de la Vaucelles etc. comme le monde le plus élégant de l'univers, du moins tout de suite après celui, divin comme un infini miroitant à l'horizon, d'où venait la marquise de C. qu'elles apercevaient en visite chez la vicomtesse de la Vaucelles et aux courses, et qui une fois leur avait dit : « Bonjour Mesdemoiselles », considéraient monsieur T. avec son chapeau de paille à larges bords, et son habitude de prendre le tramway, et son absence de cravates claires, de chevaux et de knickerbockers comme un homme du peuple aux saluts de qui elles n'avaient pas à répondre. « Quelles petites mal élevées » s'écria T. « Elles ne savent pas que sans moi leur père n'aurait ni son château, ni même fait son mariage. » Il défendait toujours le père qu'il considérait comme un bon garçon. Mais tout de même le père, peut-être moins ridicule que sa femme et ses filles, était content de mettre ces knickerbockers que T. trouvait comiques et de se promener sur la plage avec le vicomte de la Vaucelles. Seulement même alors il saluait très poliment monsieur T. Je sentais bien obscurément que l'effet produit était faible, mais par une sorte de sagesse qui ne

a. ms. : salua père

m'abandonne jamais et qui sous une forme différente en chacun
d'eux et plus haute était chez mon père et ma mère, je ne pouvais
me plaindre. J'avais l'avantage de connaître un ami de leur père, je
souhaitais qu'elles me vissent avec lui, elles m'avaient vu. Elles
savaient, enfoncé dans leur attention et leur mémoire par les traits
mêmes peut-être du ridicule, ce que je voulais qu'elles sussent. Je
n'avais pas à me plaindre. Si cela ne leur faisait pas d'effet, cela c'était
autre chose. Elles savaient ce qu'elles devaient savoir et cela me sem-
blait une sorte de justice. L'avantage que j'avais elles le connaissaient.
C'était justice. Si elles l'avaient trouvé mince, ou inverse, c'est que
l'avantage qui était en moi n'en était pas un pour elles. Donc je
n'avais rien à regretter. Je m'étais donné le plus beau[a] coup de peigne
que je pusse me donner et elles l'avaient vu, elles avaient vu l'om-
brelle de jade, qui pouvait leur donner de notre opulence une idée
même exagérée, car Maman la portait pour faire plaisir à sa mère
qui la // lui avait donnée mais la trouvait beaucoup trop belle pour f. 74
elle, beaucoup trop luxueuse pour notre situation. Je n'avais donc
pas à me plaindre. La poudre n'avait pas quitté le bouton, la cravate
rose était restée en haut jusqu'au bouton du col, dans une glace je
m'apercevais charmant, l'expérience s'était donc produite dans les
conditions les plus favorables. Je revenais déçu et content pourtant,
moins perdu dans l'immensité de l'inconnu que jusque-là, me disant
qu'elles me reconnaîtraient du moins, que j'avais une identité à leurs
yeux, le petit à l'ombrelle, même si l'amitié du gros entrepreneur
ne m'avait pas consacré à leurs yeux. Nous revenions par une de ces
rues ombragées de platanes sous le feuillage desquels sourient au
soleil les devantures[b] du pâtissier, du marchand de coquillages, du
tir à la cible, du manège, de la salle de gymnastique, et où l'on
s'étonne de voir entre les arbres, partant de la mer, allant vers la
campagne, passer un tramway, quand nous croisâmes le vicomte de
C. qui lui habitait pour quelques semaines C. et rentrait avec ses filles,
deux de la fameuse bande, les deux plus jolies peut-être, et dont l'une

a. ms. : plus de beau
b. ms. : la devanture

était la fameuse rousse. Il s'arrêta un instant à nous parler, mon cœur battait tellement fort que je ne pouvais ressentir ce plaisir que je n'avais pas eu le temps d'imaginer et qui était à côté de moi. Le vicomte de C.[a] demanda à faire la route avec nous, monsieur T. me présenta à lui. Il me présenta à sa fille. À mon extrême surprise car les petites filles de mon monde n'avaient pas ses façons, elle me tendit la main en souriant et posant sur moi un regard sympathique me dit : « Je vous vois quelquefois à C., je suis contente de vous connaître. » J'étais pourtant bien sûr qu'elle avait ri et avait eu l'air impoli tout à l'heure. Nous nous quittâmes et le lendemain ayant dû me ranger sur une route à cause d'une auto qui passait, je n'avais pas eu le temps de reconnaître toute la bande empilée dans l'auto que la rousse m'avait fait en souriant comme si nous étions deux vieux amis un petit bonjour de la main auquel je n'eus pas le temps de répondre. //

a. ms. : Le vicomte de

Noms nobles

C'est encore aujourd'hui un des grands charmes des familles nobles qu'elles semblent situées dans un coin de terre particulier, que leur nom qui est toujours un nom de lieu, ou que le nom de leur château (et c'est encore quelquefois le même) donne tout de suite à l'imagination l'impression de la résidence et le désir du voyage. Chaque nom noble contient dans l'espace coloré de ses syllabes un château où après un chemin difficile l'arrivée est douce par une gaie soirée d'hiver, et tout autour la poésie de son étang et de son église qui à son tour répète bien des fois le nom, avec ses armes, sur ses pierres tombales, au pied des statues peintes des ancêtres, dans la[a] rose des vitraux héraldiques. Vous me direz que cette famille, qui réside depuis deux siècles dans un château[b] près de Bayeux qui me donne[c] l'impression d'être battu pendant les après-midi d'hiver par les derniers flocons d'écume, prisonnier dans le brouillard, intérieurement vêtu de tapisserie et de dentelle, que son nom est en réalité provençal. Cela ne l'empêche pas de m'évoquer la Normandie, comme beaucoup d'arbres, venus des Indes ou[d] du Cap, se sont si bien acclimatés à nos provinces que rien ne nous donne une impression moins exotique et plus française que leur feuillage et leurs fleurs. f. 75

a. *CSB* : le
b. ms. : dans château
c. ms. : Bayeux me donne. *CSB* : Bayeux, qui donne
d. *CSB* : et

Si le nom de cette famille italienne se dresse orgueilleusement depuis trois siècles au-dessus d'une profonde vallée normande, si de loin[a] quand le terrain s'abaisse on aperçoit la façade de schiste rouge et de pierre grisâtre du château sur le même plan que les cloches de pourpre de Saint-Pierre-sur-Dives, il est normand comme les pommiers qui[b] et qui ne sont venus du Cap qu'au[c] . Si cette famille provençale a depuis deux siècles son hôtel à Falaise sur la grand-
f. 76 place, si les invités // venus faire leur partie le soir en les quittant après dix heures risqueraient d'éveiller les bourgeois de Falaise et qu'on entendît[d] leur pas se répercuter indéfiniment dans la nuit jusqu'à la place du donjon, comme dans un roman de Barbey d'Aurevilly, si le toit de leur hôtel s'aperçoit entre deux flèches d'églises où il est encastré comme sur une plage normande un galet entre deux coquillages ajourés, entre les tourelles rosâtres et nervurées de deux bernard-l'hermite, si les invités arrivés plus tôt avant dîner peuvent, en descendant du salon plein de pièces chinoises précieuses acquises à l'époque des grands commerces des marins normands avec l'Extrême-Orient, se promener avec les membres des différentes familles nobles qui résident de Coutances à Caen et de Thury-Harcourt à Falaise, dans le jardin qui descend en pente bordé par les fortifications de la ville jusqu'à la rivière rapide où en[e] attendant le dîner on peut pêcher dans la propriété, comme dans une nouvelle de Balzac, qu'importe que cette famille soit venue de Provence s'établir ici et que son nom soit provençal. Il est devenu normand comme ces beaux hortensias roses qu'on aperçoit d'Honfleur à Valognes et de Pont-l'Évêque à Saint-Vaast, comme un fard rapporté mais qui caractérise maintenant la campagne qu'il embellit, et qui mettent dans un manoir normand la couleur délicieuse, ancienne et fraîche d'une faïence chinoise, apportée de Pékin mais par Jacques Cartier.

a. *CSB* : là
b. Blanc dans ms.
c. Blanc dans ms.
d. *CSB.* : entend
e. *CSB* : où attendant

D'autres ont un[a] château perdu dans les bois et la route est longue pour arriver jusqu'à eux. Au Moyen Âge on n'entendait autour de lui que le son du cor et l'aboi des chiens. Aujourd'hui quand un voyageur vient le soir leur rendre visite c'est le son de la trompe de l'automobile qui a remplacé l'un et l'autre et qui s'harmonise[b] comme le premier à l'atmosphère humide qu'il traverse sous les feuillages, puis saturé de l'odeur des roses dans le parterre d'honneur, et émouvant, presque humain comme le second, avertit par ses appels répétés[c] la châtelaine qui se met à la fenêtre qu'elle ne sera pas seule ce soir à dîner puis à jouer en face du comte. Sans doute quand on me dit le nom d'un sublime château gothique près de Ploërmel, que je pense aux longues galeries du cloître, où on marche[d] // parmi les genêts et f. 77
les roses sur les tombes des abbés qui vivaient là sous ces galeries, avec la vue de ce vallon dès le VIIIe siècle, quand Charlemagne n'existait pas encore, quand ne s'élevaient pas les tours de la cathédrale[e] de Chartres ni d'abbaye sur la colline de Vézelay, au-dessus du Cousin profond et poissonneux, sans doute si dans un de ces moments où le langage de la poésie est trop précis encore, trop chargé de mots et par conséquent d'images connues, pour ne pas troubler ce courant mystérieux que le *Nom* cette chose antérieure à la connaissance, fait courir, semblable à rien que nous ne connaissions comme parfois dans nos rêves, sans doute après avoir sonné au perron et avoir vu apparaître quelques domestiques, l'un dont l'essor mélancolique, le nez longuement recourbé, le cri rauque et rare font[f] penser que s'est incarné en lui un des cygnes de l'étang quand on l'a desséché, l'autre dans la figure terreuse de qui[g] l'œil vertigineusement apeuré fait supposer une taupe adroite et forcée, nous trouverons dans le grand vestibule les mêmes portemanteaux, les mêmes manteaux que partout,

a. ms. : D'autres un
b. ms. : s'harmonisé
c. Mot omis dans *CSB*.
d. ms. : du cloître, et aux abbés où on marche. *CSB* : du cloître, et aux allées où on marche
e. ms. : de Cathédrale
f. ms. : fait
g. ms. : l'autre dans la figure terreuse et l'œil vertigineusement apeuré de qui fait

et dans le même salon la même *Revue de Paris* et *Comœdia.* Et même si tout y sentait encore le XIIIe siècle, les hôtes même intelligents, surtout intelligents, diraient des choses intelligentes de ce temps-ci. (Peut-être les faudrait-il pas intelligents, et que leur conversation n'ait trait qu'à des choses du[a] lieu comme ces descriptions qui ne sont évocatrices que s'il y a des images précises et pas d'abstractions.) Il en est de même pour les noblesses étrangères. Le nom de tel[b] de ces seigneurs médiatisés[c] allemands est traversé comme d'un souffle de poésie fantastique au sein d'une odeur de renfermé et la répétition bourgeoise des premières syllabes fait[d] penser à des bonbons colorés mangés dans une petite épicerie d'une vieille place allemande, tandis que dans la sonorité versicolore de la dernière syllabe s'assombrit le vieux vitrail d'Aldegrever[e] dans la vieille église gothique qui est en face. Et tel autre est le nom d'un ruisseau né dans la Forêt-Noire au pied de l'antique Wartbourg et traverse toutes les vallées hantées des[f] gnomes, et est dominé de tous les châteaux où régnèrent les vieux seigneurs, puis où rêva Luther, et tout cela est dans les possessions du seigneur et habite son nom. Mais j'ai dîné hier avec lui, sa figure est d'aujourd'hui, ses vêtements sont d'aujourd'hui, ses paroles et ses pensées sont d'aujourd'hui. Et par élévation et ouverture d'esprit, si on parle de noblesse ou de la Wartbourg il dit : « Oh ! aujourd'hui il n'y a plus de princes ! » //

f. 78 Assurément il n'y en eut jamais. Mais dans le seul sens, imaginatif, où il peut y en avoir, il n'y en a[g] qu'aujourd'hui qu'un long passé a rempli les noms de rêves (Clermont-Tonnerre, La Tour[h] et Princes des Dunes[i], de Clermont-Tonnerre). Le château, dont le nom est dans Shakespeare et dans Walter Scott, de cette[j] « duchess » est du

a. *CSB* : de
b. ms. : nom tel
c. Mot omis dans *CSB.*
d. *CSB* : peut faire
e. ms., *CSB* : Aldgrever
f. *CSB* : de
g. *CSB* : il n'y a
h. ms. : Latour
i. *CSB* : P… des ducs de C. T.
j. Nous restituons ce mot, le ms. étant ici illisible.

XIIIe siècle en Écosse. Dans ses terres est l'admirable abbaye que Turner a peinte tant de fois et ce sont ses ancêtres dont les tombeaux sont rangés dans la cathédrale détruite où paissent les bœufs, parmi les arceaux ruinés et les ronces en fleurs, et qui nous impressionne plus encore de penser que c'est une cathédrale parce que nous sommes obligés d'en imposer l'idée immanente à des choses qui en seraient d'autres sans cela et d'appeler le pavé de la nef cette prairie, et l'entrée du chœur ce bosquet. Cette cathédrale fut bâtie pour ses ancêtres et lui appartient encore, et c'est sur ses terres, ce torrent divin, tout[a] fraîcheur et mystère sous deux hêtres[b] avec l'infini d'une[c] plaine et le soleil baissant dans un grand morceau de ciel bleu, entouré de deux nuages[d] marquant[e] comme un cadran solaire à l'inclinaison de la lumière qui les touche l'heure heureuse d'une après-midi avancée, et la ville tout entière étagée au loin, et le pêcheur à la ligne si heureux que nous connaissons par Turner et que nous parcourrions[f] toute la terre pour trouver, pour savoir que la beauté, le charme de la nature, le bonheur de la vie, l'insigne beauté du lieu et de l'heure[g] existent, sans penser que Turner – et après lui Stevenson – n'ont fait que nous faire apparaître particulier et désirable en soi, tel lieu choisi tout aussi bien que n'importe quel autre où leur cerveau a su mettre sa beauté désirable et sa particularité. Mais la duchesse m'a invité à dîner avec Marcel Prévost et Melba viendra chanter, et je ne traverserai pas le détroit.

Mais m'invite-t-[h]elle au milieu de seigneurs du Moyen Âge que ma déception serait la même, car il ne peut pas y avoir identité entre la poésie inconnue qu'il y a[i] dans un *nom* c'est-à-dire une urne d'inconnaissable et les choses que l'expérience nous montre et qui corres-

a. *CSB* : toute
b. *CSB* : toits
c. *CSB* : de la
d. *CSB* : vergers
e. *CSB* : qui marquent
f. ms., *CSB* : parcourerions
g. *CSB* : de l'heure et du lieu
h. *Sic. CSB* : m'inviterait
i. *CSB* : peut y avoir

pondent à des mots, aux choses connues. On peut de la déception inévitable de notre rencontre avec des choses dont nous connaissions les noms, par exemple avec le porteur d'un grand nom territorial et historique, ou mieux de tout voyage, conclure que ce charme imaginatif ne correspondant pas à la réalité est une poésie de convention. Mais outre que je ne le crois pas et je compte[a] établir un jour tout le contraire, du simple point de vue du réalisme, ce réalisme psychologique, cette exacte description de nos rêves
f. 79 vaudrait // bien l'autre réalisme, puisqu'il a pour objet une réalité qui est bien plus vivace que l'autre, qui tend perpétuellement à se reformer chez nous, qui désertant les pays que nous avons visités s'étend encore sur tous les autres, et recouvre de nouveau ceux que nous avons connus dès qu'ils sont un peu oubliés et qu'ils sont redevenus pour nous *des noms*, puisqu'elle nous hante même en rêve et y donne alors aux pays, aux églises de notre enfance, aux châteaux de nos rêves l'apparence de même *nature que les noms*, l'apparence faite d'imagination et désir que nous ne retrouvons plus réveillés, ou alors au moment où, l'apercevant, nous nous endormons ; puisqu'elle nous cause infiniment plus de plaisir que l'autre qui nous ennuie et nous déçoit, et est un principe d'action et met toujours en mouvement le voyageur, cet amoureux toujours déçu et toujours reparti de plus belle ; puisque ce sont seulement les pages qui arrivent à nous en donner l'impression qui nous donnent l'impression du génie.

Non seulement les nobles ont un nom qui nous fait rêver, mais au moins pour un grand nombre de familles, les noms des parents, des grands-parents, ainsi de suite, sont aussi de ces beaux noms, de sorte qu'aucune matière non poétique ne vient s'intercepter[b] dans cette greffe constante de noms colorés et pourtant transparents (parce qu'aucune matière vile n'y adhère), qui nous permettent de remonter longtemps de bourgeon à bourgeon de cristal coloré comme sur l'arbre de Jessé d'un vitrail. Les personnes prennent dans notre

a. *CSB.* : et compte
b. *CSB* : met d'interception

pensée de cette pureté de leurs noms qui sont tout imaginatifs. À gauche un œillet rose, puis l'arbre monte encore, à droite une églantine, puis l'arbre monte encore, à gauche un lys, la tige continue, à droite une nigelle bleue, son père avait épousé une Montmorency, rose France, la mère de son père était[a] Montmorency-Luxembourg, œillet panaché, rose double, dont le père avait épousé une Choiseul, nigelle bleue, puis une Charost, œillet rose. Par moments un nom tout local et ancien, comme une fleur rare qu'on ne voit plus que dans les tableaux de Van Huysum, nous semble plus sombre parce que nous y avons moins souvent regardé. Mais bientôt nous avons l'amusement de voir que des deux côtés // du vitrail où fleu- f. 80
rit cette tige de Jessé d'autres verrières commencent qui racontent la vie des personnages qui n'étaient d'abord que nigelle et lys. Mais comme ces histoires sont antiques et peintes aussi sur verre[b] le tout s'harmonise à merveille. Prince de Wurtemberg, sa mère était née Marie de France, dont la mère était née des Deux-Siciles[c]. Mais alors sa mère ce serait la fille de Louis-Philippe et de Marie-Amélie qui épousa le duc de Wurtemberg, et alors nous apercevons à droite dans notre souvenir le petit vitrail, la princesse en robe de jardin aux fêtes du mariage de son frère le duc d'Orléans pour témoigner de sa mauvaise humeur d'avoir vu repoussés[d] ses ambassadeurs, qui étaient venus demander pour elle la main du prince de Syracuse. Puis voici un beau jeune homme, le duc de Wurtemberg qui vient demander sa main et elle est si heureuse de partir avec lui qu'elle embrasse en souriant sur le seuil ses parents en larmes, ce que jugent sévèrement les domestiques immobiles dans le fond ; bientôt elle revient malade, accouche d'un enfant (précisément ce duc de Wurtemberg, souci jaune, qui nous a fait le long de son arbre de Jessé monter à sa mère, rose blanche, d'où nous avons sauté au vitrail de gauche), sans avoir vu l'unique château de son époux, Fantaisie, dont le nom seul l'avait décidée à l'épouser. Et aussitôt, sans attendre les

a. *CSB* : était une
b. ms. : aussi verre. *CSB* : aussi sur le verre
c. *CSB* met cette phrase entre guillemets.
d. ms. : vue repoussés. *CSB* : vu repousser

quatrefeuilles[a] du bas de la verrière qui nous représentent la pauvre princesse mourante en Italie, son frère Nemours accourant auprès d'elle, tandis que la reine de France fait préparer une flotte pour aller auprès de sa fille, nous regardons ce château Fantaisie où elle n'alla jamais loger[b] sa vie désordonnée, et dans la verrière suivante nous apercevons, car les lieux ont leur histoire comme les races, dans ce même Fantaisie, un autre prince, fantaisiste lui aussi, qui devait aussi mourir jeune, et après d'aussi étranges amours, Louis II de Bavière ; et en effet au-dessous du premier vitrail nous avions lu sans y[c] prendre garde ces mots de la reine de France : « un château près Bareut[d] ». Et nous pensons encore à d'autres vies fantaisistes et tristes et presque royales aussi qui sont allées finir à Fantaisie « château près Bareut »[e]. Mais il faut reprendre l'arbre de Jessé, prince de Wurtemberg, souci jaune, fils de Louise de France, nigelle bleue. Comment, il vit encore son fils qu'elle connut à peine ! Et « quand ayant demandé à son frère comment elle allait il lui dit, pas très mal, mais les médecins sont inquiets. Elle répondit : Nemours je te comprends, et depuis fut tendre pour tous mais ne demanda plus à voir son enfant, de peur de se trahir par ses larmes. » Comment, il vit encore cet enfant, il vit, prince royal, au Wurtemberg[f] ! Peut-être
f. 81 il lui ressemble, peut-être a hérité d'elle // un peu de ses goûts de peinture, de rêve, de fantaisie, qu'elle croyait loger si bien dans son château Fantaisie. Comme sa figure sur le petit vitrail reçoit un sens nouveau de ce que nous le savons fils de Louise de France. Car ces beaux noms nobles ou sont sans histoire, obscurs[g] comme une forêt, ou historiques, et toujours la lumière projetée des yeux, bien connus de nous, de la mère, éclaire toute la figure du fils. Le visage d'un fils qui vit, ostensoir où mettait toute sa foi une sublime mère morte, est

a. *CSB* : quatre faits
b. ms. : où elle n'alla moins loger. *CSB* : où elle alla loger
c. *CSB* : sans même y
d. *CSB* : Barent
e. Phrase omise dans *CSB*.
f. *CSB* : royal Wurtemberg
g. *CSB* : et obscurs

comme une profanation de ce souvenir sacré. Car il est ce visage à qui ces yeux suppliants ont adressé un adieu qu'il ne devrait pas pouvoir oublier une seconde. Car c'est avec la ligne si belle du nez de sa mère que son nez est fait, car c'est avec le sourire de sa mère qu'il excite les filles à la débauche, car c'est avec le mouvement de sourcil que sa mère avait pour[a] le plus tendrement regarder, qu'il ment, car cette expression calme que sa mère avait pour parler de tout ce qui lui était indifférent, c'est-à-dire de tout ce qui n'était pas lui, il l'a, lui, maintenant pour parler d'elle, pour dire, indifféremment, « ma pauvre Mère ». À côté de ces vitraux se jouent des vitraux secondaires où nous surprenons un nom obscur alors, nom du capitaine des gardes qui sauve le prince, du patron du vaisseau qui le met à la mer pour faire échapper la Princesse, nom noble mais obscur et qui est devenu connu depuis, né dans la fente des circonstances tragiques comme une fleur entre deux pavés, et qui porte à jamais en lui le reflet du dévouement qui l'illustra[b] et qui l'hypnotise encore. Je les trouve plus touchants encore ces noms nobles, je voudrais plus encore pénétrer dans l'âme des fils qui n'est éclairée qu'à la seule lumière de ce souvenir et qui a de toutes choses la vision absurde et déformée que donne aux choses cette lueur tragique. Je me souviens d'avoir ri de cet homme grisonnant, défendant à ses enfants de parler à un juif, faisant ses prières à table, si correct, si avaricieux, si ridicule, si ennemi du peuple. Et son nom maintenant l'éclaire pour moi quand je le revois, nom de son père qui fit échapper la duchesse de Berri sur un bateau, âme où cette lueur de la vie enflammée que nous voyons rougir l'eau au moment où la duchesse appuyée sur lui va mettre à la voile, est restée la seule lumière. Âme de naufrage, de torches allumées, de fidélité sans raisonnement, âme de vitrail. Peut-être sous ces noms-là trouverais-je quelque chose de si différent de moi, qu'en[c] vérité cela serait presque de même matière qu'un Nom. Mais que la nature se joue de tous ! Voici que je fais connaissance

a. ms. : sa mère pour
b. *CSB* : illustre
c. *CSB* : à la

d'un jeune homme infiniment intelligent et plutôt comme un grand homme de demain que d'aujourd'hui, ayant non seulement atteint et compris mais dépassé et renouvelé le socialisme, le nietzschéisme etc. Et j'apprends que c'est le fils de l'homme que je voyais dans[a] la salle à manger de l'hôtel, si simple dans ses ornements anglais qu'elle semblait comme la chambre du *Rêve de sainte Ursule*, ou la chambre où la Reine reçoit les ambassadeurs qui la supplient de fuir dans le vitrail avant qu'elle parte sur la mer, dont le reflet tragique éclairait pour moi sa silhouette comme sans doute de l'intérieur de sa pensée il lui éclairait le monde[b]. //

f. 82 Le nom des Belleuse est si clair que je le vois plus à travers une vitrine que sur un vitrail. Une vitrine avec de ravissantes étagères où étaient de précieux souvenirs de la famille royale, ainsi j'imaginais l'hôtel qu'habitaient les Belleuse ; comme ils ne recevaient je le savais que d'autres gens en verre, des gens qui ne sont que des noms, et personne, personne d'autre, je sentais que rien ne devait être chez eux qui fût chez d'autres, pas une portière, même pas un mur, une vitrine, avec des étagères, et de précieuses personnes, en porcelaine de Saxe animée, rêve dont par extraordinaire il faut le dire ne dégénéraient nullement leurs[c] filles, vraiment en porcelaine de Saxe rose, avec des yeux bleus, fiers, durs et comme peints, et d'adorables cheveux roux. Sachant qu'ils n'avaient aucune vulgarité, ne recevaient que d'autres noms immatériels, j'avais expulsé de l'idée de leur demeure toute muraille, tout ce qui était comme ailleurs et il était resté… du verre. Au reste leur maison cela voulait dire surtout leur intimité, l'endroit où on ne pénétrait pas, comme l'église qu'on prenait plutôt au sens mystique que de la demeure même. L'église universelle.

a. ms. : que dans
b. Ce dernier mot est presque illisible tout en bas du feuillet.
c. ms. : ses

Venise

Pendant que je lisais ces pages de Venise, le soleil entrait dans ma chambre, en baignant la moitié. Et bientôt je quittais le lit, marchais sur le soleil étendu dans ma chambre, descendais les escaliers de marbre où les portes mal fermées laissaient passer par les courants d'air la fraîche brise marine de ces chaudes journées, et arrivé devant le bleu Grand Canal, sur lequel le regard s'appuyait, se reposait, se ravissait, s'enchantait, comme une joue encore amollie du sommeil récent se repose, s'appuie, s'enchante sur un oreiller moelleux, on arrivait à la porte à trois marches de l'hôtel dont les deux premières étaient tour à tour cachées par l'eau ou ruisselantes, car ailleurs on habite au bord de la mer, mais ici on habite dans la mer. Les palais sont magnifiques et les gondoles sont en foule comme des voitures le dimanche sur la grand place de la ville en fête. Sautez dans la gondole et disons : « Palais des Doges, San Marco », où vos amis vous attendent déjà avec les livres. Car depuis votre enfance, par les beaux jours ensoleillés vous connaissez le charme de dire : « J'irai vous rejoindre », quand le jour est [avancé][a], le rendez-vous sûr, et le chemin à faire seul pour retrouver les [amis] partis d'avance regorgeant de la plénitude de bonheur d'un beau jour, [soit] qu'il faille suivre la rivière où on entend sauter les poissons et affluer autour d'une mie de pain les têtards, où les boutons d'or se pressent dans f. 83

a. Le bord du ms. est déchiré sur la hauteur de cinq lignes. Nous restituons.

les prés environnants avec les marguerites, et qu'il y ait à faire crier le petit pont en passant dessus et à marcher dans l'odeur des aubépines qui, quand on veut en porter la fleur à son nez, ne sentent plus rien, soit que glissant en gondole[a]… Ici vous ne passerez pas devant le pâtissier, vous ne traverserez pas la rue pour aller à l'ombre. Mais le gondolier en vous menant vers où vous lui avez dit vous dira en vous les désignant : « Palazzo Foscari ». Là-bas, s'élevant de l'eau bleue, approchés, longés, puis dépassés par la gondole ce sont eux qui ont exalté vos rêves comme l'ont fait Anna Karénine ou Julien Sorel. Mais eux vous n'avez pas pu les connaître. Ceux-ci, héros des romans de Ruskin, existaient quelque part, ici où vous êtes venu, dans cette rue sans boutiques, sans cabriolets, sans pavés et il faut que vous passiez devant eux le soir pour aller dîner ou avant dîner pour aller faire
f. 83v une visite. // Naturellement toutes ces paroles : « la glorieuse architecture privée de Venise », « le glorieux palais Foscari », avaient un charme que vous ne retrouvez pas ici quand le gondolier vous dit en vous le montrant : « Palazzo Foscari ». Mais un jour « Foscari » dit par le gondolier, longé par la gondole avant d'aller faire une visite au Grand-Hôtel ne sera pas moins poétique que l'autre[b] Foscari, celui d'avant, que vous étiez déçu de ne pas trouver, « le chef-d'œuvre de cette glorieuse école d'architecture privée de Venise » ; car ce sont des moments de notre vie que la perception sensible, la tyrannie du présent, l'intervention de l'intelligence, le réseau de l'activité, l'enchaînement des désirs égoïstes, nous empêchent de vivre mais qui redeviennent glorieux au jour enfin venu de la résurrection. //

f. 85[c] Je descendais les escaliers de marbre dans mes pardessus, au bras le plaid pour jeter sur le dos en gondole et les livres de Ruskin, et nous partions comme pour un voyage en mer, gagnant le large du grand canal à coups de rame, dans le bleu, sous le soleil, aspirant la brise, pour aborder à quelque temple surgi des eaux où s'amar-

a. Nous restituons « glissant en gondole », biffé sur ms. La phrase est inachevée.
b. ms. : poétique l'autre
c. Le f. 84 est vierge.

rait la gondole. D'autres jours on allait nous attendre à Saint-Marc et je partais par les petites rues qui avaient l'air d'un couloir intérieur de la cour de l'hôtel tant les maisons rapprochées des deux côtés se rejoignaient, avaient peu l'air d'être des deux côtés d'une rue. Les rues à Venise ce sont les canaux. Et c'est peut-être en quoi Venise surprend le plus ; c'est qu'ailleurs les canaux si nombreux qu'ils soient sont des canaux qui traversent la ville. À Venise ce ne sont pas des canaux, ce sont des rues d'eau avec toute la personnalité sociale que le mot rue implique. Aussi les différentes actions de la vie en subissent-elles la transposition que cette particularité implique. Sortir cela veut dire naviguer. Non pas même se promener devant l'eau comme sur un quai devant un fleuve, sur une grève ou devant la mer, mais mettre le pied, de sa porte même, dans la gondole. Là où finit le seuil commence la rue c'est-à-dire l'eau et le seuil est perpétuellement éclaboussé, lavé, recouvert, abandonné à l'heure du reflux et de nouveau recouvert par l'eau montante. La gondole ne sert pas seulement à la promenade mais à la circulation, à la vie la plus active, la plus pauvre, la plus pressée, malgré[a] son luxe apparent puisqu'il sert à tout et à tous. Le médecin fait ses visites en gondole, la ménagère ses emplettes, l'employé ses commissions. Et avec la lenteur, le silence, la grâce qui semblent réservés à la paresse des riches ou au loisir des rêveurs, la gondole porte les bagages au train, la viande de boucherie à l'hôtel, le criminel qui vient d'être arrêté au bagne. Il y a ainsi la gondole panier à salade. Et il y a aussi la gondole corbillard, les enterrements se rendant forcément au cimetière sur l'eau ; les parents et les amis qui le suivent en pleurant, le suivent en gondole. Ainsi c'est plus encore l'idée de ville qui est singulière en Venise que l'aspect de la ville. Les fondateurs de Venise n'apportèrent pas seulement au monde une œuvre d'art incomparable. Ils créèrent une nouvelle forme sociale assez différente de l'idée antérieure // de ville pour pouvoir compter comme un lieu f. 85v
d'agglomération et surtout comme une forme de fonctionnement social nouvelle. L'idée d'ôter à la mer et à ses canaux le sens immé-

a. ms. : . Malgré

morial avec lequel elle s'imposait à eux et s'impose encore à nous comme un élément intermédiaire dont la traversée, qu'elle serve à la pêche, au voyage, à la découverte, à la guerre, reste passagère, et de leur affecter le sens social jusque-là indissolublement attaché aux rues, de lieu où l'on va d'une maison à l'autre, chez ses fournisseurs, chez ses amis, à la messe, au Conseil, en prison, au cimetière est une invention véritablement géniale en ce qu'elle implique une force de s'abstraire de ce qui est et de créer ce qui n'était pas. Nous-mêmes pour secouer l'idée courante de l'originalité de Venise (cette ville toute sectionnée de canaux) et pour essayer de poser son originalité véritable ne sommes-nous pas obligés d'essayer de donner à notre esprit un peu de cette force[a] que les Vénitiens nous inculquent du reste en quelque sorte, si bien que nous y avons infiniment moins de peine et de mérite qu'eux ? Aussi tout le sens et la personnalité de la rue étant [altérés] (combien transposés d'ailleurs par les nécessités de l'élément si opposé à la terre où elles s'impriment), les rues de Venise sont en quelque sorte décérébrées de ce qui fait la rue et ressemblent à des rues comme des morts ressemblent à des hommes. Des fenêtres de l'hôtel vous ne pouvez croire que ce n'est pas sur une arrière-cour toute petite que vous donnez et que ce soit une rue cet amalgame de maisons qui ont toutes l'air de dépendre de la vôtre, d'en former une seule. Ce qui dans la rue est à tous et sépare ainsi comme des étrangers ceux qui habitent des maisons différentes et sont séparés par la rue qui est impersonnelle, qui est à tous, semble ne pas exister ici et ces fenêtres ont toutes[b] l'air des horribles communs dépendant de l'hôtel.

Mon plaid au bras, mes Ruskin à la main j'arrive à Saint-Marc qui me paraît aussi différent d'une église que Venise d'une ville. La personnalité de l'église constituée, délimitée, saisissable en hauteur est étendue en largeur, s'élevant très peu au-dessus du sol, et le Dieu que
f. 86 nous savons notre // Dieu mais qui apparaît presque comme un bouffon pacha d'Orient est si peu élevé au-dessus de nous qu'il nous faut

a. ms. : de force
b. ms. : toutes ces fenêtres ont toutes

faire refluer[a] les vagues de marbre qui viennent s'écrêter de chaque côté de lui et suivre ailleurs la personnalité de l'édifice, contourner toute sa largeur, non plus regarder en haut mais à droite et à gauche, départager en quelque sorte la hauteur inexistante entre ses longues lignes de droite et de gauche, et sentir notre idée de l'église décapitée et indéfiniment étendue se faire de clocher façades, se transposer, s'incarner en ce monument nouveau, festival, bas, étendu. Et dans l'église quand tout au fond nous apercevrons Notre Seigneur l'air efféminé, oriental et bizarre, son geste transformé en une prétention de gras syriote[1] suspect, nous sentirons combien les signes des mêmes dispositions morales changent et combien nous aurions de la peine à reconnaître chez des êtres de race autre les équivalents des choses que nous appelons distinction, bonté, courage, simplicité, finesse, tact, noblesse et qui ont dans ceux de notre sang leurs signes quelquefois imités, quelquefois trompeurs mais esthétiquement certains.

a. ms. : faut refluer

1. Littéralement, habitant de l'île grecque de Syros. Comprendre sans doute : habitant de la Syrie.

AUTRES MANUSCRITS DE MARCEL PROUST

Les manuscrits qui suivent ont été choisis en fonction de leur portée génétique : parce qu'ils font partie des antécédents des « soixante-quinze feuillets » ou qu'ils témoignent de l'usage que Proust a fait d'eux. Ils sont présentés selon l'ordre chronologique de rédaction le plus probable. Nous ne reprenons pas les passages pertinents du Carnet 1, cités et commentés dans la *Chronologie* (p. 246).

Nous indiquons à chaque fois l'origine de notre transcription (*Esquisse* d'*À la recherche du temps perdu* dans la « Bibliothèque de la Pléiade », au besoin revue et complétée ; article ou édition critique ; transcription originale). Nous avons privilégié la lisibilité des textes : par conséquent les transcriptions sont allégées des ratures de Proust, sauf de celles qui nous ont paru les plus significatives, et parfois de certains passages en fonction du propos. Le spécialiste pourra aisément se référer aux fac-similés disponibles sur Gallica[1].

En ce qui concerne les manuscrits inédits provenant des archives Fallois, notre transcription originale a été contrôlée sur les fac-similés par Bertrand Marchal.

Pour les cahiers de brouillon et la dactylographie de « Noms de pays : le pays », nous suivons les datations d'Anthony Pugh dans *The Birth of* À la recherche du temps perdu (1987) et *The Growth of* À la recherche du temps perdu. *A Chronological Examination of Proust's Manuscripts from 1909 to 1914* (2004) :

1. *Via* notamment le portail de l'Institut des textes et manuscrits modernes du CNRS : http://www.item.ens.fr/fonds-proust-numerique/

— Cahier 3, janvier-février 1909 ;
— Cahier 2, janvier-février 1909 ;
— Cahier 1, février 1909 (pour les folios considérés) ;
— Cahier 4, mai 1909 (pour les folios considérés) ;
— Cahier 12, août-octobre 1909 (pour les folios 42 *sq.*), octobre-novembre 1909 (pour les folios 111 *sq.*) ;
— Cahier 64, octobre-novembre 1909 (pour les folios considérés) ;
— Cahier 69, janvier-mars 1910 ;
— Cahier 65, janvier-mars 1910 ;
— Pages manuscrites de la dactylographie de « Noms de pays : le pays », mars-juin 1912, ou peu après.

I

« Le manuscrit de Belle-Île »

Ce manuscrit inédit de cinq pages provenant des archives Fallois contient ce qui est, à ce jour, la plus ancienne version connue du « baiser du soir[1] *». Proust a transposé cette version de la première à la troisième personne quand il l'a reprise pour nourrir la scène correspondante dans* Jean Santeuil *(*JS*, p. 202-211).*

Ce texte est rédigé au crayon graphite sur des feuillets de papier quadrillé de format 207 × 264 mm à l'en-tête d'« Hôtel du Commerce / Jules Petitjean / Le Palais / Belle-Île-en-Mer (Morbihan) ». Proust avait débarqué à Belle-Île avec Reynaldo Hahn le 5 septembre 1895 pour une brève escale avant de se rendre à Beg-Meil, ce qui nous donne un terminus a quo *pour la rédaction de ce fragment.*

La transcription a été allégée des quelques ratures du manuscrit, sauf les plus significatives. Nous avons conservé la désignation de Fallois.

Mon enfance s'est misérablement agitée au fond d'un puits de tristesse. Plus tard les affaires, les idées, les souvenirs se sont super-

1. Rappelons cependant ce passage de « La confession d'une jeune fille » (1894), nouvelle reprise dans *Les Plaisirs et les Jours* (1896), où la transposition est manifeste : « Les deux soirs qu'elle [ma mère] passait aux Oublis, elle venait me dire bonsoir dans mon lit, ancienne habitude qu'elle avait perdue, parce que j'y trouvais trop de plaisir et trop de peine, que je ne m'endormais plus à force de la rappeler pour me dire bonsoir encore, n'osant plus à la fin, n'en ressentant que davantage le besoin passionné, inventant toujours de nouveaux prétextes, mon oreiller brûlant à retourner, mes pieds gelés qu'elle seule pourrait réchauffer dans ses mains… Tant de doux moments recevaient une douceur de plus de ce que je sentais que c'étaient ceux-là où ma mère était véritablement elle-même et que son habituelle froideur devait lui coûter beaucoup. Le jour où elle repartait, jour de désespoir où je m'accrochais à sa robe jusqu'au wagon, la suppliant de m'emmener à Paris avec elle […] » (*PJ*, p. 86).

posés comme une échelle facile d'où[1] j'ai pu m'évader de créature en créature ou de réflexion en réflexion jusqu'au grand jour dans l'espérance ou dans les siècles, ~~toutes les fois que j'ai eu la force de la saisir. Mais jusqu'à 7 ou 8 ans rien ne pouvait me divertir de mon désespoir d'autant plus profond qu'il était plus obscur~~. Aujourd'hui encore si je n'ai pas la force de la saisir dès que je me sens retombé au fond de ma tristesse, je connais un désespoir d'autant plus profond qu'il est plus obscur et qui me fait prendre en grande pitié ma sombre enfance. Rien alors ne pouvait me divertir de mon chagrin pas même l'idée de sa cause qui m'était inconnue et à laquelle j'ai substitué aujourd'hui sa cause seconde et apparente, la nervosité, car pour sa cause première elle ne m'est guère plus connue qu'aux jours de mon enfance. À vrai dire elle doit être ce qu'il y a de plus profond en moi-même et je n'ai pu me détacher d'elle sans renoncer à moi. Je ne suis jamais rentré en moi-même après de plus ou moins longues absences au-dehors, sans la voir la première sur le seuil avec son visage d'autrefois. Comme on voulait guérir ma nervosité on ne cédait jamais à ses prières et à ses plaintes. On me les reprochait sans cesse et je grandis avec l'idée qu'elle était coupable. De cette époque où je n'ai éprouvé que des chagrins – car la joie qui s'est partagé depuis mon caractère avec la tristesse n'a pas pourtant sur moi des droits aussi anciens, et malgré qu'elle soit bien de moi elle n'est née que plus tard – en voici trois que je me rappelle. //

[…] Un autre jour j'étais si triste d'être sans Maman aux Champs-Élysées avec ma bonne que malgré la peur et la honte que me causait la vue des autres personnes, je me mis à pleurer sur le banc, me laissant glacer sans bouger, avec un grand désir de mourir. Le soir augmentait à l'infini ces tristesses. Aujourd'hui encore, si je ne suis pas distrait par une visite, une promenade ou une lecture, le moment qui précède l'arrivée de la lampe et les premiers moments de sa clarté sont pour moi remplis d'une souffrance indéfinissable. Mais l'heure véritablement tragique et dont l'horreur pour être vague n'en est pas

1. On lit « par où », leçon plus satisfaisante, dans le passage correspondant de *Jean Santeuil* (*JS*, p. 210).

moins accablante, c'est le moment d'aller me coucher. L'habitude, la seule des vieilles puissances du monde qui soit plus forte que la souffrance a pu seule l'adoucir. Et aujourd'hui encore dès qu'une circonstance quelconque vient la rompre mon immense inquiétude vieille comme moi renaît si je me couche beaucoup plus tard ou beaucoup plus tôt, si une lumière, un bruit inaccoutumé ou surtout une nouvelle chambre m'empêchent d'accomplir inconsciemment l'acte de me coucher ou de m'endormir. Chaque fois que je couche pour la première fois dans une chambre d'hôtel, j'ai beau appeler à me tenir compagnie tous les grands écrivains, tous les héros avec qui je fréquente et qui me // font paraître ma vie et ses ennuis de peu d'importance en m'apprenant à la faire voler comme un grain de blé sur l'aire des siècles, j'ai beau m'attacher avec force au lendemain et à tous les jours qui suivront pour franchir par la pensée sans effort cette minute difficile, ma petite âme inconsolable d'enfant qui ne pouvait pas s'endormir revient se lamenter près de moi et tourne sans que je puisse l'arrêter comme une chauve-souris dans la chambre inconnue et obscure, se heurtant aux angles et tournant sans fin comme une inquiétude. Le troisième chagrin dont je parlais assombrit encore un de ces soirs de mon enfance, celui où Maman ne vint pas me dire bonsoir avant que je m'endorme dans mon lit et se contenta de m'embrasser dans le jardin avec tout le monde. Ce baiser dans mon lit c'était pourtant le viatique, la petite offrande que les Anciens [atta]chaient au mort qu'on couchait dans sa tombe pour qu'il fît sans effroi le sombre voyage. Après avoir goûté longuement aux joues de Maman elle m'embrassait, et ce baiser posé sur mon front restait là comme un doux calmant qui à travers la frange de mes cheveux d'enfant endormait doucement ma petite âme. C'était le don attendu avec une impatience fiévreuse pendant que je me déshabillais ; je m'efforçais de ne pas penser jusqu'à ce qu'elle arrivât. C'était le geste bien-aimé qui écartait l'inquiétude et l'insomnie. Et cela allait me manquer, et me manquerait tous les soirs. Je fus longtemps sans pouvoir m'y habi[tuer]. Quand j'avais fait de loyaux efforts pour m'endormir, j'atten[dais] encore un peu de temps pour pouvoir la toucher par l'heure tardive. Puis je courais en chemise de nuit blanche, les yeux pleins de larmes jusque sa chambre la priant de monter pour me réchauffer les pieds. // Et elle restait un peu assise jusqu'à ce que j[e m]'endorme, ajoutant à toute sa douceur celle de ne pas me gronder, de faire trêve à la sévérité, à me faire apercevoir derrière la loi violée des perspectives de fantaisie, de charité délicieuse et imméritée. Un soir où j'avais pleuré effroyablement dans mon lit, resonné après une première visite de Maman, rappelé encore après une seconde, et comme on ne venait plus sonné sans fin, crié au point que je croyais qu'on serait fâché pour un mois avec moi, Maman s'étant assise, la femme de chambre entra demander ce que j'avais et Maman dit d'un ton triste : Mais vous voyez Victoire, Monsieur ~~Marcel~~ souffre, il ne sait pas lui-même, il est nerveux. Le bonheur m'inonda. Le poids de la responsabilité de mes tristesses était enlevé et le poids de ma tristesse en était allégé. Donc [au] fond Maman ne m'en [voudrait pas, et je n'étais pas[1]] coupable. J'embrassai longtemps en pleurant sa figure calme, [do]uce[2] et fraîche.

1. Passage presque effacé.
2. Mot presque effacé, lecture conjecturale.

II

« Il y avait bien d'autres innovations dans le déjeuner... »

Dans ce fragment inédit de Jean Santeuil *en provenance des archives Fallois*[1]*, Proust attribue à « Mme Santeuil mère » les traits de caractère qui seront ceux de la « grand-tante » anonyme de « Sur la lecture »* (La Renaissance latine, *1905*[2]*), puis ceux de la « tante » qui remplace fugitivement la grand-mère Adèle dans les « soixante-quinze feuillets » (f. 4). Les « discussions » culinaires s'y déroulent déjà, dans une addition, avec « mon oncle », l'irruption de la première personne semblant presque, ici, un lapsus ; « mon oncle » deviendra « mon grand-père » dans « Sur la lecture ».*

Nous donnons une transcription simplifiée de ce texte peu raturé.

[...] Il y avait bien d'autres innovations dans le déjeuner, des plats de toute sorte. Pour ceux qui étaient réussis, Madame Santeuil avait une approbation motivée qu'elle prononçait d'un air distingué et facilement irrité si on prétendait méconnaître sa supériorité. Car elle avait des prétentions // dessus comme nous en avons dans tout ce que nous avons appris. Pour un roman, pour un poème elle émettait avec modestie son avis, s'en remettait toujours à de plus compétents quoique elle eût sur ces matières un goût bien plus sûr mais ç'avait toujours été pour elle le domaine flottant du caprice. Tandis

1. La partie que nous transcrivons figure aux pages 6 à 9 d'un ensemble de trois bifeuillets (195 × 300 mm).

2. Texte repris en 1906 comme préface à la traduction de *Sésame et les lys*, puis en 1919 sous le titre « Journées de lecture » dans *Pastiches et Mélanges* (pour le présent passage, voir *PM*, p. 162-164).

qu'elle avait été enseignée par sa mère, pour la manière de faire faire à sa cuisinière certains plats, de jouer les sonates de Beethoven, et de recevoir avec amabilité. D'ailleurs la perfection pour ces trois choses se ressemblait, c'était une sorte de simplicité dans les moyens, de sobriété et de charme. Elle repoussait avec horreur qu'on mît des épices même dans les plats qui semblent en comporter, qu'on jouât avec affectation et abusât des pédales, qu'on sortît d'un naturel parfait ou qu'on parlât de soi ou avec exagération en recevant. Elle avait à la première bouchée, aux premières notes, aux premiers mots la prétention de savoir si elle avait affaire à un bon exécutant, à une bonne cuisinière, ou si la femme // qui était venue lui demander des renseignements sur sa bonne ou lui avait écrit sur une carte un souhait de jour de l'an était une personne bien élevée et de tact. Aussi commentait-elle indéfiniment ces détails jusqu'à y avoir peu à peu formé M. Santeuil chez qui les principes surajoutés étaient un peu devenus des principes ou plutôt qui s'en rapportait à sa femme.

« Elle peut avoir beaucoup plus de doigts que moi mais elle manque de goût en jouant avec tant d'emphase cet andante si simple. »

« Ce peut être une femme très brillante et remplie de qualités mais c'est un manque de tact que de parler de soi en cette circonstance. »

« Ce peut être une cuisinière très savante mais elle ne sait pas faire le beefteck aux pommes » [...] // [...] Madame Santeuil à vrai dire mangeait à peine et n'était nullement gourmande. Elle goûtait au plat pour donner son avis. Et la prétention douce mais intraitable qu'elle mettait dans l'excellence de son avis, avec cette sécurité que donnent les principes, cette douceur inébranlable que donne la foi qui sourit doucement et persévère devant les attaques d'hommes grossiers et qui ne savent pas, de l'oncle de Mme Santeuil qui trouvait délicieux un canard très épicé, cette prétention n'était pas une prétention gastronomique. [...]

[*Addition portée en tête de la troisième page :*]

Souvent pour éviter les discussions avec mon oncle qui mettait un amour-propre infini à ce que tous les plats fussent réussis et s'y connaissait d'ailleurs trop peu pour s'apercevoir jamais s'ils étaient manqués[1] [,] après avoir goûté elle ne donnait pas son avis ce qui faisait connaître immédiatement qu'il était défavorable. Nous lisions dans ses yeux doux une désapprobation inébranlable qui avait le don de mettre mon oncle au comble de la fureur. Mais on sentait qu'elle aurait supporté le martyre plutôt que de confesser la croyance de mon oncle que l'entremets n'était pas trop sucré.

1. Cette proposition relative ajoutée plus bas en interligne remplace une première version, que Proust a omis de biffer : « [...] qui mettait à ce *[ill.]* beaucoup d'amour-propre et peu de discernement ». Cf. *PM*, p. 163.

III

« Je n'aimais certainement plus depuis longtemps ma mère… »

Ce texte inédit provenant des archives Fallois pourrait avoir été rédigé dès l'automne de 1907 : il figure sur un bifeuillet de papier quadrillé de format 198 × 305 mm, identique à celui que Proust utilise avant la mi-novembre pour des brouillons[1] *de son article « Impressions de route en automobile »* (Le Figaro, *19 novembre 1907). Proust a écrit sur les pages 1 et 3, et poursuivi sur les pages versos 2 et 4, en faisant pivoter la feuille d'un quart de tour comme il a l'habitude de le faire dans sa correspondance.*

Les versions précédentes du « baiser du soir », celle du « Manuscrit de Belle-Île » (n^o^ I) et celle de Jean Santeuil, *avaient été écrites alors que Mme Proust vivait encore : celle-ci est postérieure à sa disparition, qui est évoquée d'emblée. C'est un avant-texte de la version des « soixante-quinze feuillets », dont Proust ne reprendra pas certains détails relatifs à sa famille.*

La transcription est allégée des très rares ratures du manuscrit, sauf les plus significatives. Les additions, rares elles aussi, ont été intégrées.

Je n'aimais certainement plus depuis longtemps ma mère autant que je l'aimais quand j'étais enfant. Sans cela comment aurais-je pu lui survivre. Tous les soirs l'été à Auteuil, quand après le dîner on allait s'asseoir au jardin, il fallait monter me coucher. Le cœur me manquait à la pensée de quitter Maman, souvent dès cinq heures du soir je ne pensais qu'à cet affreux moment et quand je sentais

1. Archives Fallois.

que le dîner touchait à sa fin, qu'on allait bientôt dire au valet de chambre : Auguste mettez le café au jardin, je sentais que je n'aurais plus qu'un quart d'heure, je ne quittais plus Maman de mes yeux trop anxieux pour pleurer encore, je ne répondais à ce qu'on me disait que comme un condamné à mort peut parler des petits incidents qui intéressent les autres. On passait au jardin, mon vieil oncle[1] par prudence restait sous la vérandah, quelquefois même au salon où il aurait voulu que par amabilité tout le monde restât avec lui, ma grand-mère au contraire, en personne exaltée par la nature et l'hygiène, même quand tout le monde était au salon s'il faisait froid ou pleuvait, ayant tiré son fauteuil d'osier très avant dans le jardin près des pelouses, où on l'apercevait laissant tomber des gouttes d'eau sur sa robe prune, et ses bandeaux défaits en mèches flottantes au vent[2] comme pour le laisser mieux passer sur son front. « Tu as trop chaud Adèle ! Il fait beau Adèle », criait mon oncle qui la considérait comme une personne originale. Et de temps en temps elle lui lançait de loin (car c'était lui le propriétaire, nous habitions chez lui) quelques critiques douces et méprisantes sur la façon dont son jardin était traité par le jardinier, sur les bordures trop alignées, les fleurs raides, les massifs peu naturels. Cela exaspérait mon oncle qui était extrêmement vaniteux. Mais elle aimait la nature, que les jardins lui ressemblassent, cela faisait partie de ses théories, comme de ne pas jouer *sec* du piano, ou d'éviter en cuisine les mets déguisés, ou de parler de soi à une personne qui a un grand chagrin, d'écrire : je n'ai pu aller à l'enterrement de votre fils parce qu'ayant eu une rage de dents la veille, j'avais été obligé de demander // un rendez-vous à mon dentiste. Il fallait aussi voyager d'une façon intelligente. Et quand nous quittions le bord de la mer pour revenir à Paris, elle organisait le retour pour voir deux ou trois curiosités sur le retour, de sorte qu'on partait en voiture à cinq heures du matin ne devant rejoindre le train qu'à midi après avoir vu deux tours et une villa célèbres. Naturellement à midi nous étions bien loin de la gare, nous

1. Sur cet oncle, propriétaire d'une grande villa à Auteuil, voir *Notice*, p. 213 *sq.*
2. *Sic.*

n'avions vu ni tour ni villa, et après des scènes au voiturier qu'il fallait finir par payer, et avoir envoyé à Paris des dépêches pour rassurer, nous n'y rentrions, sans avoir rien vu, qu'un jour plus tard. Cette excursion était réservée pour le dernier jour car au bord de la mer, tant que durait la saison des bains, il fallait *profiter* c'est-à-dire quitter la maison (naturellement sur la plage, au vent) dès l'aube, aller sur le sable ou les galets avec des bêches, un livre et un pliant juste contre la mer, et remonter ou descendre avec elle. Rester seulement à dix mètres de la vague semblait à ma grand-mère « une pitié ». On rentrait pour déjeuner (où on ne mangeait que des choses simples, et autant que possible des choses du pays) et on repartait immédiatement après. On ne portait pas de bas pour que l'air pénétrât mieux, et elle tenait tellement à ce que nos costumes de bains réduits à leur plus simple expression permissent à notre corps tout entier d'être au contact avec la vivifiante mer, qu'elle faillit plusieurs fois nous faire dresser contravention pour attentat à la pudeur. Je n'ai pas besoin de dire ce qu'elle pensait des casinos, et des salles de jeux. Du reste la grande élévation de son esprit lui donnait une véritable répulsion pour toutes les niaiseries, pour tous les plaisirs factices. Elle était relativement très « large » et aurait autrefois permis à Maman de lire une pièce considérée comme inconvenante pour une jeune fille s'il y avait du talent, et un « sentiment du beau ». Mais la pensée que Maman aurait pu lire une « Mondanité » ou s'occuper de frivolités l'aurait tuée. Elle disait cullière, pour cuiller[1], trouvant que c'était plus har-

1. En 1922 Proust attribue *in extremis* ce trait à un personnage dont ce sera la seule apparition dans la *Recherche*, Mme Poussin, dans un passage où il est question de l'attachement de la mère du héros à sa propre mère : « Vivant assez retirée à Combray dans un immense jardin, elle [Mme Poussin] ne trouvait jamais rien assez doux et faisait subir des adoucissements aux mots et aux noms mêmes de la langue française. Elle trouvait trop dur d'appeler "cuiller" la pièce d'argenterie qui versait ses sirops et disait en conséquence "cueiller" » (*SG*, III, p. 168 et la note 1 d'A. Compagnon). Dans un des deux cahiers tardifs où Proust prépare cette addition, « la vieille dame de Combray et sa fille » s'attirent de la grand-mère les mêmes reproches qu'autrefois le jardinier pour son traitement des fleurs d'oranger : « Elles avaient connu ma grand-mère qui leur reprochait comme elles avaient devant les salons [dans] le vestibule une trentaine de beaux orangers en pots, de les dépouiller de leurs belles fleurs blanches pour en faire cette liqueur appelée : "fleur d'oranger" » (Cahier 60, f. 123 ; cf. ci-dessus p. 27, f. 3). Voir aussi Cahier 62, f. 34v.

monieux et disait à Maman : Ma fille on ne m'habituera jamais à dire cuiller, c'est trop affreux. Ma // chère petite Maman depuis la mort de sa mère aurait bien voulu je le sentais que cela nous parût tout naturel qu'elle dise cullière. Car cela lui était doux de parler comme sa mère. Mais elle ne voulait pas y mettre d'affectation quand le disant pour la citer elle disait le mot avec un respect, une douceur, une précaution, une tristesse infinis, comme elle en avait dans un enterrement quand elle mettait une pelletée de terre sur la fosse, pensant sans doute à ceux qu'elle avait déjà mis en terre, à ceux qui les rejoindraient un jour[1]. Elle ne pouvait pas dire une chose se rapportant à sa mère, sans que l'humilité de son respect, la profondeur de son chagrin, la tendresse passionnée de son souvenir, ne la fissent hésiter devant sa parole. Elle était très généreuse quoique fille d'une femme si avare que dans sa vieillesse on avait été obligé de lui persuader que par relations politiques on était arrivé à obtenir du Président de la République à cause de sa parenté avec M. Crémieux (elle était sa belle-sœur[2]) qu'elle ne payât pas sa place en omnibus. Et on la payait en cachette, car cela l'aurait mise hors d'elle de payer six sous[3]. Je crois que cette mère de ma grand-mère était aussi méchante que ma grand-mère était d'une douceur de martyre, d'une bonté de sainte. Peut-être n'était-elle pas positivement méchante mais elle avait une sorte d'imagination vagabonde qui s'amusait à se faire des romans sur les individus. Elle venait de vous quitter dans les meil-

1. Cf. Cahier 3 : « [Maman] avait gardé quelque chose du geste d'infini respect, de timidité infinie, d'infinie douceur avec lequel au cimetière elle avait laissé tomber comme épouvantée, en poussière légère et brisée la pelletée de terre sur le cercueil de sa Mère » (f. 17 ; *CS, Esquisse I*, I, p. 639). Adèle Berncastell est inhumée au Père-Lachaise, dans le caveau de la famille Weil.

2. L'arrière-grand-mère maternelle de Proust, Rachel dite Rose Silny (1794-1876), épouse de Nathan Berncastell, était en effet la belle-sœur de l'avocat et homme politique Adolphe Crémieux (1796-1880), qui avait épousé sa sœur cadette Amélie (1800-1880). L'acte de décès de « Louise-Amélie-Silny, Marx », épouse Crémieux, est signé par Nathé Weil et son fils Georges Weil (Archives numérisées de Paris, V4E 4696, n° 116). Le couple était très uni : Crémieux ne survivrait que quelques jours à sa femme.

3. L'anecdote n'est pas perdue : des années plus tard, en 1920 ou au début de 1921, Proust l'intègre aux propos de Mme Verdurin à la Raspelière, dans un ajout du Cahier 62 qui rejoindra *Sodome et Gomorrhe II* (*SG*, III, p. 301-302 ; voir ici-même *Notice*, p. 222 et note 3). La mère de la grand-mère est alors remplacée par le père du grand-père.

leures dispositions du monde. Puis elle se mettait à penser à vous, imaginait pour se distraire que vous lui aviez fait telle crasse, s'agitait et s'exaltait tout en pensant toute seule, et finissait par vous envoyer la lettre la plus offensante du monde et ne vous revoyait plus. Je ne l'ai jamais connue ou que bien vieille et moi bien petit[1], et à ce que j'ai entendu dire à Maman qui n'en avait pas gardé un tendre souvenir, ce qui ne l'empêchait pas d'aller prier sur sa tombe tous les jours où elle savait que sa mère avait l'habitude de le faire[2] – mais malgré cela il me semble que j'ai hérité d'elle cette disposition à me brouiller tout d'un coup avec les gens *à distance.*

Quand j'ai dit que ma grand-mère avait une douceur de martyre, je ne voulais pas dire qu'elle en eut la vie, quoique ce fût un peu vrai. Maman qui aimait trop passionnément et trop également son père // et sa mère pour ~~préfé~~ donner jamais tort à l'un, ne l'aurait pas avoué. Mais en réalité mon grand-père qui était l'homme le meilleur, mais aussi le plus despotique et le plus ~~quinteux~~ <maniaque> qu'on pût voir, l'a souvent je crois bien fatiguée et peinée.

Je sentais que les dernières secondes de répit allaient être finies, je ne quittais plus Maman des yeux, je cherchais des yeux sur son beau visage la place que je préférerais embrasser (car si je l'embrassais plusieurs fois Papa me disait : allons pas de manifestations ridicules et Maman se détournait) je la choisissais d'avance pour bien la connaître, pouvoir être au moment même du baiser tout au plaisir de l'embrasser, bien consciemment, pour me souvenir exactement de la douceur de sa joue et de son beau regard quand je serais couché, dans les larmes, dans ma chambre solitaire. Ce baiser au milieu de tout le monde gêné par mon père, je le goûtais si mal. Souvent j'appelais Maman avant sous un prétexte dans l'escalier, dans le petit salon. Et elle-même pour éviter cette scène qui agaçait toujours mon père, aimait souvent mieux m'embrasser avant, et seuls. Mais alors

1. Quand son arrière-grand-mère meurt à quatre-vingt-deux ans, Marcel Proust est âgé de cinq ans.

2. Rose Berncastell avait été inhumée au cimetière Montparnasse. Ses restes ont été transférés à l'ossuaire du cimetière de l'Est (c'est-à-dire au Père-Lachaise) le 10 février 1986 (Archives numérisées de Paris).

je sentais qu'on ne le savait pas, que par conséquent j'avais le droit de revenir l'embrasser au moment de monter, dans une indécision atroce par peur de la fâcher j'hésitais, puis n'y tenant plus je revenais au jardin, accomplissais la cérémonie du bonsoir à chacun et finissais par Maman. Mais alors Maman était fâchée de voir que je recommençais, et le bonsoir que je donnais à sa joue qui se détournait sous ses sourcils qui se fronçaient ne me donnait aucun apaisement, et je la quittais en proie à une telle anxiété, que quand j'arrivais dans l'antichambre et que je commençais à monter l'escalier fatal qui conduisait à ma chambre et sur les premières marches duquel le cœur manquait quand je me sentais ainsi m'éloigner de Maman [*interrompu*]

IV

« Il y a une légende bretonne qui dit… »

Ce texte inédit figure sur le même papier quadrillé[1] *que celui que Proust avait utilisé pour le document précédent (n° III). Dans les archives Fallois, il était regroupé avec lui et les* Autres manuscrits *nos V et VI. Il est possible qu'il ait fait partie du projet des « soixante-quinze feuillets ».*

C'est la plus ancienne version connue à ce jour de ce qui deviendra l'épisode de la madeleine. Seule la première page du bifeuillet a été remplie. Il est difficile de dire si Proust s'est interrompu pour de bon en bas de cette page, ou si la suite a été perdue.

On en trouve une réécriture développée au début du manuscrit dont Fallois avait fait la « Préface » au Contre Sainte-Beuve *(*Autres manuscrits*, n° VII).*

Nous restituons le premier paragraphe, biffé. Pour la suite, nous avons conservé les ratures les plus significatives.

[*Paragraphe biffé en croix*] Il y a une légende bretonne qui dit que l[es] âme[s des] hommes à leur mort passent dans leur chien, [un] ~~carillon~~, dans la pierre du seuil de leur maison, dans leur bracelet etc. et restent indéfiniment ainsi si elles ne revoient pas quelqu'un qu'elles aient connu dans leur destinée ancienne[2]. Mais si elles sont rencontrées par quelqu'un qui les a connues aussitôt elles reprennent leur

1. Format 198 x 305 mm. Le bifeuillet, taché, est moins bien conservé que le manuscrit n° III ; des décolorations montrent qu'il a été plus exposé à la lumière.
2. La rédaction de cette phrase est confuse et inaboutie.

ancienne forme. Il me semble qu'entre toutes les croyances sur l'au-delà c'est une de celles à qui j'aurais le moins de peine à ajouter foi.

Souvent quand j'ai lu une de ces légendes comme il y en a tant en Bretagne où l'on croit que les âmes des morts passent dans des objets familiers et y restent ~~enchaînées~~ <captives> jusqu'au jour où les rencontre quelqu'un qui les a connues et qui les délivre, j'ai senti que c'était là une croyance à laquelle il ne me faudrait pas beaucoup d'effort pour ajouter foi. Cela tient à ce que chaque fois que de grandes choses de ma vie sont mortes ~~pour moi~~, ou du moins que je les ai crues mortes, elles étaient en réalité passées dans de toutes petites et ~~y~~ restaient mortes en effet si je ne rencontrais pas ces petites choses. Je m'efforçais par l'intelligence de les évoquer mais je n'y pouvais pas arriver. Hélas me disais-je toute cette partie de mon passé est morte. Comment aurais-je su que tous ces étés-là, le jardin où je les passais, les chagrins que j'y ai eus, le ciel qui était au-dessus, et toute la vie des miens, tout cela avait passé dans une ~~cuillerée~~ <petite tasse> de thé ~~chaud où une~~ bouillant où trempait du pain rassis. Si jamais je n'avais rencontré la tasse de thé bouillant – et cela pouvait très bien [être] arrivé car je n'ai jamais l'habitude d'en prendre – il est probable que jamais cette année-là, ce jardin, ces chagrins n'eussent ressuscité pour moi. Mais il y a quelques jours, par un de ces temps ~~froids~~ glacials qu'il a faits, je suis rentré gelé et j'ai [*interrompu*]

V

« L'innocence et la vertu de la femme ont aussi leur poësie… »

Ce morceau était regroupé avec les n°s III, IV et VI dans les archives Fallois. Il est rédigé sur deux bifeuillets du même papier quadrillé[1].

Le contenu de ses deux premières pages correspond au troisième item de la liste de « Pages écrites » qui figure dans le Carnet 1 (f. 7v) : « Le vice ~~interpré~~ sceau et ouverture du visage. La déception qui est une possession, embrasser le visage ~~sous~~. » Même si Proust ne l'a pas repris dans les « soixante-quinze feuillets », il fait donc partie, comme l'ensemble de cette liste, de leur avant-texte (voir ci-dessous la Chronologie*). Sa présence renforce la probabilité que ce soit également le cas des autres manuscrits de cet ensemble retrouvés chez Fallois.*

On reconnaîtra également dans ce texte le premier crayon d'un passage célèbre du roman qui, annoncé dans le Carnet 1, sera d'abord repris dans le Cahier 2[2].

Nous en donnons une transcription intégrale.

L'innocence et la vertu <de la femme> ont aussi leur poësie. Mais le vice a la sienne et il étend notre personnalité dans l'univers en faisant d'innombrables visages ~~et~~ rencontrés autant de possibilités de bonheur. Quand j'apprends rétrospectivement qu'un joli visage n'est pas farouche c'est comme si je pouvais y pénêtrer *[sic]*, devenir la pensée qu'il y a derrière ses yeux, <m'>entendre adresser ~~par~~ par

1. Format 198 x 305 mm.
2. Carnet 1, f. 20 : « Tristesse de penser voyage = 2^{e} thème 1er la marchande de café au lait » ; Cahier 2, f. 28-26v (cf. *JF*, II, p. 16-19). Pour une conjonction avec un autre thème des « soixante-quinze feuillets », voir ici-même, f. 60 et note 3.

cette bouche des paroles que les autres ne doivent pas entendre. C'est pour ma personnalité une nouvelle issue. La ~~connaissance~~ [Le] recueil des potins mondains qui étend indéfiniment le nombre des femmes légères est un peu pour nous comme l'histoire qui nous permet de nous assimiler des époques inconnues ou réfractaires* et de trouver hospitalité au sein de la pensée de Louis Philippe ou de Marie Leckzinska *[sic]*. Sans doute ces femmes nous [ne] les posséderons pas. Mais ~~ce qui é~~ ~~ce n'est pas ce que nous~~ ce qui excite chez nous les joies imaginatives de la gourmandise ou de la force physique ce n'est pas de bien dîner ou de faire de l'exercice, c'est de lire dans Dumas ~~dans~~ ou dans Walter Scott des dîners merveilleux ou que Lord Dufferin après avoir expédié les affaires urgentes partait cannoter *[sic]* sur le Bosphore. Ce que nous avons besoin de savoir c'est que la gourmandise, l'agilité, la possibilité de la possession physique existent. Ces affirmations suffisent à étendre nos facultés de désir et de possession idéales et nous nous sentons heureux dès que nous sentons que l'univers est plein de bonheur. ~~Que nous remettions tous les jours au lendemain~~ Ce qui nous est pénible c'est de ~~ne pas~~ sentir des parties de la nature de l'humanité où nous ne sommes pas. La possibilité qu'une femme nous désire, que nous puissions être un but pour elle, étend immédiatement pour nous le champ de notre existence. C'est une nouvelle barrière qui tombe // un nouveau champ fermé où nous entrons. Le visage qui nous avait paru fermé jusqu'ici s'entrouvre. ~~Entre~~ Tout à l'heure c'était le visage d'une passante, maintenant c'est une œuvre d'art dont nous sentons le dessous profond, la signification cachée. Quelquefois ce n'est qu'à la fin de la vie que nous savons que telle femme crue vertueuse et froide avait en réalité des amants, que nous aurions pu être l'un d'eux. Rétroactivement toute une partie du passé nous est acquise et comme une ~~bille~~ d'un sculpteur reçoit sur sa face inerte une signification profonde, une beauté d'expression délicieuse. Mais quelquefois ce visage que nous avons aimé sans pouvoir mettre aucune intention sous ses yeux dont nous aurions voulu que la tristesse <parfois remarqué[e]> pût être ~~causée~~ <provoquée expérimentalement> par notre froideur, bien des années après quand la ~~rou~~ graisse a empâté les joues, quand l'eczéma a abîmé la peau, quand le bonheur et la stupidité ont dissipé à jamais la mélancolie du regard, quand la floraison folle des cheveux comme les herbes capricieuses du printemps au bord des champs est flétrie, ce même visage est offert à nos baisers, tenu dans notre main. Tandis que nous le tenons nous disons : Ne me parle pas, attends un instant et pendant ce temps-là nous nous disons : C'est le même, et approchant nos lèvres des joues qui nous plaisaient tant nous avons le sentiment ~~d'~~/de toucher avec elles notre rêve inaccessible d'autrefois. Qu'importe une déception est encore une réalisation. La jeune fille qui nous paraissait hors de notre atteinte, dont nous ne savions jamais si on pourrait la captiver, la posséder, elle était hors de notre pouvoir. Aujourd'hui c'est un rêve ~~attei~~ défloré donc atteint[,] elle est entrée dans le domaine de ce que nous connaissons[,] de ce que notre expérience peut affirmer, de ce que nos doigts ont tenu. Je peux bien le dire, toute une part de ma vie s'est passée ainsi à chercher à réaliser, pour des cas particuliers, des rêves, à organiser ~~des~~ un voyage pour la ville dont le nom me faisait // rêver, à aller voir l'église gothique dont la description m'avait enchanté, à savoir le nom, les parents, les amis, à chercher à rencontrer la jeune fille que j'avais aperçue. Parfois les choses se sont mêlées, et j'ai fait des voyages interminables pour [la] retrouver <dans> une gare [où] on [se] trouvait à quatre heures du matin, quand le jour se lève et que les rivières brillent, avec ses manches de toile, apportant dans les wagons embués de brume un café au lait fumant. C'est son image qui me décidait à entreprendre le voyage[,] qui me faisait dominer l'agitation des séparations, la tristesse de l'arrivée. Toujours dans mes hésitations qui duraient des mois, et jusque dans les affres de la dernière minute, ce que j'apercevais c'était le matin, dans la petite gare isolée entre des montagnes <boisées et comme en cristal vert> au-delà desquelles elle n'a jamais rien vu, à deux pas du torrent qui se jette de deux cents* pieds de hauteur sous le pont branlant et rapé*, la jeune fille aux joues plus pourprées que le matin [qui] se lève derrière les bois, m'apportant mon café au lait et dont le regard avait paru me suivre, il y a trois ans. Et comme ce qui arrive n'est jamais ce qu'on a pensé, cette vision qui était pour moi tout le voyage n'y a jamais paru, n'y a jamais tenu la moindre place. C'est arrivé si fatalement que maintenant chaque fois qu'une telle chose entre en ligne de compte dans un voyage, je peux l'éliminer sachant que ce ne sera pas ainsi, qu'on ne verra pas le lever de soleil, et que ce sera un homme cette fois-là qui apportera le café au lait. Mais je sais aussi que quelque jour un ami rencontré, un retour inopiné par cette gare m'apprendra que la belle fille s'est laissé serrer de près dans un wagon, et chaque jour un document ~~viendra~~ nouveau et glacé viendra grossir inépuisablement l'histoire des amours que je n'aurais pas vécues.

VI

« Chaque fois que je me trouve dans une circonstance… »

Ce fragment appartenait dans les archives Fallois au même groupe de manuscrits que les trois numéros précédents ; il figure sur les deux premières pages d'un bifeuillet du même papier quadrillé[1].

Bien qu'il soit rédigé à la première personne, il entretient une parenté thématique manifeste avec la fin du portrait interrompu de l'oncle dans les « soixante-quinze feuillets » (f. 64-65). Il est difficile de dire s'il s'agit d'un avant-texte qui a été condensé, ou plutôt d'un développement postérieur destiné à un projet différent.

La transcription est allégée de la plupart des ratures du manuscrit, dont nous avons toutefois conservé l'introduction.

<~~Certes~~> ~~Il y a l'amour, et l'amitié amoureuse, desquels je ne parlerai pas aujourd'hui. Mais en outre il y a ceci~~.

~~Une jolie femme qui passe~~

Chaque fois que je me trouve dans une circonstance où il me serait impossible de suivre une femme, il en passe presque immédiatement une qui m'a l'air bien jolie et que je regarde s'éloigner, impuissant et enchaîné à quelque nécessité maudite, avec l'anxiété où nous laisse la fuite à tout jamais d'un bonheur inconnu et possible. Jamais je n'ai reconduit une vieille dame chez elle sans rencontrer sous *[sic]* la porte une laitière de dix-sept ans qui s'en allait élancée et rieuse, remarquant mon regard et semblait-il ralentissant sa marche

1. Format 198 x 305 mm.

ou même tournant imperceptiblement la tête. Mais même si j'arrivais à inventer une raison subite de ne pas monter chez la vieille dame et même de ne pas la conduire jusqu'à l'ascenseur, le temps de lui dire adieu, de répondre à ses interminables questions de la dernière minute, et j'avais beau prendre mes jambes à mon cou, la laitière avait dû prendre par un autre côté que celui où je m'élançais, impossible de la retrouver. [...] Si allant faire une course je flâne un peu, regarde, aucune jolie femme ne passe. Mais qu'à ce moment-là je sois arrêté, immobilisé par un de mes anciens professeurs, un ecclésiastique, une vieille parente, j'en vois en deux minutes trois qui passent sur l'autre trottoir. Si après avoir marché inutilement pendant deux heures je me décide à arrêter un automobile je ne suis pas plus tôt // dedans que la plus délicieuse petite ouvrière passe portant un paquet. J'hésite, des scrupules de politesse vis-à-vis du mécanicien m'arrêtent dont je me débarrasse vite, je frappe au carreau de toutes mes forces, il ne m'entend pas, je frappe plus fort, il arrête, ne me comprend pas, et finalement ne sachant plus par où elle a passé, je le fais ~~dans une poursuite~~ remonter à toute vitesse une rue que sans doute elle n'a pas prise. En deux minutes nous nous trouvons tellement loin de tous les endroits où vraisemblablement elle peut passer en ce moment qu'il n'y a plus aucun espoir de jamais la rejoindre et qu'il vaut mieux y renoncer. Mais les possibilités seules d'une réalisation improbable n'y mêlant pas d'anxiété sont déjà un plaisir. [...]

VII

« *Chaque jour j'attache moins de prix à l'intelligence* »

La relation de ce texte aux « soixante-quinze feuillets » est d'abord matérielle : ces six pages sont rédigées sur trois bifeuillets identiques aux quarante-trois bifeuillets de ce manuscrit[1] *; la graphie, l'occupation de l'espace de la page, y sont semblables. Elle est ensuite intellectuelle : le début reprend et développe l'*Autre manuscrit *n° IV, dont on a vu qu'il aurait pu faire partie de l'avant-texte des « soixante-quinze feuillets » ; et l'on y trouve l'écho de leur onirique « allée d'arbres » (f. 36, 39).*

En raison de sa conclusion programmatique annonçant l'essai contre la méthode de Sainte-Beuve, Fallois avait fait de ce texte la « Préface » de Proust au Contre Sainte-Beuve *de 1954, conformément aussi à la note du Carnet 1 : « Débuter par méfiance de l'Intelligence » (f. 17v).*

*Notre transcription restitue les modifications les plus significatives du manuscrit et en respecte les alinéas. Elle diffère à la fois de celles de Fallois (*CSB*, p. 53-59) et de Clarac (*CSB Clarac*, 1971, p. 211-216).*

[NAF 16636[2], f. 1] Chaque jour j'attache moins de prix à l'intelligence. Chaque jour je me rends mieux compte que ce n'est qu'en dehors d'elle que l'écrivain peut ressaisir quelque chose de nos impressions passées, c'est-à-dire atteindre quelque chose de lui-même

1. Fallois l'avait laissé entendre (*CSB*, p. 14). On trouve dans le fonds Proust à la suite du présent manuscrit un brouillon du début, également rédigé sur le même papier (NAF 16636, f. 11).

2. Ce manuscrit a d'abord été désigné dans la littérature critique par sa première cotation provisoire à la Bibliothèque nationale : « Proust 45 ». L'habitude en est parfois restée.

et la seule matière de l'art. Ce que l'intelligence nous rend sous le nom de passé n'est pas lui. En réalité, comme il arrive pour les âmes des trépassés dans certaines légendes populaires, chaque heure de notre vie aussitôt morte s'incarne et se cache en quelque objet matériel. Elle y reste captive, à jamais captive, à moins que nous ne rencontrions l'objet. À travers lui nous la reconnaissons, nous l'appelons et elle est délivrée. L'objet où elle se cache – ou la sensation puisque tout objet par rapport à nous est sensation – nous pouvons très bien ne le rencontrer jamais. Et c'est ainsi qu'il y a des heures de notre vie qui ne ressusciteront jamais. C'est que cet objet est si petit, si perdu dans le monde, il y a si peu de chances qu'il se trouve sur notre chemin. Il y a une maison de campagne où j'ai passé plusieurs ~~années~~ <étés> de ma vie. Parfois je pensais à ces ~~années~~ <étés>, mais ce n'étaient pas *elles.* Il y avait grandes chances pour qu'elles restent à jamais mortes pour moi. Leur résurrection a tenu, comme toutes les résurrections, à un simple hasard. L'autre soir étant rentré glacé, par la neige, et ne pouvant me réchauffer, comme je m'étais mis à lire dans ma chambre, sous la lampe, ma vieille cuisinière me proposa de me faire une tasse de thé dont je ne prends jamais. Et le hasard fit qu'elle m'apporta quelques tranches de pain grillé. Je fis tremper le pain grillé dans la tasse de thé, et au moment où je mis le pain grillé dans ma bouche, et où j'eus la sensation de son amollissement pénétré ~~de l'odeur du~~ <d'un goût de> thé contre mon palais, je ressentis un trouble, des odeurs de ~~roses~~ géraniums, d'orangers, une sensation d'extraordinaire lumière, de bonheur ; je restai immobile craignant ~~par~~ un seul mouvement d'arrêter ce qui se passait en moi et que je ne [f. 2] comprenais pas, et m'attachant toujours à ce goût du pain trempé qui semblait produire tant de merveilles, quand soudain les cloisons ébranlées de ma mémoire cédèrent et ce furent les ~~an~~ étés que je passais dans la maison de campagne que j'ai dite qui firent irruption dans ma conscience avec leurs matins entraînant avec eux le défilé, la charge incessante des heures bienheureuses. Alors je me rappelai : tous les jours quand j'étais habillé je descendais dans la chambre de mon grand-père qui venait de s'éveiller et prenait son thé. Il y trempait une biscotte et me la donnait à manger. Et quand ces étés furent passés, la sensation de la biscotte ramollie dans le thé fut un des refuges où les heures mortes – mortes pour l'intelligence – allèrent se blottir et où je ne les aurais sans doute jamais retrouvées, si ce soir d'hiver, rentré glacé par la neige, ma cuisinière ne m'avait proposé le breuvage auquel la résurrection était liée en vertu d'un pacte magique que je ne savais pas. Mais aussitôt [que] j'eus goûté à la biscotte, ce fut tout un jardin jusque-là vague et terne à mes yeux avec ses allées oubliées qui se peignit corbeille par corbeille, avec toutes ses fleurs dans la petite tasse de thé, comme ces petites fleurs japonaises qui ne reprennent que dans l'eau. De même bien des journées de Venise que l'intelligence n'avait pu me rendre étaient mortes pour moi, quand l'an dernier en traversant une cour, je m'arrêtai net sur ~~un pavé~~ ~~de l~~ au milieu des pavés inégaux et brillants. Les amis avec qui j'étais craignaient que je n'eusse glissé, mais je leur fis signe de continuer leur route que j'allais les rejoindre un objet plus important m'attachait, je ne savais pas encore lequel, mais je sentais au fond de moi-même tressaillir un passé que je ne reconnaissais pas, c'était en posant le pied sur ce pavé que j'avais éprouvé ce trouble. Je sentais un bonheur qui m'envahissait <que j'allais être enrichi> [d']un peu de cette pure substance de nous-mêmes qu'est une impression passée, de la vie pure conservée pure (et que nous ne pouvons connaître que conservée car au moment où nous la vivons elle ne se présente pas à notre mémoire, mais au milieu des sensations qui la suppriment) et [qui] ne demandait qu'à être délivrée, qu'à venir accroître mes trésors de poésie et de vie. Mais je ne me sentais pas la puissance de la délivrer. J'avais peur que ce passé m'échappât. Ah ! l'intelligence ne m'eût servi à rien en un pareil moment, je refis quelques pas en arrière pour [f. 3] revenir à nouveau sur ce<s> pavé inégal et brillant, pour tâcher de me remettre dans le même état. Tout à coup un flot de lumière m'inonda. C'était une même sensation du pied que j'avais éprouvée sur le pavage un peu inégal et lisse du baptistère de St Marc. L'ombre qu'il y avait ce jour-là sur le canal où m'attendait une gondole, tout le bonheur, tout le trésor de ces heures se précipita à la suite de cette sensation reconnue, et ce jour lui-même revécut pour moi. Non seulement l'intelligence ne peut rien pour nous ~~dans~~ <pour> ces résurrections, mais encore ces heures du passé ne vont se blottir que dans des objets où l'intelligence n'a pas cherché à les incarner. Les objets en qui vous avez cherché à établir consciemment des rapports avec l'heure que vous viviez, dans ceux-là elle ne pourra pas trouver asile. <Et bien plus si autre chose peut les ressusciter eux quand ils ressusciteront avec elle seront dépouillés de poésie.> Je me souviens qu'un jour de voyage, de la fenêtre du wagon, je m'efforçais d'extraire des impressions, du paysage qui passait devant moi. J'écrivais tout en le voyant passer le petit cimetière de campagne, je notais des barres lumineuses de soleil sur les arbres, les fleurs du chemin pareilles à celles du *Lys dans la vallée.* Depuis souvent <j'essayais en> repensant à ces arbres rayés de lumière, à ce cimetière de village d'évoquer cette journée, j'entends cette journée *elle-même,* et non son froid fantôme. Jamais je n'y parvenais et je désespérais d'y réussir quand l'autre jour en déjeunant je laissai tomber ma cuiller sur mon assiette. Et il se produisit alors exactement le même son que celui du marteau des aiguilleurs qui frappait ce jour-là les roues du train dans les arrêts. À la même minute l'heure brûlante et aveuglée où ce bruit tintait, revécut pour moi et toute cette journée dans sa poésie, d'où s'exceptaient seulement, acquis par l'observation voulue et perdus pour la résurrection poétique, le cimetière de village, les arbres rayés de lumière et les fleurs balzaciennes du chemin. Hélas parfois l'objet nous le rencontrons mais la sensation perdue nous fait tressaillir, mais le temps est trop lointain, mais nous ne pouvons pas nommer la sensation, l'appeler, elle [f. 4] ne ressuscite pas. En traversant l'autre jour un[e] office, un morceau de toile verte bouchant une partie du vitrage qui était cassée me fit arrêter net, écouter en moi-même. Un rayonnement d'été m'arrivait. Pourquoi[,] j'essayai de me souvenir. Je voyais des guêpes dans un rayon de soleil, une odeur de cerises sur la table, je ne pus pas me souvenir, pendant un instant je fus comme ces dormeurs qui en s'éveillant dans la nuit ne savent pas où ils sont, essayent d'orienter leur corps pour prendre conscience du lieu où ils se trouvent, ne sachant dans quel~~le chambre est~~ lit, dans quelle maison, dans quel lieu de la terre [ni][1] dans quelle année de leur vie ils

1. Lacune dans le manuscrit.

se trouvent. J'hésitai ain[si] un instant, cherchant ~~à tâtons~~ [ ][1] autour du carré de toile verte, les lieux, le temps où [mon] souvenir qui s'éveillait à peine devait se situer. J'hésitais à la fois entre toutes les impressions confuses, connues ou oubliées [de] ma vie ; cela ne dura qu'un instant, bientôt je ne vis plus rien, [mon] souvenir s'était à jamais rendormi. Que de fois des amis m'ont [vu] ainsi au cours d'une promenade m'arrêter devant une allée d[ ][2] qui s'ouvrait devant nous ou devant un groupe d'arbres, leur demander de me laisser seul un moment. C'était en vain, j'avais beau par moments pour reprendre des forces fraîches pour ma poursuite du passé, fermer les yeux, ne plus penser à rien, puis tout d'un coup les ouvrir, afin de tâcher de revoir ces arbres comme la 1re fois je ne pouvais savoir où je les avais vus. Je reconnaissais leur forme[,] leur disposition, la ligne qu'ils dessinaient semblait calquée de quelque mystérieux dessin aimé qui tremblait dans mon cœur. Mais je ne pouvais en dire plus, eux-mêmes semblaient de leur attitude naïve et passionnée dire leur regret de ne pouvoir s'exprimer, de ne pouvoir me dire le secret qu'ils sentaient bien que je ne pouvais démêler. Fantômes d'un passé cher, si cher que mon cœur [f. 5] battaient *[sic]* à se rompre, ils me tendaient des bras impuissants comme ces ombres qu'Énée rencontre aux enfers. Était-ce ~~aux enfers~~ dans les promenades autour de la ville où j'étais heureux petit enfant, était[-ce] seulement dans ce pays imaginaire où plus tard je rêvais Maman si malade, auprès* d'un lac, dans une forêt où il faisait clair toute la nuit, pays rêvé seulement mais presque aussi réel que le pays de mon enfance qui n'était déjà plus qu'un songe, je n'en savais rien. Et j'étais obligé de rejoindre mes amis qui m'attendaient au coin de la route, <avec l'angoisse de tourner le dos pour jamais à un passé que je ne reverrais plus, de renier des morts qui me tendaient des bras impuissants et tendres et semblaient dire, ressuscite-nous.> <et avant de reprendre rang et causerie avec mes camarades> je me retournais encore par moments <pour jeter un regard de moins en moins

1. Id.
2. Id.

perspicace> vers la ligne courbe et fuyante des arbres expressifs et muets qui sinuaient encore à mes yeux et ne disaient plus rien à mon cœur.

À côté de ce passé, essence intime de nous-mêmes, les vérités de l'intelligence semblent bien peu réelles. Aussi, surtout à partir du moment où nos forces décroissent, est-ce vers tout ce qui peut nous aider à le retrouver que nous nous portons, dussions[-nous] être peu compris de ces personnes intelligentes qui ne savent pas que l'artiste vit seul, que la valeur absolue des choses qu'il voit n'importe [pas] pour lui, que l'échelle des valeurs ne peut être trouvée qu'en lui-même. Il pourra se faire [qu']une détestable représentation musicale dans un théâtre de province, un bal que les gens de goût trouvent ridicule, soit évoquent en lui des souvenirs, soit se rapportent en lui à un ordre de rêveries et de préoccupations, bien plus qu'une admirable exécution à l'Opéra, qu'une soirée ultra élégante dans le faubourg St Germain. Le nom de stations dans un indicateur de chemin de fer du Nord, où il aimerait imaginer qu'il descend de wagon par un soir d'automne, quand les arbres sont déjà dépouillés et sentent fort dans l'air vif, un livre insipide pour les gens de goût plein de noms qu'il n'a pas entendus depuis l'enfance, peuvent avoir pour lui un tout autre prix que de beaux livres de philosophie et font dire aux gens de goût que pour un homme de talent il a des goûts très bêtes. On s'étonnera peut-être que faisant peu de cas de l'intelligence, j'aie donné pour sujet aux quelques pages qui vont suivre justement quelques-unes de ces [f. 6] ~~vérités~~ remarques que notre intelligence nous ~~révèle~~ suggère, en contradiction avec les banalités que nous entendons lire ou que nous lisons. À une heure où mes heures sont peut-être comptées (d'ailleurs tous les hommes n'en sont-ils pas là) c'est peut-être être bien frivole que de faire œuvre *intellectuelle*. Mais d'une part les vérités de l'intelligence si elles sont moins précieuses que ces secrets du sentiment dont je parlais tout à l'heure ont aussi leur intérêt. Un écrivain n'est pas qu'un poète. Même les plus grands de notre siècle, dans notre monde imparfait <où les chefs-d'œuvre de l'art ne sont que les épaves du naufrage des g^{des} intelligences>, ont relié d'une trame d'intelligence, les joyaux de sentiments où ils n'apparaissent que çà et là. Et si on croit que sur ce point important on entend les meilleurs de son temps se tromper, il vient un moment où on secoue sa paresse et où on éprouve le besoin de le dire. La méthode de Ste Beuve n'est peut-être pas au premier abord [un] objet si important. Mais peut-être sera-t-on amené au cours de ces pages à voir qu'elle touche à de très importants problèmes intellectuels, peut-être au plus grand de tous pour un artiste, à cette infériorité de l'intelligence dont je parlais en commençant. Et cette infériorité de l'intelligence c'est tout de même à l'intelligence qu'il faut demander de l'établir. Car si l'intelligence ne mérite pas la couronne suprême c'est elle seule qui est capable de la décerner. Et si elle n'a dans la hiérarchie des vertus que la seconde place, il n'y a qu'elle qui soit capable ~~de montrer~~ <d'apprendre> ~~à~~ <de proclamer que> l'instinct doit occuper la 1re.

VIII

Cahier 3

Proust explore dans le Cahier 3 les sensations matinales qui assaillent un « dormeur encore à peine éveillé », alors que son « âme, au seuil de l'espace et du temps hésite entre les lieux, les conditions et les années » (f. 15)[1]*. Aux sensations données par le corps lui-même, suscitant une mémoire interne, ébauche du souvenir des chambres, succèdent les impressions atmosphériques venues du dehors (couleur de la raie du jour, bruits de la rue…), enfin celles que suscite le monde vu de la fenêtre (éclat du soleil, passantes…), qui toutes stimulent la mémoire et inspirent des désirs.*

On peut aisément repérer dans le Cahier 3 des traces des « soixante-quinze feuillets », comme dans le portrait de Maman alors qu'elle entre dans la chambre avec l'article du Figaro (CS, Esquisse I, *I, p. 639), et surtout dans le spectacle de jeunes filles aperçues par la fenêtre. Ces dernières rappellent manifestement les « fillettes » hautaines de la bourgeoisie enrichie qui, dans les « soixante-quinze feuillets », étaient admirées et inaccessibles au bord de la mer (f. 67* sq.*).*

*Il s'agit d'un brouillon très travaillé et laissé inachevé, que nous donnons dans la version de 1954, révisée (*CSB*, chap.* III*, « Journées », p. 81-82).*

[f. 30v] Parfois, j'allais jusqu'à la fenêtre, je soulevais un coin du rideau ; dans une flaque d'or, suivies de leur institutrice, se rendant

1. Il développe une intuition de la « Préface » donnée ci-dessus : « […] pendant un instant je fus comme ces dormeurs qui en s'éveillant dans la nuit ne savent pas où ils sont, essayent d'orienter leur corps pour prendre conscience du lieu où ils se trouvent, ne sachant dans quel lit, dans quelle maison, dans quel lieu de la terre [ni] dans quelle année de leur vie ils se trouvent » (p. 139-140).

au catéchisme ou au cours, ayant épuré leur souple démarche de tout mouvement involontaire, je voyais passer de ces jeunes filles, pétries dans une chair précieuse, qui semblent faire partie d'une petite société impénétrable qui semble ne pas voir le peuple vulgaire au milieu duquel elles passent, si ce n'est pour en rire sans se gêner avec une insolence qui leur semble l'affirmation de leur supériorité[1]. Jeunes filles [qui semblent dans un regard mettre entre elles et vous cette distance que leur beauté rend douloureuse ; jeunes filles non de l'aristocratie[2]] [f. 31] car les cruelles distances de l'argent, du luxe, de l'élégance ne sont nulle part supprimées aussi complètement que dans l'aristocratie. Elle peut rechercher par plaisir les richesses mais n'y attribue aucune valeur et les met sans façon et sincèrement sur le même pied que notre gaucherie et notre pauvreté. Jeunes filles non du monde de l'intelligence, car il pourrait y avoir avec elles d'autres divins plains-pieds. Jeunes filles pas même du monde de la pure finance, car elle révère ce qu'elle souhaite d'acheter, est encore près du travail et de la considération du mérite. Non, jeunes filles élevées dans ce monde qui peut mettre entre lui et vous la distance la plus grande et la plus cruelle, coterie du monde de l'argent qui à la faveur de la jolie tournure de la femme ou de la frivolité du mari commence à frayer dans les chasses avec l'aristocratie, [f. 32] cherchera demain à s'allier avec elle, aujourd'hui a encore contre elle le préjugé bourgeois, mais déjà souffre que son nom roturier ne laisse pas deviner qu'elles *[sic]* rencontrent en visite une duchesse, et que la profession d'agent de change ou de notaire de leur père puisse laisser supposer qu'il mène la même vie que la plupart de ses collègues dont elles ne veulent pas voir les filles. Milieu où il est difficile de pénétrer parce que déjà les collègues du père en sont exclus, et

1. Autre version au f. 32 : « [Jeunes filles] ne paraissant pas voir les gens vulgaires au milieu de qui elles passent à moins que ce ne soit pour rire tout haut d'un<e> ~~ridicule~~ mise pauvre et d'un maintien gauche avec un sans-gêne qui leur semble une marque de leur supériorité [...]. »

2. Nous plaçons entre crochets un passage que B. de Fallois a inscrit à l'encre sur le Cahier 3, f. 30v-31, vraisemblablement d'après le haut, détaché et aujourd'hui manquant, du f. 31.

que les nobles seraient obligés de trop s'abaisser pour vous y faire entrer ; [...] [f. 33] [...] affinées par plusieurs générations de luxe et de sports, que de fois dans le moment même où je m'enchantais de leur beauté, elles m'ont fait sentir dans un regard toute la[1] distance qu'il y avait entre elles et moi, seule distance vraiment infranchissable du luxe et de l'élégance qui me les rendait plus inaccessibles et plus désirables, d'autant plus inaccessibles pour moi que les nobles que je connais ne les connaissaient pas et ne pourraient pas me présenter à elles et que leur être présenté par des personnes de leur monde [*interrompu*]

1. De ce mot jusqu'à « désirables », le texte est biffé : nous le restituons.

IX

Cahier 2

Ce passage du Cahier 2 n'a été transcrit que tardivement[1] *: étranger à la problématique du* Contre Sainte-Beuve, *développant une scène apparemment anecdotique et en grande partie sans lendemain, il n'avait pas retenu l'attention des chercheurs. Or il s'agit de la réécriture d'une scène des « soixante-quinze feuillets » (f. 1).*

« Mon oncle », d'abord ici le protagoniste avec la grand-mère, se métamorphose au cours d'une même phrase en personnage féminin (f. 8), devenant une « tante » (f. 7v), puis une « grand-tante » (f. 8v) ; la grand-mère se prénomme ici « Cécile ». On peut s'interroger sur la fonction d'une partie de ce passage (f. 7v) dans l'économie du Contre Sainte-Beuve *« récit », tel qu'il s'ébauche alors dans les Cahiers 3 et 2, à moins que, écrit sur des pages versos et peut-être plus tardif que le reste du Cahier, il ne s'inscrive déjà dans le* Contre Sainte-Beuve *« roman ». Il pourrait s'agir d'une « préparation » aux sensations délicieuses que déclenche la saveur du pain trempé dans du thé, sous la première forme de la réminiscence (voir* Notice, *p. 236* sq.*).*

Notre transcription est allégée ; elle diffère légèrement de celle de Bertrand Marchal[2]*, notamment pour l'ordre des fragments.*

[f. 8] ~~Mon grand oncle~~ ~~n'a~~ N'ayant en rien le même goût que ma grand-mère – car il l'avait détestable – et décidé de ne faire qu'à son goût[,] mon grand-oncle n'avait jamais l'approbation de ma grand-mère, [*interrompu*]

1. Marchal 2021.
2. Id.

Mon grand-oncle ~~souffrait~~ se moquait d'autant plus haut des critiques que ma grand-mère formulait ou taisait contre le jardinier qu'il en souffrait au fond, et il en souffrait d'autant plus qu'il était décidé à garder ce jardinier dont il était enchanté. Comme il n'avait pas le même goût que ma grand-mère, – il l'avait détestable – quand une chose lui donnait contentement, il était sûr de ne pas avoir l'approbation de ma grand-mère et elle s'en passait. Mais au fond elle en avait besoin et elle était malheureuse. Elle soupçonnait bien [que] [f.7v] le jugement de ma grand-mère nous paraissait supérieur au sien et pour détruire ses soupçons, nous arracher par surprise une approbation de ses actes et une critique de ceux de ma grand-mère quand ma grand-mère faisait quelque chose que personne ne pouvait approuver, quand par exemple la [*interrompu*]

[f. 7v] « Mais rentre donc Cécile, pourquoi rester toujours dans le jardin puisque tu le trouves si mal arrangé. » Tous les actes du nouveau jardinier causaient autant de fierté à ma tante et une grande douleur à ma grand-mère. Ma grand-mère regardait avec douleur les orangers dépouillés dont il avait arraché toutes les fleurs pour faire du sirop *[un mot ill.]* qu'il vendait à ~~des pharmaciens~~. Mais comme sur la quantité il en gardait un petit flacon qu'il offrait à ma tante, celle-ci était enchantée de pouvoir quand elle en faisait « servir » aux étrangers dire : C'est fait à la maison. Elle ne manquait pas quand elle rentrait de promenade de s'arrêter pendant que les domestiques prenaient ses affaires dans la voiture à côté de la remise devant le laboratoire du jardinier, craignant seulement qu'il ne se fatigue trop comme un cuisinier qu'elle avait eu autrefois qui passant ses nuits à faire des gâteaux en sucre, avait eu des premiers prix aux concours régionaux, puis était mort d'épuisement au bout de deux ans. Et elle ne manquait jamais non plus [de] s'arrêter aussi quelques minutes, tandis qu'on retirait de la voiture ses affaires et qu'on les montait[,] devant les variétés [de] géraniums inventées par le nouveau jardinier et qui autour [de] la grande pelouse lisse au soleil, par les après-midis d'été, quand tous les volets [de] la maison étai[en]t hermétiquement clos à cause de la chaleur, donnaient au passant l'image au fond la plus heureuse et la plus brillante[1]. Le préfet avait demandé à ce que son jardinier vînt les voir. Ma tante était flattée qu'on vînt du chef-lieu, bien plus de la préfecture voir ses géraniums, mais elle craignait en les montrant d'aider un rival à en faire d'aussi beaux, elle hésitait mais son hésitation même, à l'heure où les jardins sont vides, les maisons ont les volets clos contre la chaleur, donnant une impression d'autant plus brillante et heureuse qu'on sentait que cette splendeur ensoleillée ne faisait chaud à personne et que pendant ce temps-là les heureux propriétaires devaient faire la sieste dans des chambres ténébreuses, était pleine de charmes *[sic]*. Elle savait que ma grand-mère exprimait, habituellement par son silence, la plus piètre opinion sur le compte du nouveau jardinier. Et elle se moquait d'autant plus haut de l'opinion de ma grand-mère qu'elle en souffrait tout bas. N'ayant [f. 8v] pas le même goût que ma grand-mère – ma grand-tante l'avait détestable – elle savait quand elle aimait quelque chose [que] cela ne rencontrerait pas l'approbation de ma grand-mère et[2] elle s'en passait. Mais elle en avait besoin et ainsi son contentement n'était pas complet. Elle cherchait à se persuader que l'opposition de ma grand-mère n'avait aucun fondement, mais elle n'y réussissait pas. Si encore elle avait pensé que ce doute qu'elle avait sur la qualité de son propre goût nous ne le partagions pas, cela lui eût été d'un grand secours, mais elle soupçonnait que nous trouvions au contraire le jugement de ma grand-mère plus fin que le sien, et pour détruire ses soupçons elle cherchait à nous arracher par surprise une désapprobation totale de ce que faisait ma grand-mère. Elle choisissait un moment où réfugiés sous la vérandah, ou dans le salon, les portes vitrées ouvertes sur le jardin nous regardions pleuvoir, et apercevant ma grand-mère qui continuait sous la pluie ses tours de jardin, elle

1. Voir *Jean Santeuil*, où apparaissent pour la première fois, alors à propos du « jardin du notaire », le jardinier, les orangers qu'il dépouille et les « magnifiques géraniums » qu'il fait fleurir (*JS*, p. 327, 328).

2. Nous ne reprenons pas, après « et », « elle ne cherchait que son contentement. ~~Mais~~ » qui, pour le sens, aurait dû être entièrement biffé. Cette phrase et la suivante récrivent le deuxième paragraphe du f. 8.

criait : Voyons Cécile rentre donc. Mais non, il faut qu'elle ne fasse rien comme nous. C'est pour la pluie comme pour le reste. *Il suffit que vous ou moi nous trouvions une chose bien pour qu'elle la critique.* Hélas notre silence seul lui répondait, et ma grand [*interrompu*]

X

« Mais rentre donc, ~~Octavie~~ <Bathilde> »

*Le morceau du Cahier 2 qu'on vient de lire est repris et développé par Proust dans une longue addition à l'une des dactylographies de « Combray » (NAF 16730, f. 21v-23v). Il prévoit de l'intercaler entre la promenade au jardin de la grand-mère et la scène du cognac (*ibid.*, f. 22 ;* CS, *I, p. 11). La grand-mère s'y prénomme encore Cécile, alors qu'elle est déjà Bathilde dans le texte dactylographié (NAF 16730, f. 22).*

Peut-être cette addition, en partie rayée, date-t-elle de la période où Proust ne dispose plus que d'un seul exemplaire dactylographié de « Combray » (« Première dactylographie », NAF 16730), l'autre étant en souffrance au Figaro, *en attente d'une hypothétique publication (« Deuxième dactylographie », NAF 16733), soit entre décembre 1909 et le début de l'été de 1910*[1]*. Rédigé sur un petit bifeuillet*[2]*, le présent morceau en provenance des archives Fallois condense cette addition à la « Première dactylographie ». Si Proust eut l'intention de l'insérer dans l'autre exemplaire, celui qu'il destine à l'impression du livre, il ne le fit pas : peut-être jugea-t-il superflue cette illustration de l'antagonisme entre la grand-mère et la grand-tante, moins marquante que la scène du cognac, et le couple des géraniums et des orangers ne trouvait-il plus place au moment de l'épisode de la madeleine (voir* Notice, *p. 236* sq.*).*

Ce texte comprend peu de repentirs. Nous laissons subsister les plus significatifs.

1. Wada 2012, p. 45. Une troisième copie est conservée dans le Reliquat NAF 16752.
2. Papier vergé, filigrané « Imperial Diadem », 134 x 181 mm. Proust a écrit sur les pages 1 et 3.

« Mais rentre donc, ~~Octavie~~ <Bathilde>, criait ma grand-tante ~~de sous la vérandah ou du petit salon~~ ~~dont la porte vitrée restait ouverte~~ tu ne vois donc pas qu'il pleut. Pourquoi restes-tu toujours dans le jardin puisque tu le trouves si laid ? » ajoutait-elle ironiquement car elle ne pardonnait pas à ma grand-mère de critiquer le nouveau jardinier. S'il abattait ses arbres, s'il dépouillait ses orangers de toutes leurs fleurs pour faire un sirop dont il vendait la plus grande partie, en en réservant à ma grand-tante un flacon qu'on allait chercher dès qu'il venait une visite, il lui donnait le plaisir de dire : « C'est fait ici ; c'est mon jardinier qui fabrique ça. » Le soir quand elle rentrait, pendant que les domestiques s'empressaient autour de la voiture pour retirer les paquets de la capote, elle faisait une station devant le laboratoire du jardinier craignant seulement qu'il se fatigue trop, puis devant les géraniums dont l'ourlet rouge et rose faisait si bien autour de la grande pelouse verte, que même aux heures chaudes où // on n'aime pas à traîner rue Ste Hildegarde[1], on voyait des passants qui ne pouvaient s'empêcher de s'arrêter émerveillés devant la grille, regardant avec envie au fond du jardin sans ombre la maison aux volets clos. Ma grand-tante savait qu'en revanche ~~le jardin n'avait pas~~ l'approbation de ma grand-mère lui faisait défaut. Elle la méprisait mais ~~elle~~ ~~en avait~~ la recherchait. Ne pouvant l'obtenir elle eût voulu la déprécier. « Je ne sais pas pourquoi je te dis de rentrer. Il suffit que nous trouvions une chose bien pour que tu la trouves mal » disait-elle en nous regardant du coin de l'œil, espérant en vain nous arracher une condamnation en bloc des opinions de ma grand-mère.

1. Cette rue de Combray est mentionnée à partir du Cahier 8 (f. 10 et 47v ; *CS*, I, p. 48).

XI

Cahier 1

Proust, après en avoir trouvé la formule dans le Cahier 5, développe dans le Cahier 1 le schéma d'une double rétrospection : le protagoniste se remémore les nuits au cours desquelles il se remémorait, lors de ses réveils, les chambres où il avait vécu. La mémoire du corps suggère des lieux et déclenche parfois le récit.

À la fin de la scène d'onanisme (f. 67), l'évocation du lilas amène la réécriture de tout le passage qui, dans les « soixante-quinze feuillets », lui était associé lors des promenades du « côté de Meséglise » (f. 34). C'est seulement sur les épreuves de Du côté de chez Swann *que le lilas s'efface à cet endroit, remplacé par un « groseill[i]er sauvage » puis par le cassis sauvage du texte définitif*[1].

Pour le souvenir des promenades nocturnes à l'âge adulte – qui suit de peu celui d'« un fauteuil d'osier dans le jardin d'Auteuil » –, Proust emprunte à un passage qu'il avait rédigé dans les « soixante-quinze feuillets » pour le « côté de Villebon » (f. 41). Dans la Recherche, *ce récit préfiguré à l'ouverture du roman est situé pendant le séjour à Tansonville chez Gilberte de Saint-Loup, mais Proust n'a pu en faire la mise au point définitive*[2].

*Nous donnons le texte de l'*Esquisse, *revu*[3].

[f. 66v] Enfin s'éleva un jet d'opale, par élans successifs [...]. À ce moment je sentis comme une tendresse qui m'entourait, c'était

1. NAF 16755, p. « 13 », f. 9 ; NAF 16758, p. « 15 », f. 7 *bis* ; *CS*, I, p. 12.
2. *CS*, I, p. 7 ; *AD*, IV, p. 266-269. Voir ici-même f. 33, note 3.
3. *CS*, *Esquisse III*, I, p. 646-647, 651.

l'odeur du lilas que dans mon exaltation j'avais cessé de percevoir et qui venait à moi, comme tous les jours quand j'allais jouer au parc situé hors la ville, bien avant même d'avoir aperçu de loin la porte blanche près de laquelle ils balançaient comme de vieilles dames bien faites et maniérées au vent* leur taille flexible, et secouaient leur tête emplumée, l'odeur du lilas venait au-devant de nous nous souhaiter la bienvenue sur le petit chemin qui longe en contre-haut la rivière, là où des bouteilles sont mises par les gamins dans le courant pour prendre le poisson, donnant une double idée de fraîcheur parce qu'elles ne contiennent pas [f. 65v] seulement de l'eau comme sur une table où elles lui donnent l'air d'un cristal, mais sont contenues par elle, et en recevaient une sorte de liquidité, là où autour des petites boules de pain que nous jetions s'aggloméraient en une nébuleuse vivante les têtards tenus en dissolution dans l'eau et invisibles l'instant d'avant, un peu avant de passer le petit pont de bois dans l'encoignure duquel à la belle saison un pêcheur en chapeau de paille avait poussé entre les pruniers bleus ; il saluait mon oncle qui devait le connaître et nous faisait signe de ne pas faire de bruit mais pourtant je n'ai jamais su qui c'était [...] je n'ai jamais vu le pêcheur que pêchant, à la saison où le chemin s'était touffu des feuilles des pruniers, de sa veste d'alpaga et de son chapeau de paille, à l'heure où même les cloches et les nuages flânent avec désœuvrement dans le ciel vide [...].

[f. 60v] Mais déjà mon corps a évoqué une autre attitude. Il n'est plus couché mais assis où cela dans un fauteuil d'osier dans le jardin d'Auteuil, non il fait trop chaud, dans le salon du cercle de jeu d'Évian où on aura éteint sans s'apercevoir que je m'y étais endormi. Mais les murs se rapprochent, mon fauteuil fait volte-face et s'adosse à la fenêtre. Je suis dans la chambre du château de xxx qui a appartenu autrefois à mes grands-parents où avant le dîner je montais me reposer une seconde, je me serai endormi, on doit être à table, on a peut-être fini de dîner. Mais on ne m'en voudra pas. Car bien des années ont passé depuis le moment où j'habitais chez mes grands-parents. On ne dîne plus qu'à neuf heures du soir, après la promenade pour laquelle nous partons à l'heure où j'étais rentré depuis longtemps autrefois. C'était un plaisir quand on voyait le soleil couché mettre une bande rouge derrière le château, de se hâter pour trouver la lampe allumée et le dîner servi. C'en est un aussi, tout différent, à ce même moment de [f. 59v] se préparer à sortir, de traverser le village [...], de rencontrer la masse bleue triangulaire et mouvante des moutons qui rentrent au clair de lune, et de commencer dans le silence et sous la lune une de ces promenades qu'on faisait autrefois au soleil en ayant bien soin d'être rentré avant la nuit.

[*Nouvelle version*]

[f. 61] Je suis dans ma chambre au château de x, je suis monté comme d'habitude me reposer avant le dîner, je me suis endormi dans mon fauteuil, le dîner est peut-être fini. On ne m'en aurait pas voulu. Bien des années avaient passé depuis le temps où je vivais chez mes grands-parents. À Réveillon on ne dînait qu'à neuf heures, en rentrant de la promenade pour laquelle on partait à peu près au moment où autrefois je rentrais des plus longues. Au plaisir de rentrer au château quand le château se détache sur le ciel rouge, que l'eau des [f. 60] étangs est rouge aussi, et de lire une heure à la lampe avant le dîner de sept heures, un plaisir plus mystérieux a succédé : nous partions à la nuit venue [...]. Bientôt nous arrivions dans la campagne ; une moitié des champs était terne et encore claire [f. 59] ; sur une moitié des champs le couchant s'était éteint ; sur l'autre la lune était déjà allumée ; [...] nous ne rencontrions plus que le triangle irrégulier bleuâtre et mouvant des moutons qui rentraient, j'arrivais dans les champs ; sur une moitié le couchant s'était éteint ; sur l'autre la lune était déjà allumée, bientôt le clair de lune les remplissait tout entières. Je m'avançais comme une barque qui accomplit sa navigation solitaire ; déjà suivi de mon sillage d'ombre j'avais traversé, puis laissé derrière moi une étendue enchantée. Quelquefois la dame du château m'accompagnait, nous avions vite dépassé ces champs à l'extrémité desquels n'atteignaient pas mes plus longues promenades d'enfant, mes promenades d'après-midi, nous [f. 58v] dépassions cette église, ce château dont je n'avais jamais connu que les noms qui me semblaient ne devoir se trouver que sur une carte du Rêve ; le pays changeait, il fallait monter, descendre, gravir des coteaux, et parfois, au moment de descendre dans le mystère d'une vallée profonde tapissée par le clair de lune nous nous arrêtions un instant ma compagne et moi avant de descendre dans ce calice d'opale et la dame indifférente avait un de ces mots par qui je m'apercevais tout [d']un coup placé à mon insu dans sa vie à elle, où je n'avais pas cru que je fusse entré, pour toujours me semblait-il et d'où le lendemain du jour où je quittai le château, elle m'avait déjà fait sortir.

XII

Cahier 4

On a pu dire que le Cahier 4 était le cahier où était « né » À la recherche du temps perdu[1]*, devinant que Proust y opérait la greffe, capitale, du schéma narratif rétrospectif du* Contre Sainte-Beuve *avec certaines des pages romanesques délaissées de 1908*[2]*. Proust y recycle en effet une partie substantielle d'[Une soirée à la campagne], de [Le côté de Villebon et le côté de Meséglise] ainsi que de [Séjour au bord de la mer]. Mais ce recyclage est loin d'être une simple copie.*

Tout d'abord, il poursuit son travail acharné sur les promenades des « côtés » : c'est le chapitre le plus longuement repris. Le côté de Villebon – qui devient au f. 35 le « côté de Garmantes » – hérite de la plupart des traits qui dans les « soixante-quinze feuillets » étaient attribués au côté de Meséglise (le petit pont au-dessus de la rivière, le pêcheur, les carafes pour attraper les têtards), tout en s'enrichissant de nouveaux éléments descriptifs (dont les plantes aquatiques, nénuphars[3] *et nymphéas) et de personnages emblématiques, Mlle Swann et la comtesse de Garmantes*[4]*. Dans le Cahier 12 où se poursuit l'élaboration des « côtés », tout ce qui a trait à la rivière repasse du côté de Meséglise – comme dans les « soixante-quinze feuillets » –, avant d'être à nouveau assigné, et pour de bon cette fois, au*

1. *« One can confidently assert that it was in that exercise book that Proust's novel was born »* (Pugh 2004, p. 3).

2. L'hypothèse que certains des « soixante-quinze feuillets » aient été l'avant-texte du Cahier 4 a été avancée bien avant leur redécouverte : voir Bardèche 1971, I, p. 210-211 ; Quémar 1975, p. 212, et 1976, p. 21-22 ; Pugh 1987, p. 28, 65-66, 83 ; *Cahier 26*, 2010, p. XXIV note 2 ; Leriche 2013, p. 23, 24.

3. Ils étaient indiqués, mais à peine, dans les « soixante-quinze feuillets » (f. 28, 36, 41v).

4. On trouve même la mention fugitive d'une « Mme de ~~Forcheville~~ <Guerchy> », ancêtre de Mme de Saint-Loup (f. 42).

côté de Guermantes[1]*. Quant au parc, propriété familiale encore proche du Pré-Catelan d'Illiers dans les « soixante-quinze feuillets », s'il reste d'abord du côté de Meséglise dans le Cahier 4 (f. 26), il aura quelques pages plus tard émigré tout entier du côté de Villebon, avec sa « petite porte blanche », les métaphores caractérisant l'odeur des lilas (f. 30), et même la « haie d'aubépines » (f. 32) qu'il possédait discrètement dans les « soixante-quinze feuillets » (f. 31) : c'est désormais le « parc de M. Swann » (Cahier 4, f. 30). Il se fixera enfin du côté de Meséglise dans le Cahier 12 (f. 21), comme la célèbre aubépine*[2]*.*

Ensuite, les deux premiers « chapitres » des « soixante-quinze feuillets », qui n'étaient que juxtaposés, sont, dans le Cahier 4, articulés : la cérémonie du baiser du soir introduit et enchâsse les promenades des « côtés » (f. 25, 44), sous l'égide d'un lieu unique, Combray, dont c'est la première apparition[3]*. Placée en tête dans les « soixante-quinze feuillets », l'importante scène de la grand-mère au jardin cherche sa place : Proust l'insère d'abord au moment de l'arrivée du visiteur nocturne (f. 53), puis en intercale une version plus aboutie dans le cadre des promenades du côté de Meséglise, les jours où précisément à cause de la pluie la famille restait à la maison (f. 24v). L'ensemble de ce montage sera éphémère : à partir de la première version suivie de « Combray » (Cahiers 8 puis 12), les épisodes de la grand-mère au jardin et du baiser du soir seront, comme dans les « soixante-quinze feuillets », nettement dissociés des promenades des « côtés », l'épisode de la biscotte faisant office de frontière*[4]*.*

Enfin et peut-être surtout un nouveau personnage, Swann, évince à la fois dans le rôle de l'intrus nocturne le falot M. de Bretteville et dans celui du séducteur l'oncle du [Séjour au bord de la mer]. Son long portrait, occasion de signaler d'emblée sa judéité et l'antisémitisme du grand-père, débouche, comme par contamination des « soixante-quinze feuillets », sur une villégiature à l'hôtel où la grand-mère et son petit-fils l'auraient côtoyé. Mais plus rapidement encore que dans les « soixante-quinze feuillets », Proust s'interrompt avant de décrire les aventures du don Juan. On retrouve le portrait de la grand-mère en originale, cependant qu'est gardée en réserve la petite société des quatre amis au profit d'autres « personnalités

1. Cahier 12, f. 18 *sq.*, et f. 27. Voir Quémar 1975, p. 179 *sq.* et note 5, p. 196 et note 3.

2. L'aubépine est déjà discrètement présente du côté de Meséglise dans les « soixante-quinze feuillets » (f. 31) : mais elle y figure principalement du côté de Villebon (f. 29-30, 36, 40), comme du côté de Garmantes dans le Cahier 4 (f. 32, 41).

3. La mention de Combray dans le Cahier 1 (f. 68v) est une substitution, d'une autre encre, qui semble plus tardive que les lignes principales. Pugh 1987, note 29 p. 122 ; ici-même, f. 1, avant la note 1.

4. Il reste cependant un rappel du drame du coucher au retour des promenades de Guermantes, *CS*, I, p. 180-181.

bizarres » rencontrées aux bains de mer (f. 65). Mme de Villeparisis doit attendre le Cahier 12 pour être formellement identifiée à la douairière des « soixante-quinze feuillets ». Mais c'est bien le point de départ du cycle des Guermantes à Balbec (à la rencontre de Mme de Villeparisis dans le Cahier 4 succédant celle de son neveu Montargis, futur Saint-Loup, dans le Cahier 31, puis de Guercy/Charlus dans le Cahier 7[1]*), et celui du roman de Swann, dont Proust trace les grands traits dans les Cahiers suivants (Cahiers 31 puis 36), de son mariage avec une cocotte jusqu'à l'effacement dont son nom fait l'objet chez les Guermantes après sa mort, signe de l'échec cuisant de l'assimilation.*

Pour mieux faire sentir l'empreinte des « soixante-quinze feuillets » dans le Cahier 4 et leur premier « montage », nous avons choisi de donner de ce cahier un extrait pratiquement continu (f. 23-65), n'omettant que l'intercalage « À ajouter au Balzac de M. de Garmantes » (f. 49v-52), et les développements nettement divergents par rapport aux pages de 1908 – comme la plus grande partie, tout à fait neuve, du portrait de Swann à Combray (f. 47-60) –, passages tous facilement accessibles[2]*.*

Nous suivons, dans l'ensemble, les Esquisses *de la Pléiade, dont le texte est à l'occasion révisé ; deux pages n'avaient jamais été transcrites, et nous y conservons les ratures les plus significatives*[3]*.*

[f. 23] Souvent je ne me rendormais plus et ma pensée évoquait ma vie dans l'une de ces chambres d'autrefois où à l'instant je m'étais cru couché. L'une de celles dont le souvenir gardait pour moi quelque chose de douloureux était la chambre que j'habitais à Combray quand j'étais petit. Tous les soirs, le moment d'y monter, en laissant Maman au jardin avec toute la famille était un supplice. Heureusement qu'elle montait m'embrasser quelques instants après, quand elle pensait que je devais être couché. Mais cela durait si peu de temps, elle redescendait si vite, que le moment où j'entendais ses pas et le bruit de sa robe – une robe de jardin, de mousseline bleue

1. Un « marquis de Gurcy » est tout de même mentionné dès le Cahier 4, f. 57. *CS, Esquisse IX*, I, p. 670-671.

2. Voir *CSB* 1971, p. 295-296, *CS, Esquisses VIII* et *IX*, I, p. 667-668 et 669-672.

3. Pour les f. 23-26, 25v-26v, 27, 24v, 27-47 : *CS, Esquisse VIII*, I, p. 665-667 et *Esquisse LIII*, I, p. 805-814 ; pour les f. 60-62 : *CS*, I, p. 672 var. *a* (p. 1437) et transcription originale ; pour les f. 62-65 : *JF, Esquisse XXXVI*, II, p. 910-912. Pour le f. 62 voir aussi Yoshida 1978, vol. I, p. 5-6.

à cordons de paille – entrer dans le couloir qui conduisait dans ma chambre était presque douloureux, parce qu'il rapprochait celui où elle refermerait la porte et redescendrait, me laissant seul avec l'anxiété d'être séparé d'elle jusqu'au lendemain. Tout le temps qu'elle restait sans venir me semblait des heures de grâce qui éloignaient celui où elle s'en irait. Quelquefois quand, après m'avoir embrassé, elle arrivait à la porte pour s'en aller, je voulais la rappeler pour l'embrasser encore. Mais [f. 24] je savais que j'allais voir sa figure fâchée, et tout le calme qu'elle m'avait apporté pour toute la nuit, en tendant à mes lèvres, pour une douce communion, sa figure heureuse et tendre comme une hostie [*inachevé*]

Quand après m'avoir embrassé, elle rouvrait la porte pour me quitter, j'aurais voulu la rappeler, lui dire, « Embrasse-moi une fois encore », mais je savais qu'alors je verrais son visage fâché (monter m'embrasser était déjà une concession à ma tristesse que désapprouvait mon père) et voir son visage fâché effaçait tout le calme que son baiser une seconde avant m'avait apporté quand penchant sur mon lit sa figure heureuse et tendre elle la tendait à mes lèvres comme une hostie où je goûterais sa présence réelle pour la garder près de moi jusqu'au lendemain ; douce hostie pour une communion de paix, qui m'assurait pour toute la nuit un sommeil plus calme et plus doux que celui [f. 25] que nous trouvons dans ces autres hosties, bien miraculeuses aussi, que la pharmacie prépare et qu'est bien heureux de trouver celui qui n'a plus les joues de sa mère quand revient trop cruel le besoin de l'embrasser. Mais si cette chambre où ma mère m'apportait la paix me laissa un si douloureux souvenir c'est parce que certains soirs – les soirs où on avait été se promener du côté de Villebon et les soirs où M. Swann venait dîner –, Maman ne montait pas dans ma chambre. Il y avait à Combray, pour les promenades, le côté de Meséglise et le côté de Villebon ; je n'ai d'ailleurs jamais connu de Meséglise que le fameux « côté », et des gens inconnus qui se promenaient le dimanche et qu'on disait venir de Meséglise. [f. 26] Aller du côté de Meséglise n'était rien, c'était une promenade d'une heure. On sortait comme pour aller au parc, par la porte sur la rue, généralement on allait passer l'après-midi au parc, et vers quatre heures si le cœur nous en disait et si le temps était beau, on sortait du parc par la porte d'en haut, et on allait dans les champs sur la route de Meséglise jusqu'à ce que les cloches pour les biens de la terre vinssent nous chercher et nous faire signe qu'il était temps de rentrer et jusqu'au milieu des biens de la terre elle-même, en faisant poudroyer horizontalement au coin du chemin leurs volées d'or au-dessus des lilas entre les rayons du soleil couchant. On revenait sur ses pas et une demi-heure après on était rentré. Mais « le côté de Villebon » [f. 25v] était autrement redoutable. Quand on n'était pas rentré pour l'heure du dîner, ma grand-tante qui attendait sur la porte disait à Françoise : « Vous verrez qu'ils seront allés du côté de Villebon. Ils doivent avoir une faim. Vous verrez que votre gigot ne sera pas assez gros. » Et quand nous rentrions et qu'elle nous disait : « J'étais bien sûre que vous étiez allés du côté de Villebon. » Maman disait : « Mais ma tante, vous n'aviez donc pas vu que nous étions sortis par la petite porte du jardin ? » Car le côté de Villebon était tellement l'opposé du côté de Meséglise qu'on ne sortait pas de la maison par la même porte. On sortait par derrière, par une porte sur le jardin qui était pour les fournisseurs, on ne passait pas par la rue, on ne passait pas devant l'épicier[1], devant l'église. C'était [f. 26v] un autre pays. Eh bien quand j'entendais mes cousins qui étaient partis en promenade du côté de Meséglise dire qu'au retour pour « allonger » ils avaient pris par Villebon cela me paraissait quelque chose d'aussi inconcevable que quelqu'un qui aurait parlé d'unir l'Orient et l'Oc[2] [*interrompu*]

[f. 27] Le côté de Meséglise n'était qu'une plaine au soleil couchant, où il faisait toujours beau, car si le temps « menaçait » on rentrait directement du parc à la maison[3].

1. Dans la première version de cette page, l'épicier est décrit ainsi : « … nu-tête devant sa porte, une tête qui était elle-même en pain de sucre avec un crayon au coin » (f. 27). Cf. ici-même, f. 33.

2. Le développement aux f. 25v-26v récrit le bas du f. 26 et le haut du f. 27, que Proust n'a pas biffés.

3. Dans les « soixante-quinze feuillets », le côté de Meséglise était au contraire associé au temps incertain : « Le "côté de Meséglise" était à ciel découvert, immense, il y pleuvait quel-

[f. 24v] Si[1] au contraire le temps menaçait, on n'allait pas sur la route de Meséglise et aux premières gouttes de pluie, on rentrait à la maison. Nous lisions dans le salon. On avait rentré les fauteuils d'osier pour qu'ils ne soient pas mouillés et dans le jardin vide et fouetté par l'averse on ne voyait que ma grand-mère qui, trouvant que « c'est une pitié de laisser des enfants enfermés quand on est à la campagne », relevant ses mèches désordonnées et grises pour que son front s'imbibât mieux de la salubrité du vent et de la pluie, soupirait : « Enfin on commence à respirer », et parcourait les allées détrempées mais trop symétriquement alignées à son gré par un jardinier dépourvu du sentiment de la nature d'un pas saccadé et passionné qui se réglait plutôt à vrai dire sur les mouvements contraires qu'excitaient dans son âme l'ivresse de l'orage, la stupidité de notre éducation, et la symétrie du jardin, que sur le désir – inconnu d'elle – d'éviter à sa jupe prune les taches de la boue sous lesquelles à vrai dire elle disparaissait entièrement jusqu'à la hauteur du corsage dans un temps dont la brièveté est toujours restée pour nous un problème.

[f. 27] Le côté de Villebon avait un tout autre caractère. Un de ses charmes était qu'on y retrouvait à tous moments le Loir, dont la route d'ailleurs s'écartait bien vite pour le retrouver un peu plus loin. La première fois au sortir de la ville, on le passait sur un vieux pont de bois (guère qu'une planche avec une corde au-dessus d'un seul côté comme parapet) [f. 28] au bout duquel, il y avait un prunier que l'été couvrait de feuilles bleues et sous le prunier un pêcheur en chapeau de paille et en veste d'alpaga qui semblait avoir poussé là aussi avec la belle saison. Il devait connaître mon grand-père car il ôtait son chapeau de paille en le voyant et mon grand-père nous faisait signe de ne pas faire de bruit. Mais comme le galant petit jardinier en stuc du jardin du notaire qui n'était que jardinier, n'avait jamais lâché sa brouette, je pense que le pêcheur n'était que pêcheur et n'avait jamais quitté sa ligne. Car alors que je savais que le chantre

---

quefois, car comme c'était la petite promenade, on la réservait pour les temps incertains » (f. 31 ; cf. f. 34). Ce sera aussi le cas dans le texte définitif : *CS*, I, p. 148.

1. Le lien avec le f. 24v qui commence ici n'a pas été indiqué par Proust, mais il est fait par le raccord textuel.

était M. Rondeau l'épicier quand il avait fini de chanter et que le suisse redevenait le garçon ferrant quand il avait ôté ses habits et donné le pain bénit, je n'ai jamais pu savoir qui était le pêcheur et je ne l'ai jamais vu qu'au bout du petit pont sous son prunier. Nous nous engagions donc sans faire de bruit [f. 29] sur le petit chemin au prunier qui dominait d'assez haut le Loir. C'était dans ces heures vacantes de la première après-midi où même le ciel est vide, sauf qu'il y traîne toujours un peu de nuage ou de son de cloche, où les enfants voudraient déjà ouvrir le panier à goûter et où leur gouvernante leur dit qu'il n'est pas l'heure. Dans le Loir aussi par moments une carpe venait bâiller de faim ou d'énervement à la surface, dans une espèce de grand soupir énervé, et de désir d'au-delà. Nous nous arrêtions toujours à regarder dans la rivière ces carafes que les gamins mettent pour prendre les petits poissons ; le cristal contient de l'eau, comme sur une table, mais donne une bien plus grande impression [de] fraîcheur, parce qu'il est lui-même contenu par de l'eau ; on ne sait plus si c'est la rivière qui est carafe de cristal, si c'est la carafe qui est liquide glacé. Il se fait entre les deux cette espèce d'allitération qu'il y avait à Guermantes dans certains verres à cidre, dont la matière trouble, rose et comme humectée de gouttelettes de cristal semblait une boisson elle-même, avivait le désir de boire cependant qu'elle interposait entre lui et nos lèvres un obstacle trop compact où les dents auraient voulu [f. 30] mordre comme dans les peaux de femme trop épaisses, où il semble que sans la morsure on ne pourra aller jusqu'au bout du baiser. À moitié du petit chemin et tandis que nous jetions dans la rivière des petites boules de pain autour duquel venaient s'agglomérer les têtards en vastes systèmes d'une cristallisation identique, comme si l'eau les avait contenus jusque-là en dissolution et que notre morceau de pain par une analogie chimique inconnue entre lui et le têtard l'eût sursaturée, venait à notre rencontre, et nous souhaitait la bienvenue, l'odeur des lilas qui là-bas au coin du petit chemin, à l'endroit où il quitte le Loir, se tenaient sur l'herbe à l'entrée du parc de M. Swann, passant par-dessus la petite porte blanche, leurs têtes couvertes de plumes violettes comme des dames d'un certain âge un jour de garden-party, faisant valoir leurs tailles souples, et manifest[ant] à propos de tout à l'aide [de] mille petits mouvements leur essence délicate. Ainsi les lilas se balançaient comme des parentes à qui M. Swann aurait recommandé d'être aimables et leur bonne odeur venait au-devant de nous avant que nous eussions [f. 31] même aperçu la porte blanche. Mais ils s'étaient trompés, nous n'entrions pas, nous n'entrions plus [depuis] que M. Swann s'était marié, avait épousé une personne qui n'était pas précisément une cocotte mais enfin une personne que Maman, paraît-il, ne pouvait pas voir. Il venait bien encore quelquefois à la maison voir mon grand-père mais seul, et il n'amenait jamais sa femme ni sa fille, mais Maman quand mon père n'était pas là, lui parlait toujours beaucoup de sa fille et il lui en était très reconnaissant. Je comprends qu'il l'aimait cette petite, elle était si jolie. Un jour que nous étions partis « du côté de Villebon » elle était justement à la porte du parc dans une petite capote rose, je ne pouvais pas m'empêcher de la regarder [...] *[rencontre de Mlle Swann]* [f. 32] Nous prîmes le chemin de Villebon qui longe encore un moment la clôture du parc. Et elle de l'autre côté de la haie d'aubépines prit le même chemin [...] *[évocation de la promenade le long du Loir : plantes aquatiques, « malheureuse » feuille de nénuphar et nymphéas]* [f. 35] *[vision de la comtesse de Garmantes]* Un jour nous poussâmes jusqu'aux Sources du Loir. Je vis seulement une espèce de petit lavoir carré à la surface duquel crevaient quelques bulles. Et je me penchais avec étonnement sur ce lavoir où était cette chose immatérielle et immense : les Sources du Loir, comme pouvait se pencher un Romain sur le [ ], où est située la porte de l'Enfer. Tel était le côté de « Garmantes » et ce que j'aimais dans ces lieux c'était comme toujours quand on aime, non pas leurs beautés, mais eux-mêmes. [...] [f. 36] Car une femme peut changer de domicile, un lieu aimé ou seulement désiré ne le peut pas. La place c'est pour les choses la marque la plus forte de leur individualité. [...] Mais l'emplacement pour les lieux c'est ce qui signifie : c'est la personne même. C'est ce qui fait que pour les lieux qu'on aime sans les connaître, si le voyage est décevant comme dans le grand amour sont toujours décevants les rendez-vous avec la personne qu'on aime, il est pourtant l'essence même de notre désir. Le départ, l'approche, l'arrivée, tout ce qui nous mène vers la seule place de l'univers où il y ait Quimperlé, où il y ait Bayeux, où il y ait Venise, c'est cela qui nous fait sentir que ces lieux sont individuels et valent d'être aimés. [...] Car c'est la nécessité du voyage qui garantit l'individualité du pays. Pour les connaître, eux et [f. 37] non leur semblable, il faut aller à la place unique où ce nom nous l'entendrons de nouveau, crié par les employés de chemin de fer. [...] Mais moi qui enfant n'ai jamais connu de Garmantes que le « côté de Garmantes », pour qui Garmantes n'était que l'extrémité presque idéale de ce fameux côté, quelque chose de mystérieux comme un point cardinal, le jour où perdu après une longue journée d'automobile dans un pays que je ne connaissais pas, mon chauffeur me dit qu'en prenant la première route à droite on arrivait [à] [f. 38] Garmantes, ce fut absolument comme s'il me disait qu'en prenant le premier chemin à gauche en tournant le deuxième à droite je tomberais droit sur ma jeunesse ou sur mon premier amour. [...] Sur le côté de Meséglise, quand j'eus su que Mme Swann était partie avec sa fille à Chartres je sentais la douceur d'être sur cette même plaine bombée où elle était elle-même, à des lieues. Par moments un souffle passait, courbant les blés et je pensais que c'était le même souffle qui avait passé sur elle[,] que rien n'avait arrêté et qu'au moment où il venait sur mes lèvres je me disais : elle lui a dit, porte-lui mon baiser. Mais du côté de Garmantes quand nous avions depuis longtemps dépassé sa propriété sur la grande route c'était les fils télégraphiques qui en frémissant porteraient une dépêche d'elle. J'allais la trouver en rentrant, j'en arrangeais chaque phrase puis effrayé à l'idée etc. À quelque méandre du Loir parfois isolée de tout par les bois qui l'entouraient était une petite maison. [f. 39] Je pensais à la tristesse d'aller finir ses jours dans un lieu inconnu de celle que j'aimais, où je serais inconnu moi-même, dans l'acceptation qu'il y a à se dire : Je me suis éloigné volontairement de tout ce qui m'aurait permis de la revoir, de ceux qui peuvent me parler d'elle, peut-être lui parler de moi. Je ne connaîtrai plus que ces nénuphars et cette haie, je ne serai plus connu que de la petite porte qui sonne longtemps quand on l'ouvre. On ne me verra pas au-delà de ce chemin, je ne verrai pas plus loin que cette barque amarrée. Justement à la fenêtre se montre une femme au visage mélancolique, d'une finesse qui n'est pas de ces contrées, qui a dû venir finir, renoncer ici sa vie. Je voudrais faire comme elle, mais dès le second soir je serais fou, je partirais. Et pourtant si l'on veut connaître la terre, dans cette grande inquiétude que nous avons d'être ce qui n'est pas nous, d'épouser la terre, de goûter à la vie secrète de ceux qui l'habitent, n'est-ce pas bien d'en devenir l'habitant, d'être précisément le châtelain de ce castel perdu dans les bois, de devenir citoyen de ce hameau, de payer contribution au receveur de Garmantes ! Mais non ! C'est impossible, nous n'habitons jamais une demeure nouvelle, comme le colimaçon nous emportons avec nous notre demeure, notre atmosphère, notre passé, nos habitudes[1]. Dans quelques jours la petite maison sur le Loir sera pleine de moi, c'est ce pays qui sera [f. 40] devenu ma résidence, ce n'est pas moi qui serai devenu son habitant, il n'aura pas mis sur moi sa marque, c'est moi qui aurai mis sur lui la mienne. J'aurai étendu malgré moi sur le sol ce tapis que comme un saltimbanque je porte partout avec moi et je ne connaîtrai pas l'odeur de la terre. C'était encore les premières étoiles quand on revenait tard du côté de Garmantes que je pensais qu'elle voyait en même temps, à Chartres, à Paris même où elle devait être revenue. Si j'en voyais trois à la fois elle avait pensé à moi ! Mais je n'en voyais que deux. Mais deux et mon désir cela faisait trois. Elle avait pensé à moi. C'est du côté de Meséglise que j'ai pour la première fois aimé les bleuets et les coquelicots, les fleurs de pommiers, et qu'il y a pour moi entre ces fleurs-là et toutes les fleurs des fleuristes, la même différence qu'entre le côté de Meséglise et un joli paysage étranger. [...] [f. 41] [...] C'est du côté de Meséglise que j'ai remarqué pour la première fois la belle ombre ronde que les pommiers font au soleil, que la lune blanche, pas fardée ni prête, passe quelquefois dans le ciel en plein jour, comme une actrice en toilette de ville pendant une répétition où elle n'a pas de rôle. Mais c'est du côté de Garmantes que j'ai commencé

1. La même image est utilisée dans les « soixante-quinze feuillets » à propos de la vieille dame en villégiature à l'hôtel de C. (f. 58).

à aimer l'aubépine, puis, avec une joie plus grande encore, avec une couleur de plus, l'épine rose, comme après avoir aimé un morceau au piano on l'entend à l'orchestre [...] [f. 42] [...]. C'est du côté de Meséglise que j'ai remarqué pour la première fois le soleil couchant, que j'ai connu la douceur quand le ciel était rouge entre les arbres, d'associer à cette rougeur l'idée du fourneau de la cuisine, du bon dîner, et avant de la bonne heure qu'il y aurait à lire avant, de rentrer tôt quand finit la journée. Mais chose curieuse, le côté de Méséglise[1] devait m'apprendre un jour un plaisir tout opposé. Bien des années plus tard je devais avec Mme de ~~Forcheville~~ <Guerchy> dont il sera question plus tard quitter Combray à l'heure où je rentrais [*interrompu*]

Puis on revenait en [«]reprenant » par Garmantes. Car je sus alors que le côté de Meséglise et le côté de Garmantes n'étaient pas aussi inconciliables que je le croyais autrefois et qu'on pouvait parti du côté de Meséglise, couper par Garmantes. Mais aux années dont je parle unir le côté de Garmantes et le côté de Meséglise me [f. 43] paraissait aussi impossible que de faire venir l'Orient près de l'Occident et de les ranger l'un à côté de l'autre. Alors je ne savais pas qu'il n'y eut pas tant de différence entre le côté de Garmantes et le côté de Meséglise. [...] Mais ce qui distinguait par-dessus tout pour moi Garmantes, c'est que les jours où nous étions [f. 44] allés nous promener de ce « côté », comme nous rentrions tard on nous envoyait coucher presque aussitôt notre soupe prise et que Maman ces soirs-là ne montait pas me dire bonsoir dans mon lit. Toute la journée pendant la promenade je pensais à la comtesse de Garmantes, ou aux nymphéas comme si je n'avais pas eu cette appréhension pour le soir. Mais sur le retour quand la nuit commençait à tomber, mon angoisse me prenait. Et c'est ainsi sur le côté de Garmantes que j'ai appris à distinguer en moi ces états distincts, presque opposés, qui se succèdent dans ma vie, dans chaque journée même où la tristesse revient

1. C'est la seule fois dans ce morceau que Proust accentue la première syllabe. La graphie « Meséglise » est également celle des « soixante-quinze feuillets », à une exception près (f. 34).

à une certaine heure avec la régularité de la fièvre, et pendant lesquels ce qui fut désiré, redouté, accompli, dans les états différents paraît presque incompréhensible[1]. En rentrant de Garmantes, je savais que je n'avais guère plus d'une demi-heure avant l'instant où il faudrait dire bonsoir à Maman. Quelquefois pas même une demi-heure, car il se trouvait toujours quelqu'un, mon grand-père, mon oncle, pour dire avec [f. 45] une férocité inconsciente : « Neuf heures déjà ! Les enfants devraient être couchés, ils doivent être fatigués. » Et puis ce baiser à Maman qu'il fallait que je puisse emporter intact jusqu'à ma chambre, qui ne [se] dissipât pas dans le corridor, le vestibule, l'escalier, il fallait que je [le] lui donne vite, presqu'à la dérobée, devant tout le monde, sans même avoir le temps de porter à ce que je faisais cette attention des maniaques qui veulent ne pas penser à autre chose pendant qu'ils ferment la porte, pour pouvoir quand le doute leur viendra si elle est bien fermée, lui opposer le souvenir net et certain du moment où ils l'ont fermée. Mais Maman pour ne pas mécontenter mon père qui trouvait que c'était entretenir la nervosité des enfants que de les habituer à embrasser leurs parents, retirerait presque aussitôt son visage. Et quelques instants je fixais des yeux l'endroit de la joue où j'embrasserais Maman, je faisais d'avance de mon baiser tout ce que j'en pouvais faire seul, je choisissais la place, je préparais ma pensée, je « travaillais du souvenir » comme les peintres à qui les instants de la pose sont comptés. Mais à ce point de vue les soirs où M. Swann venait dîner étaient encore plus cruels que ceux où l'on avait été du côté de Garmantes parce que même si on me laissait dîner à table, ce qui arrivait quelquefois, il fallait que je disparaisse aussitôt le dîner fini sans dire bonsoir, et je devais donc embrasser Maman longtemps d'avance avant l'[f. 46] arrivée de M. Swann. M. Swann heureusement ne venait plus souvent depuis son mariage. Tel que je l'ai connu par moi-même, tel que je l'ai surtout connu plus tard par tout ce qu'on m'en a raconté, c'est

1. Dans les « soixante-quinze feuillets » à l'inverse, l'escalier, théâtre du « supplice de chaque soir », éveillait « une impression douloureuse » le jour également. Sur cette modification importante, voir f. 11 et note 3.

un des hommes dont je me sens le plus près et que j'aurais pu le plus aimer. M. Swann était juif. Il était, quoique beaucoup plus jeune, le meilleur ami de mon grand-père qui pourtant n'aimait pas les juifs. C'était chez lui une de ces petites faiblesses, de ces préjugés absurdes comme il y en a précisément chez les natures les plus droites, les plus fermes pour le bien. Par exemple le préjugé aristocratique chez un Saint-Simon, le préjugé contre les dentistes chez certains médecins, contre les comédiens chez certains bourgeois. Mon grand-père prétendait que chaque fois que nous ramenions du collège un nouveau camarade pour l'introduire à la maison c'était toujours un israélite. Il le recevait très bien mais pendant le repas ne manquait jamais de fredonner le chœur de *La Juive* « Ô Dieu de nos Pères parmi nous descends, Cache nos Mystères à l'œil des Méchants » ou le chœur de *Samson et Dalila* « Israël romps ta chaîne Ô peuple lève-toi ! » sans dire les paroles bien entendu mais nous reconnaissions bien l'air et cela nous faisait rire et trembler. Il devinait ~~leur~~/a [f. 47] ~~race~~ <origine> juive – dont il a pu plus tard connaître toute la noblesse – de nos nouveaux camarades avant de les avoir vus, jusque sous des noms qui n'avaient rien d'israélite. « Dumont… Dumont, je me méfie » et il entonnait le chœur « Archers faites bonne garde, Veillez sans trêve et sans bruit » et après une ou deux questions adroitement posées il s'écriait : « <Archers> À la garde, à la garde » ou bien si le patient était là, il se contentait de murmurer en nous regardant pour nous montrer qu'il n'avait plus de doute « Israël, romps ta chaîne ». <et « Ô Dieu de nos Pères parmi nous descends »> […][1] [f. 60] […] J'ai peut-être déjà trop parlé de M. Swann et je n'ai pourtant donné encore qu'un aspect de sa personne, le moins intéressant certainement. D'autres traits de sa nature, que j'ai peut-être reconstitués plus tard par les récits des miens plus que je n'ai été à même de les observer, me sont si sympathiques, si voisins en un certain sens de certains traits de ma nature que je veux leur donner quelques mots. J'avais bien remarqué à la maison[2] qu'on recevait souvent des lettres de

1. Pour la suite du portrait de Swann, voir *CS*, *Esquisses VIII* et *IX*, I, p. 667-668 et 669-672.
2. Une autre version figure au f. 61v, mais le papier est endommagé : « Quant à la situa-

M. Swann demandant[1] (et son mariage, le mauvais mariage dont je parlerai tout à [f. 61] [l']heure n'interrompit guère cette manie de correspondance) pour dire que pour des raisons trop longues à expliquer nous lui rendrions grand service en le réunissant à telle personne, ou telle autre, en apparence sans intérêt. Mais la personne sans intérêt on pouvait en être sûr avait toujours une fille ou une nièce, ou une femme légitime ou une femme de chambre qui avait au contraire de l'intérêt. Car cela cachait toujours une amourette. Swann ne pouvait pas rencontrer une jolie femme sans en tomber amoureux et aussitôt il lui fallait savoir où elle demeurait, qui c'était, et ensuite la connaître. D'où quand il pensait qu'elle pouvait toucher de près ou de loin aux relations de mes parents les petits billets dont on savait d'avance ce qu'ils contenaient, la permanente originalité inchangeable du caractère de leur auteur donnant à ses petites habiletés quelque [c]hose de [t]oujours [id]entique [qu]i les rendait [*suite illisible à cause de l'état du papier*] Hélas pauvre Swann, mes parents lui refusaient toujours, soit par moralité, soit par peur des complications et des ennuis, soit parce qu'inconsciemment ils voulaient prêter main forte à cette loi que les plaisirs les plus simples – comme de se trouver à dîner avec la jeune femme la plus insignifiante du monde – appartiennent à tout le monde excepté à ceux pour qui ils seraient vraiment un plaisir. Dès le nom de l'enveloppe mon grand-père disait voilà Swann ~~qui veut~~ [*suite illisible à cause de l'état du papier*] [f. 62] toujours un prétexte à refuser. <J'ai entendu dire à mes cousins que> Quelquefois cela ~~me~~ <leur> faisait de la peine de voir qu'on invitait chaque semaine une jeune femme que Swann avait demandé à connaître,

---

tion elle-même de Swann elle ser[ait] sans intérêt, si je n'avais cru comprendre plus tard quand j'interrogeais sur lui mon oncle et m[es] cousins qu'il en usait, au moins avant son mariage, d'une façon évidemment choquante, ma[is qui] se rattache étroitement et étrangement à plusieurs de mes idées [sur] le plaisir et sur la vie ; si bien qu'en essayant de ra[conter] les siennes, c'était les miennes aussi que je m'amus[ais]* ces longues nuits à m'exposer à moi-même. / J'avais bien entendu mon grand-père dire "c'est comme [les] lettres de Swann, cela ne prend pas". Voici à quoi [il faisait] allusion. Au temps où Swann n'était pas marié [il ne se] passait jamais bien longtemps sans qu'on reçût une [lettre de] lui disant que "pour des raisons qu'il serait *[la suite manque]* ».

1. Ce mot aurait dû être biffé.

qu'on se cassait la tête à chercher qui on pourrait bien inviter avec elle, en excluant justement la seule personne que cela eût rendu si heureux. Si Swann avait su qu'elle dînait là de quel charme mystérieux cela n'aurait-il pas empreint pour lui notre salle à manger. Penser que ce soir-là notre salle à manger était une partie de cet inconnu délicieux qui est l'univers de celle qu'on aime, la table où elle s'assied, la lampe qui l'éclaire, les amis avec qui elle est dans l'intimité. Mais si Swann ne craignait pas de nous mettre à contribution, toujours en vain d'ailleurs, quand le hasard des relations de mes parents lui faisait croire que nous pourrions lui être utiles, il savait que ce n'était rien auprès des services qu'il demandait à sa fameuse « situation ». J'avoue que par ce désir d'aller bravement au fond de ce que la réalité nous offre je le sens si près de moi que je ne peux me lasser d'en parler. Je me souviens d'une année où nous étions au bord de la mer avec ma grand-mère (c'était[1] toujours à ma grand-mère qu'on nous confiait[2] pendant ces mois-là, et nous revenions toujours avec des maux de gorge parce qu'elle trouvait que l'air et l'eau ne font jamais mal, ayant été mis à la porte de l'hôtel parce qu'elle rouvrait les fenêtres de la salle à manger pendant le déjeuner les jours de tempête au risque de faire écrouler la vérandah, un peu affolés par *Indiana* et *Lélia*, parce que les chefs-d'œuvre ne peuvent jamais faire de mal, et ayant fait mourir d'inquiétude nos parents le jour du retour en n'arrivant que plusieurs heures en retard parce qu'il aurait été trop malheureux de passer près d'une ville célèbre qui était sur la ~~route~~ ~~parcours~~ sans descendre de train et la visiter[)] et nous étions dans le même hôtel que Swann [f. 63] ou plutôt nous y étions au début car ma grand-mère trouvant que c'était « une pitié » d'avoir les fenêtres fermées au bord de la mer, faisait laisser le vitrage de la salle à manger ouvert, malgré les réclamations des autres personnes qu'elle ne voulait pas entendre et un jour de tempête où on avait fermé malgré elle, elle voulut rouvrir elle-même pendant que le gar-

1. À partir d'ici, le reste de la page a été rayé par Proust, jusqu'à « et la visiter ». Nous donnons cependant ce passage : voir ici-même, f. 3-4 et f. 53.
2. Cf. Cahier 12, f. 42v-43.

çon avait le dos tourné, le vitrage volant en éclats et on nous mit à la porte. Dès le jour de notre arrivée ma grand-mère avait aperçu Swann et aussi une vieille marquise de Villeparisis avec qui elle avait été au Sacré-Cœur, qu'elle ne fréquentait pas, mais qui avait gardé pour elle beaucoup d'amitié et à qui ma grand-mère s'était adressée et jamais en vain quand elle avait eu des services à demander. Mais ma grand-mère avait fait semblant de ne pas les voir (à mon grand chagrin car je sentais que cela nous « poserait » dans l'hôtel) parce que le temps consacré aux personnes eût été autant de pris sur le fameux « air de la mer », qu'il fallait aller respirer du matin au soir. Quant aux autres personnes qui étaient dans l'hôtel, je crois bien que ma grand-mère n'aurait pas été capable de dire après un mois comment ils [*sic*] étaient faits. La [f. 64] pensée qu'on pût s'intéresser à quelqu'un qu'on ne connaissait pas était quelque chose qu'elle ne pouvait comprendre et qu'elle trouvait tout ce qu'il y a de plus vulgaire. Or comme j'avais à ce point de vue l'esprit beaucoup moins élevé que ma grand-mère (je ne sais ce que j'aurais donné pour être vu disant bonjour à Mme de Villeparisis ou seulement par moments à Swann) il y avait au moins deux ravissantes jeunes filles qui ne pouvaient me voir sans se pousser du coude et sans rire, peut-être, dans l'hypothèse la plus favorable, à cause de ma grand-mère qui tous les jours ouvrait les fenêtres pendant le déjeuner et bravait en souriant les invectives des diverses « familles » avec le sourire de sainte Blandine au milieu des lions et perdue dans la contemplation extatique du paradis de santé et de vigueur où le fameux « air » allait nous faire entrer. [...] Mme de Villeparisis ayant remarqué que ma grand-mère l'évitait baissait les yeux quand elle la voyait en personne bien élevée de façon à ne pas la gêner. Et je ne pouvais songer à faire comprendre mon désir à ma grand-mère. Elle m'aurait encore moins compris qu'elle ne m'aurait méprisé. [f. 65] Et si c'était impossible à lui faire comprendre pour les deux jolies jeunes filles, comment à plus forte raison essayer même de lui expliquer l'espèce de charme que prenaient pendant le temps qu'on est dans une ville d'eaux certaines personnalités bizarres qui y jouissaient d'une sorte de prestige, telle cocotte épousée par un prétendant évincé à un État de l'Amérique du Sud [...], tel jeune homme d'une pâleur effrayante [...], toutes ces personnalités auxquelles le relief que leur donne l'absence de point de comparaison [...] donne une sorte de suprématie qui leur permet de jeter sur la foule une sorte de regard dédaigneux et ironique dans lequel moins élevé de sentiments que ma grand-mère je souffrais en baissant les yeux d'être englobé. O[ ]

Deux mots manquent en fin de page, à cause d'une déchirure du papier ; Proust ne pouvait poursuivre au verso, déjà rempli et marquant la fin de la partie du Cahier 4 rédigée à l'envers. La suite (aussitôt interrompue) de ce développement figure au début du Cahier 31, f. 1[1]*. Elle renvoie aux portraits de [Séjour au bord de la mer] :*

Or toute cette réalité que l'élévation naturelle de ma grand-mère l'empêchait même d'apercevoir et aux prises de laquelle ma vulgarité trop certaine me laissait désarmé je me suis rendu compte alors combien de gens, pour d'autres raisons y échappent.

1. Cette séquence avait été notée avant la redécouverte des « soixante-quinze feuillets » : voir Leriche 1988, p. 80 ; Pugh 2004, p. 13.

XIII

Cahier 12

On trouve dans le Cahier 12 une nouvelle version des promenades des « côtés » (f. 17-42[1] *). Elles sont bien distinctes, cette fois, du drame du coucher, et la répartition définitive de leurs traits se met progressivement en place : le côté de Guermantes est le type du paysage de rivière, et le côté de Méséglise*[2]*, le type du paysage de plaine.*

Suit immédiatement (f. 42v-73) le récit de vacances au bord de la mer avec la grand-mère dans une station désormais nommée Querqueville, dont les deux passages que nous donnons ci-dessous puisent aux « soixante-quinze feuillets ». Mme de Villeparisis, apparue à cette place dans le Cahier 4, commence à se glisser dans le rôle de la douairière du [Séjour au bord de la mer], sans encore l'effet de surprise et de « reconnaissance » qu'on trouvera dans le texte définitif. L'essentiel de son portrait est gardé en réserve jusqu'aux ajouts à la dactylographie de « Noms de pays : le pays » (voir n° XVII).

Après plusieurs compléments pour « Combray » et « Querqueville », Proust rédige une nouvelle version de l'apparition de la petite bande (f. 111-124). Mais elle diffère si substantiellement de celle qu'on trouve dans [Jeunes filles], notamment dans la description des « fillettes » – désormais brunes et blondes, dont une « brune espagnole » qui remplace la préférée des « soixante-quinze feuillets », une rousse –, qu'il nous manque probablement des brouillons intermédiaires. Pendant ce séjour le héros est accompagné de sa grand-mère, et non plus de sa mère comme dans les « soixante-quinze feuillets ».

On trouve aussi dans le Cahier 12 la réécriture de la « chute » de l'épisode telle

1. Voir *CS*, *Esquisse LIV*, I, p. 814-830.
2. Cette graphie apparaît au f. 37.

qu'elle figure dans les « soixante-quinze feuillets », lorsque le protagoniste à pied est croisé par la jeune fille en voiture, qui, à sa grande surprise, le salue amicalement. Dans les deux cas, la scène (qui disparaîtra[1]*) sert de ponctuation narrative.*

Dans notre transcription, allégée, ne sont conservées que les ratures les plus significatives.

[f. 42v[2]] D'autres fois je ne me rendormais pas et ma pensée continuant à visiter les chambres que j'avais habitées[3] allait de Combray à Querqueville où nous allâmes plusieurs années pour prendre des bains de mer. C'était ma grand-mère qui ~~nous~~ <m'> y menait ; ~~nous y prenions des maux de gorge par nous~~ y <j'y> pren~~ions~~/ais <généralement> des maux de gorge, parce que pour être en communication plus directe avec la mer, elle me faisait rester toute la journée les pieds dans l'eau, et une fois rentré les fenêtres ouvertes. Le retour était une occasion d'inquiétudes mortelles pour mes parents qui nous attendaient inutilement à la gare, parce que ma grand-mère trouvait trop malheureux de passer près d'une ville curieuse ou de ruines historiques sans s'y arrêter. On descendait en route, on ne retrouvait plus les bagages, on avait mal calculé les correspondances, on n'avait plus de train. À Querqueville nous étions très mal vus dans les hôtels parce que ma grand-mère exi- [f. 43] geait qu'on laissât le vitrage de la salle à manger ouvert par tous les temps ce qui amenait des plaintes continuelles des autres personnes dont les affaires s'envolaient, quand les fenêtres ne se brisaient pas.

[f. 49] J'étais parti souffrant, nous nous arrêtâmes en route pour visiter Caen, nous n'arrivâmes que le soir très tard, j'étais brisé quand je fus pris au nez par l'odeur de vétiver en ouvrant la porte de la chambre pyramidale que ma grand-mère m'avait fait garder, sur

1. Voir f. 74 note 6.
2. Voir aussi Yoshida 1978, vol. I, p. 7-8.
3. Comparer avec le début du grand morceau du Cahier 4, *Autres manuscrits*, n° XII : « Souvent je ne me rendormais plus et ma pensée évoquait ma vie dans l'une de ces chambres d'autrefois où à l'instant je m'étais cru couché » (f. 23).

plan*, parce qu'elle avait plus d'air[1], et je tombai assis sur un fauteuil devant ma malle fermée et le lit pas fait dans un épuisement et une tristesse telle que je crois que je ne me serais jamais couché. [...] [f. 50] [...] Dès le lendemain la première personne que ma grand-mère rencontra dans le vestibule de l'hôtel fut la Marquise de Villeparisis, cette vieille dame avec qui elle avait été au Sacré-Cœur et qui suivie de ~~sa~~/ses femme<s> de chambre qui portaient ses manteaux, précédée de son valet de pied qui monta à côté du cocher, sur sa voiture armoriée dans laquelle elle monta, semblait au sein de l'hôtel se mouvoir dans un petit monde à elle au milieu de laquelle *[sic]* elle se déplaçait, descendait l'escalier, sans avoir à subir les contacts directs de l'hôtel dans une sorte d'exterritorialité comme en ont dans les pays étrangers les ambassadeurs dans l'ambassade est *[sic]* une enclave de leur patrie[2]. Elle voulut dire bonjour à ma grand-mère. Mais déjà ma grand-mère avait détourné la tête, [f. 51] en vertu de son grand principe qu'on « ne connaissait personne à la mer » sans quoi on perd en conversations, en politesses, le temps qu'on doit donner tout entier « au bon air ». J'en étais désolé car je sentais que les relations avec Mme de Villeparisis nous auraient « posés » dans l'hôtel et eussent peut-être atténué dans l'esprit de deux jolies jeunes filles qui se poussaient du coude en riant quand nous passions et considéraient au contraire avec respect Mme de Villeparisis, la déplorable réputation que nous ~~donnait~~ ma grand-mère en faisant ouvrir de force les fenêtres malgré le grand vent, pendant le déjeuner. Les portes claquaient. Les journaux s'envolaient. On se plaignait. Le directeur venait, faisait fermer, et à peine était-il parti, ma grand-mère rouvrait subrepticement au milieu d'invectives générales que[3], regardant la mer, humant la brise, cherchant sur ses lèvres le goût du sel, goûtant déjà dans une vision les félicités de vigueur et de volonté que le bon air ne pourrait manquer de me donner, elle accueillait avec une aussi sainte indifférence, une aussi inaltérable

1. Pour ces lignes, voir aussi Yoshida 1978, vol. I, p. 9-10, qui lit : « sur place ».
2. Proust écrit : « partie ».
3. Nous ne reprenons pas ici : « ... ma grand-mère n'entendait même pas », que Proust a omis de biffer.

sérénité que Ste Blandine extasiée dans l'arène au milieu du rugissement des lions et des vociférations de la populace. […] [f. 52] Bientôt j'eus une raison plus profonde de regretter que ma grand-mère ne consentît pas à « reconnaître » Madame de Villeparisis. […] *[son désir d'être présenté à Mlle de Quimperlé*[1]*]* [f. 57] Sans doute en tant que cela eût pu me servir auprès de Mlle de Quimperlé je ne pouvais songer à faire comprendre à ma grand-mère mon désir d'être « bien vu » à Querqueville. Mais je dois dire qu'en ce qui concernait les [f. 58] autres personnes je n'aurais pas pu davantage le lui faire comprendre. Qu'on pût s'occuper des personnes qu'on ne connaissait pas, et de l'opinion qu'elles peuvent avoir de nous, cela lui aurait paru infiniment vulgaire mais surtout inexplicable. Si je lui avais parlé des différentes personnes de l'hôtel dont l'air dédaigneux et le sourire ironique me rendaient malheureux et dans l'esprit de qui la vue de notre intimité avec Mme de Villeparisis eût neutralisé le mauvais effet produit par les croisées intempestivement ouvertes, je ne dis pas qu'elle m'eût méprisé, car je crois que cela ne lui était pas possible, mais elle eût été attristée de trouver en moi un sentiment si différent de tout ce qu'elle ou Maman avait jamais pu ressentir, de ceux aussi qu'elle rêvait pour moi, et surtout elle ne m'eût pas compris. Au bout d'un mois je crois qu'elle n'avait pas regardé une seule des personnes qui habitaient l'hôtel et si on lui avait demandé le nom des « étrangers » elle n'eût pas été capable d'en dire un seul.

[f. 111[2]] Un jour que j'avais eu un peu de fièvre il avait paru prudent que je ne reste pas trop au bord de la mer et je me promenais sur l'esplanade devant le casino quand je vis quatre fillettes inconnues aussi différentes de tout le monde de la plage que quatre mouettes qui seraient tombées je ne sais d'où, qui marcheraient sans voir les humains et qui bientôt s'envoleraient. Rien que leur accoutrement et toute leur personne les faisait absolument différentes. Costumes de cheval, jupes courtes, bottes à l'écuyère, tailles que tous les exercices

1. Pour une transcription des f. 52-57, voir *JF, Esquisse XXXV.2*, II, p. 907-910.
2. *JF, Esquisse XLV.2*, II, p. 935-936, revue.

ont assouplies et qui ne font que les mouvements qu'elles veulent, visages par hasard tous délicieux et tous différents mais à qui beaucoup d'effronterie, d'assurance, de morgue, d'insensibilité, de dédain donnait cette absence de nervosité, de distraction, de respect humain qui est si favorable à la beauté. [...] [f. 112] [...] Elles ne cherchaient jamais à éviter personne parce que dans leur mépris de tout ce qui n'était pas elles, elles marchaient comme si Querqueville eût été fait seulement pour elles [...]. Je passai deux fois devant elles, mais il était impossible d'être remarqué par elles, elles avaient à fleur des yeux un regard dirigé de [f. 113] l'intérieur vers le dehors, qui ne laissait rien pénétrer et si dur qu'au lieu d'accueillir les objets qu'il rencontrait, il les traversait sans les voir et allait au-delà. [...] Jamais l'impression d'un monde spécial, impénétrable, menant une vie à lui, où il serait impossible et délicieux d'entrer, ne fut plus grande pour moi que celle de ces quatre jeunes filles ravissantes qui menaient évidemment toute l'existence d'équitation, de promenades, de jeux, de chasse, qui m'aurait tant plu, qui [f. 114] n'avaient ni tristesse, ni timidité, ni maladresse, ni honte, ni respect, et à qui il eût été certainement impossible, malgré les coercitions les plus redoutables, de faire adresser la parole ou seulement donner un regard d'attention, de bienveillance ou seulement de neutralité, à quelqu'un d'autre qu'elles quatre ou quelques congénères qui n'étaient pas là, ou quelqu'un qu'elles n'eussent pas connu, mais qu'elles eussent reconnu pour congénère à un certain air de beauté, d'élégance, d'indépendance de tous les mouvements, de costume de cheval, de grâce, d'insolence et d'insensibilité.

[f. 122[1]] À quelques jours de là[2] je revenais avec ma grand-mère[3] de la plage, bien sale, bien désireux de ne pas être vu. Heureusement les personnes que nous rencontrâmes furent les amis du magistrat

1. *JF, Esquisse LXV*, II, p. 993-994, revue.

2. C'est-à-dire de la matinée chez le peintre, où le héros a été présenté à la « brune espagnole ». *JF, Esquisse LXIII*, II, p. 989-992.

3. Dans les « soixante-quinze feuillets », la présence de Maman dans la scène correspondante était biffée (Transcription diplomatique, f. 74).

encore plus mal mis que nous et nous rentrions de conserve quand on entendit un vrombissement et nous nous garâmes, l'amie du magistrat avait dit : « Voilà la voiture de la comtesse. » Elle regardait la voiture avec un air de curiosité [f. 123] qui me gênait ajoutant à l'aspect de notre médiocrité un air d'envie de ces grandeurs, quand j'aperçus avec un coup au cœur à côté de la vieille Madame de Chemisey qui semblait fort occupée de lui faire mille grâces la belle Espagnole, plus belle que jamais ; l'impression inouïe par laquelle elle s'annonçait à moi, le fait de sentir qu'*elle* était là, que l'air, le milieu de la rue, la journée, prenai[en]t subitement une valeur inouïe, répondait en leur donnant une réalisation matérielle à mes constantes pensées, la mettait elle, elle mon rêve dans les choses, dans le temps réel, cela me causait une volupté si profonde que j'en oubliais l'humiliation d'être vu ainsi ; d'ailleurs elle m'avait à peine vu, elle ne m'avait même pas remarqué chez le peintre, elle ne pouvait me reconnaître ; au même moment je vis sa figure secouer et verser de ses yeux et de sa bouche l'averse fleurie et bleue d'un sourire[1] qui fit choir jusqu'à moi les mille gouttelettes embaumées de sa lumière. Je me demandais à qui cela pouvait s'adresser et je me serais bien gardé de paraître remarquer quelque chose quand la voiture ralentissant au tournant, comme elle passait devant moi elle leva sa main gantée et l'agita en signe d'amitié : « Cela va bien depuis l'autre jour, chez XXX, et encore à [f. 124] bientôt » ; et en me découvrant, stupéfait, confus, enivré, exalté, je vis que Madame de Chemisey voyant l'amabilité de son amie saluait aussi dodelinant sa tête mitrée sur sa poitrine épiscopale [...].

1. L'image sera transférée à la duchesse de Guermantes à l'Opéra (*CG*, II, p. 358).

XIV

Cahier 64

Le Cahier 64 de 1909, qu'on peut encore rattacher au projet du Contre Sainte-Beuve *par son morceau critique sur Leconte de Lisle au début de sa partie envers*[1]*, comporte ensuite une longue section consacrée aux jeunes filles au bord de la mer. Avant d'être invité à la matinée où il sera enfin présenté à la « brune espagnole » (f. 118v), le héros s'évertue, par l'entremise du peintre, à faire la rencontre des jeunes filles. Dans les deux versions, inédites, de la présentation manquée, sur la plage et dans la rue, figurent encore quelques souvenirs des « soixante-quinze feuillets » : en particulier l'occupation où, sans savoir le supplice qu'il fait endurer à l'amoureux, s'absorbe l'intercesseur malgré lui, mais aussi les cadeaux intéressés et les soins de toilette inutiles, ici aussi objets de moquerie. La luxueuse ombrelle au manche de jade (f. 71* sq.*) est devenue un amusant « en-tout-cas », c'est-à-dire une ombrelle qui peut servir de parapluie.*

Notre transcription est allégée des ratures de Proust.

[f. 127v] J'avais toujours admiré le peintre mais en sentant en lui la clef possible de tout ce bonheur, je me mis à l'adorer, à ne plus le quitter, à dépenser toutes mes économies à lui faire des cadeaux, à l'entraîner sous les prétextes les [plus] saugrenus sur la plage aux heures où je pensais qu'elles pourraient y être, non sans avoir revêtu les tenues les plus élégantes, avoir passé une heure chez le coiffeur, et m'être rendu grotesque en essayant de m'ajouter quelque orne-

1. Voir Leriche 1987 pour l'inventaire de ce cahier.

ment ridicule, tel que l'en-tout-cas en jade de ma grand-mère qui me parut propre à les frapper. Quand il était ainsi avec moi dehors, qu'il voulait rentrer, je me disais : elles vont peut-être arriver cinq minutes après, je lui disais j'ai encore quelque chose à vous demander, j'aurais tant voulu que vous voyiez ce reflet sur la mer qu'il va y avoir tout à l'heure, et mes yeux pendant ce temps mangeaient l'horizon, et je tenais l'en-tout-cas inutile dans mon gant dont la beauté était perdue.

[f. 123v] Aux heures où je pensais qu'elles pouvaient venir sur la plage, je disais au peintre que je ne quittais plus guère, et pour qui je dépensais, pour lui apporter des fleurs, des coquillages, des livres qu'il aimait, toutes mes économies, ne désirant qu'une chose au monde provoquer la reconnaissance, la force qui me ferait connaître ces jeunes filles. <[f. 126[1]] Comme je leur aurais tant donné à elles, je donnais à celui qui pouvait me les faire connaître, qui les connaissait> [...] J'allais le voir avant l'heure où elles venaient quelquefois sur la plage, après avoir passé longtemps chez le coiffeur, tâché de provoquer dans ma mise ces embellissements dont se soucient peu ceux qui nous aiment, et qui restent si impuissants à nous faire aimer ; une fois il éclata de rire en voyant que j'avais relevé au cosmétique mes trois poils de moustache, et, comme signe d'élégance qui me paraissait devoir leur faire impression, l'en-tout-cas en écaille de ma grand-mère, la seule chose belle [f. 122v] que j'avais pu trouver, disant que le soleil me faisait mal à la tête. Il faisait en effet très chaud. Malheureusement il était dans le feu du travail, et au fur et à mesure que le soleil déclinait et que je me disais elles doivent être arrivées, elles vont être reparties et je ne les connaîtrai pas, il continuait avec une lenteur désespérante à peindre une des admirables roses que je lui avais données pour tâcher de les connaître. « Vraiment vous tenez beaucoup à sortir. » Et il continuait à regarder attentivement la fleur et sa toile, ne se doutant pas probablement de la raison pour laquelle je désirais sortir. [...] Enfin devant mon insistance il posa son pin-

1. Ajout sur la page en vis-à-vis, séparée aujourd'hui par un bifeuillet interfolié (f. 125v-124).

ceau, […] et nous sortîmes de l'atelier. Comme je l'aimais. « Vous ne voulez pas que nous allions au bord de l'Epte ». « Oh ! non Monsieur allons au bord de la mer. » « C'est que nous allons voir d'affreuses gens. Enfin allons. » La mer bleue éventait régulièrement la plage. […] Je le forçai à s'asseoir, et je [f. 121v] tâchais de lui masquer l'heure qui passait, de lui poser mille questions, tandis que mes yeux fouillaient l'horizon. […] Enfin il fallut partir, je revins navré le reconduire, tenant toujours l'en-tout-cas devenu dérisoire. Nous prîmes une de ces avenues plantées d'arbres et bordées çà et là de maisons qui sont si singulières. Car parcourues par un tramway, bordées d'un gymnase, d'un dentiste elles ont pourtant l'air campagne, et ce mélange fait penser à ces avenues qui conduisent à certaines petites villes de Hollande. […] [f. 120v] […] Que tout cela me paraissait triste. Tout d'un coup une de ces vertes percées d'avenues coupait devant nous quand je vis comme la grappe promise cinq jeunes filles qui s'avançaient, nous allions droit vers elles, je fis semblant de ne pas les avoir vues, et me mis à parler avec animation au peintre, avec gaieté, pour avoir l'air vis-à-vis de ces filles de n'attacher aucune importance à elles et d'être très lié avec le peintre. Le bonheur était maintenant inévitable, nous allions à lui comme à un accident nécessaire, au moment où nous allions nous accoster je descendis du trottoir et continuai comme si je n'avais pas vu que le peintre s'arrêtait ou par discrétion et arrivé à quelques pas je m'arrêtai. Je jouais négligemment avec le manche de l'en-tout-cas. Du coin de l'œil sans avoir l'air de voir je les aperçus qui lui parlaient […]. Il ne m'appela pas, bientôt il me rejoignit. « Pourquoi vous en allez-vous comme cela à des lieues me dit-il. Vous n'auriez pas été mangé. »

XV

Cahier 69

Dans le Cahier 4 (nº XII), Proust n'avait que partiellement reporté sur Swann le portrait de l'oncle coureur rédigé dans les « soixante-quinze feuillets » : il s'en était tenu au passage sur les vains envois de lettres à la famille du héros, bref complément au tout premier portrait du personnage, à Combray. Le changement décisif se produit dans le Cahier 69, cahier de la première rédaction suivie d'« Un amour de Swann ». Proust y installe en tête, place d'où il ne bougera plus, le portrait qu'il avait commencé à calquer sur celui de l'oncle, et il le nourrit en puisant plus largement aux « soixante-quinze feuillets » (f. 60-65).

Ce morceau est également remarquable par deux traits. Le premier est l'explication de la psychologie amoureuse de Swann – aborder les femmes « de haut » – par sa judéité, c'est-à-dire, ici, par la crainte de l'humiliation. Or la judéité n'était jamais mentionnée quand il s'agissait de l'oncle, pourtant brossé, selon toute vraisemblance, d'après Louis Weil[1]*. Le second trait remarquable est une note de régie marginale qui, en face de cette explication, renvoie aux portraits de la douairière, de la grand-mère et de la petite société des quatre amis, envisageant de les insérer au début d'« Un amour de Swann ». On ne pouvait évidemment, avant leur réapparition, comprendre qu'il s'agissait d'une référence directe et sans équivoque aux « soixante-quinze feuillets ». Proust ne réalisera pas ce programme, et l'explication du comportement de Swann par la judéité disparaîtra dès la mise au net de ces pages dans le Cahier 15*[2]*.*

*Nous reprenons le texte de l'*Esquisse *de la Pléiade, revu et augmenté de certains passages biffés*[3]*.*

1. Sur cette question, voir aussi la *Notice*, p. 218 *sq.*
2. Pages conservées dans le Reliquat NAF 16703, f. 93-95.
3. *CS, Esquisse LXXIV*, I, p. 899-902.

[f. 1] Ce n'était pas la première fois que Swann pour des raisons galantes déchoyait de sa grande situation mondaine et émigrait dans des milieux inférieurs. Il le faisait chaque fois qu'il avait été amoureux, et il l'avait été bien souvent jusque-là, quoique peu sérieusement et toujours d'une personne nouvelle. Swann en effet n'était pas du tout ~~dans sa « situation » comme dans une demeure fermée qui lui cachait le dehors~~ [...] [f. 2] ~~Dans cette demeure, le faubourg St Germain, il connaissait toutes les femmes et n'avait plus rien à en apprendre. Aussi cette situation n'avait plus en quelque sorte aucune valeur pour lui en tant que situation réalisée dans le faubourg St Germain. Elle ne redevenait intéressante pour lui que q~~ de ces gens qui s'enferment dans leur situation, dans leur quant-à-soi, dans leurs relations pour n'en pas sortir. Et bientôt il sentit que, en tant que situation acquise, que situation dans le faubourg St Germain où il n'y avait pas une femme qu'il ne connût et qui eût quelque chose de nouveau à lui apprendre, sa situation n'offrait plus pour lui aucun intérêt. Elle ne lui représentait qu'une sorte de valeur d'échange, qu'une lettre de change, lui permettant de s'improviser une situation à Quimper Corentin, ou dans quelque Quimper Corentin de Paris, si la fille du juge de ce chef-lieu lui avait plu. Que de fois le joyau précieux qu'étaient les désirs accumulés qu'avait une duchesse de lui être agréable, il le vendit bien au-dessous de sa valeur pour se procurer le plat qui était alors à son goût, exigeant de cette duchesse, par un télégramme indiscret et sous un prétexte absurde, une lettre qui l'introduirait chez un de ses fermiers dont il avait remarqué la fille. Sa situation était en quelque sorte démontable et transportable ; bien mieux elle était comme ces cases dont les morceaux une fois qu'elles sont démontées se transforment en outils qui permettent de bâtir où on va une demeure appropriée.

Tous les amis de Swann avaient l'habitude de recevoir de temps en temps des lettres où Swann avec [f. 3] une habileté diplomatique qui persistante à travers les amours successives et les prétextes différents accusait plus son caractère et le but réel de sa démarche que n'eussent fait des maladresses, demandait une lettre de recommandation ou invitation. Mon cousin m'a raconté qu'à la maison, avant le temps où Swann eut sa liaison, on recevait souvent de ses lettres, et que rien qu'en reconnaissant l'écriture sur l'enveloppe, mon grand-~~père~~ <oncle> disait : « Allons c'est Swann qui va nous demander quelque chose. À la garde ! » Et toujours, soit méfiance, soit tout simplement par ce sentiment bizarre qui ne nous pousse jamais à offrir quelque chose qu'aux gens qui ne le demandent pas, on opposait à ses demandes une fin de non-recevoir absolue quand il eût été si simple de les satisfaire. J'étais quelquefois désolé me disait mon cousin, en entendant mes parents chercher qui on pourrait bien inviter avec une jeune fille qui venait de temps en temps dîner, ne trouver personne, et préférer la laisser s'ennuyer seule plutôt que d'inviter la seule personne que ce dîner eût rendu si heureux, pour qui notre salle à manger eût été subitement éclairée d'un délicieux mystère, Swann qui nous avait demandé à rencontrer cette jeune fille, que dis-je qui nous le redemandait toutes les semaines, et devait s'étonner de nous entendre chaque [f. 4] fois dire que nous n'avions pas eu l'occasion de la voir, quand il savait que nous étions si liés avec elle. [...] [f. 5] [...] Sans doute il y avait une certaine audace à Swann de vouloir ainsi forcer le monde entier, toute cette pléiade de duchesses, de généraux, d'académiciens et même de bourgeois qu'il connaissait à lui servir d'entremetteurs. Mais cela [f. 6] tenait à deux traits de sa nature dont le premier m'a toujours paru bien remarquable. Si je le comprends bien je le définirais une sorte de sincérité dans le désir qui ~~le poussait à faire lui faisait considérer les femmes comme particulières, individuelles et l'empêchait de tromper sur <avec> une autre le plaisir trop d qu'une autre lui avait inspirée~~ lui faisait souhaiter d'arriver par lui à la connaissance d'un être particulier, de telle femme qui s'était trouvée sur son chemin. En voyage il faisait tout au monde pour faire la connaissance des femmes du pays qui lui avaient plu et ne faisait venir sa maîtresse qu'à la dernière extrémité, avec le sentiment d'une sorte d'abdication, d'aveu d'impuissance à pénétrer la réalité nouvelle qui lui était offerte. Au lieu de s'enfermer dans ses anciennes relations, et de demander à sa maîtresse un plaisir équivalent de celui que la femme rencontrée à l'hôtel ou sur le port lui aurait donné, c'était le goût du visage et la signification du regard de celles-là qu'il voulait connaître. ~~Mais comme d'autre part il n'était pas de ces âmes hautes comme sont~~ ~~Certes si l'on peut~~ Je ne puis certes lui comparer des gens comme mes parents que les personnes qu'ils ne connaissaient pas intéressaient si peu qu'ils ne les distinguaient pas et n'auraient pas été capables de les reconnaître, mais même en supposant que l'âme de ma grand-mère se fût incarnée un jour dans le corps d'un jeune homme en quête de bonne [f. 7] fortune, cette âme était trop détachée de toute vanité pour comprendre que Swann pût souhaiter que la personne de Quimper qu'il rencontrait *sût* qu'il était ami de la duchesse de S. etc.[1] Peut-être son origine juive ~~y était-elle pour quelque chose~~ en était-elle un peu cause, qui <lui faisant>, (comme ~~les~~ <certains> Romains trouvaient un charme plus grand à pénétrer certaines captives orientales,) trouver un attrait particulièrement grand dans de jeunes ~~cath~~ chrétiennes pieuses où son âme d'infidèle buvait avec délices le goût nouveau de l'eau bénite et de la terre de France – comme le style ~~gothique~~ <lombard> se fondant au byzantin –, lui donnait aussi, par le souvenir des humiliations qu'il est bien rare qu'un juif n'ait pas éprouvées dans son enfance, une sorte de crainte d'être méprisé, mal jugé. <Peut-être mettre ici la douairière, ma grand-mère, ~~les~~/le M^{r} et sa maîtresse. En tous cas montrer que tout cela est inutile à Swann et que c'est seulement pour ne pas être méprisé.> ~~Obligé de~~ ~~Certes~~ Il ne faisait pas comme font les trois quarts des gens, il ne s'enfermait pas dans une situa-

1. Proust intercale ici cet ajout, mais il a été écrit après la note de régie notée en marge de la phrase suivante : « <À vrai dire cela lui était généralement inutile. Peut-être fût-il même arrivé souvent à un meilleur résultat auprès des femmes d'autres milieux à qui il arrivait ainsi accrédité, grâce à une géniale divination qu'il avait des plus lointains "aboutissants" par quelque grande dame. Soit pour ne pas avoir l'air [f. 6v] de tenir à cela, soit que tant de préparations et le peu naturel désir d'un homme si brillant de frayer avec des gens qui l'étaient peu donnent trop l'éveil, il réussissait moins que s'il avait fait connaissance tout simplement et s'il avait gardé comme si longtemps avec nous son incognito. Mais s'il n'était pas vaniteux il était sensible. Nous nous le connaissions, nous ne pouvions suspecter sa conduite, cela lui suffisait, il ne tenait nullement à ce que nous saluions ses relations. En voyage il aurait craint de passer pour un intrigant.> »

tion flatteuse, il redescendait chaque fois dans l'arène, se refaisait, à nouveaux frais, pour des êtres nouveaux, une situation nouvelle, et chaque fois recommençait sa vie. Mais il voulait, par un dernier attachement à la vanité, à ce que ce fût de haut, en montrant qu'il n'avait pas besoin des relations qu'il faisait, pour que, sensible, il pût être repoussé, mais non méprisé.

Quand il commença à plaire à Mme X, [f. 8] et à se plaire avec elle il trouva donc tout naturel d'aller chez les Verdurin.

XVI

Cahier 65

Le Cahier 65, essentiellement consacré aux séjours à Querqueville avec la grand-mère mais aussi avec Maman, est un important cahier sur la mort et le deuil, le premier cahier de la résurrection et des rêves de la grand-mère. Quatre rêves s'y enchaînent, succédant à l'expérience de son ressouvenir dans une chambre d'hôtel (« le sommeil plus véridique et qui ne nous ménage pas refaisait cette synthèse de ma tendresse persistante et de son néant à elle », f. 39). Les trois premiers rêves développent ceux de ses parents que Proust avait notés en 1908 au début du Carnet 1 (f. 2, 3v, 4, respectivement aux f. 41v, 39-40, 40-42 du Cahier 65). Le quatrième, non noté dans le Carnet 1, retranscrit et développe en l'attribuant à la grand-mère (f. 42-44) le rêve de Maman tel qu'il figure dans les « soixante-quinze feuillets » (f. 18). La présence de « Maman » dans le présent passage (f. 44), malgré l'ambiguïté, semble presque un lapsus : dans la version suivante, elle aura disparu de la phrase correspondante (Cahier 50[1]). Ce rêve ne parviendra pas jusqu'au texte publié[2].

Nous complétons la transcription partielle qu'avait donnée Jo Yoshida[3].

[f. 42] Puis en chemin de fer. / Le bruit du train, je m'assoupis, ~~et. Alors ma grand-mère~~ mes paupières scellèrent mes yeux et mes regards retournés ne virent plus qu'en moi, dans ce monde intérieur

1. *SG*, *Esquisse XIII*, III, p. 1033-1034.
2. Voir f. 18 note 1.
3. Yoshida 1992, p. 52.

(aux organes etc. voir l'autre page[1]). Alors ma grand-mère m'apparut. ~~Elle ne~~ Je ne l'avais pas encore revue depuis qu'elle était morte, ~~et elle était~~ sur ~~la voie~~ <le petit chemin qui mène à la gare>, en toilette de voyage, ~~son chape~~ ~~elle~~ elle marchait vite, elle courait presque, ~~car~~ on entendait le sifflet des trains qui partaient, elle se dépêchait, elle avait sali sa robe[2], presque perdu une bottine et son chapeau était tout de travers et elle avait une éclaboussure de boue jusque sur son voile, elle était rouge, et elle avait si mauvaise mine que le cerne de ses yeux descendait presque jusqu'à sa bouche. Ses yeux étaient indiciblement tristes mais d'une tristesse farouche comme furieuse et rancunière. Peut-être ~~avait~~ était-elle fâchée comme ~~elle l'était~~ quelquefois <, pour si peu de temps, elle l'était> contre moi, et plutôt pour ~~me~~ pour me donner une leçon que par colère véritable ; peut-être ~~était~~ ~~était~~ avait-elle ~~aper~~ avant de mourir, ~~compris tout d'un coup mon~~ à ce moment où la vie nous quittant on s'attache davantage à elle, où les plus désintéressés [f. 43] pensent un instant à leur corps que le sentant se dérober sous eux ils voudraient retenir, peut-être au moment de mourir avait-elle vu tout d'un coup la duperie de sa vie de dévouement, de sacrifice aux autres, peut-être ~~avait-elle~~ mon immense égoïsme cessant brusquement de lui être caché par les sophismes de son cœur aimant lui était-il apparu tout d'un coup, et les fatigues prises pour moi que peut-être* je n'aurais pas prises pour elle[,] qui avaient marqué* une vie, et était-ce cela, ce reproche sans ~~pardon~~ ~~qu'elle me~~ <amour subsistant>, ~~ce par~~ <sans> pardon possible, ce jugement ~~rendu~~ avec ressentiment avec équité qu'elle ~~me~~ jetait – dans ce regard qui me traversait vraiment car ~~il éta~~ son œil même à elle était en moi – à ~~celui~~ <l'enfant> qui lui avait le plus [fait] de mal, parce que c'est celui qu'elle avait le plus aimé, à

1. Renvoi aux f. 38v-39v. Les « grandes figures solennelles » que nous rencontrons dans nos rêves « sont vues en nous, d'une connaissance plus interne, plus charnelle, plus organique, vues dans la transparence de nos organes […] » (f. 38v) ; « dans les catacombes des organes » « soudain devenus translucides », « on les voit, d'une perception où tous les organes participent[,] interne, organique, sous-cutanée » (f. 39v).

2. Le terme « crotté », présent dans les « soixante-quinze feuillets » (f. 18 : « le bas de sa robe était crotté ») et disparu ici, sera réintroduit dans la version suivante : « Elle avait ~~sali~~ <crotté> sa robe, presque perdu une bottine » (Cahier 50, f. 19 ; *SG, Esquisse XIII*, III, p. 1033).

celui qui avait causé sa mort, parce qu'il avait été sa vie. Je sentais ~~que je ne~~ la profondeur de son reproche, ~~le~~ la rancune de son chagrin, tandis qu'elle s'essoufflait sans vouloir me regarder, se tachant de boue, fatiguant son ventre et ses jambes vers la station. Un immense de désir *[sic]* de la rattraper, de l'embrasser, de me faire pardonner me soulevait, mais au moment où je passai près d'elle elle détourna la tête, farouche, rouge d'essoufflement et de fatigue, implacable, irréconciliable, et soudain je ne pus plus avancer, ~~le~~ déjà un employé lui [f. 44] faisait signe que le train allait partir, elle allait plus vite, je sentais sa fatigue, qu'elle se faisait mal, que son cœur pouvait s'arrêter de battre. Toutes les angoisses que j'avais pu avoir dans ma vie à quitter Maman[,] à sentir le soir revenir, à partir en voyage, évoquées par la mémoire du rêve, sans que l'intelligence pût les séparer vinrent grossir celle-là. Toute ma vie fut un cri*[,] pouvoir la rejoindre, l'avoir près de moi comme autrefois. ~~Je~~ Je ne pus faire un mouvement, ~~elle~~ le train partait elle monta ~~dans~~ les marches d'un wagon, trébucha à demi, un employé brutalement <la blessant peut-être – ah ! si j'avais pu savoir si elle ne s'était pas fait de mal – > la poussa comme un paquet dans le wagon et referma sur elle la portière, le train s'éloigna et je sentais qu'elle ~~partait pour~~ <s'~~éloignait~~ en allait sans intention de revenir ~~vers~~> des pays que je ne connaissais pas ~~et d'où elle~~ où je ne pourrais pas aller la retrouver ~~et d'où~~ je sentais [qu']elle ~~partait~~ était partie <~~sans pensée de rentrer idée de intention de revenir~~> pour toujours !

XVII

Pages manuscrites de la dactylographie de « Noms de pays : le pays »

Au printemps de 1912, Proust qui met au net le premier séjour à Cricquebec/Balbec demande à son secrétaire Albert Nahmias qu'on lui réserve plusieurs pages blanches dans la dactylographie en cours d'établissement (Cahier 70, f. 53). Il les utilise pour un long « ajoutage » manuscrit. Les portraits de la douairière (devenue Mme de Villeparisis) et de la petite société des quatre amis qui ont été esquissés dans les « soixante-quinze feuillets » y sont largement repris, entrelacés et enrichis ; la clientèle bourgeoise de l'hôtel (le notaire, le bâtonnier, le premier président et leurs épouses) hérite de la pusillanimité sociale épinglée au début des pages de 1908 (f. 54).

C'est ce texte qui sera imprimé en 1913 puis en 1914 sur les placards Grasset du premier, puis du deuxième volume[1]*, avant que la guerre n'interrompe la publication d'*À la recherche du temps perdu *; Proust enrichira encore ce morceau pour* À l'ombre des jeunes filles en fleurs (JF*, II, p. 38-42). Mais l'allusion finale au caractère de Swann aura disparu* (ibid.*, p. 42).*

Nous donnons ici une version légèrement revue de la transcription réalisée par Richard Bales dans son édition de la dactylographie de 1912[2]*.*

[NAF 16735, f. 212] Ce sentiment[3], peut-être la petite colonie avait-elle moins l'occasion de l'éprouver à l'égard d'une actrice, moins

1. Voir NAF 16754 (1913), placards 80 (f. 142v-143) et 81 (f. 144v-145), et NAF 16761 (1914), placards 49 (f. 41v-42) et 50 (f. 43v-44).
2. Marcel Proust, « *Bricquebec* ». *Prototype d'*À l'ombre des jeunes filles en fleurs, texte établi et présenté par Richard Bales, Oxford, Clarendon Press, 1989, p. 71-87.
3. Il s'agit, à la page précédente, du mépris qu'affichent les habitués du Grand-Hôtel envers le faux « roi d'un petit îlot de l'Océanie » ou le riche jeune homme poitrinaire.

connue comme telle, car elle avait joué peu de rôles à l'Odéon, qu'à cause de sa grâce, de son esprit, de son élégance, de son goût, de ses précieuses collections de porcelaine allemande, et qui était au G[d] Hôtel de Cricquebec avec son amant, jeune homme très riche, pour qui surtout elle s'était cultivée, et avec deux hommes en vue de l'aristocratie, quatre personnes formant par le plaisir qu'elles avaient à causer ensemble, à jouer aux cartes ensemble, à manger ensemble (car les quatre étaient atteints au même degré de gourmandise) une petite société que les déplacements de l'été ne désunissaient pas et qui se transportait, intacte et au complet, tantôt ici, tantôt là. Mais la femme du premier président, la femme du notaire se voyaient refuser la joie qu'elles auraient eue à souffrir d'une promiscuité avec cette demi-mondaine. Car la petite société qui avait toujours des menus spéciaux pour l'élaboration desquels chaque fois un ou deux de ses membres avai[en]t de longues conférences avec le cuisinier, ne venait déjeuner qu'extrêmement tard, quand tout le monde était sur le point de sortir de table. Ils prenaient leurs repas à l'écart, entrant par une petite porte, ne gênant personne ; la femme toujours admirablement mise, avait des robes toujours renouvelées mais peu voyantes, avec un goût, particulier à elle, d'écharpes qui plaisait à son amant. On ne voyait aucun d'eux dans la journée qu'ils passaient tout entière à jouer aux cartes. Le soir quand on sortait de table, on apercevait tout au plus les trois hommes en smoking attendant la femme en retard qui bientôt après avoir de son étage sonné le lift, sortait de la cage de l'ascenseur comme d'une boîte de joujoux, toute parée avec une écharpe nouvelle, se regardant un instant dans la glace, remettant un peu de rouge, et toute la société s'engouffrant dans une voiture fermée attelée de deux chevaux qui attendait, allait dîner à une demi-heure de là dans un petit restaurant réputé pour sa table et où comme il y avait peu de monde, le chef pouvait soigner davantage la cuisine, et eux-mêmes discuter plus longuement avec lui de l'opportunité d'ajouter ou non tel ou tel ingrédient. De telle sorte ils passaient presque inaperçus des habitants de l'hôtel. Il n'en allait pas de même à l'égard d'une vieille dame riche et titrée dont, quoiqu'elle fût d'un autre étage, le valet de chambre du nôtre nous avait parlé, impressionné comme tous ses camarades parce qu'elle avait amené avec elle femme de chambre, cocher, chevaux, voitures, et avait été précédée par un maître d'hôtel chargé de choisir les chambres et de les rendre, grâce à des bibelots, à de précieuses vieilleries qu'il avait apportées aussi peu différentes que possible de celles que sa maîtresse habitait à Paris. Le bâtonnier et ses amis ne tarissaient pas de sarcasmes au sujet de ce respect du personnel pour une dame à particule qui ne se déplaçait qu'avec tout son train de maison. Chaque fois que la femme du notaire et la femme du premier président la voyaient dans la salle à manger au moment des repas, elles l'inspectaient insolemment de leur face-à-main du même air minutieux et défiant que si elle avait été quelque plat au nom pompeux mais à l'apparence suspecte comme on en sert souvent dans les grands hôtels, qu'après le résultat défavorable d'une observation [f. 213] méthodique on fait éloigner, par le signe d'un geste distant, d'un air renseigné, et d'une moue de dégoût. Sans doute par là la femme du notaire et du premier président voulaient montrer, comme fait tout le monde, que s'il y avait certaines choses dont elles manquaient – dans l'espèce certaines prérogatives de la vieille dame, et des relations avec elle – c'était non pas parce qu'elles ne pouvaient pas les avoir, mais parce qu'elles ne le voulaient pas. Mais le malheur était que cherchant seulement à en persuader les autres, elles avaient fini par s'en persuader elles-mêmes. Et c'est la suppression de tout désir, de la curiosité pour les formes de la vie qu'on ne connaît pas, de l'espoir de plaire à de nouveaux êtres, de l'effort pour plaire, remplacés chez ces dames par un dédain simulé, par une allégresse factice qui avait l'inconvénient de leur faire mettre du déplaisir sous l'étiquette de con[ten]tement et de les faire se mentir perpétuellement à elles-mêmes, deux conditions pour qu'elles fussent malheureuses. Mais tout le monde dans cet hôtel agissait sans doute de la même manière qu'elles, bien que sous d'autres formes, et sacrifiait sinon à leur amour-propre comme elles faisaient, du moins à certains principes d'éducation, ou à certaines habitudes intellectuelles, le trouble délicieux qu'il y a à se mêler à une vie inconnue, à poursuivre l'objet de ses désirs, à séduire, à s'attacher, en se renouvelant soi-même, la sympathie mystérieuse des êtres nouveaux. Sans doute le microcosme dans lequel s'isolait la vieille dame noble n'était pas empoisonné de virulentes aigreurs comme celui où le clan du premier président laissait exulter, ricanait sa rage[1]. Mais il était embaumé d'un parfum vieillot et fin de bon ton qui n'était pas moins factice. Je me plaisais à penser qu'elle avait peut-être au fond d'elle de la sensibilité et de l'imagination et que le charme que dégage un être inconnu aurait agi plus profondément sur elle, que le plaisir sans mystère qu'il y a à ne fréquenter que des gens de son monde et à se rappeler que ce monde est le meilleur qui soit ; qui sait si ce n'était pas en pensant que si elle arrivait inconnue à l'hôtel [f. 214], faisant peu d'effet ou faisant rire avec sa robe de laine noire et son bonnet démodé, en l'apercevant dans le hall un jeune fêtard qu'elle eût trouvé joli garçon – comme celui qui cette année se ruinait au jeu – aurait même murmuré de son rocking-chair « quelle purée » et où quelque homme de valeur, ayant gardé, comme le premier président entre ses favoris poivre et sel, un visage sain et des yeux spirituels, comme elle les aimait, aurait désigné à sa femme, en souriant, l'apparition de ce phénomène insolite sur lequel celle-ci eût braqué (et non par mauvaise humeur) la lentille de son face-à-main comme un instrument de précision, qui sait si ce n'était pas par effroi de cette première minute qu'on sait courte mais qui n'est pas moins redoutée – comme la première tête qu'on pique dans l'eau – que cette dame envoyait d'avance un domestique mettre l'hôtel au courant de sa venue, de sa personnalité et de ses habitudes, et qu'en descendant de voiture elle s'avançait rapidement entre sa femme de chambre et son valet de pied, coupant court aux salutations du directeur avec une brièveté où il voyait de l'orgueil et où il n'y [avait] peut-être que de la timidité. Rapidement elle gagnait sa chambre où des rideaux personnels ayant pris la place de ceux qui pendaient aux fenêtres, des paravents, des photographies, des bibelots apportés mettaient si bien entre elle et le monde extérieur auquel il eût fallu s'adapter, la cloison de ses habitudes que c'était son chez-elle au sein duquel elle

1. *Sic.*

était restée qui voyageait, plutôt qu'elle-même. Dès lors ayant placé, entre elle et les domestiques de l'hôtel, les fournisseurs, ses domestiques qui recevaient à sa place le contact douloureux ou charmant de cette humanité nouvelle et entretenaient autour de leur maîtresse l'atmosphère accoutumée, ayant mis ses préjugés entre elle et les autres touristes, étrangers, et baigneurs, insoucieuse de déplaire à des gens que ses amies n'auraient pas reçus, c'est dans son monde qu'elle continuait à vivre, par la correspondance échangée et reçue, par le souvenir, par la conscience intime qu'elle avait de sa situation, de la qualité de ses manières, de la compétence de sa politesse. Et tous les jours quand elle descendait pour aller dans sa calèche faire une promenade, sa femme de chambre qui portait ses affaires derrière elle, son valet de pied qui la devançait [f. 215] semblaient comme ces sentinelles ayant les couleurs du pays dont elle dépend, qui aux portes d'une ambassade, garantissent pour elle au milieu d'un sol étranger le privilège de son exterritorialité. Elle ne descendit pas de sa chambre et nous ne l'aperçûmes pas dans la salle à manger ce premier jour [...]. Mais nous y vîmes en revanche au bout d'un instant un hobereau et sa fille [...]. [f. 216] [...] Et certes dans le désir d'isolement qui poussait le jeune homme riche, sa maîtresse et ses deux amis à ne voyager qu'ensemble, à ne prendre leurs repas qu'après tout le monde, il n'y avait aucun sentiment aigre et malveillant à l'endroit des autres et par conséquent désagréable et d'un goût aigre pour eux-mêmes. Mais seulement les exigences d'un goût qu'ils avaient pour certaines formes spirituelles de conversation, pour certains raffinements d'élégance et qui leur eût rendu insupportable la vie en commun avec des gens qui n'y avaient pas été initiés. Même devant une table servie, ou devant une table à jeu, où ces connaissances ne trouvaient pas leur emploi chacun d'eux avait besoin de savoir que dans le convive ou le partner qui était assis en face de lui reposaient en suspens et inutilisés un certain savoir qui permet de reconnaître la camelote dont tant d'hôtels parisiens se parent comme d'un « Moyen Âge », ou d'une « Renaissance » authentiques, la finesse d'esprit qui empêche de se plaire à un calembour bête, une expérience de la bonne société qui fait dépister tout de suite des façons prétentieuses ou communes, en somme un criterium commun à eux tous pour distinguer en toutes choses le bon et le mauvais. Sans doute ce n'était plus dans ces moments-là que par quelque rare et drôle interjection jetée au milieu du silence du repas ou de la partie, ou par la robe charmante et nouvelle, que la jeune actrice avait revêtue pour déjeuner ou faire un poker avec ces trois hommes toujours les mêmes, que se manifestait la vie spéciale où les quelques amis voulaient partout rester plongés. Mais en les enveloppant ainsi d'habitudes qu'ils connaissaient à fond, elle suffisait à les protéger contre le mystère de la vie inconnue des êtres et des choses. Pendant les longs après-midi où ils restaient à jouer aux cartes, la mer n'était suspendue en face d'eux que comme une toile d'une couleur agréable accrochée dans le boudoir d'un riche célibataire, et ce n'était que dans l'intervalle des coups qu'un des joueurs n'ayant rien de mieux à faire, levait les yeux vers elle pour en tirer une indication sur le beau temps ou sur l'heure, et rappeler aux autres que le goûter attendait. Il en était de la campagne comme de la mer et des hommes. Et le soir quand ils allaient dîner au-dehors, la route bordée de pommiers qui part de Cricquebec, n'était pour eux que la distance qu'il fallait franchir, – peu distincte à la nuit noire, de celle qui séparait leurs domiciles parisiens du Café anglais ou du Joseph – avant d'arriver au restaurant élégant et champêtre où ils faisaient leur fin dîner, et où tandis que les amis du jeune homme riche l'enviaient d'avoir une maîtresse si bien habillée, les écharpes de celle-ci tendaient devant la petite société comme un voile parfumé et souple, mais qui la séparait du monde.

[f. 217] Malheureusement pour ma tranquillité j'étais bien loin d'être comme ces gens, de beaucoup d'entre eux je me souciais ; je n'aurais pas voulu être méprisé par eux ; je n'avais pas encore eu à cette époque le réconfort d'apprendre les traits du caractère de Swann qui aurait cru en faisant venir de Paris sa maîtresse pour passer sur elle le désir qu'une inconnue lui avait inspiré, ne pas croire à ce désir, réalité particulière à laquelle on n'en pouvait pas substituer une [autre].

NOTICE, CHRONOLOGIE ET NOTES

PAR NATHALIE MAURIAC DYER

NOTICE

Leur disparition, les enquêtes vaines conduites par plusieurs générations de chercheurs depuis le début des années 1960, tout cela a empreint les « soixante-quinze feuillets » d'un mystère et d'une aura particuliers. Proustien de goût, Bernard de Fallois (1926-2018) n'avait pas gardé par-devers lui pendant plus d'un demi-siècle les manuscrits les moins remarquables de l'auteur de *Swann*. Les « soixante-quinze feuillets » sont le socle d'*À la recherche du temps perdu*. Proust les avait soigneusement conservés, comme la plupart de ses manuscrits. Il les a écrits entre les premiers mois et l'automne de 1908[1] et s'est reporté à eux jusqu'en 1912 au moins. Ils l'ont accompagné du boulevard Haussmann à la triste rue Hamelin, au fil de ses déménagements.

Avec leur entrée à la Bibliothèque nationale de France, c'est comme si l'immense vaisseau que constitue le « fonds Proust », en suspension depuis des dizaines d'années, pouvait enfin toucher terre. Proust ne le sait pas encore, mais ici commence *À la recherche du temps perdu*. Dans ces pages on aura reconnu, à la fois déroutants et familiers, surpris comme les personnages du roman à un moment inconnu de leur « révolution », la grand-mère au jardin, le baiser du soir, le drame du coucher, les promenades vers Méséglise et Guermantes, l'adieu aux aubépines, les leçons des « côtés », le portrait de Swann, la chambre de Balbec, les habitués du Grand-Hôtel, les trois arbres d'Hudimesnil, la petite « bande » de jeunes filles, la poésie des noms, la mort de la grand-mère, les rêves posthumes, Venise, d'autres épisodes encore… Une *Recherche* avant la

1. Mais préparés peut-être dès la fin de 1907. Voir *Chronologie*, p. 251.

lettre[1], en somme, même si n'y figurent pas encore Charlus et Albertine, Sodome et Gomorrhe, encore que le côté de Sodome ne soit pas absent, tapi dans des allusions[2].

Si l'existence des « soixante-quinze feuillets » était connue, c'est grâce à Bernard de Fallois et à lui seul, qui leur consacra une page dans sa préface de 1954 à *Contre Sainte-Beuve*. Elle mérite d'être relue[3]. L'essentiel y est dit, à savoir que Proust, après *Jean Santeuil* mais avant *Contre Sainte-Beuve*, s'était remis à l'écriture romanesque, « sous forme personnelle cette fois », c'est-à-dire à la première personne. La constatation n'était pas anodine, et les « soixante-quinze feuillets » auraient peut-être mérité, déjà, une édition à part. Mais Fallois préféra se tourner vers les cahiers de brouillon, eux aussi intégralement inédits en ce début des années 1950, et il inventa ce qu'il avoua lui-même n'être que « le rêve d'un livre, une idée de livre[4] » : *Contre Sainte-Beuve*. En toute logique, il n'y avait pas lieu d'y faire place aux « soixante-quinze feuillets » qui – selon Fallois lui-même – relevaient d'un autre projet d'écriture, plus précoce. Mais sans doute parce qu'il ne résista pas tout à fait à leur séduction, il en glissa dans son *Contre Sainte-Beuve* une quinzaine de pages[5]. Le geste était subreptice, mais, grâce à la note du Carnet de 1908 où Proust en décrivait brièvement le contenu (et que Fallois avait citée dans sa préface), il se laissait deviner aux lecteurs attentifs.

1. J'emprunte l'expression à Bertrand Marchal.
2. Voir ci-dessous, p. 240 *sq.*
3. Le « groupe [de manuscrits] se compose de soixante-quinze feuillets, de très grand format, et comprend six épisodes, qui seront tous repris dans *La Recherche* : ce sont la description de Venise, le séjour à Balbec, la rencontre des jeunes filles, le coucher de Combray, la poésie des noms et les deux "côtés". Cet ensemble est clairement désigné par une note de l'agenda [Fallois donne ici le contenu de la note du f. 7v du Carnet 1 : voir *Chronologie*, p. 249]. Après *Jean Santeuil*, c'est le plus ancien état de *La Recherche.* Guermantes s'appelle ici Villebon. Swann n'existe pas : son rôle a été réparti entre l'oncle du narrateur, et pour les soirées de Combray un certain M. de Bretteville. Deux fillettes esquissent les jeunes filles en fleurs. Enfin Balbec ne porte pas encore de nom. Il n'est pas question de Sainte-Beuve dans ces épisodes et nous n'aurions pas eu à les mentionner ici, s'ils ne contenaient trois renseignements importants : tout d'abord ils nous donnent la preuve que Proust avait entrepris une nouvelle rédaction de son roman, sous forme personnelle cette fois, avant de commencer le *Sainte-Beuve.* Puis, parce que ces épisodes constituent un fond *[sic]* dans lequel il puisera constamment pour grossir son étude. Enfin parce que sur des feuilles de même format, et d'une écriture identique, nous trouvons une étude d'une vingtaine de pages, qui est l'essai sur Sainte-Beuve » (*CSB*, p. 14).
4. *Ibid.*, p. 26.
5. Aujourd'hui les f. 20-26 et 75-81. *CSB*, p. 291-297 et 273-283.

En 1962, les nombreux manuscrits que Robert Proust avait hérités de son frère et légués à sa fille Suzy Mante-Proust entrèrent à la Bibliothèque nationale[1]. Pas tous, pourtant. En particulier, conservateurs et chercheurs constatèrent, non sans surprise, que les « soixante-quinze feuillets » décrits par Fallois dans sa préface et partiellement repris dans *Contre Sainte-Beuve* n'y figuraient pas. Le mystère, bientôt le mythe, des « soixante-quinze feuillets » de 1908 était né.

Il y a toujours une forme d'artifice dans la publication posthume de manuscrits, c'est-à-dire de documents que leur auteur n'avait pas choisi de publier sous cette forme. Elle est sans doute plus grande pour *Contre Sainte-Beuve*, qui n'existe qu'au terme du choix, par ses éditeurs successifs, de fragments et de leur montage : on arrive à l'artefact. Les « soixante-quinze feuillets », même si l'on ignore dans quel ordre leur auteur en agençait les pages (et même s'il les avait agencées), ont l'avantage de se présenter comme un tout homogène et bien circonscrit. Proust les considérait certainement comme un ensemble à part entière[2]. Ils relèvent bien du roman, s'ils ne sont pas encore tout à fait « un » roman. La « solidarité des parties[3] » qui caractérise *À la recherche du temps perdu*, où un système très concerté de préparations et d'échos, de rimes et de rappels, sature le texte, est le fruit d'une composition patiente, étendue sur une quinzaine d'années. Proust travaille d'abord par coulées d'écriture indépendantes, qu'il juxtapose : dans les « soixante-quinze feuillets » (et, dès l'année suivante, dans les cahiers de brouillon), elles sont encore comme enfermées dans des journées différentes qui ne communiquent pas. Montage, tissage, feuilletage, viendront plus tard.

On devine pourtant que le premier « chapitre », [Une soirée à la campagne], résulte déjà d'une soigneuse couture entre des morceaux nés séparément[4], et déjà Proust s'essaie à tisser quelques liens : le portrait de la grand-mère hygiéniste pourrait préparer le séjour au bord de la mer ; dans ce séjour aussi le personnage de l'oncle, déjà bien dessiné dans

1. Sur l'histoire du fonds, voir Fau 2013.

2. C'est ce que l'on peut déduire de la note « Pages écrites » du Carnet 1, f. 7v, qu'avait citée Fallois (*CSB*, p. 14), même si cette note n'en désigne encore, pour l'essentiel, que les avant-textes (voir *Chronologie*, p. 249 *sq.*). Faute de titre, nous les désignons donc ici comme les « soixante-quinze feuillets ».

3. Lettre à Paul Souday, 10 novembre 1919. *Corr.*, XVIII, p. 464.

4. Voir *Chronologie*, et f. 1, avant la note 1.

[Une soirée à la campagne], révèle un autre aspect, inattendu, de son caractère ; à Venise, les promenades en gondole « rappellent » celles des « côtés »... Il arrive même à l'auteur d'intervenir pour nous promettre de futurs développements[1]. Mais l'horizon narratif que Proust avait imaginé nous échappe[2]. Ce qu'il voulait faire de ces pages sur la scène littéraire parisienne aussi, bien qu'une publication dans *Le Figaro*, au « rez-de-chaussée », comme c'était encore la règle en 1908 pour de nombreux romans, ait pu lui venir à l'esprit. C'est ce que suggèrent dans ces textes divers appels plus ou moins directs au « lecteur[3] » ; c'est aussi ce que pouvaient lui avoir inspiré ses récents succès journalistiques, trois brillants articles en 1907[4]. Mettant provisoirement de côté son projet romanesque, au début de 1908, c'est encore vers *Le Figaro* qu'il se tourne pour ses pastiches littéraires – c'était une autre manière d'attirer l'attention sur sa plume et de frayer la voie à son propre texte.

Mais les soixante-quinze ou seize feuillets qu'il réunit ne satisfont pas Proust qui les écarte à l'automne de 1908 pour se plonger dans la lecture des œuvres de Sainte-Beuve. L'essai de facture classique qu'il entreprend alors contre la méthode du critique[5] se métamorphose en un nouveau récit personnel : « Maman viendrait près de mon lit et je lui raconterais un article que je veux faire sur Sainte-Beuve[6]. » Il abandonne les feuilles volantes sur lesquelles il avait commencé son étude – certaines du même format que les « soixante-quinze feuillets » – et commence à écrire sur des cahiers d'écolier, piochant immédiatement, ici et là, dans le roman

1. F. 64.

2. Peut-être envisage-t-il de développer, par exemple, les bribes de scénario notées au début de 1908 dans le Carnet 1 : « Dans la 2e partie du roman la jeune fille sera ruinée, je l'entretiendrai sans chercher à la posséder par impuissance du bonheur. » ; « dans la seconde partie jeune fille ruinée, entretenue sans jouir d'elle [...] par impuissance d'être aimé » (Carnet 1, f. 3 et 3v ; *Cn*, p. 34-35).

3. Voir notamment l'attaque du f. 53, qui suggère une chronique de « rentrée » dans un journal dont le lectorat était parti en villégiature.

4. « Sentiments filiaux d'un parricide », « Journées de lecture » et « Impressions de route en automobile », respectivement parus dans *Le Figaro* les 1er février, 20 mars et 19 novembre 1907. On notera aussi dans le même *Figaro* « "Les Éblouissements" », sur le recueil d'Anna de Noailles (15 juin 1907), et deux nécrologies, « Une grand'mère » (23 juillet 1907) et « Gustave de Borda » (26 décembre 1907).

5. Je renvoie aux travaux fondateurs de Claudine Quémar (1976), puis d'Anthony Pugh (1987). Voir aussi la mise au point de Leriche 2012.

6. [Fin novembre ou 1re quinzaine de décembre 1908], lettre à Georges de Lauris. *Lettres*, p. 465-466. Voir aussi la lettre à Anna de Noailles, *ibid.*, p. 466.

des mois précédents pour nourrir son nouveau projet[1]. La rédaction de la matinée précédant l'arrivée de Maman, et de la nuit précédant cette matinée, fait apparaître un personnage qui, pendant ses demi-réveils nocturnes (au temps où il se couchait encore de bonne heure), trompé par la position de son corps, se remémore les chambres où il a vécu : sans l'avoir cherché, Proust a trouvé l'« ouverture » qui manquait à sa récente tentative romanesque. Au printemps de 1909, c'est à l'intérieur de ce cadre rétrospectif qu'il « recycle » non plus des bribes mais nombre de pages des « soixante-quinze feuillets » : le baiser du soir, les promenades des « côtés », et jusqu'au début du séjour à la mer[2]. À partir d'un foyer unique, le souvenir des chambres, il commence à déployer les fils narratifs en déshérence.

La création capitale, c'est, dans ce même Cahier 4, celle de « M. Swann »[3]. Un peu comme cinq ans plus tard, en 1913, le musicien Vinteuil naîtra de la fusion du naturaliste Vington et du compositeur Berget, Swann est composite : il réunit deux personnages des « soixante-quinze feuillets », M. de Bretteville, le visiteur du soir et *terzo incomodo*, et l'oncle coureur de « Marcel »[4]. Dans le Cahier 4, sa figure est immédiatement étoffée, bien au-delà de celle de l'oncle maternel, introduisant sans plus de détours dans le roman en formation la question de la judéité. En 1908, dans les « soixante-quinze feuillets », Proust n'en est pas encore là.

Comment qualifier la rencontre qui se produit dans le Cahier 4 ? Faut-il parler de « contamination » réciproque des deux projets, de « greffe », d'« explosion » du *Contre Sainte-Beuve* « récit » sous la pression des « soixante-quinze feuillets »[5] ? On pourrait aussi y voir l'heureuse

1. Voir dans le Cahier 3 le motif des jeunes filles insolentes (*Autres manuscrits*, n° VIII), dans le Cahier 2 les commentaires sur les amours de voyage (f. 60 et note 3), dans le Cahier 5 le portrait des Guermantes (f. 82 note 2), dans le Cahier 1 les lilas des promenades (*Autres manuscrits*, n° XI). Fallois avait dit, sans préciser davantage, que Proust avait « puis[é] constamment » dans les « soixante-quinze feuillets » « pour grossir son étude » (*CSB*, p. 14).

2. Cahier 4. Voir *Autres manuscrits*, n° XII.

3. Voir Leriche 2013, p. 23-25.

4. Fallois l'avait indiqué, mais dans un énoncé opaque étant donné que les « soixante-quinze feuillets » n'étaient pas accessibles : « Swann n'existe pas : son rôle a été réparti entre l'oncle du narrateur, et pour les soirées de Combray un certain M. de Bretteville » (*CSB*, p. 14). Proust a reconnu le rôle de Charles Haas dans la genèse du personnage, jamais celui de son oncle Louis Weil. Voir *Corr.*, XII, p. 387 ; XVI, p. 321 ; XIX, p. 660.

5. Voir respectivement Bardèche 1971, t. I, p. 211, Leriche 2013, p. 24-25, et Quémar 1976, p. 21.

confluence de deux fleuves, dont l'un se révélera en définitive beaucoup plus puissant. Chez celui qui avait cru n'avoir « pas d'imagination[1] », le romanesque l'emporte sur la veine autobiographique ou la mise en scène autofictionnelle.

En 1909, les « soixante-quinze feuillets » ont donc trouvé une nouvelle vie : ils accompagneront Proust jusqu'en 1912, du *Contre Sainte-Beuve, souvenir d'une matinée* à la naissance des *Intermittences du cœur.* Leur présence affleure aujourd'hui encore dans de nombreuses pages du texte définitif d'*À la recherche du temps perdu*[2]. Nous ne le savions pas : car « l'herbe drue des œuvres fécondes, sur laquelle les générations viendront faire gaiement, sans souci de ceux qui dorment en dessous, leur "déjeuner sur l'herbe"[3] », avait poussé sur eux.

Adèle, Jeanne et Marcel

L'une des grandes surprises des « soixante-quinze feuillets » est la place qu'y tient l'autobiographie manifeste. Trois prénoms la résument : Adèle, Jeanne, et Marcel.

« Adèle » apparaît à trois reprises dans le premier « chapitre » et déjà dans l'avant-texte[4] ; « Jeanne » et « Marcel » une seule fois chacun[5]. Adèle était le prénom de la grand-mère maternelle de Marcel Proust, née Berncastell[6] (1824-1890), épouse de Nathé Weil (1814-1896) ; Jeanne, celui de sa mère, Jeanne Clémence Weil (1849-1905), Mme Adrien Proust, fille d'Adèle. Jamais encore on n'avait vu Proust – ni dans sa correspondance, ni dans ses manuscrits littéraires – donner à sa mère et à sa grand-mère leur prénom.

1. « Tout est fictif, laborieusement car je n'ai pas d'imagination [...] » (Carnet 1, f. 16v ; *Cn*, p. 59).
2. Voir la Table de concordance ci-dessous, p. 368-369.
3. *TR*, IV, p. 615.
4. *Autres manuscrits*, n° III. On y trouve d'autres indices autobiographiques.
5. F. 10, 25.
6. La plupart des biographes orthographient « Berncastel ». Or c'est « Berncastell » qu'on trouve sur ses actes de naissance et de mariage (état civil reconstitué, Archives numérisées de Paris), sur son acte de décès et sur le monument du Père-Lachaise (sur ce dernier, voir Compagnon 2020, p. 14). Elle signe « A. Berncastell » le contrat de mariage entre sa fille et Adrien Proust (voir une reproduction dans Wise 2017, p. 80). Voir aussi Proust notant « Berncastell » dans le Carnet 1, f. 34v, 36v (*Cn*, p. 90, 95).

Ils seront effacés. Le plus rare de tous, celui qui n'est prononcé qu'une seule fois, « Jeanne », immédiatement : des cahiers du *Contre Sainte-Beuve* à la *Recherche* elle ne sera plus jamais que « Maman » – Proust a toujours tenu à la majuscule. La grand-mère « Adèle » deviendra Cécile, puis Octavie, enfin Bathilde[1] (et pour Françoise et selon l'usage, d'après le prénom de son époux, « Mme Amédée[2] »). Quant au prénom « Marcel », il subsiste dans quelques cahiers de 1909 puis disparaît, pour resurgir tardivement dans les brouillons de *La Prisonnière*, où il est tendrement prononcé à plusieurs reprises par Albertine-Agostinelli[3]. En se relisant, Proust l'estompe, plus qu'il ne l'efface[4].

La grand-mère maternelle de Marcel Proust, Adèle Berncastell, femme « toute *transmise* à ses enfants[5] », selon sa fille Jeanne Proust citant Mme de Sévigné à Marcel, au visage empreint d'une grande douceur sur les photographies qui nous sont parvenues d'elle, ne semble pourtant pas avoir suscité, ni recherché, l'unanimité au sein de sa famille. Voici ce que lui écrivait son petit-fils alors âgé de douze ans : « Je te souhaite une bonne fête […] et plus de taquineries de maman, et plus d'impatiences de grand'père et plus de discussions culinaires avec mon oncle ni médicales (hygiéniques) avec papa[6]. » Il suffit d'ajouter un mot à une phrase de « Combray » pour décrire avec justesse la situation : « elle avait apporté dans la famille de mon *grand*-père un esprit si différent que tout le monde la plaisantait et la tourmentait[7] ». On note que, dans les « soixante-quinze feuillets », Proust emploie le même mot « discus-

1. Voir *Autres manuscrits*, n°s IX et X.
2. *CS*, I, p. 101.
3. Voir f. 25 note 2.
4. Voir Mauriac Dyer 2006, p. 72-75.
5. « Quelquefois je rencontre aussi dans Madame de Sévigné des pensées, des mots qui me font plaisir. Elle dit […] : "Je connais une autre mère qui ne se compte pour guère, qui est toute *transmise* à ses enfants." N'est-ce pas bien appliqué à ta grand-mère ? Seulement, elle, elle ne l'eût pas dit. » (Lettre du [23 avril 1890], *Corr.*, I, p. 138.)
6. Lettre de Marcel Proust à Mme Nathé Weil, [peu après le 3 août 1883], *Corr.*, XXI, p. 542 ; collationnée sur un fac-similé de l'original grâce à l'amabilité de Caroline Szylowicz (Kolb-Proust Archive), que je remercie.
7. Cf. *CS*, I, p. 11. La phrase est ainsi « corrigée », avec *grand-père* au lieu de *père*, par D. Mayer (1984, p. 25) et E. Bloch-Dano (2004, p. 97). Elle apparaît dans le Cahier 9, f. 32, à l'occasion de la scène du cognac : « elle avait apporté dans la famille de mon père une "mentalité" si différente, que tout le monde la plaisantait et la taquinait ».

sions » (discussion « vive », « orageuse », « récente[1] »...) pour évoquer ce que semblent avoir été les relations pour le moins tendues entre Adèle et son beau-frère Louis Weil[2]. Certes, Adèle est selon le narrateur douée d'une personnalité morale « élevée » : d'un « dévouement absolu aux autres[3] », elle serait tout à fait dépourvue « d'amour-propre, d'amour de soi[4] ». Pourtant les traits qui sont rapportés d'elle aussitôt après la dépeignent plutôt comme une originale peu soucieuse des besoins réels de son entourage : plans touristiques calamiteux, lettres biscornues et incompréhensibles, hygiénisme tyrannique, sans-gêne répété... Même si elle est l'objet des sarcasmes réitérés de l'oncle qui la « cherche », la grand-mère Adèle des « soixante-quinze feuillets » n'est certainement pas une victime : dans leurs chamailleries incessantes[5], elle tient tête à son beau-frère et réussit à l'exaspérer, comme, sous la forme de la « grand-tante », elle exaspérait déjà le « grand-père » dans « Sur la lecture »[6].

Qui veut faire l'ange fait la bête ? De cette personne à l'« esprit élevé[7] » mais pour le moins irritante, les « soixante-quinze feuillets » livrent d'entrée de jeu un portrait dégradant, celui de la promeneuse « horriblement crotté[e][8] ». La description est longue, presque complaisante[9]. Elle contredit la lâche fuite « aux cabinets » que la vision pénible aggravée par les sarcasmes de l'oncle est censée provoquer chez le jeune garçon. Une trace s'en garde jusque dans *Sodome et Gomorrhe II,* où le héros, après la mort de sa grand-mère, se souvient d'elle « qui jadis ne pouvait marcher deux pas sans se crotter[10] ». Le terme a disparu de la promenade au jar-

1. F. 6 et 15. Voir aussi f. 5.
2. Sur Louis Weil, voir ci-dessous, p. 213 *sq.*
3. F. 2.
4. *Ibid.*
5. F. 2-3, 4, 5-6, 7, 15-16.
6. Dans des « discussions » culinaires (*PM,* p. 163-164 ; voir aussi *Autres manuscrits,* n° II).
7. F. 2.
8. *Ibid.*
9. *Ibid.*
10. « [...] je partis me promener seul vers cette grande route que prenait la voiture de Mme de Villeparisis quand nous allions nous promener avec ma grand-mère ; des flaques d'eau que le soleil qui brillait n'avait pas séchées, faisaient du sol un vrai marécage, *et je pensais à ma grand-mère qui jadis ne pouvait marcher deux pas sans se crotter.* Mais dès que je fus arrivé à la route ce fut un éblouissement. Là où je n'avais vu avec ma grand-mère, au mois d'août, que les feuilles et comme l'emplacement des pommiers, à perte de vue ils étaient en pleine floraison, d'un luxe inouï, *les pieds dans la boue* et en toilette de bal, *ne prenant pas*

din dès le premier cahier de brouillon[1], mais les « taches de boue » qui le remplacent ne sont pas dépourvues non plus de connotations ordurières, du moins pour un lecteur du début du XXe siècle[2]. Dans les « soixante-quinze feuillets », les « jupes trempées » de la grand-mère à la plage filent l'image de la souillure[3].

Dans ce portrait somme toute chargé et peut-être composite, quelle est la part de la « vraie » Adèle Berncastell ? Impossible de le dire, mais on remarque que Proust s'efforce dès les premières pages, comme pour alléger le trait, d'attribuer certains de ses comportements (les excursions déraisonnables, les lettres sibyllines) à une « tante[4] ». Dans la suite de la genèse, la grand-mère restera « folle » aux yeux du père, voire « un peu piquée » à ceux de Françoise[5], mais certains de ses défauts seront réduits à deux lignes (les voyages rocambolesques[6]), d'autres disparaîtront (le refus de « se changer ») ou seront redistribués (le goût de l'allusion aux « sœurs de ma grand-mère »[7], le vase renversé à Bloch[8]). Et Proust ajoutera à l'automne de 1909 l'épisode cruel du cognac[9], occasion de « motiver » la fuite du héros dans le petit cabinet sentant l'iris, et de faire de la grand-mère du roman cette victime qu'elle n'était pas encore, qu'elle n'était guère, dans les « soixante-quinze feuillets ». Les traits de caractère qui se maintiendront (les manifestations de son hygiénisme un peu caricatural et ridicule) ou qui s'ajouteront (le goût contestable pour les « degrés d'art de plus », qui égare plutôt le jugement[10]), auront plus que leur contrepoids positif : la grand-mère deviendra celle dont l'infinie tendresse, à Balbec, sauve son petit-fils de l'angoisse. Son agonie et sa mort en feront un per-

---

de précautions pour ne pas gâter le plus merveilleux satin rose qu'on eût jamais vu et que faisait briller le soleil [...] » (*SG*, III, p. 177 ; nous soulignons).

1. Cahier 4, f. 24v (*Autres manuscrits*, n° XII) ; Cahier 8, f. 14-15 (*CS, Esquisse XII*, I, p. 679-680) ; Cahier 9, f. 31 ; *CS*, I, p. 11.

2. Les « boues » sont un mélange de terre et de déjections diverses. Voir Alain Corbin, *Le miasme et la jonquille*, Flammarion, coll. « Champs », 1982 [1986], p. 28 ; Antoine Compagnon, *Les chiffonniers de Paris*, Paris, Gallimard, 2017, p. 61 *sq.*

3. F. 53.

4. F. 3-5.

5. Voir f. 7 note 2, f. 15 note 4.

6. Voir f. 4 note 1.

7. Voir f. 4 note 2.

8. Voir f. 6 note 7.

9. Cahier 9, f. 30v-31v, pages ensuite recopiées par le secrétaire de Proust aux f. 32-35 ; *CS*, I, p. 11-12. Sur cette scène, voir aussi p. 216.

10. *CS*, I, p. 40.

sonnage tragique et bouleversant, et surtout, pur. Mais tout cela, elle le devra à Jeanne Proust.

Le portrait de « Maman », Jeanne Clémence Weil (1849-1905), mère adorée de Marcel Proust – « ce que j'ai le plus aimé sur la terre[1] » – est marqué dans les « soixante-quinze feuillets » par le pathétique et la détresse. On savait capitale la scène du baiser du soir, sorte de scène primitive du roman de Proust, écrite encore et encore : les archives Fallois nous en révèlent trois versions supplémentaires.

La plus précoce est la source directe de celle de *Jean Santeuil*, et – surprise – elle est déjà rédigée à la première personne[2]. Vient ensuite un important avant-texte des « soixante-quinze feuillets », où le récit s'interrompt assez vite[3], et sur lequel nous reviendrons. La version des « soixante-quinze feuillets », la plus longue et la plus aboutie, est la matrice évidente de la version définitive, que Proust a patiemment continué d'élaborer jusqu'en 1913 dans plusieurs cahiers de brouillon, puis sur les dactylographies et les épreuves. Mais de toutes ces versions connues celle des « soixante-quinze feuillets » diffère substantiellement, à la fois par ce qu'on y trouve, et par ce qu'on n'y trouve pas.

Par ce qu'on n'y trouve pas : ici, le père se contente de s'interposer lorsque la mère exprime sa tendresse à son fils – « mon père à ce moment se retourna furieux : "voyons Jeanne c'est ridicule" » –, et c'est à la mère (comme déjà dans *Jean Santeuil*) que revient l'initiative – et la faute ? – de céder au petit garçon en se rendant finalement dans sa chambre. C'est lors de la réécriture des « soixante-quinze feuillets » que le père, pris d'une soudaine et surprenante magnanimité, encourage la mère à passer la nuit dans la chambre de l'enfant (« voyons nous ne sommes pas des parents bourreaux[4] »). On ne trouve pas non plus dans la version des « soixante-quinze feuillets » la lecture par Maman à Marcel d'un roman champêtre de George Sand, point culminant de leur nuit d'intimité, qui apparaît

1. Lettre à François, vicomte de Paris, 12 juin 1908, *Corr.*, VIII, p. 136.

2. *Autres manuscrits*, n° I. Cette version date de l'automne de 1895 au plus tôt.

3. *Autres manuscrits*, n° III. Il est possible que cette version ait été précédée de ce « quelque chose » que Proust confie en 1906 à Lucien Daudet avoir « commencé et qui n'est rien que sur elle », sur « Maman » ([premiers jours de juin 1906], *Corr.*, VI, p. 100).

4. Cahier 6, f. 47 ; *CS*, *Esquisse X*, I, p. 675. Le père acquiert ensuite dans cette scène la stature d'un patriarche biblique : voir Cahier 8, f. 40 ; *CS*, *Esquisse XII*, I, p. 692.

aussi en 1909[1] et fera l'objet de réécritures et d'ajustements jusque sur les placards de *Du côté de chez Swann.*

Mais davantage encore, la version du « baiser du soir » des « soixante-quinze feuillets » surprend par ce que Proust y a inséré, et qu'il en écartera : son décor hostile[2], pour commencer. Le lecteur aura reconnu un premier crayon de la chambre inhospitalière qui ajoute à l'angoisse du héros, le soir de sa première arrivée à Balbec[3]. Peut-être par souci de vraisemblance (la chambre d'une demeure familiale, même où l'on n'est arrivé « que depuis quelques jours[4] », ne pouvant guère paraître aussi étrangère), Proust transforme l'année suivante cette chambre campagnarde en un lieu banalement familier, et affecte le décor hostile à la chambre du bord de mer[5]. On la découvre d'abord à travers le souvenir qu'en a le dormeur éveillé au début de « Combray I », au terme de la ronde des chambres qui défilent dans la mémoire de l'insomniaque, et l'opposition entre les chambres de Combray à l'« atmosphère grenue, pollinisée, comestible et dévote » et celles du Grand-Hôtel de Balbec deviendra paradigmatique[6].

Il est vrai que, dès l'avant-texte de *Jean Santeuil,* le supplice du coucher était mis en relation avec l'expérience de la nuit dans une chambre étrangère[7]. Est-ce celle de Cabourg qui a fourni à Proust les détails matériels frappants qui lui permettent, dans les « soixante-quinze feuillets », d'incarner un malaise jusque-là abstrait : cette odeur entêtante de vétiver, cette pendule qui jacasse, ces rideaux rouges (qui vireront au violet), et même des candélabres ? Une notation prise dans le Carnet 1 après l'arrivée à Cabourg en 1908 pourrait le faire penser : « Odeur d'une chambre, le corps n'y est pas habitué, et souffre, l'âme le remarque[8]. » De Cabourg en tout cas date la « glace carrée » qui s'ajoute au décor de la chambre de Querqueville/Balbec après les « soixante-quinze feuillets », quand cette chambre aura rejoint le bord de mer. Or cette glace carrée évoque celle du Splendide Hôtel d'Évian où Proust fit un dernier séjour tragique avec

1. Cahier 6, f. 43-51 ; *CS, Esquisse X,* I, p. 673-677.
2. F. 13.
3. *JF,* II, p. 27-28.
4. F. 13.
5. Voir f. 13 note 3 ; Cahier 8, f. 6, 7-8 et 6v ; *CS, Esquisse IV,* I, p. 655-657.
6. *CS,* I, p. 8 et p. 376.
7. *Autres manuscrits,* n° I ; *JS,* p. 209-210.
8. F. 8v. *Cn,* p. 45.

sa mère en septembre 1905, alors que se déclenchait la crise d'urémie qui allait l'emporter. Le souvenir en est noté dans le Carnet 1 peu après l'arrivée à Cabourg, le 18 juillet 1908, le point d'exclamation, dont Proust est très économe, étant un sûr indice de l'émotion : « Maman retrouvée en voyage, arrivée à Cabourg, même chambre qu'à Évian, la glace carrée[1] ! » Glace qui revient encore, associée un peu plus loin dans le Carnet 1 à la forme pyramidale de la chambre où à Dieppe, selon un cahier de brouillon précoce, le héros cohabitait avec sa mère[2] : « Chambre en hauteur pyramide, glace dure[3]. » Même si la chambre hostile n'est plus celle du drame du coucher, elle reste conjuguée à Maman, à la fois par des détails décoratifs secrètement poignants et parce que c'est une autre figure maternelle qui, à Balbec, sauve le jeune garçon de l'asphyxie[4]. On comprend que les « Intermittences du cœur » aient lieu à Querqueville (Balbec), dès leur première version[5].

Certes on n'avait jamais douté que la grand-mère du roman dont l'agonie et la mort forment le chapitre le plus poignant d'*À la recherche du temps perdu* dissimulât Mme Proust. Reste qu'on est frappé, et touché, de voir évoquée dans les « soixante-quinze feuillets » la mort de « Maman » elle-même, qui grève encore le drame du soir. Elle se décline en deux événements qui se succèdent presque sans transition, et auront deux destins génétiques opposés. C'est d'abord l'évocation d'un « visage d'une pureté adorable », que Proust, d'une seule coulée de phrase, conduit de la ruine à sa réapparition sur le « lit funèbre[6] » – on peut y voir le tout premier crayon de la grand-mère de la *Recherche*, « couchée sous l'apparence d'une jeune fille » sur le même « lit funèbre[7] ». C'est ensuite un cauchemar posthume où Maman, le corps alourdi, enlaidie, « le bas de sa robe crotté »

1. F. 5v. *Cn*, p. 39.
2. Voir Cahier 1, f. 60v : « je suis dans cette chambre, et convalescent, Maman couche près de moi ». On a trace de séjours de Proust enfant à Dieppe aux mois de septembre 1880 et 1881, cette année-là vraisemblablement en la compagnie de sa grand-mère Adèle (*Corr.*, I, p. 95 ; XXI, p. 541).
3. F. 10. *Cn*, p. 48.
4. « N'ayant plus d'univers, plus de chambre, plus de corps que menacé par les ennemis qui m'entouraient, qu'envahi jusque dans les os par la fièvre, j'étais seul, j'avais envie de mourir. Alors ma grand-mère entra ; et à l'expansion de mon cœur refoulé s'ouvrirent aussitôt des espaces infinis » (*JF*, II, p. 28).
5. Dans le Cahier 65. Voir Yoshida 1992.
6. F. 17.
7. *CG*, II, p. 640-641 ; voir f. 17 note 5.

comme la grand-mère au jardin, souffre, où son fils est impuissant à l'aider, où elle ne peut masquer qu'elle lui en veut[1]. Ce rêve d'angoisse aura un trajet génétique sinueux[2], et Proust finira par le supprimer en corrigeant la dactylographie de *Sodome et Gomorrhe II*, quelques mois avant de disparaître[3]. Il se pourrait que la culpabilité l'ait emporté, que le fils ait reculé devant l'idée de montrer, dans l'œuvre qui est son mausolée et même sous le masque de la grand-mère, Maman humiliée avec « une éclaboussure de boue » jusque sur son voile, Maman « irréconciliable », Maman traitée « comme un paquet » qu'on pousse dans un train[4] – terrible vision, hallucinatoire et à valeur quasi prophétique.

Dans l'article « Sentiments filiaux d'un parricide » de 1907 Proust s'était peint, et avait peint tous les fils, en assassins de leur mère[5]. Les brouillons de cet article étaient rédigés sur du papier à lettres de deuil[6], celui-là même sur lequel il avait écrit à ses amis des mots désespérés après la mort de sa mère. Dans les « soixante-quinze feuillets », c'est la simple ressemblance involontaire du fils à sa mère, dès lors que ce fils désire et jouit, qui est profanatoire (Proust peine même à écrire le mot correctement, et note : « pronafation ») : « Le visage d'un fils qui vit, ostensoir où mettait toute sa foi une sublime mère morte, est comme une profanation de ce souvenir sacré. [...] Car c'est avec la ligne si belle du nez de sa mère que son nez est fait, car c'est avec le sourire de sa mère qu'il excite les filles

1. F. 18. Le récit du coucher entre dans la logique du rêve : c'est alors que le petit garçon caché dans l'ombre appelle sa mère et parvient à la toucher.

2. Rendu plus dramatique encore lors de sa première réécriture, en 1910, dans le contexte des « Intermittences du cœur » à Querqueville (Cahier 65 ; *Autres manuscrits*, n° XVI), il est ensuite placé lors du retour d'Italie en train avec Maman, après l'aventure érotique avec la femme de chambre de la baronne Putbus (Cahier 50), avant de se fixer à nouveau du côté de Balbec, dans *Sodome et Gomorrhe*. Voir f. 18 note 1.

3. Voir *SG*, III, p. 368 var. *a* [p. 1553-1554]. Proust lui substitue un long et savant exposé sur le sommeil profond, de rédaction récente. *Ibid.*, p. 370 et la note 1 d'A. Compagnon ; voir aussi Compagnon 1992, p. 60.

4. Voir Cahier 65 ; *Autres manuscrits*, n° XVI.

5. « — Qu'as-tu fait de moi ! qu'as-tu fait de moi ! Si nous voulions y penser, il n'y a peut-être pas une mère vraiment aimante qui ne pourrait, à son dernier jour, souvent bien avant, adresser ce reproche à son fils. Au fond, nous vieillissons, nous tuons tout ce qui nous aime par les soucis que nous lui donnons, par l'inquiète tendresse elle-même que nous inspirons et mettons sans cesse en alarme. Si nous savions voir dans un corps chéri le lent travail de destruction poursuivi par la douloureuse tendresse qui l'anime [...] » (*Le Figaro*, 1er février 1907 ; *PM*, p. 158-159).

6. Voir Ritte 2017 et *Bulletin d'informations proustiennes*, n° 32, 2001-2002, p. 155. D'autres brouillons de « Sentiments filiaux... » ont été retrouvés dans les archives Fallois ; ils sont également rédigés sur du papier à lettres de deuil.

à la débauche […][1]. » C'est le visage d'une mère juive qui est profané, car comment ne pas reconnaître déjà, dans « la ligne si belle du nez de sa mère », « les belles lignes de son visage juif », celui de Maman-Esther dans un Cahier du *Contre Sainte-Beuve*, un an plus tard[2] ? Liée à la judéité, la profanation l'est aussi à l'homosexualité, puisque c'est au sujet de Charlus qu'il sera dit que « les fils, n'ayant pas toujours la ressemblance paternelle, même sans être invertis et en recherchant des femmes, […] consomment dans leur visage la profanation de leur mère[3] ».

La culpabilité n'empêche pas (voire provoque) l'ambivalence. L'attente douloureuse du baiser de Maman, sa brièveté, suscitent incompréhension et ressentiment, face à ce « beau visage si doux, et si cruel de ne pas vouloir ôter de la vie de son petit ce supplice[4] ». La difficulté à respirer est directement associée à l'anxiété de la séparation : « … je commencerais à haleter de me sentir seul et séparé d'elle[5] ». Dans l'épisode de « Robert et le chevreau » qui suit sans solution de continuité le drame du coucher, la séparation annoncée entre Maman et Marcel provoque chez ce dernier un délire de persécution et de violentes pulsions agressives[6]. Et c'est juste après l'évocation du visage « adorable » de Maman qu'apparaît son visage « rouge de fatigue », dans le rêve où elle partage avec la grand-mère l'humiliation d'être salie et maltraitée. Ce que les « soixante-quinze feuillets » présentent d'unique, et qui certainement ne pouvait se maintenir, c'était la juxtaposition de ces deux images de Maman.

1. F. 81.
2. Cahier 2, f. 6 ; *CSB*, p. 128.
3. *SG*, III, p. 300, et la note 1 d'A. Compagnon (voir aussi Id. 1989, chap. 6, « "Ce frémissement d'un cœur à qui on fait mal" », p. 160-165). Proust poursuivait ainsi : « Mais laissons ici ce qui mériterait un chapitre à part : les mères profanées. » (*Ibid.*) Il ne publia jamais ce « chapitre à part », qu'il avait en réalité déjà traité dans la scène de Montjouvain où la jouissance de Mlle Vinteuil est conditionnée par le crachat sur le portrait de son père. Même si Proust a interverti les rôles, derrière le père profané se profile encore une mère : « ce qu'elle profanait, ce qu'elle faisait servir à ses plaisirs mais qui restait entre eux et elle et l'empêchait de les goûter directement, c'était la ressemblance de son visage, *les yeux bleus de sa mère à lui* qu'il lui avait transmis comme un bijou de famille […] » (*CS*, I, p. 162). Nous soulignons.
4. F. 7.
5. *Ibid.*
6. F. 24, 25.

Les trois métamorphoses de l'oncle Louis

S'il n'y a guère de doute sur l'identité d'Adèle, de Jeanne et de Marcel, il n'y en a pas non plus sur celle du « vieil oncle » qui, dans l'avant-texte, possède « à Auteuil » la maison où habite toute la famille : il s'agit de Lazard[1] Baruch, dit Louis, Weil (1816-1896), fils de Baruch Weil et de sa seconde épouse Marguerite Sara Nathan, le grand-oncle maternel de Proust et frère cadet de son grand-père, Nathé Weil (1814-1896)[2]. Il devient dans les « soixante-quinze feuillets » « mon grand-oncle[3] » (d'après la place qu'il occupe dans la parentèle), puis systématiquement « mon oncle » (ce qui, selon la correspondance, semble bien avoir été l'appellation familiale[4]). C'est chez Louis Weil, 96, rue La Fontaine, que naquirent Marcel Proust en 1871 et son frère Robert deux ans plus tard.

Mais Auteuil n'est nommé que dans l'esquisse de la scène du baiser du soir : « Tous les soirs l'été à Auteuil, quand après le dîner on allait s'asseoir au jardin, il fallait monter me coucher. Le cœur me manquait à la pensée de quitter Maman [...][5]. » Dans la version des « soixante-quinze feuillets », les « précieux fauteuils d'osier[6] » qu'on rentre pour les protéger de la pluie, déjà présents dans l'esquisse, permettent seuls de reconnaître la maison de l'oncle Louis. Proust n'évoquera plus « [c]et Auteuil de [s]on enfance » qu'en 1919, dans la Préface à *Propos de peintre* de Jacques-Émile Blanche, et sans jamais plus y mentionner le souvenir du baiser maternel[7]. Combray, qui n'existe pas encore en 1908, rassemblera les souvenirs

1. Lazard et non « Lazare », comme on l'écrit parfois. Voir l'acte de décès, dressé le 11 mai 1896 (Archives numérisées de Paris, V4E 8723, acte n° 860), ainsi que le registre des inhumations du Père-Lachaise, le 12 mai (id., CPL_RA18951899_01, p. 556).

2. « Louis Weil » signe l'acte de naissance de « Valentin, Louis, Georges, Eugène, Marcel Proust », et c'est sans doute en son honneur que Proust reçoit son prénom – on aurait plutôt attendu que soit honoré, après le grand-père paternel (« Valentin »), l'autre grand-père, Nathé, mais, comme l'aurait fait celui de Lazard, ce prénom aurait pu compliquer le baptême catholique prévu. Georges était le prénom de l'oncle maternel, Eugène celui du parrain, Eugène Mutiaux.

3. F. 1.

4. Voir *Corr.*, I, p. 102, 110, 137, 141, *passim.*

5. *Autres manuscrits*, n° III.

6. F. 1.

7. *EA*, p. 570. Voir aussi p. 572-573 : « Cette maison que nous habitions avec mon oncle, à Auteuil au milieu d'un grand jardin qui fut coupé en deux par le percement de la rue (depuis l'avenue Mozart), était aussi dénuée de goût que possible. »

d'Auteuil (du côté maternel) et ceux d'Illiers (du côté paternel), mais « Combray I » restera secrètement du côté d'Auteuil.

Louis Weil fit une belle carrière dans la confection de boutons, au sein de la fabrique Trelon-Weldon-Weil (à partir de 1845), puis Trelon-Weldon-Weil-Hartog et Marchand (à partir de 1865)[1]. Son faire-part de décès signale que l'« ancien manufacturier » fut chevalier de la Légion d'honneur, membre honoraire de la Commission des valeurs de douane, ancien membre du Comptoir national d'escompte[2]. Les archives de la Légion d'honneur n'offrent malheureusement pour lui qu'un dossier presque vide[3], sans doute parce que la nomination de Louis Weil date du 8 août 1870, c'est-à-dire de la toute fin du Second Empire. Curieusement, le docteur Adrien Proust fut nommé chevalier dans la même promotion exactement – son dossier eut le temps de s'étoffer au fur et à mesure de ses promotions aux grades d'officier puis de commandeur –, les deux nominations, qui émanent du même ministère, intervenant quelques semaines avant l'union des deux familles, Weil et Proust[4]...

Louis Weil était généreux et recevait régulièrement les siens dans sa grande maison avec jardin du 96, rue La Fontaine. Le petit Marcel Proust y vécut vraisemblablement pendant les années 1872 et 1873, quand le docteur Adrien Proust occupait le poste de chef de service à l'hospice Sainte-Périne[5], à dix minutes à pied seulement de la maison de l'oncle (en empruntant la rue des Perchamps)[6]. Les séjours y furent fréquents jusqu'à la mort de Louis Weil en 1896. Veuf et sans enfants, il légua l'essentiel de sa fortune à ses neveux Georges Weil et Jeanne Proust, dont la maison d'Auteuil (qu'ils vendirent rapidement) et l'immeuble du 102,

1. Source : « Trelon Weldon Weil », Wikipédia ; Bloch-Dano 2004, p. 89.

2. *Corr.*, II, p. 62 note 2.

3. Base Léonore, en ligne. Le dossier porte trace d'une enquête posthume de la Préfecture de police de Paris le 26 juin 1912 au 68, boulevard Haussmann, que l'administration croit à tort être son domicile, au lieu du 102.

4. Base Léonore, en ligne. Les deux promotions ont été rendues « sur le rapport du Ministère de l'Agriculture et du Commerce », ce qui se comprend pour Louis Weil, « Fabricant de boutons », mais aussi pour Adrien Proust, « Docteur en médecine à Paris », qui rentre alors d'une importante mission d'information sanitaire en Orient, diligentée par ce ministère (voir Panzac 2003, p. 33, 58).

5. Panzac 2003, p. 104-105.

6. Même si, officiellement, la famille d'Adrien est alors domiciliée à Paris, rue Roy. Elle emménagea boulevard Malesherbes au moment de la mutation du docteur Proust à l'hôpital Saint-Antoine.

boulevard Haussmann à Paris[1]. Après la mort de sa mère, Proust y emménagea finalement en décembre 1906, et il y rédigea les « soixante-quinze feuillets » et l'essentiel d'*À la recherche du temps perdu* : « [...] j'ai sous-loué un appartement dans notre maison du boulevard Haussmann où je suis souvent venu dîner avec Maman, où nous avons vu mourir ensemble mon vieil oncle dans la chambre que j'occuperai[2]. » Il appellera la même année ce « vieil oncle » – ce vieil oncle dont il prend la place – « un Nucingen moins riche », manière de suggérer à la fois des amours vénales et peut-être une certaine crédulité[3].

Les « soixante-quinze feuillets » nous apprennent que le rôle de l'oncle Weil a été plus important qu'on ne le pensait dans la genèse de la *Recherche.* Il y aura trois visages, dont seul le dernier était connu : l'oncle d'Auteuil, qu'exaspère sa belle-sœur Adèle ; l'oncle en villégiature et coureur ; enfin l'oncle Adolphe de « Combray ».

L'hôte de la maison d'Auteuil forme avec sa belle-sœur Adèle un couple de comédie. Ses remarques qui se veulent acerbes ne semblent guère affecter sa parente. Mais cet oncle-là est fugace[4]. Quand il récrira ces pages dans le *Contre Sainte-Beuve* en passe de devenir la *Recherche,* Proust fera disparaître le couple qu'il formait avec la grand-mère, pour lui en substituer deux autres : celui de la grand-mère et du père, en désaccord sur l'éducation des enfants[5] (et dans plusieurs passages de la *Recherche* apparaîtront d'autres piques du père envers sa belle-mère[6]) ; et, dans une discussion au sujet du jardinier (qui restera sans lendemain), le couple de la grand-mère et de la tante, ou grand-tante[7]. Pourtant l'antagonisme entre l'oncle et la grand-mère Adèle resurgit lors de la mise au net de « Combray ». Proust introduit alors une scène miroir de la scène disparue des « soixante-quinze feuillets » où le grand-oncle raillait la robe crottée de sa belle-sœur : c'est la scène où il la torture en faisant boire du cognac à son

1. Duchêne 2004, p. 673.
2. *Corr.*, VI, p. 230-231.
3. *Ibid.*, p. 326. Voir Balzac, *Splendeurs et misères des courtisanes.*
4. Il a cependant fait une apparition dès *Jean Santeuil* : voir *Autres manuscrits*, n° II.
5. Cahier 8, f. 14 ; cf. *CS*, I, p. 11. La mésentente entre le père et la grand-mère est introduite au moment des promenades sous la pluie, alors que le père fait rentrer son fils.
6. Voir *JF*, I, p. 431 et II, p. 7.
7. *Autres manuscrits*, n° IX et X.

mari, et elle s'achève elle aussi par la débandade du héros[1]. Quand il corrige la dactylographie du passage, Proust substitue à nouveau la grand-tante au grand-oncle resurgi[2] – au moment où il a greffé la scène du cognac à la promenade au jardin, c'est d'ailleurs chez la grand-tante et non plus chez l'oncle « à la campagne » que se déroule l'histoire[3]. Le grand-père ne la remplacera que très tard, sur les placards de *Swann* en 1913[4].

Cependant cette éviction de l'oncle, dédoublé et réincarné en grand-tante et en père, s'accompagne d'un autre effacement, mais qui est plutôt une apothéose romanesque : l'« autre » oncle, non plus l'oncle familial et bonhomme de la maison de campagne mais l'oncle coureur dépeint en villégiature, cet oncle « devient », par fusion avec M. de Bretteville, Charles Swann[5].

Le phénomène se manifeste dès le premier cahier où Swann apparaît, le Cahier 4 du printemps de 1909. Désormais muni, grâce au détour par le *Contre Sainte-Beuve*, de l'« ouverture » qui lui manquait – le souvenir des chambres par le dormeur éveillé, qui permet à l'écrivain de s'élancer sur autant de pistes narratives –, Proust y « essaie » une bonne partie des « soixante-quinze feuillets », intercalant les promenades des « côtés » au milieu du baiser du soir, et remplaçant l'insipide M. de Bretteville par « M. Swann », dont il dresse le premier, et long, portrait. C'est à la fin de

1. Cahier 9, f. 30v-31v, pages ensuite recopiées par le secrétaire de Proust aux f. 32-34.

2. NAF 16733, f. 23-24 ; *CS*, I, p. 11-12. Il reste une trace, peut-être involontaire, de la présence ancienne de l'oncle dans la scène du cognac quand dans *Le Côté de Guermantes* une jeune actrice est la proie d'une cabale : « Je m'efforçai de ne pas plus penser à cet incident qu'à la souffrance de ma grand-mère quand mon grand-oncle, pour la taquiner, faisait prendre du cognac à mon grand-père » (*CG*, II, p. 471). Dans les premiers cahiers, l'oncle a en général un rôle cruel : on le trouve, en concurrence avec le curé et un « précepteur », tirant les boucles du héros dans ses rêves (Cahier 5, f. 114v, 112v ; *CS*, *Esquisse II.1*, I, p. 640) ; disant le « boniment » de la lanterne magique dans un passage biffé de la mise au net de « Combray » (Cahier 9, f. 25) ; et passagèrement à la place du grand-père antisémite (Cahier 8, f. 18-20 [*CS*, *Esquisse XII*, I, p. 681-682], Cahier 9, f. 39-42).

3. Voir Cahier 9, f. 7. Le parcours génétique, hésitant, est intéressant : dans le cahier précédent, on lisait « chez mes grands-parents » (Cahier 8, f. 6 ; *CS*, *Esquisse IV*, I, p. 655), leçon devenue lors de la dictée de mise au net « chez mon grand-oncle », corrigé en « ma grand-tante » (Cahier 9, f. 7).

4. *Bodmer*, placard 1, col. 5 ; *CS*, I, p. 6.

5. Fallois l'avait suggéré dans sa préface, mais, détachée des pages correspondantes des « soixante-quinze feuillets », sa remarque restait sans réelle portée (*CSB*, p. 14 ; voir ci-dessus, p. 203 note 4).

ce portrait qu'intervient le transfert du caractère de l'oncle : le narrateur mentionne ces « lettres » qu'on recevait de Swann dans sa famille, même après son mariage, demandant qu'on lui présente telle ou telle personne, ce qui « cachait toujours une amourette[1] ». La désobligeante remarque rituelle du père sur l'oncle dans les « soixante-quinze feuillets »[2] échoit désormais au grand-père à propos de Swann : c'est une pique antisémite (« À la garde ! »[3]). Le narrateur embraye sur les « services qu[e Swann] demandait à sa fameuse "situation" », mais la reprise attendue du morceau correspondant des « soixante-quinze feuillets », pourtant préparée par une phrase de liaison (« Je me souviens d'une année où nous étions au bord de la mer avec ma grand-mère[4] »), n'a pas lieu. Sans doute Proust se heurte-t-il à une invraisemblance narrative : l'invention de Mlle Swann quelques pages plus haut dans ce même Cahier 4 suppose un Swann déjà marié ; il serait peu crédible que ce père d'une fille de l'âge du héros ou à peu près aille, seul et au vu de tous, mener en villégiature une vie galante. Mais l'empreinte de l'oncle coureur des « soixante-quinze feuillets » sur la genèse sera puissante : elle explique certainement que Proust ait d'abord envisagé des amours de Swann à Querqueville, amours qui, pour sauvegarder la cohérence de l'histoire, auraient appartenu à la jeunesse du personnage[5]. Quand cette piste s'épuise[6], Proust « recycle » le portrait de l'oncle coureur, dans son intégralité cette fois, à l'ouverture d'« Un amour de Swann », à l'ombre du petit clan parisien des Verdurin.

C'est le deuxième tournant important dans l'histoire de l'oncle des « soixante-quinze feuillets ». Il se produit au début de 1910, dans le pre-

1. Cahier 4, f. 61 ; *Autres manuscrits*, n° XII.

2. F. 63.

3. Dans le Cahier 4, elle se trouvait malheureusement sur le bas déchiré du f. 61. Mais on la retrouve à toutes les étapes suivantes à partir du Cahier 69, f. 3 (*Autres manuscrits*, n° XV).

4. Cahier 4, f. 62 ; *Autres manuscrits*, n° XII.

5. Les amourettes balnéaires de Swann pour des jeunes femmes, sans doute des petites actrices, risquent d'être contrariées par l'arrivée de « son père » (Cahier 25, f. 46v-45v ; *JF*, *Esquisse XLV*, II, p. 928).

6. Mais la parenté des caractères et des penchants de l'oncle et du neveu, puis de Swann et du héros, se double dans les brouillons d'une sorte de porosité des rôles : les amours de l'oncle ressemblent fort à celles du « Je » (*Autres manuscrits*, n° VI), et celles de Swann au bord de la mer puisent à *Jean Santeuil* et seront recyclées pour le héros jaloux de Maria puis d'Albertine (Saraydar 1983 et Wada 2012, p. 115-116). Un exemple de passage soudain du « il » au « je » (*Cahier 26*, 2010, f. 28 et note 3) ou leur coexistence (Cahier 25, f. 47v-42v et f. 44-43 ; *JF*, *Esquisse XLV*, II, p. 927 *sq.*) demeurent déconcertants.

mier cahier de mise au net de l'épisode[1]. Swann aura désormais droit à deux portraits : Proust les placera au début des deux premières parties du tome qui finira par porter son nom[2]. Comme l'oncle des « soixante-quinze feuillets » abordant les femmes « par *en haut* », « par besoin de paraître brillant à ce qu'il aimait ou courtisait », Swann tient à aborder « de haut » celles qu'il souhaite séduire, « par un dernier attachement à la vanité », « pour que, sensible, il pût être repoussé, mais non méprisé[3] ». Or dans la version du Cahier 69, ce comportement reçoit une explication :

> Peut-être son origine juive en était-elle un peu cause, qui [...] lui donnait aussi, par le souvenir des humiliations qu'il est bien rare qu'un juif n'ait pas éprouvées dans son enfance, une sorte de crainte d'être méprisé, mal jugé. <Peut-être mettre ici la douairière, ma grand-mère, le Mr et sa maîtresse. En tous cas montrer que tout cela est inutile à Swann et que c'est seulement pour ne pas être méprisé.>[4]

La note de régie marginale « Peut-être mettre ici la douairière [...] » renvoie bien entendu, on le déchiffre désormais, aux « soixante-quinze feuillets », preuve que Proust a bien à l'esprit l'oncle, modèle de Swann. Mais dans ces pages, quand il s'agissait encore de lui, aucune explication par la judéité n'était donnée, bien que Louis Weil fût juif : non que cette explication n'ait pu venir à l'esprit de l'auteur, mais parce que, tant que le lien familial entre le personnage et lui était posé, elle ne pouvait ou ne devait pas être dite.

Or si l'explication noue avec Swann ce lien de la judéité qui ne l'avait jamais été avec l'oncle, elle présuppose aussi une connaissance intime de la situation qu'elle énonce : celui qui parle a été *a minima* le témoin de ces humiliations « qu'il est bien rare qu'un Juif n'ait pas éprouvées dans son enfance », voire les a éprouvées, parce que juif lui-même. C'est une raison qui aurait pu suffire à expliquer la disparition de cette phrase dès la version suivante. Or elle débutait, avant l'expression de sympathie pour le sort réservé aux Juifs, par l'énoncé – qui aurait pu sortir de la bouche

1. Cahier 69 ; *Autres manuscrits*, n° XV.
2. *CS*, « Combray », I, p. 15 *sq.* et « Un amour de Swann », *ibid.*, p. 188 *sq.*
3. Ici même, f. 61. Cahier 69, f. 7 ; *Autres manuscrits*, n° XV.
4. *Ibid.*

d'un Charlus – de fantasmes antisémites, comme si l'auteur donnait la parole à une autre voix :

> Peut-être son origine juive en était-elle un peu cause, qui lui faisant (comme certains Romains trouvaient un charme plus grand à pénétrer certaines captives orientales) trouver un attrait particulièrement grand dans de jeunes chrétiennes pieuses où son âme d'infidèle buvait avec délices le goût nouveau de l'eau bénite et de la terre de France – comme le style lombard se fondant au byzantin[1] – ...

Deux logiques s'affrontent dans cette étrange phrase. Car l'assaut lubrique de l'« infidèle » est aussitôt comparé au « style lombard se fondant au byzantin », c'est-à-dire à ce qui, selon Ruskin, fut (en y ajoutant l'influence arabe) à la source d'une des merveilles de l'architecture occidentale : Venise[2]. On devine que ce n'est pas seulement le syncrétisme architectural que Proust défend ici après avoir paru emprunter la voix des antisémites – comme, évoquant dans les « soixante-quinze feuillets » l'acclimatation en Normandie de familles du Midi et d'espèces exotiques, il ne parlait pas seulement de botanique et d'aristocratie française[3], mais bien d'assimilation. Cependant, prise entre deux logiques contradictoires, la phrase ne pouvait se maintenir en l'état, et disparaît entièrement dès la version suivante[4].

Pour faire mémoire d'un oncle coureur sans mentionner sa judéité (ou pour parler de la judéité sans dire qu'elle se rattache à sa propre famille), il convient donc de poser sur son visage le masque d'un personnage de roman[5]. Ce sera Swann, *alter ego* du héros de la *Recherche.* Or Swann n'épuise pas le souvenir de l'oncle, lequel deviendra aussi l'oncle

1. *Ibid.*

2. Voir John Ruskin, *Les Pierres de Venise*, traduction de Mathilde Crémieux, Paris, Laurens, 1906, p. 16 : « La mission des Lombards fut de rendre hardiesse et méthode au corps énervé et à l'esprit affaibli de la chrétienté. » Cf. p. 17 : « On comprend combien est importante l'étude des édifices d'une ville où vinrent se fondre – sur un espace de huit milles qui fut leur champ de bataille, – les trois principales architectures du monde », c'est-à-dire la romane/byzantine, la lombarde et l'arabe.

3. F. 75 et 76.

4. L'élégance insuffisante de son nom et la peur universelle d'être méprisé par un « inférieur » expliquent désormais le comportement de Swann (début du Cahier 15, pages conservées dans le Reliquat NAF 16703, f. 93-95 ; cf. *CS*, I, p. 188-189).

5. Proust pourrait avoir songé tôt à le détacher de l'oncle, à en croire cette note du Car-

Adolphe, celui qui reçoit la « dame en rose[1] », la cocotte qui subjugue le jeune héros débarqué à l'improviste. « [C]omme certains romanciers, il avait distribué sa personnalité à deux personnages[2] »… Le procédé arrête efficacement d'éventuelles recherches ou questions. Qui pourrait imaginer que Charles Swann, ce n'est pas seulement Charles Haas – que Proust évoque sans difficulté[3] –, mais aussi Louis Weil ? Certes, on n'a jamais douté que la fameuse Laure Hayman, qui envoya une couronne à ses obsèques[4], ne fût un modèle d'Odette de Crécy, mais de là à songer que l'oncle Louis, de son côté… L'oncle Adolphe a fait écran. Il a absorbé à lui tout seul le souvenir de Louis Weil, connu pour ses frasques supposées avec des actrices et des demi-mondaines, et dont la collection de photographies dédicacées avait été en partie conservée par son neveu[5]. Après la grand-tante et Swann, c'est la troisième et dernière étape[6] des métamorphoses de l'oncle des « soixante-quinze feuillets ».

La mémoire d'une famille juive

L'esquisse retrouvée dans les archives Fallois évoque donc la maison d'Auteuil d'un « vieil oncle » qui ne saurait guère être que Louis Weil, même si son nom n'est jamais prononcé[7]. Et on y trouve déjà le prénom de sa belle-sœur, Adèle Berncastell Weil, la grand-mère maternelle de Proust, qu'il interpelle comme il le fera dans les « soixante-quinze feuillets » quand elle se promène sous la pluie : « Tu as trop chaud Adèle ! Il fait beau Adèle. » Ce n'est pas tout : Proust évoque aussi dans cette esquisse la mère d'Adèle, son arrière-grand-mère donc, en racontant à son sujet

---

net 1, au début de 1908 : « Personnage écrivant de temps en temps pour demander si on ne peut pas lui faire connaître etc. » (f. 3 ; *Cn*, p. 34).

1. *CS*, I, p. 74 *sq.*
2. *Ibid.*, p. 373.
3. Voir ci-dessus p. 203 note 4.
4. Voir la lettre de Proust à Laure Hayman, [peu après le 12 mai 1896], *Corr.*, II, p. 64.
5. Elle est passée en vente le 31 mai 2016 chez Sotheby's, « Livres et manuscrits, collection Patricia Mante-Proust », lot n° 119 (*Bulletin d'informations proustiennes*, 2017, n° 47, p. 138-139).
6. L'épisode de la visite à l'oncle Adolphe fait partie des ajouts à la « Deuxième dactylographie » de « Combray » (NAF 16733, f. 104-116) ; il a été préparé dans les Cahiers 13 (f. 18-25) puis 11 (f. 32-37), cahiers qu'Akio Wada situe entre le début de 1910 et le printemps de 1911 (Wada 1998, p. 58-59).
7. *Autres manuscrits*, n° III.

une anecdote comique et cruelle illustrant son avarice. Or cette anecdote est l'occasion de lâcher un nom propre, le seul nom propre associé à sa famille maternelle que, dans l'état actuel de nos connaissances, Proust ait jamais écrit dans une esquisse de son roman : on fait croire à cette arrière-grand-mère que « M. Crémieux » a obtenu un passe-droit pour qu'elle ne paye pas les six sous de l'omnibus. La parenthèse qui suit suffit à faire basculer l'esquisse du côté de l'autobiographie : « elle était sa belle-sœur ». À partir de ce couple, tout un pan de la famille maternelle de Marcel Proust du côté maternel s'organise en effet. L'arrière-grand-mère avare était Rachel dite Rose Silny (1794-1876), épouse de Nathan Berncastell ; sa sœur cadette, Louise Amélie Silny (1800-1880)[1], avait épousé l'avocat et homme politique Adolphe Crémieux (1796-1880). Si Proust mentionne cette arrière-grand-mère qu'il n'a guère connue, étant âgé de cinq ans à sa mort, c'est parce que, dit-il, il a « hérité d'elle [une] disposition à [s]e brouiller tout d'un coup avec les gens *à distance* ». Même si c'est un trait de caractère malheureux – « Quand nous avons dépassé un certain âge, l'âme de l'enfant que nous fûmes et l'âme des morts dont nous sommes sortis viennent nous jeter à poignée leurs richesses et leurs mauvais sorts[2] » –, il ajoute à la prépondérance supposée de la lignée maternelle. Maman imite par amour sa mère défunte, Marcel ressemble involontairement à son arrière-grand-mère. Tous deux sont bien du même « côté ».

Mais pourquoi désigner la famille maternelle par l'intermédiaire d'Adolphe Crémieux, l'arrière-grand-oncle par alliance ? Proust ne mentionne nulle part ailleurs le nom de l'avocat et homme politique engagé en faveur des droits des juifs, pas même dans sa correspondance (sinon à propos de la traduction des *Pierres de Venise* de Ruskin par sa fille Mathilde). Est-ce le snobisme qu'il y a à être apparenté à un « homme célèbre » ? Quelle place tenait Crémieux dans le roman familial ? Signataire de l'acte de mariage d'Adrien Proust et Jeanne Weil le 3 septembre 1870, au lendemain du désastre de Sedan, était-il de quelque façon le parrain de l'union entre l'héritière fortunée et le jeune professeur de médecine[3] ?

1. Nommée dans son acte de décès « Louise-Amélie-Silny, Marx ».
2. *P*, III, p. 587.
3. Sur l'hypothèse, non étayée à ce jour mais fort plausible, d'une « rencontre entre Nathé Weil et le docteur Proust dans les milieux maçonniques », sous l'égide de Crémieux, membre du Suprême Conseil de la Grande Loge de France, voir Compagnon 2020, p. 23 ; A. Compagnon a d'autre part établi que Godchaux Weil, le demi-frère de Nathé, était franc-maçon (*ibid.*, p. 31-32).

Quelques semaines avant l'alliance des familles Weil et Proust, l'oncle Louis et Adrien Proust avaient été, on l'a dit, élevés au grade d'officier de la Légion d'honneur dans la même promotion (8 août 1870) et sur proposition du même ministère[1] : était-ce tout à fait une coïncidence ? Était-il inévitable que ce soit Nathé Weil, neveu par alliance de Crémieux, qui, accompagné de son fils Georges, déclare le décès d'Amélie Crémieux, le 1er février 1880 ? Beaucoup d'inconnu entoure une histoire familiale dont Proust semble avoir voulu parler en 1908, au moins fugitivement.

Fugitivement car les « soixante-quinze feuillets », même s'ils nous paraissent de ce point de vue un peu plus diserts que la *Recherche*, marquent déjà un repli vers des terres plus opaques. Dès ces pages, l'arrière-grand-mère un peu maléfique disparaît, et avec elle le nom de Crémieux ; il est vrai qu'elle reparaîtra, mais bien des années plus tard, dans *Sodome et Gomorrhe II*, et – comme Eulalie dans les fantasmes du curé : « Voyez-vous, Eulalie, qu'après votre mort on fasse de vous un homme[2] ? » –, réincarnée en père du grand-père du héros, lequel rechigne « à payer trois sous pour son omnibus », sa « rare avarice » étant « opposée à la générosité un peu trop fastueuse » du grand-oncle[3]. Le nom d'Auteuil aussi s'efface, on l'a vu, Auteuil dont seuls seront reconnaissables dans le texte de la *Recherche*, pour quelques survivants et les lecteurs lointains de cette esquisse que nous sommes, les mêmes « précieux fauteuils d'osier[4] ». Fauteuils où une cousine de Proust du côté Crémieux, Valentine Thomson, se souviendra en 1932 avoir vu Mme Proust se tenir[5], fauteuils qu'on rentre pour les protéger de la pluie, mais qui, dans le texte, seront encore mieux à l'abri de toute atteinte, tenant accrochée à eux, discrètement, la mémoire de toute une vie familiale.

Comme dirait la grand-mère Adèle quand elle est brièvement transfor-

1. Voir ci-dessus, p. 214.

2. *CS*, I, p. 103-104.

3. Crémieux est remplacé quant à lui par un fidèle de Napoléon III, le duc de Persigny. Je remercie Francine Goujon de m'avoir rappelé ce passage savoureux (*SG*, III, p. 301-302). Il est tardif, puisqu'il s'agit d'un ajout préparé dans le Cahier d'additions 62, dont les pages suivant le f. 11 ont été découpées et collées sous forme de paperole à la dactylographie du volume (NAF 16738, f. 170 ; Goujon 1997, t. 2, p. 184). Le passage suit de près la remarque sur ce qui « mériterait un chapitre à part, les mères profanées », qui apparaît elle aussi sous la forme d'un ajout à la dactylographie (NAF 16740, f. 48 ; *SG*, III, p. 300).

4. Ici même, f. 1 et note 1 ; *CS*, I, p. 11.

5. « *She sat in a wicker armchair* [...] » (« My cousin Marcel Proust », *Harper's Monthly Magazine*, May 1932, p. 713).

mée en « tante » dans les « soixante-quinze feuillets », « par prudence il ne faut jamais mettre de noms propres dans les lettres[1] ». Ni de prénoms dans les romans, du reste : après les « soixante-quinze feuillets » viendront l'effacement d'« Adèle » et celui de « Jeanne ». Mais sans doute l'effacement n'est-il pas le silence. Le style épistolaire qui a la faveur de la grand-mère, « ne parl[er] de tout que par allusions, figures, énigmes », donne lieu à un moment comique, un peu caricatural, dans les « soixante-quinze feuillets », et Proust n'y reviendra plus. Mais il pratiquera lui-même volontiers, avec discrétion, cet art du travestissement et du cryptage dans son roman où, à travers un détail, le parent, l'ami, l'amant ou l'ennemi « reconnaissent » un sens qui échappe à la plupart[2]. Écriture oblique de l'allusion qui trouve déjà à s'exprimer dans les « soixante-quinze feuillets », quand le petit frère incarne une « princesse de tragédie pompeuse et désespérée » en laquelle se laisse instantanément reconnaître Phèdre, et moins facilement la reine juive Esther, que dessinent quelques citations masquées de Racine… Certaines choses doivent n'être dites que de biais, n'être comprises que lentement.

Cette écriture à bas bruit, est-ce une façon d'être fidèle à l'ancestrale exigence de prudence : « Ô Dieu de nos pères, / Parmi nous descends, / Cache nos mystères / À l'œil des méchants[3] » ? Proust ne décrira pas plus une famille juive de la bourgeoisie française qu'il ne donnera à son héros ses préférences sexuelles. Il n'écrit pas un roman à thèse, alors que l'ennemi, *La Libre Parole* ou *L'Action française*, entretient et propage les stéréotypes du « Juif » et attise, en 1908 encore, les braises de l'affaire Dreyfus[4]. Il choisit de peindre des individus, des caractères : une mère, une grand-mère, une arrière-grand-mère, un oncle, un grand-père, un frère, avec leurs vertus et leurs défauts, mêlant tendresse, moquerie, empathie, cruauté parfois. N'est-ce pas pour les protéger qu'il tait finalement leur nom ? Et s'il ne peut pas le leur donner, ce nom, ce prénom, sinon dans le secret de ses manuscrits, alors il ne se donnera pas le sien, non plus.

1. F. 4.
2. Voir à ce sujet Francine Goujon, *Allusions littéraires et écriture cryptée dans l'œuvre de Proust*, Paris, Honoré Champion, 2020.
3. Citation légèrement inexacte par Proust de *La Juive* (1835), de Scribe et Halévy, acte II, sc. 1 ; cité dans *SG*, III, p. 239 ; cf. *CS*, I, p. 90.
4. Voir la rubrique « Le calendrier de l'Affaire Dreyfus » dans *L'Action française*, qui paraît tous les jours à partir du 21 mars 1908, alors que l'affaire a « officiellement » pris fin avec la réhabilitation du capitaine Dreyfus le 12 juillet 1906.

Faut-il regretter que Proust n'ait jamais eu l'intention de raconter ce qu'était la vie d'une famille juive assimilée en France à la fin du XIXe siècle ? Mais toute famille, juive ou non, n'est-ce pas d'abord une petite société dépareillée ? Chez les Weil et les Berncastell, l'observance religieuse, par exemple, tenait une place inégale. Nathé, le père de Jeanne, avait tenu à être incinéré, alors que le judaïsme condamne cette pratique : c'était une déclaration formelle de libre-pensée[1], voire d'anticléricalisme, d'un anticléricalisme sans doute plus virulent que Proust ne le laisse entendre dans une lettre de 1908 à Daniel Halévy où il évoque ce grand-père[2]. Il fait aussi de la grand-mère du narrateur, dans une parenthèse, une « libre-penseuse[3] ». Dans un autre ordre d'idées, la grand-tante de Jeanne Weil, Amélie Crémieux, s'était convertie au catholicisme et avait fait baptiser ses deux enfants à l'insu de son mari, ardent défenseur des droits des juifs et président de l'Alliance israélite universelle, qui fut contraint de démissionner du Consistoire central[4]. Lazard Weil avait choisi un prénom, Louis, qui révélait un fantasme d'assimilation à la France historique d'Ancien Régime, ce qui s'accorde assez bien au portrait de l'homme un peu vaniteux que dressent les « soixante-quinze feuillets », plus mal à l'épithète de Nucingen que lui attache Proust dans la lettre déjà citée, qui évoque plutôt une assimilation ratée[5] – c'est peut-être lui qui, de la famille, était le plus indifférent au judaïsme mais qui pratiquait le plus les vertus juives de charité, recevant constamment les siens et les dotant généreusement, et c'est le seul qui restera un peu juif dans le roman, sous le nom de Charles Swann (tout en prenant sous l'identité de « l'oncle Adolphe » le prénom de l'illustre Crémieux…). Quant à Jeanne Weil, elle se maria en dehors de la communauté et laissa baptiser ses enfants, mais elle ne se convertit jamais ; à sa mort Marcel et Robert Proust firent venir un rabbin pour dire les dernières prières[6]. Et Nathé,

1. Voir Compagnon 2020, p. 20-23.
2. Voir *ibid.*, p. 15, et ci-dessous.
3. *CS*, I, p. 64 var. *a*.
4. En 1845. Voir Daniel Amson, *Adolphe Crémieux. L'oublié de la gloire*, Paris, Éditions du Seuil, 1988, p. 154 *sq.* ; Bloch-Dano 2004, p. 43-44.
5. Proust imite en 1908 dans son pastiche de Balzac ce que l'auteur de *Splendeurs et misères des courtisanes* appelle l'« affreux patois de juif polonais » de Nucingen (*PM*, p. 9-10).
6. *Journal des débats*, 30 septembre 1905 : « Les obsèques de Mme Adrien Proust, veuve du membre de l'Académie de Médecine, ont été faites au domicile mortuaire, 45, rue de Courcelles, où un rabbin est venu dire les dernières prières. »

tout libre-penseur qu'il était, emmenait son petit-fils rue du Repos, dans le carré juif du Père-Lachaise, déposer un caillou sur la tombe de ses parents[1]. Athée, il restait quand même fidèle aux traditions ; agnostique, Proust aurait écrit pendant la guerre à Emmanuel Berl : « Ils ont tous oublié que je suis juif. Moi pas[2]. » Mais à vrai dire on ne sait rien de ce qui, à Auteuil ou au 40 *bis* de la rue du Faubourg-Poissonnière, chez les Nathé Weil, pouvait avoir été sauvegardé des habitudes d'une famille juive « traditionnelle », en dépit des plaisanteries, dans la *Recherche*, sur les étrangers qui ne comprennent pas pourquoi on ne fait pas les choses de la même façon le samedi, ou de l'allusion au « dialecte mi-allemand, mi-juif[3] » qu'on parle dans la famille de Bloch.

Nathé Weil restait fidèle à ses origines au point de rejeter une certaine forme d'assimilation, ou au moins d'en être agacé. En 1908, en même temps qu'il travaille aux « soixante-quinze feuillets », Proust met à profit une lettre de condoléances à Daniel Halévy après la mort de son père Ludovic Halévy[4] pour dresser, en un curieux hors-sujet, le portrait de son grand-père, à lui, Proust, un portrait où les qualités d'empathie de « l'homme le meilleur [...] qu'on pût voir[5] », « tendre et bon[6] » comme sa fille Jeanne, sont détaillées, alors qu'est passé sous silence le caractère « despotique et maniaque[7] » de celui qui, dans l'esquisse, fait souffrir son épouse et dans les « soixante-quinze feuillets » craindre qu'il « ne [la] forçât à rentrer[8] ». Proust rapporte pourtant à Daniel Halévy une mauvaise habitude de ce grand-père « maniaque » que, dans « Combray », le narrateur désignera du même mot : « Ces petites manies de mon grand-père[9] ». C'est celle de fredonner devant les nouveaux venus qu'il soupçonne, « malgré un nom transformé », d'être « israélites », des airs d'opérette et d'opéra à sujet juif, en « une sorte de

1. Voir Compagnon 2020, p. 13 *sq.*
2. Emmanuel Berl, *Interrogatoire*, par Patrick Modiano, Paris, Gallimard, coll. « Témoins », 1976, p. 27.
3. *JF*, II, p. 132.
4. Il s'agit d'un brouillon partiel, datant vraisemblablement du jour de la mort de Ludovic Halévy (7 mai 1908). Conservé par Proust, il a été retrouvé dans les archives Fallois, rangé parmi les brouillons fragmentaires de *Du côté de chez Swann.* Pour son édition et son commentaire, voir Compagnon 2020, p. 17 *sq.*
5. *Autres manuscrits,* n° III.
6. Compagnon 2020, p. 17.
7. *Autres manuscrits,* n° III.
8. F. 1.
9. *Autres manuscrits,* n° III ; *CS*, I, p. 91.

langage figuré » destiné à signifier aux siens qu'il n'est pas dupe[1]. Dans les « soixante-quinze feuillets » le grand-père ne fait figure que de comparse à l'ombre de son frère, et cette « petite manie » – nouveau témoignage d'un goût familial décidément prononcé pour l'allusion – n'est pas reprise. La reprendre, c'eût été admettre la judéité familiale et poser la question de l'assimilation, ce que Proust ne souhaite pas. Biaisant, il transfère au père de famille, aux dépens de l'oncle coureur, le tic de la mauvaise plaisanterie (« À la garde[2] »), et il serait impossible d'y soupçonner une allusion juive relevant du même contexte si nous ne connaissions le texte de *Du côté de chez Swann*[3]. Mais Proust mit de côté le brouillon de la lettre avec, déjà, quelque idée derrière la tête.

C'est l'invention de Swann qui, repoussant nettement la judéité en dehors du cercle familial, lui permet l'année suivante d'intégrer l'anecdote qui fait mémoire du grand-père. Mais à quel prix ? Ce grand-père fidèle malgré tout, que peinaient les juifs qui changeaient leur nom – comme le fera un Bloch –, ce grand-père en quelque sorte à la recherche des brebis perdues, le voici qui devient dans le Cahier 4, contre toute attente, un grand-père qui, bien qu'ami de Swann, « pourtant n'aimait pas les juifs[4] ». Cet antisémite fredonne *La Juive* ou *Samson et Dalila* aux camarades « suspects » de ses petits-fils. Antisémitisme « bon teint », puisqu'il en plaisante ensuite avec Swann, qui lui explique que les vertus chrétiennes sont d'abord des vertus juives[5] ? La scène apparaît tout de même comme un virage, à cent quatre-vingts degrés, dans la réécriture et le camouflage des souvenirs familiaux. Même si Proust met ensuite un peu d'eau dans

1. « Les souvenirs d'opérette et d'opéras de mon grand'père étaient ma terreur perpétuelle, car ils lui étaient une sorte de langage figuré et moins difficile à pénétrer qu'il ne croyait, dont il se servait pour nous dire sur les gens, devant eux, des choses qu'il[s] ne devai[en]t pas entendre. Prétendait-il que quelqu'un dont nous lui avions parlé, malgré un nom transformé, était israélite, à peine le M[r] entré, soit son visage, soit quelques renseignements habilement demandés, ne lui laissaient aucun doute, il fredonnait sans plus s'arrêter "Israël romps ta chaîne, ô peuple lève-toi, viens assouvir ta haine, le seigneur est en moi["] (Samson et Dalila) ou "Ô Dieu de nos pères, parmi nous descends cache nos mystères à l'œil des méchants" (La Juive) ou bien d'autres que j'ai oublié[s]. » Proust, brouillon de lettre à D. Halévy, [le 7 mai 1908]. Compagnon 2020, p. 17-18.

2. F. 63.

3. *CS*, I, p. 90 : « Et après nous avoir posé adroitement quelques questions plus précises, il [mon grand-père] s'écriait : "À la garde ! À la garde !" »

4. Cahier 4, f. 46. *Autres manuscrits*, n° XII.

5. Compagnon 2013, cours du 26 mars au Collège de France.

son vin, en faisant passagèrement du grand-père un grand-oncle[1], puis, sur la dactylographie, en transportant le passage dans le catholique et bigot « Combray II » et en atténuant la propension de l'aïeul à l'antisémitisme[2], la mémoire qui est faite de Nathé Weil, pour ceux qui l'avaient connu, est paradoxale et provocante. On ne se fiera donc pas au rôle effacé qui est encore le sien dans les « soixante-quinze feuillets », alors que Proust l'aborde de loin, par la correspondance.

Les « côtés » du père

Si le premier chapitre se déroulait à Auteuil, du côté maternel, [Le côté de Villebon et le côté de Meséglise] a pour inspiration indiscutable Illiers et ses paysages d'Eure-et-Loir, autrement dit le côté paternel, celui d'Adrien Proust. Sous l'identique « mon oncle[3] » ce n'est plus Louis Weil qui se dissimule, mais Jules Amiot, le beau-frère du docteur Proust, propriétaire à Illiers du parc d'agrément du Pré-Catelan, fugace personnage qui, dans les promenades le long de la rivière où l'on rencontre le pêcheur[4], sera remplacé par le vague : « mes parents[5] ». Même si, pas plus que celui d'Auteuil, le nom d'Illiers n'est prononcé dans les « soixante-quinze feuillets », l'interdit portant sur les toponymes liés à l'histoire familiale s'est desserré. D'emblée apparaît le château de Villebon, à une quinzaine de kilomètres au nord-ouest d'Illiers, et la « route de Bonneval », au sud-est ; le toponyme « Meséglise » qui remplacera Bonneval dès la deuxième des trois versions est fictif, mais Proust ne change qu'une lettre et un accent au bourg de « Méréglise », voisin d'Illiers[6] ; et le nom de la rivière qui le traverse, le Loir, figure dans une note de régie renvoyant à un fragment déjà écrit (« Sources du Loir ») ; il sera repris dans le Cahier 4[7]. Proust recycle également bien des éléments autobiographiques déjà dispersés dans *Jean Santeuil*, et aussi – pour

1. Cahier 8, f. 18-20 (*CS*, *Esquisse XII*, I, p. 681-682), Cahier 9, f. 39-42. Voir ci-dessus, p. 216 note 2.
2. Voir NAF 16733, f. 31 ; la page suivante, « 24 », est déplacée au f. 134. *CS*, I, p. 90-91.
3. F. 28.
4. F. 31, 32, 33.
5. Cahier 11, f. 8 ; *CS*, I, p. 165.
6. « Méséglise » figure déjà dans « Sur la lecture » (*SL*, p. 11) ; dans *PM* en 1919 Proust revient à « Méréglise » (p. 162).
7. *Autres manuscrits*, n° XII.

l'évocation du Pré-Catelan, le jardin d'agrément de l'oncle Amiot – dans *Les Plaisirs et les Jours* et « Sur la lecture[1] ».

Après le premier « chapitre » des « soixante-quinze feuillets » qui, malgré quelques ratures et repentirs et un inachèvement manifeste, forme un ensemble fluide et continu, les pages sur les « côtés » sentent beaucoup plus l'atelier. Proust n'hésite plus à utiliser ses grandes feuilles doubles comme des feuilles de brouillon. On n'a plus une version suivie, mais une série d'essais – trois – qu'il a fallu remettre en ordre. Ils sont marqués par la réécriture acharnée (f. 33-34), la mise bout à bout de fragments rédigés indépendamment (f. 36-37), les essais de montage (f. 32, 35), les renvois à d'autres morceaux (f. 40), les raccords (f. 41v). C'est déjà ce que sera la manière de faire de Proust dans ses cahiers, dans un mouvement inlassable.

La différence essentielle avec les textes plus anciens évoquant des promenades, c'est la volonté de les organiser en ce que Claudine Quémar, auteur de la première étude fondamentale sur les « côtés » dans les cahiers de brouillon, avait appelé un « diptyque antithétique[2] ». Dans les « soixante-quinze feuillets », c'est dès la première version que Proust oppose « la route de Villebon » et « la route de Bonneval ». On ne part pas à la même heure ni par la même porte pour les deux promenades qui « se rapportaient à deux pays différents, à des journées entièrement disparates, à un autre côté de la maison qui […] semblait un autre côté du monde[3] ». Proust cherche déjà ce qu'il appellera des « équivalents spirituels » du sensible[4], dont des leçons contrastées pourront être tirées. Aux paysages traversés se greffent des expériences esthétiques et des émois amoureux singularisés, et déjà le mystère de frustrantes impressions obscures, même si la question de l'écriture n'est pas encore posée.

Invention et mise en ordre se poursuivront bien au-delà des pages de 1908 dans deux cahiers de brouillon[5], débouchant sur l'affectation à

1. Voir f. 27 et les notes 6 et 8, f. 28 note 2, f. 29 note 5, *passim.*
2. Quémar 1975, p. 240.
3. F. 28.
4. *TR*, IV, p. 457.
5. Les Cahiers 4 et 12 ; voir le détail de ce travail dans les notes des f. 27-43. La répartition des traits distinctifs ne sera acquise qu'après plusieurs tentatives. Dans les « soixante-quinze feuillets », Proust oppose par exemple les « côtés » par leurs ponts, l'un « grand » ou « large » « pont de pierre » (f. 28, 35), l'autre « petit pont de bois », voire simple « planche

chaque côté géographique d'un amour emblématique, les « côtés » devenant finalement un principe d'organisation majeur : des apprentissages du héros, mais d'abord d'une matière romanesque de plus en plus foisonnante (que densifieront encore les côtés de Sodome et Gomorrhe, aux initiales identiques à celles de Swann et Guermantes). Les « leçons » qu'ils donnent dès les « soixante-quinze feuillets » et qu'on retrouve à la fin de « Combray II » seront démultipliées. La séparation initiale, qui régit non seulement l'univers géographique de Combray mais l'univers social, est finalement contredite, on le sait, par la découverte que la réunion des « côtés » est possible : une Swann (Gilberte) épouse un Guermantes (Saint-Loup) et apprend au narrateur stupéfait qu'on peut « aller à Guermantes en prenant par Méséglise, c'est la plus jolie façon[1] ». Et en faisant finalement mourir Albertine à Combray « au bord de la Vivonne », c'est-à-dire du côté de Guermantes, et comprendre ainsi au héros en « un éclair » qu'elle a rejoint son amie Mlle Vinteuil à Montjouvain, c'est-à-dire du côté de Méséglise[2], Proust nous montre que le schème dynamique des « côtés », posé dès 1908 aux prémisses de la *Recherche*, aura été producteur et structurant jusqu'au bout, contribuant fortement à la « solidarité des parties ».

Avec les « côtés » se mettent donc en place autant un système d'organisation du monde romanesque qu'une machine à écrire le roman, un principe de distribution des épisodes, puis de rencontres, de croisements et d'échanges. Le mouvement profond de l'écriture est de toute façon chez Proust celui de la contamination réciproque et de l'interpénétration de développements qui apparaissent d'abord simplement juxtaposés. Ainsi le voit-on au printemps de 1909 se ressaisir des deux premiers « chapitres » des « soixante-quinze feuillets » (qu'il avait abandonnés pour se mettre au *Contre Sainte-Beuve*), dans l'intention manifeste d'en faire un tout. Muni (grâce à son travail pour le *Contre Sainte-Beuve*) du cadre narratif des souvenirs que déroule un dormeur éveillé, il les réunit sous la bannière du fictionnel « Combray », tout fraîchement apparu[3] : dans le Cahier 4, le récit

---

de bois » (f. 28, 31, 36) ; mais c'est une même rivière qu'ils surplombent, et cela, malgré tout, les réunit. Aussi Proust fera-t-il disparaître l'un des ponts (Cahier 4), et affectera finalement la rivière à un seul côté, le côté de Guermantes (Cahier 12).

1. *AD*, IV, p. 268.
2. Voir *Albertine disparue*, N. Mauriac et É. Wolff éd., Paris, Grasset, 1987, p. 111-112.
3. Voir f. 1, avant la note 1. Le nom « Combray » évoque Chateaubriand (Combourg)

des promenades des « côtés » rédigé dans les « soixante-quinze feuillets » est enchâssé au milieu des deux volets du drame du coucher (jours habituels d'une part, jours exceptionnels où l'on avait la visite de M. Swann ou bien où l'on revenait du « côté de Villebon », d'autre part). Pourtant, dès la version suivie de « Combray » qui succède rapidement dans le Cahier 8, l'épisode de la biscotte – la future madeleine – s'interpose entre le drame du coucher et la résurrection de « Combray » proprement dit ; le récit des « côtés » est lointainement repoussé. Derrière l'unité que suggère le nom de lieu fictif, Proust retrouve donc, au début de son roman et pour de bon, le partage des « soixante-quinze feuillets » entre les souvenirs d'Auteuil et ceux d'Illiers. Cette frontière qui isole à jamais le baiser du soir, il la redouble même en créant « Combray I » et « Combray II »[1]. La jonction romanesque du côté paternel et du côté maternel n'aura pas tout à fait eu lieu.

Comme dans le premier chapitre des « soixante-quinze feuillets », on est surpris de découvrir dans ces promenades des « côtés » l'esquisse de scènes qui migreront dans d'autres parties du roman, nouveaux témoins du long et patient travail de scénarisation auquel se livre Proust. Ainsi des promenades nocturnes en compagnie d'une femme, sous la lumière bleue de la lune, promenades que Proust évoquera à l'ouverture de « Combray I », pour les faire attendre jusqu'au séjour chez Gilberte de Saint-Loup, à Tansonville – sans avoir eu le temps de leur donner leur forme définitive[2]. Ainsi de certaine « allée d'arbres » ou « avenue de grands arbres » revue « en Normandie, en Bourgogne[3] », passage si émouvant pour tout lecteur d'*À l'ombre des jeunes filles en fleurs,* puisque Proust nous y livre par anticipation la clé de la réminiscence des trois arbres d'Hudimesnil qu'il nous refusera plus tard si obstinément (et cela dès la « Préface » du *Contre Sainte-Beuve,* à la fin de 1908[4]). L'émotion n'est pas tant de découvrir qu'il ait

---

et peut-être aussi Fénelon (« le cygne de Cambrai »), patronyme cher à Proust. Voir également Henriet 2020, p. 52, au sujet du château de ce nom dans le Calvados, que Proust aurait pu visiter.

1. Et cela dès la mise au net de l'épisode de la madeleine (NAF 16703, f. 6) ; la frontière sera déplacée sur les placards de 1913 (*Bodmer,* du placard 8 au placard 9).

2. Voir f. 33 note 3.

3. F. 36, 37.

4. *Autres manuscrits,* n° VII.

pu s'agir d'arbres de « Combray » – mais on remarquera peut-être un peu plus la présence discrète de l'« entrée de l'allée des chênes[1] » à la toute fin de « Combray II » –, ce n'est pas seulement de retrouver presque les mêmes mots, passerelles entre les époques distantes de la genèse – « J'ai déjà vu ces arbres, où », « Où les avais-je déjà regardés ? »[2] –, c'est de voir que la « reconnaissance » elle-même ne comble rien, qu'elle se métamorphose en une nouvelle impression obscure, qu'on pénètre dans un nouveau mystère, plus profond et absolument sans issue : « Je sentais l'extrême particularité de cette avenue, je la sentais inexprimable, j'allais l'exprimer, je me réveillais. Puis les arbres se multipliaient, c'était une forêt [...]. » N'est-ce pas déjà « ce paysage dont parfois, la nuit dans mes rêves, l'individualité m'étreint avec une puissance presque fantastique et que je ne peux plus retrouver au réveil[3] » ? Surgissent des femmes qui semblent se livrer à quelque rite ancestral, dans une atmosphère mystérieuse et, dès la deuxième version, interdite : « Car il est vraiment des choses qui ne doivent point nous être montrées[4]. » Proust est devenu Nerval – le seul auteur qu'il n'aurait pu pasticher, peut-être – donnant comme lui « à son tableau les couleurs de son rêve », « une couleur irréelle » : ces tableaux-là, « au moment de s'endormir on les aperçoit, on veut fixer et définir leur charme, alors on s'éveille et on ne les voit plus, on s'y laisse aller et avant qu'on ait su le fixer on est endormi, comme si l'intelligence n'avait pas la permission de les voir »[5]. C'est exactement le charme onirique et pénétrant que dégagent ces lignes des « soixante-quinze feuillets », expression d'un credo anti-intellectualiste. Les pages sur les « côtés » sont celles où l'effort et le travail d'écriture sont les plus sensibles, celles aussi d'où, paradoxalement, se dégage l'impression de poésie la plus délicate et insaisissable.

1. *CS*, I, p. 183.
2. F. 37, et *JF*, II, p. 78.
3. *CS*, I, p. 183.
4. F. 39.
5. Cahier 5, f. 18 et 10 ; *CSB*, p. 169, 160-161. Voir aussi Cahier 32, f. 19 : « [...] ces paysages si beaux qu'on sent bien qu'on s'endort comme s'il était défendu à l'homme éveillé de les contempler ».

Traces de réminiscences

Sauf l'expérience onirique de l'« allée d'arbres », on ne trouve pas dans les « soixante-quinze feuillets » d'expérience de mémoire ni de réminiscence. Il est d'autant plus frappant de constater que le premier grand « morceau » sur la question, celui qui comprend la série des expériences de mémoire involontaire qui seront distribuées entre « Combray » et *Le Temps retrouvé* – le pain grillé, le pavé inégal de Venise, le bruit d'un couvert sur une assiette… –, figure sur de grandes doubles pages identiques aux « soixante-quinze feuillets ». Fallois l'avait publié en guise de « Préface » de Proust au *Contre Sainte-Beuve*[1].

De quand date ce morceau ? Comme il s'achève en laissant présager, malgré sa longue introduction narrative, un essai argumentatif sur la méthode de Sainte-Beuve, et ne comporte aucune allusion au cadre d'une conversation avec Maman, il est probable qu'il a été mis au point avant la première quinzaine de décembre 1908, quand un Proust hésitant (ou feignant de l'être) consulte ses amis[2] au sujet de la forme à donner à son essai. Et il est forcément postérieur au mois d'octobre 1908, quand paraît la traduction du *Repos de Saint-Marc* de Ruskin où Proust découvre une photographie qui lui rappelle l'« inégalité des dalles du Baptistère », origine de l'épiphanie vénitienne que provoquent dans ce morceau des « pavés inégaux et brillants »[3]. Comme on trouve dès les premières pages du Carnet 1, à partir du début de 1908, une série de notations suggérant l'intérêt de Proust pour la mémoire des sensations[4], on a le choix entre deux hypothèses. Soit il travaillait, parallèlement aux « soixante-quinze feuillets », à un morceau indépendant sur la mémoire involontaire, illustration de l'importance du « moi profond », et il aurait finalement décidé à l'automne d'en faire l'entrée en matière de sa réflexion contre la méthode critique de Sainte-Beuve. Soit ces pages sur la mémoire involontaire, sous une forme antérieure, faisaient partie, ou allaient faire partie, du projet des « soixante-quinze feuillets » :

1. *CSB*, p. 53-59 ; *Autres manuscrits*, n° VII. Fallois avait mentionné qu'il s'agissait de « feuilles de même format » que les « soixante-quinze feuillets », et « d'une écriture identique » (*CSB*, p. 14).
2. Georges de Lauris et Anna de Noailles. Voir *Lettres*, p. 465-466.
3. Carnet 1, f. 10v (*Cn*, p. 49) ; *Autres manuscrits*, n° VII ; Pugh 1987, p. 111 note 3.
4. Voir Leriche 2012, p. 83.

que Proust vers octobre-novembre 1908 les transfère au sein du projet « Sainte-Beuve » signifierait qu'il a renoncé (alors) à celui des « soixante-quinze feuillets », c'est-à-dire, provisoirement, au roman.

Cette seconde hypothèse, celle du recyclage, suggérée avant même la découverte des « soixante-quinze feuillets » par Françoise Leriche[1], paraît la plus plausible. Plusieurs indices vont dans son sens. Le premier est bien sûr la réécriture qu'on trouve dans cette « Préface » de l'expérience de l'« allée d'arbres », sous une forme nouvelle accentuant l'échec de la reconnaissance, mais évoquant encore comme source de l'impression « les promenades autour de la ville où j'étais heureux petit enfant », et surtout la qualité onirique d'« une forêt où il faisait clair toute la nuit » dans un « pays imaginaire », « presque aussi réel que le pays de mon enfance qui n'était déjà plus qu'un songe »[2]. Le second indice est un manuscrit inédit retrouvé dans les archives Fallois, qui se trouve être le plus précoce avant-texte de l'épisode de la madeleine connu à ce jour. Y figurent l'allusion à la « légende bretonne » des âmes défuntes captives dans des objets, la constatation de l'impuissance de l'intelligence à restituer les choses du passé et, en une proposition, le résumé de l'expérience de la mémoire involontaire : « tous ces étés-là, [...] tout cela avait passé dans une petite tasse de thé bouillant où trempait du pain rassis », Proust s'interrompant avant le récit conduisant à l'épiphanie[3]. Or cette ébauche est rédigée sur le même papier quadrillé de grand format que quatre fragments qui sont en relation directe avec les « soixante-quinze feuillets », et qui relèvent de leur avant-texte[4]. Tous faisaient partie du même ensemble dans les archives Fallois : leur regroupement pourrait remonter à Proust lui-même, ces archives n'ayant auparavant circulé qu'entre les domiciles de Robert et Suzy Proust.

Rien d'impossible, par conséquent, à ce que Proust ait eu l'intention de consacrer un chapitre aux expériences de mémoire involontaire dans son projet romanesque de 1908, qui aurait tourné court avant de pouvoir les accueillir. Les « soixante-quinze feuillets » déploient un récit

1. *Ibid.*
2. *Autres manuscrits,* n° VII ; *CSB* Clarac, p. 214-215.
3. *Autres manuscrits,* n° IV.
4. Voir *Chronologie,* p. 251. *Autres manuscrits,* n°s III, V, VI ; le texte du quatrième est donné en note (*Chronologie, ibid.*).

d'enfance et de jeunesse privilégiant l'importance des affects, des émotions, de l'expérience sensible, de l'imagination et du rêve dans l'accès au monde et à la connaissance. Ce récit aurait pu être couronné par une série d'épiphanies de la mémoire involontaire, démontrant le primat définitif de l'« instinct » ou des forces de l'inconscient sur les puissances de l'intellect. On les imagine donc plutôt en guise de bouquet final.

Ce n'est qu'une hypothèse, invérifiable[1]. Mais quelques indices pourraient l'étayer. Le premier est la mention dans les « soixante-quinze feuillets » de « l'odeur du thé que je faisais dans ma chambre de Paris l'hiver[2] ». Aussitôt surgit l'épisode de mémoire involontaire le plus célèbre, déjà esquissé par Proust quand il rédige cette page. La formulation « l'odeur du thé » est un peu déroutante, mais elle est reprise dans la version de la « Préface » et dans d'autres brouillons[3], et même, si l'on y prend garde, à la fin de « Combray II » : « [...] la saveur – ce qu'on aurait appelé à Combray le "parfum" – d'une tasse de thé[4] ». Certes la prise de thé est ici un événement répété, banal, alors qu'elle est présentée comme exceptionnelle dans toutes les versions de l'épisode : mais elle devient ainsi susceptible de faire l'objet d'un rappel, et il pourrait s'agir d'une « pierre d'attente » à l'expérience du pain grillé (ou « rassis »).

Un autre indice figure dans le chapitre [Venise], où le promeneur déçu par les palais que longe sa gondole déplore les « moments de notre vie » que nous ne vivons pas, en proie que nous sommes à « la perception sensible, la tyrannie du présent, l'intervention de l'intelligence, [au] réseau de l'activité, [à] l'enchaînement des désirs égoïstes » : or ces moments « redeviennent glorieux au jour enfin venu de la résurrection »[5]. Cette résurrection désigne évidemment la résurrection mémorielle involontaire ; dans la « Préface » au *Contre Sainte-Beuve*, les termes « résurrection » et « ressusciter » reviennent avec insistance[6]. Or le verbe est également présent dans

1. Et peut-être résistera-t-on à l'idée que dès 1908 Proust ait pu envisager de placer les réminiscences à la conclusion de son proto-roman, habitués que nous sommes à y voir la grande conquête du printemps de 1910, le moment décisif (et épiphanique...) de l'abandon de la conversation finale avec Maman et de la naissance « officielle » du *Temps retrouvé*, avec le transfert au « dernier volume » de l'ensemble des réminiscences encore présentes dans « Combray » (Venise, *François le Champi*...).

2. F. 13.

3. *Ibid.*, note 2.

4. *CS*, I, p. 183.

5. F. 83v.

6. Ce lexique n'a rien d'original : on le trouve notamment dans l'essai de Taine *De l'in-*

la toute première esquisse retrouvée chez Fallois[1]. Bien avant que Proust n'ait songé comme vecteur de réminiscence au sol inégal du Baptistère, en octobre ou novembre 1908, il avait donc l'intention de faire revivre Venise, et nous aurions là, à nouveau, une « préparation ».

Le troisième indice d'une possible « mise en attente » des réminiscences est un passage presque anodin de la première version des « côtés », où l'auteur énumère les fleurs qu'il n'aime pas, et parmi elles, les géraniums :

> … les géraniums ennuyeux qu'on longeait chaque fois qu'il fallait faire faire le tour du parc à des étrangers et dont les fleurs étaient si habituelles, si pauvres, si courtes, avec une feuille poilue, d'une odeur commune, fleurs après lesquelles le jardinier était tout le temps, qui ne semblaient faites que pour lui et qui ne se liaient pour moi encore à aucune poétique idée qui viendrait les renouveler, les rendre désirables comme étaient les fraisiers, les pervenches, les ne-m'oubliez-pas, les asperges, les roses[2].

« … et qui ne se liaient pour moi *encore* à aucune poétique idée qui viendrait les renouveler, les rendre désirables » : comment lire cette proposition ? Cet « encore » vient-il seulement parachever l'énumération des fleurs mal-aimées, réitérer leur stérilité poétique (les géraniums ne se liant, eux non plus, à aucune idée de cet ordre…) ? Ne pourrait-on y lire aussi, ou plutôt, un « pas encore » à valeur temporelle, qui ouvrirait sur l'attente d'un renversement, du dédain à l'appréciation ? Dans *Jean Santeuil*, le géranium était déjà pris dans un semblable mouvement de réévaluation : il fait partie de ces fleurs « que notre enfance était habituée à voir pulluler dans les jardins où nous ne les aimions pas », mais « que *maintenant* nous sommes heureux de voir encore couronner les plates-bandes des jardins nouveaux, y mettre ces couleurs ravissantes, intenses, musquées, *que nous reconnaissons comme l'éclat persistant des années d'autrefois, dont tous ceux qui vivaient alors ne sont pas morts et dont survivent ces créatures qui ne se*

---

telligence, dont Jean-François Perrin a montré l'importance dans la genèse de l'épisode de la madeleine. Voir Leriche 2012, p. 81.

1. « Si jamais je n'avais rencontré la tasse de thé bouillant […] il est probable que jamais cette année-là, ce jardin, ces chagrins n'eussent ressuscité pour moi » (*Autres manuscrits*, n° IV).

2. F. 29.

souviennent pas de nous […][1] ». Dans ce passage des « soixante-quinze feuillets », il y aurait, à nouveau, une discrète pierre d'attente.

Géraniums et orangers

Ce qui peut donner corps et substance à cette lecture, c'est d'abord la « Préface » au *Contre Sainte-Beuve,* si l'on admet désormais que Proust y recycle un ensemble de réminiscences qui étaient à l'origine destinées au roman ébauché dans les « soixante-quinze feuillets ». Voici quel y était le contenu de la première, la plus célèbre :

> Je fis tremper le pain grillé dans la tasse de thé, et au moment où je mis le pain grillé dans ma bouche, et où j'eus la sensation de son amollissement pénétré ~~de l'odeur du~~ <d'un goût de> thé contre mon palais, je ressentis un trouble, des odeurs de ~~roses~~ géraniums, d'orangers, une sensation d'extraordinaire lumière, de bonheur ; je restai immobile craignant ~~par~~ un seul mouvement d'arrêter ce qui se passait en moi et que je ne comprenais pas, et m'attachant toujours à ce goût du pain trempé qui semblait produire tant de merveilles, quand soudain les cloisons ébranlées de ma mémoire cédèrent et ce furent les ~~an~~ étés que je passais dans la maison de campagne que j'ai dite qui firent irruption dans ma conscience avec leurs matins entraînant avec eux le défilé, la charge incessante des heures bienheureuses. Alors je me rappelai : tous les jours quand j'étais habillé je descendais dans la chambre de mon grand-père qui venait de s'éveiller et prenait son thé. Il y trempait une biscotte et me la donnait à manger[2].

L'association des géraniums et des orangers, peut-être suggérée à Proust, plus que par des souvenirs[3], par leur parenté quasi anagrammatique[4], remonte à *Jean Santeuil* où déjà un jardinier à la fois voleur et « arrogant » dépouillait les uns et faisait fleurir les autres[5]. Dans les « soixante-quinze

1. *JS,* p. 473. Nous soulignons.
2. NAF 16636, f. 1-2 ; *Autres manuscrits,* n° VII.
3. Le géranium est une espèce commune, et les deux maisons d'enfance de Proust étaient également dotées d'une « orangerie » : voir Mayer 1984, p. 11 ; Naturel 2009, p. 834.
4. Outre la rime (oran*ger*/*gé*ranium), ces mots partagent la séquence a+n, ainsi que le son [ɔ].
5. *JS,* p. 328.

feuillets », les géraniums sont des « fleurs d'une odeur commune [...] après lesquelles le jardinier était tout le temps[1] », et l'un des motifs de mécontentement de la grand-mère est que, « sous prétexte de faire de l'eau de fleur d'oranger, le nouveau jardinier avait persuadé à mon oncle de le laisser enlever toutes les fleurs aux petits orangers de l'entrée[2] ». Associés au même personnage antipathique, géraniums et orangers devaient donc revenir au moment de la déflagration de la saveur du thé mêlé de pain, mais sous une forme délicieuse. Avec le souvenir de l'« allée » ou du « groupe d'arbres », ils sont une des empreintes laissées dans la « Préface » du *Contre Sainte-Beuve* par le projet des « soixante-quinze feuillets ».

Or tout porte à croire que, dans les premiers Cahiers « Sainte-Beuve », cette expérience de ravissement sensoriel devait encore préluder à la réminiscence la plus célèbre. Dans un ajout négligé à l'un d'entre eux, le Cahier 2, et selon un schéma tout droit hérité des « soixante-quinze feuillets », le grand-oncle (rapidement remplacé, on l'a évoqué, par une « grand-tante »[3]) s'y querelle avec la grand-mère au sujet du jardinier. Et deux sujets de désaccord se succèdent alors, sans transition : la manière dont ce dernier dégarnit les orangers de leurs fleurs[4], et sa culture de variétés de géraniums autour de la pelouse[5].

On ne sait à quel programme correspondaient alors ces préparations : des réminiscences finales ? ou alors égrenées au fil du récit, comme le suggère une note de régie de l'Agenda prévoyant de mettre « à la fin » le rappel de toutes les réminiscences, dont « l'odeur du thé », désormais familière[6] ? C'est au printemps de 1909, dans le premier cahier de brouillon où apparaît la scène de la biscotte, le Cahier 8, que se produit la vraie métamorphose : la réminiscence devient un formidable outil narratif, une « jointure[7] » entre

1. F. 29.
2. F. 3.
3. Voir ci-dessus p. 215 ; *Autres manuscrits,* n° IX.
4. « Ma grand-mère regardait avec douleur les orangers dépouillés dont il avait arraché toutes les fleurs pour faire du sirop [...] qu'il vendait à ~~des pharmaciens~~ » (Cahier 2, f. 7v). Voir *Autres manuscrits,* n° IX.
5. *Ibid.*
6. « Ne pas oublier phrase de violon (figure) qui arrivera chaque fois me donner une réminiscence. Et à la fin m'en rappelant une, me disant : Que de temps perdu depuis Combray, je me les rappellerai toutes et m'en dirai le sens (et alors le complément de l'odeur du thé c'est que la vie est belle etc) » *Agenda,* f. 55v, et la note 2.
7. « À propos du "style" de Flaubert » (1920), *EA,* p. 599.

les parties du roman, dira Proust, une péripétie qui, après les réveils nocturnes, rouvre pour une seconde fois, et largement, les vannes narratives. C'est la résurrection de « tout Combray[1] ». Or dans cette version, la « sensation délicieuse » associée au goût de la « petite biscotte »[2] trempée dans le thé n'est pas autrement qualifiée : les « odeurs de géraniums, d'orangers » ont disparu. Proust n'écarte pourtant pas la « préparation » désormais caduque qu'était la scène du Cahier 2 : il en prépare l'insertion dans la dactylographie primitive de « Combray »[3], peut-être, désormais, en guise de nouvelle illustration des dissensions familiales. Parce qu'il renonce, en définitive, à cette scène, on ne trouvera plus dans *Swann* d'orangers, de géraniums ni de jardinier, ou alors comme de minces récifs[4].

Les disputes entre l'oncle et la grand-mère au sujet du jardinier, devenues celles de la grand-tante et de la grand-mère, auront bien pris leur dernière forme dans la scène cruelle du cognac[5], alcool qui, dans la première version biffée, était du curaçao[6], c'est-à-dire une liqueur à base d'écorces d'orange, comme la condensation humoristique, l'essence prête à se dissiper d'une longue histoire d'écriture commencée dès *Jean Santeuil*, et qui refait surface dans un des derniers cahiers[7]. Quant au géranium, il sera une dernière fois associé à la tasse de thé et à la « sensation d'extraordinaire lumière » qui l'accompagnait dans le brouillon de 1908. C'est le mystérieux parfum que dégage le chef-d'œuvre de Vinteuil, dans *La Prisonnière* :

> Ainsi rien ne ressemblait plus qu'une belle phrase de Vinteuil à ce plaisir particulier que j'avais quelquefois éprouvé dans ma vie, par exemple devant les clochers de Martinville, certains arbres d'une route de Balbec ou plus simplement, au début de cet ouvrage, en buvant une certaine tasse de thé. *Comme cette tasse de thé, tant de sensations de lumière,* les rumeurs claires, les bruyantes couleurs que Vinteuil nous envoyait du monde où il composait, promenaient devant mon imagination, avec

1. Cahier 8, f. 47.
2. *Ibid.*, f. 67.
3. Voir *Autres manuscrits*, n° X.
4. Voir *CS*, I, p. 11, 85, 87-88.
5. *Ibid.*, p. 11-12. Sur cette scène, voir ci-dessus, p. 215-216.
6. « [...] mon grand-oncle, au moment où la révolution de sa promenade autour du jardin la ramenait, lui disait : "Viens donc empêcher ton mari de boire du curaçao" » (biffé dans le Cahier 9, f. 30v).
7. Voir *JS*, p. 328 ; Cahier 60, f. 123 (*Autres manuscrits*, n° III ; p. 124 note 1).

insistance mais trop rapidement pour qu'elle pût l'appréhender, *quelque chose que je pourrais comparer à la soierie embaumée d'un géranium.* Seulement, tandis que dans le souvenir ce vague peut être sinon approfondi du moins précisé grâce à un repérage de circonstances qui expliquent *pourquoi une certaine saveur a pu vous rappeler des sensations lumineuses,* les sensations vagues données par Vinteuil, venant non d'un souvenir, mais d'une impression (comme celle des clochers de Martinville), il aurait fallu trouver, *de la fragrance de géranium de sa musique,* non une explication matérielle, mais l'équivalent profond, la fête inconnue et colorée [...][1].

Proust fera en tout cas mémoire de la maison d'Auteuil, peut-être la maison aux « volets clos contre la chaleur » et fleurie de géraniums et d'orangers du Cahier 2[2]. On la devine dans le premier Cahier « Sainte-Beuve », quand s'imbriquent dans les souvenirs de Venise celui de « rentrer déjeuner dans la maison obscure et fraîche de mon oncle[3] ». Quelques mois plus tard, au début du Cahier 4 (cahier où Proust, on l'a vu, va recycler massivement les « soixante-quinze feuillets »), l'analyse des sensations matinales par un jour de grande chaleur ramène le souvenir d'une arrivée « à la campagne » dans une « salle à manger obscure lumineuse et fraîche », à « l'atmosphère striée des odeurs du jardin »[4] : même si son propriétaire n'est plus nommé, on reconnaît la maison de l'oncle à son obscurité et sa fraîcheur. On la reconnaît encore dans *La Prisonnière*[5], jusqu'où elle aura cheminé avec son décor et les sensations qu'il suscite, y compris « l'odeur du compotier de cerises », qui nous ramène à l'une des premières impressions notées dans le Carnet 1, au début de 1908 : « Salle à manger sentant la cerise q^d^ on rentre du chaud[6] ». Or cette maison, Proust aura fait en sorte d'en livrer par avance la clé aux lecteurs de la *Recherche.* C'est

1. *P*, III, p. 876-877. Nous soulignons.
2. Cahier 2, f. 7v. *Autres manuscrits,* n° IX.
3. Cahier 3, f. 37v. Voir aussi f. 35v, 38.
4. Cahier 4, f. 3. Voir aussi f. 2v, f. 4, *passim.* Brun 1987, p. 219-221.
5. *P*, III, p. 911-912.
6. Carnet 1, f. 3 (*Cn,* p. 34). C'est sans doute l'origine du souvenir incomplet dans la « Préface » à *Contre Sainte-Beuve* : « En traversant l'autre jour un[e] office, un morceau de toile verte bouchant une partie du vitrage qui était cassée me fit arrêter net, écouter en moi-même. Un rayonnement d'été m'arrivait. Pourquoi[,] j'essayai de me souvenir. Je voyais des guêpes dans un rayon de soleil, une odeur de cerises sur la table, je ne pus pas me souvenir » (*Autres manuscrits,* n° VII, f. 4).

presque mot pour mot celle de son grand-oncle, à Auteuil, telle qu'il l'évoque dans la préface autobiographique à *Propos de peintre* de Jacques-Émile Blanche, en 1919[1].

Sodome, mais de biais

Si le narrateur des « soixante-quinze feuillets » n'aborde pas la question de la judéité, sauf pour signaler brièvement l'antisémitisme d'un personnage[2], il n'aborde pas non plus celle de l'homosexualité. Pour le lecteur de la *Recherche*, les « soixante-quinze feuillets » peuvent paraître, de ce point de vue, en retrait ou en défaut. Proust n'a pas encore tiré de lui-même sa plus prodigieuse créature, le baron de Charlus. Sodome n'est pas incarnée, encore qu'on voie rapidement passer Louis II de Bavière et ses « étranges amours », puis le prince Edmond de Polignac, et s'esquisser un séduisant prototype de Robert de Saint-Loup[3].

Depuis la fin de 1907 pourtant Proust s'était passionné pour les « procès d'homosexualité[4] » qui se succédaient en Allemagne et avaient fini par provoquer l'arrestation du prince Philipp zu Eulenburg, un proche du Kaiser, le 8 mai 1908[5] – il avait même mentionné la révision du premier d'entre eux, le procès Harden, dans son pastiche de Michelet[6]. C'est peu après l'ouverture de l'enquête préalable contre le prince d'Eulenburg que Proust annonce à Louis d'Albufera avoir parmi ses projets « en train » un « essai sur la Pédérastie », essai, ajoute-t-il aussitôt dans une parenthèse, « pas facile à publier »[7] – mais sans doute ne s'agit-il pas tant du sujet (car les écrits sur la question se multiplient alors[8]) que

1. *EA*, p. 572-573. Pour une analyse détaillée du parcours génétique, voir Brun 1987, p. 211-241.

2. F. 81.

3. F. 80, 81. La phrase sur Edmond de Polignac avait été omise par Fallois.

4. Lettre à Robert de Billy, [vers le 9 novembre 1907], *Corr.*, t. VII, p. 309.

5. Sur l'affaire Eulenburg, voir Vigneron 1937, p. 69-71, 73-74, et la Notice d'A. Compagnon, *SG*, III, p. 1199-1200.

6. *Le Figaro*, 22 février 1908 ; *PM*, p. 27 et note 4. Murakami 2012, p. 273 *sq.*

7. À Louis d'Albufera, [le 5 ou le 6 mai 1908], *Corr.*, VIII, p. 113. Proust évite le terme « homosexuel », qui lui paraît « trop germanique et pédant » (Cahier 49, f. 60v ; *SG*, III, p. 1202). L'ouverture de l'enquête contre le prince d'Eulenburg est annoncée dans *Le Figaro* du 2 mai 1908, p. 2.

8. Vigneron 1937, p. 71-72.

d'en être l'auteur… Il est question peu après dans une lettre à Robert Dreyfus de « l'article défendu », en passe de devenir une « nouvelle », sans doute sur le même sujet[1]. Pourtant jusqu'au grand morceau apologétique des cahiers de 1909, « La Race des Tantes », brouillon de *Sodome et Gomorrhe I* où il dresse un parallèle entre les deux « races » maudites, les invertis et les Juifs[2], Proust n'a peut-être rien écrit d'envergure sur le sujet ; aucun manuscrit de l'essai, article ou nouvelle envisagé au printemps de 1908 n'a en tout cas été retrouvé, les archives Fallois n'apportant dans ce domaine rien de neuf.

En juillet 1908, Lucien Daudet publie *Le Chemin mort*, « roman sur l'homosexualité ou la pédérastie[3] » qui ne dit pas son nom, et décrit l'emprise sur un jeune homme d'un certain Marcel, riche rentier vaguement auteur. Proust passe une bonne partie de l'été à trouver la feuille qui acceptera son compte rendu (il paraîtra enfin, sous pseudonyme, dans *L'Intransigeant*, journal dirigé par Léon Bailby, qui est homosexuel et le compagnon de son ami Albert Flament[4]). C'est ce même été qu'il écrit les quelques pages des « soixante-quinze feuillets » sur la bande de fillettes croisées à C. (Cabourg, évidemment). On entrevoit Marcel Proust dans le personnage un peu fat jadis dépeint « cravaté de rose attendri » par un chroniqueur[5] et qui emprunte une cravate du même ton à son « frère aîné[6] » – peut-être un clin d'œil à Lucien Daudet, qui, en ce mois d'août 1908, dédie à Proust une nouvelle dont le héros, un riche dandy, est surnommé par sa maîtresse le « Prince des cravates[7] » ? Il ne faut pas sous-estimer la dimension autoparodique de ces pages où, comme ce sera encore le cas dans *À l'ombre des jeunes filles en fleurs*, la vanité, la maladresse et les déconvenues du protagoniste sont sources d'un franc comique. Proust ne craint pas l'équivoque : il ne s'attend pas à ce que

1. [16 mai 1908], *Corr.*, VIII, p. 122, 123.

2. Cahiers 7 et 6 ; *SG*, *Esquisse I*, III, p. 924-928, 930-933.

3. Compagnon 2021, p. 61. Lucien Alphonse-Daudet, *Le Chemin mort*, Ernest Flammarion, 1908.

4. *EA*, p. 550-552. Sur Flament et Bailby, voir François Proulx, « Une lettre à Léon Bailby », *Bulletin d'informations proustiennes*, n° 48, 2018, p. 16.

5. L'Ouvreuse du Cirque d'Été (Willy), *La Colle aux quintes*, H. Simonis Empis, 1899, p. 87. Chronique du 12 avril 1898. Voir Leblanc 2017, p. 50.

6. F. 71.

7. « La réponse imprévue », *Mercure de France*, 1er août 1908, p. 467-487. *Le Prince des cravates* sera aussi le titre du recueil publié par Lucien Daudet en 1910, également recensé par Proust dans *L'Intransigeant* (*EA*, p. 552-554).

tous les lecteurs voient de simples « fillettes » dans les sportives insolentes qui jouent au golf et enfourchent des montures tenues en bride par des piqueurs. Le « conciliabule jacassant » qu'elles forment ressemble fort à celui d'autres oiseaux, ces « jeunes gens de Cabourg » qu'il chantera en alexandrins :

Comme à l'automne on voit tant et tant d'hirondelles
Se joindre, consulter en agitant leurs ailes
Ainsi tous rassemblés en groupes peu modestes
Vous poussiez de grands cris, en faisant de grands gestes[1] *!*

La voie biaise est aussi la règle ailleurs dans les « soixante-quinze feuillets ». Car ces pages sont tramées d'allusions aux excursions que Proust, « devenu un "fervent de l'automobilisme"[2] », avait faites en 1907 autour de Cabourg dans un taxi conduit par le jeune Alfred Agostinelli, appelé à devenir un personnage clé de la *Recherche.* Les toponymes concentrent les souvenirs, tels des mots de passe. Le nom de Bretteville tout d'abord, connu depuis longtemps comme celui de l'ancêtre de Swann car mentionné dans les « Pages écrites » du Carnet 1[3] et qui n'avait jamais suscité de commentaire, est associé dans les « soixante-quinze feuillets » à « Bretteville-l'Orgueilleuse[4] ». Or un château proche de cette commune normande entre Caen et Bayeux fut l'une des destinations de Proust en octobre 1907 quand il excursionnait avec son chauffeur[5]. Le nom « Bretteville » devient dans les pages de 1908 synonyme de punition, puisque associé au baiser furtif ou absent de la mère. L'instrument symbolique de la séparation deviendra Swann, mais une église aux environs de Balbec conservera l'épithète « l'Orgueilleuse », et elle enchantera Albertine[6], masque romanesque à demi avoué d'Alfred.

Dans l'épisode suivant, « Robert et le chevreau », on peut se demander pourquoi c'est à Évreux qu'on emmène le petit garçon se faire photogra-

1. Archives Fallois. Voir la transcription de ce poème dans Marcel Proust, *Le Mystérieux Correspondant et autres nouvelles inédites,* Luc Fraisse (éd.), Éditions de Fallois, Paris, 2019, p. 159-160 (citation p. 160). Voir ici f. 67.

2. Lettre à Antoine Bibesco, [octobre 1907], *Corr.*, VII, p. 296.

3. Carnet 1, f. 7v. Voir *Chronologie.*

4. F. 15.

5. Le château de Norrey : voir *Corr.*, VII, p. 296, et p. 297 la note 5 de Ph. Kolb.

6. *SG II*, III, p. 402-403.

phier[1]. Rien dans le contexte ne vient expliquer cette destination (aussi éloignée d'Illiers que d'Auteuil), et d'ailleurs la précision ne sert aucune fonction narrative ; elle disparaît du cahier où Proust avait commencé à reprendre l'épisode[2]. Les choses s'éclairent un peu si on se souvient que Proust, comme il le confie à Mme Straus, a « passé quatre ou cinq jours[3] » en septembre 1907 à Évreux et aux alentours, conduit par Agostinelli. Or la mention d'Évreux apparaît dans le contexte d'une (nouvelle) séparation imposée par des parents persécuteurs, dont la victime est cette fois un petit garçon costumé en fille. Certes, la robe habille les enfants des deux sexes dans la bourgeoisie européenne de la fin du XIXe siècle, mais la féminisation est ici outrancière, à rebours de tout réalisme : une coiffure extravagante d'infante espagnole, en guise d'accessoires des « sacs de satin » et des miroirs, des propos de « princesse de tragédie pompeuse et désespérée »… L'identification à Phèdre amoureuse est immanquable tant les vers de Racine sont familiers, mais un réseau allusif moins visible fait aussi du garçonnet une petite princesse Esther, l'épouse juive du roi de Perse Assuérus. Comme Esther à laquelle pèsent les « vains ornements » qui dissimulent son identité véritable, l'enfant aspire à se défaire de son travestissement, « arrachant » et « déchirant » sa « robe asiatique[4] ». Cette judéité secrète pourrait être une allégorie (humoristique, tout de même) de l'identité invertie, « Évreux » – mais aussi les mots tendres adressés au chevreau par son « petit maître[5] » – fonctionnant comme des signaux adressés à de rares destinataires. Dans *Du côté de chez Swann*, où l'épisode a pris la forme de l'adieu aux aubépines et où le frère-alibi n'existe plus, la séparation d'avec les « épines roses » suggère beaucoup plus crûment la mise en scène du désir homosexuel, en un jeu risqué qui n'échappa nullement à Robert de Montesquiou et que Proust ne démentit pas, au contraire[6]. Quant à la « grosse

1. F. 21.
2. Cahier 6, f. 69v-68v ; cf. *CS, Esquisse XXVII*, I, p. 737-738.
3. *Corr.*, VII, [8 octobre 1907], p. 286.
4. « […] il se mit à briser violemment par terre ses glaces, à trépigner les sacs de satin, à s'arracher non pas les cheveux mais les petits nœuds qu'on lui avait mis dans les cheveux, à déchirer sa belle robe asiatique en poussant des cris perçants » (f. 22-23). Voir les notes et Mauriac Dyer 2014.
5. F. 22. En 1894 et 1895, il arrivait à Proust, « poney », d'appeler Reynaldo Hahn « petit Maître », « mon petit maître » (*Corr.*, I, p. 345, 381-382, 396) ou « My little Master » (*ibid.*, p. 326).
6. Voir la lettre de R. de Montesquiou, [22 mars 1912], *Corr.*, XI, p. 66, et la réponse de Proust quelques jours plus tard, *ibid.*, p. 79. Mauriac Dyer 2014, p. 159-160.

figure » du « petit frère »[1] qui pourrait bien ressembler à (ou annoncer ?) celle d'Agostinelli dont Proust aimait les joues si pleines, on la retrouve dans la « figure grosse à gros grains » qui, coiffée du même nœud d'infante, joue du pianola pour le héros : c'est Albertine bien entendu[2].

Agostinelli est bien présent dans [Noms nobles] encore, à travers une série d'allusions aux mêmes excursions normandes de l'été et l'automne de 1907 : excursion à Falaise chez les Eyragues, à Glisolles près d'Évreux chez les Clermont-Tonnerre, visite du château de Balleroy près de Bayeux, de l'église Sainte-Foy à Conches, près d'Évreux encore[3]. Narrant une arrivée nocturne au son de la trompe de l'automobile, Proust paraphrase son propre article de novembre 1907 dans *Le Figaro,* « Impressions de route en automobile », où il avait fait l'éloge de son « mécanicien, l'ingénieux Agostinelli[4] » – « mon mécanicien », écrit encore l'auteur des « soixante-quinze feuillets », en tête de la première promenade des « côtés »[5]. Évoquant la visite au château de Balleroy, il revient même à l'un des brouillons très travaillés de cet article (brouillon également retrouvé dans les archives Fallois[6]).

Proust a donc soin de tisser secrètement le souvenir brûlant d'Alfred dans ces pages – déjà. Mais la culpabilité n'est pas loin : c'est aussi dans [Noms nobles] que figure la tirade sur les mères profanées par les débauches de leurs fils[7]. On préfère peut-être quand Proust s'amuse, et transforme Maman en la réincarnation parodique du persécuteur des Juifs, Aman.

Quant à la déconcertante évocation, à la dernière page des « soixante-quinze feuillets », du Christ de Saint-Marc de Venise, « l'air efféminé, oriental et bizarre, son geste transformé en une prétention de gras syriote suspect », « presque comme un bouffon pacha d'Orient »[8], et la surprenante hiérarchie des arts qui s'ensuit, où sont préférés les signes « esthétiquement certains » produits par « ceux de notre sang », on se gardera

1. F. 21.
2. *AD,* IV, p. 70 ; *P,* III, p. 874.
3. Voir les notes aux f. 75, 76, 77.
4. *PM,* p. 66.
5. F. 27.
6. Voir f. 75, 76 et les notes.
7. Voir ci-dessus p. 86.
8. F. 86.

d'y voir trop vite une concession de Proust à la xénophobie ambiante et à une sorte de nationalisme artistique mal placé. Certes, le narrateur de la *Recherche* avouera une prédilection pour le gothique français, l'*opus francigenum*, où « ce qui est beau au jugement de l'équité, ce qui vaut selon l'esprit et le cœur, [est] d'abord charmant aux yeux, coloré avec grâce, ciselé avec justesse, réalise aussi dans sa matière et dans sa forme la perfection intérieure ». Mais cela ne signifie pas qu'il faille condamner ce qui présente « un aspect étrange, loufoque », et qui a souvent « les cheveux trop longs, le nez et les yeux trop grands, des gestes théâtraux et saccadés » : il serait « puéril de […] juger là-dessus »[1]. Dans ce passage du *Côté de Guermantes* comme ici, c'est une invitation à approfondir la lecture des signes dont le sens ne s'offre pas immédiatement, à suspendre le jugement hâtif, notamment devant l'apparence que peuvent présenter, selon le narrateur, « les Juifs » : « il faut d'abord traverser ce qui déplaît et ce qui choque et ce qui fait sourire »[2]. Des signes sensibles défavorables n'empêchent pas la présence de vertus invisibles, dont l'arc couvre ici « distinction, bonté, courage, simplicité, finesse, tact, noblesse[3] ». S'il n'était question du Christ, on serait tenté de voir dans ce personnage « oriental » (c'est-à-dire sémite), « efféminé » et « pacha » (c'est-à-dire se livrant audit « vice turc »), l'autoportrait ironique, provocateur et secrètement apologétique d'un juif inverti, Marcel Proust. C'est, après tout, une fin marquante.

N. M. D.

1. *CG*, II, p. 702-703.
2. *Ibid.*, p. 702. Voir Duval 2019, p. 66.
3. F. 86.

CHRONOLOGIE

On avait baptisé les « soixante-quinze feuillets » perdus « le roman de 1908[1] ». Mais peut-on aujourd'hui préciser la chronologie de rédaction des divers « chapitres » qui les composent ? Proust n'ayant jamais daté ses manuscrits et sa correspondance étant, en l'occurrence, le plus souvent évasive, il faut croiser les quelques indices dont nous disposons : d'éventuelles allusions dans le manuscrit, renvoyant à des événements attestés ailleurs ; les caractéristiques matérielles des feuillets, d'un type que Proust a pu utiliser pour d'autres projets dont les dates sont mieux connues ; et les notes corrélatives du Carnet 1. Enfin, la mise en route du *Contre Sainte-Beuve* constitue, selon toute vraisemblance, le *terminus ad quem* de l'enrichissement des « soixante-quinze feuillets » et le moment de leur mise à l'écart, ce qui ne signifie pas que Proust ne s'y reportera plus, loin de là.

Proust avait-il acquis les imposantes doubles pages composant notre manuscrit dès l'été de 1907 ? C'est sur des feuillets de ce type qu'il prit des notes sur Sainte-Beuve d'après un article publié le 7 juillet dans *Le Figaro* par Paul Bourget – cependant, il aurait aussi bien pu mettre cet article de côté, et l'utiliser quelque temps plus tard[2].

Deux « chapitres », [Une soirée à la campagne] et [Noms nobles], comportent des allusions aux excursions que Proust, conduit par Alfred Agos-

1. Bardèche 1971, t. I, p. 211 *sq.* ; Quémar 1976, p. 26 note 73 ; Leriche 2012, p. 72 note 2.
2. NAF 16636, f. 13, 14, 16-17. *CSB* Clarac, p. 218. Il s'agit de la nécrologie du vicomte de Spoelberch de Lovenjoul. Voir Pugh 1987, p. 37 ; Leriche 2012, p. 71 note 1, et p. 70 pour les indications codicologiques.

tinelli, fit en Normandie pendant l'été et l'automne de 1907[1] ; le grand article qui les célèbre, « Impressions de route en automobile », publié dans *Le Figaro* le 19 novembre 1907, ainsi qu'un de ses brouillons, y laissent aussi des traces[2] : cela fournit pour ces sections un *terminus a quo* à la fin de l'automne de 1907.

Selon Philip Kolb, l'épisode « Robert et le chevreau, Maman part en voyage » – c'est ainsi que Proust le désigne[3] –, à la fin de [Une soirée à la campagne], aurait pu être rédigé en janvier 1908. Proust s'adresse alors à Auguste Marguillier, le secrétaire de la rédaction de la *Gazette des beaux-arts*, pour se procurer des « gravures anglaises » représentant un enfant et son animal familier[4]. Pour Kolb, Proust veut s'en inspirer pour la description de l'enfant, qui, s'il « avait bien la magnificence des enfants anglais près de l'animal », exprimait pourtant, « sous ce luxe qui n'en rendait le contraste que plus sensible, le désespoir le plus farouche » (f. 22).

Le [2 février 1908] Proust annonce à son amie Geneviève Straus vouloir se « mettre à un travail assez long[5] » : mais s'agit-il du projet dont témoignent les « soixante-quinze feuillets » ? Dans la même lettre il la remercie de son cadeau d'étrennes, des « petits almanachs », quatre élégants carnets oblongs dont il ne tarde pas à utiliser le plus grand, connu aujourd'hui comme le Carnet 1, pour y noter des rêves, des impressions, l'écho de lectures, des bribes de scénarios. Mais rien avant quelques mois n'y correspond au contenu des « soixante-quinze feuillets ». Une brève notation pourtant préfigure le portrait de l'oncle dans [Séjour au bord de la mer] : « Personnage écrivant de temps en temps pour demander si on ne peut pas lui faire connaître etc. » (f. 3).

En février et mars 1908, Proust consacre une partie de son temps à rédiger la série des sept brillants *Pastiches* de « L'affaire Lemoine » qui paraissent dans le *Supplément littéraire* du *Figaro*[6] : c'est sur une double

1. Voir *Notice*, p. 242-244.
2. *Ibid.*
3. Carnet 1, f. 7v ; *Cn*, p. 43. Voir ci-dessous.
4. Voir Kolb 1956, et 1971 p. 793-794. Lettre à Auguste Marguillier, [peu avant le 8 janvier 1908], *Corr.*, VIII, p. 25 : « [...] ne vous serait-il pas possible de me faire adresser *à condition* quelques-unes de vos gravures anglaises, notamment de celles où un animal est représenté à côté du ou des personnages dont elle donne le portrait. Je ne sais si elles feraient mon affaire mais peut-être en prendrais-je une ou deux si leur format n'est pas trop petit. »
5. Lettre du [2 février 1908], *Corr.*, VIII, p. 39.
6. Successivement Balzac, Goncourt, Michelet, Faguet (22 février 1908) ; Flaubert et Sainte-Beuve (14 mars 1908) ; Renan (21 mars 1908). Proust écrit avec un peu de mauvaise

page du même type que les « soixante-quinze feuillets » qu'il met au net celui de Flaubert, qui paraît le 14 mars[1].

Le [21 avril], retrouvant presque la formule qu'il avait adressée à Mme Straus en février, Proust annonce cérémonieusement, mais sans plus de précisions, à son ami Louis d'Albufera : « Je te dis adieu, je vais commencer un travail très important[2]. »

Le 24 avril paraît chez Plon le quatrième tome des *Récits d'une tante. Mémoires de la comtesse de Boigne,* dont Proust avait tiré un article pour *Le Figaro* l'année précédente[3] : il en démarque plusieurs anecdotes qui nourrissent la fin actuelle de [Noms nobles] (f. 80-81)[4].

[Le 5 ou le 6 mai 1908], Proust écrit à nouveau à Louis d'Albufera, cette fois pour lui énumérer une longue liste de projets : « [...] j'ai en train : une étude sur la noblesse / un roman parisien / un essai sur Sainte-Beuve et Flaubert / un essai sur les Femmes / un essai sur la Pédérastie / (pas facile à publier) / une étude sur les vitraux / une étude sur les pierres tombales / une étude sur le roman[5]. » Cette série, bien que disparate, préfigure le répertoire des thèmes de la future *Recherche,* voire le projet *Contre Sainte-Beuve* (puisque l'« essai sur Sainte-Beuve et Flaubert » semble issu des pastiches consacrés à ces deux auteurs dans *Le Figaro,* Sainte-Beuve étant censé y faire la critique du « roman » de Flaubert sur l'affaire Lemoine). Cependant cette énumération ne nous est d'aucun secours, seul le premier item, « une étude sur la noblesse », faisant écho à un passage des « soixante-quinze feuillets ». Il est possible que Proust vienne de travailler à cette étude à la suite de la parution des *Récits d'une tante* et envisage de lui donner une plus grande envergure en la reprenant à part. Même si on trouve au début du Carnet 1 des notes de lecture sur Balzac préparant le possible « roman parisien », ce projet, pas plus que les autres, ne serait engagé : aucun brouillon en tout cas n'en a été retrouvé

---

foi à son ami Robert Dreyfus à la parution du septième : « maintenant c'est fini je n'en fais plus. Quel exercice imbécile » (*Corr.*, VII, p. 67). Il songe pourtant aussitôt à les réunir en plaquette (*ibid.*, p. 91, 107). Le pastiche de Régnier paraîtra le 6 mars 1909.

1. Voir *Pastiches,* p. 93 ; NAF 16632, f. 30-31, 32-34. Les f. 32, 33, 34 sont des feuillets de même dimension, mais simples.

2. *Corr.*, VIII, p. 99.

3. « Journées de lecture », *Le Figaro,* 20 mars 1907 (*EA*, p. 527-533).

4. Quémar, printemps 1976, p. 16 et note 72 p. 26. Le f. 82, que Fallois n'a pas repris dans *CSB*, inaugure un nouveau développement sur le même thème des « noms nobles ».

5. À Louis d'Albufera, [le 5 ou le 6 mai 1908], *Corr.*, VIII, p. 112-113.

à ce jour. Il est frappant que dans ses confidences ou pseudo-confidences prolixes à Louis d'Albufera Proust ne mentionne pas le projet à caractère autobiographique de « Robert et le chevreau ».

Le document le plus important dont nous disposons pour essayer de dater les « soixante-quinze feuillets » est le Carnet 1, reçu de Mme Straus au début de l'année 1908 et que Proust aurait utilisé à partir de février[1]. On y lit au feuillet 7 verso la liste suivante, visiblement notée d'une seule traite, d'une écriture de plus en plus rapide et relâchée :

> Pages écrites
>
> Robert et le chevreau, Maman part en voyage.
>
> Le côté de Villebon et le côté de Meséglise
>
> Le vice ~~interpré~~ sceau et ouverture du visage. La déception qui[2] est une possession, embrasser le visage ~~sous~~.
>
> Ma g^{d} mère au jardin, le dîner de M. de Bretteville, je monte, le visage de Maman alors et depuis dans mes rêves, je ne peux m'endormir, concessions etc.
>
> Les Castellane, les hortensias normands, les châtelains anglais, allemand[s] ; la petite fille de Louis Philippe, ~~l~~/Fantaisie, le visage maternel dans son petit fils débauché.
>
> Ce que m'ont appris le côté de Villebon et le côté de Meséglise[3].

Le bas de la page n'est pas rempli : il reste disponible pour des compléments éventuels. À l'inverse des huit projets énumérés dans la lettre à Louis d'Albufera au début de mai, le titre « Pages écrites » en suppose un seul, fédérateur, que Proust n'explicite pas, peut-être le « travail assez long », le « travail très important » annoncé plus tôt à ses amis.

D'après Fallois, c'est le contenu des « soixante-quinze feuillets » qui serait « clairement désigné par [cette] note de l'agenda[4] ». Or, malgré un

1. D'après la chronologie de Philip Kolb, *Cn 1908*, p. 38.

2. La lecture « La déception qu'est une possession », que donnent Philip Kolb et Florence Callu (*Cn 1908*, p. 56 ; *Cn*, p. 43), est manifestement erronée au vu du fac-similé du manuscrit (Gallica). Fallois (*CSB*, p. 14 note 1) et Yoshikawa (1973, p. 137) donnaient la leçon correcte. Après « embrasser le visage », on peut hésiter entre « sous » et « sans ».

3. Carnet 1, f. 7v. Proust a bien écrit « Meséglise », et non « Méséglise » (*CSB*, p. 14 ; *Cn*, p. 43-44 ; *Cn 1908*, p. 56).

4. *CSB*, p. 14.

« air de famille » évident entre cette liste et les « soixante-quinze feuillets », il faut nuancer cette affirmation. En effet :

— la liste du Carnet 1 ne fait aucune allusion à trois des six épisodes des « soixante-quinze feuillets » : le séjour au bord de la mer, la rencontre des jeunes filles et le séjour à Venise. Proust ne les a donc pas encore rédigés ;

— la liste mentionne, à l'inverse, un ou des épisodes qui ne font pas partie des « soixante-quinze feuillets » tels qu'ils nous sont parvenus : « Le vice sceau et ouverture du visage. La déception qui est une possession, embrasser le visage » ;

— enfin, la liste place en tête « Robert et le chevreau, Maman part en voyage », et dissocie les promenades des « côtés » de leur « leçon » : par conséquent, si les « chapitres » où se trouvent ces pages étaient déjà achevés (plus exactement : étaient dans l'état des « soixante-quinze feuillets »), cela signifierait que Proust en ferait ici éclater le contenu, qu'il le dissocierait et le réorganiserait selon une sorte de plan. Or il est peu plausible qu'il renonce à la mise en place de la leçon des « côtés » qu'il n'a atteinte qu'au troisième essai dans les « soixante-quinze feuillets », comme il est peu vraisemblable qu'il souhaite commencer son roman par « Robert et le chevreau », qui s'inscrit de manière concertée à la suite du drame du coucher, comme son versant parodique et plus léger.

Ainsi, à l'exception probable de [Noms nobles], peut-être achevé, on l'a vu, au début de mai 1908 – et qui correspond au résumé du carnet[1] – et d'une partie au moins des promenades des côtés – puisque Proust mentionne ici le « côté de Meséglise », qui a donc déjà remplacé « la route de Bonneval »[2] –, les morceaux recensés au f. 7v du Carnet 1 ne désignent pas les « soixante-quinze feuillets ». Ce sont des états plus précoces, où le baiser du soir et « Robert et le chevreau », les « côtés » et leurs leçons, n'étaient pas encore articulés ainsi qu'ils le sont dans les « soixante-quinze feuillets »[3], mais rédigés séparément.

Ces manuscrits préparatoires ne sont pas parvenus jusqu'à nous. Cependant, nous disposons aujourd'hui de certains manuscrits qui se rat-

1. Voir Yoshikawa 1973, p. 138 note 2 ; Quémar 1976, p. 16.

2. Voir f. 27-32.

3. Cela expliquerait pourquoi la première apparition du thème de la leçon des « côtés » figure dans les « soixante-quinze feuillets » sous une forme abrégée, comme une addition marginale gouvernée par une note de régie (f. 32) : Proust cherche où placer un passage déjà rédigé ailleurs (les essais suivants figurent aux f. 35, puis 40-41).

tachent, d'une manière ou d'une autre, à la genèse des « soixante-quinze feuillets ». Ainsi, un morceau retrouvé dans les archives Fallois, rédigé sur de grandes feuilles doubles à petits carreaux d'un format moins imposant, correspond indubitablement à un de leurs avant-textes, même si ce n'est pas la version désignée dans le Carnet 1. Il s'agit d'un portrait de la grand-mère au jardin et d'une version du baiser du soir, fragment de toute évidence très précoce[1]. Il est important de noter que c'est sur des feuilles quadrillées en tout point identiques que Proust rédige les brouillons – également retrouvés dans les archives Fallois – de l'article « Impressions de route en automobile », qui a paru dans *Le Figaro* du 19 novembre 1907. Cela pourrait suggérer qu'il s'était remis à une écriture romanesque « personnelle » dès l'automne de 1907.

Quant à la « Page écrite » recensée dans le Carnet 1 mais introuvable dans les « soixante-quinze feuillets » – « Le vice sceau et ouverture du visage. La déception qui est une possession, embrasser le visage » –, nous disposons pour elle d'un candidat crédible : un manuscrit regroupé avec le précédent dans les archives Fallois, et rédigé sur le même papier quadrillé. On peut en lire ici même le texte[2].

Bien qu'ils ne soient pas répertoriés dans la liste des « Pages écrites », trois autres manuscrits aux caractéristiques matérielles identiques et retrouvés dans le même ensemble sont vraisemblablement associés eux aussi à la genèse des « soixante-quinze feuillets »[3]. L'un prépare, très brièvement, une image reprise dans [Noms nobles][4] ; le deuxième entretient une parenté thématique manifeste avec la fin du [Séjour au bord de la mer][5] ; le dernier, on l'a vu, touche à la question des réminiscences[6].

1. *Autres manuscrits*, nº III.
2. *Autres manuscrits*, nº V.
3. Les cinq manuscrits rédigés sur le même papier avaient été classés par Fallois dans une chemise intitulée : « feuillets manuscrits quadrillés Swann ». Il est possible que leur regroupement remonte à Proust.
4. Il s'agit du clocher-coquillage s'élevant entre les toits : « ~~L'église~~ / Entre les toits <~~compacts~~> des maisons on voyait <s'élever, d'une matière différente, ajouré, rosâtre comme un coquillage> le clocher de l'église ~~ajouré~~, ~~élancé, ajouré, rosé j rosâtre, comme un coqui~~ » (transcription intégrale). Ce motif est intégré sous une nouvelle forme dans [Noms nobles] : voir f. 76 et la note 2. Ces lignes qui l'esquissent figurent au dos d'un bifeuillet dont la partie endroit est occupée par un développement de type essayistique, sur deux pages, étranger quant à lui à la thématique des « soixante-quinze feuillets ». Proust y distingue trois périodes (naturelle, artistique, historique) dans la quête de poésie.
5. *Autres manuscrits*, nº VI.
6. *Autres manuscrits*, nº IV ; *Notice*, p. 233.

Dater le moment où Proust a noté dans le Carnet 1 la liste des « Pages écrites » nous donnerait donc un *terminus a quo* pour la plupart des « soixante-quinze feuillets » (ceux qui n'y sont pas mentionnés, soit [Séjour au bord de la mer], [Jeunes filles], [Venise]), et un *terminus ad quem* pour ceux qui y sont désignés dans un état préliminaire (soit [Une soirée à la campagne], [Le côté de Villebon et le côté de Meséglise]), étant entendu que [Noms nobles] était selon toute vraisemblance bien avancé dès le mois de mai 1908.

Les notes évoquant Cabourg ayant commencé dans le Carnet au folio 5v[1], soit deux pages plus haut que la liste des « Pages écrites » (f. 7v), on pense spontanément que Proust a dressé cette dernière *après* son arrivée au Grand-Hôtel, le 18 juillet 1908[2]. Cependant, la liste s'insère, sur la page verso qui lui est dévolue, entre des notes manifestement continues[3]. Elle pourrait donc avoir été écrite indépendamment, à peu près à tout moment entre la fin d'avril – après que, ayant lu les nouveaux *Récits d'une tante*, Proust a rédigé ses pages sur « la petite fille de Louis Philippe, Fantaisie » – et les premiers jours du séjour à Cabourg, à partir du 18 juillet 1908.

On situera donc la mise au net d'[Une soirée à la campagne], de même que la rédaction des deuxième et troisième versions de [Le côté de Villebon et le côté de Meséglise] sur les grandes doubles pages constituant les « soixante-quinze feuillets », au plus tôt après la fin d'avril ou le début de mai 1908. Deux notes du Carnet 1 suggèrent que la version d'[Une soirée à la campagne] dont nous disposons serait postérieure à l'arrivée à Cabourg en juillet. L'une évoque une chambre hostile : « Odeur d'une chambre, le corps n'y est pas habitué, et souffre, l'âme le remarque. » (f. 8v). Ce pourrait être l'origine de l'« odeur de vétiver » des « soixante-quinze feuillets », affectée à la chambre de la maison de campagne familiale[4] (avant de revenir, plus tard dans la genèse, à la chambre d'hôtel du

1. « Maman retrouvée en voyage, arrivée à Cabourg […] », « Avenues de Cabourg […] » (f. 5v) ; Cabourg est encore mentionné trois fois au f. 6. La concentration, dans ces pages et les suivantes, des notes relatives aux relations qu'y entretient Proust suggère qu'elles sont contemporaines de son séjour.

2. Voir la lettre envoyée de Cabourg à Henry Bernstein, [peu après le 18 juillet 1908], *Corr.*, VIII, p. 184 : « Je suis depuis Samedi à Cabourg » ; cf. p. 183.

3. En outre, les dernières notes du recto précédent (f. 7) débordent sur le verso en vis-à-vis (f. 6v), ce qui n'aurait pas été le cas si le verso suivant (f. 7v) avait été disponible. Voir à ce sujet Pugh 1987, p. 109 note 32. Dans ses carnets, contrairement à son usage dans les cahiers, Proust n'écrit pas de page recto en page recto, mais de manière continue.

4. Voir f. 13.

bord de mer). L'autre note suggère que Proust a rêvé de sa mère dans le train pour Cabourg : « *Maman retrouvée en voyage*[1], arrivée à Cabourg, même chambre qu'à Évian, la glace carrée ! » (f. 5v). C'est le quatrième rêve d'un parent mort à être mentionné par Proust depuis le début du carnet[2], le seul aussi qui n'y fasse pas l'objet d'un petit récit, et il pourrait s'agir de celui qui figure dans les « soixante-quinze feuillets » (f. 18), car ce rêve est toujours associé aux trois précédents dans la suite de la genèse[3]. Dans la note des « Pages écrites » mentionnant *déjà* des rêves de Maman (« le dîner de M. de Bretteville, je monte, le visage de Maman alors *et depuis dans mes rêves,* je ne peux m'endormir, concessions etc.[4] »), soit il s'agirait de rêves différents de celui qui figure dans les « soixante-quinze feuillets » (peut-être des autres rêves du Carnet 1), et la liste des « Pages écrites » aurait bien été notée par Proust avant son arrivée à Cabourg, soit l'intégration du rêve fait « en voyage » aurait déjà eu lieu, mais dans une version qui ne serait pas encore celle des « soixante-quinze feuillets ».

En ce qui concerne le [Séjour au bord de la mer], c'est certainement à Cabourg que Proust s'y est attelé. Le morceau est nettement préfiguré dans le Carnet 1 par une série de notes postérieures à son arrivée – c'est-à-dire postérieures au f. 5v –, et qui sont ramassées en peu de pages : notes évoquant l'orgueil de la douairière[5] (« gens chics enveloppés dans leur milieu, nobles ne souffrant pas à l'hôtel d'être inconnus des autres », f. 6v), annonçant la petite société des quatre amis[6] (« Sohège et sa maîtresse voile parfumé tendu entre lui et le monde », f. 8), préparant le portrait de l'oncle coureur[7] (« Maîtresse qu'on fait venir », f. 6, « Meilleur d'aimer ce qui est du pays », f. 6v, « Mon oncle refaisant sans cesse ses relations », f. 8). De même, l'inspiration vénitienne est nettement annoncée par la note : « Cabourg marcher sur les tapis en s'habillant soleil dehors Venise / Cabourg descendre les g[ds] escaliers, mouvement vif de soleil et de vent sur g[ds] espaces de marbre g[des] tentures Venise » (f. 6). En ce qui concerne le morceau indépendant sur les [Jeunes filles], rien en revanche ne s'en

1. Nous soulignons. Voir Yoshida 1992, p. 45.
2. Voir les f. 2, 3v et 4 (*Cn*, p. 31-32, 36).
3. Dans le Cahier 65 (f. 39-44), puis les quatre rêves se répartissent entre les Cahiers 50 et 48 (*SG*, *Esquisse XIII*, III, p. 1032-1034, 1045-1046, 1048).
4. Carnet 1, f. 7v. Nous soulignons.
5. Voir ici même f. 54.
6. Voir ici même f. 59.
7. Voir ici même f. 60-62.

approche dans le Carnet 1, la « jeune fille » ruinée entretenue (f. 3, 3v) étant réservée à la « 2e partie du roman » ; les « quatre visages » ou « têtes de jeunes filles » (f. 11), le « quintuple » amour (f. 14), notations nettement postérieures au départ de Cabourg, restent trop vagues ; la silhouette en « [t]ache rose » de l'actrice Lucy Gérard (f. 6v) sera versée au roman, mais l'année suivante seulement, dans le Cahier 4, et pour Mlle Swann[1].

Rentré de Cabourg le 26 ou 27 septembre 1908, Proust s'installe à l'hôtel des Réservoirs de Versailles, avant son retour boulevard Haussmann aux premiers jours de novembre[2]. Dans une lettre qu'il adresse le [23 octobre] à son amie Mme de Pierrebourg qui vient de publier un roman, il écrit :

> [...] Mais surtout où vous vivez [...] c'est dans la tendresse pour Odette [*personnage du roman de Mme de Pierrebourg*]. Et ce sentiment-là ou tout au moins celui d'Odette pour sa mère, des pages déjà un peu anciennes que j'écrivis sur la mienne, vous montreront peut-être <si je les publie un jour> que je ne suis pas absolument indigne de le comprendre et que si je l'ai moins bien, et d'ailleurs très différemment, rendu, j'étais bien fait pour en admirer chez un autre la plus émouvante expression. Cette scène du « bonsoir » près du lit, vous la verriez, tout autre et combien inférieure. Vous êtes romancier, vous ! Si je pouvais créer comme vous des êtres et des situations, que je serais heureux[3] !

Proust ne peut pas ne pas avoir à l'esprit l'épisode qu'il vient de rédiger dans les « soixante-quinze feuillets »[4], et cette lettre apparemment désabusée ne signifie pas l'abandon du projet de publication du « baiser du soir », bien au contraire. Il s'y prémunit plutôt contre le reproche possible d'imitation : ses propres pages sur le sujet sont « déjà un peu anciennes » (comprendre : il les a écrites le premier), et le sentiment y est « très différemment rendu ».

1. Cahier 4, f. 32 ; *CS, Esquisse LIII*, I, p. 808.
2. *Corr.*, VIII, p. XXI, 15-16.
3. Lettre à Mme de Pierrebourg, *alias* Claude Ferval, au sujet de son roman *Ciel rouge*, *Lettres*, p. 457-458.
4. Philip Kolb y voyait une allusion à la scène de *Jean Santeuil*, Françoise Leriche se demandait s'il ne s'agissait pas du « mystérieux ouvrage » que Proust avait confié en 1906 à Lucien Daudet vouloir écrire « rien que » sur sa mère (*Corr.*, VIII, p. 252 note 10 ; *Lettres*, p. 459 note 8).

À quel moment Proust met-il à l'écart le projet auquel correspondent les « soixante-quinze feuillets » pour se consacrer à un essai sur la méthode de Sainte-Beuve ? Les notes de lecture systématiques sur le critique dans le Carnet 1 ne commencent en tous cas pas avant la fin de novembre[1]. Une série de réminiscences et d'impressions obscures est notée sur trois grands bifeuillets identiques à ceux qui composent les « soixante-quinze feuillets », et sert à introduire la critique de Sainte-Beuve[2]. Elle semble précéder la lettre à Georges de Lauris, datant de la [fin de novembre ou de la première quinzaine de décembre 1908], dont Proust répète les termes à Mme de Noailles :

> Je vais écrire quelque chose sur Sainte-Beuve. J'ai en quelque sorte deux articles bâtis dans ma pensée (articles de revue). L'un est un article de forme classique, l'essai de Taine en moins bien. L'autre débuterait par le récit d'une matinée, Maman viendrait près de mon lit et je lui raconterais un article que je veux faire sur Sainte-Beuve. Et je le lui développerais. Qu'est-ce que vous trouvez le mieux[3] ?

Le projet est donc déjà en train, sous plusieurs formes. On peut penser qu'alors, au plus tard, Proust a mis de côté ses soixante-quinze (ou soixante-seize[4]) feuillets. Mais il reviendra rapidement à eux, dès le Cahier 3[5], le premier cahier du *Contre Sainte-Beuve* narratif.

1. Pugh 1987, p. 37.
2. NAF 16636, f. 1-6 ; *Autres manuscrits,* n° VII.
3. Lettre à Georges de Lauris, *Lettres,* p. 465-466. Voir aussi la lettre à Anna de Noailles, *ibid.*, p. 466. Kolb datait ces lettres de [vers la mi-décembre 1908], *Corr.*, VIII, p. 320-321.
4. Voir ci-dessus, p. 16.
5. Voir *Autres manuscrits,* n° VIII.

NOTES

[Une soirée à la campagne]

Ce premier « chapitre », le plus long et le plus abouti des « soixante-quinze feuillets », est le tout premier crayon connu de « Combray I » (f. 1-20) et d'un bref épisode de « Combray II » (f. 20-26). Bien qu'inachevé – Proust en récrit les dernières pages, mais sans raccord narratif satisfaisant (f. 25-26) –, il forme un ensemble continu (f. 1-24), d'une écriture fluide : plutôt que d'un premier jet, il s'agit vraisemblablement du montage de morceaux précédents qui ne nous sont pas parvenus, peut-être de certaines des « Pages écrites » recensées dans le Carnet 1 (« Robert et le chevreau, Maman part en voyage./ […]/Ma g[d] mère au jardin, le dîner de M. de Bretteville, je monte, le visage de Maman alors et depuis dans mes rêves, je ne peux m'endormir, concessions etc. » ; f. 7v. *Cn*, p. 43). Le nom « Combray » n'y figure pas : il apparaît en 1909 dans le Cahier 4 (f. 23, *passim* ; *Autres manuscrits*, n° XII) ; on le trouve également dans le Cahier 1, plus précoce, mais dans une correction interlinéaire d'une encre différente (f. 68v ; Pugh 1987, note 29 p. 122). Nous ne l'avons donc pas retenu, comme l'avait fait B. de Fallois, dans le titre (voir ci-dessus, p. 16). Nous n'avons pas retenu non plus le pluriel : c'est bien d'une soirée particulière, décisive, celle de l'abdication de Maman, qu'il est fait le récit (f. 1-20), en dépit de digressions et de « poches » itératives. Un avant-texte partiel, plus précoce encore que les « Pages écrites », a été retrouvé dans les archives Fallois (*Autres manuscrits*, n° III).

f. 1

1. *les précieux fauteuils d'osier.* Dans l'avant-texte, « l'été à Auteuil », la grand-mère, à l'inverse de toute la famille, est peinte « ayant tiré son fauteuil d'osier très avant dans le jardin près des pelouses » (*Autres manuscrits*, n° III). Dans le Cahier 1 le souvenir qui s'attache à ces fauteuils est encore précisément situé : « Mais déjà mon corps a évoqué une autre attitude. Il n'est plus couché mais assis où cela dans un

fauteuil d'osier dans le jardin d'Auteuil [...] » (f. 60v ; *Autres manuscrits*, n° XI). On les retrouve à Combray dans le Cahier 4 (« On avait rentré les fauteuils d'osier pour qu'ils ne soient pas mouillés [...] », f. 24v ; *Autres manuscrits*, n° XII). C'est à l'étape de la relecture de la dactylographie que Proust leur restitue l'épithète des « soixante-quinze feuillets », qui se maintient jusqu'au texte définitif : « Pour elle [ma grand-mère], par tous les temps, même quand la pluie faisait rage et que Françoise avait précipitamment rentré les <précieux> fauteuils d'osier de peur qu'ils ne fussent mouillés, on la voyait dans le jardin [...] » (NAF 16733, f. 22 ; *CS*, I, p. 11).

2. *vérandah*. Nous avons conservé l'orthographe « vérandah » qui figure dans tous les manuscrits de 1908 et 1909-1910 (voir *Autres manuscrits*, nos III, IX, X et XII ; voir aussi pour le Cahier 4 les f. 16-17), et jusqu'en 1913 dans une addition aux placards Grasset (*Bodmer*, paperole au placard 5, col. 1 ; cf. *CS*, I, p. 24).

3. *une pitié de ne pas en profiter*. Une version antérieure de la promenade de la grand-mère au jardin figure dans les archives Fallois (*Autres manuscrits*, n° III). Un souvenir direct de la grand-mère de Proust, Mme Nathé Weil (voir ci-dessous note 5), est vraisemblable : à l'âge de douze ans, Proust lui écrivait en évoquant une « grande promenade (hygiénique bien entendu) » ([peu après le 3 août 1883], *Corr.*, XXI, p. 542) ; en septembre 1891, un an après sa disparition, il rappelait à sa mère depuis Cabourg « [...] ces années de mer où grand-mère et moi, fondus ensemble, nous allions contre le vent en causant » (Cattaui 1956, planche 34). La scène cherche ensuite sa place. Dans le Cahier 4 où il recycle une part substantielle des « soixante-quinze feuillets », Proust situe la promenade de la grand-mère au moment où retentit le timbre de Swann : « [...] chacun se demandait qui cela pouvait être [...] et on envoyait en éclaireur ma grand-mère qui si froid qu'il fît restait au jardin trouvant que "c'était une pitié" de rester enfermé à la campagne. Les jours de pluie pendant les averses, on voyait dans le jardin vide et trempé ma grand-mère se promener dans les allées disant : "enfin on respire"[,] sans chapeau, relevant ses mèches désordonnées et grises pour avoir un peu plus d'air et de pluie » (Cahier 4, f. 53, interrompu et biffé). Il intercale ensuite la scène, dans une version dont le texte est déjà proche du texte définitif, au milieu des promenades autour de Combray : la pluie empêche alors les sorties de la famille sur la route de Meséglise, mais non celles de la grand-mère au jardin (Cahier 4, f. 24v ; *Autres manuscrits*, n° XII) – renonçant à ce montage, il peut rendre aux promenades de Meséglise leur climat « incertain » : voir ci-dessous f. 34 et note 5. La scène se fixe enfin au début de « Combray I », après l'ouverture des chambres et, comme ici, au seuil du « baiser du soir » (Cahier 8, f. 14-15, et Cahier 9, f. 30-31 ; *CS*, I, p. 10-11). La promenade au jardin est étoffée dans les présentes pages, jusqu'au f. 6, d'un portrait moral de la grand-mère, dont Proust reprend certains éléments en tête de [Séjour au bord de la mer] (f. 53), et dissémine, voire supprime, ensuite la plupart (voir f. 3 note 5, f. 4 notes 1 et 2, f. 6 notes 6 et 7).

4. *mon grand-oncle*. L'identité de ce « grand-oncle » est suggérée par les indices précis de l'avant-texte, situé « à Auteuil » chez un « vieil oncle » – « c'était lui le proprié-

taire, nous habitions chez lui » (*Autres manuscrits*, n° III) –, et par recoupement avec l'entourage qui lui est donné ici (voir note suivante, et f. 10 note 2). Il s'agit de Lazard Baruch, dit Louis, Weil (1816-1896), fils de la deuxième épouse de Baruch Weil, Marguerite Sara Nathan, et frère cadet du grand-père maternel de Proust, Nathé Weil (1814-1896). Dans la scène correspondante du texte définitif, plus personne n'interpelle la grand-mère pendant ses promenades sous la pluie, sauf la grand-tante, mais le contexte est tout autre (*CS*, I, p. 11-12). Les « soixante-quinze feuillets » amènent à réévaluer l'importance de Louis Weil dans la genèse d'*À la recherche du temps perdu*, au-delà de sa transposition bien connue en « l'oncle Adolphe » dans *Du côté de chez Swann*. Voir *Notice*, p. 213 *sq*.

5. *Adèle*. Ce prénom est celui de la grand-mère maternelle de Marcel Proust, Mme Nathé Weil, née Adèle Berncastell (1824-1890). Il est plus loin question de la « belle-sœur » (f. 6) du grand-oncle, ce qu'était en effet Adèle pour Louis Weil (voir note précédente). Nathé et Louis avaient certes une sœur cadette également prénommée Adèle (Adèle Weil, épouse Lazarus [1818-1892]) : c'est vraisemblablement elle qui est mentionnée de manière irrévérencieuse par le jeune Marcel dans une lettre à sa grand-mère en [août 1886] (*Corr.*, XXI, p. 545, et *Lettres*, p. 64). Mais il n'y a pas de raison de distinguer la grand-mère « Adèle » de cette page de celle qui figure dans l'avant-texte, où l'identification à Adèle Berncastell est corroborée, sans doute possible, par la précision que sa mère était la « belle-sœur » d'Adolphe Crémieux, ce qu'était en effet Rose Berncastell née Silny (voir *Autres manuscrits*, n° III). Voir aussi f. 10 note 2. « Adèle » sera remplacée par « Cécile » puis « ~~Octavie~~ <Bathilde> », qui se maintient jusqu'au texte définitif (Cahier 2, f. 7v ; *Autres manuscrits*, n°s IX et X ; Cahier 9, f. 30v, 32, 34). La cousine germaine de Marcel Proust, fille de son oncle Georges et de son épouse Amélie Oulman, reçut le prénom de sa grand-mère maternelle. Adèle Weil (1892-1944) mourut en déportation ; sa fille, Annette Heumann, rescapée, est décédée en 2020 à l'âge de quatre-vingt-dix-neuf ans.

6. *Ça fait du bien à ta robe neuve*. Cette apostrophe acide reste sans lendemain. Mais l'oncle tient le mauvais rôle dans la première version de la scène de sadisme qui se greffe sur la promenade au moment de la mise au net ; Proust lui substitue ensuite la grand-tante du héros (*CS*, I, p. 11-12) : voir *Notice*, p. 215-216.

7. « *tout le monde* ». Deux traits ici juxtaposés seront disjoints. L'originalité, selon l'oncle, du caractère de la grand-mère, « jamais comme tout le monde », déjà notée dans l'avant-texte (« "Tu as trop chaud Adèle ! Il fait beau Adèle", criait mon oncle qui la considérait comme une personne originale », *Autres manuscrits*, n° III) est reprise dans le Cahier 9 de mise au net, à l'occasion de la scène du cognac (« elle avait apporté dans la famille de mon père une "mentalité" si différente, que tout le monde la plaisantait et la taquinait », f. 32 ; cf. *CS*, I, p. 11). La tentative de l'oncle de « s'attirer lâchement l'alliance » du grand-père et de « "tout le monde" » en raison de sa crainte secrète d'avoir tort, est quant à elle combinée sous plusieurs formes

successives avec le reproche fait à la grand-mère de toujours prendre le contre-pied du goût familial : voir f. 3 note 1.

8. *libre cours à mes sanglots.* Cette fuite « aux cabinets » pour échapper au spectacle du sadisme familial n'est que tardivement, dans la suite de la genèse, associée à nouveau aux tours de jardin de la grand-mère. Lors de la mise au net du futur « Combray », Proust interrompt sa dictée après leur évocation pour rédiger, sur deux versos en vis-à-vis, la scène additionnelle du cognac, laquelle déclenche la débandade du héros (Cahier 9, f. 30v-31v, pages ensuite recopiées par son secrétaire aux f. 32-35). Ici à peine indiquée, cette esquive constitue dès lors le point d'orgue de la scène des promenades de la grand-mère (*CS*, I, p. 11-13).

f. 2

1. *rester au salon une heure plus tard que d'habitude.* Le portrait psychologique de la grand-mère rejoint celui de l'avant-texte, qui lui attribue « une douceur de martyre » (*Autres manuscrits*, n° III). Cet « air de prendre part aux moqueries des autres contre elle-même » est répété lors de la mise au net : « si humble de cœur et si douce », elle « se moqu[e] même de ses peines », arbore ce « beau sourire qui se moquait d'elle-même » (Cahier 9, f. 33, 35 ; cf. *CS*, I, p. 12 : « elle était si humble de cœur et si douce que sa tendresse pour les autres et le peu de cas qu'elle faisait de sa propre personne et de ses souffrances, se conciliaient dans son regard en un sourire où, contrairement à ce qu'on voit dans le visage de beaucoup d'humains, il n'y avait d'ironie que pour elle-même »). Dans les pages suivantes pourtant, la grand-mère Adèle est loin d'être une victime.

2. *gagnées directement par l'alluvion.* Ce tableau cruel prolonge largement les railleries de l'oncle à la page précédente (« "Ça fait du bien à ta robe neuve" »). Dans la première version, biffée, c'est la grand-mère elle-même qui est « horriblement crottée », avant qu'elle n'ait « horriblement crotté <sa jupe prune> » : bien que la « crotte » soit ici à entendre au sens de « boue » (Littré, TLFi), le texte joue sur l'équivoque. Le tableau est abrégé et adouci dans le Cahier 4, où n'est plus évoqué que « le désir – inconnu d'elle – d'éviter à sa jupe prune les taches de la boue sous lesquelles à vrai dire elle disparaissait entièrement jusqu'à la hauteur du corsage [...] » (f. 24v), la précision encore pénible du « corsage » disparaissant ensuite (Cahier 8, f. 14-15 ; Cahier 9, f. 31 et *CS*, I, p. 11). Plus loin ici même, c'est le « bas de [l]a robe » de la mère, vue en rêve après sa mort, qui est « crotté » : voir f. 18 et note 1. Les « jupes trempées » de la grand-mère à la plage sont un autre rappel du thème (f. 53). Sur le rapport complexe de Proust à la scatologie, lié à la profession d'hygiéniste de son père et sans doute au patronyme « Torcheux » de la mère de ce dernier, voire au patronyme « Proust » lui-même, voir Leriche et Mauriac Dyer 2000, notamment p. 92-95. On se souvient également des propos injurieux de M. de Charlus à l'égard de Mme de Saint-Euverte, autre promeneuse : « On me dit que l'infatigable marcheuse donne des "garden-parties", moi j'appel-

lerais ça “des invites à se promener dans les égouts”. Est-ce que vous allez vous crotter là ? » (*SG*, III, p. 99).

f. 3

1. *tout ce que nous trouvons bien est mal.* La phrase de dépit de l'oncle passe d'abord à la « grand-tante ». Proust la combine à la tentative – formulée plus tôt ici (f. 1 et note 7) – de s'attirer l'alliance du reste de la famille sur le « nouveau jardinier » : « elle soupçonnait que nous trouvions au contraire le jugement de ma grand-mère plus fin que le sien, et pour détruire ses soupçons elle cherchait à nous arracher par surprise une désapprobation totale de ce que faisait ma grand-mère. Elle choisissait un moment où réfugiés sous la vérandah, ou dans le salon, les portes vitrées ouvertes sur le jardin nous regardions pleuvoir, et apercevant ma grand-mère qui continuait sous la pluie ses tours de jardin, elle criait : Voyons Cécile rentre donc. Mais non, il faut qu'elle ne fasse rien comme nous. C'est pour la pluie comme pour le reste. *Il suffit que vous ou moi nous trouvions une chose bien pour qu'elle la critique.* Hélas notre silence seul lui répondait [...] » (Cahier 2, f. 8v ; *Autres manuscrits*, n° IX). La formulation est ensuite resserrée : « Ma grand-tante savait qu'en revanche l'approbation de ma grand-mère lui faisait défaut. Elle la méprisait mais la recherchait. Ne pouvant l'obtenir elle eût voulu la déprécier. “Je ne sais pas pourquoi je te dis de rentrer. Il suffit que nous trouvions une chose bien pour que tu la trouves mal”, disait-elle en nous regardant du coin de l'œil, espérant en vain nous arracher une condamnation en bloc des opinions de ma grand-mère » (*Autres manuscrits*, n° X). La réplique disparaît en même temps que s'efface la dispute familiale autour du « nouveau jardinier » (voir ci-dessous note 3 et *Notice*, p. 238), mais Proust recycle tardivement ce dialogue, en avril 1913, quand il enrichit la scène des sœurs de la grand-mère, Céline et Flora, sur les placards du premier volume. C'est encore la grand-tante qui s'oppose à la grand-mère : « “Vous avez vu que Swann a ‘les honneurs’ du *Figaro* ?” “Mais je vous ai toujours dit qu'il avait beaucoup de goût”, dit ma grand-mère. “Naturellement toi, du moment qu'il s'agit d'être d'un autre avis que *nous*” répondit ma grand-tante qui sachant que ma grand-mère n'était jamais du même avis qu'elle, et n'étant [pas] bien sûre que ce ne fût pas à elle que nous donnions toujours raison, voulait nous arracher une condamnation en bloc des opinions de ma grand-mère contre laquelle elle tâchait de nous solidariser de force avec elle. Mais nous restâmes silencieux » (*Bodmer*, paperole au placard 4, col. 8 ; cf. *CS*, I, p. 22).

2. *une croix d'honneur en joubarbe.* La joubarbe est une plante grasse ornementale. Proust en écorche le nom sur le manuscrit : « joubarde » *[sic]* (cf. f. 29 : « une pelouse avec la croix de la légion d'honneur faite en joubarde *[sic]* »). Je remercie Bertrand Marchal de m'avoir suggéré la bonne lecture. Dans *Sodome et Gomorrhe*, le jardinier de la Raspelière se chagrine du mépris dans lequel Mme Verdurin tient « ses araucarias, ses bégonias, ses joubarbes, ses dahlias doubles » (*SG*, III, p. 309). Sur le manuscrit du passage, Proust commet la même erreur : « ses joubardes » *([sic]*, Cahier V, pape-

role au f. 71). La forme en « croix d'honneur » serait-elle un hommage du jardinier à la décoration reçue par Louis Weil (voir *Notice*, p. 214) ?

3. *petits orangers de l'entrée.* Dans *Jean Santeuil*, il était clairement dit que le jardinier, alors du notaire, était indélicat : « [...] quelquefois le jardinier [...], acharné [contre] les orangers disposés à l'entrée dans des grandes caisses vertes destinées, avant qu'on eût trouvé des laquais dans le vestibule, à vous recevoir dans le jardin et qui étaient rangés là dans une accueillante immobilité comme des statues végétales, les dépouillait de leurs fleurs jaunâtres dont il emplissait un sac pour en faire une liqueur dont il faisait commerce, par l'inexplicable mansuétude du notaire qu'il volait, mais qui, fier de son jardin, s'en rapportait en tout à son arrogant jardinier, s'étant laissé persuader qu'il était nuisible aux orangers de garder leurs fleurs [...] » (*JS*, p. 328). Le « nouveau jardinier » n'est pas plus honnête dans les versions suivantes : « Ma grand-mère regardait avec douleur les orangers dépouillés dont il avait arraché toutes les fleurs pour faire du sirop *[un mot ill.]* qu'il vendait à ~~des pharmaciens~~. Mais comme sur la quantité il en gardait un petit flacon qu'il offrait à ma tante, celle-ci était enchantée de pouvoir quand elle en faisait "servir" aux étrangers dire : C'est fait à la maison » (Cahier 2, f. 7v ; cf. NAF 16730, f. 21v ; *Autres manuscrits*, n° IX). Dans un cahier d'additions tardif, la grand-mère reproche à Mme Poussin et sa fille, « comme elles avaient [...] une trentaine de beaux orangers en pots, de les dépouiller de leurs belles fleurs blanches pour en faire cette liqueur appelée : "fleur d'oranger" » (Cahier 60, f. 123). On remarque aussi, dans « Sur la lecture », « la précieuse liqueur de fleur d'oranger placée [...] dans une ampoule de verre » (*PM*, p. 164). Proust jeune homme écrivait à sa mère, d'Auteuil, le [5 septembre 1888] : « Grand-père a entièrement renoncé au thé. Fleur d'oranger » (*Corr.*, I, p. 111). Même s'il est encore question dans un brouillon du « ~~laboratoire~~ <hangar> où le jardinier faisait ses sirops » (Cahier 14, f. 48 ; *CS*, *Esquisse XLIII*, I, p. 780), il ne reste dans le texte définitif qu'une trace infime de ces arbustes : « Quelquefois j'étais tiré de ma lecture, dès le milieu de l'après-midi, par la fille du jardinier, qui courait comme une folle, renversant sur son passage un oranger [...] » (*ibid.*, p. 87). Sur le lien entre la modification de la réminiscence déclenchée par le « pain grillé » et la disparition des orangers, voir *Notice*, p. 236 *sq.*

4. *ma tante. Sic.* Le changement de personnage est forcé : cette « tante » hérite immédiatement des qualités attribuées à la grand-mère Adèle dans la phrase biffée qui précède (« ~~Ma grand-mère en tout était pour la nature, la simplicité~~ [...] », voir Transcription diplomatique). Elle redevient d'ailleurs la « grand-mère » dès le f. 5. Dans « Sur la lecture » (1905) déjà, les traits de caractère qui seront attribués à la grand-mère de la *Recherche* le sont à la grand-tante (*PM*, p. 162-163 ; voir aussi la note suivante) ; l'hésitation entre la grand-mère et la grand-tante était déjà présente dans le manuscrit de ce texte (NAF 16619, f. 4 et 5).

5. *d'autres soucis.* C'est dans les « soixante-quinze feuillets » que les activités néfastes du « nouveau jardinier » sont les plus détaillées (émondage des arbres, taille de la

pelouse, récolte des fleurs d'oranger...) : elles auront disparu dans le texte définitif où le personnage ne laisse lui-même qu'une trace légère (« [...] notre jardin, produit sans prestige de la correcte fantaisie du jardinier que méprisait ma grand-mère », *CS*, I, p. 85). Le goût de la « nature », qui chez la grand-mère – passagèrement ici : la « tante » – reflète des préoccupations hygiénistes, devient, sur le versant esthétique, goût du « naturel », qui trouve à s'exercer, comme on le voit, sur l'art des jardins, l'art culinaire et l'interprétation pianistique. Cette triade était déjà présente dans l'avant-texte de cette page : « [ma grand-mère] aimait la nature, que les jardins lui ressemblassent, cela faisait partie de ses théories, comme de ne pas jouer *sec* du piano, ou d'éviter en cuisine les mets déguisés » – aussi trouve-t-elle « les bordures trop alignées, les fleurs raides, les massifs peu naturels » (*Autres manuscrits*, n° III ; cf. *CS*, I, p. 63). On la retrouve jusque dans *À l'ombre des jeunes filles en fleurs*, où le « naturel » est aussi une qualité sociale, voire morale, que la grand-mère goûte chez Saint-Loup : « [...] Saint-Loup fit la conquête de ma grand-mère, non seulement par la bonté incessante qu'il s'ingéniait à nous témoigner à tous deux, mais par le naturel qu'il y mettait comme en toutes choses. Or, le naturel – sans doute parce que, sous l'art de l'homme, il laisse sentir la nature – était la qualité que ma grand-mère préférait à toutes, tant dans les jardins où elle n'aimait pas qu'il y eût, comme dans celui de Combray, de plates-bandes trop régulières, qu'en cuisine où elle détestait ces "pièces montées" dans lesquelles on reconnaît à peine les aliments qui ont servi à les faire, ou dans l'interprétation pianistique qu'elle ne voulait pas trop fignolée, trop léchée, ayant même eu pour les notes accrochées, pour les fausses notes, de Rubinstein, une complaisance particulière » (*JF*, II, p. 93 ; cf. Cahier 28, f. 94-93 et Cahier 70, f. 103v). Dans « Sur la lecture », c'était aussi la « grand-tante » qui manifestait ces goûts (*PM*, p. 162-163). On découvre qu'il s'agit de Mme Santeuil mère dans l'avant-texte le plus précoce du passage (*Autres manuscrits*, n° II). Sur d'autres aspects du goût du « naturel » chez la grand-mère et sur le jeu pianistique qu'elle prise (qui doit éviter les deux écueils de l'emphase sentimentale et de la sécheresse), voir f. 6 ; sur ses préoccupations hygiénistes (ici attribuées à la « tante »), voir la présente page et f. 53 ; et sur les autres qualités qu'elle prise en société, voir f. 15.

6. *au bord de la mer.* En principe, la « tante » est toujours la protagoniste, même si dans la version précédente (*Autres manuscrits*, n° III) et dans toutes les versions suivantes à partir de celle des « soixante-quinze feuillets » (f. 53 *sq.*), c'est la grand-mère – exceptionnellement, la mère – qui accompagne le héros en villégiature. Ici même, comme dans l'avant-texte, l'accent est mis sur la présence continuelle à la plage qu'elle impose à ses petits protégés, même par mauvais temps dans la version suivante (f. 53 et note 2).

f. 4

1. *nos parents affolés.* Ces « excursions » désastreuses, pour voir quelques « curiosités » au moment du retour, sont déjà décrites dans l'avant-texte (*Autres manuscrits*, n° III). Elles sont réduites, dans la mise en place du Cahier 4, à une parenthèse bif-

fée : « et ayant fait mourir d'inquiétude nos parents le jour du retour en n'arrivant que plusieurs heures en retard parce qu'il aurait été trop malheureux de passer près d'une ville célèbre qui était sur la ~~route parcours~~ sans descendre de train et la visiter » (f. 62). Il n'en reste qu'une phrase dans le texte définitif, quand, au moment du départ pour Balbec, la grand-mère prétend refaire l'itinéraire de Mme de Sévigné en partance pour « "L'Orient" » : « Mais ma grand-mère avait été obligée de renoncer à ce projet, sur la défense de mon père, qui savait, quand elle organisait un déplacement en vue de lui faire rendre tout le profit intellectuel qu'il pouvait comporter, combien on pouvait pronostiquer de trains manqués, de bagages perdus, de maux de gorge et de contraventions » (*JF*, II, p. 7).

2. *personne ne comprenait de qui elle voulait parler.* Il s'agit toujours ici, en principe, de la tante, dont il est précisé, quelques lignes plus bas, que les lettres ont été « pieusement gardées par sa fille » (et non par « Maman ») après sa mort. La seule lettre de la grand-mère maternelle de Proust qui nous soit parvenue – un post-scriptum à un billet de Marcel à son grand-père – ne correspond en rien à ce tableau, malgré une allusion à Labiche (Mme Nathé Weil à Nathé Weil, [été 1879], *Corr.*, XXI, p. 540). Quant au texte de la *Recherche*, assez riche en missives, il n'en comporte aucune de la grand-mère du narrateur (ni d'une de ses « tantes »), et aucune, en général, qui soit bâtie sur le principe d'un recours à l'allusion aussi systématique et caricatural. En revanche, le présent morceau doit être mis en rapport avec le caractère des sœurs de la grand-mère dans « Combray I », qui, elles aussi, n'hésitent pas à s'exprimer « par allusions, figures, énigmes », quitte à ce que personne ne les comprenne : « les sœurs de ma grand-mère [...] par horreur de la vulgarité poussaient si loin l'art de dissimuler sous des périphrases ingénieuses une allusion personnelle qu'elle passait souvent inaperçue de celui même à qui elle s'adressait » (*CS*, I, p. 22). Ce trait de caractère est illustré presque immédiatement par l'épisode des remerciements à Swann pour son cadeau de vin d'Asti, inintelligibles à tout autre que les grand-tantes (*ibid.*, p. 23-26, 34). Il s'agit d'un morceau tardivement ajouté, en 1913, lors de la correction des placards de *Du côté de chez Swann* (*Bodmer*, paperole au placard 4, col. 8 ; placard 5, col. 1 ; cf. f. 3 note 1).

f. 5

1. *la folle, la folle.* « Oh ! la folle ! Oh ! la folle ! Oh ! la folle ! » (Molière, *L'Amour médecin*, acte III, sc. VI).

2. *« Vilain docteur qui ne voulez pas être de l'Académie ! ».* « "Méchant docteur, vous ne voulez donc pas être de l'Académie ?... et pourtant vous n'avez qu'un mot à dire..." » (Eugène Labiche, *La Poudre aux yeux*, comédie en deux actes [1861], acte I, sc. VII). La phrase est reprise à la scène X et à l'acte II, sc. I. La grand-mère maternelle de Marcel Proust se représente plaisamment à son mari à propos d'un voyage en train « [e]n digne femme de Mr Perrichon », autre personnage fameux de Labiche (Mme Nathé Weil à Nathé Weil, [été 1879], *Corr.*, XXI, p. 540).

3. *et sait de suite ce qu'elle a.* Machut, personnage de *La Grammaire,* est vétérinaire : « Oh ! je suis tranquille… Machut connaît son affaire… il a une manière de regarder les bêtes dans l'œil… il leur ouvre la paupière… et il vous dit : "Ça, c'est une entorse !…." » (Eugène Labiche, *La Grammaire,* comédie-vaudeville en un acte [1867], sc. XIII). Dans une lettre à Reynaldo Hahn de 1906, Proust s'amuse à filer un petit récit à partir des titres de plusieurs pièces de Labiche, dont *La Grammaire* et *La Poudre aux yeux* ([peu après le 16 mai 1906], *Corr.*, VI, p. 82).

4. *« Comment pourrais-je être à Étampes pendant que mon orthographe serait à Arpajon ».* Caboussat comprend que sa fille, qui lui sert de secrétaire, suivra son mari : « Ah ! mais non ! ça ne me va pas ! mon orthographe serait à Étampes et moi à Arpajon ! Ça ne se peut pas ! » (*La Grammaire, op. cit.*, sc. XV). Proust avait cité le même passage dans une lettre du [22 mars 1899] au prince Edmond de Polignac, prétendant, en l'absence de son mentor Reynaldo Hahn, ne pas parvenir à lui exprimer correctement son admiration pour sa musique : « […] comme il est à Hambourg, je suis comme ce personnage de Labiche dont la fille écrivait les lettres parce qu'il ne savait pas l'orthographe et qui ne se résignait pas à la marier. "Mon orthographe serait à Paris disait-il et moi à Arpajon." Je n'ai jamais eu à vous écrire que quand il était absent. Aussi suis-je bien bégayant » (Kahan et Mauriac Dyer 2003, p. 18-19). Mais dans un brouillon peut-être autobiographique du *Contre Sainte-Beuve,* l'année suivant celle des « soixante-quinze feuillets », la citation est reprise dans une circonstance pathétique : « Maman […] est morte en me faisant […] une citation de Labiche. […] "Que ce petit là n'ait pas peur sa Maman ne le quittera pas. Il ferait beau voir que je sois à Étampes et mon orthographe à Arpajon !" Et puis elle n'a plus pu parler » (Cahier 4, f. 68v ; *CSB*, p. 125). C'est encore Maman qui adapte la citation dans un passage plus léger du Cahier 65, où elle fait à son fils malade la surprise de le retrouver à Querqueville : « […] j'embrassais sans fin les joues froides et fermes de Maman qui m'expliquait en plaisantant pour que je ne prisse pas mon mal au sérieux : "Je n'ai pas voulu être à St Cloud pendant que mon orthographe était malade à Arpajon" » (f. 15).

5. *vous contemplent.* Cette phrase fameuse est attribuée à Napoléon Bonaparte, haranguant ses troupes avant la bataille des Pyramides (1798).

6. *Pends-toi Sévigné !* L'allusion au « monsieur stupide » en cache une autre, car lui-même fait allusion à un passage de la pochade d'Eugène Grangé et Alfred Delacour *Le Punch Grassot, à-propos en un acte* (Paris, Michel Lévy frères, 1858). Auguste, patron du « débit de liqueurs » où il concocte son fameux punch, croit recevoir une lettre du « moine » qui lui en a livré la recette : « […] (Ouvrant la lettre.) Ah ! c'est du bon moine… que j'ai formé aux belles manières… et au langage parisien… Lisons. (Il lit.) "Ma bonne vieille, je suis à Paris… Je t'attends à la Halle, chez Louis Baratte. C'est le vrai moment de casser le cou à un joli bourgogne." (Interrompant sa lecture.) Oh ! Sévigné, pends-toi ! (Reprenant.) "Ça te va-t-il ?… Arrive dare

dare. — Je suis, pour la vie, / Ton joli trognon, / Fra-Leonardo." / Vite mon habit… mon panama ! » (scène XIII ; je remercie Bertrand Marchal pour cette référence). « Pends-toi Sévigné ! » semble avoir été repris sous la forme du « Sévigné n'aurait pas mieux dit ! » de la grand-mère, dont on connaîtra plus tard la passion pour l'épistolière : « Elle avait rencontré chez Mme de Villeparisis un de ses neveux et disait à Maman : "Ah ! ma fille qu'il est commun !" et elle s'extasiait sur les lettres de notre ouvrière en journée et disait : "Sévigné n'aurait pas mieux dit !" » (Cahier 8, f. 25-26 ; *CS*, *Esquisse XII*, I, p. 685 ; cf. *ibid.*, p. 20, et *CG*, II, p. 625). Mais tout oppose le « monsieur stupide » et la bonne lectrice, ou lectrice de goût, qu'est la grand-mère. Voir ci-dessous f. 15 et note 5.

7. *ma grand-mère.* Proust revient à la grand-mère, après un intervalle où son rôle était tenu par la tante (f. 3-5). Deux personnages sont donc tour à tour l'auteur des lettres incompréhensibles.

f. 6

1. *le vicomte et la vicomtesse de Bretteville.* Proust avait noté dans le Carnet 1 au nombre des « Pages écrites » : « Ma g[d] mère au jardin, le dîner de M. de Bretteville […] » (f. 7v ; *Cn*, p. 43). M. de Bretteville (connu seulement à travers ce qu'en disent les personnages) occupe ici entre le narrateur et sa mère la place du *terzo incomodo* qui était celle du docteur Surlande dans *Jean Santeuil* et devient celle de Swann à partir du Cahier 4. Sauf une commune appartenance au Jockey-Club (f. 16 ; *CS*, I, p. 15), tout les oppose : contrairement à celle de Swann à Combray, la situation sociale de Bretteville, loin d'être méconnue, est précisément ce qui lui vaut une invitation de la part de l'oncle, dont la vanité est ici soulignée (voir aussi f. 15) ; alors que Swann n'est que raffinement et délicatesse, Bretteville apparaît, dans le seul trait rapporté de lui – l'anecdote des œufs dans la salade (voir f. 16 et note 2) –, comme un personnage grossier ; enfin, à la judéité de Swann s'oppose la noblesse terrienne du vicomte : « "à Bretteville l'Orgueilleuse tout lui appartient" » (f. 15 ; cf. f. 75 : « C'est encore aujourd'hui un des grands charmes des familles nobles qu'elles semblent situées dans un coin de terre particulier, que leur nom qui est toujours un nom de lieu […] »). La commune de Bretteville-l'Orgueilleuse, entre Caen et Bayeux, est vraisemblablement à l'origine du nom du personnage. En octobre 1907 Proust, dans ses périples automobiles avec Alfred Agostinelli, fit halte à proximité pour visiter l'église de Norrey (*Corr.*, VII, p. 296). Le nom « Bretteville » ne survécut pas aux « soixante-quinze feuillets », contrairement à l'épithète « l'Orgueilleuse », la seule chose qu'aime Albertine dans le nom d'une église restaurée aux environs de Balbec (*SG*, III, p. 402-403, 484 ; *Corr.*, VII, p. 297 note 5).

2. *sa belle-sœur.* Autrement dit, la grand-mère Adèle : l'affection perce à travers les chamailleries.

3. *des bouquets dans tous les vases.* Ces bouquets sont évoqués un peu plus loin : voir f. 10 et note 4. Sur d'autres indélicatesses du jardinier et leurs antécédents, voir ci-dessus f. 3 note 3.

4. *en jouant la* Polonaise *de Chopin.* Dans *Sodome et Gomorrhe II*, la vieille Mme de Cambremer, qui « avait appris simultanément à écrire et à jouer Chopin », cherche dans sa correspondance à « racheter la banalité des adjectifs multiples en les employant en gamme descendante », mais le narrateur finit par « changer d'avis sur la nature de ces *diminuendo* », y trouvant finalement un signe de la « dépravation du goût » qu'on trouvait aussi chez Sainte-Beuve (*SG*, III, p. 473 ; cf. p. 336).

5. *que du mal aux enfants.* Ces bribes de dialogue rappellent les propos de Mme Santeuil mère, textuellement repris pour la grand-tante dans « Sur la lecture » : « "Elle peut avoir beaucoup plus de doigts que moi mais elle manque de goût en jouant avec tant d'emphase cet andante si simple." "Ce peut être une femme très brillante et remplie de qualités mais c'est un manque de tact que de parler de soi en cette circonstance." "Ce peut être une cuisinière très savante mais elle ne sait pas faire le beefteck aux pommes." » (*Autres manuscrits*, n° II ; *PM*, p. 163). Voir aussi f. 15 et note 2, et sur le caractère de la grand-mère, f. 3 note 5.

6. *tira une rose pour lui donner une pose plus négligée.* Le geste est repris à partir du Cahier 4 au moment où retentit la cloche annonçant l'arrivée de Swann : envoyée en éclaireuse, la grand-mère est « toujours heureuse d'avoir un prétexte de se promener dans le jardin, et d'arracher subrepticement au passage un "tuteur" de rosiers de façon à rendre aux roses un peu de "naturel" » (Cahier 4, f. 52v ; *CS*, *Esquisse IX*, I, p. 669, et var. *a* ; *ibid.*, p. 14). Du coup l'incident du vase renversé, qui était associé ici au geste de la grand-mère, est disponible pour d'autres contextes : voir la note suivante.

7. *ce ne serait pas un si grand malheur.* Cet incident du vase renversé et l'indifférence de la grand-mère préfigurent la maladresse de Bloch lors de la matinée chez Mme de Villeparisis : « Bloch se leva pour venir à son tour admirer les fleurs que peignait Mme de Villeparisis. [...] [Il] voulut faire un geste pour exprimer son admiration mais d'un coup de coude il renversa le vase où était la branche et toute l'eau se répandit sur le tapis. [...] "Cela ne présente aucune importance, dit-il, car je ne suis pas mouillé." » (*CG*, II, p. 512-513 et p. 512 note 2).

8. *où je la quittais pour monter dans ma chambre.* On trouve ici la reprise de certaines des « Pages écrites » recensées dans le Carnet 1 : « Ma g^{d} mère au jardin, le dîner de M. de Bretteville, je monte [...] » (f. 7v ; *Cn*, p. 43). C'est le début du long morceau consacré au baiser du soir, juxtaposant l'expérience de « [t]ous les soirs » (f. 6-9) à celle, plus douloureuse encore, de « ce soir-là » où la famille reçoit un invité (f. 7, 9-20). Même si cette version retrouvée de 1908 nourrit toutes les versions ultérieures (Cahiers 4, 6 et 8), elle en diffère profondément en faisant allusion, à plusieurs

reprises, à la mort de Maman : voir f. 17 et note 5, f. 18 et note 1, f. 19 et note 2 ; *Notice*, p. 210-211. Dans le Cahier 4, le drame du coucher est aggravé dans deux circonstances : « les soirs où on avait été se promener du côté de Villebon et les soirs où M. Swann venait dîner » (f. 25, cf. f. 43-44) ; les promenades des « côtés » y précèdent même dans le récit l'arrivée de Swann (f. 25-44 ; *Autres manuscrits*, n° XII). Ce montage sera éphémère, mais les promenades de Guermantes demeurent associées à la privation de baiser du soir : « [...] comme c'était de règle les jours où nous étions allés du côté de Guermantes et où le dîner était servi plus tard, on m'enverrait me coucher sitôt ma soupe prise, de sorte que ma mère, retenue à table comme s'il y avait du monde à dîner, ne monterait pas me dire bonsoir dans mon lit » (*CS*, I, p. 180). Dans le Cahier 6, Proust borne le récit au soir de la visite de Swann, mais l'étoffe de deux scènes capitales : l'autorisation qu'accorde le père et la lecture de George Sand par Maman (f. 43-51 ; *CS*, *Esquisse X*, I, p. 673-677). L'épisode ainsi enrichi est intégré au sein du récit suivi du futur « Combray » dans le Cahier 8 ; il y reprend toute son envergure, Proust piochant alors largement dans les « soixante-quinze feuillets » (Cahier 8, f. 13-17, 30-45 ; *CS*, *Esquisse XII*, I, p. 679-680, 687-694) : voir les notes des pages suivantes. Pour un avant-texte, voir *Autres manuscrits*, n° III.

f. 7

1. *« la rosse »*. Une « rosse », « cheval sans force, sans vigueur » (Littré), est au sens figuré une « personne méchante, malintentionnée, qui se plaît à tourmenter, qui cherche à nuire » (TLFi).

2. *Il était bien décidé d'ailleurs à la faire passer pour folle.* Quand le père remplace le grand-oncle, la violence de la réaction déclenchée par le comportement de la grand-mère est quelque peu édulcorée, et s'exprime (comme ici dans la phrase précédente) à voix basse, dans un « murmure ». À un autre moment du drame du coucher, il est question, dans une digression, des ouvrages qu'elle voulait offrir à son petit-fils pour sa fête : « Grand-mère qui pensait que les œuvres du génie si hardi qu'il soit ne peuvent pas faire plus de mal à un enfant que les forces de la nature y compris la pluie ne peuvent faire de mal à son corps, m'avait acheté Musset, George Sand et Rousseau, ce qui avait fait murmurer à mon père : "C'est à croire qu'elle est folle !" » (Cahier 8, f. 44 [cf. f. 43v] ; cf. *CS*, *Esquisse XII*, I, p. 694 ; *ibid.*, p. 39). Cf. f. 15 note 4.

3. *mon supplice.* Le terme, sinon l'idée, revient comme un *leitmotiv* : un peu plus bas il est associé à la cruauté maternelle et prolongé par l'image du condamné implorant sa grâce (f. 7) ; le « théâtre » de « la montée au supplice » est l'escalier, « labyrinthe de douleurs » (f. 11) qui n'aurait pas été plus cruel à monter « s'il avait conduit à la guillotine » (f. 10) ; la chambre est la « prison », et le lit « la prison dans la prison » (f. 11, f. 12 et note 3) ; la fin du supplice apparaît enfin au f. 16. Proust est plus économe du terme ensuite : à une exception près, on ne le trouve plus qu'en tête du morceau (Cahier 4, f. 23 ; Cahier 6, f. 43 ; Cahier 8, f. 13-14). À partir du Cahier 8 apparaît la phrase où l'image est amplement filée : « Enfin il fallut monter comme

on monte au supplice, fermer moi-même les issues de ma prison en fermant les volets de ma chambre, creuser mon propre tombeau en défaisant mes couvertures, revêtir le suaire de ma chemise de nuit. Mais avant de m'enterrer moi-même dans mon lit [...] je voulus essayer d'une ruse de prisonnier » (f. 35 ; *CS*, *Esquisse XII*, I, p. 689 ; cf. *ibid.*, p. 28). Dans l'avant-texte, le narrateur se comparait déjà à « un condamné à mort » (*Autres manuscrits*, n° III). L'expression du texte définitif, « le supplice du coucher », comme la nouvelle introduction (« ma chambre à coucher redevenait le point fixe et douloureux de mes préoccupations ») ne sont acquises qu'en 1913, sur les épreuves (*Bodmer*, placard 2, col. 2 et 3 ; *CS*, I, p. 9). Dès le Cahier 9, ce qu'inflige le grand-oncle (puis la grand-tante) à la grand-mère en faisant boire son mari est aussi qualifié de « supplice » (Cahier 9, f. 30v ; *CS*, I, p. 12).

f. 9

1. *je tâchais toujours d'attirer Maman dans une autre pièce.* Voir l'avant-texte de la scène : « Souvent j'appelais Maman avant sous un prétexte dans l'escalier, dans le petit salon » (*Autres manuscrits*, n° III).

2. *je l'adjurais de ne pas être fâchée.* Ce passage (qui commence au f. 7, Proust ayant oublié de remplir le f. 8) se trouve ensuite réparti entre les jours « habituels » (pour le baiser « hostie », l'anxiété due à la brièveté du moment tant désiré, les rappels nerveux : *CS*, I, p. 13) et le jour de la visite de Swann (pour l'anticipation anxieuse du baiser et les propos involontairement cruels du père – remplaçant l'oncle – et du grand-père : *CS*, I, p. 27). Mais le visage « si cruel » de Maman n'est plus mentionné. La comparaison du baiser à une hostie, corrigée ici en une de ces « modernes hosties de la science », le « cachet de narcotique », est reprise dans le Cahier 4 (f. 24-25 ; *Autres manuscrits*, n° XII) et dans le Cahier 8 (f. 16 ; *CS*, *Esquisse XII*, I, p. 680), mais se trouve restreinte à la communion eucharistique sur le placard Grasset (*Bodmer*, placard 3, col. 1 ; *CS*, I, p. 13).

3. *la sonnette de M. de Bretteville.* Encore absente du Cahier 6 (« c'était l'heure où M. Swann allait sonner »), la distinction entre le « carillon » des familiers et la « sonnette des "étrangers" » se met en place dans le Cahier 8 (f. 17 ; *CS*, *Esquisse XII*, I, p. 681 ; cf. *CS*, I, p. 14).

4. *suppliante. Sic.* On attendrait évidemment le masculin, qu'on trouvait un peu plus tôt : « Par moments suppliant je demandais quelques minutes de grâce » (f. 7). On retrouve l'adjectif un peu plus loin : « [j']écrivis à Maman une courte lettre suppliante » (f. 12).

f. 10

1. *sa légère robe bleue.* La description de la robe est reprise à partir du Cahier 4, où elle fait l'objet d'un rajout dans la marge : « une robe de jardin, de mousseline bleue à cordons de paille » (f. 23 ; *Autres manuscrits*, n° XII). Cf. *CS*, I, p. 13.

2. *voyons Jeanne c'est ridicule.* C'est la seule fois, à notre connaissance, que le prénom de la mère de Marcel Proust, Mme Adrien Proust, née Jeanne Weil (1849-1905), apparaît dans le drame du coucher, et même dans un manuscrit romanesque de Proust, et cela peu après celui de sa propre mère, Adèle Weil née Berncastell (voir ci-dessus f. 1 note 5). Les reproches du père ont déjà été suggérés, sans être précisément attribués : « car on ne me laissait pas l'embrasser plusieurs fois, trouvant que c'était ridicule » (f. 7). Ils figurent aussi dans l'avant-texte : « si je l'embrassais plusieurs fois Papa me disait : allons pas de manifestations ridicules et Maman se détournait » (*Autres manuscrits*, n° III). C'est cette toute première formule qu'après des « tendresses absurdes » devenues des « "manifestations de tendresse" ridicules » (Cahier 9, f. 69), Proust retrouve finalement sur les épreuves de 1913 : « Mais non, voyons, laisse ta mère, vous vous êtes assez dit bonsoir comme cela, ces manifestations sont ridicules. Allons, monte ! » (*Bodmer*, placard 5, col. 4 ; *CS*, I, p. 27). Dans le Cahier 4, l'argument est médical : « Maman pour ne pas mécontenter mon père qui trouvait que c'était entretenir la nervosité des enfants que de les habituer à embrasser leurs parents, retirerait presque aussitôt son visage » (f. 45 ; *Autres manuscrits*, n° XII).

3. *licence de la quitter et de m'accompagner.* L'expression se maintient jusqu'au texte définitif : « [...] contre mon cœur qui voulait retourner près de ma mère parce qu'elle ne lui avait pas, en m'embrassant, donné licence de me suivre » (*CS*, I, p. 27).

4. *dompter mon angoisse tant que je restai en bas.* Ici commence une longue évocation de l'attente pensive et douloureuse du protagoniste avant qu'il ne monte dans sa chambre, d'abord dans un petit salon (f. 10), puis au pied de l'escalier (f. 10-12), attente qui s'achève sur l'expédient de la lettre à Maman et son échec (f. 12). Dans le Cahier 6, cette attente fait l'objet d'une ellipse (« Je retournai au petit salon quand on fut parti dîner jusqu'à l'heure de me coucher. Puis il fallut monter [...] », f. 43 ; *CS*, *Esquisse X*, I, p. 673), et le scénario est modifié : le héros rédige le billet pour Maman qu'alors qu'il est déjà monté dans sa chambre, ce qui sera le cas jusqu'au texte définitif (*ibid.*, et p. 28). Dans le Cahier 8, Proust réintroduit ce moment d'attente des « soixante-quinze feuillets », d'abord l'évocation de l'« escalier maudit » (f. 33, voir ci-dessous note 7), puis le passage dans le petit salon, mais c'est après que le héros est monté une première fois et donc redescendu : « Pourvu que je ne descende pas près "du monde" j'avais le droit de rester jusqu'à neuf heures sans me coucher et je pouvais même redescendre au petit salon quand on avait "passé à la salle à manger". Ce que je fis. Et sentant que j'avais encore une heure avant l'instant affreux du coucher, je m'efforçais de n'y pas penser, je regardais <dans les vases sur la table à jeu>

les fleurs que le jardinier ignorant du sentiment de la nature y avait placé[es] en bouquets pressés et lourds, j'écoutais un air de piano qui venait d'une maison voisine. Mais l'âme de ceux que tend une préoccupation intérieure est comme leur regard, convexe, elle ne peut laisser pénétrer en elle du dehors aucun sentiment. Je m'efforçais de me rappeler les plus beaux vers que je savais, ils laissaient dehors avant d'entrer dans mon esprit tout leur charme, toute leur joie. Enfin il fallut monter [...] » (Cahier 8, f. 34-35 ; cf. *CS*, *Esquisse XII*, I, p. 689). Ce schéma est enrichi lors de la mise au net (Cahier 9, f. 73), mais, sans doute à cause de ces allées et venues dans l'escalier, peu lisibles, tout le passage est rayé sur épreuves en 1913 (*Bodmer*, placard 5, col. 5).

5. *à la guillotine*. Voir ci-dessus f. 7 note 3.

6. *la porte quadrillée de bois vert*. Proust cherche le mot juste, de version en version : la porte « quadrillée de bois vert » devient « la porte treillissée de bois vert » (Cahier 6, f. 43) – mais « demander à Auguste », ajoute-t-il (voir f. 12 note 2) –, ensuite « la porte grillagée de bois peint en vert du vestibule » (Cahier 12, f. 36), enfin « la porte treillagée du vestibule » (Cahier 9, f. 89 ; *CS*, I, p. 34-35). Voir *ibid.*, *Esquisse X*, p. 673 (Cahier 6) et *Esquisse LIV*, p. 827 (Cahier 12).

7. *cette odeur de vernis de l'escalier*. Cette détestable « odeur de vernis de l'escalier » est prolongée ici par l'odeur de vétiver de la chambre, au f. 13. Proust la récrit dans le Cahier 8, faisant disparaître la « crise d'étouffements » qui doublait ici la rage de dents, mais gardant trace de « cette jeune fille qu'on essayait de soulever » : « Cet escalier maudit que je montais si tristement chaque soir, exhalait une odeur de vernis qui avait encore [en] quelque sorte absorbé, fixé mon chagrin et le rendait ainsi peut-être plus cruel encore à ma sensibilité parce que sous cette forme olfactive mon intelligence n'en pouvait plus prendre sa part. Quand nous dormons et qu'une rage de dents n'est perçue par nous que comme une jeune fille que nous nous efforçons deux cents fois de suite de tirer de l'eau, ou que comme une phrase de philosophie au réveil que nous nous répétons sans arrêter, c'est un grand soulagement quand nous sommes réveillés et que notre intelligence a pu débarrasser de toute apparence de sauvetage ou de syllogisme l'idée de la rage de dents. C'est le contraire de ce soulagement, une aggravation de ma douleur que j'éprouvais, quand elle m'accablait tout entier sous la forme trompeuse et subtile de l'odeur du vernis de l'escalier » (f. 33-34 ; *CS*, *Esquisse XII*, I, p. 688-689). Cf. Cahier 9, f. 72 et *CS*, I, p. 27-28.

f. 11

1. *la montée au supplice*. Voir ci-dessus f. 7 note 3.

2. *« à contre cœur »*. Placée ici en fin d'un morceau réflexif qui disparaîtra sous cette forme (voir note suivante), l'expression « à contrecœur » sera mise à l'honneur, alors que le héros doit se résoudre à aller se coucher : « Il fallut monter chaque marche de l'escalier, comme on dit à contre-cœur » (Cahier 8, f. 33 ; « comme dit la belle

expression populaire », Cahier 9, f. 71 ; « comme dit l'expression populaire », NAF 16733, f. 53 ; *CS*, I, p. 27).

3. *une impression douloureuse.* Cette description de la manière dont le supplice du soir imprègne jusqu'aux impressions heureuses du jour n'est pas reprise. Dans le Cahier 4, Proust introduit l'idée opposée d'une frontière étanche entre les différents états, euphoriques ou pénibles, que traverse le héros au cours d'une même journée, sous l'influence certainement de sa lecture de Nerval, comme en témoigne une note du Carnet 1 à l'automne de 1908 : « Sylvie. les 2 états (plaisirs jour, tristesse de perdre Maman soir [...]) » (Carnet 1, f. 13 ; *Cn 1908*, note 110, p. 149 ; *Cn*, p. 54). L'opposition se révèle dans le contexte des promenades du côté de Garmantes, les retours tardifs étant synonymes de privation du baiser du soir : « Mais ce qui distinguait par-dessus tout pour moi Garmantes, c'est que les jours où nous étions allés nous promener de ce "côté", comme nous rentrions tard on nous envoyait coucher presque aussitôt notre soupe prise et que Maman ces soirs-là ne montait pas me dire bonsoir dans mon lit. Toute la journée pendant la promenade je pensais à la comtesse de Garmantes, ou aux nymphéas comme si je n'avais pas eu cette appréhension pour le soir. Mais sur le retour quand la nuit commençait à tomber, mon angoisse me prenait. Et c'est ainsi sur le côté de Garmantes que j'ai appris à distinguer en moi ces états distincts, presque opposés, qui se succèdent dans ma vie, dans chaque journée même où la tristesse revient à une certaine heure avec la régularité de la fièvre, et pendant lesquels ce qui fut désiré, redouté, accompli, dans les états différents paraît presque incompréhensible » (Cahier 4, f. 43-44 ; *Autres manuscrits*, n° XII ; voir aussi ci-dessus f. 6 note 8). La découverte survit à la dissociation narrative du drame du coucher et des promenades. Le propos est ensuite développé dans le Cahier 26 (f. 6-7 ; *CS*, *Esquisse LV*, I, p. 833 ; *ibid.*, p. 180-181). Pour l'influence de Nerval, voir aussi Cahier 5, f. 14, à propos de *Sylvie* : « c'est le souvenir d'une femme qu'il aimait en même temps qu'une autre, qui domine ainsi certaines heures de sa vie et qui tous les soirs le reprend à une certaine heure » (*CSB* Clarac, p. 237).

f. 12

1. *de venir me parler le dîner fini.* Dans *Jean Santeuil*, Jean ose à peine demander à Augustin, « le vieux domestique », « d'aller chercher Maman » (*JS*, p. 206). L'expédient de la lettre apparaît ici, mais c'est la seule version où le héros en a l'idée avant de monter dans sa chambre (voir ci-dessus f. 10 note 4). Quand Proust reprend cette « ruse » dans le Cahier 6, la « vieille bonne » de la présente page a déjà été remplacée par Françoise, et Auguste par le « valet de chambre » (Cahier 6, f. 43-44 ; *CS*, *Esquisse X*, I, p. 673-674). Les premières considérations sur le « code subtil » auquel obéit Françoise apparaissent dans le Cahier 8 (f. 35-36 ; *CS*, *Esquisse XII*, I, p. 689-690 ; cf. *ibid.*, p. 28-30). Sur Auguste, voir la note suivante.

2. *Auguste.* Voir aussi l'avant-texte : « [...] on allait bientôt dire au valet de chambre : Auguste mettez le café au jardin » (*Autres manuscrits*, n° III). On pense à Auguste

Sauton, le valet de chambre de l'oncle Louis Weil à Auteuil, que ce dernier coucha sur son testament ainsi que son épouse pour la somme de dix mille francs chacun (Duchêne 2004, p. 681). Le « vieux domestique » de la famille Santeuil, Augustin, protagoniste de la scène du coucher, était aussi, vraisemblablement, inspiré de lui (*JS*, p. 206-208, 210) ; Mme Proust s'amuse à l'appeler « Octave » dans une lettre à son fils ([14 août 1890], *Corr.*, t. I, p. 152 ; voir aussi p. 110). Dans le Cahier 6, au début de la version tronquée de la scène du coucher, Proust envisage de le consulter au sujet de la porte du vestibule de la maison d'Auteuil : « ~~l'antichambre~~ <le vestibule> dont la porte était treillissée de bois vert (demander à Auguste) » (f. 43 ; voir ci-dessus f. 10 note 6 ; cf. *Corr.*, VII, lettre n° 153). Proust avait inscrit le couple Sauton dans le carnet d'adresses familial : « Sauton [(]M. et Me Auguste) rue Brey 11 » (coll. particulière). Leur patronyme est donné à une famille de Combray (Cahier 10, f. 35 ; *CS*, I, p. 57).

3. *prison.* Cf. f. 7 note 3, et *CS*, I, p. 28. « La chambre c'était la prison, mais le lit c'était la tombe », disait même Jean Santeuil arrivé sans Maman à l'hôtel des Roches-Noires, à Trouville (*JS*, p. 358). Voir aussi f. 13 note 3.

f. 13

1. *comme un prolongement de mon regard.* Proust reprend cette formule pour évoquer la chambre d'hôtel, lors de l'arrivée à Querqueville : « Je n'avais plus autour de moi ces choses toutes pénétrées de nous par la vue quotidienne et l'habitude qui sont autour de nous comme des amis c'est-à-dire comme un prolongement de notre corps […] » (Cahier 65, f. 10v). Une note de régie en bas de page précise : « peut'être mettre ici l'autre morceau sur le bruit de la pendule etc. ». Voir la note 3.

2. *penser à l'odeur du thé que je faisais dans ma chambre de Paris l'hiver.* Dans *Contre Sainte-Beuve* et « Combray », où la réminiscence provoquée par le pain grillé ou la madeleine trempés dans du thé se produit par une froide journée d'hiver, la prise de thé est à l'inverse exceptionnelle : « […] une tasse de thé, dont je ne prends jamais » (*Autres manuscrits*, n° VII), « […] me faire prendre, contre mon habitude, un peu de thé » (*CS*, I, p. 44). Mais dans la « Préface » à *Contre Sainte-Beuve*, c'est « l'odeur » du thé, corrigé en son « goût », qui provoque d'abord le trouble délicieux : « […] au moment où je mis le pain grillé dans ma bouche, et où j'eus la sensation de son amollissement pénétré ~~de l'odeur du~~ <d'un goût de> thé contre mon palais, je ressentis un trouble […] soudain les cloisons ébranlées de ma mémoire cédèrent […] » (NAF 16636, f. 1-2 ; *Autres manuscrits*, n° VII). L'« odeur du thé » est également associée à un « souvenir que nous cherchons à faire monter » dans une note de régie plus tardive du Cahier 26 (f. 12v) ; on la trouve aussi dans l'Agenda 1906 : « le complément de l'odeur du thé c'est que la vie est belle » (*Agenda*, f. 55v et note 3). À Combray, odeur et goût seraient d'ailleurs synonymes : « […] la saveur – ce qu'on aurait appelé à Combray le “parfum” – d'une tasse de thé » (*CS*, I, p. 183).

3. *cette petite dose de vétiver.* Dès 1909, Proust a extrait cette chambre inhospitalière du drame du coucher et l'a insérée dans la rêverie des chambres à l'ouverture de « Combray », mais sans préciser à quel lieu ou à quelle situation elle se rattachait (Cahier 8, f. 7-8 et 6v ; *CS, Esquisse IV,* I, p. 656-657). Elle figure à la clausule de l'énumération à partir de la mise au net (Cahier 9, f. 12-14 ; cf. *CS,* I, p. 8). On retrouve cette chambre lors de l'arrivée du héros et de sa grand-mère à l'hôtel du bord de mer, où le récit se réduit d'abord à une brève notation, pour mémoire d'une rédaction future : « J'étais parti souffrant, nous nous arrêtâmes en route pour visiter Caen, nous n'arrivâmes que le soir très tard, j'étais brisé quand je fus pris au nez par l'odeur du vétiver en ouvrant la porte de la chambre pyramidale [...] » (Cahier 12, f. 49 ; *Autres manuscrits,* n° XIII). C'est dans le Cahier 32 que la description s'étoffe par la reprise des éléments du décor (f. 29-30, 29v ; cf. *JF, Esquisse XXXI,* II, p. 897). Voir ensuite Cahier 70, f. 34-36, et *JF,* II, p. 27-28. Cette chambre inhospitalière, d'abord humanisée par l'arrivée aimante de la grand-mère et finalement domestiquée par l'Habitude, devient bien plus tard le théâtre des « Intermittences du cœur », c'est-à-dire de la résurrection de la grand-mère (*SG,* III, p. 148, 152 *sq.*). Certains éléments de son décor, absents de la présente page, sont d'ailleurs liés au souvenir de Mme Proust. Voir *Notice,* p. 210.

4. *Eugénie.* On songe à Eugénie Lémel, la femme de chambre de Mme Proust, même si on ne la trouve pas mentionnée avant 1890 dans la correspondance dont nous disposons (lettre de Mme Proust à Marcel Proust, [28 avril 1890], *Corr.*, I, p. 141). Dans *Jean Santeuil* « Eugénie », la femme de chambre de Jean, n'apparaît qu'une fois, également dans une scène de désarroi au sein d'une chambre étrangère (*JS*, p. 357).

f. 14

1. *mon cœur commença de battre d'une façon intolérable.* Il ne restera rien de cette scène de la mantille. En dépit de la dénégation – « Maman (que Papa rendit toujours la plus heureuse des femmes) » –, le narrateur adopte le même comportement que lorsque sa grand-mère était la victime des remarques ironiques de l'oncle : alors il « l'embrassai[t] éperdument pour la consoler » (f. 1), ici il ressent « l'irrésistible besoin » d'« embrasser » sa mère « pour la consoler ». Dans les deux cas, il s'agit bien d'épisodes où la mère et la grand-mère sont en butte à la cruauté de leurs proches. Dans *Sodome et Gomorrhe II,* c'est le héros lui-même qui se reproche après la mort de sa grand-mère « quelques mots impatientés et blessants » à son égard : « c'était moi qu'ils déchiraient maintenant qu'était impossible à jamais la consolation de mille baisers » (*SG*, III, p. 156).

2. *pour aller dans son cabinet de toilette.* La « joie immense » de la décision d'attendre Maman devient dans le Cahier 6 « une grande joie », « une joie profonde » (f. 45 ; *CS, Esquisse X,* I, p. 674), et à partir du Cahier 8 de la « félicité » et même « une allé-

gresse extraordinaire » (f. 37 ; *CS, Esquisse XII*, I, p. 690 ; *ibid.*, p. 32). Mais, dans ces deux cahiers, le récit s'est resserré : la scène qui suit ici, à savoir la nouvelle dispute entre l'oncle et la grand-mère (f. 15-16), a disparu. Voir aussi f. 16 et note 3.

f. 15

1. *une vive discussion entre mon oncle et ma grand-mère.* Cette « vive discussion » entre l'oncle et la grand-mère au sujet de M. de Bretteville sur ce qu'est la « distinction » (f. 15-16) n'est pas reprise dans les versions suivantes du drame du coucher, où ne subsiste que l'échange entre les parents (voir ci-dessous f. 17 note 1). Elle n'a plus lieu d'être, puisque le nouveau visiteur nocturne, Swann, par sa délicatesse et son goût des arts, recueille l'agrément de la grand-mère. Des éléments de cette page survivent cependant dans d'autres contextes : voir ci-dessous note 5, et f. 16 note 2.

2. *beaucoup plus de chevaux que moi.* Proust retrouve le même patron de phrase que dans la situation analogue de « Sur la lecture », elle-même calquée sur une scène de *Jean Santeuil* : « Dès la première bouchée, aux premières notes, sur un simple billet, [ma grand-tante] avait la prétention de savoir si elle avait affaire à une bonne cuisinière, à un vrai musicien, à une femme bien élevée. "*Elle peut avoir beaucoup plus de doigts que moi*, mais elle manque de goût en jouant avec tant d'emphase cet andante si simple." » (*PM*, p. 163 ; *Autres manuscrits*, n° II ; nous soulignons).

3. *Bretteville l'Orgueilleuse.* Voir ci-dessus f. 6 note 1.

4. *Ma parole elle est folle.* Après « la rosse », cette reprise de l'injure « elle est folle » (f. 7 notes 1, 2) est aggravée quelques lignes plus bas par : « elle est enragée ». Voir plus tard dans « Combray » : « "Mme Amédée, c'est toujours tout l'extrême des autres", disait Françoise avec douceur, réservant pour le moment où elle serait seule avec les autres domestiques, de dire qu'elle croyait ma grand-mère un peu "piquée". » (*CS*, I, p. 101).

5. *jugeait « extrêmement distinguée ».* Dans le Cahier 8, Proust revient à ce qu'est la « distinction » selon la grand-mère, en l'associant à l'autre qualité qu'elle prise plus que tout, le « naturel » (cf. Cahier 6, f. 71v ; *CS, Esquisse XXVII*, I, p. 736, et *ibid.*, p. 63). Mme de Villeparisis essaie de la persuader de louer au voisinage de chez elle : « et ma grand-mère revenait chaque fois fort enthousiasmée par ces jardins d'autant plus "naturels" que personne ne s'en occupait et aussi par un fleuriste [...] qui était l'homme le mieux, le plus distingué qu'elle eût jamais vu. Car pour ma grand-mère la distinction était une chose absolument indépendante du rang social » ; aussi peut-elle s'extasier sur les lettres dignes de Sévigné de « notre ouvrière en journée » (Cahier 8, f. 25-26 ; *CS, Esquisse XII*, I, p. 685 ; cf. f. 5 note 6). En 1913, sur les placards du premier volume, le fleuriste devient un giletier, et l'« ouvrière en journée », qui fai-

sait double emploi avec la fille de ce dernier apparue lors de la mise au net (Cahier 9, f. 60), disparaît : voir *Bodmer*, placard 4, col. 4 ; *CS*, I, p. 20.

6. *laisser toute sa fortune précisément à ma grand-mère.* C'est un passage qui pourrait laisser penser que l'oncle et la grand-mère sont, dans cette histoire, plutôt frère et sœur que beau-frère et belle-sœur (voir f. 1 note 5). La générosité de Louis Weil, mort veuf et sans enfants, est en tout cas avérée par la distribution de son héritage à de nombreux membres de sa parentèle, ses légataires universels étant ses neveux Georges Weil et Jeanne Proust, les enfants de son frère Nathé et de sa belle-sœur Adèle (Duchêne 2004 ; cet auteur fait toutefois erreur en affirmant que Louis et Nathé étaient demi-frères).

f. 16

1. *membre du Jockey.* Être membre du très sélect Jockey-Club est la seule chose que M. de Bretteville partage avec Swann (Cahier 4, f. 54 ; *CS*, *Esquisse IX*, I, p. 669 ; cf. *ibid.*, p. 15). Voir ci-dessus f. 6 note 1.

2. *des œufs dans la salade.* Ce ridicule de Bretteville n'a pas été perdu. En 1909, quand sont exposées les raisons, dont le « naturel », qui font que la grand-mère apprécie la toute nouvelle amitié de Montargis (le futur Saint-Loup) pour son petit-fils, sont invoquées « la politesse et [les] manières d'un jeune homme chez qui elle préférait une faute contre l'étiquette à des façons trop étudiées[,] comme avait ce M. de Prémisy de Blanqueville qui avait persuadé à ma grand-tante, à la fureur silencieuse de ma grand-mère[,] de ne plus faire servir de quartiers d'œufs dans la salade parce que cela ne se faisait pas dans la bonne société de Blois » (Cahier 28, f. 94-93 ; cf. ci-dessus f. 3 note 5). On retrouve ici la transposition de l'oncle en grand-tante (cf. f. 1 note 6, et *Notice*, p. 215-216). Par la suite, tout souvenir de la querelle du présent chapitre, et en particulier de « ce M. de Prémisy de Blanqueville », dernier avatar de M. de Bretteville, est effacé : à Balbec, les épouses des habitués du Grand-Hôtel « nous tois[aie]nt avec leur face-à-main, ma grand-mère et moi, parce que nous mangions des œufs durs dans la salade, ce qui était réputé commun et ne se faisait pas dans la bonne société d'Alençon » (*JF*, II, p. 37). Dans le Cahier 70 (f. 51) et l'extrait d'*À la recherche du temps perdu* publié dans la *NRF* en juin 1914 (p. 942), la « bonne société » n'était pas celle de Bayeux, Blois ou Alençon, mais celle de Nantes.

3. *je l'embrassai tendrement.* Cette scène où le héros exulte n'est reprise que dans le Cahier 8, où elle suit – au lieu de précéder comme ici – le bref dialogue des parents avant qu'ils ne montent : « J'étais dans une disposition si joyeuse que ces paroles insignifiantes qui montaient du jardin m'enchantaient[,] je me répétais Zut, Zut, Zut, Zutiflor avec le même accent enivré que si ces mots avaient signifié quelque vérité délicieuse, je sautais seul dans ma chambre, je m'adressai un sourire dans ma glace, et ne sachant sur qui faire tomber ma tendresse et ma joie, je saisis m~~a~~/on propre ~~main~~ <bras> avec transport et j'y déposai un baiser » (f. 37 et 36v ; cf. *CS*, *Esquisse XII*,

I, p. 690-691). L'interjection qui deviendra le quadruple « Zut » de *Du côté de chez Swann* apparaît dans le Cahier 26 (f. 9v-10v ; *CS, Esquisse LV,* I, p. 835-836), dans le contexte tout différent de l'impuissance artistique devant les impressions obscures (*CS,* I, p. 153).

f. 17

1. *les ortolans bons.* L'échange entre les parents est maintenu dans les versions suivantes, mais abrégé, cependant que le plantureux menu (filet de caneton, langouste, ortolans, salade à la banane…) s'allège mais ne cesse de changer : dans le Cahier 6, glace et biscuits au chocolat (f. 45 ; *CS, Esquisse X,* I, p. 674), dans le Cahier 8, langouste et glace (f. 36v ; *CS, Esquisse XII,* I, p. 690), et dans le texte définitif, langouste et glace au café et à la pistache (*CS,* I, p. 33). Sur les « demoiselles de Caen », biffées ici (voir Transcription diplomatique) et remplacées par une langouste unique, voir *SG,* III, p. 293 et note 2.

2. *ma mère entra avec mon père dans leur chambre.* C'est une des principales différences de cette version : le père n'y joue pas encore le rôle décisif qui sera le sien dès l'année suivante, et pour la première fois dans le Cahier 6 (f. 45-47 ; *CS, Esquisse X,* I, p. 674-675 ; Cahier 8, f. 38-40 ; *CS, Esquisse XII,* I, p. 691-692, et *ibid.*, p. 35-37). Tout se passe entre la mère et son fils.

3. *Elle était en peignoir de toile blanc, ses admirables cheveux noirs défaits.* On retrouve la même vision dans les cahiers du *Contre Sainte-Beuve,* mais associée à la matinée de l'article du *Figaro* : « […] avant de me recoucher je voulais aller embrasser Maman et savoir comment elle avait trouvé l'article. Je la trouvai assise dans son cabinet de toilette, ses grands cheveux noirs répandus sur son peignoir de baptiste. » (Cahier 1, f. 2) ; « […] Avant de me recoucher je voulais savoir comment Maman avait trouvé mon article. […] Maman est assise devant sa toilette, dans un grand peignoir blanc, ses beaux cheveux noirs répandus sur ses épaules » (Cahier 2, f. 25v ; *CSB,* p. 105). Sur la beauté de Maman, voir aussi les notes 4 et 5, et le Cahier 2 (« les belles lignes de son visage juif », f. 6 ; *CSB,* p. 128).

4. *un visage d'une pureté adorable.* On retrouve les scènes des « Pages écrites » notées dans le Carnet 1 : « Ma g^{d} mère au jardin, le dîner de M. de Bretteville, je monte, le visage de Maman alors […] » (f. 7v ; *Cn,* p. 43). Voir aussi la note suivante.

5. *que le peintre efface d'un doigt.* C'est, avec l'avant-texte des archives Fallois (*Autres manuscrits,* n° III), la seule version connue du drame du coucher où la mort de « Maman » est évoquée, en des termes qui, en outre, annoncent directement, et parfois textuellement, l'épisode de la mort de la grand-mère au début du *Côté de Guermantes II.* On y retrouvera le « lit funèbre », le visage débarrassé des « empâtements » apportés par les douleurs de la vie, l'évocation de la « pureté » et de l'« innocente gaieté » de la jeunesse (*CG,* II, p. 640-641). Une lettre de Proust à Anna de Noailles

le jour suivant le décès de sa mère aurait certes suffi à suggérer la transposition romanesque : « Elle meurt à cinquante-six ans, en paraissant trente depuis que la maladie l'avait maigrie et surtout depuis que la mort lui a rendu sa jeunesse d'avant ses chagrins, elle n'avait pas un cheveu blanc » ([le 27 septembre 1905], *Corr.*, V, p. 345 ; voir aussi *CG*, II, « Notice », p. 1673). Au printemps de 1910, quand Proust rédige l'épisode de la dernière maladie et de la mort de la grand-mère dans le Cahier 14, il y reprend et développe le présent passage : « Le visage de ma grand-mère était devenu pour ainsi dire son vrai visage, celui que je n'avais ~~guère~~ <~~jamais~~> connu, débarrassé avec la vie de tout ce que la vie lui avait apporté, de tous les empâtements, les rides, les sillons, de la douleur. Sur le lit funèbre où elle reposait comme sur sa tombe, il semblait que la mort, comme ces sculpteurs du Moyen Âge commençant, avant les temps réalistes qui suivirent, qui représentaient la morte couchée sous les traits d'une jeune femme, lui avait donné l'effigie de sa jeunesse. C'était elle, telle qu'elle était dans le portrait qui était chez mon oncle, comme au jour de ses fiançailles, avec un visage de pureté et de soumission, mais aussi une espérance et un désir de bonheur que la vie avait déçus avant même que je la connaisse, et dont j'avais brisé les derniers ressorts. Alors elle entrait dans la maison de son époux, gaie, avec ses rêves de jeune fille, croyant au bonheur, mais infiniment pure et soumise, servante de l'époux. Et c'est avec cette pureté et cette soumission que devaient se faire, quand elle aurait compris que le bonheur n'était pas pour elle et quand il fut remplacé par le désir douloureux du bonheur pour nous qui ne nous y prêtions pas, cette abnégation, cette douleur que j'avais toujours vue sur son visage, qui l'avait vieillie, qui avait empâté ses joues, durci ses traits, creusé ces sillons sous ses yeux. La vie lui avait apporté tout cela, elle venait de l'emporter. Dans sa pureté virginale, un sourire d'espérance sur les lèvres, immobile et soumise, ma grand-mère semblait prête à recommencer la vie, prête à ce qu'un nouveau cortège la conduisît chez l'époux » (Cahier 14, f. 85-85v ; cf. *CG, Esquisse XXV*, II, p. 1210). Voir aussi f. 18 note 1.

f. 18

1. *Je me mis à courir après elle.* Comme le surgissement du visage de Maman morte (f. 17), ce long récit de rêve est un hapax dans les versions du drame du coucher ; et comme pour la vision fugitive du « lit funèbre » à la page précédente, l'objet en devient ensuite la grand-mère. Proust avait noté au début du Carnet 1, dans les premiers mois de 1908, trois brefs récits de rêve de ses parents disparus (f. 2, 3v, 4 ; *Cn*, p. 31-32, 36). Celui-ci n'en fait pas partie. Il pourrait dater du 17 ou 18 juillet 1908, quand Proust est en route pour Cabourg : « *Maman retrouvée en voyage, arrivée à Cabourg,* même chambre qu'à Évian, la glace carrée ! » (Carnet 1, f. 5v ; *Cn*, p. 39 ; nous soulignons). Si la note des « Pages écrites » du Carnet 1 évoque « Maman [...] dans mes rêves » (f. 7v ; *Cn*, p. 43), il s'agit soit de rêves différents, soit d'une version différente du présent rêve (voir *Chronologie*, p. 253). Pendant les premiers mois de 1910, dans le Cahier 65 – cahier centré sur le personnage de la grand-mère à Querqueville (le futur Balbec), où elle est parfois remplacée par Maman auprès de son petit-fils –, les quatre rêves sont récrits côte à côte (f. 39-42, 41v, 42-44), après la

première version des « Intermittences du cœur ». Le présent rêve posthume y apparaît « en chemin de fer », sans plus de précision. L'avilissement physique du personnage est aggravé d'une « éclaboussure de boue » qui rappelle la grand-mère au jardin (voir ci-dessus, f. 2 note 2) ; la rancune et la culpabilité qu'éprouvent respectivement les protagonistes sont amplifiées ; enfin, au blanc qui suit l'interruption de l'écriture sur la présente page (« Je me mis à courir après elle/ »), fait écho dans le Cahier 65 la paralysie qui frappe le rêveur, spectateur impuissant d'une vision cruelle (Cahier 65, f. 42-44 ; *Autres manuscrits*, nº XVI). Quelques mois plus tard, à la fin de 1910 ou au début de 1911, Proust reprend ce rêve dans des termes très proches au moment où le héros, qui vient d'avoir une aventure avec la femme de chambre de Mme Putbus, quitte Venise en train avec sa mère (Cahier 50, f. 19, puis Cahier XV, envers décollés des f. 12 et 11 ; *SG*, *Esquisse XIII*, III, p. 1033-1034 et p. 1033 var. *a*). Le verbe « crotter » de la présente page, qui avait disparu dans la version du Cahier 65, est réintroduit : « Elle avait ~~sali~~ <crotté> sa robe, presque perdu une bottine » (Cahier 50, f. 19). Pendant la guerre, Proust déplace à nouveau ce rêve, qu'il situe alors pendant le second séjour à Balbec (Cahier V, f. 136-138 et Cahier VI, f. 1), mais sans plus le ranger parmi ceux des « Intermittences du cœur » (à leur sujet, voir *SG*, III, p. 157-159, 175-176) : ce chapitre s'achève néanmoins sur le rappel de la grand-mère crottée (*ibid.*, p. 177). Le rêve finit par disparaître tout à fait : lors de la révision des cahiers dactylographiés de *Sodome et Gomorrhe II*, en 1922, Proust lui substitue une longue dissertation de rédaction récente sur le sommeil profond (*SG*, III, p. 368 var. *a* [p. 1553-1554], et p. 370 note 1), le reléguant ainsi définitivement dans les brouillons. Mais les « routes obscures du sommeil et du rêve » de la présente page, par l'intermédiaire des « porches obscurs de cet autre monde qu'est le royaume du sommeil » du Cahier 65 (f. 38v) sont encore lisibles dans les « porches sombres » des « Intermittences du cœur » (*SG*, III, p. 157).

f. 19

1. *tu vas réveiller ton père.* Dans la version suivante, celle du Cahier 6, on retrouve la même scène, mais dans un contexte bien différent, puisque la vision du visage de Maman (f. 17) et le récit du rêve (f. 18) ont disparu, et que le père – rentré dans la chambre des parents dans la présente version (f. 17) – va surgir : « [...] bientôt j'entendis la robe de Maman qui montait fermer les fenêtres, je voyais sa lumière, puis je la vis et m'élançai vers elle. À la 1re minute elle ne comprit pas ce que je faisais là à cette heure-là, puis le comprenant, sa figure se contracta de colère, elle ne voulait même pas me parler car je venais de faire une de ces choses pour lesquelles on ne me parlait plus, mais elle entendit mon père qui montait et devant l'imminence du danger et pour éviter un ennui à mon père elle me dit d'une voix entrecoupée : "Sauve-toi que ton père au moins ne te voie pas et ne recommence jamais cela." Mais je lui répétais viens me dire bonsoir, sans doute la lumière de mon père qui devait être dans le couloir m'épouvantait mais aussi c'était une espèce de chantage, je sentais que Maman pour éviter que je reste une seconde de plus et que mon père me vît, allait me dire : rentre vite dans ta chambre je viens. Et une fois qu'elle y serait

nous verrions. Il était trop tard mon père était devant nous » (Cahier 6, f. 45-46 ; *CS, Esquisse X,* I, p. 674, et *ibid.*, p. 35).

2. *sous la terre.* C'est la troisième et dernière allusion à la mort de Maman. Voir aussi f. 17 et 18.

3. *comme une première défaite de Maman devant la vie.* Dans cette version comme dans *Jean Santeuil* et son avant-texte (*Autres manuscrits,* n° I), c'est à la mère seule que revient la décision de rester avec l'enfant dans sa chambre. Mais c'est le père qui, contre toute attente, en donne le signal à partir de la version du Cahier 6 (f. 46-47 ; *CS, Esquisse X,* I, p. 675, et *ibid.*, p. 35-37). Dans l'avant-texte de *Jean Santeuil* sont déjà présents la visite du domestique et le sentiment de disculpation, qui n'est plus mentionné en revanche dans *Jean Santeuil.* À partir du Cahier 6 on retrouve tous les éléments de la présente version : question du domestique, mots d'explication de Maman, joie de la disculpation vite gâchée par la tristesse d'avoir imposé à Maman cette « première défaite » (Cahier 6, f. 47-48 ; *CS, Esquisse X,* I, p. 675-676 ; Cahier 8, f. 41-42 ; *CS, Esquisse XII,* I, p. 693, et *ibid.*, p. 37-38). Voir aussi f. 20 note 1.

f. 20

1. *une première abdication.* Le verbe « concéder » apparaissait à la page précédente, mais négativement, et associé à un lapsus dans le manuscrit, comme si l'intransigeance avait toujours été le fait du père ou du médecin : « [...] avoir un fils digne des espoirs qu'elle formait pour lui, à qui *il* ne concéderait rien de ce qui pouvait être mauvais pour lui » (nous soulignons ; voir Transcription diplomatique). On trouve dans le Cahier 6 le couple « concession douloureuse » et « première défaite » (f. 48), et dans le Cahier 8 « première concession » et « première abdication » (f. 43) : les trois termes figurent dans la présente version. C'est bien la reprise des scènes des « Pages écrites » énumérées dans le Carnet 1 : « [...] je monte, le visage de Maman alors et depuis dans mes rêves, je ne peux m'endormir, concessions etc. [...] » (f. 7v ; *Cn,* p. 43). Voir *CS*, I, p. 38.

2. *petit crétinos, petit jaunet.* Dans les Cahiers 6 et 8 ensuite, et jusqu'au texte final, figurent aussi l'aggravation des pleurs de l'enfant sous l'effet de la culpabilité, l'attendrissement que refoule Maman, enfin les petits noms tendres qu'elle adresse à son fils (Cahier 6, f. 48-49 ; *CS, Esquisse X,* I, p. 676 ; Cahier 8, f. 43 ; *CS, Esquisse XII,* I, p. 693-694, et *ibid.*, p. 38). Un peu plus bas, Proust glose le sens qu'il faut donner ici à « jaunet » : « Alors c'est mon jaunet (serin) » (voir aussi f. 21 note 1). On retrouve ces petits noms dans la longue scène d'intimité entre Maman et son fils adulte, au moment de la parution de l'article du *Figaro,* dans *Contre Sainte-Beuve* (« mon crétinos », « petit crétin », « mon petit serin », Cahier 2 envers, f. 24v, 22v). « Lettre aussi jaunette que possible je te préviens », écrit Proust à sa mère à qui il détaille ensuite son emploi du temps et ses désagréments physiques ([21 septembre 1904], *Corr.*, IV, p. 279). Voir aussi plus loin « mon loup », f. 25 note 5.

3. *quand ils sont mal léchés.* Même si Maman « se ressaisit tout à fait » à la fin de l'épisode, sa capitulation marque le début d'une ère nouvelle : « Dorénavant... » L'énoncé de sa prédilection pour son ourson « mal léché » peut aussi bien être lu comme la conclusion de la scène du coucher, que comme une scène qui se répète. À partir du Cahier 6, Proust prolonge longuement la scène d'intimité dans la chambre par la lecture que fait Maman des romans champêtres de George Sand, apothéose de la communion entre la mère et son fils (Cahier 6, f. 49 *sq.* ; *CS, Esquisse X,* I, p. 676-677). C'est alors que la phrase sur « l'esprit admirablement pratique » de Maman est adaptée à son nouveau contexte : « Elle n'était pas pressée de se coucher, parce qu'avec sa grande intelligence elle était plus réaliste que ma grand-mère et maintenant qu'on avait fait quelque chose d'exceptionnel voulait au moins que j'en eusse tout mon plaisir, et le bien que cela pouvait – mêlé à beaucoup de mal – me faire. Elle était [des personnes] qui tout en tenant pour les principes [savent] reconnaître le moment où il faut les faire fléchir, et qui tout en proscrivant les drogues savent reconnaître le moment où la souffrance serait pire que la morphine et ne vous laissent pas souffrir inutilement ; et je crois que sans la peur de fâcher mon père quand elle m'avait vu sur l'escalier elle serait entrée dans ma chambre, et qu'elle avait été presque aussi heureuse que moi de sa brusque décision » (Cahier 6, f. 50 ; cf. *CS, Esquisse X,* I, p. 677).

4. *j'irais la rejoindre un peu plus tard avec mon père.* Ici commence un épisode d'un peu plus de cinq pages (f. 20-26) où se poursuit à travers d'autres exemples le traitement du thème de l'attachement et de la séparation : sur le mode humoristique, avec l'anecdote du chevreau, laissée inachevée (f. 20-24), et dans le registre sérieux, avec la scène du départ de Maman, qui procure, mais sans raccord satisfaisant, la conclusion qui manquait à ce qui précède (f. 25-26). Proust en tira un épisode important mais plus bref : l'adieu aux aubépines dans « Combray » (*CS,* I, p. 143 ; voir ci-dessous f. 21 notes 2 et 3, f. 22 note 2, f. 23 notes 1, 2, 3). Le contenu de ces deux morceaux juxtaposés correspond à la toute première note de la liste des « Pages écrites », dans le Carnet 1 : « Robert et le chevreau, Maman part en voyage » (f. 7v ; *Cn,* p. 43). Mais cette mention renvoie vraisemblablement à des états antérieurs aux « soixante-quinze feuillets », aujourd'hui perdus (voir *Chronologie,* p. 250). B. de Fallois a détaché le présent ensemble et l'a publié dans son édition de *Contre Sainte-Beuve,* au milieu de l'avant-dernier chapitre qu'il avait intitulé « Retour à Guermantes » (*CSB,* chap. XVI, p. 291-297). Il n'en avait pas indiqué la provenance, qu'on pouvait cependant inférer de sa préface, qui cite la liste du Carnet 1 dans une note à la description des « soixante-quinze feuillets » (*ibid.*, p. 14 note 1).

f. 21

1. *digne de Léonidas.* Fallois supprime dans cette phrase la première occurrence de « jaunet » et indique : « Lacune dans le manuscrit » (*CSB,* p. 292). Certes il pourrait s'agir d'un lapsus ou d'une bévue de Proust. Mais on peut y voir aussi un jeu de

mots de « Maman » sur les deux sens de « jaunet » : un jaunet est un serin (voir f. 20 note 2), mais c'est aussi « une petite pièce d'or, en particulier un louis d'or ou napoléon » (TLFi). Le « visage jaunet » de Léonidas serait alors un visage de médaille, impassible, que le petit « jaunet » (serin) ferait bien d'imiter en faisant preuve de plus de stoïcisme. Léonidas est le type du roi spartiate héroïque, qui se sacrifia pour sauver sa patrie lors de la bataille des Thermopyles ; Maman fait ailleurs allusion à cette bataille rapportée par Hérodote au livre VII des *Histoires* (« "Étranger va dire à Sparte" », *JF*, I, p. 507). Il s'agit d'une pseudo-citation de Plutarque, dont la *Vie de Léonidas* ne nous est pas parvenue. Voir aussi f. 25 note 4.

2. *à Évreux.* On ne sait trop quel est le point de départ de ce petit voyage familial : même si un souvenir d'Illiers se profile ensuite (voir ci-dessous note 4), Évreux, préfecture de l'Eure en Normandie, se trouve presque à une centaine de kilomètres, et il en va de même d'Auteuil. Sans doute faut-il voir dans ce nom, comme ailleurs dans ce chapitre (f. 6 note 1) et dans [« Noms nobles »] (f. 75 notes 6 et 7, f. 76 note 6, f. 77 note 5), la trace des excursions que Proust fit en 1907 en Normandie dans une automobile conduite par Alfred Agostinelli, notamment en septembre autour d'Évreux, où il confie à Mme Straus avoir « passé quatre ou cinq jours » ([8 octobre 1907], *Corr.*, VII, p. 286, 287, 288). Reprenant la scène en 1909 dans un cahier du *Contre Sainte-Beuve*, Proust la situe désormais à Combray, aux environs de Chartres (rappelons que le déplacement de Combray en Champagne date de l'édition de 1919 de *Du côté de chez Swann*) : « [...] je ne voyais au contraire jamais sans tristesse les clochers de Chartres, car souvent c'est jusqu'à Chartres que nous accompagnions Maman quand elle quittait Combray avant nous. Et la forme inéluctable des deux clochers m'apparaissait aussi terrible que la gare. J'allais vers eux comme vers le moment où il faudrait dire adieu à Maman, sentir mon cœur s'ébranler dans ma poitrine, se détacher de moi pour la suivre et revenir seuls *[sic]* ! Je me souviens d'un jour particulièrement triste où Maman emmenait mon frère, la voiture devait nous conduire de Combray à Chartres et c'était bien loin. On avait [voulu] faire photographier mon frère le matin avant qu'il partît » (Cahier 6, f. 69v-68v ; cf. *CS, Esquisse XXVII*, I, p. 737-738). Ce petit fragment semblant précéder une reprise de l'épisode du chevreau, Fallois en avait fait une introduction partielle dans son édition (*CSB*, p. 291). Mais dans la première réécriture, brève et plus tardive, de la scène, le héros a pris la place du frère disparu et les aubépines celle du chevreau (Cahier 29, f. 72v ; *CS, Esquisse LXII*, I, p. 860). Voir note suivante, *passim.*

3. *des grands nœuds blancs plantés comme les papillons d'une infante de Vélasquez.* Le substantif « nœuds » a été restitué d'après sa reprise, avec une autre épithète (« les petits nœuds qu'on lui avait mis dans les cheveux », f. 22). Proust peut avoir à l'esprit le portrait de l'infante Marie-Thérèse (1652), ou celui de la petite infante Marguerite (vers 1653), tous deux au Louvre, ce dernier reproduit dans un ouvrage de sa collection de prédilection, « Les grands artistes » (Élie Faure, *Velazquez*, Paris, Henri Laurens, 1904, p. 85). La comparaison disparaît de la première réécriture déve-

loppée de la scène où le héros a remplacé son frère (« [...] on m'avait fait friser [et] mettre un chapeau neuf », NAF 16703, f. 51) ; plus tard, sur la dactylographie corrigée, arrivent des « bigoudis » (NAF 16733, f. 213), remplacés par des « papillotes » à partir de la publication de l'extrait « Épines blanches, épines roses » dans *Le Figaro* (21 mars 1912), lesquelles rappellent vaguement les « papillons » du présent passage. Pendant la guerre, Proust reprend partiellement l'image des « soixante-quinze feuillets » dans le portrait d'Albertine au pianola : « Et pendant qu'elle jouait, de la multiple chevelure d'Albertine je ne pouvais voir qu'une coque de cheveux noirs en forme de cœur, appliquée au long de l'oreille comme le nœud d'une infante de Vélasquez » (*P*, III, p. 874 ; voir aussi *Cahier 53*, 2012, f. 163 note 2 et f. 167 note 7).

4. *le petit bosquet au milieu duquel se trouvait le cirque où on attelait les chevaux pour faire monter l'eau.* Comparer avec *Jean Santeuil* : « Dans le parc, près du mur de clôture, à un endroit où Jean n'allait presque jamais, il y avait dans une place nue et sans arbre un cirque de pierre avec un timon au milieu où, attelés de temps en temps, les chevaux tournaient lentement pour faire monter l'eau » (*JS*, p. 305 ; voir aussi p. 322 : « [...] un manège où un des chevaux du père de M. Santeuil en tournant faisait monter l'eau du canal d'en bas » ; cf. *PM*, p. 168). Cette noria évocatrice de l'Afrique du Nord rattache la scène au Pré-Catelan d'Illiers, œuvre de l'oncle de Proust Jules Amiot, qui fit plusieurs voyages en Algérie où ses enfants s'étaient établis (voir Naturel 2009, p. 834). Sur ce jardin d'agrément, voir ci-dessous f. 27 note 6 et f. 28 note 2. Le cadre de la scène récrite, dans « Combray », est « le petit raidillon, contigu à Tansonville » (*CS*, I, p. 143).

f. 22

1. *caressant un animal.* Philip Kolb avait rapproché cette remarque d'une lettre adressée par Proust au début de 1908 à Auguste Marguillier, secrétaire de la rédaction de la *Gazette des beaux-arts* : « [...] ne vous serait-il pas possible de me faire adresser *à condition* quelques-unes de vos gravures anglaises, notamment de celles où un animal est représenté à côté du ou des personnages dont elle donne le portrait. Je ne sais si elles feraient mon affaire mais peut-être en prendrais-je une ou deux si leur format n'est pas trop petit » (Kolb 1956, p. 751 ; [peu avant le 8 janvier 1908], *Corr.*, VIII, p. 25 et note 10). La lettre coïnciderait donc avec l'élaboration de « Robert et le chevreau ». Selon Kolb, Proust se serait également plongé dans la lecture d'un ouvrage annoncé en décembre 1907 par la *Gazette des beaux-arts*, *La Peinture anglaise des origines à nos jours* d'Armand Dayot (Paris, Lucien Laveur, 1908 ; Kolb 1956, p. 754). On y trouve deux portraits de Joshua Reynolds représentant des petites filles avec leur chien (p. 17, 38) : scènes charmantes, mais idylliques et mièvres, en contraste explicite desquelles s'inscrit le présent tableau, marqué par les pleurs et la violence du petit garçon.

2. *A pris soin sur mon front d'assembler mes cheveux.* Citation de Racine (*Phèdre*, acte I, sc. III, v. 159-160). Dans la tragédie, ce sont presque les premiers mots de Phèdre,

tenue de dissimuler son amour pour Hippolyte : « Que ces vains ornements, que ces voiles me pèsent ! / Quelle importune main, en formant tous ces nœuds, / A pris soin sur mon front d'assembler mes cheveux ? / Tout m'afflige, me nuit, et conspire à me nuire. » La citation se poursuit un peu plus loin avec le vers 158 : voir f. 23 note 2. À partir de la réécriture pour la dactylographie de « Combray », en 1911, Proust la reprend en la paraphrasant, dans un ajout encore inabouti : « [...] ma mère me trouva en larmes dans le petit chemin en train de dire adieu aux aubépines et comme une princesse de tragédie à qui pesaient ces vains ornements <et qu'une importune main en formant tous ces nœuds eût pris soin sur mon front d'assembler mes cheveux> foulant mon chapeau ~~neuf~~ <aux pieds> [...] » (NAF 16703, f. 51 ; cf. *CS*, I, p. 143).

3. *Paisible sœur des anges*. Citation approximative d'un lied d'August Heinrich von Weyrauch attribué à tort à Schubert, dans la traduction d'Émile Deschamps (voir *CG*, II, p. 666 et note 1). Elle est reprise ici même (f. 43) et dans la suite de la genèse dans le contexte de la déception amoureuse, le plus souvent avec auto-ironie : voir f. 43 note 2.

f. 23

1. *poussant des cris perçants*. Ces manifestations violentes peuvent avoir un fondement autobiographique (« mon frère, infiniment tendre pour moi [...] n'est pas toujours avec les autres d'un très bon caractère », écrit Proust à Gallimard le [21 septembre 1922], *Corr.*, XXI, p. 484). Mais elles ont surtout une fonction symbolique : en effet s'y dissimule une série d'allusions à une autre pièce de Racine, *Esther*. En emploi transitif, « trépigner » (« trépigner les sacs de satin ») signifie « fouler aux pieds, piétiner avec violence » (TLFi) ; si on combine ce verbe aux verbes « arracher » (« s'arracher [...] les petits nœuds qu'on lui avait mis dans les cheveux ») et « déchirer » (« déchirer sa belle robe asiatique »), deux scènes d'*Esther* sont ici suggérées : la prière de la reine, contrainte de dissimuler sa judéité à son époux Assuérus (« Ce bandeau, dont il faut que je paraisse ornée, / [...] Seule, et dans le secret je le foule à mes pieds »), ensuite la lamentation du chœur des Israélites persécutés par Aman, le ministre d'Assuérus (« Arrachons, déchirons tous ces vains ornements, / Qui parent notre tête »). Voir Racine, *Esther*, acte I, scène IV, v. 278, 280, et scène V, v. 309-310, repris aux v. 314-315. Dans ce contexte le choix – sinon incompréhensible – de l'épithète « asiatique » pour décrire la robe du petit garçon s'éclaire : dans *Esther*, Assuérus et les Perses sont comptés au nombre des « peuples de l'Asie » (*Esther*, acte I, scène III, v. 214). Un jeu de mots à la chute (« cris perçants »/persans) n'est pas à exclure. Dans la version pour « Combray », Proust réintroduit la locution racinienne « fouler aux pieds » qui se maintient jusqu'au texte définitif (« foulant mon chapeau ~~neuf~~ <aux pieds> [...] », NAF 16703, f. 51), de même que le verbe « arracher » (« mes papillotes arrachées »), tandis que s'effacent les « déchirures de la douillette » (*Bodmer*, placard 23, col. 6). Voir *CS*, I, p. 143 (pour une lecture de ce passage comme allusion humoristique à la fête juive de Pourim, voir Mauriac Dyer 2014) et *Notice*, p. 243.

2. *Que ces vains ornements, que ces voiles me pèsent.* Dans cette phrase qui avait été omise par Fallois (*CSB*, p. 295), Proust complète la citation de *Phèdre* commencée à la page précédente (f. 22 note 2) : « Que ces vains ornements, que ces voiles me pèsent !/ Quelle importune main, en formant tous ces nœuds,/ A pris soin sur mon front d'assembler mes cheveux ? » (acte I, sc. III, v. 158-160). Or ces « vains ornements » sont aussi associés par Racine à la reine Esther (« Qu'à ces vains ornements je préfère la cendre », *Esther*, acte I, scène IV, v. 281) et au chœur des Israélites (« Arrachons, déchirons tous ces vains ornements », *ibid.*, scène V, v. 309, 314), dans les deux scènes évoquées un peu plus tôt en filigrane : voir la note précédente.

3. *et il se mettait à sangloter.* Ces reproches rappellent ceux de Jean au moment de quitter Éteuilles, quand sa mère jette les « grandes bottes d'aubépines et de boules de neige » qu'on leur a offertes : « Et Jean pleurait de la séparation d'avec ces chères créatures qu'il aurait voulu emmener avec lui à Paris, et de la méchanceté de sa mère » (*JS*, p. 326). Dans le Cahier 29 où figure la première transposition de « Robert et le chevreau », le petit discours du héros est très proche de celui-ci, mais n'a plus Maman pour destinataire indirecte : « "Ce n'est pas vous qui chercheriez à me faire de la peine, à me forcer à quitter ce que j'aime. Jamais, mes pauvres petites aubépines, leur disais-je, jamais vous ne m'avez fait de chagrin, vous", leur disais-je en pleurant » (Cahier 29, f. 72v ; *CS*, *Esquisse LXII*, I, p. 860, et *ibid.*, p. 143).

f. 24

1. *qu'on ramenât le chevreau.* Cet épisode tragi-comique, peut-être autobiographique, reste sans suite dans la genèse.

2. *de leur faire manquer le train.* Ce « désir de faire manquer le train » à ses parents reproduit celui de Robert, soupçonné plus tôt d'avoir voulu « se cacher pour faire par vengeance manquer le train à Maman » (f. 21) ; plus loin les pulsions agressives de « Marcel » éclipsent par leur violence la scène du petit frère (voir f. 25).

3. *Nous devions.* Cette phrase interrompue n'est pas reprise par Fallois (*CSB*, p. 296). Proust a laissé en blanc le reste de la page.

f. 25

1. *volaille, salade, entremets.* Proust reprend la rédaction sur un nouveau bifeuillet, sans avoir rempli entièrement le précédent. Malgré une même trame narrative – Robert et son chevreau, le départ en train de Maman –, le nouveau morceau s'agence imparfaitement avec le précédent, comme si Proust n'était pas vraiment préoccupé de la continuité du récit : alors que « [l]e temps pressait » (f. 23) et qu'il

fallait se hâter d'aller à la gare pour ne pas manquer le train, la famille, ici, rentre paisiblement déjeuner avant le départ.

2. *s'écriait mon frère.* Venant après les prénoms de la grand-mère et de la mère, Adèle (f. 1, 3, 5) et Jeanne (f. 10), ce « Marcel » auquel s'ajoute, dans le Carnet 1, « Robert » (f. 7v), achève d'inscrire ce chapitre dans le registre sinon autobiographique, du moins autofictionnel. « Marcel » voire « Marcel Proust », journaliste publiant dans *Le Figaro,* est encore présent dans un cahier du *Contre Sainte-Beuve* (Cahier 2 envers, f. 33v, 23v, où figure aussi « Robert », f. 21v) ; on retrouve, mais sans lendemain, « Marcel » et « Monsieur Marcel » dans la reprise du drame du coucher (Cahier 6, f. 47, 48 ; *CS, Esquisse X,* I, p. 675) et dans le portrait de Françoise (Cahier 5, f. 28, 32 ; *CG, Esquisse IV,* II, p. 1036, 1038). Après une longue éclipse, Proust réintroduit son prénom dans des ajouts aux manuscrits de l'épisode d'Albertine : « Albertine à moi Mon chéri Marcel » (Cahier 61, f. 71) ; « Mais comme en s'éveillant elle m'avait dit : "Mon Marcel" "Mon chéri Marcel" » (Cahier VIII, f. 39) ; « [...] elle entrouvrait les yeux, me disait d'un air étonné – et en effet c'était déjà la nuit – "Mais où tu vas comme cela Marcel ?" puis se rendormait » (Cahier IX, paperole au f. 14) ; « Mon et cher Marcel, j'arrive [...]. Quelles idées vous faites-vous donc. Quel Marcel ! Quel Marcel ! » (*ibid.*, f. 34). Proust estompa à chaque fois cependant la mention du prénom par Albertine, sauf dans le dernier passage, mais il avait interrompu peu avant sa révision de la dactylographie de *La Prisonnière* (*P*, III, p. 583, 622, 663 ; Mauriac Dyer 2006, p. 72-75).

3. *depuis la dernière soirée elle avait l'air de trouver mon chagrin légitime.* La dernière proposition de la phrase insiste sur le renversement de l'attitude de Maman, et institue une claire progression dramatique entre la scène du coucher et « Robert et le chevreau ». C'est un des éléments qui empêche d'identifier les « soixante-quinze feuillets » aux « Pages écrites », où ces épisodes sont disjoints et « Robert et le chevreau » placé en tête (voir *Chronologie*, p. 250). Notons que, dans l'édition Fallois, « depuis la dernière soirée » (*CSB*, p. 296) était sans antécédent narratif.

4. *dans les circonstances douloureuses.* Après le Spartiate Léonidas (f. 21 note 1), Maman cite en exemple le Romain Régulus, héros malheureux des guerres puniques, qui n'hésita pas à se sacrifier pour honorer la parole donnée aux Carthaginois (voir Cicéron, *Des devoirs,* III, 99 *sq.*). La disproportion des situations a pour but d'édifier le petit garçon (« ce que je trouvais un chagrin n'en était pas un »). Comme la fois précédente, la citation est controuvée. Proust la reprend quand se rejoue, mais à l'envers, la présente séparation, au moment où le petit héros part pour Querqueville (Balbec) avec sa grand-mère, sans Maman : « C'étaient les derniers instants. Mes yeux étaient pleins de larmes. Elle me dit avec un ton tendre et ému de plaisanterie "<Si vous n'êtes Romain soyez digne de l'être> Régulus dans les grandes circonstances..." » (Cahier 65, f. 9). La citation de Corneille (« Si vous n'êtes Romain... », *Horace,* v. 483) qui était liée à la mort de Maman dans le Cahier 4 (f. 68v ; *CSB,* p. 125) disparaît ensuite. Voir *JF,* II, p. 11.

5. *mon loup*. Autre petit nom tendre, repris à partir du Cahier 2 envers (f. 44v, 25v [*CSB*, p. 105], 21v, 20v) ; voir aussi Cahier 6, f. 8 (*CSB*, p. 299), 49 et 51 (*CS*, *Esquisse X*, I, p. 676, 677). Mme Proust appelle ainsi fréquemment son fils : voir *Corr.*, I, p. 113, 131, 137, IV, p. 299, et en particulier la lettre du [21 octobre 1896], à propos d'un « téléphonage » : « Entendre la voix du pauvre loup – le pauvre loup entendre la mienne ! » (*ibid.*, II, p. 142, voir aussi p. 141). Voir aussi f. 20 note 2.

6. *Sursum corda*. « Haut les cœurs. » La formule est prononcée à la messe au début de la préface, mais elle est passée dans le langage courant, ce qui explique aisément que Jeanne Proust, qui ne s'est jamais convertie au catholicisme, puisse la prononcer. Une lettre où Proust lui relate ses occupations atteste que l'expression faisait partie de leur langage familier : « Tu vois que le *Sursum* n'a pas baissé » ([16 septembre 1896], *Corr.*, II, p. 124).

f. 26

1. *quelque chose de moi s'en allait aussi*. Cf. f. 10 : « mon cœur ne pouvait venir avec moi et était resté près de Maman qui ne lui avait pas donné par son baiser habituel licence de la quitter et de m'accompagner ». Cette sensation d'arrachement est développée dans le Cahier 6, juste avant l'annonce de la reprise du morceau : au « moment où il faudrait dire adieu à Maman », ce serait « sentir mon cœur s'ébranler dans ma poitrine, se détacher de moi pour la suivre » (Cahier 6, f. 68v ; *CS*, *Esquisse XXVII*, I, p. 737-738). Ces deux pages (f. 25-26) ont été publiées sous le titre « Séparation » dans le premier numéro du *Bulletin de la Société des Amis de Marcel Proust et des Amis de Combray*, en 1950, de manière anonyme (p. 7-8), soit quatre ans avant leur reprise par Fallois dans *Contre Sainte-Beuve*.

[Le côté de Villebon et le côté de Meséglise]

Le présent chapitre est l'ensemble le plus travaillé des « soixante-quinze feuillets » : on en compte trois versions (la troisième comportant elle-même des pages rédigées à des moments différents). Mal rangées au cours d'une manipulation, ces pages ont été reclassées pour la présente édition (voir p. 17). Leur thématique apparaît dans la liste des « Pages écrites » du Carnet 1 : « Le côté de Villebon et le côté de Meséglise [...] Ce que m'ont appris le côté de Villebon et le côté de Meséglise » (f. 7v ; *Cn*, p. 43-44) ; cependant, il s'agit vraisemblablement alors d'états intermédiaires (voir *Chronologie*). Les promenades des « côtés » donnent encore lieu à des esquisses abondantes dans les premiers cahiers de brouillon, le Cahier 4 puis le Cahier 12 (1909) ; la version plus brève du Cahier 26, vraisemblablement intermédiaire, s'attache plus particulièrement aux affinités littéraires de chaque « côté », une dimension pratiquement absente des « soixante-quinze feuillets », sauf brièvement (voir f. 29 note 4). Voir Cahier 4, *Autres manuscrits,* n° XII ; Cahier 12, *CS, Esquisse LIV,* I, p. 814-830 ; *Cahier 26,* 2010, f. 1-8 et leurs notes, et « Introduction », p. XXIV *sq.*

f. 27

1. *Je fus étonné d'apprendre par mon mécanicien.* Quand il transpose ce passage dans le Cahier 4, Proust choisit le terme « chauffeur » (f. 37 ; *Autres manuscrits,* n° XII). Il emploie « mécanicien » à propos d'Alfred Agostinelli, dont il utilisa les services à partir de l'été de 1907, dans « Impressions de route en automobile » (*PM,* p. 64, 66-67, 68).

2. *château de Villebon.* Le château de Villebon se trouve sur le cours du Loir à une quinzaine de kilomètres au nord-ouest d'Illiers, à peu près à mi-chemin entre Chartres et Nogent-le-Rotrou. Bâti au XIVe siècle, il fut reconstruit au XVIIe par Sully (Quémar 1975, p. 241-242 ; Abbé Joseph Marquis, *Illiers,* Chartres, 1904 [rééd. 1907], p. 12).

3. *au pays des rêves.* Dans le Cahier 4, Proust parle du « paradoxe d'un idéal réalisé » pour décrire ce moment où « une chose qui n'a été connue que par l'imagination [...] par une volte-face soudaine tombe sous les yeux » : « Mais moi qui enfant n'ai jamais connu de Garmantes que le "côté de Garmantes", pour qui Garmantes n'était que l'extrémité presque idéale de ce fameux côté, quelque chose de mystérieux comme un point cardinal, le jour où perdu après une longue journée d'automobile dans un pays que je ne connaissais pas, mon chauffeur me dit qu'en prenant la première route à droite on arrivait [à] Garmantes, ce fut absolument comme s'il me disait qu'en prenant le premier chemin à gauche en tournant le deuxième à droite je tomberais droit sur ma jeunesse ou sur mon premier amour » (Cahier 4, f. 37-38 ; *Autres manuscrits,* n° XII). Cette découverte se trouve alors placée vers la fin du morceau, entre celle des « Sources du Loir » (Cahier 4, f. 35), et – « bien des années plus tard » – celle que « le côté de Meséglise et le côté de Garmantes n'étaient pas aussi inconciliables » que le héros le « croyai[t] autrefois » (Cahier 4, f. 42). Dans la version suivante en revanche, comme dans le présent feuillet, elle figure presque à l'ouverture des promenades : « Et quand il y a quelques années égaré au cours d'un voyage en automobile dans une région inconnue[,] un paysan à qui je demandais de m'indiquer une halte prochaine me répondit : suivez la route pendant dix minutes, la seconde avenue de chênes à gauche vous tomberez sur Guermantes, ç'a été comme s'il m'avait dit, continuez tout droit[,] la première à gauche et vous avez à main droite votre passé, votre jeunesse ; vous allez toucher l'intangible, vous allez atteindre aux inaccessibles lointains dont on ne connaît jamais sur terre que la direction, que "le côté" » (Cahier 12, f. 17 ; *CS, Esquisse LIV,* I, p. 815). C'est en relisant la dactylographie du premier volume que Proust supprima cette découverte à ce point du récit (NAF 16733, f. 198) : il la détachera tout à fait de « Combray » et du contexte d'un voyage en automobile, et la situera au cours des promenades à Tansonville en

compagnie de Gilberte devenue Mme de Saint-Loup, au terme de l'apprentissage du héros (Cahier XV, f. 70 ; *AD*, IV, p. 268). Cf. f. 40 note 2. Dans la version du *Contre Sainte-Beuve* de ces promenades, le dormeur éveillé se souvient d'une église et d'un château « dont je n'avais jamais connu que les noms qui me semblaient ne devoir se trouver que sur une carte du Rêve » (Cahier 1, f. 58v ; *CS*, *Esquisse III*, I, p. 652).

4. *au milieu d'endroits réels.* Dans les manuscrits suivants des « promenades », la surprise d'apprendre qu'on peut se rendre aux « Sources » du Loir ou de la Vivette ressemble à l'étonnement du « Romain » ou du « païen » découvrant l'existence géographique de l'entrée des Enfers (Cahier 4, f. 35, *Autres manuscrits,* n° XII ; Cahier 12, f. 33 ; cf. *CS*, I, p. 169, et *EA*, p. 416-417).

5. *la route de Bonneval.* La commune de Bonneval, qui, à notre connaissance, n'est pas mentionnée ailleurs dans les manuscrits ni la correspondance de Proust, se trouve à une vingtaine de kilomètres au sud-est d'Illiers, sur le cours du Loir, à l'opposé géographique en effet de Villebon, au nord-ouest. C'est le premier indice que Proust entend mettre en contraste les deux promenades. Il ne mentionnera plus « Bonneval » après cette page, lui substituant le toponyme fictif « Meséglise », construit d'après Méréglise, petite commune à quelques kilomètres à l'ouest d'Illiers.

6. *l'après-midi au parc.* Le « parc » en question peut être identifié au Pré-Catelan, propriété à Illiers de Jules Amiot, l'oncle paternel de Marcel Proust (voir au f. 33 le « parc que nous avions en dehors de la ville »). D'après la promenade qu'il dessert, Proust le distingue du « petit jardin que mon oncle avait là en bas de la ville », bien que le modèle en soit vraisemblablement le même (voir f. 28 note 2). Traversé par le Loir, le Pré-Catelan se trouve au sud-ouest du bourg, donc à proximité de la route de Bonneval. On le rencontre fréquemment dans les pages suivantes, où il est rattaché au côté de Meséglise (f. 31-32, 33-34, 35-36) ; il passe du « côté de Villebon » dans le Cahier 4, et s'y dédouble sous les espèces du « parc de M. Swann » (Cahier 4, f. 30 ; *Autres manuscrits,* n° XII) : ce dernier seul subsiste, définitivement situé du côté de Méséglise (Cahier 12). Proust avait déjà évoqué ce « parc » dans *Jean Santeuil* (p. 295-296, 322 *sq.*, 329-330, 333-335, 367-368), qu'il y appelait parfois le « pré » (p. 280, 304), le « jardin » (p. 322) ou « les Oublis » (p. 308, 327 ; cf. « La confession d'une jeune fille », *PJ*, p. 85-86). Dans « Sur la lecture » (1905) figure aussi une assez longue évocation des après-midi « au parc » (*PM*, p. 168). Voir Quémar 1975, p. 243.

7. *la porte de bois blanc qui était en osier.* C'est-à-dire en bois de saule.

8. *les cloches pour les biens de la terre.* Tous ces traits, évidemment fondés sur des souvenirs du Pré-Catelan d'Illiers, se trouvent dans des écrits antérieurs de Proust : le départ pour la suite de la promenade vers cinq heures (*JS*, p. 327), le plant d'asperges (*ibid.*, p. 322, 330), la « porte à claire-voie » ou « la porte blanche qui était la "fin du parc" en haut » (*ibid.*, p. 322, 330, *PM*, p. 168), « et au-delà, les champs de bleuets et de coquelicots » (*ibid.* ; *JS*, p. 330). Voir ci-dessous f. 31 note 5. La périphrase « les

biens de la terre », c'est-à-dire les récoltes, figurait déjà en mention dans « Sur la lecture » : « Ce n'était pas les cloches tonnantes qu'on entendait en rentrant dans le village [...] faire voler le son en éclats sur la place "pour les biens de la terre" » (*PM*, p. 169). On la retrouve dans les cahiers suivants des « côtés » (Cahier 4, f. 26, *Autres manuscrits*, n° XII ; Cahier 12, f. 23v), et jusque dans le roman, où elle est placée dans le parler de Françoise ; mais comme le précise la note de la Pléiade, c'est aux Rogations, avant l'Ascension, qu'on sonnait les cloches pour bénir les récoltes (*CG*, II, p. 325 et note 1). En plaçant « les cloches pour les biens de la terre » au soleil couchant, Proust semble donc, dès les « soixante-quinze feuillets », faire une confusion avec les cloches quotidiennes du soir, celles de l'angélus, mentionnées ici au f. 32 (« les cloches de l'angélus au retour »).

9. *une autre vie.* Départ « après le déjeuner » et par beau temps pour la route de Villebon, départ tardif vers Bonneval, au paysage de champs au soleil couchant, caractère inaccessible des deux buts des promenades : notés d'emblée, ces premiers traits ne bougent guère après les « soixante-quinze feuillets ». De même, apparaît dans la phrase suivante l'opposition entre les portes qu'on emprunte pour l'une ou l'autre promenade : « par-derrière », pour Villebon, mais « du vestibule », pour Bonneval, distinction dont le principe se maintient jusqu'au texte définitif (*CS*, I, p. 132, 133, 163).

f. 28

1. *je n'établis aucun lien de continuité entre eux.* « Deux pays différents », « des journées entièrement disparates » sans « aucun lien de continuité », « un autre côté de la maison qui me semblait un autre côté du monde » : c'est la première apparition dans les manuscrits de Proust de l'opposition qui va structurer les promenades. Elle est encore tributaire, en partie, de la géographie d'Illiers, puisqu'il existe bien deux ponts dissemblables le long du Loir : le pont Saint-Hilaire, « grand » (f. 28) ou « large » (f. 35) « pont de pierre », surtout si on le compare au modeste pont dit « de la Planche » ou « de la Grande Planche », en aval, à l'est du Pré-Catelan, ici le « petit pont de bois » (f. 28, 31), voire une simple « planche de bois » (f. 36). Proust accuse le trait, le premier pont surplombant « presque un petit fleuve de ville » (f. 28), une « rivière large et profonde » (f. 35), et l'autre « un filet d'eau dormante » (f. 28), une rivière « mince comme un fil » (f. 31, 33), un « mince filet d'eau » (f. 36). Or, malgré cette double opposition, le cours d'eau fait office de trait d'union entre les promenades : vraisemblablement conscient de cette difficulté, Proust supprime le couple de ponts dès la première réécriture du Cahier 4, ne conservant que le plus petit, un « vieux pont de bois (guère qu'une planche avec une corde au-dessus d'un seul côté comme parapet) » (Cahier 4, f. 27 ; *Autres manuscrits*, n° XII). C'est dans le cahier suivant que la rivière est définitivement rattachée à un seul « côté », le côté de Guermantes (Cahier 12, f. 27 ; *CS*, *Esquisse LIV*, I, p. 822-823 ; *ibid.*, p. 164). D'autre part, Proust prend des libertés avec la topographie d'Illiers. Il est peu probable en effet que, depuis la maison Amiot, on fît, pour aller dans la direction de Villebon,

c'est-à-dire vers le nord, le détour de traverser le Loir au pont Saint-Hilaire, en allant vers l'ouest : on passait plutôt par le Calvaire – itinéraire qui, dans la dernière version des « soixante-quinze feuillets », se combine d'ailleurs à celui-ci (voir f. 36 ; Quémar 1975, plan en face de la p. 241, et p. 248 note 3).

2. *un petit jardin que mon oncle avait là en bas de la ville.* Cet oncle, qui rappelle l'oncle « jardinier » et « horticulteur » de « Sur la lecture » (*PM*, p. 161, 162), a vraisemblablement pour modèle non plus Louis Weil mais Jules Amiot, le mari d'Élisabeth, la sœur d'Adrien Proust qui a inspiré Tante Léonie. Ce « jardin », à la fois d'agrément, verger et potager, correspond en partie à la description du Pré-Catelan, au sud-ouest d'Illiers (Larcher 1960, p. 242 ; f. 27 note 6). Mais, comme de ce jardin on « retomb[e] directement "dans la route de Villebon" », c'est-à-dire au nord, Proust le distingue par sa végétation « merveilleuse » de celle, ennuyeuse, du « parc », qui est rattaché à l'autre promenade, « sur la route de Bonneval » (f. 27). S'il s'agit du Pré-Catelan, il serait donc, à cette étape, dédoublé.

3. *d'innombrables papillons aux ailes bleu pâle.* De cette description ne subsistent guère à l'étape suivante que les fraises et les papillons, sous forme métaphorique, quand sont évoquées les plantes aquatiques du Loir, transporté du côté de Villebon/Garmantes : « Çà et là à la surface rougissait comme une fraise la fleur lisse d'un nymphéa écarlate [...]. Un coin semblait réservé aux espèces communes, [...] tandis qu'ailleurs pressées comme en une plate-bande flottante, on aurait dit des pensées des jardins qui étaient venues poser comme des papillons leurs ailes bleuâtres et glacées [...] » (Cahier 4, f. 33-34 ; *CS*, *Esquisse LIII*, I, p. 809 ; *ibid.*, p. 167).

f. 29

1. *Pas les géraniums ennuyeux.* C'est la seule occurrence des géraniums dans les « soixante-quinze feuillets », mais Proust revient plus tard à eux en les associant aux orangers (*Autres manuscrits*, n°s IX et X ; cf. *JS*, p. 328) : il s'agit vraisemblablement de préparer, comme ce pourrait déjà être le cas ici, les impressions ressenties au moment de la réminiscence du « pain grillé » (*Notice*, p. 235 *sq.*). Dans la *Recherche* une connotation sensuelle s'attache au géranium, lié au teint des jeunes filles de Balbec (*JF*, II, p. 148, 186, 297) et au rire d'Albertine (*SG*, III, p. 191).

2. *Le Merle blanc* de Musset. Alfred de Musset, *Histoire d'un merle blanc* (1842), repris par exemple dans la collection Hetzel (1853), ou dans un recueil des *Contes*, chez Charpentier (1867). La fable commence ainsi : « Qu'il est glorieux, mais qu'il est pénible d'être en ce monde un Merle exceptionnel ! » Proust écrivait à Henry Bordeaux [peu après le 16 avril 1913] : « la lecture favorite de mon enfance a été le *Merle blanc* d'Alfred de Musset », faisant de tels de ses passages « les litanies quotidiennes, incomprises et adorées, de ma huitième année » (*Corr.*, XII, p. 142).

3. Picciola *de Saintine. Picciola* (1836), roman à succès de Joseph-Xavier Boniface dit Saintine (1798-1865), histoire sentimentale d'un captif sauvé du désespoir par sa dévotion à la fleur qui pousse dans sa prison.

4. *d'une lune.* Proust aurait pu finir cette phrase en formulant l'idée suivante : « Les autres jardins ressemblaient à la *Colomba* de Mérimée ou au *Merle blanc* de Musset que j'aimais bien moins que le *Picciola* de Saintine parce qu'à peine parle-t-il de quelque chose de beau qui me plaît, d'une lune »... qu'il (Musset) se mettait à dire une chose comique. On dispose en effet de plusieurs passages parallèles. Jean Santeuil « préfér[ait] la *Picciola* de Saintine à la *Colomba* de Mérimée où à tous moments une facétie venait empêcher la vague poésie des images de le ravir » (*JS*, p. 307-308). Écrivant des notes, sans doute précoces, sur Monet, Proust commente ainsi le désir d'une « vision complète », qui ne soit pas « interrompue de choses qu['il] n'aimai[t] pas » : « Quand nous sommes enfants et que nous cherchons dans les livres la lune et les étoiles, la lune de *Picciola* nous ravit parce que c'est un astre étincelant, et dans *Colomba* elle nous déçoit parce qu'elle est comparée à un fromage et qu'un fromage nous semble vulgaire et que la lune nous paraît divine. Et dans l'*Histoire d'un merle blanc* de Musset, tandis qu'il s'agit d'ailes blanches et de bec rose et de gouttelettes d'eau nous sommes charmés, mais dès que le merle blanc dit : "Madame la Marquise" à la colombe, ces hommes et ces femmes, – pour nous alors la vie, ce qui est laid, ce qui pour nous n'est pas la poésie – nous gênent et nous ôtent toute impression » (*EA*, p. 677 ; NAF 16636, f. 88v). Selon le narrateur du Cahier 26 (1909), alors qu'il était enfant, une « plaisanterie [...] mêlée » à la description de la lune dans *Colomba* l'« empêchait aussitôt de voir l'astre brillant », alors que « certaines phrases de *Picciola* [l]'enchantaient » (f. 4). Le même sentiment est exprimé de manière elliptique dans le Cahier 64 (1909), à propos de la poésie que le jeune héros ne retrouve pas dans les rues de Paris : « Mais les institutrices, mais les maisons modernes, me gênaient autant pour y trouver de la beauté que dans *Colomba* ou le *Merle blanc* de Musset (voir) » (f. 4). Le développement du goût permet de dépasser cette étape.

5. *jardin du notaire.* On retrouve une dernière fois ce jardin, plus brièvement, au f. 36. Dans *Jean Santeuil*, lors des promenades à Éteuilles vers les Oublis, c'est-à-dire vers le parc, un « jardin du notaire » présentait des traits analogues : « On passait devant la grille du notaire. De chaque côté de la grille on apercevait, s'enfonçant vers la maison, une allée d'ormes [...]. De la porte partait un vieux mur qui fermait la propriété et auquel des clématites étaient appendues. On apercevait un énorme aubépinier rose [...] » (*JS*, p. 327). C'est aussi dans ce jardin que le jardinier dépouille les orangers de leurs fleurs et fait pousser de « magnifiques géraniums » (*ibid.*, p. 328 ; cf. f. 3 note 3, et ci-dessus note 1).

6. *la croix de la Légion d'honneur faite en joubarbe.* Voir f. 3 note 2.

f. 30

1. *quand on y avait écrasé des fraises.* Proust avait fait une large place à l'aubépine dès *Jean Santeuil*, où figurent déjà l'expression de la prédilection enfantine, le cadeau d'une branche apportée à Jean pendant une maladie (alors par sa mère), la fonction ornementale de la fleur à l'église, enfin la distinction entre ses deux couleurs et la comparaison culinaire qui fait préférer l'épine rose (*JS*, p. 331-332). Dans « Combray » le motif des aubépines, qui est désormais situé du côté de Méséglise et rattaché à Mlle Vinteuil et Gilberte, aura pris une extension importante (*CS*, I, p. 110-112, 136-138, 143) ; et c'est en les retrouvant défleuries à Balbec que le narrateur se souvient du cadeau de sa mère : « Elles sont venues me voir à Combray dans ma chambre, amenées par ma mère quand j'étais malade » (*JF*, II, p. 275). Entretemps, après la « cousine » de la présente page, c'est Mme Goupil qui les lui apporte (Cahier 12, f. 96v, 98v ; Cahier 29, f. 70 ; Brun 1984, p. 219, 221, 229-230).

2. *avec toutes ses couleurs.* Dans le Cahier 4, le peintre disparaît tout à fait ainsi que le nom du compositeur, et la comparaison évolue ; il ne s'agit plus de passer de la partition à l'interprétation, mais d'un seul instrument à plusieurs : « [...] c'est du côté de Garmantes que j'ai commencé à aimer l'aubépine, puis, avec une joie plus grande encore, avec une couleur de plus, l'épine rose, comme après avoir aimé un morceau au piano on l'entend à l'orchestre » (f. 41 ; *Autres manuscrits*, n° XII ; cf. Cahier 29, f. 71v ; Brun 1984, p. 232). De même, dans le Cahier 12 où Watteau remplace Vermeer, il ne s'agit plus de passer de la reproduction à la toile originale, mais de découvrir un « autre Watteau, aussi beau, plus beau, d'être le même en étant autre » (f. 98v ; cf. Cahier 29, f. 70v ; Brun 1984, p. 221, 231). Lors de la mise au net, Proust reprend l'idée d'un passage de la « reproduction » à l'original, qui devient, en 1913, celui d'une « esquisse au crayon » au tableau (NAF 16703, f. 40 ; *Bodmer*, placard 22, col. 8 ; *CS*, I, p. 137).

3. *comme plus tard la fleur du pommier.* Voir ce passage d'un verso du Cahier 12, rattaché au côté de Meséglise, qui ne parviendra pas jusqu'au texte définitif : « Chaque feuille, chaque fleur de pommier m'enivrait de sa perfection, dépassant mon attente de beauté. Mais en même temps je sentais qu'en moi il y avait une beauté informulée qui répondait à cela et que j'aurais voulu pouvoir dire et qui eût été la raison de la beauté des fleurs de pommier. Je m'efforçais de tâcher de saisir ce que j'éprouvais[,] de l'amener à la lumière, je restais en arrière pour être seul, je mettais les mains autour de mes oreilles, je m'en faisais des visières le long des yeux pour ne voir que ma fleur de pommier puis fatigué, je renonçais et rattrapais en courant mon oncle » (f. 24v ; *CS*, *Esquisse LIV*, I, p. 820).

4. *mais dans mon cerveau.* Bien qu'un même genre de frustration demeure attaché dans *Du côté de chez Swann* aux aubépines, offrant « indéfiniment le même charme avec une profusion inépuisable, mais sans me le laisser approfondir davantage, [...]

le sentiment qu'elles éveillaient en moi resta[n]t obscur et vague » (*CS*, I, p. 136, 137), on peut reconnaître dans le présent passage un lointain avant-texte des diverses « impressions » ressenties par le jeune héros du *Côté de Guermantes*, « qui avaient l'air de cacher au-delà de ce que je voyais » quelque chose « que malgré mes efforts je n'arrivais pas à découvrir » (*CS*, I, p. 176). Il n'est pas encore ici question d'écriture, mais déjà d'un plaisir qui mobilise le sujet et exige son approfondissement (« la promesse particulière d'une félicité », « chercher à me rendre compte de ce qui m'y plaisait tant », « averti par le plaisir qu'elle me donnait »), la recherche étant celle de ce qui se cache *sous* l'image. Dans le Cahier 26 apparaît, dans le contexte des « leçons » du côté de Meséglise, le terme d'« impression », cependant que d'autres images que celle de l'aubépine seront énumérées : « Tout d'un coup tandis qu'une image passait sous mes yeux ou dans ma pensée, je sentais à un plaisir particulier, à une sorte de profondeur, qu'il y avait quelque chose *sous* elle, une réalité plus profonde. Je ne savais quoi. Je gardais précieusement l'image dans ma pensée, je marchais avec précautions comme de peur de la faire envoler. Quelquefois je me persuadais que ce n'était qu'à la maison devant mon papier que je pourrais l'ouvrir avec sécurité, et trouver son contenu intellectuel. C'était un clocher que j'avais vu filer dans le lointain, une fleur de sauge, une tête de jeune fille. Je sentais que là-dessous il y avait une impression, et je revenais à la maison rapportant mon impression vivante cachée sous cette image [...] » (Cahier 26, f. 15 ; voir ensuite Cahier 11, f. 13-14, cité par Brun 1979, p. 33-34). Ces impressions sont dites « impressions obscures » par le narrateur du *Temps retrouvé* et sont bien distinguées par lui des réminiscences, en ce qu'elles cachent « non une sensation d'autrefois mais une vérité nouvelle » (*TR*, IV, p. 456).

f. 31

1. « *la route de Villebon, du côté de Villebon* ». Ici commence la deuxième version des promenades (f. 31-32), que Proust interrompt très vite. Le terme de « côté » y apparaît pour la première fois attaché à un nom de lieu, entre guillemets comme pour suggérer la citation d'un « parler » local. Le « "côté de Meséglise" » y remplace « la route de Bonneval » et, contrairement à la version précédente, occupe l'essentiel du récit qui s'interrompt au seuil du « côté de Villebon » (ou n'en évoque que le retour, avec l'introduction du personnage de la grand-tante). On ne retrouve donc ni le « jardin » de l'oncle (qui disparaît pour de bon), ni celui du notaire (qui fait un retour éphémère dans la version suivante, voir f. 36), ni le développement sur l'aubépine.

2. « *le côté de Meséglise* » *et* « *le côté de Villebon* ». Nous avons restitué le passage biffé : « et le côté de Villebon » est raturé dans le manuscrit (voir Transcription diplomatique). L'opposition cardinale se cherche encore au début de la version suivante des « soixante-quinze feuillets » : « Pendant bien longtemps je ne connus Villebon que par ces mots : "la route de Villebon, aller du côté de Villebon", par opposition à "l'autre" promenade, la route de Meséglise, le côté de Meséglise » (f. 33). Proust revient dans le Cahier 4 à la formulation initiale : « Il y avait à Combray, pour les promenades, le côté de Meséglise et le côté de Villebon » (f. 25 ; *Autres manuscrits*,

n° XII) ; elle se fixe dans le Cahier 12 : « Car il y avait deux “côtés” autour de Combray pour les promenades, et si opposés qu'on ne sortait pas en effet de chez nous par la même porte quand on allait d'un des côtés, ou de l'autre, le côté de Meséglise et le côté de Guermantes » (f. 16 ; *CS*, *Esquisse LIV*, I, p. 814 ; cf. *ibid.*, p. 132).

3. *un chemin creux d'aubépine qui longeait le parc en montant.* On reconnaît l'ancêtre du petit « raidillon » d'aubépines contigu au parc Swann, le « petit chemin qui monte vers les champs » (*CS*, I, p. 136, 143). L'aubépine est maintenant associée au parc, donc à Meséglise, contrairement à la version précédente (f. 29-30) ; mais c'est de manière encore fragile et fugitive, car elle retourne du « côté de Villebon » dans la version suivante (f. 40).

4. *Le « côté de Meséglise ».* Dans « Sur la lecture » (1905) et la préface à la traduction *Sésame et les lys* (1906), Proust avait déjà utilisé le toponyme fictionnel « Méséglise » (qu'il modifierait en « Méréglise » dans *Pastiches et Mélanges*) : « [...] longtemps avant le déjeuner, commençaient à arriver dans la salle à manger ceux qui, étant fatigués, avaient abrégé la promenade, avaient “pris par Méséglise” » (*SL*, p. 11 ; cf. *PM*, p. 162). Dans l'ensemble des présentes pages – à une exception près au bas du f. 34 et peut-être par lapsus –, Proust adopte la graphie « Meséglise ». C'est également « Meséglise » qu'on lit dans le Carnet 1 sous sa plume quand il dresse la liste des « Pages écrites » (f. 7v), bien que les éditions disponibles donnent la leçon « Méséglise » (*Cn 1908*, p. 56 ; *Cn*, p. 43, 44). Les deux graphies coexistent dans les cahiers, parfois sur une même page (Cahier 63, f. 60), jusqu'à la dactylographie où « Méséglise » l'emporte (NAF 16733, f. 198 *sq.*, 214 *sq.*, *passim*). Voir aussi Quémar 1975, p. 240 note 1.

5. *Tel était le vestibule du « côté de Meséglise ».* La promenade rapidement narrée dans cette page transpose encore assez fidèlement le trajet que pouvait faire la famille Proust à Illiers en se rendant au Pré-Catelan : il fallait pour l'atteindre franchir le Loir sur la passerelle dite « de la Planche », puis le longer par le chemin de halage (ci-dessous, f. 34 note 3), avant de déboucher, en haut du parc, sur les champs de Méréglise (voir Quémar 1975, p. 244, 257 ; ci-dessus, f. 27, notes 6 et 8, f. 28 note 1). De manière plus nette que dans la version précédente, coexistent donc ici, du côté de Meséglise, deux types de paysage, le paysage champêtre et le paysage de rivière, trait déroutant pour le lecteur familier du « Combray » définitif où ils caractérisent chacun un seul des « côtés » (*CS*, I, p. 133). Tous les éléments descriptifs de cette version (f. 31-32) seront repris et déployés dans la suivante, elle-même très travaillée : le caractère tardif et plutôt bref de la promenade de Meséglise, associée au mauvais temps (f. 34), les portes différentes que l'on emprunte selon les buts de promenade (f. 33), les villageois que l'on croise en allant vers Meséglise (l'armurier, l'épicier, le pêcheur, f. 33), les carafes pour attraper les têtards de la rivière et le lilas odorant à la porte du parc (f. 34), les champs et leur inaccessible au-delà (f. 35), enfin les « étrangers » du dimanche venus de Meséglise (f. 35).

f. 32

1. *des « étrangers » et qui venaient d'au-delà de Meséglise.* On peut reconnaître un bref avant-texte de cette promenade dans un morceau sur feuille volante, sans titre, qui narre à la première personne des impressions campagnardes printanières : « Les journées sont déjà chaudes. Après déjeuner une petite marche suffit. S'il y a un peu d'air on essaye de gagner malgré le soleil le petit bois distant de plus d'une lieue qui est déjà sur l'autre canton. Quand vous étiez petit vous ne pouviez jamais aller jusque-là. Et vous rêviez à la vie des hommes de cet autre pays qui venaient quelquefois le dimanche dans votre petite ville, avec sous des grands chapeaux, des coiffes, des airs inconnus [...] » (*EA*, p. 416 ; cf. « Sur la lecture », *PM*, p. 168 : « [...] des villages qui avaient d'autres noms, l'inconnu »). Voir aussi f. 40 note 2. À la suite de ce « petit bois distant de plus d'une lieue qui est déjà sur l'autre canton », la particularité des confins du côté de Meséglise, là où s'altère son paysage champêtre, semble être des « petits bois de chênes jamais atteints » (f. 27), repris ici par des « bouquets de bois », ensuite par l'« au-delà [...] du petit bouquet de bois » (f. 35). C'est dans ce paysage, semble-t-il, que vient plus tard se loger Pinsonville, le futur Roussainville : « Dans les promenades du côté de Meséglise nous laissions à gauche un petit chemin en pente bordé des deux côtés de quelques arbres qui s'épaississant au fur et à mesure qu'il s'éloignait formai[en]t à l'horizon, dans un creux[,] un vrai petit bois dominé par le clocher du bourg de Pinsonville [...] » (Cahier 7, f. 25 ; *CS, Esquisse LXV*, I, p. 871 ; voir ensuite Cahier 12, f. 24 ; *CS, Esquisse LIV*, I, p. 820-821). Cf. *CS*, I, p. 148 : « [...] le climat du côté de Méséglise était assez pluvieux et nous ne perdions jamais de vue la lisière des bois de Roussainville dans l'épaisseur desquels nous pourrions nous mettre à couvert. »

2. *Peut-être mettre ici.* Cette note de régie – une des rares qu'on trouve dans les « soixante-quinze feuillets » (voir aussi f. 40, 77) – envisage l'insertion des leçons du « côté » de Meséglise à la fin de cette promenade elle-même : ici rapidement énumérées en tête de feuillet (c'est la seule addition de ce type dans les « soixante-quinze feuillets »), sans doute d'après un manuscrit préparatoire qui ne nous est pas parvenu, elles seraient donc dissociées des leçons de l'autre « côté ». Proust commence à mettre ce projet en œuvre dans la version suivante (f. 35 note 1), avant de se raviser. En définitive, il entrelace les leçons des deux « côtés », et les place, dès les « soixante-quinze feuillets », en position de coda (f. 40-41).

3. *aussi abstrait que le Nord ou l'Espagne.* Proust formule ici, plus clairement que dans la version précédente, une des différences essentielles des « côtés » : Meséglise demeure inaccessible mais conserve une réalité géographique (« l'horizon »), alors que Villebon relève de l'abstraction (un point cardinal, un « nom de pays »). Cf. *CS*, I, p. 132-133. Cependant cette différence est brouillée dans le Cahier 12 : « Pendant toute mon adolescence Guermantes, de même que Meséglise, ne m'est apparu que comme le terme, plutôt idéal que réel, d'un "côté", quelque chose comme la

ligne [d']horizon, comme l'Orient, comme le pôle » (f. 17 ; cf. *CS*, *Esquisse LIV*, I, p. 814-815).

4. *qu'il ne pleuvrait pas.* Ce père préoccupé par le temps qu'il fait préfigure le père féru de météorologie qu'on découvre au début de *Du côté de chez Swann* (*CS*, I, p. 11). Voir aussi *ibid.*, p. 163 : « [...] quand mon père avait reçu invariablement les mêmes réponses favorables du jardinier et du baromètre, alors on disait au dîner : "Demain s'il fait le même temps, nous irons du côté de Guermantes." »

5. *l'odeur du lilas.* Paradoxalement, pour narrer la promenade vers Villebon, Proust commence par reprendre négativement les caractéristiques de l'autre promenade : est-ce la raison pour laquelle la rédaction s'enraye, et qu'il biffe « et le côté de Villebon » au folio précédent (voir f. 31 note 2) ?

f. 33

1. *le côté de Meséglise.* Début de la troisième et dernière version, la plus développée – bien qu'elle aussi inachevée –, qui intègre en cours de route des fragments déjà écrits. Sur l'opposition des « côtés », voir ci-dessus f. 31 note 2.

2. *le gigot est tout petitot.* Proust intègre ici, en la recopiant, les corrections de la version précédente (f. 31), et enrichit la saynète impliquant la grand-tante en introduisant le personnage de Félicie, archétype de Françoise (cf. *CS*, I, p. 132). À nouveau, un prénom des « soixante-quinze feuillets » peut être associé à la biographie de l'écrivain : Félicie Fitau était la cuisinière de la famille Proust et la femme de chambre de Mme Proust. Fréquemment mentionnée dans la correspondance entre le fils et sa mère, elle apparaît dans plusieurs brouillons postérieurs aux « soixante-quinze feuillets », notamment dans la conversation avec Maman du Cahier 2 (Cahier 2 envers, f. 45, 25v *sq.* ; cf. *CSB*, p. 105-106, 108, *passim* ; voir aussi Carnet 1, f. 11v, 36v, 44v ; *Cn*, p. 51, 95, 108). Une conversation du Cahier 5 fait écho à ses talents culinaires : « Par la porte entrouverte j'entendais Maman qui disait : "Et si nous mettions un beau gigot d'agneau bien tendre, bien juteux, il y a longtemps que nous n'en avons pas eu, vous savez comme vous savez bien le faire, pas trop cuit et on [a] trouvé le dernier très bon." Le moment où Félicie coiffait Maman était aussi celui où elles discutaient le menu du dîner » (f. 104 ; cf. *CS*, *Esquisse XXI*, I, p. 726). Félicie Fitau avait récemment quitté le service de Proust, en juillet 1907 (*Corr.*, VII, p. 213).

3. *par un chemin de traverse.* À la version précédente (f. 31), cette phrase ajoute l'idée de l'incommunicabilité des côtés : la possibilité d'un « chemin de traverse » entre eux reste « incompréhensible ». Dès le Cahier 4, il s'agit au contraire d'une découverte dramatisée, opposant le présent au passé : « Bien des années plus tard [...] on revenait [avec Mme de Guerchy] en ["]reprenant" par Garmantes. Car je sus alors que le côté de Meséglise et le côté de Garmantes n'étaient pas aussi inconciliables que je le croyais autrefois et qu'on pouvait parti du côté de Meséglise, cou-

per par Garmantes. Mais aux années dont je parle unir le côté de Garmantes et le côté de Meséglise me paraissait aussi impossible que de faire venir l'Orient près de l'Occident et de les ranger l'un à côté de l'autre » (Cahier 4, f. 42-43 ; *Autres manuscrits*, n° XII). Dans le Cahier 12, la même découverte est confiée au paysan qui vient déjà de révéler qu'on peut atteindre Guermantes : « Ce même paysan m'apprit une chose qui ne me troubla pas moins. C'est qu'on pouvait pour aller à Guermantes "prendre par Meséglise" ce qui me donne à penser aujourd'hui que Meséglise et Guermantes n'étaient pas aussi absolument opposés et inconciliables que je le croyais pendant toute mon enfance. Alors "prendre par Meséglise" quand on allait du côté de Guermantes, ou le contraire, m'eût semblé une expression aussi dénuée de sens que de prendre par le nord pour aller au midi » (Cahier 12, f. 18 ; voir *CS*, *Esquisse LIV*, I, p. 815 ; cf. Cahier 63, f. 61-62). Mais Proust ne laisse finalement, en tête du grand morceau des promenades dans « Combray », que la phrase sur les croyances de l'enfance : à l'étape de la dactylographie, la découverte de la communication des côtés est biffée (NAF 16733, recto du f. non paginé précédant le f. 200 ; cf. *CS*, I, p. 133 var. *a* [p. 1164]). Comme celle qu'on peut atteindre Guermantes, elle est finalement tout à fait détachée de « Combray » et confiée, beaucoup plus loin dans le récit, à Gilberte devenue Mme de Saint-Loup, au cours des promenades à Tansonville : « Gilberte me dit : "Si vous voulez, nous pourrons tout de même sortir un après-midi et nous pourrons alors aller à Guermantes, en prenant par Méséglise, c'est la plus jolie façon", phrase qui en bouleversant toutes les idées de mon enfance m'apprit que les deux côtés n'étaient pas aussi inconciliables que j'avais cru » (Cahier XV, f. 70-71 ; *AD*, IV, p. 268 ; voir aussi f. 27 note 3 et f. 40 note 2). Mais il est vraisemblable que cette version aurait été récrite, si Proust avait pu veiller à l'édition des derniers volumes. D'une part, la découverte relative aux « côtés » avait été préparée, voire anticipée, pendant les promenades en automobile avec Albertine à Balbec, où elle était confiée au « mécanicien » (inspiré d'Alfred Agostinelli ?) : tous les villages des alentours, « prisonniers aussi hermétiquement enfermés jusque-là dans la cellule de jours distincts que jadis Méséglise et Guermantes, et sur lesquels les mêmes yeux ne pouvaient se poser dans un seul après-midi », étaient maintenant « délivrés » par la vitesse (*SG*, III, p. 385-386 ; cf. Cahier VI, f. 13 ; la suite se trouve dans le Reliquat NAF 27350[1], f. 10). D'autre part la refonte, en 1922, de l'épisode d'Albertine fragilisait cette scène, la mort de la jeune fille au « bord de la Vivonne » rendant la découverte de la communication des côtés plus dramatique, en faisant brutalement se conjoindre la Vivonne, du côté de Guermantes, et Montjouvain, du côté de Méséglise ; tout ce qui précédait la scène avec Gilberte dans le Cahier XV avait été « ôté » par Proust pour être retravaillé (voir à ce sujet N. Mauriac Dyer, *Proust inachevé. Le dossier « Albertine disparue »*, Paris, Honoré Champion, 2005, p. 153-155).

4. *Pour aller vers Meséglise.* Repentirs et corrections abondent sur cette page et la suivante (voir Transcription diplomatique). Proust travaille beaucoup plus le détail de son texte, peut-être parce que le canevas du morceau le satisfait désormais suffisamment. Le début de la promenade de Meséglise ébauché dans la version précédente (f. 31) reçoit ici trois traitements en deux pages (le deuxième, dans la partie

supérieure du f. 34, n'ayant pas été barré). On sort encore par « la rue de l'Oiseau bleu », mais déjà le nom de la « rue du Saint-Esprit » apparaît à sa suite, qui finira par s'imposer dans le Cahier 12 (f. 18 ; cf. *CS*, I, p. 133). Ici « tête nue » et « portant des pains de sucre », l'épicier, dans un état de la version suivante, est encore « nu-tête devant sa porte, une tête qui était elle-même un pain de sucre avec un crayon au coin » (Cahier 4, f. 27) ; son nom (ou surnom), « Monsieur Orange », apparu dans la version précédente (f. 31, 32), est à nouveau mentionné dans le Cahier 68 (f. 38v) et inspire « l'épicerie Borange » du texte définitif où le héros se fournit en livres et papeterie (*CS*, I, p. 83). Il est précisé ici, et pour la première fois, que le pêcheur en chapeau de paille, connu de l'oncle, ne l'est pas du narrateur (voir ensuite Cahier 1, f. 65v : « il saluait mon oncle qui devait le connaître et nous faisait signe de ne pas faire de bruit mais pourtant je n'ai jamais su qui c'était » ; Cahier 4, f. 28 : « je n'ai jamais pu savoir qui était le pêcheur » ; Cahier 12, f. 19 : « c'est peut-être la seule personne de Combray de qui je n'aie pas su qui c'était, quelle était, au-delà de son occupation décorative, sa personnalité réelle » ; *Autres manuscrits*, n°s XI et XII ; *CS*, *Esquisse LIV*, I, p. 815 ; *ibid.*, p. 165). Pour la description du lilas et les carafes que des « gamins » placent dans la rivière, voir ci-dessous, les notes au f. 34.

f. 34

1. *et enfin, en longeant la rivière.* Proust a fait le raccord avec la page précédente, mais il a omis de biffer la rédaction intermédiaire de neuf lignes, qu'on peut lire dans la Transcription diplomatique.

2. *l'odeur du grand lilas.* La personnification du lilas, ici relativement ambiguë (si le substantif est masculin, les « frémissements » et la « taille souple » connotent plutôt la féminité), est explicitée dans toutes les versions suivantes : dans le Cahier 1, les lilas sont comparés à « de vieilles dames bien faites et maniérées » (f. 66v ; *Autres manuscrits*, n° XI), dans le Cahier 4 à « des dames d'un certain âge un jour de garden-party », « des parentes à qui M. Swann aurait recommandé d'être aimables » (f. 30 ; *Autres manuscrits*, n° XII), mais ils deviennent dans le Cahier 12 de « jeunes houris de Perse » (f. 20v ; *CS*, *Esquisse LIV*, I, p. 818), excitant le désir de l'adolescent (*ibid.*, p. 134), et rappelant les « sveltes Shéhérazades » de « sang persan » de *Jean Santeuil* (*JS*, p. 325) – Jean Santeuil déjà, quand il voit le lilas du jardin de son grand-père, « passant le bras autour de l'arbuste attire à lui sa tête embaumée », puis « cessant de tenir sa tête délicieuse contre la sienne [...] ne peut s'empêcher de regarder le mouvement plein de grâce avec lequel cette tête légère et adorée se rejette en arrière et, toujours ravissante et pure, est maintenant immobile et gracieusement inclinée au-dessus des feuilles qui l'entourent » (*JS*, p. 323 ; cf. p. 278, 280). Dans le Cahier 1, l'arbuste est associé à la scène d'onanisme : « Enfin s'éleva un jet d'opale, par élans successifs [...]. À ce moment je sentis comme une tendresse qui m'entourait, c'était l'odeur du lilas que dans mon exaltation j'avais cessé de percevoir et qui venait à moi, comme tous les jours quand j'allais jouer au parc situé hors la ville, bien avant même d'avoir aperçu de loin la porte blanche près de laquelle ils balançaient comme

de vieilles dames bien faites et maniérées au vent* leur taille flexible, et secouaient leur tête emplumée » (f. 66v ; voir *Autres manuscrits*, n° XI). Ce lilas parfume certaine « petite pièce sentant l'iris » jusqu'aux épreuves corrigées de *Du côté de chez Swann*, où un « cassis sauvage » le remplace (*CS*, I, p. 13).

3. *sur le petit sentier de halage.* Ainsi appelle-t-on « le chemin qui, au sud-ouest d'Illiers puis à l'ouest, mène au Pré-Catelan par le Pont-Vieux », soit par le pont de la Planche (Quémar 1975, p. 245).

4. *à l'endroit où des gamins plaçaient toujours des carafes dans la rivière.* En quelques pages, on trouve ici cinq états primitifs du fameux passage des « carafes de la Vivonne » dans « Combray » (*CS*, I, p. 166 ; Lejeune 1977). Dans la première version ne figurent que les gamins remplissant leurs carafes de têtards et de vairons (f. 28). Dans la deuxième, Proust introduit le double mouvement d'agglomération et de dispersion des têtards (f. 31). Dans la troisième, qui n'est qu'une brève amorce biffée (f. 33), apparaît le motif de la fraîcheur des carafes. La quatrième reprend pour la première fois l'ensemble des éléments, en complétant l'idée de la fraîcheur par la comparaison avec la table servie, et en introduisant le sème de la « sursaturation » (f. 34, voir Transcription diplomatique). La cinquième, sur la même page, combine les états précédents en une première rédaction aboutie ; elle est rendue plus complexe par deux nouveaux éléments : pour les carafes, l'idée de l'eau qui à la fois les « emplit » et les « entoure » (d'où naîtra dans le Cahier 4, f. 29, l'image de l'« allitération ») ; pour les têtards, l'idée de leur « dissolution » précédant désormais leur « agglomération » par « sursaturation » (f. 34) – à partir des Cahiers 4 (f. 30) et 12 (f. 20), il ne sera plus question d'« agglomération » mais de « cristallisation », terme qui figurait déjà dans le morceau sur les Sources du Loir antérieur aux « soixante-quinze feuillets » (*EA*, p. 416). Mais avant de reprendre ce passage au sein des promenades des « côtés » dans les Cahiers 4 (f. 29-30 ; *Autres manuscrits*, n° XII) puis 12 (f. 19-20 ; *CS*, *Esquisse LIV*, I, p. 817-818), Proust le recycle à la fin de l'épisode d'onanisme, juste après l'odeur des lilas (voir ci-dessus note 2) : « l'odeur du lilas venait au-devant de nous nous souhaiter la bienvenue sur le petit chemin qui longe en contre-haut la rivière, là où des bouteilles sont mises par les gamins dans le courant pour prendre le poisson, donnant une double idée de fraîcheur parce qu'elles ne contiennent pas seulement de l'eau comme sur une table où elles lui donnent l'air d'un cristal, mais sont contenues par elle, et en recevaient une sorte de liquidité, là où autour des petites boules de pain que nous jetions s'aggloméraient en une nébuleuse vivante les têtards tenus en dissolution dans l'eau et invisibles l'instant d'avant » (Cahier 1, f. 66v-65v ; *Autres manuscrits*, n° XI).

5. *Son climat était assez pluvieux.* Cf. ci-dessus, f. 31 : « Le "côté de Meséglise" était à ciel découvert, immense, il y pleuvait quelquefois, car comme c'était la petite promenade, on la réservait pour les temps incertains ». La famille est plus circonspecte dans la version suivante du Cahier 4 : « [s]i au contraire le temps menaçait, on n'allait pas sur la route de Meséglise et aux premières gouttes de pluie, on rentrait à la

maison. Nous lisions dans le salon. On avait rentré les fauteuils d'osier pour qu'ils ne soient pas mouillés et dans le jardin vide et fouetté par l'averse on ne voyait que ma grand-mère [...] » (f. 24v ; cf. f. 26, 27 ; *Autres manuscrits*, n° XII). La nuance qui s'attache alors à la sortie vers Meséglise semble liée à la nécessité de faire place à la promenade de la grand-mère. Quand, dans le Cahier 8, Proust situe finalement cette scène au début, encore incertain, du récit de « Combray », après les réveils (f. 14-15), l'opposition des climats associés aux deux promenades est nettement formulée : il y avait « autour de la ville les "promenades"[,] celles pour les beaux temps, celles pour les jours incertains » (Cahier 8, f. 12). Dans le Cahier 12 qui prend la suite du Cahier 8, la menace de pluie n'est plus un obstacle au départ vers Meséglise (« on sortait [...] même si le temps était couvert parce que cela n'entraînait pas bien loin », f. 18), alors qu'on ne se « risque » du côté de Guermantes « que par une belle journée » (f. 25) : « Et à cause de ce beau temps ce pays de Guermantes déjà si différent de celui de Meséglise [...] » (f. 25 ; *CS*, *Esquisse LIV*, I, p. 815, 821). Dans la version publiée, on sort vers Méséglise « même si le ciel était couvert » (*CS*, I, p. 133), tandis que pour aller « du côté de Guermantes », « l'on voulait être sûr du temps qu'il ferait » (*ibid.*, p. 163). Proust a finalement retrouvé les formules des présents f. 31 et 34 : « Comme la promenade du côté de Meséglise était la moins longue des deux que nous faisions de Combray, et qu'à cause de cela *on la réservait pour les temps incertains*, le climat du côté de Méséglise *était assez pluvieux* [...] » (NAF 16703, f. 57, passage dicté à un copiste [nous soulignons] ; cf. *CS*, I, p. 148).

f. 35

1. *Mais nous n'allions jamais jusque-là.* Proust poursuivait après cette phrase en appliquant le programme de la note de régie du f. 32 (voir note 2), c'est-à-dire en commençant à développer les « leçons » apprises du côté de Meséglise. Voici ce passage, qu'il a biffé en diagonale : « C'est sur la route de Meséglise que j'ai commencé à courir après les bleuets, les coquelicots[,] ces deux ailes écarlates qu'un peu de colle noire à l'odeur amère tient ensemble mais qui s'envolent si vite au vent ; je dédaignais alors la toison pourprée du trèfle ; c'est sur la route de Meséglise que j'ai commencé à remarquer l'ombre noire que les arbres font tourner à leurs pieds, à avoir pour la large fleur blanche du pommier une tendresse qu'aujourd'hui encore on ne peut tromper en lui montrant aucune fleur presque pareille. C'est en revenant le soir par la route de Meséglise que j'ai appris ce que c'était que le coucher du soleil, que j'ai remarqué que la lune toute blanche et fragile passait parfois au ciel dans l'après-midi appelée sans doute à des affaires que nous ne connaissions pas car ce n'était pas son heure de service, et d'ailleurs en tenue de ville, très discrète, regardant, de la salle, les camarades, elle qui dans quelques heures entrerait en scène. » Mais Proust ne reprenait pas ici les promenades nocturnes annoncées dans la note du f. 32 (« C'est dans ces champs de Meséglise que douze ans plus tard j'ai connu le charme de sortir après tout le monde quand la lune est déjà levée de rencontrer les moutons bleus de lune etc. »), qu'il attribue finalement plus loin à l'autre côté (voir f. 41 note 4). L'évocation de la lune désheurée que Proust déve-

loppe ici – après le simple « croissant si pâle » du f. 32 – ne sera reprise qu'à partir du Cahier 4 (« C'est du côté de Meséglise que j'ai remarqué pour la première fois la belle ombre ronde que les pommiers font au soleil, que la lune blanche, pas fardée ni prête, passe quelquefois dans le ciel en plein jour, comme une actrice en toilette de ville pendant une répétition où elle n'a pas de rôle », f. 41 ; *Autres manuscrits*, n° XII). Dans le Cahier 12, cette vision sera associée aux retours de promenade, et non plus à la leçon des « côtés » (« Le soleil commençait à baisser[,] nous revenions sur nos pas. La lune blanche comme une nuée passait parfois un moment dans le ciel de l'après-midi, mais furtive, en toilette de ville, comme une actrice dont ce n'est pas l'heure de jouer et qui de la salle regarde un instant ses camarades, en faisant signe, ne faites pas attention à moi », f. 23v ; cf. *CS*, *Esquisse LIV*, I, p. 821). Dans le texte définitif, comme si Proust avait renoué ponctuellement avec le type de montage prévu dans les « soixante-quinze feuillets » (voir f. 32 note 2), la phrase sur la lune suit, après un alinéa, une première « leçon » anticipée apprise du côté de Méséglise (« C'est du côté de Méséglise que j'ai remarqué pour la première fois [...] », *CS*, I, p. 144). Dans la version du Cahier 26, qui s'intercale entre celles des Cahiers 4 et 12, la « lune blanche comme une nuée » qu'on voit « passer en plein après-midi » est associée, sans lendemain, au côté de Guermantes au début de la leçon des « côtés » (*Cahier 26*, 2010, f. 1 et note 2 ; voir aussi p. xxiv, xxvii).

2. *aussi abstrait qu'un point cardinal.* Cette opposition avait déjà été énoncée au f. 32, mais ses deux termes étaient séparés par la longue parenthèse de la note de régie sur les leçons du côté de Meséglise (« Meséglise restait mystérieux comme l'horizon. (Peut-être mettre ici [...]) Mais Villebon était aussi lointain, aussi abstrait que le Nord ou l'Espagne »). Sur le présent feuillet, tout en suivant fidèlement le canevas de la version précédente, Proust insère ces leçons (« C'est sur la route de Meséglise que j'ai commencé à [...] ») avant de commencer à énoncer l'opposition (« Aussi Meséglise est-il resté pour moi mystérieux comme l'horizon. Mais Villebon »). Il biffe ensuite l'ensemble (voir Transcription diplomatique), et reprend la phrase un peu plus bas : « Et Meséglise ~~resta~~ <était> mystérieux pour moi comme l'horizon. Mais Villebon était aussi abstrait ~~que l'Orient ou le N~~ qu'un point cardinal. » Voir aussi f. 32 note 3.

f. 36

1. *comme si elles fussent nées de l'air chaud.* Pour la promenade du côté de Villebon, Proust reprend les étapes égrenées dans la première version : la sortie par la porte « du jardin » qu'empruntent les fournisseurs (cf. f. 27-28), le franchissement de la rivière sur « un large pont de pierre » (cf. f. 28), si différent de la « planche de bois » en allant au parc (*ibid.*), enfin le jardin du notaire (cf. f. 29) – mais qui perd son aubépine, déplacée à la campagne à la sortie de la ville (voir note suivante). Le jardin de l'oncle disparaît également de cette version (cf. f. 28-29).

2. *On passait le Calvaire.* Proust semble à nouveau avoir à l'esprit la topographie d'Illiers : pour atteindre la route de Villebon depuis la maison Amiot, on passe bien

par la place du Calvaire avant de rejoindre la rue de Courville (voir Quémar 1975, plan face à la p. 241). Dans le manuscrit (voir Transcription diplomatique), on lit une première version biffée de la suite : « On montait sur une colline appelée le Calvaire puis <la ville était finie,> on s'engageait dans une suite de chemins creux d'aubépine blanche, d'épine rose et d'églantines. On arrivait ~~sous une grande voûte d'arbres~~ dans une longue allée interminables *[sic]* d'arbres ; des deux côtés, des clos de pommiers, des fermes, puis les clos cessaient, les arbres, se multipliaient. C'était tout un bois, le chemin montait, et bientôt des deux côtés, par des échappées entre les arbres, on voyait des vallées profondes bleues fuyant entre des pentes escarpées, le chemin tournait encore et ». L'interruption peut s'expliquer, *a posteriori*, par le fait que Proust rédige ici un « compact », autrement dit une sorte de matrice scénarique dont il va ensuite déplier, en deux versions successives, les termes : le faubourg paysan après le Calvaire et ses aubépines (f. 36), l'« allée » ou « avenue » d'arbres (f. 36, 37, 39), le paysage escarpé de « vallées bleues » (f. 37, 39), suivi d'une « vaste plaine » (f. 37, 39), dernier élément qui ne figurait pas dans le « compact » biffé.

3. *qui semblait savoir où elle conduisait.* La page n'a pas été entièrement remplie, et Proust a tracé un trait de jonction qui la relie à la suivante. Voir le manuscrit et la Transcription diplomatique.

f. 37

1. *qui avait l'air de savoir où elle conduisait.* Le raccord entre les deux pages est imparfait : « Puis une allée d'arbres commençait qui semblait savoir où elle conduisait » (f. 36) / « On prenait une sorte d'avenue de grands arbres qui avait l'air de savoir où elle conduisait » (f. 37), ce qui suggère deux rédactions indépendantes. Il est vraisemblable que le présent bifeuillet a été écrit avant le précédent. La rédaction s'y interrompt sur la première page au milieu d'une phrase, le f. 38 étant resté vierge : elle sera reprise sur un nouveau bifeuillet (f. 39-40), ce qui donnera un nouvel incipit au morceau : « Avant de gagner ce qui était proprement la route de Villebon on prenait une sorte de grande avenue d'arbres qui semblait savoir où elle conduisait » (f. 39).

2. *J'ai déjà vu ces arbres, où.* Le lecteur d'*À l'ombre des jeunes filles en fleurs* reconnaît aussitôt ici une impression parente de l'impression ressentie par le héros lors d'une promenade en calèche avec Mme de Villeparisis aux environs de Balbec, devant les arbres d'Hudimesnil : « Où les avais-je déjà vus ? » (Cahier 70, f. 123v ; cf. *JF*, II, p. 78 : « Où les avais-je déjà regardés ? » ; Proust substitue « regarder » à « voir » tardivement, sur les épreuves Gallimard [Rés. m Y^{2} 824, p. 232]). Mais la différence entre les deux scènes est complète. Ici l'« avenue de grands arbres » est d'emblée localisée, du côté de la promenade de Villebon, et c'est ensuite qu'intervient l'expérience de mémoire – « depuis, revoyant des arbres pareils en Normandie, en Bourgogne » – qui est aussitôt éclaircie : « Et puis je me rappelais[:] c'était l'avenue qu'on prenait en sortant de la ville pour aller sur la route de Villebon » (f. 37). Dans le brouillon

des *Jeunes filles* comme dans le texte définitif, le souvenir ou pseudo-souvenir apparaît d'abord, et demeure entièrement mystérieux. Mais, signe de la prégnance ou de la rémanence du texte de 1908, la première hypothèse à être écartée dans la version de la *Recherche* reprend précisément la solution des « soixante-quinze feuillets » : « Où les avais-je déjà vus. ~~Nulle part~~ ~~Une telle allée~~ il n'y avait ~~nulle~~ nul lieu ~~du côté de~~ autour de Combray ni du côté de Guermantes, ni du côté de Meséglise où ~~d~~ semblable allée s'ouvrît ainsi. » (Cahier 70, f. 123v ; cf. *JF*, II, p. 78 : « Où les avais-je déjà regardés ? Il n'y avait aucun lieu autour de Combray où une allée s'ouvrît ainsi »). En outre, si Proust semble avoir rapidement décidé d'extraire cette expérience de reconnaissance incomplète du contexte des promenades des « côtés », puisqu'elle ne figure déjà plus dans le Cahier 4, son décor y subsiste ainsi que dans le Cahier 12, toujours associé au côté de Garmantes/Guermantes, mais désormais au retour : « l'allée d'arbres par laquelle on rentre à Combray par l'ancien Calvaire devenu champ de Courses [...] » (Cahier 4, f. 35 ; *CS*, *Esquisse LIII*, I, p. 810), « un chemin creux couvert par le feuillage des chênes », « cette longue allée voûtée de chênes », « l'allée d'arbres qui mène à l'ancien Calvaire » (Cahier 12, f. 35, 36v ; *CS*, *Esquisse LIV*, I, p. 826, 827). Cette trace subsiste jusqu'au texte définitif, à l'occasion des retours du côté de Guermantes : « [...] pour entrer dans Combray il n'y avait plus qu'à prendre une allée de chênes » (*CS*, I, p. 180). C'est de cette « entrée de l'allée des chênes » que le narrateur, à la clôture de « Combray II », exprime la nostalgie : « de même ce que je veux revoir, c'est le côté de Guermantes que j'ai connu, avec la ferme qui est peu éloignée des deux suivantes serrées l'une contre l'autre, à l'entrée de l'allée des chênes ; [...] c'est ce paysage dont parfois, la nuit dans mes rêves, l'individualité m'étreint avec une puissance presque fantastique et que je ne peux plus retrouver au réveil » (*CS*, I, p. 183). On note que la phrase réitère le climat onirique qui domine dans le présent morceau et sa réécriture immédiate (f. 39). En outre, la vision mystérieuse du Cahier 70 – « trois arbres qui devaient être l'entrée d'une allée couverte » (f. 122v ; cf. *JF*, II, p. 77) – reprend des éléments apparus dans le Cahier 12, à savoir l'adjectif « couvert » et le groupe ternaire : « un chemin creux *couvert* par le feuillage des chênes » (f. 35), « la ferme *unique en face des deux* fermes, l'allée d'arbres qui mène à l'ancien Calvaire » (f. 36v ; nous soulignons). Sur ces liens entre les arbres d'Hudimesnil et l'allée de Combray, voir Boucquey 1992, p. 148-163, et 1999, p. 99.

3. *cette avenue.* Dans le premier jet, au f. 36, il était question d'« une grande voûte d'arbres », d'« une longue allée interminable d'arbres », puis d'« une allée d'arbres ». Il s'agit ici d'« une sorte d'avenue de grands arbres », puis d'« une sorte de grande avenue d'arbres » (f. 39), mais le terme « avenue » est isolé dans l'ensemble des brouillons dont nous disposons. Le vocable « allée » l'emporte, repris au f. 39 (« l'allée d'arbres »), ultérieurement dans la version de la « Préface » à *Contre Sainte-Beuve* (« une allée d[ ] », NAF 16636, f. 4 ; *Autres manuscrits*, n° VII), puis dans le Cahier 4 (« l'allée d'arbres », f. 35), et le Cahier 12 (« cette longue allée voûtée de chênes », « l'allée d'arbres qui mène à l'ancien Calvaire », f. 35, 36v). C'est aussi le cas dans le Cahier 70 : « trois arbres qui devaient être l'entrée d'une allée intercalée au milieu de ces lieux » (f. 123), « trois arbres qui devaient être l'entrée d'une allée couverte »

(f. 122v ; cf. *JF*, II, p. 77). On trouve aussi le terme pour rappeler l'épisode : « [...] un jour, à Balbec, dans la calèche de Mme de Villeparisis, en cherchant à démêler la réminiscence que m'offrait une allée d'arbres » (*CG*, II, p. 836), et il est question ailleurs plus vaguement du souvenir d'« une rangée d'arbres » (*P*, III, p. 765), de « certains arbres d'une route » (*ibid.*, p. 877), de « la vue d'arbres » (*TR*, IV, p. 445).

4. *je me réveillais.* Le glissement vers le mystère s'opère dès cette version, où l'on voit la perspective s'altérer : au souvenir éclairci succède sans transition le retour de l'image dans le monde des rêves, où l'avenue familière acquiert une « extrême particularité » qui échappe indéfiniment à la saisie. Voir aussi f. 39 note 3.

5. *quelques nuages blancs avaient été laissés.* Proust s'interrompt à nouveau. Le reste du bifeuillet est vierge. Les caractéristiques de cette « vaste plaine », comme la forêt et les vallées qui la précèdent, sont reprises dans la version suivante, au f. 39. La phrase laissée peut-être inachevée ici y est complétée (« [...] avaient été laissés sur les côtés », f. 39).

f. 39

1. *Avant de gagner.* Cette nouvelle rédaction poursuit l'infléchissement de perspective amorcé dans la version précédente : l'avenue d'arbres, même si elle est bien connue et située « avant de gagner ce qui était proprement la route de Villebon », recèle une « particularité mystérieuse » qui, contrairement à celle des lieux visités pendant d'« inutiles » voyages, subsiste, se dérobant obstinément à la ressaisie, dans les rêves comme à l'état de veille : c'est donc une forme d'impression obscure, qui appelle approfondissement. Si cette dimension demeure dans la version du Cahier 70 (1912) puis dans le texte définitif, l'expérience y est singulative et fondée sur l'absence initiale de reconnaissance, si bien qu'à l'impression obscure s'ajoute le sentiment d'une possible réminiscence (Cahier 70, f. 122v-125v ; *JF*, II, p. 76-79). Dans la « Préface » à *Contre Sainte-Beuve*, où l'expérience se répétait, seule était privilégiée la réminiscence non élucidée : « Que de fois des amis m'ont [vu] ainsi au cours d'une promenade m'arrêter devant une allée d[ ] qui ~~commençait~~ <s'ouvrait devant nous> ou devant un groupe d'arbres, leur demander de me laisser seul un moment. C'était en vain, j'avais beau par moments pour reprendre des forces fraîches <pour ma poursuite du passé>, fermer les yeux, ne plus penser à rien, puis tout d'un coup les ouvrir, afin de tâcher de revoir ces arbres comme la 1re fois je ne pouvais ~~les~~ savoir où je les avais vus. Je reconnaissais leur forme, leur disposition, la ligne qu'ils dessinaient semblait calquée de quelque mystérieux dessin aimé qui tremblait dans mon cœur. Mais je ne pouvais en dire plus, eux-mêmes semblaient de leur attitude naïve et passionnée dire leur regret de ne pouvoir s'exprimer, de ne pouvoir me dire le secret qu'ils sentaient bien que je ne pouvais démêler » (NAF 16636, f. 4 ; *Autres manuscrits*, n° VII). En outre, dans cette « Préface », subsistent des traces de l'avenue vers la route de Villebon, ainsi que du climat onirique qui domine cet épisode des « soixante-quinze feuillets » : « Était-ce ~~aux enfers~~ dans les promenades autour

de la ville où j'étais heureux petit enfant, était[-ce] seulement dans ce pays imaginaire où plus tard je rêvais Maman si malade, auprès* d'un lac, dans une forêt où il faisait clair toute la nuit, pays rêvé seulement mais presque aussi réel que le pays de mon enfance qui n'était déjà plus qu'un songe, je n'en savais rien » (*ibid.*, f. 5).

2. *invisibles travaux.* Dans ces « femmes à demi cachées dans l'ombre […] occupées à d'invisibles travaux », qui reprennent les « femmes mystérieusement dans l'ombre, avec leur visage seul éclairé » de la version précédente, faut-il voir la préfiguration des « sorcières <~~shakespeariennes~~> ou nornes » du Cahier 70 (cf. *JF*, II, p. 78) ? Ou sont-elles plus proches de la mère malade de la version du *Contre Sainte-Beuve*, qui habite les rêves du narrateur ? (Voir la note précédente.)

3. *des choses qui ne doivent point nous être montrées.* La tonalité nervalienne de cet épisode, dans ses deux versions successives, est indiscutable. Le processus dont le narrateur fait l'expérience et qui, à chaque fois, frustre la saisie par lui du mystère – soit réveil dans un moment d'endormissement ou de rêverie, soit endormissement soudain –, annonce celui que Proust décrit en 1909 à propos de la lecture de *Sylvie* : « Donc ce que nous avons ici c'est un de ces tableaux d'une couleur irréelle, que nous ne voyons pas dans la réalité, que les mots mêmes n'évoquent pas, mais que parfois nous voyons dans le rêve […]. Parfois au moment de s'endormir on les aperçoit, on veut fixer et définir leur charme, alors on s'éveille et on ne les voit plus, on s'y laisse aller et avant qu'on ait su le fixer on est endormi, comme si ~~on ne devait pas~~ l'intelligence n'avait pas la permission de les voir. Les êtres eux-mêmes qui sont dans de tels tableaux sont des êtres [de] rêves » (Cahier 5, f. 10 ; cf. *CSB*, p. 160-161 ; *CSB* Clarac, p. 235). On voit que « comme si ~~on ne devait pas~~ l'intelligence n'avait pas la permission de […] voir [ces tableaux] » fait écho à « Car il est vraiment des choses qui ne doivent point nous être montrées ».

4. *la forêt de Barbonne.* Proust pourrait avoir à l'esprit la forêt de la Traconne, à l'ouest de la commune de Barbonne, dans la Marne : Barbonne se trouve à une trentaine de kilomètres du château de Réveillon, où il séjourna, chez Madeleine Lemaire, en 1894 et 1895. Il reste un souvenir de cette « forêt de Barbonne » dans le bois ou la forêt « de l'Arbonne » par où passe la calèche de Mme de Villeparisis dans les promenades autour de Balbec : « Parfois sachant faire plaisir à ma grand-mère elle demandait au cocher de couper par les bois de l'Arbonne […] » (Cahier 70, f. 105v ; *JF*, II, p. 68 var. *a*). Dans le Cahier 70 on trouve aussi ce trajet « au retour », juste après le morceau sur les arbres d'Hudimesnil (f. 126v).

5. *de gros nuages blancs avaient été laissés sur les côtés.* Proust reprend ce motif du « ciel vacant » dans le Cahier 1 (f. 65v : « à l'heure où même les cloches et les nuages flânent avec désœuvrement dans le ciel vide »), et dans les deux cahiers des promenades : « C'était dans ces heures vacantes de la première après-midi où même le ciel est vide, sauf qu'il y traîne toujours un peu de nuage ou de son de cloche […] » (Cahier 4, f. 29 ; *Autres manuscrits*, n° XII), « C'était à ces heures vacantes du com-

mencement de l'après-midi où le ciel, vide comme les champs, traîne seulement un nuage, un oiseau, un son de cloche qui va à peine plus vite [...] » (Cahier 12, f. 19 ; cf. *CS*, *Esquisse LIV*, I, p. 816).

f. 40

1. *Quel magnifique point de vue.* Un « adjoint » amateur de « cartes départementales » figure déjà dans *Jean Santeuil* : « [...] le cabinet de l'adjoint [où] Jean avait tant de fois accompagné son père dans ses visites ennuyeuses » (*JS*, p. 476). On le retrouve dans le Cahier 14, avec son cabinet « décoré seulement de vieilles cartes du XVIIIe siècle représentant Combray » (f. 55). Ici son appréhension du paysage, qui se borne à constater avec réalisme une sorte de pittoresque « objectif », contrarie la perception du narrateur, chargée d'onirisme et d'impressionnisme. Proust semble vouloir illustrer – ou prendre brièvement note pour une illustration future – le phénomène de la non-coïncidence des impressions : c'est donc une note pour une nouvelle étape dans l'apprentissage esthétique du héros. Il s'y attachait déjà dans *Jean Santeuil* : « Et ce que les philosophes disent aussi, que chacune des petites joies, des plus simples événements de ce passé, les autres ne les ont pas sentis comme nous, que nous n'avons pu entrer dans leur manière de sentir ni eux dans la nôtre, cette idée qui donne parfois un sentiment d'isolement si triste à ceux qui y réfléchissent, n'achève-t-elle pas de donner à notre passé ce caractère unique qui fait pour nous de nos souvenirs une œuvre d'art qu'aucun artiste, si grand qu'il soit, ne saurait imiter et qu'il peut seulement se flatter de nous inciter à contempler en nous ? » (*JS*, p. 319). Dans le Cahier 26, cette découverte de l'hiatus entre ses propres impressions et celles d'autrui fait l'objet d'une saynète lors des promenades du côté de Meséglise (*Cahier 26*, 2010, f. 12 et note 3). On pourrait aussi rapprocher la figure de l'adjoint, dont la remarque stupéfie le narrateur, du curé de Combray, qui, de son église, vante surtout le « point de vue » dont on jouit depuis le clocher : « "Mais ce qui est incontestablement le plus curieux dans notre église c'est le point de vue qu'on a du clocher et qui est grandiose." » (NAF 16703, f. 22 ; *CS*, I, p. 104).

2. *Sources du Loir.* Avec cette note de régie prend fin de manière abrupte la promenade du côté de Villebon, commencée au f. 35. Après « Villebon » et « Bonneval », le « Loir » est le troisième et dernier toponyme de la région d'Illiers qu'on trouve dans ces pages ; la rivière, par ailleurs anonyme ici, prendra son nom dans le Cahier 4, et, dans les cahiers ultérieurs, les dénominations fictives de Gracieuse, Vivette et enfin Vivonne (voir *Cahier 26*, 2010, f. 5 note 1). Proust pourrait songer à la version des « Sources du Loir » qui figure à la fin du morceau déjà évoqué narrant à la première personne des impressions champêtres (voir f. 32 note 1) ; il l'a déjà exploitée pour l'évocation des têtards de la rivière (voir f. 34 note 4) : « Je me rappelle que tout enfant, on me mena ainsi un jour jusqu'aux sources du Loir. C'était une sorte de <petit> lavoir rectangulaire où mille petits poissons se concentraient comme une cristallisation frémissante et noire autour de la moindre mie de pain qu'on jetait. Autour du lavoir la route solide et dure et plus l'ombre d'eau ni de Loir. Pourtant

c'étaient là les Sources du Loir qui invisible tout le long de la route était rejoint deux lieues après en arrivant à Illiers, large et gracieuse rivière. Aussi je ne comprenais pas comment ce petit lavoir au fond duquel on voyait s'élever et s'arboriser au-dessus les unes [des] autres des petites gouttes d'eau comme celles qu'on voit dans les aquariums où l'eau est sans cesse renouvelée pouvait être les sources du Loir. Mais l'absence de tout rapport entre [le Loir et] ce petit lavoir au bord duquel traînai[en]t tout le temps des linges auxquels on me défendait de toucher ne me rendait ce lieu que plus mystérieux et lui donnait mieux ce caractère incompréhensible qui devait être attaché à l'origine d'une vie naturelle. Aussi cette eau qui sourdait en gouttes distinctes au fond du lavoir plein de têtards, c'était pour moi les Sources du Loir d'une façon aussi abstraite, presque aussi sacrée que <certaine figure> pouvait être pour le Romain le Fleuve. Et je me figurais vaguement que les femmes qui venaient sans cesse y laver leurs linges *[sic]* avaient choisi cet endroit de préférence à tout autre à cause de son caractère illustre et sacré » (texte revu d'après le fac-similé du manuscrit, Sotheby's, « Livres et Manuscrits », coll. Marie-Claude Mante, vente du 24 mai 2018, lot 160, en ligne ; cf. *EA*, p. 416-417). Dans le Cahier 4, Proust place cette visite aux Sources du Loir à la fin de la promenade du côté de Villebon/Garmantes (revêtu alors des caractéristiques du côté de Meséglise), mais de manière très concise : « Un jour nous poussâmes jusqu'aux Sources du Loir. Je vis seulement une espèce de petit lavoir carré à la surface duquel crevaient quelques bulles. Et je me penchais avec étonnement sur ce lavoir où était cette chose immatérielle et immense : les Sources du Loir, comme pouvait se pencher un Romain sur le [ ], où est située la porte de l'Enfer. Tel était le côté de "Garmantes" » (f. 35 ; *Autres manuscrits,* n° XII). Dans le Cahier 12 la visite s'intercale vers la fin des promenades de Guermantes, mais ne se situe plus pendant l'enfance : « Moi qui pendant tant d'années où j'ai suivi quand nous allions du côté de Guermantes les bords de la Vivette, ai entendu parler comme d'un lieu presque abstrait des "Sources de la Vivette"[,] aussi étonné d'apprendre que ces "Sources" étaient à un certain endroit, à une certaine distance d'une ville réelle, qu'un païen qui apprenait que près de telle ville sont les Portes de l'Enfer, un jour on me mena voir les Sources de la Vivette. Me dire devant un lavoir carré où montaient quelques bulles, que c'étaient les sources de la Vivette, me forcer de faire entrer une conception tout idéale et immense, dans un spectacle matériel et borné d'ailleurs mesquin, était aussi fatigant que quand on arrive à Rome de se dire : C'est Rome, ou quand on me montra un vieux Mr en chapeau melon [...], c'est Victor Hugo. Je restai confondu, dans cet étonnement attristé qui nous prend quand il faut penser à la fois[,] c'est-à-dire faire une seule chose d'une chose imaginée et [d']une chose vue » (Cahier 12, f. 33-34 ; *CS, Esquisse LIV,* I, p. 825-826 ; voir aussi la version ramassée du Cahier 11, f. 11 ; *CS, Esquisse LXVII,* I, p. 877). La déception se fera finalement attendre jusqu'au séjour à Tansonville chez Mme de Saint-Loup, où elle s'intercale entre les deux découvertes liées aux « côtés » (Cahier XV, f. 70 ; *AD*, IV, p. 268 ; cf. f. 27 note 3 et f. 33 note 3). Comme plus tôt les frustrantes aubépines et l'évanescente « allée d'arbres », les insignifiantes « Sources du Loir » s'inscrivent dans un apprentissage esthétique qui se passe majoritairement du « côté de Villebon ». Le dernier jalon de cet itinéraire est ici la leçon des « côtés ». Voir aussi f. 51.

3. *C'est probablement aux promenades du côté de Meséglise.* Les leçons des « côtés » – ainsi notées à la fin de la liste des « Pages écrites » du Carnet 1 : « Ce que m'ont appris le côté de Villebon et le côté de Meséglise » (f. 7v) – étaient absentes de la première rédaction (f. 27-30). Dans la deuxième, Proust les introduit à la fin de la promenade de Meséglise mais pour ce seul « côté », dans une addition marginale à valeur de plan (f. 32 note 3) ; il la développe au même point du récit dans la présente troisième version, avant de la rayer (f. 35 note 1). Et c'est finalement ici même (f. 40-41), c'est-à-dire en conclusion au récit des promenades des deux « côtés », qu'il place ces leçons, en les entrelaçant, mais en commençant à nouveau par le côté de Meséglise. Une sorte de méditation sur les « côtés » figure également en position quasi clausulaire de « Combray II » dans *Du côté de chez Swann* (*CS*, I, p. 180-183), après que de nombreux épisodes se sont, au fil de la genèse, ajoutés au récit de chaque promenade.

4. *les deux ailes rouges d'un coquelicot.* Proust commence par la flore caractéristique de chaque « côté » : pour Meséglise, les coquelicots, bleuets, trèfles et pommiers. Voir ci-dessus, f. 35, la précédente version biffée : « C'est sur la route de Meséglise que j'ai commencé à courir après les bleuets, les coquelicots[,] ces deux ailes écarlates qu'un peu de colle noire à l'odeur amère tient ensemble mais qui s'envolent si vite au vent ; je dédaignais alors la toison pourprée du trèfle » (f. 35 note 1). Pour de précédentes évocations des coquelicots, voir « La confession d'une jeune fille », *PJ*, p. 89 ; *JS*, p. 301, 330, 461. Voir ensuite Cahier 4, f. 40 : « C'est du côté de Meséglise que j'ai pour la première fois aimé les bleuets et les coquelicots, les fleurs de pommiers, et qu'il y a pour moi entre ces fleurs-là et toutes les fleurs des fleuristes, la même différence qu'entre le côté de Meséglise et un joli paysage étranger [...] » (*Autres manuscrits*, n° XII), et Cahier 12, f. 37 (*CS*, *Esquisse LIV*, I, p. 828). Dans *Du côté de chez Swann*, la flore caractéristique de Méséglise est également rappelée au moment de la « leçon » des « côtés » : « Le côté de Méséglise avec ses lilas, ses aubépines, ses bluets, ses coquelicots, ses pommiers [...] » (*CS*, I, p. 182) ; mais l'évocation du coquelicot a été placée pendant la promenade (*ibid.*, p. 137).

5. *ma tendresse plus profonde encore pour l'aubépine.* Proust passe à la flore emblématique du côté de Villebon. La déclaration d'amour à l'aubépine n'est plus rattachée, comme dans la toute première version, au « jardin du notaire » (f. 29-30), lequel n'a plus été mentionné qu'en passant (f. 36). L'arbuste est encore associé au côté de Villebon/Garmantes dans le Cahier 4 (« Mais c'est du côté de Garmantes que j'ai commencé à aimer l'aubépine, puis, avec une joie plus grande encore, avec une couleur de plus, l'épine rose [...] », f. 41), avant de l'être définitivement au côté de Méséglise, à partir du Cahier 12, quand se sont répartis les deux types de paysage : « Tel était le côté de Guermantes. Le côté de Méséglise, tout en champs élevés au-dessus de la ville et étendus à l'infini a fait à jamais pour moi, des bleuets, des coquelicots, de la fleur du pommier, de l'aubépine, quelque chose de bien différent [...] » (f. 37) ; « On me donnerait des pays immenses où il n'y aurait ni coquelicots,

ni bleuets, ni pommiers, ni aubépines, je n'en voudrais pas, je ne me sentirais pas dans la nature. Le côté de Guermantes a fixé à jamais de traits différents mais aussi nécessaires une autre partie de ce qui est pour moi l'image du bonheur. Si je ne peux plus concevoir la nature sans aubépines, je ne peux plus non plus la concevoir sans rivière » (f. 38). Voir aussi *CS*, *Esquisse LIV*, I, p. 828.

6. *les mois de Marie de l'église.* L'association de l'aubépine au rite marial du mois de mai est déjà faite dans *Jean Santeuil* (p. 331-332, 335), où on trouve aussi d'autres fleurs dans ce rôle (p. 320, 326). Le thème catholique, amorcé plus haut (l'aubépine est « la parure merveilleuse de l'autel », f. 29), s'épanouit dans les Cahiers 12, 29 et 14 (voir Brun 1984, p. 217 *sq.*). Voir *CS*, I, p. 110-112 (« C'est au mois de Marie que je me souviens d'avoir commencé à aimer les aubépines. [...] ») et p. 136-138 (« [...] tout prêt pour le mois de Marie, dont il semblait faire partie déjà, tel brillait en souriant dans sa fraîche toilette rose, l'arbuste catholique et délicieux »).

f. 41

1. *des ne-m'oubliez-pas de soie bleu pâle.* Même si le « petit jardin » de l'oncle (f. 28) a disparu de cette version, on retrouve ici ses fraises et ses cerises, ses pervenches et ses myosotis. Proust semble n'en avoir guère conservé que la métaphore des « cerises d'agate », qu'il élabore dans une évocation d'intérieur au début du Cahier 4 (f. 2v, 3, 4, 8 ; *P*, *Esquisse XVIII*, III, p. 1171, 1172) ; elle chemine jusqu'à la Préface à *Propos de peintre* de Jacques-Émile Blanche, quand est évoqué l'Auteuil de l'enfance : « [...] la salle à manger à l'atmosphère transparente et congelée comme une immatérielle agate que veinait l'odeur des cerises » (*EA*, p. 573 ; cf. *P*, III, p. 911-912).

2. *comme dans une maison démeublée.* « [L]'ombre noire au pied des pommiers » (cf. « l'ombre noire que les arbres font tourner à leurs pieds », f. 35 note 1) est le seul élément stable de cette énumération. Voir Cahier 4, f. 41 (« la belle ombre ronde que les pommiers font au soleil » ; *Autres manuscrits*, n° XII), Cahier 26, f. 1 (« l'ombre ronde que font les pommiers sur un champ ensoleillé »), et *CS*, I, p. 144 (« l'ombre ronde que les pommiers font sur la terre ensoleillée »). On trouve ces ombres des pommiers du côté de Guermantes dans le Cahier 12 (« des "cours" de pommiers dont le feuillage découpait sur le sol éclairé des ombres japonaises », f. 35 ; *CS*, *Esquisse LIV*, I, p. 826).

3. *un plaisir différent de celui de se promener tout le jour et de rentrer à la nuit.* L'opposition entre ces plaisirs d'hier et ceux d'aujourd'hui se maintient dans le récit du *Contre Sainte-Beuve*, mais au moment des réveils nocturnes du narrateur, sans plus aucune mention des « côtés » : « Car bien des années ont passé depuis le moment où j'habitais chez mes grands-parents. On ne dîne plus qu'à neuf heures du soir, après la promenade pour laquelle nous partons à l'heure où j'étais rentré depuis longtemps autrefois. C'était un plaisir quand on voyait le soleil couché mettre une bande rouge derrière le château, de se hâter pour trouver la lampe allumée et le

dîner servi. C'en est un aussi, tout différent, à ce même moment de se préparer à sortir, de traverser le village [...] » (Cahier 1, f. 60v-59v), « Au plaisir de rentrer au château quand le château se détache sur le ciel rouge, que l'eau des étangs est rouge aussi, et de lire une heure à la lampe avant le dîner de sept heures, un plaisir plus mystérieux a succédé : nous partions à la nuit venue [...] » (Cahier 1, f. 61-60) ; *Autres manuscrits*, n° XI. Dans la reprise des promenades des « côtés » dans le Cahier 4, on retrouve l'opposition des deux époques, le paysage du couchant étant alors associé au côté de Meséglise : « C'est du côté de Meséglise que j'ai remarqué pour la première fois le soleil couchant, que j'ai connu la douceur quand le ciel était rouge entre les arbres, d'associer à cette rougeur l'idée du fourneau de la cuisine, du bon dîner, et avant de la bonne heure qu'il y aurait à lire avant, de rentrer tôt quand finit la journée. Mais chose curieuse, le côté de Méséglise *[sic]* devait m'apprendre un jour un plaisir tout opposé. Bien des années plus tard je devais avec Mme de ~~Forcheville~~ <Guerchy> dont il sera question plus tard quitter Combray à l'heure où je rentrais » (f. 42, interrompu ; *Autres manuscrits*, n° XII). Dans la reprise du Cahier 26, les promenades se font avec des « amis » non identifiés : « Chose singulière si c'est du côté de Méséglise que j'ai senti d'abord la douceur de la vie réglée sur le jour, de rentrer lire tous les jours avant le dîner à l'heure où le ciel au-dessus des arbres du Calvaire était une bande d'écarlate à laquelle j'associais confortablement ayant déjà faim et comme l'air avait fraîchi l'idée du fourneau de la cuisine [...] c'est aussi du côté de Méséglise que j'ai appris bien des années plus tard, en villégiature chez des amis que je ne connaissais pas alors, la douceur de la vie déréglée, de sortir de chez soi à l'heure où au temps [de] Combray j'avais déjà fini de dîner » (Cahier 26, f. 7-8). Lors de la mise au net du futur « Combray », cette opposition bien établie quitte la leçon des « côtés » pour rejoindre l'ouverture du roman, où le dormeur qui se réveille se croit « chez Madame de Villeparisis, à la campagne » : « J'aurai trop prolongé la sieste que je fais tous les soirs en rentrant de ma promenade avec Madame de Villeparisis, avant d'endosser mon habit. Car bien des années ont passé depuis Combray, où on rentrait tous les soirs au coucher du soleil et où on se mettait au lit après dîner. C'est une autre vie, un autre genre de plaisir qu'on a chez Madame de Villeparisis à ne sortir qu'à la nuit, à suivre silencieusement au clair de la lune ces chemins où je jouais jadis au soleil [...] tandis qu'à Combray, dans nos retours les plus tardifs, c'étaient les nuances rouges du soleil couchant que je voyais sur le vitrage de ma fenêtre[,] reflets de la bande de pourpre qui s'étendait au-dessus du petit bois noir du Calvaire » (Cahier 9, f. 9-10 ; cf. *CS*, I, p. 7). Quant au paysage du couchant, il ne figure plus non plus lors de la leçon des « côtés », mais juste avant que ces derniers ne soient introduits par le narrateur, au retour de promenades vers Guermantes : « Nous rentrions toujours de bonne heure de nos promenades pour pouvoir faire une visite à ma tante Léonie avant le dîner. Au commencement de la saison où le jour finit tôt, quand nous arrivions rue du St Esprit[,] il y avait encore un reflet du couchant sur les vitres de la maison et un bandeau de pourpre au front des bois du Calvaire qui se reflétait plus loin dans l'étang, rougeur qui accompagnée souvent d'un froid assez vif s'associait je ne sais pourquoi dans mon esprit à la rougeur du four au-dessus duquel rôtissait le poulet qui ferait succéder pour moi au plaisir poétique donné par la promenade le plaisir de la gourmandise, de la chaleur et du repos » (Cahier 63, f. 58-59 ; cf. *CS*, I, p. 131).

4. *de partir à la nuit se promener*. Dans la note de régie du f. 32 – comme dans la première version, biffée, de ce f. 41 (voir Transcription diplomatique) – ces promenades nocturnes ne se situaient pas du côté de Villebon mais de Meséglise : « C'est dans ces champs de Meseglise *[sic]* que 12 ans plus tard j'ai connu le charme de sortir ap[rès] tout le monde quand la lune est déjà levée[,] de rencontrer les moutons bleus de lune etc. » Ce sera aussi le cas dans les Cahiers 4 et 26 (voir la note précédente). Alors que ces promenades sont ensuite annoncées dès l'ouverture du roman (*CS*, I, p. 7 et la note précédente), leur récit lui-même n'a lieu que beaucoup plus loin, pendant le séjour à Tansonville chez Mme de Saint-Loup (Cahier XV, f. 69, 70, 72 ; *AD*, IV, p. 267, 268-269). Dans ces promenades avec Gilberte on reconnaît encore le décor changeant de « profondes vallées » et de « coteaux » caractéristique du premier Villebon (f. 37, 39, 40), ainsi que son atmosphère de rêve : « Tandis que nous marchions, je voyais le pays changer, il fallait gravir des coteaux, puis des pentes s'abaissaient », « Au moment de descendre dans le mystère d'une vallée parfaite et profonde que tapissait le clair de lune [...] » (Cahier XV, f. 70, 72 ; *AD*, IV, p. 267, 268-269). Les « moutons bleus de lune » subsistent également dans toutes les versions : ici « files de mouton à la toison bleuâtre » sous la lune, ils deviennent dans le Cahier 1 « la masse bleue triangulaire et mouvante des moutons qui rentrent au clair de lune » (f. 59v) ou « le triangle irrégulier bleuâtre et mouvant des moutons qui rentraient » (f. 59 ; *Autres manuscrits*, n° XI), ce qui est déjà presque exactement la version du Cahier XV (f. 69 ; *AD*, IV, p. 267). On trouve enfin dans la présente page la première et seule occurrence d'une « duchesse de Villebon ». Dans son rôle, on trouvera successivement la « dame du château » de Réveillon (Cahier 1, f. 59 ; *Autres manuscrits*, n° XI), « Mme de ~~Forcheville~~ <Guerchy> » (Cahier 4, f. 42 ; *Autres manuscrits*, n° XII), enfin Gilberte, « Madame de Villeparisis » tenant de manière éphémère sa place à l'ouverture du roman (Cahier 9, f. 9-10). Gilberte pourrait être le symbole de l'ambiguïté de ces promenades nocturnes, qui appartiennent alternativement, dans la genèse, aux deux « côtés ».

5. *dont on ne peut parler*. Il ne sera plus question de l'oubli des défunts dans la version du Cahier 1 : « [...] parfois, au moment de descendre dans le mystère d'une vallée profonde tapissée par le clair de lune nous nous arrêtions un instant ma compagne et moi avant de descendre dans ce calice d'opale et la dame indifférente avait un de ces mots par qui je m'apercevais tout [d']un coup placé à mon insu dans sa vie à elle, où je n'avais pas cru que je fusse entré, pour toujours me semblait-il et d'où le lendemain du jour où je quittai le château, elle m'avait déjà fait sortir » (f. 58v ; *Autres manuscrits*, n° XI). Même atténuation au profit de Gilberte : « Au moment de descendre dans le mystère d'une vallée parfaite et profonde que tapissait le clair de lune, je m'arrêtai un instant [...]. Gilberte eut alors, peut-être simplement par bonne grâce de maîtresse de maison qui regrette que vous partiez bientôt et qui aurait voulu mieux vous faire les honneurs de ce pays que vous semblez apprécier,

de ces paroles où son habileté de femme du monde sachant tirer parti du silence, de la simplicité, de la sobriété dans l'expression des sentiments, vous fait croire que vous tenez dans sa vie une place que personne ne pourrait occuper. » (Cahier XV, f. 72 ; cf. *AD*, IV, p. 268-269). C'est Mme Verdurin – inspirée par Madeleine Lemaire, la châtelaine de Réveillon, à l'arrière-plan du présent passage ? – qui manifeste, dans un autre contexte, cette indifférence aux morts : « Mme Verdurin, comme presque tous les gens du monde, justement parce qu'elle avait besoin de la société des autres, ne pensait plus un seul jour à eux après qu'étant morts, ils ne pouvaient plus venir aux mercredis, ni aux samedis, ni dîner en robe de chambre. Et on ne pouvait pas dire du petit clan, image en cela de tous les salons, qu'il se composait de plus de morts que de vivants, vu que dès qu'on était mort c'était comme si on n'avait jamais existé. » (*SG*, III, p. 288).

f. 41v

1. *Pour revenir au temps où.* Proust utilise rarement les pages versos dans les « soixante-quinze feuillets ». Il s'agit ici d'une sorte de complément à ce qui précède, assez sommairement introduit, mais, comme toutes ces pages, largement repris dans la suite de l'élaboration romanesque. Tout se passe comme si l'introduction d'un personnage féminin, la duchesse de Villebon (f. 41), avait incité Proust à explorer la thématique amoureuse. Il le fait pour chaque côté successivement, comme un appendice à leurs « leçons », le côté de Villebon donnant lieu toutefois à un développement plus fourni.

2. *unis nos pensées, chant des cloches.* La thématique du vent messager est très productive. Elle est d'abord reprise dans le Cahier 4 dans la série des souvenirs suscités par les odeurs, dont « cette délicieuse odeur de pétrole » d'une automobile (f. 18), à propos d'une femme anonyme : « Pendant toute la matinée je m'en souviens dans ces champs de la Beauce la promenade m'éloignait d'elle ; elle était restée à une dizaine de lieues de là, par moments un grand souffle venait qui courbait les blés au soleil et faisait frémir les arbres. Et dans ce grand pays plat où les pays les plus lointains semblent la continuation à perte de vue des mêmes lieux, je sentais que ce souffle venait en droite ligne de l'endroit où elle m'attendait, qu'il avait passé sur son visage avant de venir à moi, sans avoir rien rencontré sur son chemin d'elle à moi que ces champs indéfinis de blé, de bleuets[,] de coquelicots qui étai[en]t comme un seul champ aux deux bouts duquel nous nous serions mis et tendrement attendus, à cette distance où les yeux n'atteignaient pas mais que franchissait un souffle doux comme un baiser [qu']elle m'envoyait, comme son haleine qui venait jusqu'à moi, et que l'automobile me ferait si vite franchir quand il serait l'heure de retourner près d'elle » (Cahier 4, f. 19 ; *P*, *Esquisse XIX*, III, p. 1175-1176). Plus loin dans le même cahier, pendant la promenade des côtés, la femme aimée est désormais (et restera dans ce contexte) Mlle Swann, et le vent de Meséglise s'oppose au télégraphe de Garmantes : « Sur le côté de Meséglise, quand j'eus su que Mme Swann était partie avec sa fille à Chartres je sentais la douceur d'être sur cette même plaine bombée où elle était elle-même, à des lieues. Par moments un souffle passait, courbant

les blés et je pensais que c'était le même souffle qui avait passé sur elle[,] que rien n'avait arrêté et qu'au moment où il venait sur mes lèvres je me disais : elle lui a dit, porte-lui mon baiser. Mais du côté de Garmantes quand nous avions depuis longtemps dépassé sa propriété sur la grande route c'était les fils télégraphiques qui en frémissant porteraient une dépêche d'elle. J'allais la trouver en rentrant, j'en arrangeais chaque phrase puis effrayé à l'idée etc. » (Cahier 4, f. 38 ; *Autres manuscrits*, n° XII). Dans la version suivante du Cahier 12, Proust combine le souvenir de Gilberte et la généralisation à d'autres amours : « C'est sur les grandes plaines bombées du côté de Méséglise que j'ai connu cette grande douceur de me dire en pensant à Mlle Swann qui était [à] Chartres, à tant de lieues de moi, rien ne m'en sépare, si ma vue était plus puissante, je la verrais. Et quand les grands souffles chauds arrivaient, courbant les blés au loin, et touchant ma joue, je me disais, ils viennent en droite ligne de Chartres, cette bouffée d'air qui touche en ce moment ma joue, elle vient de Chartres, elle peut me donner de ses nouvelles, peut-être en la sentant qui s'échappait lui a-t-elle dit : Embrasse-le pour moi. Éloignée de moi mais dans le même champ elle semblait avec moi encore. Depuis quand sentant qu'il était nécessaire de ne pas trop rester avec une femme que j'aimais [...], quand je la quittais pour tout le jour [...], je faisais arrêter l'automobile, je m'asseyais sur le talus d'un champ, et regardant à une distance que mes yeux ne pouvaient percer j'attendais ces grands souffles que rien n'avait arrêtés depuis qu'ils étaient partis d'auprès d'elle, courbant les blés l'un après l'autre comme une vague de trente lieues. Mais du côté de Guermantes quand j'arrivais à la grande route, entendant vibrer les fils télégraphiques je me disais, Mme de Guermantes m'a vu, s'est informée de mon nom [...] » (Cahier 12, f. 40-42 ; *CS*, *Esquisse LIV*, I, p. 829-830). Les « fils télégraphiques » du côté de Villebon sont apparus dès la présente page. Voir *CS*, I, p. 143-144.

3. *une petite maison qui avait l'air isolée de tout.* Dans le Cahier 4, c'est tout de suite après le passage sur le vent de Meséglise et le télégraphe de Garmantes qu'on trouve l'évocation de la maison isolée ; mais la description physique de ce coin de rivière a disparu : « À quelque méandre du Loir parfois isolée de tout par les bois qui l'entouraient était une petite maison. Je pensais à la tristesse d'aller finir ses jours dans un lieu inconnu de celle que j'aimais, où je serais inconnu moi-même, dans l'acceptation qu'il y a à se dire : Je me suis éloigné volontairement de tout ce qui m'aurait permis de la revoir, de ceux qui peuvent me parler d'elle, peut-être lui parler de moi. Je ne connaîtrai plus que ces nénuphars et cette haie, je ne serai plus connu que de la petite porte qui sonne longtemps quand on l'ouvre. On ne me verra pas au-delà de ce chemin, je ne verrai pas plus loin que cette barque amarrée. Justement à la fenêtre se montre une femme au visage mélancolique, d'une finesse qui n'est pas de ces contrées, qui a dû venir finir, renoncer ici sa vie. Je voudrais faire comme elle, mais dès le second soir je serais fou, je partirais. Et pourtant si l'on veut connaître la terre, dans cette grande inquiétude que nous avons d'être ce qui n'est pas nous, d'épouser la terre, de goûter à la vie secrète de ceux qui l'habitent, n'est-ce pas bien d'en devenir l'habitant, d'être précisément le châtelain de ce castel perdu dans les bois, de devenir citoyen de ce hameau, de payer contribution au receveur de Garmantes !

Mais non ! c'est impossible, nous n'habitons jamais une demeure nouvelle, comme le colimaçon nous emportons avec nous notre demeure, notre atmosphère, notre passé, nos habitudes. Dans quelques jours la petite maison sur le Loir sera pleine de moi, c'est ce pays qui sera devenu ma résidence, ce n'est pas moi qui serai devenu son habitant, il n'aura pas mis sur moi sa marque, c'est moi qui aurai mis sur lui la mienne. J'aurai étendu malgré moi sur le sol ce tapis que comme un saltimbanque je porte partout avec moi et je ne connaîtrai pas l'odeur de la terre » (Cahier 4, f. 38-40 ; *Autres manuscrits,* n° XII). L'image du « colimaçon », et d'ailleurs la thématique du voyage impossible, proviennent du portrait de la douairière en villégiature au bord de la mer (voir ci-dessous, f. 58). Dans le cahier suivant comme dans le texte définitif, toute allusion à un désir de retraite du narrateur a été effacée : « Parfois à un coude de la Vivette, au bord de l'eau, entourée de bois, nous rencontrions une maison dite "de plaisance", isolée, perdue, qui ne voyait que les plantes de la rivière, l'eau qui passait et rien du reste du monde. Une jeune femme dont le visage et la robe élégante n'étaient pas de ces contrées et qui sans doute était venue là selon la belle expression populaire s'enterrer, goûter le plaisir amer de sentir que son nom, le nom surtout de celui qu'on ne peut avoir y est inconnu, que ces lieux ne l'ont jamais vu, qu'il ne les connaîtra jamais, que quand elle entendra bien rarement des voix passer derrière les arbres [de] la rive avant de voir les visages, elle pourra être certaine que ceux qui viennent n'ont rien dans leur passé dans leur avenir où soit la marque de l'ingrat, et qu'il n'a point de notion d'eux, et quand par hasard elle sort accepter la mélancolique distraction d'une promenade où aucun hasard ne le fera passer, d'où elle rentrera les yeux vides, le sourire contraint, le cœur à jamais résigné, et pour s'apprêter à dîner ôtant de ses nobles mains qu'il ne verra plus, de longs gants d'une inutile beauté » (Cahier 12, f. 30v ; *CS, Esquisse LIV,* I, p. 824 ; cf. *ibid.*, p. 168-169). Le caractère balzacien de cette situation romanesque (*La Femme abandonnée*) a été souligné (*ibid.*, p. 169 note 1).

4. *qui pût me donner de la joie.* L'idée de la stérilité qu'il y a à attendre la lettre d'amour qu'on a soi-même imaginée est reprise dès le Cahier 2, lors de la réflexion sur la lecture qui suit la parution de l'article du *Figaro* : « [...] autrefois quand j'espérais une lettre de ma maîtresse je l'écrivais en pensée telle que j'aurais voulu la recevoir. Puis sachant qu'il n'était pas possible, le hasard n'étant pas si grand, qu'elle m'écrive juste ce que j'imaginais, je cessais d'imaginer, pour ne pas exclure du possible ce que j'avais imaginé, pour qu'elle pût m'écrire cette lettre. Si même un hasard avait fait qu'elle me l'écrivît, je n'en aurais pas eu de plaisir, j'aurais cru lire une lettre écrite par moi-même » (f. 32v-31v ; *AD, Esquisse XII.4,* IV, p. 676). Dans le Cahier 12, le motif de la lettre rêvée est repris dans le même contexte que dans les « soixante-quinze feuillets », mais sans que le narrateur en tire plus la leçon : « [...] du côté de Guermantes quand j'arrivais à la grande route, entendant vibrer les fils télégraphiques je me disais, Mme de Guermantes m'a vu, s'est informée de mon nom, elle s'est repentie de sa raillerie, elle m'aimera, elle a voulu m'envoyer une dépêche, c'est elle qui passe en ce moment, elle sera à Combray avant nous, voici ce qu'elle me dira, et je la recommençais plusieurs fois jusqu'à ce qu'elle fût précisément ce que

je désirais » (Cahier 12, f. 42 ; *CS, Esquisse LIV*, I, p. 830). Finalement, c'est à Paris, après que Gilberte lui a annoncé qu'elle ne viendrait plus aux Champs-Élysées, que le héros espère recevoir d'elle la lettre dont il rêve, avant de comprendre l'absurdité de son désir (Cahier 20, f. 40-41 ; Cahier 24, f. 21-22 ; *CS*, I, p. 401-402).

f. 43

1. *« Les reproches ne servent point »*. Début de la deuxième strophe de « Petit chagrin », chanson pour une voix et piano de Paul Delmet (1900), d'après « Petite peine », poème de Maurice Vaucaire : « I. Les mots les plus tendres jamais / Ne diront combien je t'aimais, / Jeune maîtresse ! / J'ai tant parlé pour t'émouvoir / Lorsqu'en tes yeux je voulais voir / La sainte ivresse. / II. Les reproches ne servent point, / Surtout quand on les fait de loin, / Dès qu'on s'isole ; / Mais en songeant qu'aux jours passés / Nous nous sommes bien embrassés, / Je me console. » (« Petite peine », dans *Les Gaîtés du Chat Noir*, préface de Jules Lemaitre, Paris, Ollendorff, 1894, p. 14-15.) « Ce pauvre et très gentil Maurice Vaucaire fut toujours pour Marcel une cible particulière, une tête de Turc » (René Peter, *Une saison avec Marcel Proust. Souvenirs*, Paris, Gallimard, 2005, p. 54).

2. *Adieu des voix étranges*. Accablé d'avoir à se séparer de son chevreau, le petit frère de « Marcel » a déjà entonné ce lied d'A. H. von Weyrauch attribué à tort à Schubert (voir ci-dessus f. 22 note 3). Dans la suite de la genèse on l'entend également dans des situations un peu théâtrales et ridicules, quand le héros s'apitoie sur lui-même de devoir renoncer à un amour. Ainsi, à Gilberte : « [...] la pâtisserie où quand Simone m'eut averti que Gilberte se moquait de moi je résolus de ne jamais la revoir, où mon amour finit, mais où j'en berçais la fin en chantant cette phrase de S[c]hubert : Adieu Adieu des voix étranges t'appellent loin de moi, Céleste Sœur des Anges, et où le son de ma voix m'ayant frappé je pris en pitié cet enfant trahi qui chantait et sanglotai si fort que Françoise m'offrit d'entrer prendre un croissant à une heure où il nous était défendu de manger, plus de deux heures avant le goûter, ce qui me consola un peu en me montrant que mon malheur était exceptionnel et compris » (Cahier 64 [1909], f. 12) ; ou encore quand il lui faut renoncer à Andrée (*ibid.*, f. 73v) ou à Mme de Guermantes (Cahier 41 [1910], f. 16 ; *CG, Esquisse XVIII*, II, p. 1161 ; *ibid.*, p. 666). Le ton est plus grave au moment du départ d'Albertine, dans un cahier de 1913 : « Ne pas oublier qu'après cette séparation je vais au pianola où elle s'asseyait et je joue une mélodie de S[c]hubert : Adieu qu'elle avait joué : "Adieu des voix étranges t'appellent loin de moi." » (*Cahier 71*, 2009, f. 103v et note 5). Mais cette note de régie restera sans suite. Proust écrit ici par lapsus : « Adieu des voix étranges m'appellent loin de moi » (voir Transcription diplomatique).

3. *cela faisait cinq, quatre étoiles*. Ce jeu enfantin est repris dans le Cahier 4 à propos de Mlle Swann : « C'était encore les premières étoiles quand on revenait tard du côté de Garmantes que je pensais qu'elle voyait en même temps, à Chartres, à Paris même où elle devait être revenue. Si j'en voyais trois à la fois elle avait pensé à moi ! Mais

je n'en voyais que deux. Mais deux et mon désir cela faisait trois. Elle avait pensé à moi » (f. 40 ; *Autres manuscrits*, n° XII). On en trouve un écho à Doncières, quand le héros est amoureux de la duchesse de Guermantes, avec un souvenir de Gilberte : « Je regardais le ciel. S'il était clair, je me disais : "Peut-être elle est à la campagne, elle regarde les mêmes étoiles, et qui sait si, en arrivant au restaurant, Robert ne va pas me dire : 'Une bonne nouvelle, ma tante vient de m'écrire, elle voudrait te voir, elle va venir ici'." Ce n'est pas dans le firmament seul que je mettais la pensée de Mme de Guermantes. Un souffle d'air un peu doux qui passait semblait m'apporter un message d'elle, comme jadis de Gilberte, dans les blés de Méséglise : on ne change pas, on fait entrer dans le sentiment qu'on rapporte à un être bien des éléments assoupis qu'il réveille mais qui lui sont étrangers » (*CG*, II, p. 418). Le passage a été préparé dans le Carnet 2, f. 28v, 29v (*Cn*, p. 194-196).

4. « *Je t'aime* ». Juste sous ces derniers mots, en travers, Proust a schématiquement dessiné une église. Il interrompt ici sa rédaction, et laisse vierges le reste du bifeuillet et les trois bifeuillets suivants (f. 45-50), qui nous sont parvenus encore emboîtés entre les f. 43 et 50.

f. 51

1. *aux Sources du Loir*. Proust ne développe pas plus cette phrase qui correspond à la note de régie du f. 40. Voir *loc. cit.* et la note 2.

2. *il faudra un jour venir à Villebon*. Cette mystérieuse « Madame de C. » pourrait être la châtelaine de Villebon, puisqu'elle semble y inviter le narrateur et sa mère. Toutefois, nous avons également croisé une « duchesse de Villebon » un peu plus tôt (f. 41). Dès le Cahier 4, la « comtesse de Garmantes » devient une figure lointaine et inaccessible (voir f. 34-35, 41-42, 44 ; *CS*, *Esquisse LIII*, I, p. 809, 813-814). C'est la seule mention de « Maman » dans ce chapitre.

[Séjour au bord de la mer]

Bernard de Fallois avait intitulé l'ensemble des f. 53-74 « Jeunes Filles », d'après le texte définitif. Mais dans le manuscrit l'évocation de l'hôtel et de ses hôtes (f. 53-65) est nettement séparée de la rencontre des « fillettes » (f. 67-74) : nous en faisons deux chapitres distincts, d'autant qu'il s'agit de deux séjours différents, puisque l'accompagnatrice est la grand-mère dans le premier cas, la mère dans le second. En outre dans les manuscrits, jusqu'en 1913, la rencontre des « fillettes » n'a pas lieu lors du premier séjour à Querqueville/Balbec : voir f. 67, avant la note 1.

f. 53

1. *de s'écouler.* Cette phrase indique clairement que Proust destinait d'abord ces pages – qu'il rédige à Cabourg pendant l'été de 1908 (voir *Chronologie*) – à une publication rapide : liées à l'actualité saisonnière, elles auraient pu figurer comme chronique de « rentrée » dans un quotidien dont les lecteurs ont eu le loisir, et les moyens, de partir en villégiature : c'est le cas par exemple de ceux du *Figaro.* Voir aussi f. 78 note 6.

2. *de froid et de pluie.* Ce pénible détail des sorties même par mauvais temps n'avait pas été mentionné précédemment parmi les manies hygiénistes de la grand-mère (cf. f. 3). Il se maintiendra, avec ses conséquences néfastes, dans la suite immédiate de la genèse : « c'était toujours à ma grand-mère qu'on nous confiait pendant ces mois-là, et nous revenions toujours avec des maux de gorge parce qu'elle trouvait que l'air et l'eau ne font jamais mal » (Cahier 4, f. 62 ; *Autres manuscrits,* n° XII) ; « j'y prenais généralement des maux de gorge, parce que pour être en communication plus directe avec la mer, elle me faisait rester toute la journée les pieds dans l'eau, et une fois rentré les fenêtres ouvertes » (Cahier 12, f. 42v ; *Autres manuscrits,* n° XIII).

3. *« faire des frais ».* La complète indifférence sociale de la grand-mère en villégiature n'était que sous-entendue dans le premier chapitre (f. 3). La présence d'une « meilleure amie » est ici biffée (voir Transcription diplomatique), mais le rôle en sera tenu par Mme de Villeparisis dès le Cahier 4 : « Dès le jour de notre arrivée ma grand-mère avait aperçu Swann et aussi une vieille marquise de Villeparisis avec qui elle avait été au Sacré-Cœur [...]. Mais ma grand-mère avait fait semblant de ne pas les voir [...] parce que le temps consacré aux personnes eût été autant de pris sur le fameux "air de la mer", qu'il fallait aller respirer du matin au soir. Quant aux autres personnes qui étaient dans l'hôtel, je crois bien que ma grand-mère n'aurait pas été capable de dire après un mois comment ils [*sic*] étaient faits. La pensée qu'on pût s'intéresser à quelqu'un qu'on ne connaissait pas était quelque chose qu'elle ne pouvait comprendre et qu'elle trouvait tout ce qu'il y a de plus vulgaire » (f. 63-64 ; *Autres manuscrits,* n° XII). Dans le texte définitif, le danger pourrait venir aussi de Legrandin et l'accent est mis sur la passion hygiéniste : « Ma grand-mère qui trouvait qu'aux bains de mer il faut être du matin au soir sur la plage à humer le sel et qu'on n'y doit connaître personne, parce que les visites, les promenades sont autant de pris sur l'air marin, demandait [...] qu'on ne parlât pas de nos projets à Legrandin, voyant déjà sa sœur, Mme de Cambremer, débarquant à l'hôtel au moment où nous serions sur le point d'aller à la pêche et nous forçant à rester enfermés pour la recevoir » (*CS,* I, p. 128) ; « Elle se réjouissait du moins à la pensée que jamais au moment d'aller sur la plage, nous ne serions exposés à en être empêchés [...] puisque nous ne connaîtrions personne à Balbec, Legrandin ne nous ayant pas offert de lettre d'introduction pour sa sœur » (*JF,* II, p. 7).

4. *à mon frère et à moi.* À partir du Cahier 12, le frère disparaît lors de ce séjour : la suppression du « nous » se produit au f. 42v (voir *Autres manuscrits,* n° XIII). On retrouve ce frère ici même un peu plus loin, mais il est alors le « frère aîné » du narrateur (f. 71).

5. *regardant le soleil sur la mer.* Faut-il voir ici les prémisses du baudelairien « soleil rayonnant sur la mer » (« Chant d'automne », v. 20) que cherche à retrouver le héros, à Balbec ? (*JF,* II, p. 34 ; sur ce passage célèbre, voir Compagnon 1989, p. 192 *sq.*, et Matthieu Vernet, « Mémoire et oubli de Baudelaire dans l'œuvre de Proust », thèse de doctorat, université Paris-Sorbonne, 2013, p. 330-370). Le contexte est le même : le héros et sa grand-mère sont dans la salle à manger de l'hôtel, et cette dernière ouvre de manière intempestive la baie vitrée (voir note suivante).

6. *pour aller retrouver la mer.* C'est la première version connue de cette lubie de la grand-mère. Dans le Cahier 4 la scène est abrégée et surtout dramatisée, le geste inconsidéré valant finalement à la famille d'être chassée de l'hôtel : « [...] nous étions dans le même hôtel que Swann ou plutôt nous y étions au début car ma grand-mère trouvant que c'était "une pitié" d'avoir les fenêtres fermées au bord de la mer, faisait laisser le vitrage de la salle à manger ouvert, malgré les réclamations des autres personnes qu'elle ne voulait pas entendre et un jour de tempête où on avait fermé malgré elle, elle voulut rouvrir elle-même pendant que le garçon avait le dos tourné, le vitrage volant en éclats et on nous mit à la porte » (Cahier 4, f. 62-63 ; *Autres manuscrits,* n° XII). Proust prolonge le motif : l'insensibilité de la grand-mère devant les embarras qu'elle provoque (« [elle] en riait beaucoup ») devient le sourire d'une martyre (« tous les jours [elle] ouvrait les fenêtres pendant le déjeuner et bravait en souriant les invectives des diverses "familles" avec le sourire de sainte Blandine au milieu des lions et perdue dans la contemplation extatique du paradis de santé et de vigueur où le fameux "air" allait nous faire entrer », *ibid.*, f. 64). Dans le texte définitif, la scène ne se produit qu'une fois (*JF,* II, p. 34-35).

f. 54

1. *de quelques autres personnes.* Cette phrase est la transition avant le portrait de la douairière (f. 54-58). Elle est récrite en tête du Cahier 31, qui prend la suite du Cahier 4 où viennent d'être énumérés (f. 64-65) les clients prestigieux de l'hôtel que la grand-mère évite (Swann, Mme de Villeparisis), alors qu'ils auraient pu « poser » le héros auprès de jeunes filles qu'il désire : « Or toute cette réalité que l'élévation naturelle de ma grand-mère l'empêchait même d'apercevoir et aux prises de laquelle ma vulgarité trop certaine me laissait désarmé je me suis rendu compte alors combien de gens, pour d'autres raisons y échappent » (Cahier 31, f. 1). Tout était donc prêt en 1909 pour une reprise du portrait de la douairière, voire du groupe des quatre amis, qui pourtant n'eut pas lieu et se fit attendre : voir les notes suivantes.

2. *impressions travesties.* En 1910, Proust envisagea de reprendre au début d'« Un amour de Swann » les pages qui suivent sur « la douairière, ma grand-mère, le M^r^ et sa maîtresse » (Cahier 69, f. 7 ; *Autres manuscrits,* n° XV) : voir ci-dessous f. 62 note 1.

Il n'en fit rien en définitive, mais une trace y subsiste de cette phrase qui introduit ici la suite des portraits : « Il [Swann] n'était pas comme tant de gens qui par paresse ou sentiment résigné de l'obligation que crée la grandeur sociale de rester attaché à un certain rivage, s'abstiennent des plaisirs que la réalité leur présente en dehors de la position mondaine où ils vivent cantonnés jusqu'à leur mort, se contentant de finir par appeler plaisirs, faute de mieux, une fois qu'ils sont parvenus à s'y habituer, les divertissements médiocres ou les supportables ennuis qu'elle renferme » (*CS*, I, p. 189). Quand Proust reprend ce passage en 1912 dans la dactylographie du futur « Noms de pays : le pays », ce sont, au Grand Hôtel de Balbec, « la femme du notaire et la femme du premier président » qui sont désormais leurs propres victimes : elles « voulaient montrer, comme fait tout le monde, que s'il y avait certaines choses dont elles manquaient [...] c'était non pas parce qu'elles ne pouvaient pas les avoir, mais parce qu'elles ne le voulaient pas. Mais le malheur était que cherchant seulement à en persuader les autres, elles avaient fini par s'en persuader elles-mêmes. Et c'est la suppression de tout désir, de la curiosité pour les formes de la vie qu'on ne connaît pas, de l'espoir de plaire à de nouveaux êtres, de l'effort pour plaire, remplacés chez ces dames par un dédain simulé, par une allégresse factice qui avait l'inconvénient de leur faire mettre du déplaisir sous l'étiquette de con[ten]tement et de les faire se mentir perpétuellement à elles-mêmes, deux conditions pour qu'elles fussent malheureuses » (NAF 16735, f. 213 ; *Autres manuscrits*, n° XVII ; cf. *JF*, II, p. 38).

3. *à une table voisine de la nôtre.* Il ne sera jamais dit ici que cette « vieille dame », qui s'entoure de son importante domesticité et fréquente « la duchesse de T. », soit elle-même titrée. C'est dans ce personnage que se glissa en tous cas Mme de Villeparisis, dont on peut voir ici, rétrospectivement, le tout premier crayon (f. 54-58). Dans le Cahier 4, si la « vieille marquise de Villeparisis avec qui [la grand-mère] avait été au Sacré-Cœur » apparaît au bord de la mer (f. 63), aucun portrait n'est encore fait d'elle ; en tête du cahier suivant, Proust ne donne pas suite à la phrase qui laissait présager la reprise des présentes pages (voir note 1 ci-dessus). La fusion des deux personnages est acquise dans le Cahier 12 : « Dès le lendemain la première personne que ma grand-mère rencontra dans le vestibule de l'hôtel fut la Marquise de Villeparisis, cette vieille dame avec qui elle avait été au Sacré-Cœur et qui suivie de ses femmes de chambre qui portaient ses manteaux, précédée de son valet de pied qui monta à côté du cocher, sur sa voiture armoriée dans laquelle elle monta, semblait au sein de l'hôtel se mouvoir dans un petit monde à elle au milieu [duquel] elle se déplaçait, descendait l'escalier, sans avoir à subir les contacts directs de l'hôtel, dans une sorte d'exterritorialité comme en ont dans les pays étrangers les ambassadeurs dans l'ambassade [qui] est une enclave de leur patrie. Elle voulut dire bonjour à ma grand-mère. Mais déjà ma grand-mère avait détourné la tête » (f. 50 ; *Autres manuscrits*, n° XIII). Proust songea ensuite à placer le portrait de la vieille dame en pendant de celui de Swann, héritier des traits donnés ici à l'oncle : « Peut-être mettre ici la douairière, ma grand-mère, le M^r^ et sa maîtresse » (Cahier 69, f. 7) : voir la note précédente. En 1912, quand il met au net le premier séjour à la mer, il demande qu'on lui réserve plusieurs pages blanches dans la dactylographie du Cahier 70 (f. 53), avant que Mme de Villeparisis et la grand-mère ne s'aperçoivent pour la

première fois à l'hôtel (f. 62), en prévision de la reprise (entre autres) du portrait de la vieille dame. Il le rédigea donc sur des feuilles volantes – qui ravivaient, peut-être, par leur format, le souvenir des présentes pages (NAF 16735, f. 212-215 ; *Autres manuscrits,* n° XVII ; *JF,* II, p. 38-40). En définitive Proust aura fait en sorte de préserver l'anonymat du personnage de 1908, puisque, jusqu'au coup de théâtre de la rencontre avec la grand-mère, personne ne reconnaît en elle « la marquise de Villeparisis ». Certains traits du caractère de la « vieille dame » passeront au héros de la *Recherche* : voir ci-dessous f. 56 note 1, f. 58 note 1.

4. *son petit « deuil » noir et blanc.* Le blanc, le violet ou le gris sont admis avec le noir, pendant le « demi-deuil », une fois la période de « grand deuil » passée. À partir du Cahier 32, il sera question du couvre-chef porté par Mme de Villeparisis, un « petit chapeau à brides mauves comme je n'en avais guère vu qu'à la femme de notre concierge et un manteau tout noir comme avaient certaines "visites" qu'on voyait à la cuisine » (f. 36v). Dans la mise au net de 1912 pour la dactylographie (voir note précédente), elle fait « peu d'effet ou fai[t] rire avec sa robe de laine noire et son bonnet démodé » (NAF 16735, f. 214 ; *Autres manuscrits,* n° XVII).

5. *nullement.* Séjournant à Cabourg à partir du 17 juillet 1908, Proust notait : « gens chics enveloppés dans leur milieu, nobles ne souffrant pas à l'hôtel d'être inconnus des autres » (Carnet 1, f. 6v ; *Cn,* p. 41).

f. 55

1. *d'un chauffeur.* La plupart des éléments de ce petit récit (f. 55-58) seront conservés dans la version insérée dans la dactylographie de 1912 (NAF 16735) : la nombreuse domesticité de la vieille dame (f. 212) et le transport à l'hôtel de ses effets personnels (f. 212, 214), le privilège de la sorte d'« exterritorialité » dont elle jouit (f. 214-215), mais aussi sa timidité secrète et son orgueil (f. 214), les moqueries dont elle fait l'objet (f. 212-213, 214) et la renonciation au charme de l'inconnu à laquelle elle consent (f. 213). Voir *Autres manuscrits,* n° XVII, et *JF,* II, p. 38-40.

f. 56

1. *comme un client peu chic, peut-être.* L'angoisse d'être méprisé par le directeur de l'hôtel sera attribuée au héros dès le Cahier 12 : « […] j'étais obligé de rester dans le vestibule pendant qu[e ma grand-mère] discutait avec le directeur de l'hôtel, tâchant de rentrer au plus profond de moi-même pour opposer comme certains animaux une peau insensibilisée aux blessures que cette séance infligeait à mon amour-propre, et à la mélancolie de voir passer et repasser comme chez elles des personnes qui étaient déjà "habituées" » (f. 43). Cf. *JF,* II, p. 23-24.

2. *dont l'accueil était glacial.* Dans la mise au net de ces pages, il n'est plus fait mention de cet accueil « glacial », le déménagement de « précieuses vieilleries », « des rideaux per-

sonnels […], des paravents, des photographies, des bibelots » mettant « si bien entre [la vieille dame] et le monde extérieur auquel il eût fallu s'adapter, la cloison de ses habitudes que c'était son chez-elle au sein duquel elle était restée qui voyageait, plutôt qu'elle-même » (NAF 16735, f. 212, 214 ; *Autres manuscrits*, n° XVII). Mais ce pénible contact ne sera pas épargné au héros : les caractéristiques inhospitalières de la chambre à coucher seront, de la maison de l'oncle à la campagne, transportées au bord de la mer à partir du Cahier 12 (f. 49 ; *Autres manuscrits*, n° XIII). Voir ci-dessus, f. 13 note 3.

3. *une rose à la main au-dessus de la porte.* Il s'agit du motif pictural du dessus-de-porte, mais le passage est de lecture incertaine.

f. 58

1. *et sa sensibilité trop délicate.* Un passage du Cahier 4, qui récrit un autre épisode des « soixante-quinze feuillets », celui de la maison isolée (f. 41v), généralise ce comportement (que l'on imagine d'ailleurs aisément être celui de Marcel Proust arrivant au Grand-Hôtel de Cabourg) : « si l'on veut connaître la terre, dans cette grande inquiétude que nous avons d'être ce qui n'est pas nous, d'épouser la terre, de goûter à la vie secrète de ceux qui l'habitent, n'est-ce pas bien d'en devenir l'habitant, d'être précisément le châtelain de ce castel perdu dans les bois […] ! Mais non ! c'est impossible, nous n'habitons jamais une demeure nouvelle, comme le colimaçon nous emportons avec nous notre demeure, notre atmosphère, notre passé, nos habitudes » (Cahier 4, f. 39 ; *Autres manuscrits*, n° XII).

2. *avec sa maîtresse et deux amis.* C'est le premier crayon (f. 58-60) de ce qui deviendra la « petite société » des quatre amis (*JF*, II, p. 40-42), que des connaissances de Cabourg semblent avoir, en partie au moins, inspirée à Proust en juillet 1908 (voir f. 59 note 2). Destiné à illustrer un autre type d'indifférence sociale, plus sincère que celui de la vieille dame mais aussi peu recommandable, ce morceau sera lui aussi retravaillé, mais tardivement, en 1912, sur les feuilles volantes qui viendront enrichir la dactylographie de « Noms de pays : le pays » (NAF 16735, f. 212 et 216 ; cf. f. 54 note 3). Proust le scinde alors et y enchâsse le portrait de la douairière, disposition qu'il abandonne ensuite, le texte définitif revenant à l'ordre des présentes pages. Les principaux éléments sont repris : les goûts artistiques de la maîtresse de l'« homme riche » et son élégance (f. 212), les activités toujours « ensemble » (f. 216), les repas pris très tard, après tout le monde, ou ailleurs (f. 212, 216), l'indifférence à tout, « campagne », « mer » et « hommes » (f. 216). Voir *Autres manuscrits*, n° XVII.

f. 59

1. *Ils ne venaient dîner que très tard.* Le dîner devient un déjeuner lors de la réécriture (NAF 16735, f. 212), pour éviter les deux types de dîners de la présente version, ceux qui ont pour cadre la salle à manger de l'hôtel, et ceux qui, un peu plus bas, ont lieu au restaurant, à l'extérieur.

2. *un voile souple et parfumé qui ne l'en séparait pas moins.* Cette image figure déjà dans une note du Carnet 1, qui en livre la clé : « [...] Sohège et sa maîtresse voile parfumé tendu entre lui et le monde » (Carnet 1, f. 8 ; *Cn*, p. 44). La note est postérieure à l'arrivée de Proust à Cabourg, le 18 juillet 1908. Paul Sohège, qui avait épousé en troisièmes noces Mme Singer, décédée en 1904, était en litige avec sa fille, Winnaretta Singer, princesse de Polignac, au sujet des 450 millions de l'héritage ; le *Tout-Paris* de 1909 l'indique encore comme propriétaire de son château de Blosseville, à Villerville (Calvados). La phrase plaît à Proust, qui la déploie et en fait la clausule du morceau quand il le reprend sur les feuilles volantes de 1912, mais le « riche élégant » des présentes pages, peut-être trop identifiable, est devenu un « jeune homme riche » : « [...] tandis que les amis du jeune homme riche l'enviaient d'avoir une maîtresse si bien habillée, les écharpes de celle-ci tendaient devant la petite société comme un voile parfumé et souple, mais qui la séparait du monde » (NAF 16735, f. 216 ; *Autres manuscrits,* n° XVII ; *JF*, II, p. 42).

f. 60

1. *n'était pas ainsi.* Le portrait de l'oncle qui commence ici (f. 60-65) complète la série qui précède en apportant un contrepoint : en villégiature, l'oncle, contrairement à la vieille dame, au « riche élégant », sa maîtresse et leurs amis, ne cherche pas à se protéger du contact avec « la vie » inconnue qui l'entoure, bien au contraire, même si le satisfecit du narrateur sera nuancé. Mais il n'est jamais dit qu'il se trouve, lui aussi, à l'hôtel, et son portrait semble devenir une fin en soi. Proust en reprit l'essentiel pour l'appliquer à Swann, d'abord dans le Cahier 4 (1909), à la suite de son portrait à Combray, puis dans le Cahier 69 (1910), au début du premier récit suivi d'« Un amour de Swann », d'où il ne bougea plus (voir *CS*, I, p. 188-191 ; *Autres manuscrits,* n°s XII et XV). Voir *Notice*, p. 216 *sq.*, et les notes des pages suivantes.

2. *à sa maîtresse de venir.* Voir les notes du Carnet 1, prises à Cabourg après le 18 juillet 1908 : « Maîtresse qu'on fait venir », « Meilleur d'aimer ce qui est du pays [...] Vie triste des cocottes amenées* » (f. 6 et 6v ; cf. *Cn*, p. 41).

3. *quelque chose qui n'était pas d'elle.* L'idée est d'abord reprise comme une vérité générale dans le Cahier 2 du *Contre Sainte-Beuve,* dans une défense du caractère « particulier » et « individuel » de la beauté (f. 27v). « Marcel Proust », dont l'article vient de paraître dans *Le Figaro,* s'y souvient de son désir pour une marchande de café au lait, un matin de voyage : « Et maintenant après deux ans je sens que je retournerai là-bas, que je tâcherai [...] d'embrasser la fille rousse qui me tend du café au lait. Un autre emmène sa maîtresse et étouffe sur elle quand le train repart le désir des filles du pays qu'il a rencontrées. Mais c'est une abdication, un renoncement à connaître ce que le pays nous donne, à aller au fond de la réalité » (Cahier 2, f. 27 ; *CSB*, p. 103). En 1910, la remarque s'applique à Swann, vers la fin du portrait moral qui est dressé de lui au début d'« Un amour de Swann » : « En voyage il faisait tout au monde pour faire la connaissance des femmes du pays qui lui avaient plu et ne

faisait venir sa maîtresse qu'à la dernière extrémité, avec le sentiment d'une sorte d'abdication, d'aveu d'impuissance à pénétrer la réalité nouvelle qui lui était offerte » (Cahier 69, f. 6 ; *Autres manuscrits*, n° XV). On retrouve le « renoncement » de la présente version dans le texte définitif : « Si en voyage il rencontrait une famille qu'il eût été plus élégant de ne pas chercher à connaître, mais dans laquelle une femme se présentait à ses yeux parée d'un charme qu'il n'avait pas encore connu, rester dans son “quant à soi” et tromper le désir qu'elle avait fait naître, substituer un plaisir différent au plaisir qu'il eût pu connaître avec elle, en écrivant à une ancienne maîtresse de venir le rejoindre, lui eût semblé une aussi lâche abdication devant la vie, un aussi stupide renoncement à un bonheur nouveau, que si au lieu de visiter le pays, il s'était confiné dans sa chambre en regardant des vues de Paris » (*CS*, I, p. 189). Voir aussi f. 65 note 1.

4. *qui se serait enfermé dans ses relations anciennes.* Voir déjà dans le Carnet 1, f. 8 : « Mon oncle refaisant sans cesse ses relations » (*Cn*, p. 44). « La question de savoir si en voyage on doit faire ou non de nouvelles relations […] » est d'ailleurs celle du présent chapitre, d'après son incipit (f. 53).

5. *de sa « situation ».* La conception bien particulière que l'oncle a de sa « “situation” » est un *leitmotiv* de ces pages : le mot, qui a été introduit à propos de la vieille dame (« le travail qu'on est obligé de faire […] pour rebâtir perpétuellement sur un sable inconnu le château de cartes de sa “situation” », f. 58), revient ici huit fois, et neuf dans la reprise du Cahier 69 (f. 1-7 ; *Autres manuscrits*, n° XV). On constate que les désirs de l'oncle le portent dans tous les milieux : « femmes élégantes » (f. 60), fille d'un juge ou d'un fermier (f. 61, 62), ouvrières (f. 65) ; pour Swann au contraire, c'est l'écart entre sa brillante situation et ses conquêtes qui dans le Cahier 69 est souligné d'emblée : « Ce n'était pas la première fois que Swann pour des raisons galantes déchoyait de sa grande situation mondaine et émigrait dans des milieux inférieurs » (f. 1 ; *Autres manuscrits*, n° XV). Dans le Cahier 4, Proust s'était interrompu avant de relater les « services qu[e Swann] demandait à sa fameuse “situation” » (f. 62). Dans le Cahier 26, le terme « situation » sert de raccord pour un complément possible au présent passage : « S~~a~~/es ~~situation~~ <relations> mondaine[s] ne lui étai[en]t pas d'ailleurs qu'une clef qui lui ouvrît des possibilités amoureuses et qu'on met aussitôt dans sa poche », « Sa situation mondaine n'était pas seulement pour lui un instrument puissant qui l'aidait à ouvrir une porte close et ne sert plus une fois qu'on est entré. Bien souvent il se plaisait à faire adopter dans son monde la femme qu'il aimait […] » (f. 25v, 26v ; *Cahier 26*, 2010, f. 25v note 2).

f. 61

1. *c'était énorme.* Cf. Cahier 69, f. 2 : « Et bientôt il [Swann] sentit que, en tant que situation acquise, que situation dans le faubourg St Germain où il n'y avait pas une femme qu'il ne connût et qui eût quelque chose de nouveau à lui apprendre, sa situation n'offrait plus pour lui aucun intérêt. Elle ne lui représentait qu'une sorte

de valeur d'échange, qu'une lettre de change, lui permettant de s'improviser une situation à Quimper-Corentin, ou dans quelque Quimper-Corentin de Paris, si la fille du juge de ce chef-lieu lui avait plu » (*Autres manuscrits*, n° XV).

2. *bonne figure*. Cf. Cahier 69, f. 2, au sujet de Swann : « Sa situation était en quelque sorte démontable et transportable ; bien mieux elle était comme ces cases dont les morceaux une fois qu'elles sont démontées se transforment en outils qui permettent de bâtir où on va une demeure appropriée » (*Autres manuscrits*, n° XV). Proust adoptera en définitive l'image des « tentes démontables comme les explorateurs en emportent avec eux » (Cahier 15, page conservée dans le Reliquat NAF 16703, f. 94 ; *CS*, I, p. 190).

3. *éblouir celle qu'ils aimeraient*. Dans la vanité dont l'oncle fait preuve ici, tenue en elle-même « pour rien » et mise « au service de l'amour » seulement, on ne reconnaît pas la vanité plus commune qui était celle de l'oncle du premier chapitre, où il se faisait gloire de tout (de son jardinier, de ses fréquentations aristocratiques, des siens). Sans doute le personnage commence-t-il à se dédoubler. Son caractère est à nouveau opposé à celui de la grand-mère (cf. ci-dessus f. 1-3, 4, 5-6, 7, 15-16), et cela même quand il sera devenu Swann, ce qui supposera une entrée en matière : « Je ne puis certes lui comparer des gens comme mes parents que les personnes qu'ils ne connaissaient pas intéressaient si peu qu'ils ne les distinguaient pas et n'auraient pas été capables de les reconnaître, mais même en supposant que l'âme de ma grand-mère se fût incarnée un jour dans le corps d'un jeune homme en quête de bonne fortune, cette âme était trop détachée de toute vanité pour comprendre que Swann pût souhaiter que la personne de Quimper qu'il rencontrait *sût* qu'il était ami de la duchesse de S. etc. » (Cahier 69, f. 6-7 ; *Autres manuscrits*, n° XV).

f. 62

1. *au contact complet avec la vie*. Dans le Cahier 69, cette regrettable pose de hauteur auprès des femmes, devenue celle de Swann (f. 7), reçoit une importante explication, par la judéité du personnage : voir à ce sujet *Notice*, p. 218 *sq.* Il est remarquable que le contexte du passage source soit alors convoqué par une note de régie en regard, la seule de tous les manuscrits de Proust, à notre connaissance, qui renvoie aux « soixante-quinze feuillets » : « Peut-être mettre ici la douairière, ma grand-mère, le M^r^ et sa maîtresse. En tous cas montrer que tout cela est inutile à Swann et que c'est seulement pour ne pas être méprisé » (Cahier 69, f. 7 ; *Autres manuscrits*, n° XV). Proust avait donc envisagé en 1910 d'intégrer au début d'« Un amour de Swann », sans doute en parallèle et contrepoint du portrait de Swann, plusieurs types d'indifférence sociale, l'indifférence affectée (celle de la douairière) et l'indifférence sincère (celle de la grand-mère et des quatre amis). Il en restera une trace légère dans *CS*, I, p. 189 : voir f. 54 note 2. Finalement, les développements sur « la douairière [...], le M^r^ et sa maîtresse » rejoignirent en 1912 le manuscrit de « Noms de pays : le pays » : voir f. 54 note 3, f. 55 note 1, f. 58 note 2.

2. *chez un fermier.* Cf. Cahier 69, f. 2 : « Que de fois le joyau précieux qu'étaient les désirs accumulés qu'avait une duchesse de lui être agréable, il le vendit bien au-dessous de sa valeur pour se procurer le plat qui était alors à son goût, exigeant de cette duchesse, par un télégramme indiscret et sous un prétexte absurde, une lettre qui l'introduirait chez un de ses fermiers dont il avait remarqué la fille » (Cahier 69, f. 2 ; *Autres manuscrits,* n° XV). Cf. *CS,* I, p. 190.

3. *par des lignes sphygmographiques toujours les mêmes.* Le sphygmographe, genre de sphygmomètre c'est-à-dire d'instrument pour enregistrer le pouls, enregistre les pulsations des artères (Littré). Voir *Sésame et les lys,* p. 93 note 1 : « [...] l'œuvre d'art n'est-elle pas pour le rythme caché – d'autant plus vital que nous ne le percevons pas nous-mêmes – de notre âme, semblable à ces tracés sphygmographiques où s'inscrivent automatiquement les pulsations de notre sang ? »

f. 63

1. *la personne qui lui plaisait au moment.* Proust avait envisagé ce scénario dès les premiers mois de 1908, au début du Carnet 1 : « Personnage écrivant de temps en temps pour demander si on ne peut pas lui faire connaître etc. » (f. 3 ; *Cn,* p. 34). Dans le Cahier 4, c'est la seule partie qui est retenue de ce portrait de l'oncle, où elle est – c'est l'exemple le plus précoce de ce transfert – attribuée à Swann. Introduite par un simple raccord, elle vient compléter son long portrait dans « Combray » : « J'ai peut-être déjà trop parlé de M. Swann et je n'ai pourtant donné encore qu'un aspect de sa personne, le moins intéressant certainement. D'autres traits de sa nature, que j'ai peut-être reconstitués plus tard par les récits des miens plus que je n'ai été à même de les observer, me sont si sympathiques, si voisins en un certain sens de certains traits de ma nature que je veux leur donner quelques mots. J'avais bien remarqué à la maison qu'on recevait souvent des lettres de M. Swann [...] » (Cahier 4, f. 60). Le récit se prolonge sur deux feuillets (f. 60-62 ; *Autres manuscrits,* n° XII). Dans ce cahier, les lettres arrivent même après le « mauvais mariage » de Swann, mais, par souci de vraisemblance, Proust modifie ce scénario dans un ajout : « J'avais bien entendu mon grand-père dire "c'est comme [les] lettres de Swann, cela ne prend pas". Voici à quoi [il faisait] allusion. Au temps où Swann n'était pas marié [il ne se] passait jamais bien longtemps sans qu'on reçût une [lettre de] lui » (Cahier 4, f. 61v). Dans le Cahier 69, la distance s'accentue : « Mon cousin m'a raconté qu'à la maison, avant le temps où Swann eut sa liaison, on recevait souvent de ses lettres, et que rien qu'en reconnaissant l'écriture sur l'enveloppe, mon grand-~~père~~ <oncle> disait [...] » (f. 3). Proust revient finalement au grand-père, mais conserve l'éloignement temporel : « Je me suis souvent fait raconter plus tard que quand mon grand-père, qui ne l'était pas encore, car c'est vers l'époque de ma naissance que commença la liaison de Swann qui devait finir par son mariage et qui interrompit pour longtemps ces pratiques, reconnaissant en prenant son courrier l'écriture de Swann sur une enveloppe, il s'écriait [...] » (Cahier 15, page conservée dans le Reliquat NAF 16703, f. 95 ; cf. *CS,* I, p. 191). Dans « Un amour de Swann », le stratagème de Swann évoqué ici et consistant à « renou[er]

avec des amis qu'il n'avait pas vus depuis longtemps » s'opère au détriment d'amis de la famille du narrateur (*ibid.*, p. 191-192).

2. *que mes parents opposaient toujours à ses demandes.* Dès qu'il ne s'agit plus de l'oncle, mais de Swann, le narrateur n'est plus directement spectateur : les « parents » sont remplacés par le grand-père ou le grand-oncle et un cousin, et la scène, reculée dans le passé : voir la note précédente.

3. *Florian.* Ce prénom, qui ne semble pas attesté ailleurs dans les manuscrits ou l'œuvre de Proust, suggère en tout cas l'intention de distinguer ce personnage de l'oncle Louis Weil, alors que ces pages restent, par ailleurs, marquées par l'autobiographie, comme le montrent la ressemblance possible de certains traits de la grand-mère avec ceux de la grand-mère Adèle, et la présence d'un frère.

4. *À la garde.* L'expression lancée par le père pourrait fonctionner comme une sorte d'innocent « mot de passe » familial. Mais la suite de la genèse montrera qu'elle est toujours associée à l'antisémitisme. À partir du Cahier 4, c'est le grand-père (passagèrement le grand-oncle dans le Cahier 8) qui la prononce. Elle fait partie du lot de citations d'opéras à sujet « juif » qu'il fredonne quand il soupçonne les camarades de ses petits-fils d'être « israélites » : « Mon grand-père prétendait que chaque fois que nous ramenions du collège un nouveau camarade pour l'introduire à la maison c'était toujours un israélite. [...] il entonnait le chœur "Archers faites bonne garde, Veillez sans trêve et sans bruit" et après une ou deux questions adroitement posées il s'écriait : "<Archers> À la garde, à la garde" » (f. 46-47 ; *Autres manuscrits*, nº XII ; cf. *CS*, I, p. 90). Et même si le manuscrit du Cahier 4 est endommagé pour le passage correspondant à la présente page (f. 61), tout suggère que cette exclamation y était reprise, comme elle l'est dans le Cahier 69 : « [...] rien qu'en reconnaissant l'écriture sur l'enveloppe, mon grand-~~père~~ <oncle> disait : "Allons c'est Swann qui va nous demander quelque chose. À la garde !" » (f. 3 ; *Autres manuscrits*, nº XV ; cf. *CS*, I, p. 191, où il s'agit de nouveau du grand-père). La source de cette citation n'a pas été identifiée.

5. *petits cheveux blonds.* Voir les reprises dans le Cahier 4, f. 61-62 (*Autres manuscrits*, nº XII) puis dans le Cahier 69, f. 3-4 (*Autres manuscrits*, nº XV). Cf. *CS*, I, p. 191.

f. 64

1. *l'heure d'attente.* Les deux dernières phrases sont condensées à partir du Cahier 69, f. 5 (*Autres manuscrits*, nº XV) ; dans le texte définitif, la remarque introduit l'exemple des lettres reçues : « Ce n'était pas seulement d'ailleurs la brillante phalange de vertueuses douairières, de généraux, d'académiciens, avec lesquels il était particulièrement lié, que Swann forçait avec tant de cynisme à lui servir d'entremetteurs. Tous ses amis avaient l'habitude de recevoir de temps en temps des lettres de lui [...] » (*CS*, I, p. 190).

2. *pour les raisons que nous verrons.* Le personnage de l'oncle sera abandonné, ou plutôt sa transformation en Swann entraînera la disparition de ce trait de caractère, qui reste donc mystérieux. Mais on peut penser à cette notation du Carnet 1, au début de 1908 : « Pas chercher à posséder par impuissance de plaire et de donner du bonheur » (f. 2 ; *Cn*, p 32). Cette anticipation du narrateur suggère bien déjà, en tout cas, un projet romanesque au long cours.

f. 65

1. *la laitière aux blanches manches.* On retrouve l'idée exprimée en tête du portrait de l'oncle : en voyage, faire venir sa maîtresse de Paris est un « renoncement », un « expédient à la pénétration de la réalité », disait une version biffée (f. 60, voir Transcription diplomatique). Quand il s'agira de Swann, ce sera un des « traits de sa nature » que le narrateur trouvera « si sympathiques, si voisins en un certain sens de certains traits de [sa propre] nature », puis « bien remarquable » (Cahier 4, f. 60 et Cahier 69, f. 6 ; *Autres manuscrits,* n°s XII et XV). Le même désir noté ici d'« aller à la vraie connaissance des choses particulières, des individus » les rapproche : « J'avoue que par ce désir d'aller bravement au fond de ce que la réalité nous offre je le sens si près de moi que je ne peux me lasser d'en parler » (Cahier 4, f. 62). Dans le Cahier 69, il s'agit d'une « sorte de sincérité dans le désir qui lui faisait considérer les femmes comme particulières, individuelles et l'empêchait de tromper avec une autre le plaisir qu'une autre lui avait inspiré » (première version biffée), qui « lui faisait souhaiter d'arriver par lui à la connaissance d'un être particulier, de telle femme qui s'était trouvée sur son chemin » (f. 6). Proust y revient même en 1912 dans « Noms de pays : le pays », à la fin de la série des portraits de la douairière et de la société des quatre amis, alors qu'il n'a pas été question de Swann, comme par une sorte de résurgence des présentes pages, retrouvant même l'expression « passer sur quelqu'un son désir » : « Malheureusement pour ma tranquillité j'étais bien loin d'être comme ces gens, de beaucoup d'entre eux je me souciais[;] je n'aurais pas voulu être méprisé par eux ; je n'avais pas encore eu à cette époque le réconfort d'apprendre les traits du caractère de Swann qui aurait cru en faisant venir de Paris sa maîtresse pour passer sur elle le désir qu'une inconnue lui avait inspiré, ne pas croire à ce désir, réalité particulière à laquelle on n'en pouvait pas substituer une [autre] » (NAF 16735, f. 217 ; *Autres manuscrits,* n° XVII). Ce rappel n'a pas été maintenu dans le texte définitif.

2. *le trottin.* Terme passé d'usage. « Jeune garçon, jeune fille qui fait les commissions, les courses dans un magasin » (Littré), et particulièrement « Apprentie, jeune ouvrière modiste ou couturière chargée de faire les courses, de livrer les chapeaux et les robes à domicile » (TLFi). On trouve le terme une fois dans la *Recherche* : voir *JF*, II, p. 217. En 1907 et 1910 Proust mentionne à Reynaldo Hahn, en se trompant sur le titre, « Amour de trottin », une chanson de Félix Mayol créée en 1903 (« *Rue d'la Paix l'autre jour / Je suivais un trottin / Blond comme un ange* », et : « *Le p'tit trottin chaque soir / Vient me voir / En sortant d'chez ses pratiques / C'est gentil, mal élevé, dépravé / Un gavroche du pavé !* » ; voir *Corr.*, VII, p. 281, et X, p. 177).

3. *c'était.* Le portrait de l'oncle s'interrompt brusquement, et le reste du bifeuillet est laissé blanc. Un fragment retrouvé dans les archives Fallois aborde de manière plus développée et sous le même angle humoristique la thématique de la poursuite érotique vouée à l'échec, mais à la première personne : il est difficile de dire s'il s'agit d'un avant-texte du présent passage, ou s'il en dérive au contraire. Voir *Autres manuscrits,* n° VI.

[Jeunes filles]

Nous plaçons cet ensemble de pages après le portrait des estivants, selon l'ordre du texte définitif. Mais il pourrait aussi bien avoir été rédigé d'abord. Proust en a donné deux versions successives (f. 67-68, f. 69-74), la première s'interrompant au milieu du premier bifeuillet. Si la grand-mère accompagne ses petits-enfants à l'hôtel dans [Séjour au bord de la mer], « Maman » est présente ici avec ses fils : manière de signaler qu'il s'agit de deux séjours différents, que séparent peut-être quelques années. Le sommaire du roman placé dans l'édition originale de *Du côté de chez Swann,* en 1913, distingue encore un premier séjour à Balbec (« Noms de pays : le pays. – Premiers crayons du baron de Charlus et de Robert de Saint-Loup ») alors placé dans *Le Côté de Guermantes,* d'un second (« À l'ombre des jeunes filles en fleurs »), alors placé au début du *Temps retrouvé* (le héros s'y trouve à chaque fois seul avec sa grand-mère). C'est l'invention d'Albertine qui provoquera la coalescence des deux premiers séjours et la naissance d'une autre version du second.

f. 67

1. *et que je ne reverrais pas.* C'est ici, à ce jour, la plus ancienne version connue de l'apparition de la « petite bande » (*JF,* II, p. 146). Voir ensuite la réécriture du f. 69. Le terme de « fillettes », bien que semblant peu adapté à la suite du récit, se maintient à travers toutes les versions jusqu'au texte publié. Sur cette page au nombre de deux, puis de quatre ou cinq, ensuite de « cinq ou six » (f. 69), peut-être sont-elles à mettre en relation avec les « quatre visages » ou « quatre têtes de jeunes filles » (f. 11), le « quintuple » amour (f. 14) notés dans le Carnet 1 en 1908, après le départ de Proust de Cabourg (f. 11, 14 ; *Cn,* p. 50, 55). Leur nombre continuera de varier : « je vis quatre fillettes inconnues » (Cahier 12, f. 111 ; *Autres manuscrits,* n° XIII) ; « je vis avancer une tache, une bande singulière de cinq ou six fillettes » (Cahier 64, f. 146v) ; « je vis [...] s'avancer cinq ou six fillettes » (Cahier 34, f. 24 ; *JF, Esquisse XLV.3,* II, p. 938). On remarque qu'elles se trouvent ici « sur la plage » (cf. f. 69) : dans la version suivante, bien que seule la position du héros soit précisée, elles déambulent semble-t-il « sur l'esplanade devant le casino » (Cahier 12, f. 111 ; *Autres manuscrits,* n° XIII), ensuite « sur la terrasse » (Cahier 64, f. 146v), puis s'avancent « de l'extrémité de la digue » (Cahier 34, f. 24 ; cf. *JF,* II, p. 146). Une image d'elles sur la plage se maintient dans un brouillon, mais comme un souvenir de leur enfance, une précédente année

(Cahier 25, f. 41v ; *JF, Esquisse XLV.1*, II, p. 932) ; dans le Cahier 34, Proust essaie, sans succès, de combiner les deux lieux de promenade (f. 24-23v). Les « oiseaux de mer » de la présente version deviennent des « mouettes » dès le Cahier 12 (f. 111 ; *Autres manuscrits*, n° XIII), puis une « bande de mouettes » dans les Cahiers 64 (f. 146v), 34 (f. 24) et le texte définitif (*JF*, II, p. 146). Voir aussi ci-dessous note 6.

2. *ne pas exister.* L'image du « conciliabule jacassant » figure encore dans les épreuves Gallimard sous la forme d'un « conciliabule irrégulier, compact, insolite et piaillant » (Rés. m Y^2 824, f. 293), puis devient « un agrégat [...] compact, insolite et piaillant, comme un conciliabule d'oiseaux » (voir *JF*, II, p. 150). Leur indifférence d'êtres appartenant à une espèce autre ne se dément pas : dans le Cahier 12, elles marchent « sans voir les humains », « comme si Querqueville eût été fait seulement pour elles » (f. 111, 112 ; *Autres manuscrits*, n° XIII). Dans le Cahier 64, elles gardent « leurs mœurs et leurs rôles de mouettes sans s'occuper des baigneurs » (f. 146v).

3. *un superbe break.* Un *break* est une voiture à cheval découverte, à quatre roues. Dans *Sodome et Gomorrhe*, le mécanicien veut que les Verdurin remplacent « leur break par une auto » (*SG*, III, p. 417).

4. *piqueurs.* Le *piqueur* est chargé de soigner et de dresser les chevaux. Le duc de Guermantes, dans la cour de son hôtel, « faisait trotter en main devant lui par un de ses piqueurs quelque nouveau cheval qu'il avait acheté » (*CG*, II, p. 332).

5. *de longs cheveux roux.* Dans le Cahier 26 où les « fillettes » des présentes pages, revues lors d'un séjour ultérieur, sont devenues des « jeunes filles », on trouve encore décrits « ces joues roses et dorées, ces cheveux presque roux, ces yeux verts et spirituels de Mlle   » (f. 34), et plus tôt une « rousse chevelure » (f. 31 ; cf. f. 55). Une « Mlle Swann » était nommée dans la petite bande du Cahier 26 (f. 36), et Proust réserve bientôt cette teinte à Gilberte, mais après qu'elle a été effacée de Querqueville/Balbec : « Gilberte apparaissait comme une image de sa mère qui par quelque déguisement se serait trempé les cheveux, la peau dans un étincelant bain roux qu'on reconnaissait vite le roux de son père » (Cahier 27, f. 92v). Dans la version suivante de la première rencontre avec une fillette de la petite bande, c'est donc une brune « d'un brun un peu espagnol » qui captive le héros, préfigurant deux autres brunes, Maria puis Albertine (Cahier 12, f. 116 ; *JF, Esquisse XLV*, II, p. 937). Mais la rousseur demeure l'étalon du désir : « cette brune n'était pas celle qui me plaisait le plus, justement parce qu'elle était brune et que (depuis le jour où dans le petit raidillon de Tansonville, j'avais vu Gilberte) une jeune fille rousse à la peau dorée était restée pour moi l'idéal inaccessible » (*JF*, II, p. 153). Dans le Cahier 2 du *Contre Sainte-Beuve*, le narrateur se souvient de son désir pour « la fille rousse qui [lui] tend du café au lait » (f. 27 ; *CSB*, p. 103).

6. *faire partie de sa personne.* Tout se passe comme si l'image du « conciliabule jacassant » avait inspiré la forme du chapeau, qui, à son tour, appellera par contiguïté la

métaphore de la jeune fille-mouette qui apparaît dès la version suivante (voir note 1 ci-dessus). Dans le pastiche de Flaubert publié le 14 mars 1908 dans *Le Figaro*, on note une dame dont le chapeau est surmonté par un perroquet : « Deux jeunes gens s'en étonnèrent, auraient voulu savoir s'il avait été placé là comme souvenir ou peut-être par goût excentrique » (*PM*, p. 13).

7. *ou comme quelqu'un d'une autre race.* Jusqu'au texte définitif, les jeunes filles sont « [t]elles que si [...] elles eussent jugé que la foule environnante était composée d'êtres d'une autre race » (*JF*, II, p. 149). Voir aussi f. 70, où elles sont « d'une tout autre race que les petites filles de mon monde », et le Cahier 12, où le héros comprend par l'attitude de la brune espagnole qu'il n'est « nullement classé dans la race de ses amis » (f. 122). Mais l'appartenance d'autrui à « une autre race » répond d'abord à l'appartenance des « fillettes » à une autre espèce. On retrouve cette idée dans le Cahier 12 : « Alors comme si nous pouvions pénétrer l'âme et le langage d'une de ces jolies bêtes que nous avons vu[es] dans les jardins zoologiques, de telle sorte que dans une sorte de traduction nous apprenions tout d'un coup ce que cela voulait dire quand elles dardaient leurs prunelles [...] » (f. 122v). Le héros s'interrogera sur « ce monde inhumain » d'où partent les regards de la « brune aux grosses joues » : « Si elle m'avait vu, qu'avais-je pu lui représenter ? Du sein de quel univers me distinguait-elle ? » (*JF*, II, p. 151-152).

f. 68

1. *chez la plupart qu'.* Ce faux départ est précédé d'un autre, biffé en travers : « ~~Mon oncle~~ / ~~Dans cet hôtel~~ Chez Maman cette indifférence à ce qui l'entourait était sincère. Elle ne savait pas ce qui l'entourait. Chez d'autres elle tenait à diverses causes. Il y avait là une vieille dame » (voir Transcription diplomatique). Proust a donc pensé reprendre les portraits de l'oncle et de la vieille dame, avec cette fois « Maman » dans le rôle précédemment tenu par la grand-mère, à moins que ces portraits n'aient pas encore été écrits.

f. 69

1. *Un jour sur la plage.* Dans la réécriture plus développée qui commence ici, l'ouverture était d'abord différente, mettant en valeur l'origine sociale des fillettes : « Les nobles du voisinage venaient tous les ans passer quelques semaines à C. et j'apercevais sur la plage tantôt deux, tantôt cinq ou six petites filles, deux déjà jeunes filles presque qui ne se mêlaient pas aux autres et les regardaient d'un air assez impoli. Toutes, filles de nobles ou de gens riches du voisinage, avaient des toilettes qui me paraissaient le comble de l'élégance [...] » (voir Transcription diplomatique).

2. *et sur lesquels elles partirent.* Cette précision était absente de la version précédente : ce sont des cavalières. Voir f. 70 note 5.

f. 70

1. *nobles ou gens riches frayant avec la noblesse.* Le break, les chevaux, les piqueurs, dénotaient déjà la richesse. Un peu plus loin, le rang social des fillettes semblera moins prestigieux : leurs pères seront des « industriels », « enrichis » ou « récemment ennoblis », ou « de petits nobles de province » (f. 71 ; voir aussi f. 73). Mais nulle part dans cette version primitive ne figure l'idée qu'elles puissent appartenir aux classes populaires. Cette hypothèse s'introduit dans le Cahier 64 (voir ci-dessous note 5) ; dans le Cahier 25, ensuite, leur mauvaise éducation et leur insolence font exclure d'emblée l'hypothèse qu'elles puissent appartenir à l'aristocratie : « Je savais que ce n'étaient pas des jeunes filles de l'aristocratie qui ne sont jamais ainsi mal élevées, insolentes [...]. J'hésitais seulement entre cette bourgeoisie riche qui cherche à paraître élégante ou un milieu plus populaire de personnes qui fréquentent les meetings "toc" du sport [...], même je descendis en voyant la tenue de celle aux yeux noirs jusqu'à un milieu presque professionnel de filles ou sœurs d'entraîneurs aux courses de bicyclettes [...]. La première supposition était la vraie. C'étaient des filles surtout d'agents de change, mais qui avaient quitté le monde des agents de change etc. » ; Proust précise un peu plus bas : « J'appris par le magistrat qui connaissait un peu le père de l'une d'entre elles que c'étaient des filles de riches industriels, d'agents etc. » (Cahier 25, f. 38v ; *JF, Esquisse XLV.1*, II, p. 934 ; cf. Cahier 64, f. 141v, 126v, 123v).

2. *à C.* Il est tentant de lire « Cabourg ».

3. *une fierté dédaigneuse.* Ces caractéristiques, déjà suggérées ou notées dans la première version (f. 67), sont accentuées dès le Cahier 12 : « visages par hasard tous délicieux et tous différents mais à qui beaucoup d'effronterie, d'assurance, de morgue, d'insensibilité, de dédain donnait cette absence de nervosité, de distraction, de respect humain qui est si favorable à la beauté » (f. 111 ; *Autres manuscrits,* n° XIII).

4. *que les petites filles de mon monde.* Le terme « race », chez Proust, désigne volontiers un groupe humain pourvu de caractéristiques communes qui peuvent marquer l'appartenance à une même classe sociale (l'aristocratie, les « gens d'ancienne race », Cahier 5, f. 67) ou sexuelle (« La Race des Tantes », Cahier 6, f. 37). Voir aussi f. 67 note 7 et f. 86 note 6.

5. *en chemisette de tennis.* Équitation, golf et tennis sont alors réservés à l'élite, ce qui ne laisse aucun doute sur l'origine sociale des fillettes. Dans la version suivante, elles pratiquent les mêmes sports, sauf peut-être le golf : « Rien que leur accoutrement et toute leur personne les faisait absolument différentes. Costumes de cheval, jupes courtes, bottes à l'écuyère, tailles que tous les exercices ont assouplies [...] » (Cahier 12, f. 111 ; *Autres manuscrits,* n° XIII). Mais à partir du Cahier 64, le tableau se brouille : « Deux poussant leur bicyclette de la main, une autre en jupe longue

et long voile et qui sans doute venait seulement de descendre de cheval, une tenant des raquettes de golf *[sic]* […] » (f. 146v). L'allure très libre d'une des deux qui poussent leur bicyclette fait en effet penser le héros « à des fillettes du monde des entraîneurs, de ces petites maîtresses très jeunes comme en ont certains coureurs » (f. 142v). Sur leur origine sociale, voir ci-dessus note 1. Dans le groupe du Cahier 34 la figure de la fillette « en jupe d'amazone et avec un long voile », qui « venait sans doute de descendre de cheval », est biffée (f. 24).

6. *qu'on ne connaissait pas.* Par son indifférence aux inconnus, Maman se conduit donc ici comme la grand-mère dans la séquence précédente (voir aussi f. 68 note 1). Cf. Cahier 4, f. 63-64 : « La pensée qu'on pût s'intéresser à quelqu'un qu'on ne connaissait pas était quelque chose qu'elle [ma grand-mère] ne pouvait comprendre et qu'elle trouvait tout ce qu'il y a de plus vulgaire » (*Autres manuscrits,* n° XII) ; repris dans le Cahier 12, f. 58 : « Qu'on pût s'occuper des personnes qu'on ne connaissait pas, et de l'opinion qu'elles peuvent avoir de nous, cela lui aurait paru infiniment vulgaire mais surtout inexplicable » (*Autres manuscrits,* n° XIII).

f. 71

1. *du chic et mauvais genre.* Dans la bouche de Maman, « mauvais genre » pourrait simplement signifier un manque de distinction. On sait que, dans sa correspondance avec Lucien Daudet, Proust utilisait couramment l'abréviation « m. g. » pour indiquer l'homosexualité (voir Benoît Puttemans, « Quand Lucien Daudet joue au rat et à la souris », *Bulletin d'informations proustiennes,* n° 47, 2017, p. 33-34). On ne sait trop ce qu'entendra par cette formule Albertine (*JF,* II, p. 228, 238, 242), mais l'expression est rapidement associée à Gomorrhe dans le roman (*SG,* III, p. 197, 247 ; *P,* III, p. 592).

2. *nous avait invités.* Dans la version du Cahier 12 le héros rêve, pour « se "poser" » à l'hôtel aux yeux de « deux jolies jeunes filles » puis de l'aristocratique Mlle de Quimperlé, de leur faire savoir que sa grand-mère connaît la marquise de Villeparisis (f. 51 *sq.* ; *Autres manuscrits,* n° XIII). Ce « duc de Clermont » a-t-il un lien avec les Clermont-Tonnerre évoqués dans [Noms nobles] (f. 78 ; voir aussi f. 76 note 6) ?

3. *ou des industriels récemment ennoblis.* Voir ci-dessus f. 70 note 1. *Ennoblir* est un synonyme vieilli d'*anoblir.* Dans le texte définitif, les fillettes ont rejoint la bourgeoisie : « J'avais commis à l'égard de leur situation sociale une erreur, mais pas dans le même sens que d'habitude à Balbec. J'y prenais facilement pour des princes des fils de boutiquiers montant à cheval. Cette fois j'avais situé dans un milieu interlope des filles d'une petite bourgeoisie fort riche, du monde de l'industrie et des affaires » (*JF,* II, p. 200).

4. *la plus vive amitié.* Le jeune garçon n'hésite donc pas à mettre ses connaissances à contribution : cela le rapproche implicitement de son oncle (f. 62-64). Dans le texte définitif, dès lors que le héros découvre par hasard qu'Elstir connaît les jeunes

filles de la petite bande, ce dernier « ne se suffisait plus à lui-même » : « il n'était plus que l'intermédiaire nécessaire entre ces jeunes filles et moi » (*JF*, II, p. 203). C'est un peintre encore anonyme que Proust glisse dans le rôle de « Mr T. » à partir du Cahier 12, et c'est dans le Cahier 64 qu'il reprend plusieurs éléments des présentes pages : voir *Autres manuscrits*, nº XIV ; ci-dessous, notes 6 et 7 ; f. 72 note 1 ; f. 74 note 2.

5. *mon frère aîné.* Comme dans [Séjour au bord de la mer] (f. 53), le protagoniste a un frère, mais qu'il soit ici « l'aîné » nous éloigne de la biographie, respectée dans « Robert et le chevreau » où Marcel est bien le frère « plus âgé » (f. 21). Peut-être s'agit-il d'un clin d'œil à Lucien Daudet (lui a bien un frère aîné, Léon), qui a dédié à Proust en août 1908, au moment où il rédige ces pages, une nouvelle dont le héros est surnommé le « Prince des cravates » : voir *Notice*, p. 241. « [...] Lucien Daudet peut avoir des cravates un peu vives », reconnaissait Proust dans une lettre à sa mère (4 novembre 1896, voir *Bulletin d'informations proustiennes*, nº 49, 2019, p. 183).

6. *un signe d'opulence.* Le Cahier 12 se contente d'une note de régie : « Tentatives pour les connaître » (f. 117). C'est plus tard, dans le Cahier 64, que ce passage humoristique est à nouveau travaillé. On y retrouve les cadeaux intéressés à l'intermédiaire espéré, les efforts de toilette, et même « l'ombrelle » au « manche en jade », devenue un « en-tout-cas », c'est-à-dire une ombrelle pouvant servir aussi de parapluie. Voir Cahier 64, f. 127v et f. 123v-120v ; *Autres manuscrits*, nº XIV.

7. *j'avais la fièvre.* Premier crayon de l'impatience du héros tandis qu'Elstir peint tranquillement au lieu de l'accompagner, alors qu'il brûle d'aller en sa compagnie à la rencontre des jeunes filles (*JF*, II, p. 202-203, 209-210). Mais alors, Albertine s'est déjà dessinée dans la fenêtre de l'atelier, alors qu'ici l'apparition des jeunes filles ne vient qu'ensuite (f. 72 : « tout d'un coup de sa fenêtre j'aperçus les six petites jeunes filles [...] »). Voir Cahier 64, f. 122v ; *Autres manuscrits*, nº XIV.

f. 72

1. *et l'embrassai.* On retrouvera le même schéma dans le Cahier 64 et jusqu'au texte définitif : à la décevante sortie avec le peintre succède au retour une rencontre inattendue (f. 121v-120v ; *Autres manuscrits*, nº XIV ; cf. *JF*, II, p. 209-210). Mais l'attitude du héros y est à l'inverse de celle, exubérante, qu'il adopte ici : il feint si bien l'indifférence qu'il fait rater la « présentation » (Cahier 64, f. 120v, cf. f. 126v ; *Autres manuscrits*, nº XIV).

f. 73

1. *Monts artificiels.* On recourt notamment à la construction de monts artificiels dans l'art des jardins et des parcs (d'agrément, zoologiques et d'attractions), très en vogue à la fin du XIXe siècle. On pense évidemment au parc des Buttes-Chaumont.

2. *knickerbockers.* Les *knickerbockers* sont des pantalons de sport larges et courts, serrés au-dessous du genou. Aux yeux du directeur du Grand-Hôtel de Balbec, en porter est un signe de distinction sociale, comme « de ne pas se découvrir en entrant dans le hall » (*JF*, II, p. 23-24).

3. *s'écria T.* Le peintre, qui sera dans le rôle de monsieur T., trouve aussi les jeunes filles « mal élevées » (Cahier 64, f. 119v). Voir aussi ci-dessus f. 70, où monsieur T. « ne cessait de s'élever contre leur mauvaise éducation ».

f. 74

1. *pas consacré à leurs yeux.* De ce long bilan optimiste d'une rencontre ratée, il restera dans le texte définitif quelques lignes plus nuancées : « Je m'aperçus dans une glace. En plus du désastre de ne pas avoir été présenté, je remarquai que ma cravate était tout de travers, mon chapeau laissait voir mes cheveux longs, ce qui m'allait mal ; mais c'était une chance tout de même qu'elles m'eussent, même ainsi, rencontré avec Elstir et ne pussent pas m'oublier ; c'en était une autre que j'eusse ce jour-là, sur le conseil de ma grand-mère, mis mon joli gilet qu'il s'en était fallu de si peu que j'eusse remplacé par un affreux, et pris ma plus belle canne ; car un événement que nous désirons ne se produisant jamais comme nous avons pensé, à défaut des avantages sur lesquels nous croyions pouvoir compter, d'autres, que nous n'espérions pas, se sont présentés, le tout se compense ; et nous redoutions tellement le pire que nous sommes finalement enclins à trouver que dans l'ensemble pris en bloc, le hasard nous a, somme toute, plutôt favorisés » (*JF*, II, p. 214-215 ; cf. p. 219-220).

2. *passer un tramway.* Dans la version du Cahier 64, avant la rencontre ratée (voir f. 72 note 1), on retrouve, à peu de chose près, le même décor : « Enfin il fallut partir, je revins navré le reconduire, tenant toujours l'en-tout-cas devenu dérisoire. Nous prîmes une de ces avenues plantées d'arbres et bordées çà et là de maisons qui sont si singulières. Car parcourues par un tramway, bordées d'un gymnase, d'un dentiste elles ont pourtant l'air campagne […] » (f. 121v ; *Autres manuscrits*, n° XIV).

3. *la fameuse bande.* Première occurrence connue, à ce jour, du terme sous la plume de Proust. Il le reprend quelques lignes plus bas.

4. *Il me présenta à sa fille.* Dès le Cahier 12 – et peut-être dans des manuscrits intermédiaires, mais qui ne nous sont pas parvenus –, la présentation formelle à la jeune fille désirée n'a plus lieu en pleine rue, mais lors d'une matinée chez le peintre (*JF*, *Esquisse LXIII*, II, p. 989-992).

5. *un auto.* On trouve encore le substantif au masculin dans *Sodome et Gomorrhe II* : voir III, p. 394 et la note 1 d'A. Compagnon.

6. *pas le temps de répondre.* Cette scène est développée ensuite dans le Cahier 12, après la matinée de la « présentation » chez le peintre : de retour de la plage, le héros

et sa grand-mère (alors qu'ici il est seul, « avec Mama[n] » étant biffé) doivent se garer d'une voiture « vrombissante », celle de Mme de Chemisey. Or « la belle Espagnole » s'y trouve (mais sans « toute la bande ») : « la voiture ralentissant au tournant, comme elle passait devant moi elle leva sa main gantée et l'agita en signe d'amitié : "Cela va bien depuis l'autre jour, chez XXX, et encore à bientôt" » (f. 122-124 ; *Autres manuscrits,* n° XIII). Proust prévoit la reprise de cette scène dans le Cahier 64 : il ménage un blanc pour indiquer où placer le récit de la matinée chez le peintre, après quoi le « bonjour » depuis la voiture fait l'objet d'une brève allusion (f. 118v ; Leriche 1987, p. 43). Mais la scène disparaîtra, selon une note de régie du Cahier 30, qui prévoit de transférer à la duchesse de Guermantes à l'Opéra « l'averse fleurie et bleue » du sourire de la jeune fille : « Après sourire mettre sans doute les impressions que me donne le sourire de la jeune fille dans la voiture de Mme de Chemisey car cette scène sera supprimée » (f. 33 ; voir *CG,* II, p. 358).

[Noms nobles]

Cet ensemble (f. 75-82) pourrait correspondre au premier des huit projets que Proust énumère à son ami Louis d'Albufera comme « en train » dans sa lettre du [5 ou 6 mai 1908] : « une étude sur la noblesse » (*Corr.*, VIII, p. 112). Le 24 avril avait paru le quatrième tome des *Récits d'une tante. Mémoires de la comtesse de Boigne* (Plon), certainement guetté par Proust qui l'année précédente avait rendu compte du premier dans *Le Figaro* (« Journées de lecture », 20 mars 1907). Deux pages du présent ensemble s'inspirent directement de cette parution récente (voir ci-dessous, f. 80 notes 2, 3, 5 et 8 ; f. 81 notes 1, 3, 4 et 6 ; Quémar, printemps 1976, p. 16 et note 72). C'est d'ailleurs dans « Journées de lecture » que Proust avait commencé à s'intéresser à la poésie des noms, tout en insistant sur l'inévitable déception provoquée par la connaissance des hommes et des pays (*EA*, p. 530-531 ; ci-dessous, f. 77 note 2). Nous conservons le titre que Fallois avait donné sur un intercalaire au manuscrit de ces pages, qu'il a publiées à la fin du chapitre XIV de son *Contre Sainte-Beuve* (« Noms de personnes », *CSB*, p. 273-283). Il avait écarté toutefois la dernière (f. 82). Cette exception peut s'expliquer par le fait qu'il en avait préféré la réécriture dans un cahier de brouillon : voir f. 82 note 1.

f. 75

1. *l'impression de la résidence et le désir du voyage.* L'association du nom noble au nom de lieu, suggérée ici même dès la mention du « château de Villebon » (f. 27), s'est poursuivie dans le rapprochement entre « la route de Villebon » et « la duchesse de Villebon » (f. 41). C'est dans le Cahier 4 qu'elle commence à s'incarner : « Puis nous rejoignions la grande route par où nous revenions à Combray et où quelquefois passait une calèche où l'on devinait une femme jeune et des cheveux dorés. "C'est la comtesse de Garmantes", nous dit un paysan, ne voulant pas tant dire par là que cette dame s'appelait la comtesse de Garmantes, mais que c'était la comtesse du château de Garmantes » (Cahier 4, f. 34-35 ; *CS, Esquisse LIII,* I, p. 809). Dans le

grand morceau sur les Guermantes du Cahier 5, Proust reprend la présente idée et l'évocation poétique du voyage qui suit, y compris l'association entre le nom de lieu noble et le « nom lu dans un indicateur de chemin de fer », qui est biffée ici : « Tant de noms nobles du reste ont ce charme d'être un nom de château, de "station" de chemin de fer, où on a souvent rêvé, en lisant un indicateur de chemin de fer, de descendre une fin d'après-midi de la fin de l'été, quand dans le Nord, les charmilles vite solitaires et profondes entre lesquelles est intercalée et perdue la gare, sont déjà roussies par l'humidité et la fraîcheur comme ailleurs à l'entrée de l'hiver » (f. 65 ; *CG*, *Esquisse II*, II, p. 1029). Proust va montrer que cette association du nom et du lieu, qui semble consubstantielle, peut être le fruit d'une histoire.

2. *par une gaie soirée d'hiver.* Dans les lignes biffées qui suivent (voir Transcription diplomatique), Proust anticipait la déception liée à la transformation des « noms », chargés de poésie, en « mots » : « Depuis notre enfance nous ne faisons que faire fuir la poésie loin de nous en transvasant dans l'intelligence les intuitions du sentiment, en brisant les noms pour y trouver le contenu des mots. » Proust a coché le passage sur le manuscrit et revient plus loin sur « la déception inévitable de notre rencontre avec des choses dont nous connaissions les noms » (f. 78), tout en défendant avec vigueur la poétisation du réel par l'imagination et le rêve (f. 78-79). On sait qu'il envisagera en juillet 1913 pour son roman les titres « l'Âge des noms pour le premier [volume]. Pour le deuxième : l'Âge des mots. Pour le troisième : l'Âge des choses » (*Corr.*, XII, p. 232).

3. *des vitraux héraldiques.* La coloration des syllabes du nom propre n'est pas réservée aux noms nobles (voir « Noms de pays : le nom », *CS*, I, p. 381-382), mais elle s'attache en particulier aux Guermantes, « poétiques et dorés comme leur nom » (Cahier 5, f. 64). Dans les présentes pages, l'image se développe et culmine au moment où, le nom noble n'étant plus seulement un nom coloré (« l'espace coloré de ses syllabes », f. 75), mais devenant un « nom coloré et pourtant transparent » (f. 79), Proust file la métaphore du vitrail annoncée dès cette page (« dans la rose des vitraux héraldiques ») ; puis sous l'effet de la transparence de certain nom, le « vitrail » laisse place à la « vitrine » à laquelle l'hôtel noble est alors assimilé, selon une image appelée à une plus grande postérité génétique (f. 82 note 2). L'ouverture du *Côté de Guermantes I* revient sur la diversité et les vicissitudes des teintes que prennent les noms (*CG*, II, p. 310-312), jusqu'à ce qu'ils aient « perdu toute couleur comme une toupie prismatique qui tourne trop vite et qui semble grise » (*ibid.*, p. 312).

4. *est en réalité provençal.* Proust enchaîne sur cette page et la suivante trois exemples de familles nobles « transplantées » : toutes sont établies en Normandie depuis longtemps (deux, trois, puis à nouveau deux siècles), toutes ont un nom du Midi (tour à tour provençal, italien, et provençal encore). Seule change la localisation de leur château ou hôtel normand : près de Bayeux, puis de Saint-Pierre-sur-Dives, enfin à Falaise. Leurs caractéristiques sont un mélange d'emprunts et de fantaisie. Voir ci-dessous note 7, et f. 76 notes 3 et 4.

5. *moins exotique et plus française que leur feuillage et leurs fleurs.* La comparaison avec l'acclimatation est reprise plus bas pour les pommiers puis les hortensias : voir f. 76 note 4. On retrouve cette thématique dans « Combray », à travers les lilas de Perse et les boutons d'or, « venus peut-être il y a bien des siècles d'Asie mais apatriés pour toujours au village » (*CS*, I, p. 134, 166). Ici la botanique pourrait servir d'allégorie à l'assimilation sociale, en récrivant la thèse barrésienne de l'enracinement.

6. *la façade de schiste rouge et de pierre grisâtre.* Étant donné que la « pierre grisâtre » corrige ici une façade de « verre » (voir Transcription diplomatique), on songe au château de Balleroy, que Proust évoque dans un brouillon inédit de son article « Impressions de route en automobile » (*Le Figaro*, 19 novembre 1907) : « Partis de S^{t} Lô, devant arriver avant la nuit à Lisieux, et ayant en fait long à faire de route, nous n'avions pas grand temps, nous allions vite. Bientôt au bout de l'avenue qui traversait dans toute sa longueur un village que nous n'avions pas encore atteint et se prolongeait fort au-delà, je vis apparaître, se mettant toujours au bout de la perspective quelque inclinaison que fît la route, passant tantôt à notre droite, tantôt à notre gauche, mais toujours dominant sur son ~~coteau~~ <plateau>, entouré de vallées, ~~haute~~ <noble> demeure de schiste rose et de verre, <avec ses hautes fenêtres> [...], le chef-d'œuvre de Mansard *[sic]*, le château de Balleroy. Bientôt nous fûmes sur la route de Caen [...] » (archives Fallois ; on trouve au sujet de Balleroy, dans un autre brouillon du même ensemble, « l'étincelante demeure de schiste[,] de rouge et de verre, aux hautes fenêtres »). Or si la localisation de Balleroy est incompatible avec celle de Saint-Pierre-sur-Dives, à plus de soixante-dix kilomètres à l'ouest, elle correspond à celle du « château près de Bayeux », évoqué quelques lignes plus haut. Proust est donc en train de reprendre et de redistribuer certains éléments abandonnés d'« Impressions de route en automobile » : voir aussi f. 76 note 6. Il avait visité le château de Balleroy en août 1907, lors d'une de ses nombreuses excursions normandes avec Agostinelli ; le compte rendu assez détaillé qu'il donne à Georges de Lauris de sa visite atteste la transposition ultérieure de ce château en château de Guermantes (*Corr.*, VII, p. 264 ; *CG*, II, p. 315 note 1). Sur Balleroy, voir aussi NAF 16729, f. 156 : « le château de Balleroy / [...] que j'aurais aimé arriver par une fin d'après-midi d'automne en face de ce château [...] ».

7. *Falaise.* « Marcel Proust vint deux fois passer quelques heures à Falaise », selon l'édition des *Lettres à Madame C[atusse]*, dans la « demeure charmante et ancienne » de Charles de Bionneau, marquis d'Eyragues, et de son épouse, née Henriette de Montesquiou-Fezensac (J. B. Janin, 1946, p. 17 note 2). Ces visites aux « agréables Eyragues » eurent lieu pendant l'été de 1907, toujours pendant les sorties en automobile avec Agostinelli ; « je voudrais retourner à Falaise », écrit Proust l'année suivante à Lucien Daudet, alors que sa santé s'est dégradée et qu'il a « renoncé aux longues promenades de l'année dernière » (*Corr.*, VII, p. 277, et VIII, p. 197). La famille de Bionneau d'Eyragues est en effet d'origine provençale (voir f. 76), dans les Bouches-du-Rhône.

f. 76

1. *comme dans un roman de Barbey d'Aurevilly.* Une note de 1909 associe dans le Carnet 1 les Eyragues de Falaise au roman de Barbey *Le Chevalier Des Touches* : « Il serait intéressant de refaire le salon des Touffedelys avec Eyragues [...] » (f. 43 ; *Cn*, p. 104 ; *Cn* 1908, note 440). Sont mentionnés ici plus bas d'autres lieux typiques de la géographie normande de Barbey : Coutances, présent dans *Le Chevalier des Touches* et dans *L'Ensorcelée*, et bien sûr Valognes, décrit dans *Les Diaboliques.*

2. *de deux bernard-l'hermite.* On trouve un brouillon de cette image dans les archives Fallois, au milieu d'autres avant-textes des « soixante-quinze feuillets » (voir *Chronologie*, p. 251) : « ~~L'église~~ / Entre les toits <~~compacts~~> des maisons on voyait <s'élever, d'une matière différente, ajouré, rosâtre comme un coquillage> le clocher de l'église ~~ajouré, élancé, ajouré, rosé j rosâtre, comme un coqui~~ ». Ici, Proust intervertit les éléments qui composent la vision : il ne s'agit plus d'un clocher entre les toits, mais d'un toit entre deux clochers, « coquillages ajourés » aux « tourelles rosâtres ». Mais il revient à la disposition initiale dès la version suivante, dans le Cahier 3, au moment des impressions matinales qui suscitent des désirs de voyage « dans quelque petite ville de Normandie <Caudebec ou Bayeux> », pour voir « l'église, ~~friable~~ <rose> et dentelée <comme un coquillage> entre les toits <raides> des maisons, ~~comme un <énorme> coquillage au milieu des galets~~ » (f. 24-25 ; cf. *P*, *Esquisse I*, III, p. 1095). La comparaison est amplement développée dans le Cahier 7 au moment où est évoqué le clocher de Combray ; reparaît alors, pour être aussitôt effacé, le souvenir de Falaise : « Il y a <~~à Falaise~~ dans une ville de Normandie> deux charmants hôtels blancs du XVIIIe siècle qui me sont à beaucoup d'égards chers et vénérables, et entre qui la flèche de St Gervais s'élance, ayant l'air de terminer les deux façades, mais d'une matière si différente, si précieuse, si annelée, si ciselée, si rose et vernie, que quand on la regarde du même beau jardin [qui] descend, commun aux deux hôtels, et d'où <comme on n'aperçoit pas l'église> elle a l'air de s'élancer de leur toit, on sent tout de suite qu'elle n'en fait pas partie et qu'elle en est aussi différente que la tourelle rose et crénelée d'un coquillage est différente de deux galets entre lesquels elle est prise sur une plage » (Cahier 7, f. 23-24 ; cf. *CS*, *Esquisse XXVI*, I, p. 735-736 et p. 735 var. *b*). Voir le texte définitif, *CS*, I, p. 65.

3. *provençal.* Proust pense à la famille d'Eyragues. Voir f. 75 note 7.

4. *ces beaux hortensias roses.* Originaire d'Extrême-Orient, l'hortensia fut introduit en Europe à la fin du XVIIIe siècle. Dans la liste des « Pages écrites », Proust avait noté : « Les Castellane, les hortensias normands [...] » (Carnet 1, f. 7v ; *Cn*, p. 43). Il reprend le thème au f. 11 : « J'ai là [...] en l'hortensia normand un "allons plus loin", dont je ne sais ce que je ferai » (*Cn*, p. 50), et encore au f. 14 : « Revenons à Gérard. fête à Cha[a]lis = hortensia de mes nobles normands » (*Cn*, p. 55). La famille de Castellane, comme la famille d'Eyragues mentionnée sur la présente page, est méridionale, originaire de Haute-Provence.

5. *à Saint-Vaast.* Proust relie ici deux communes du Calvados, Honfleur et Pont-l'Évêque, à deux communes du Cotentin, dans la Manche, Valognes et Saint-Vaast-la-Hougue.

6. *en face du comte.* Cette petite scène récrit en la condensant la conclusion d'« Impressions de route en automobile », l'important article de 1907 dont déjà un fragment abandonné avait été recyclé à la page précédente (f. 75 note 6) : « [...] *l'automobile* s'était arrêtée au coin d'un chemin creux, devant une porte feutrée d'iris défleuris et de roses. Nous étions arrivés à la demeure de mes parents. *Le mécanicien donne de la trompe* pour que le jardinier vienne nous ouvrir, *cette trompe dont le son* nous déplaît par sa stridence et sa monotonie, mais qui pourtant, comme toute matière, peut devenir beau s'il s'imprègne d'un sentiment. Au cœur de mes parents il a retenti joyeusement comme une parole inespérée... [...] au bas du parc *la trompe* dont ils ne peuvent plus méconnaître *le son* devenu joyeux, *presque humain*, ne cesse plus de jeter son *appel* uniforme comme l'idée fixe de leur joie prochaine, pressant et *répété* comme leur anxiété grandissante » (*PM*, p. 68-69, nous soulignons ; cf. Yoshikawa 1973, p. 138). Cette arrivée aurait été inspirée à Proust par la visite qu'il fit en septembre 1907 au marquis de Clermont-Tonnerre et à son épouse Élisabeth de Gramont dans leur résidence d'été, le chalet de Glisolles, près d'Évreux, conduit en automobile par « l'ingénieux Agostinelli » (*ibid.*, p. 66). Voir Carnet 1, f. 5 : « Agostinelli à Glisolles » (*Cn 1908*, note 39 ; *Corr.*, VII, p. 288). Une note marginale du Cahier 39, en face de la description de l'hôtel de Guermantes, énumère « Glisolles / Balleroy / Eyragues », c'est-à-dire trois noms propres tacitement présents dans ces pages et liés à l'imaginaire du « nom noble », à partir des excursions normandes de 1907 (f. 75 notes 6 et 7, et ci-dessus notes 1 et 3).

7. *Ploërmel.* Avec cette mention d'une ville bretonne, à côté de celles, biffées, de Quimperlé et du Morbihan (voir Transcription diplomatique), le cercle géographique, jusqu'à présent restreint à la Normandie, commence à s'étendre ; il sera question des « noblesses étrangères » à partir de la page suivante.

f. 77

1. *de Vézelay.* C'est Guermantes qui est préfiguré ici, tel qu'il apparaît dans la conversation du narrateur avec Maman, dans le Cahier 7 : « Quand on arrive dans la salle du cloître qui donne entrée au château on marche sur les tombes des abbés qui gouvernèrent ce monastère depuis le VIIIe siècle, et qui sous nos pas, sont allongés sous les longues pierres gravées où crosse en main, foulant aux pieds une noble inscription latine ils sont couchés » ; « Songe qu'elles s'élevèrent[,] les tours de Guermantes, dressant indestructiblement le XIIIe siècle là, à une époque où si loin que leur vue eût porté elles n'eussent pas aperçu pour les saluer et leur sourire, les tours de Chartres, les tours d'Amiens, les tours de Paris qui n'existaient pas encore » (f. 11-12 et f. 13 ; cf. *CG, Esquisse VI*, II, p. 1046-1047). On rapprochera de *CG*, II, p. 313-314, où

« la race altière de Guermantes » précède la construction de Notre-Dame de Paris et des cathédrales de Chartres et de Beauvais. Le Cousin est un affluent de la Cure, qui passe au pied de la colline de Vézelay. Ce « Cousin profond et poissonneux » peut aussi préfigurer « la terre torrentueuse » où la duchesse de Guermantes apprend au héros à « pêcher la truite » (*ibid.*, p. 313).

2. *la même* Revue de Paris *et* Comœdia. Historique et littéraire, concurrente de *La Revue des deux mondes*, la nouvelle *Revue de Paris*, bimensuelle, publie depuis 1894 des nouvelles et des romans d'analyse, et défend l'esthétique de Maupassant et Mérimée, puis Paul Bourget, Marcel Prévost et Henry Bordeaux. *Comœdia*, quotidien consacré à la vie des théâtres, est lancé le 1er octobre 1907 : placé aux côtés de la conservatrice *Revue de Paris*, il dénote le souci d'apparaître « moderne ». Proust reprend ensuite une idée de « Journées de lecture » (*Le Figaro*, 20 mars 1907) : « Sans doute bien souvent cette impression moyenâgeuse donnée par leurs noms ne résiste pas à la fréquentation de ceux qui le portent et qui n'en ont ni gardé ni compris la poésie. » Et il ajoutait : « mais peut-on raisonnablement demander aux hommes de se montrer dignes de leur nom quand les choses les plus belles ont tant de peine à ne pas être inégales au leur, quand il n'est pas un pays, pas une cité, pas un fleuve dont la vue puisse assouvir le désir de rêve que son nom avait fait naître en nous ? » (*EA*, p. 531).

3. *les noblesses étrangères.* On reconnaît la suite de la note des « Pages écrites » : « Les Castellane, les hortensias normands, les châtelains anglais, allemand[s] » (Carnet 1, f. 7v ; *Cn*, p. 43-44). Mais Proust évoque plus ici l'Écosse que l'Angleterre : voir f. 78 notes 4 et 5.

4. *ces seigneurs médiatisés allemands.* Fallois n'avait pas déchiffré « médiatisés » (*CSB*, p. 277). Les princes médiatisés sont recensés dans la deuxième partie de l'*Almanach de Gotha* (« Généalogie des Seigneurs médiatisés d'Allemagne »), après la partie consacrée à la « Généalogie des Maisons souveraines d'Europe », et avant celle « d'autres Maisons princières non-souveraines d'Europe ». Certaines familles, comme les Guermantes, sont à la fois ducs en France et princes médiatisés en Allemagne (*SG*, III, p. 338, note 4 d'A. Compagnon). C'est ce que rappelle Charlus : « en Allemagne, princes médiatisés, nous sommes *Durchlaucht* », c'est-à-dire « Altesse sérénissime » (*ibid.*, p. 338).

5. *le vieux vitrail d'Aldegrever.* Heinrich Aldegrever, peintre et graveur allemand (né en 1502, mort entre 1555 et 1561). Mais c'est encore d'une excursion automobile en Normandie que s'inspire ce passage. Dans la même lettre du [8 octobre 1907] à Mme Straus où il évoque la visite à Glisolles (f. 76 note 6), Proust écrit être « allé tout près d'Évreux à Conches voir une église qui a gardé tous ses vitraux du XVIe siècle[,] beaucoup sont d'un élève de Dürer. On dirait une jolie petite bible allemande avec des illustrations en couleur, de la Renaissance. Les vitraux ont leur légende écrite au-dessous en caractères gothiques. Mais les vitraux de cette époque-là ne m'inté-

ressent pas beaucoup, ce sont trop des *tableaux* sur verre » (*Corr.*, VII, p. 287). Comme le précise Ph. Kolb, le guide Baedeker (*Le Nord de la France*..., Leipzig, 1884, p. 177) attribuait les « magnifiques vitraux » du chœur de l'église Sainte-Foy à Conches-en-Ouche à Heinrich Aldegrever (*Corr.*, VII, p. 290 note 7). On pense aujourd'hui qu'ils sont l'œuvre de Romain Buron de Gisors, qui possédait des gravures du maître allemand dans son fonds d'atelier (voir Françoise Gatouillat, « Voyage des hommes, voyages des œuvres : le vitrail, un produit d'exportation », *Revue de l'art*, 1998, n° 120, p. 35-48, ici p. 38).

6. *et habite son nom.* Martin Luther trouva refuge au château de la Wartburg qui surplombe la ville d'Eisenach, en Thuringe, soit bien loin de la Forêt-Noire. Wagner y a situé le tournoi des chanteurs dans *Tannhäuser*, ce dont Proust se souviendra dans le Cahier 13 (voir note suivante), et pour Charlus lors de la soirée chez la princesse de Guermantes : « [...] le prince allemand qu'était M. de Charlus devait plutôt se représenter la fête qui se déroule dans *Tannhäuser*, et lui-même comme le Margrave, ayant, à l'entrée de la Warburg, une bonne parole condescendante pour chacun des invités [...] » (*SG*, III, p. 49).

7. *plus de princes.* Tout ce passage sur l'imaginaire qui s'attache au nom noble allemand, y compris la déception finale, est repris et trouve une nouvelle ampleur dans un passage resté inédit du Cahier 13 : « C'était un de ces princes médiatisés, Seigneurs de Franconie ou de Souabe, dont les noms composés, empruntés à la vallée peuplée de gnomes d'où ils tirent leur origine et au bourg de la forêt enchantée sur laquelle ils régnèrent[,] sont les tableaux les plus émouvants que nous possédons des paysages de l'Allemagne pendant le Moyen Âge, de l'Allemagne féodale et légendaire dont cette interminable obscurité devait s'épanouir au XIXe siècle en une littérature <une philosophie> et une musique de lumière. Noms qui gardent dans l'attaque de leur première syllabe la franchise, dans la répétition bégayante de la seconde la naïveté maniérée, la couleur de dragées du peuple issu du Rhin ou de la Forêt-Noire. Et quand on croit que cet obscur 1er nom <lequel n'est que la moitié ou le tiers de tout le nom composé> [...] est fini, le peuple sérieux lance une dernière syllabe [...] qui montre que ce 1er nom composant est déjà lui-même un nom composé, comme presque tous ceux de la langue majestueuse et nombreuse, cette dernière syllabe étant souvent quelque *heim* d'émail bleu dont elle dresse la translucidité sombre et mystique à travers laquelle on ne voit plus que comme à travers le vitrail d'une église rhénane, les branches déchiquetées verdâtres ou noires de la murmurante forêt que sont les deux 1res syllabes. [...] Son adresse, si on avait à lui écrire[,] était telle rivière hantée des lutins et des ondines, le château pour lequel on savait qu'il partait [...], un château où Wagner a déroulé un acte d'un de ses opéras, les autres célèbres par Luther ou par Louis le Germanique, [...] et qui terres de fées ou de gnomes qui ne semblent plus qu'un nom[,] lui fournissaient ces revenus qui [...] se transforment en automobiles Panhard et en loge à l'Opéra » (f. 16-18). Ce morceau est repris sous une forme plus brève pour introduire le prince de Faffenheim-Munsterburg-Weinigen dans *Le Côté de Guermantes I* (*CG*, II, p. 553-554 ; cf. *ibid.*, *Esquisse XXXII*, p. 1245-1248).

f. 78

1. *de Clermont-Tonnerre.* Voir la note du Cahier 14, f. 69v : « Intercalages très utiles pour plus loin / Ne pas oublier Me de Clermont Tonnerre M[e] de La Tour d'Auvergne que je connais maintenant. » Sur la visite de Proust aux Clermont-Tonnerre, près d'Évreux, voir ci-dessus f. 76 note 6. « Prince des Dunes » sera un des titres de M. de Charlus : voir *SG*, III, p. 333, et antérieurement, Cahier 7, f. 33v, et Cahier 74, f. 16. Fallois donnait ici : « P… des ducs de C. T. » (*CSB*, p. 277).

2. *que Turner a peinte tant de fois.* Voir la note 4 ci-dessous.

3. *l'heure heureuse d'une après-midi avancée.* On trouve presque la même image dans le morceau sur les « côtés » : « les nuages blancs, comme des cadrans solaires naturels, montraient par l'inclinaison où ils recevaient la lumière qu'il était très bas et que bientôt le soleil baisserait » (f. 39). La présente rédaction, plus aboutie et ajoutée en interligne, est sans doute postérieure.

4. *que nous connaissons par Turner.* Le souvenir de Turner passe ici par Ruskin. Dans *Lectures on Landscape* deux planches réalisées d'après le *Liber studiorum* de Turner correspondent à la description de Proust : « Near Blair Athol » représente un pêcheur en kilt, les pieds dans une rivière encaissée, le bras levé et en train de lancer sa ligne, et la suivante, « Dunblane Abbey », une abbaye écossaise en ruines (*The Works of John Ruskin*, Library Edition, Londres, George Allen, vol. XXII, 1906, planches V et VI). L'année suivante, dans le Cahier 5 (f. 49) puis le Cahier 10 (f. 46), Proust fera référence à d'autres planches du *Liber studiorum* reproduites dans le même volume (planches XIII, *« Aesacus and Hesperie »*, et XIV-XV, *« Procris and Cephalus »*).

5. *Stevenson.* De Robert Louis Stevenson, né à Édimbourg, Proust peut avoir à l'esprit *Enlevé ! : mémoire relatant les aventures de David Balfour en l'an 1751* (trad. et préf. d'Albert Savine, Paris, Stock, 1905 [*Kidnapped or the Lad with the Silver Button*, 1886]), dont il écrivait en juillet 1907 : « *Les aventures de David Balfour* passent, je crois, pour un ouvrage ennuyeux de Stevenson. Moi cela m'avait charmé, tous les paysages écossais » (*Corr.*, VII, p. 225).

6. *viendra chanter.* Comme le « vous » employé plus haut (f. 75 : « Vous me direz que… »), ce dîner en ville imaginaire suggère qu'est recherchée la connivence d'un lectorat mondain, celui du *Figaro*, peut-être : « Marcel Proust », encore peu connu comme auteur, veut faire sourire en s'imaginant invité avec son paronyme « Marcel Prévost », romancier à succès (élu à l'Académie française l'année suivante, en 1909). Proust a longtemps souffert d'être confondu avec Prévost (1862-1941), dont il avait les romans en « horreur » (*Corr.*, VII, p. 31, 59 ; X, p. 139 ; XI, p. 252). Le 28 avril 1908, soit à peu près au moment où il rédige ces pages, il rate une soirée chez Madeleine

Lemaire où chantait Hahn et où était présente la soprano australienne Nellie Melba (*Corr.*, VIII, p. 104 note 1 ; Quaranta 2011, p. 173).

7. *je ne traverserai pas le détroit.* Proust n'a jamais en effet traversé la Manche. L'auteur renonce à ses rêves écossais. Est-ce une allusion au voyage en Angleterre que lui avaient proposé les frères Bibesco à l'automne de 1907 ? (*Corr.*, VII, p. 296 et note 2.)

8. *aux choses connues.* Voir f. 75 note 2.

f. 79

1. *arbre de Jessé d'un vitrail.* L'arbre de Jessé est un important motif iconographique médiéval qui, à partir d'un verset d'Isaïe (11, 1-2), représente la généalogie de Jésus-Christ depuis Jessé, le père de David, à travers les rois de Juda. Émile Mâle mentionne les vitraux qui lui ont été consacrés à Saint-Denis, Chartres et la Sainte-Chapelle dans son *Art religieux du XIIIe siècle en France*, ouvrage familier à Proust (Paris, Ernest Leroux, 1898, p. 218-219). Il reprendra l'image dans *Le Côté de Guermantes*, mais en rappelant cette fois sa signification religieuse : « [...] ces noms, qui, à intervalles réguliers, chacun d'une couleur différente, se détachaient de l'arbre généalogique de Guermantes, et ne troublaient d'aucune matière étrangère et opaque les bourgeons translucides, alternants et multicolores, qui, tels qu'aux antiques vitraux de Jessé les ancêtres de Jésus, fleurissaient de l'un et l'autre côté de l'arbre de verre » (*CG*, II, p. 832 ; cf. Cahier 42, f. 7 ; *CG*, *Esquisse XXXII*, II, p. 1268).

2. *une Choiseul.* Ces noms de grandes familles françaises auront une postérité romanesque. À côté des Harcourt, biffés ici, Charlus compte les Choiseul au nombre des « familles prépondérantes », mais « fort au-dessous des Guermantes » (*SG*, III, p. 475, notes 7 et 8). Il prétend que son titre de baron « est antérieur à celui des Montmorency » (*JF*, II, p. 114 ; cf. Cahier 47, f. 21v : « Les Montmorency, je ne dis pas que ce n'est pas une maison qui a été glorieuse dans la suite mais enfin quelle position avaient-ils en l'an mil ? », *SG*, *Esquisse XI*, III, p. 1025). On voit le héros fréquenter avec délices le poétique hôtel de Mme de Montmorency-Luxembourg, au grand dam de sa nièce, Oriane (*SG*, III, p. 146-148).

3. *Van Huysum.* Jan Van Huysum (1682-1749), peintre hollandais de fleurs, dont Proust avait pu voir des toiles au Louvre. Voir *CG*, II, p. 511 et note 2.

f. 80

1. *Prince de Wurtemberg.* Il s'agit de Philippe de Wurtemberg (1838-1917), fils de Marie d'Orléans, duchesse de Wurtemberg, et du duc Alexandre de Wurtemberg. On retrouve la suite de la liste des « Pages écrites » : « [...] les châtelains anglais, allemand[s] ; la petite fille de Louis Philippe » (Carnet 1, f. 7v ; *Cn*, p. 44). Marie

d'Orléans était la fille, et non la petite-fille, de Louis-Philippe, comme l'écrit d'ailleurs Proust ici même. Voir la note suivante.

2. *née des Deux-Siciles*. Pour cette *ekphrasis* d'un vitrail imaginaire, Proust brode à partir du quatrième tome des *Récits d'une tante. Mémoires de la comtesse de Boigne*, qui avait paru à la fin d'avril 1908 (voir f. 75, avant la note 1), précisément du chapitre « Mort de la princesse Marie d'Orléans, duchesse de Wurtemberg » (*IV. 1831-1866*, Plon, 1908, p. 233-272). « Marie de France » c'est-à-dire Marie d'Orléans (1813-1839), fille de Louis-Philippe et de Marie-Amélie de Bourbon-Siciles, avait vu ses fiançailles avec le prince Léopold de Naples, comte de Syracuse, échouer malgré l'envoi à Naples d'un « ambassadeur extraordinaire », l'amiral de Rigny (p. 249-250) ; elle s'enfonça dans une « profonde mélancolie », manifeste au mariage de son frère, le duc d'Orléans, en mai 1837 : « Son attitude de mécontentement s'étendait jusqu'au choix de sa toilette. Tandis que nous étions toutes couvertes de broderies, de dentelles, de plumes, elle seule avait adopté un costume d'une simplicité qui faisait un étrange contraste », et se tenait à l'écart, « ne parlant à personne et ayant dans tout son maintien un abattement qu'elle ne se donnait pas la peine de dissimuler » (p. 252, 188-189). Elle épousa quelques mois plus tard le duc Alexandre de Wurtemberg, cousin germain du roi de Wurtemberg Guillaume Ier, garçon à la « superbe figure » (p. 253-254) ; quand elle dut quitter les siens, « les spectateurs furent irrités contre elle de l'indifférence dont elle sembla recevoir les embrassements de sa famille en larmes [...]. Les suisses de la grille la virent passer souriant à son époux [...] et l'impression ne fut pas favorable à la princesse Marie ; surtout dans la domesticité, témoins quotidiens de l'amour que tous les siens lui portaient » (p. 256). De retour en France, enceinte, elle accouche d'un fils ; bien qu'elle voulût « absolument passer l'hiver dans son château de Fantaisie qu'elle n'avait pas encore vu » (p. 263), elle consent, atteinte de tuberculose, à se rendre en Italie ; son état s'aggravant, la famille dépêche son frère le duc de Nemours, cependant que l'ordre était donné, mais trop tard, « de préparer à Toulon un bateau à vapeur pour transporter la Reine » à ses côtés (p. 266). Proust a repris cette page dans *Le Côté de Guermantes*, où le vitrail devient châsse de Carpaccio ou de Memling : voir *CG*, II, p. 825-826, et les notes 3, 5 et 6. Sur le château de Fantaisie, voir la note suivante.

3. *ce château Fantaisie*. Voir la liste des « Pages écrites » : « [...] la petite fille de Louis Philippe, Fantaisie » (Carnet 1, f. 7v ; cf. *Cn*, p. 44). Mme de Boigne affirme que Marie d'Orléans « exprimait volontiers sa joie qu[e son fiancé] ne possédât pour tout État qu'une maison de campagne en Saxe *[sic]*, portant le singulier nom de "Fantaisie" » (*Récits d'une tante. Mémoires de la comtesse de Boigne*, t. IV, *op. cit.*, p. 257). Mais la duchesse de Wurtemberg ne connut jamais le *Schloss* Fantaisie, résidence d'été des margraves de Bayreuth.

4. *Louis II de Bavière*. Louis II de Bavière fut le mécène du *Festspielhaus* de Bayreuth, mais il ne semble pas qu'on ait retenu une visite de lui au « château Fantaisie », à quelques kilomètres. Peut-être s'agit-il d'une méprise de Proust ? Robert de Montes-

quiou, au milieu de nombreux poèmes consacrés à Louis II, en avait glissé un sur « cette *Phantaisie*/Dont le nom est fantasque ; enviable château » (*Les Chauves-Souris*, G. Richard, 1907, p. 296 ; voir aussi p. 297, « Schloss »). L'« édition définitive » des *Chauves-Souris* avait paru à la fin de mai 1907, et le comte s'était assuré de la nouvelle lecture de Proust (*Corr.*, VII, p. 173-177). Faisant de Louis II le « type transcendant et inégalable » des « Grandes Chauves-Souris humaines », « avec leur cortège de honte et de douleurs » (p. VII), Montesquiou évoquait ses nombreuses excentricités et en mots à peine voilés son homosexualité (« Toi que nulle union féminine n'accouple/[...] Bacchus tumultueux [...]/Auprès/De quelque Oreste », p. 278-279, *passim*).

5. *ces mots de la reine de France : « un château près Bareut »*. Proust emprunte peut-être l'expression à un extrait de la « Correspondance inédite » de M. de Saint-Aulaire, ambassadeur de France à Vienne, avec Mme de Boigne, citée en note dans l'édition : « [...] un beau château près de Bareuth [Bayreuth] qui feroit pendant l'été une résidence convenable pour notre princesse » (*Récits d'une tante. Mémoires de la comtesse de Boigne, op. cit.*, p. 255, note).

6. *à Fantaisie « château près Bareut »*. Phrase oubliée par Fallois (*CSB*, p. 281). C'est la deuxième fois que l'homosexualité est évoquée en quelques lignes, avec cette allusion au prince Edmond de Polignac (1834-1901), qui sera élucidée dans le passage correspondant du *Côté de Guermantes* : le prince X. ne louait Fantaisie « que pendant les représentations de Wagner, au prince de Polignac, autre "fantaisiste" délicieux » (*CG*, II, p. 826) – plus probablement, il louait le château à sa richissime épouse Winnaretta Singer, dont Proust fréquenta le salon musical (voir Leblanc 2017, p. 117). Mais Edmond de Polignac mourut à Paris.

7. *fils de Louise de France*. On attendait « Marie de France ». Est-ce la proximité de Louis II qui a provoqué le lapsus, répété page suivante ?

8. *par ses larmes*. Paraphrase des *Récits d'une tante. Mémoires de la comtesse de Boigne* : « [...] se trouvant seule avec son frère, elle lui dit : "Nemours, tu me connais assez pour savoir que je puis supporter la vérité, mais que je la veux ; dis-moi, suis-je très mal ? — Très mal, non ; mais depuis hier soir les médecins sont inquiets. — Merci, mon frère, je te comprends." Voyant alors rentrer le duc Alexandre, qui s'était éloigné un moment, elle mit son doigt sur sa bouche, en faisant "chut", et ne parut pas autrement troublée. Seulement, on s'aperçut qu'elle devenait plus caressante pour son frère et son mari ; mais depuis ce moment elle ne demanda plus son petit enfant » (t. IV, *op. cit.*, p. 268).

9. *prince royal*. Voir ci-dessus note 1.

f. 81

1. *qu'elle croyait loger si bien dans son château Fantaisie.* Mme de Boigne juge sévèrement ce qu'elle appelle l'« esprit artiste » de Marie d'Orléans (*Récits d'une tante. Mémoires de la comtesse de Boigne*, t. IV, *op. cit.*, p. 235, 257), mais elle lui concède un talent « remarquable » en sculpture (p. 247). Voir *Marie d'Orléans, 1813-1839 : princesse et artiste romantique*, Anne Dion-Tenenbaum (dir.), Musée du Louvre et Musée Condé, 2008.

2. « *ma pauvre Mère* ». Voir la liste des « Pages écrites » : « [...] la petite fille de Louis Philippe, Fantaisie, le visage maternel dans son petit fils débauché » (Carnet 1, f. 7v ; cf. *Cn*, p. 44). Si Marie d'Orléans, duchesse de Wurtemberg, n'est pas la « petite[-]fille » mais la fille de Louis-Philippe, son fils le duc Philippe de Wurtemberg pourrait être, selon Proust, le « petit[-]fils débauché » du dernier roi de France. Mais le modèle n'est ici qu'un prétexte à évoquer une question intime : voir *Notice*, p. 211-212.

3. *pour faire échapper la Princesse.* Proust peut avoir à l'esprit l'embarquement de Charles X et de la famille royale à Cherbourg pour leur exil en Angleterre, le 16 août 1830, sous le commandement de Jules Dumont d'Urville, qui fut en effet rendu plus tard célèbre par son expédition en Antarctique ; la duchesse de Berry, belle-fille de Charles X qui venait d'abdiquer en faveur de son fils le duc de Bordeaux, était du voyage. Elle est évoquée dans le tome IV des *Récits d'une tante. Mémoires de la comtesse de Boigne*. Voir la note suivante.

4. *nom de son père qui fit échapper la duchesse de Berri sur un bateau.* Proust invente pour les besoins de la cause une généalogie romanesque : aucun des deux fils de Dumont d'Urville ne lui survécut, et son nom n'apparaît même pas dans le tome IV des *Récits d'une tante. Mémoires de la comtesse de Boigne* (*op. cit.*), qui débute pourtant par un long chapitre consacré à la duchesse de Berry (« Expédition de Madame la duchesse de Berry », à savoir ses tentatives rocambolesques et vaines pour fomenter un soulèvement légitimiste après l'instauration de la monarchie de Juillet). On y trouve pourtant une anecdote sur la duchesse au moment du départ pour l'exil de 1830, et l'expression « mettre à la voile » : « En errant sous le pont, elle avait saisi quelques mots du pilote proposant d'entrer dans la rade de Saint-Hélens, le vent se tenant mauvais pour Spithead, et elle s'était déjà vue *mettant à la voile* pour le rocher où une autre grandeur déchue avait récemment terminé sa brillante carrière » (*Récits d'une tante. Mémoires de la comtesse de Boigne*, t. IV, *op. cit.*, p. 7, nous soulignons). L'image de la duchesse de Berry « appuyée » sur le commandant est controuvée, mais reflète sa légèreté, un aspect de son caractère abondamment relaté par Mme de Boigne. Une autre lecture est possible : selon Francine Goujon, Proust pourrait faire allusion à l'expédition du *Carlo Alberto*, navire sur lequel la duchesse de Berry, exilée à Massa, en Italie, s'embarqua en 1832 pour tenter, vainement, de soulever le Midi et l'ouest de la France. Le « patron du vaisseau » dont il s'agirait ici serait

alors le commandant du *Carlo Alberto*, le comte André-Adolphe Sala (1802-1867) ; son fils, l'« homme grisonnant » et antisémite, serait alors Maurice Michel Antoine Sala (1851-1905), le père d'Antoine Sala (1876-1946), connaissance de Proust et d'Antoine Bibesco qui leur avait inspiré le terme « salaïsme » pour désigner l'homosexualité (voir *Corr.*, II, p. 464, 469 ; III, p. 42-43 et 74-75). Mais il est peu probable que Proust ait donné de lui le portrait admiratif qui suit.

5. *fils de l'homme que je voyais dans la salle à manger de l'hôtel.* Ces caractéristiques resserviront pour Saint-Loup, dont le héros fait lui aussi la connaissance au bord de la mer. Saint-Loup « n'avait d'estime et de curiosité que pour les choses de l'esprit, surtout pour ces manifestations modernistes de la littérature et de l'art [...] ; il était imbu, d'autre part, de ce que [Mme de Villeparisis] appelait les déclamations *socialistes*, rempli du plus profond mépris pour sa caste et passait des heures à étudier *Nietzsche* et Proudhon. C'étaient un de ces "intellectuels" prompts à l'admiration qui s'enferment dans un livre, soucieux seulement de haute pensée » (*JF*, II, p. 92 ; nous soulignons). Proust, par la mention suivante de la « salle à manger de l'hôtel », essaie-t-il, par avance, de relier ces pages à celles du séjour au bord de la mer (qu'il n'a sans doute pas encore écrites, les présentes pages datant de la fin d'avril ou de mai 1908, et le chapitre sur le séjour au bord de la mer de l'été, à Cabourg) ?

6. *avant qu'elle parte sur la mer.* Proust tente d'abord de rattacher cette vision au cycle de Vittore Carpaccio *La Légende de sainte Ursule* qu'il avait pu admirer à l'Académie de Venise. Il fait allusion au sixième tableau, *Le Songe de sainte Ursule*, où un ange apparaît en rêve à Ursule, lui prédisant son martyre : mais ici, seule semble compter la simplicité de la décoration de la chambre comparée à la salle à manger de l'hôtel, « si simple dans ses ornements anglais » (notons qu'Ursule, demandée par le fils du roi d'Angleterre, est princesse de Bretagne). Aucun tableau du cycle en revanche ne représente la Reine recevant « les ambassadeurs qui la supplient de fuir » (ceux qui sont représentés dans les trois premiers viennent demander la main d'Ursule, prennent congé ou informent le prétendant du résultat de leur ambassade ; un seul, *Le Départ des ambassadeurs*, a lieu en intérieur, et sans figure féminine). Un rapport avec l'ambassadeur envoyé à Naples pour tenter d'assurer le mariage de Marie d'Orléans (voir f. 80 note 2) serait également très lâche, puisqu'il est question ici d'obtenir une fuite en mer. Il est donc probable que Proust n'a plus à l'esprit Carpaccio ni les Orléans, mais l'« Expédition de Madame la duchesse de Berry » narrée par Mme de Boigne et dont un épisode a déjà été évoqué (ci-dessus, note 4) : plusieurs ambassades furent faites auprès d'elle pour lui enjoindre, en vain, de reprendre la mer avant d'être contrainte à l'exil, ce qui se produisit en effet après son arrestation en 1832 (voir l'ambassade de M. Berryer dans les *Récits d'une tante. Mémoires de la comtesse de Boigne*, t. IV, *op. cit.*, p. 56-59). Notons que dans la version du *Côté de Guermantes*, toute allusion à la duchesse de Berry a disparu, et que la relation à Carpaccio est posée en tête du morceau (*CG*, II, p. 825-826).

f. 82

1. *que sur un vitrail.* Cette page n'a pas été publiée par Fallois : il lui a préféré la version plus tardive du Cahier 5, f. 64-65, qu'il a placée en tête du morceau (*CSB*, p. 273). Mais comme le suggère la présente phrase, c'est l'ordre inverse que suit ici Proust. Les « noms nobles » suscitent d'abord l'image du vitrail multicolore, miroir varié des généalogies et de l'histoire ; ensuite apparaît le verre transparent de la vitrine, associée aux doux coloris de la porcelaine, et au présent de la mondanité. La famille de Belleuse, dont le nom n'est pas attesté ailleurs sous la plume de Proust, préfigure les Guermantes.

2. *du verre.* Les Guermantes seront, à partir du Cahier 5, régulièrement comparés à des figurines de Saxe, et leur hôtel à un hôtel de verre ou à une vitrine : « À Querqueville un jour que nous parlions de Mlle de Saint-Étienne, Montargis m'avait dit : oh c'est une vraie Guermantes c'est comme ses sœurs c'est comme ma tante Septimie, ce sont des "Saxe", des figurines de Saxe. [...]. Dès ce jour je ne pus plus penser aux sœurs de Mlle de Saint-Étienne et à la tante Septimie que comme des figurines de Saxe rangées dans une vitrine où il n'y aurait que des choses précieuses. Et chaque fois qu'on parlait d'un hôtel Guermantes à Paris ou à Poitiers, je le voyais comme un fragile et pur rectangle de cristal intercalé entre les maisons, comme une flèche gothique entre des toits, et derrière le vitrage duquel les dames de Guermantes près [de] qui n'avait le droit de s'insinuer aucune des personnes qui formaient le reste du monde, brillaient des plus douces couleurs, petites figurines de Saxe » (Cahier 5, f. 58-59 ; cf. *CSB*, p. 269 ; *CG*, *Esquisse II*, II, p. 1026) ; « l'endroit même où [Mme de Guermantes] habitait devait être aussi différent du reste du monde, aussi impénétrable et impossible à fouler pour des pieds humains que la tablette de cristal d'une vitrine » (Cahier 5, f. 59 ; *CG*, *Esquisse II*, II, p. 1027). Avant que le héros ne les connaisse, les Guermantes sont « poétiques et dorés comme leur nom, légendaires, impalpables comme les projections de la lanterne magique, inaccessibles comme leur château, vivement colorés dans une maison transparente et close dans un cabinet de verre, comme des statuettes de Saxe » (Cahier 5, f. 64-65 ; cf. *CG*, *Esquisse II*, II, p. 1029). L'image se maintient jusqu'au texte définitif : « Dans les fêtes qu'elle donnait, comme je n'imaginais pour les invités aucun corps, aucune moustache, aucune bottine, aucune phrase prononcée qui fût banale, ou même originale d'une manière humaine et rationnelle, ce tourbillon de noms introduisant moins de matière que n'eût fait un repas de fantômes ou un bal de spectres, autour de cette statuette en porcelaine de Saxe qu'était Mme de Guermantes, gardait une transparence de vitrine à son hôtel de verre » (*CG*, II, p. 315).

3. *L'église universelle.* La formule est un souvenir possible de l'Introduction de *L'Art religieux du XIIIe siècle en France*, où Émile Mâle évoque l'« Église universelle dont les apôtres sont le symbole » (*op. cit.*, p. 14 ; je remercie Sophie Duval pour cette référence). Dans le Cahier 66, Proust assombrit la transparence et infléchit la vision du

salon Guermantes, l'église se faisant temple oriental : « Ce salon meublé de peluche me semblait fort sombre et n'avait rien de la claire vitrine que j'avais imaginée. [...] Sans doute parfois dans une soirée comme celles où j'avais déjà été [...], il y avait pour une raison quelconque, un de ces hommes qui est un nom et dont le corps comme celui de certains prophètes d'Orient semble refléter une forêt domaniale et tout un passé. Mais ici il n'y avait que de tels hommes, pressés en foule, comme les colonnes de ce temple mystérieux. De sorte que le salon de Mme de Guermantes était comme un temple plein de mystère et de beauté où se pressait la forêt des colonnes précieuses, en bois de cèdre ou de santal, portant de merveilleuses inscriptions » (Cahier 66, f. 16v ; *CG, Esquisse IX*, II, p. 1062). Dans le Cahier 39, l'image du temple oriental n'est pas reprise, et les « prophètes » sont comparés « à ceux dont les statues de bois doré (?) sont assemblées tout le long de la nef de la Sainte-Chapelle » (Cahier 39, f. 26-27 ; *CG, Esquisse IX*, II, p. 1066). Proust revient enfin à la limpidité initiale et à l'image de l'église, le temple ne signifiant plus que l'édifice : « Alors, au fond de ce nom s'était effacé le château reflété dans son lac, et ce qui m'était apparu autour de Mme de Guermantes comme sa demeure, ç'avait été son hôtel de Paris, l'hôtel de Guermantes, limpide comme son nom, car aucun élément matériel et opaque n'en venait interrompre et aveugler la transparence. Comme l'église ne signifie pas seulement le temple, mais aussi l'assemblée des fidèles, cet hôtel de Guermantes comprenait tous ceux qui partageaient la vie de la duchesse, mais ces intimes que je n'avais jamais vus n'étaient pour moi que des noms célèbres et poétiques [...] » (*CG*, II, p. 315).

[Venise]

Avant de rédiger ces pages en 1908, Proust avait déjà écrit sur Venise, mais principalement en qualité d'érudit ruskinien, dans les préfaces et les notes de ses traductions de *La Bible d'Amiens* (1904) et de *Sésame et les lys* (1906), et dans le compte rendu de la traduction des *Pierres de Venise* par Mathilde Crémieux (1906 ; *EA*, p. 520-523). On a donc là son premier ensemble purement « narratif » sur la Sérénissime. Deux morceaux relativement indépendants sont juxtaposés : le premier prend pour objet la Venise du Grand Canal et des palais gothiques, le second cherche à cerner l'originalité de la « rue d'eau » et le choc esthétique provoqué par la basilique Saint-Marc.

f. 83

1. *Pendant que je lisais ces pages.* Le début du morceau manque : les premiers mots, insérés en ajout, sont un raccord (voir Transcription diplomatique). Un minuscule fragment manuscrit où se lisent deux lettres de la main de Proust demeure collé dans la marge de la page, trace d'un feuillet perdu.

2. *ces pages de Venise.* Les « pages » en question appartiennent vraisemblablement à un ouvrage de Ruskin, mentionné ici à plusieurs reprises (f. 83, 85, 85v). Cependant, Proust était familier, outre des pages de Taine, de Gautier ou des Goncourt

sur la Sérénissime, de « [l]a Venise agonisante de Barrès, la Venise carnavalesque et posthume de Régnier, la Venise insatiable d'amour de Mme de Noailles, la Venise de Léon Daudet, de Jacques Vontade […] » (*EA*, p. 521).

3. *par les courants d'air.* On rapprochera ces impressions d'une note du Carnet 1, bien délimitée parce que au crayon, qui doit être de peu postérieure à l'arrivée de Proust à Cabourg, le 18 juillet 1908 : « Cabourg marcher sur les tapis en s'habillant soleil dehors Venise/ Cabourg descendre les g[ds] escaliers, mouvement vif de soleil et de vent sur g[ds] espaces de marbre g[des] tentures Venise » (f. 6 ; *Cn*, p. 40). Proust a fait une sorte d'accolade pour relier les deux mentions finales de « Venise » avec ce qui précède. Ce rappel d'impressions vénitiennes sous le coup d'impressions analogues ressenties à Cabourg a pu être l'élément déclencheur des présentes pages.

4. *sur un oreiller moelleux.* Dans le long morceau sur Venise développé ensuite dans le cadre du *Contre Sainte-Beuve*, à l'envers du Cahier 3, la comparaison avec le « moelleux » de l'oreiller disparaît, peu compatible en effet avec l'idée de résistance que Proust introduit : « une eau saphir […] d'une couleur si résistante que les regards peuvent pour s'y détendre s'y appuyer, […] éprouver contre la résistance de la couleur la mollesse de leurs muscles » (f. 42v). Un peu plus loin, cette « mollesse » gagne la couleur de l'eau elle-même (« La rue au grand soleil, c'était cette étendue de saphir dont la couleur était à la fois si molle et si résistante que mes regards pouvaient s'y bercer, mais aussi lui faire sentir leur poids, […] sans que l'azur faiblisse et cède […] », f. 38, cf. f. 36v). La synthèse s'opère dans le Cahier 48, où « la couleur moelleuse » de l'eau « était aussi, comme un bon lit, si résistante » (f. 55), version biffée que remplace une « couleur de turquoise, si moelleuse et si résistante à la fois » (f. 54v). Mais dans la dernière mise au net de l'épisode vénitien, le moelleux a disparu à nouveau : « […] cette rue était toute en une eau de saphir, rafraîchie de souffles tièdes, et d'une couleur si résistante, que mes yeux fatigués pouvaient pour se détendre et sans craindre qu'elle fléchît, y appuyer leurs regards » (Cahier XIV, f. 80 ; cf. *AD*, IV, p. 203).

5. *cachées par l'eau ou ruisselantes.* L'image est développée plus loin : voir f. 85 note 4.

6. *les livres.* Ces livres, ce sont, on peut l'imaginer, les ouvrages de Ruskin sur Venise (*The Stones of Venice, St. Mark's Rest*), dans l'édition dite « du voyageur » (*Traveller's Edition*). Voir f. 85, « les livres de Ruskin », et f. 85v, « mes Ruskin à la main ». À deux reprises, Proust a confié dans sa traduction de *La Bible d'Amiens* avoir lu avec exaltation ces ouvrages dans la basilique Saint-Marc même, entouré de ses amis : « Cette page [de *St. Mark's Rest*] n'a pas seulement pour moi le charme d'avoir été lue dans le baptistère de Saint-Marc, dans ces jours bénis où, avec quelques autres disciples "en esprit et en vérité" du maître, nous allions en gondole dans Venise, écoutant sa prédication au bord des eaux […] » (*BA*, p. 245 ; *PM*, p. 133 ; voir aussi, pour une « page des *Stones of Venice* », *BA*, p. 83-84).

7. *dans l'odeur des aubépines.* C'est la trace la plus ancienne du désir d'établir un parallèle entre Venise et ce qui ne s'appelle pas encore Combray. On reconnaît le décor des promenades des « côtés » : poissons et têtards (f. 28, 34), boutons d'or (f. 28, 36), petit pont (f. 28, 31, 33), aubépines (f. 29-30, 31, 36, 40). À partir du morceau vénitien du Cahier 3 – et malgré une brève évocation, dans le Cahier 48, des mêmes « ombres profondes » dans les « petits canaux » qu'on voyait « marbrer le cours de la Vivonne » (Cahier 48, f. 61v) –, c'est la place du marché d'un « village » encore anonyme (f. 38v, *passim*), par un beau dimanche, qui sera mise en relation avec les impressions vénitiennes (f. 43 *sq.* ; *AD*, *Esquisse XV*, IV, p. 689 *sq.*). On en a ici l'amorce, avec la boutique du pâtissier, la rue qu'on traverse, la suggestion de la journée ensoleillée. Le manuscrit étant endommagé, nous avons dû suppléer quelques mots.

8. *Palazzo Foscari.* Le palais Foscari se trouve à la sortie du premier coude du Grand Canal quand on s'éloigne de la Piazzetta, sur la rive gauche, à l'angle du Rio Nuovo, juste après le Palazzo Giustiniani, l'autre angle étant occupé par le Palazzo Balbi. C'est le siège actuel de l'Université de Venise sous le nom de Ca'Foscari. Du palais Foscari, Ruskin dit dans son *Index vénitien* qu'il est le « plus noble exemple, à Venise, du style gothique au XVe siècle, imité du Palais Ducal » (*Les Pierres de Venise, études locales pouvant servir de direction aux voyageurs séjournant à Venise et à Vérone*, traduction par Mme Mathilde P. Crémieux, préface de M. Robert de La Sizeranne, Paris, H. Laurens Éditeur, 1906, p. 265). Un passage du Cahier 2 du *Contre Sainte-Beuve* dont le début manque évoque ce palais « qui passe toute la journée à se mirer dans le Grand Canal et dans tous ces yeux qui le regardent émerveillés » (f. 22v). Mais il s'agit alors d'un souvenir qui contrecarre un désir de départ pour Venise : « Mais au même moment la pensée du palais Foscari me ramène à ma grand-mère morte l'année dernière qui en avait sur sa table une photographie. Et aussitôt l'autre être que je suis et dont la vie alterne si exactement avec celui qui désire partir s'étend sur moi, abolit l'autre. Je ne pense plus qu'à l'horreur d'être séparé de Maman » (*ibid.*).

9. *qui ont exalté vos rêves.* Le pluriel (depuis « en vous les désignant ») indique que Proust a d'autres palais à l'esprit, même s'il ne nomme encore que le palais Foscari. Tout ce passage sera en effet longuement développé à la fin de 1910 dans le Cahier 48, avec la mention des palais Dario, Mocenigo et Contarini-Fasan. Voir *AD*, *Esquisse XV*, IV, p. 696-697, ici même la note suivante, et f. 83v note 2.

10. *héros des romans de Ruskin.* Plus d'une trentaine de palais sont les « personnages » de l'*Index vénitien* des *Pierres de Venise*, dont le palais Foscari. Dans la réécriture du Cahier 48, « le gondolier les nommait, individuels en effet comme des personnes, et que je reconnaissais pour avoir vu leurs portraits » (f. 55). Proust joue à la fois sur la mémoire que semblent garder les palais de leurs premiers occupants, et sur la personnification de leur architecture (« costume arabe », « ravissante cravate

de dentelle », « lobes de ses “oculi” de pierres de couleur », f. 55v ; cf. *AD, Esquisse XV.4,* IV, p. 697). Ce passage ne sera pas conservé.

f. 83v

1. *« la glorieuse architecture privée de Venise ».* Dans la préface à sa traduction de *La Bible d'Amiens* (1904), Proust affirmait : « je partis pour Venise afin d'avoir pu avant de mourir, approcher, toucher, voir incarnées, en des palais défaillants mais encore debout et roses, les idées de Ruskin sur l'architecture domestique au Moyen Âge ». Deux ans plus tard, rendant compte de la traduction des *Pierres de Venise* de Mathilde Crémieux, il définissait Venise comme une « [s]orte de musée intact et complet de l'architecture domestique pendant le Moyen Âge et la Renaissance » (*EA*, p. 521). La formule se maintient en mention jusqu'au texte final de *Du côté de chez Swann,* parmi les incantations du jeune héros : « Venise était “l'école de Giorgione, la demeure du Titien, le plus complet musée de l'architecture domestique au Moyen Âge” » (*CS*, I, p. 384 ; cf. *AD*, IV, p. 204). Ruskin en effet affirmait l'importance de l'architecture privée de Venise, inséparable à ses yeux de son architecture religieuse : « là où l'architecture des églises chrétiennes a été bonne et belle, elle était simplement le parfait développement de l'architecture usitée, à cette époque, pour la construction des habitations » (*Les Pierres de Venise,* éd. citée, p. 95 ; *The Stones of Venice,* vol. II, IV, § 53, dans *Works, op. cit.*, vol. X, 1904, p. 120). Le palais Contarini-Fasan, que Proust évoque dans la réécriture du présent passage (Cahier 48, voir la note précédente), en serait le meilleur exemple : « Le plus riche travail du Gothique domestique à Venise au XVe siècle » (*Les Pierres de Venise,* éd. citée, p. 259 ; voir aussi p. 164).

2. *Palazzo Foscari.* Ainsi que le formule la version du *Contre Sainte-Beuve,* au moment de l'arrivée, alors que Maman vient de lire à haute voix dans le train une description de Ruskin, Venise « ne pouvait naturellement quand la gondole nous arrêta devant elle trouver devant mes yeux la même beauté qu'elle avait eue un instant devant mon imagination, car nous ne pouvons pas voir à la fois les choses par l'esprit et par les sens » (Cahier 3, f. 34v ; *AD, Esquisse XV.2,* IV, p. 693-694). Dans la réécriture du présent passage, la déception que provoque le palais Foscari est comparée à celle d'une rencontre : « Et un peu plus loin il montra de sa rame : “Foscari !” “Ah !” et je sentis que mon regard s'attachait au visage de pierre, avec cette fixité où il s'attache au visage d'un homme admirable et célèbre qu'on nous montre : “Ah ! c'est lui, cela”, au moment où nous essayons de trouver sur sa figure ce que nous avons tant de fois pensé. Ainsi dévorais-je des yeux le palais Foscari […] » (Cahier 48, f. 57, version biffée ; version suivante au f. 55v : « Puis il me dit : “Foscari” — “Ah !” et je tendais sur lui qui s'éloignait lentement le long de la gondole ces regards qui essayent d'adapter à l'idée d'une célébrité qu'on nous montre les idées que nous nous formions d'elle depuis longtemps », *AD, Esquisse XV.4,* IV, p. 697). L'idée est reprise dans le Cahier 43 au moment de la rencontre avec la princesse de Guermantes : « Ainsi le voyageur déçu à Venise, se dit c'est pourtant bien Venise, c'est bien cette ville qui a provoqué chez Barrès, chez Ruskin, chez Chateaubriand (?) les pages que j'ai lues »

(f. 21v). Pourtant, à partir de la mise au net du séjour dans les Cahiers XIV et XV, pendant la guerre, ces passages disparaissent, et Venise comble plutôt qu'elle ne déçoit : l'épisode dysphorique est repoussé au moment du départ.

3. *au jour enfin venu de la résurrection.* Proust interrompt ici la rédaction, au milieu de la page, laissant entièrement vierge le reste du bifeuillet, sans plus éclaircir ce qu'il entend par cette « résurrection ». Quand en 1904, redoutant la désaffection des églises de France que pourrait provoquer la loi de Séparation, il avait parlé de « cette complète résurrection intégrale qu'est une grand-messe dans une cathédrale » (*PM*, p. 147), le choix du terme s'entendait sans peine, même s'il renvoyait aussi, vraisemblablement à la « résurrection de la vie intégrale » qu'est l'Histoire selon Michelet (voir à ce sujet Compagnon 2009, p. 41). Si Proust accentue ici, avec l'adjectif « glorieux », le sous-entendu chrétien, le contexte est bien différent, et le terme n'est évidemment pas à entendre au sens religieux : il préfigure l'esthétique du « temps retrouvé » que, dès la « Préface » à *Contre Sainte-Beuve* – rédigée, rappelons-le, sur des feuillets identiques aux « soixante-quinze feuillets » –, Proust esquissait en recourant à l'expression « résurrection poétique » (*Autres manuscrits,* n° VII ; *CSB* Clarac, p. 213). Il introduisait ainsi l'épisode du pain grillé : « chaque heure de notre vie aussitôt morte s'incarne et se cache en quelque objet matériel. [...] L'objet où elle se cache [...] nous pouvons très bien ne le rencontrer jamais. Et c'est ainsi qu'il y a des heures de notre vie qui ne ressusciteront jamais. C'est que cet objet est si petit, si perdu dans le monde, il y a si peu de chances qu'il se trouve sur notre chemin. Il y a une maison de campagne où j'ai passé plusieurs étés de ma vie. Parfois je pensais à ces ~~années~~ <étés>, mais ce n'étaient pas *elles.* Il y avait grande chance pour qu'elles restent à jamais mortes pour moi. Leur résurrection a tenu, comme toutes les résurrections, à un simple hasard. » (*Autres manuscrits,* n° VII ; *CSB* Clarac, p. 211, cf. p. 214-215). On trouve encore « résurrection » et « ressusciter » dans les versions suivantes de l'épisode du pain grillé, dans le Cahier 8, où Proust les associe à l'image païenne des morts de l'Érèbe (f. 47, 48 et f. 67, 68v ; cf. *CS, Esquisse XIV,* I, p. 695, 697 ; *Corr.*, III, p. 196). Mais à partir de la version suivante, il évite ce registre : « Tout notre effort pour [...] évoquer[,] pour [...] faire revivre » les « âmes de ceux que nous avons perdus » sont vains, jusqu'à ce que passant près d'elles « à notre vue elles tressaillent, nous appellent, brisent leur tombeau » (Cahier 25, f. 4-5), l'image du tombeau disparaissant même ensuite : « elles tressaillent, nous appellent, et sitôt que nous les avons reconnues l'enchantement est rompu. Délivrées par nous elles ont vaincu la mort et reviennent vivre avec nous » (NAF 16703, f. 8). Finalement, le terme de « résurrection » appliqué à l'esthétique du temps retrouvé ne se retrouvera plus que dans le dernier chapitre, dans la méditation sur les épiphanies de la mémoire involontaire (« ces résurrections-là », « ces résurrections du passé », « ces résurrections de la mémoire », *TR*, IV, p. 453, 456 ; voir aussi p. 457, 466, 497).

f. 85

1. *les livres de Ruskin.* Voir f. 83 note 6.

2. *on allait nous attendre.* La formule présuppose que l'auteur est accompagné. Mais contrairement à ce qui se passe à partir du Cahier 3 pour l'épisode vénitien, Maman n'est jamais mentionnée.

3. *toute la personnalité sociale que le mot rue implique.* Ruskin parle dans *Les Pierres de Venise* de « rues non foulées par les pieds humains » (*Les Pierres de Venise*, éd. citée, p. 37), et, dans un passage des *Peintres modernes* traduit par Mathilde Crémieux dans le même volume, de « ces rues onduleuses que la lune élève ou abaisse » (*ibid.*, p. 250) : les deux phrases seront mises à profit dans « Noms de pays : le nom », les « rues onduleuses » y devenant des « rues clapotantes » (Cahier 65, f. 2 ; *CS*, I, p. 385 ; voir aussi p. 386 note 1). Mais de la longue réflexion originale sur la « rue d'eau » vénitienne qui commence ici, il ne restera qu'une phrase éphémère dans le Cahier 48 : le « paradoxe accepté comme la chose [la plus] naturelle du monde de toute la complication et de tout le raffinement de la vie d'une ville installée au milieu de la mer » (Cahier 48, f. 54v ; *AD, Esquisse XV.4*, IV, p. 696). À partir du Cahier 3, cette « personnalité sociale » dont Proust énumère ici les aspects indigènes se réduira à l'activité touristique (« Je voulais prendre le train pour St Marc et demain en sortant de chez moi descendre en gondole cette grande rue merveilleuse qui défile chaque jour devant les barques des visiteurs émerveillés […] », f. 41v), puis à l'activité mondaine des « femmes les plus élégantes, presque toutes étrangères », Venise rappelant alors « toute large avenue » parisienne « à la mode » (Cahier XIV, f. 95 ; *AD*, IV, p. 208-209).

4. *par l'eau montante.* Dans le Cahier 3, Proust reviendra pour cette impression à une formule plus simple (« les marches du seuil, humides encore de l'eau qui les couvrait ou les abandonnait selon la marée montante ou descendante », f. 37v-36v). Sa source ruskinienne est à demi oubliée ici (voir *BA*, p. 106 et note 1 : les « longs courants de marée montante et descendante » [« *slow currents of ebbing and returning tide* »]). Cf. Cahier XIV, f. 95 ; *AD*, IV, p. 208.

f. 86

1. *un bouffon pacha d'Orient.* Dans l'Empire ottoman, un pacha est le gouverneur d'une province, nommé par le sultan, ou le titre honorifique donné à un haut personnage ; l'épithète « bouffon » renforce la connotation péjorative acquise par le terme. Notre visiteur se trouvant à l'extérieur de la cathédrale, il désigne le Christ en gloire qui figure sur la mosaïque moderne surplombant le porche central, *Le Jugement dernier*, réalisée en 1836 d'après un carton médiocre du peintre Lattanzio Querena ; Ruskin l'épingle en passant (« *flaunting glare of Venetian art in its ruin* », *St. Mark's Rest*, VIII, § 104, dans *Works, op. cit.*, vol. XXIV, 1906, p. 290 ; on distingue la mosaïque originelle dans la toile de Gentile Bellini, *La Procession de la vraie croix*, conservée à l'Académie, que Proust a vue et mentionne, *CS*, I, p. 164). Mais cette fade représentation du Christ n'a, à vrai dire, rien qui puisse justifier les épithètes de Proust, à moins qu'il ne veuille, en quelque sorte, rappeler – mais de manière

provocatrice – l'influence byzantine sur l'architecture de Saint-Marc : mais son édification précède évidemment la chute de Constantinople et la domination ottomane.

2. *les vagues de marbre qui viennent s'écrêter.* Cette image récrit en le traduisant un fragment des *Pierres de Venise,* au moment où Ruskin finit d'évoquer la façade de la basilique Saint-Marc : « [...] *until at last, as if in ecstasy, the* crests *of the arches break into* a marble foam, *and toss themselves far into the blue sky in flashes and wreaths of sculptured spray* [...] » (*The Stones of Venice, op. cit.*, p. 83, nous soulignons). Proust semble avoir eu sous les yeux le texte anglais, plutôt que la traduction de Mathilde Crémieux : « Exquise confusion, parmi laquelle les poitrails des chevaux grecs se développent dans leur force dorée, et le Lion de Saint-Marc apparaît sur un fond bleu parsemé d'étoiles, jusqu'à ce qu'enfin, comme en extase, *les arceaux se brisent dans un bouillonnement de marbre* et s'élancent dans le ciel bleu en gerbes d'écume sculptée [...] » (*Les Pierres de Venise,* éd. citée, p. 64, nous soulignons). Sur la transposition de l'ensemble de ce passage des *Pierres de Venise,* voir aussi la note 4 ci-dessous.

3. *festival.* L'emploi adjectival du substantif « festival » est un hapax. La meilleure glose en est donnée par Proust lui-même dans une précédente évocation de Saint-Marc : « [...] ce monument bas, tout en longueur de façade, avec ses mâts fleuris et son décor de fête, son aspect de "palais d'exposition" » (*SL,* note p. 55 ; *PM,* note p. 193). Voir note suivante.

4. *étendu.* Réécriture de l'arrivée devant Saint-Marc dans *Les Pierres de Venise,* cette phrase se démarque aussi de manière importante de son modèle. Si Ruskin déjà opposait l'église gothique à la basilique vénitienne, notant également sa forme « longue et basse » (« *a long low pyramid* »), c'était au bénéfice indiscutable de cette dernière, selon un paradoxe souligné par Robert de La Sizeranne dans sa préface à la traduction : « Ruskin, ce fervent du gothique pur, cet adorateur des vieilles cathédrales de France, consacra sa plus belle étude d'architecture à un monument byzantin ! » (*Les Pierres de Venise,* éd. citée, p. XIII). L'évocation de Ruskin s'achevait ainsi : « Au-delà de ces rangées d'arcades, sort de terre une vision devant laquelle la grande place semble s'être ouverte en témoignage de respect et pour nous la laisser voir de loin : une multitude de piliers et de dômes blancs groupés, formant une pyramide basse et prolongée d'un ton coloré, ressemblant à un amoncellement de trésors, d'or, d'opales et de nacre sous lequel s'ouvrent cinq grands portails voûtés [...]. Quel abîme entre la sombre cathédrale anglaise et celle-ci ! » (*Les Pierres de Venise,* éd. citée, p. 63-64 ; cf. *The Stones of Venice, op. cit.*, p. 82, 84 : « *Between the grim cathedral of England and this, what an interval !* »). En 1905, dans « Sur la lecture », évoquant le choc qu'on éprouve devant Saint-Marc, Proust insistait déjà, comme ici, sur l'aspect « festival, bas, étendu » du monument, mais il évoquait aussi cette impression colorée qui enchantait tellement Ruskin : « Qui a vu des photographies de Saint-Marc de Venise peut croire (et je ne parle pourtant que de l'extérieur du monument) qu'il a une idée de cette église à coupoles, alors que c'est seulement en approchant, jusqu'à pouvoir les toucher avec la main, le rideau dia-

pré de ces colonnes riantes, c'est seulement en voyant la puissance étrange et grave qui enroule des feuilles ou perche des oiseaux dans ces chapiteaux qu'on ne peut distinguer que de près, c'est seulement en ayant sur la place même l'impression de ce monument bas, tout en longueur de façade, avec ses mâts fleuris et son décor de fête, son aspect de "palais d'exposition", qu'on sent éclater dans ces traits significatifs mais accessoires et qu'aucune photographie ne retient, sa véritable et complexe individualité » (*SL*, note p. 55 ; *PM*, note p. 193). Or tout ce qui, dans la présente version, oppose – non sans violence voire provocation – l'esthétique byzantine au gothique est édulcoré en 1910, dans la seule version connue qui lui fasse écho, celle du Cahier 48. En retrouvant l'image du « rideau diapré » de 1905, Proust y revient à l'enchantement coloré cher à Ruskin ; il supprime tout ce qui rappelle l'image d'un monument désagréablement « étendu », qu'il avait d'ailleurs utilisée en 1909 dans un autre contexte (Cahier 7, f. 10 ; cf. *CG*, *Esquisse VI*, II, p. 1046) ; enfin s'il reprend la vision d'un Christ en « pacha », il l'atténue : « La 1re fois que nous étions arrivés devant St Marc, par l'écartement de ce rideau invisible qui semble dévoiler quand nous [les] voyons pour la 1re fois les œuvres d'art dont nous avons beaucoup entendu parler, et, peut-être parce que notre idée venant aussitôt se loger en elles [...] leur donne une sorte d'âme intérieure et intense, d'expression, d'attitude en face de nous, ç'avait été comme une apparition. Le fond de la place était barré, par ce tableau vivant étendu et diapré, de belles colonnes orientales, soutenant en une sorte d'apothéose, ~~longue surtout et ne s'élevant pas très haut~~, un Christ équivoque et un peu turc, tandis que le reste de la place était concédé à d'autres époques [...] » (Cahier 48, f. 62 ; Yoshida 1987, p. 169, lisait « un Christ un peu terne* » ; cf. *AD*, *Esquisse XV.4*, IV, p. 698). Mais cette version affadie bien qu'encore « orientale », vaguement flaubertienne (« ç'avait été comme une apparition »), reste sans lendemain, et dans le texte final aucune impression ne subsiste de l'arrivée devant Saint-Marc, sinon une brève incise dans un tout autre contexte (*JF*, I, p. 521) et l'image comique d'une « grande photographie » où « ce pourrait être moi le personnage minuscule [...] en chapeau melon, devant les porches » (*CS*, I, p. 386).

5. *quand tout au fond nous apercevrons Notre Seigneur.* L'abside, « tout au fond » par conséquent de Saint-Marc, est décorée d'une mosaïque représentant un *Christ bénissant*, remaniée au XVIe siècle, mais dont le caractère byzantin a été préservé. Ruskin ne semble pas l'avoir commentée.

6. *gras syriote suspect.* Un Syriote est un habitant de l'île grecque des Cyclades Syros. Vraisemblablement, Proust a plutôt à l'esprit la province ottomane de Syrie, et forge un gentilé sur le modèle orientalisant de « Chypriote » ou de « Stambouliote ». Dans la version du Cahier 48, ces nouvelles épithètes dépréciatives se combinent au « bouffon pacha d'orient » (voir note 1 ci-dessus) pour donner naissance à un « Christ équivoque et un peu turc », plus discret et sans lendemain (f. 62 ; cf. *AD*, *Esquisse XV.4*, IV, p. 698 ; voir la note 4). L'approche esthétique semble étroitement nationaliste et chauvine, aux antipodes apparents de celle que défend Ruskin : « les Vénitiens sont le seul peuple qui, en Europe, ait pleinement sympathisé avec [l]e grand instinct

oriental » (« *the Venetians deserve especial note as the only European people who appear to have sympathized to the full with the great instinct of the Eastern races* ») ; aussi Ruskin espère-t-il « avoir amené le lecteur à juger l'architecture de Saint-Marc avec plus de simplicité et de justesse qu'il ne lui eût été possible de le faire s'il fût resté sous l'empire des préjugés que produit fatalement la connaissance familière des écoles du Nord, si complètement différentes » (*Les Pierres de Venise*, éd. citée, p. 75, 89). Comme Proust ne faisait pas partie de ceux qui voyaient en Saint-Marc « une monstruosité barbare » (*ibid.*, p. 92), le passage est susceptible d'une autre lecture : il plaiderait, en réalité, pour la capacité à reconnaître sous la variété déroutante des formes esthétiques produites par « des êtres de race autre » l'identité des dispositions à la vertu. L'épithète « oriental » connotant le juif, et « efféminé » l'inverti, ce Christ flagellé par l'insulte pourrait même être un autoportrait caché (voir *Notice*, p. 245). Une série analogue d'adjectifs s'attachera à M. de Charlus, « ce personnage peinturluré, *pansu* et clos, semblable à quelque boîte de provenance *exotique* et *suspecte* [...] » (*SG*, III, p. 429, nous soulignons). Swann, dans un passage abandonné du Cahier 4, rappellera au grand-père antisémite que ces vertus dont il croit « les juifs dépourvus » (« la générosité, la charité, la solidarité, le pardon des injures, la probité, la délicatesse »), « ce sont justement les vertus juives » (f. 47 ; *CS, Esquisse VIII*, I, p. 667).

7. *certains.* Le manuscrit ne comporte pas de point final.

APPENDICES

BIBLIOGRAPHIE

ÉDITIONS DES ŒUVRES ET MANUSCRITS DE MARCEL PROUST UTILISÉES ET ABRÉVIATIONS

Agenda : *L'Agenda 1906*, édition génétique et critique établie par Nathalie Mauriac Dyer, Françoise Leriche, Pyra Wise et Guillaume Fau, Éditions de la Bibliothèque nationale de France et OpenEdition Books, 2015, édition numérique en libre accès : https://books.openedition.org/editionsbnf/1457.

BA : John Ruskin, *La Bible d'Amiens*, traduction, notes et préface par Marcel Proust, Paris, Mercure de France, 1904.

Bodmer : *Du côté de chez Swann. Combray*, premières épreuves corrigées, 1913, Fac-similé. Introduction et transcription de Charles Méla, Paris, Gallimard et Fondation Martin Bodmer, Cologny (Genève), 2013.

Cahier 26 : *Cahier 26*, édité par Françoise Leriche, Akio Wada, Hidehiko Yuzawa et Nathalie Mauriac Dyer, vol. I et vol. II, Turnhout, Brepols & Bibliothèque nationale de France, coll. « Marcel Proust. Cahiers 1 à 75 de la Bibliothèque nationale de France », 2010.

Cahier 53 : *Cahier 53*, édité par Nathalie Mauriac Dyer, Pyra Wise et Kazuyoshi Yoshikawa, vol. I et vol. II, Turnhout, Brepols & Bibliothèque nationale de France, coll. « Marcel Proust. Cahiers 1 à 75 de la Bibliothèque nationale de France », 2012.

Cahier 71 : *Cahier 71*, édité par Francine Goujon, Shuji Kurokawa, Nathalie Mauriac Dyer et Pierre-Edmond Robert, vol. I et vol. II, Turnhout, Brepols & Bibliothèque nationale de France, coll. « Marcel Proust. Cahiers 1 à 75 de la Bibliothèque nationale de France », 2009.

Cn : *Carnets*, édités par Florence Callu et Antoine Compagnon, Paris, Gallimard, 2002.

Cn 1908 : *Le Carnet de 1908* [Carnet 1], établi et présenté par Philip Kolb, *Cahiers Marcel Proust 8*, Paris, Gallimard, 1976.

CSB : *Contre Sainte-Beuve* suivi de *Nouveaux mélanges*, préface de Bernard de Fallois, Paris, Gallimard, 1954.

CSB Clarac : *Contre Sainte-Beuve*, dans *Contre Sainte-Beuve*, précédé de *Pastiches et mélanges* et suivi d'*Essais et articles*, édition établie par Pierre Clarac avec la collaboration d'Yves Sandre, Paris, Gallimard, « Bibliothèque de la Pléiade », 1971.

Corr., I-XXI : *Correspondance de Marcel Proust*, édition établie par Philip Kolb, Paris, Plon, 1970-1993, 21 volumes.

EA : *Essais et articles*, édition citée.

JS : *Jean Santeuil*, précédé de *Les Plaisirs et les Jours*, édition de Pierre Clarac et Yves Sandre, Paris, Gallimard, « Bibliothèque de la Pléiade », 1971.

Lettres : *Lettres (1879-1922)*, sélection et annotation revue par Françoise Leriche, avec le concours de Caroline Szylowicz à partir de l'édition de la *Correspondance de Marcel Proust* établie par Philip Kolb. Lettres inédites, sélection et annotation par Françoise Leriche. Préface et postface de Katherine Kolb. Notices biographiques des correspondants par Virginie Greene, Paris, Plon, 2004.

Pastiches : *L'Affaire Lemoine. Pastiches*, édition génétique et critique par Jean Milly, Slatkine Reprints, Genève, 1994 (réédition de : *Les Pastiches de Proust*, Paris, Armand Colin, 1970).

PJ : *Les Plaisirs et les Jours*, édition citée.

PM : *Pastiches et mélanges*, édition citée.

RTP, I-IV : *À la recherche du temps perdu*, édition publiée sous la direction de Jean-Yves Tadié, avec la collaboration de Florence Callu, Francine Goujon, Eugène Nicole, Pierre-Louis Rey, Brian Rogers et Jo Yoshida (t. I), Dharntipaya Kaotipaya, Thierry Laget, P.-L. Rey et B. Rogers (t. II), Antoine Compagnon et Pierre-Edmond Robert (t. III), Yves Baudelle, Anne Chevalier, E. Nicole, P.-L. Rey, P.-E. Robert, Jacques Robichez et B. Rogers (t. IV), Paris, Gallimard, « Bibliothèque de la Pléiade », 1987-1989.

CS : *Du côté de chez Swann*

JF : *À l'ombre des jeunes filles en fleurs*

CG : *Le Côté de Guermantes*

SG : *Sodome et Gomorrhe*

P : *La Prisonnière*

AD : *Albertine disparue*

TR : *Le Temps retrouvé*

SL : [John Ruskin], *Sésame et les lys*, traduction, notes et préface par Marcel Proust, Paris, Mercure de France, 1906.

AUTRES ÉDITIONS DE TEXTES ET DE MANUSCRITS DE MARCEL PROUST CONSULTÉES POUR LA PRÉSENTE ÉDITION

Albertine disparue, édition de la dernière version revue par l'auteur, établie par Nathalie Mauriac et Étienne Wolff, Paris, Grasset, 1987.

« *Bricquebec* ». *Prototype d'*À l'ombre des jeunes filles en fleurs, texte établi et présenté par Richard Bales, Oxford, Clarendon Press, 1989.

Le Mystérieux Correspondant et autres nouvelles inédites, textes transcrits, annotés et présentés par Luc Fraisse, Paris, Éditions de Fallois, 2019.

Textes retrouvés, recueillis et présentés par Philip Kolb, avec une bibliographie des publications de Proust (1892-1971), édition revue et augmentée, *Cahiers Marcel Proust 3,* Paris, Gallimard, 1971.

MANUSCRITS

Fonds Proust de la Bibliothèque nationale de France. Ce fonds intégralement numérisé est accessible sur Gallica (gallica.bnf.fr) et via le portail de l'ITEM-CNRS : item.ens.fr/fonds-proust-numerique/

Archives Fallois.

CORRESPONDANCE (OUTRE *CORR.* ET *LETTRES*)

Index général de la correspondance de Marcel Proust, établi sous la direction de Kazuyoshi Yoshikawa, Kyoto, Presses de l'Université de Kyoto, 1998.

KAHAN, Sylvia, et MAURIAC DYER, Nathalie, « Quatre lettres inédites de Proust au prince de Polignac », *Bulletin Marcel Proust,* 2003, n° 43, p. 9-22.

OUVRAGES ET ARTICLES CONSULTÉS

Biographie, realia

BLOCH-DANO, Évelyne, *Madame Proust,* Paris, Grasset, 2004.

CATTAUI, Georges, *Proust. Documents iconographiques,* Genève, Pierre Cailler, 1956.

DUCHÊNE, Roger, *L'impossible Marcel Proust,* Paris, Robert Laffont, 1994.

—, « Un inédit proustien : le testament de "l'oncle Adolphe" », *Revue d'histoire littéraire de la France,* 2004/3, vol. 104, p. 673-685.

FALLOIS, Bernard de, « "L'histoire d'un roman est un roman" », entretien avec Nathalie Mauriac Dyer, *Genesis*, n° 36, 2013, p. 105-112 (disponible en ligne).

FOURNIER, Albert, « Du côté de chez Proust », *Europe*, « Centenaire de Marcel Proust », août-septembre 1970, p. 246-263.

FRANCIS, Claude, et GONTIER, Fernande, *Marcel Proust et les siens*, suivi des *Souvenirs de Suzy Mante-Proust*, Paris, Plon, 1981.

HENRIET, Jean-Paul, *Proust et Cabourg*, Paris, Gallimard, 2020.

LARCHER, Philibert-Louis, « Le Pré-Catelan d'Illiers, parc de Swann », *Bulletin de la Société des Amis de Marcel Proust*, 1960, n° 10, p. 242-248.

MAYER, Denise, « Le jardin de Marcel Proust », *Cahiers Marcel Proust 12, Études proustiennes V*, Paris, Gallimard, 1984, p. 9-51.

NATUREL, Mireille, « Du lieu de pèlerinage au réseau européen. Le cas de la maison de tante Léonie », *Revue d'histoire littéraire de la France*, 2009/4, vol. 109, p. 831-840.

PANZAC, Daniel, *Le docteur Adrien Proust, père méconnu, précurseur oublié*, Paris, L'Harmattan, 2003.

TADIÉ, Jean-Yves, *Marcel Proust. Biographie*, Paris, Gallimard, 1996.

WISE, Pyra, « La marraine et le parrain de Marcel Proust : quelques découvertes », *Bulletin d'informations proustiennes*, n° 47, 2017, p. 75-87.

Critique proustienne générale (sélection)

BOUCQUEY, Éliane, *Un chasseur dans l'image. Proust et le temps caché*, Paris, Armand Colin, 1992.

—, « La mémoire involontaire du lecteur de la *Recherche* », *Bulletin d'informations proustiennes*, n° 30, 1999, p. 93-101.

COMPAGNON, Antoine, *Proust entre deux siècles*, Paris, Éditions du Seuil, 1989.

—, « Ce qu'on ne peut plus dire de Proust », *Littérature*, 88(4), 1992, p. 54-61.

—, « Proust, mémoire de la littérature », in *Proust, la mémoire et la littérature*, Paris, Odile Jacob, 2009, p. 9-45.

—, « Proust, 1913 », cours au Collège de France, 2013, en ligne.

—, « Proust essayiste », cours au Collège de France, 2019, en ligne.

—, « Proust sioniste », feuilleton, site du Collège de France, 2020.

—, « "Le long de la rue du Repos". Brouillon d'une lettre à Daniel Halévy (1908) », *Bulletin d'informations proustiennes*, n° 50, 2020, p. 13-32.

—, « Lucien Daudet, "rat musqué" », in *Le cercle de Marcel Proust III*, sous la direction de Jean-Yves Tadié, Paris, Honoré Champion, 2021, p. 53-74.

DUVAL, Sophie, « Du Moyen Âge de 1913 à celui de 1919. Combray, Chartres, Reims et l'art gothique dans *À la recherche du temps perdu* », *Littera. Revue de langue et littérature françaises*, Société japonaise de langue et littérature françaises, 2019, n° 4, p. 49-67 (disponible en ligne).

GOUJON, Francine, *Allusions littéraires et écriture cryptée dans l'œuvre de Proust,* Paris, Honoré Champion, 2020.

KRISTEVA, Julia, *Le temps sensible. Proust et l'expérience littéraire,* Paris, Gallimard, 1994.

LEBLANC, Cécile, *Proust écrivain de la musique. L'allégresse du compositeur,* Turnhout, Brepols, 2017.

LEJEUNE, Philippe, « Les carafes de la Vivonne », *Poétique,* n° 31, septembre 1977, p. 285-305.

LERICHE, Françoise, « La citation au fondement du *Côté de Guermantes* ? Hypothèses pour un séminaire », *Bulletin d'informations proustiennes,* n° 22, 1991, p. 31-36.

—, et MAURIAC DYER, Nathalie, « Les Proust aux "lieux". Du *Traité d'hygiène* à *Sodome et Gomorrhe* », *Bulletin d'informations proustiennes,* n° 31, 2000, p. 65-96.

MAURIAC DYER, Nathalie, « *À la recherche du temps perdu,* une autofiction ? », in *Genèse et autofiction,* Jean-Louis Jeannelle et Catherine Viollet (dir.), Louvain-la-Neuve, Academia-Bruylant, 2006, p. 69-87.

—, « Un degré d'allusion racinienne de plus. Pour une relecture de l'adieu aux aubépines dans *Du côté de chez Swann* », *The Romanic Review,* vol. 105, n° 3-4, 2014, p. 147-160 (disponible en ligne).

MURAKAMI, Yuji, « L'affaire Dreyfus dans l'œuvre de Proust », thèse de doctorat en littérature et civilisation françaises, Université Paris-Sorbonne, 2012.

Critique génétique

BARDÈCHE, Maurice, *Marcel Proust romancier,* Paris, Les Sept Couleurs, 1971, 2 volumes.

BONNET, Henri, *Marcel Proust de 1907 à 1914,* Paris, Nizet, 1971.

BRUN, Bernard, « "Une des lois vraiment immuables de ma vie spirituelle" : quelques éléments de la "démonstration" proustienne dans des brouillons de *Swann* », *Bulletin d'informations proustiennes,* n° 10, automne 1979, p. 23-38.

—, « L'édition d'un brouillon et son interprétation : le problème du *Contre Sainte-Beuve* », in *Essais de critique génétique,* Paris, Flammarion, coll. « Textes et manuscrits », 1979, p. 151-192.

—, « Le dormeur éveillé, genèse d'un roman de la mémoire », *Cahiers Marcel Proust 11, Études proustiennes IV,* Paris, Gallimard, 1982, p. 241-316.

—, « Brouillons des aubépines », *Cahiers Marcel Proust 12, Études proustiennes V,* Paris, Gallimard, 1984, p. 215-304.

—, « Étude génétique de l'"ouverture" de *La Prisonnière* », *Cahiers Marcel Proust 14, Études proustiennes VI,* Paris, Gallimard, 1987, p. 211-287.

—, « Brouillons et brouillages : Proust et l'antisémitisme », *Littérature,* 1988, n° 70, p. 110-128.

EISSEN, Ariane, « Inventaire du Cahier 65 », *Bulletin d'informations proustiennes,* n° 18, 1987, p. 31-36.

FAU, Guillaume, « Le fonds Proust au département des Manuscrits de la Bibliothèque nationale de France. Notes pour un cinquantenaire », *Genesis*, n° 36, 2013, p. 135-140 (disponible en ligne).

GOUJON, Francine, « Édition critique de textes de Marcel Proust (Cahiers 59, 60, 61, 62, 75) », thèse de doctorat, Université Paris-Sorbonne, 1997, 2 volumes.

—, « "Je" narratif, "je" critique et écriture intertextuelle dans le *Contre Sainte-Beuve* », *Bulletin d'informations proustiennes*, n° 34, 2004, p. 95-110.

KELLER, Luzius, *La fabrique de Combray*, Carouge-Genève, Éditions Zoé, 2006.

KOLB, Philip, « Le "mystère" des gravures anglaises recherchées par Proust », *Mercure de France*, t. CCCXXVII, 1er août 1956, p. 750-755.

—, « La genèse de la *Recherche* : une heureuse bévue », *Revue d'histoire littéraire de la France*, 1971/5-6, vol. 71, p. 791-803.

LERICHE, Françoise, « Vinteuil, ou le révélateur des transformations esthétiques dans la genèse de la *Recherche* », *Bulletin d'informations proustiennes*, n° 16, 1985, p. 25-39.

—, « Note sur le cahier "Querqueville", les thèses d'Akio Wada et de Takaharu Ishiki, et sur l'activité de Proust en 1909 », *Bulletin d'informations proustiennes*, n° 18, 1987, p. 11-21.

—, Inventaire du Cahier 64, *Bulletin d'informations proustiennes*, *ibid.*, p. 37-59.

—, « *Louisa*/Sonia, Wanda, Anna, Madeleine, Carmen, Odette, Suzanne, les avatars d'un personnage du *Contre Sainte-Beuve* au "manuscrit Cortot" : transformations génétiques et stratégie mondaine », *Bulletin d'informations proustiennes*, n° 19, 1988, p. 59-83.

—, « Hésitations énonciatives et génériques dans la genèse du roman proustien », *Bulletin d'informations proustiennes*, n° 42, 2012, p. 69-84.

—, « De la "naissance" de la *Recherche* à "l'œuvre des manuscrits". Étapes dans la réflexion sur les processus génétiques proustiens », *Marcel Proust aujourd'hui*, n° 10, 2013, p. 9-31.

MARCHAL, Bertrand, « À la recherche du jardinier perdu », *Cahier Marcel Proust*, sous la direction de Jean-Yves Tadié, Paris, L'Herne, 2021, p. 13-17.

MILLY, Jean, « Étude génétique de la rêverie des chambres dans l'"ouverture" de la *Recherche* », *Bulletin d'informations proustiennes*, n° 10, automne 1979, p. 19-22, et n° 11, printemps 1980, p. 9-31.

PUGH, Anthony R., *The Birth of* À la recherche du temps perdu, Lexington (Kentucky), French Forum, 1987.

—, *The Growth of* À la recherche du temps perdu. *A Chronological Examination of Proust's Manuscripts from 1909 to 1914*, Toronto, University of Toronto Press, 2004, 2 volumes.

QUARANTA, Jean-Marc, *Le génie de Proust. Genèse de l'esthétique de la* Recherche, Paris, Honoré Champion, 2011.

QUÉMAR, Claudine, « Sur deux versions anciennes des "côtés" de Combray », *Cahiers Marcel Proust 7, Études proustiennes II*, Paris, Gallimard, 1975, p. 159-282.

—, « Autour de trois “avant-textes” de l’“ouverture” de la *Recherche* : nouvelles approches des problèmes du *Contre Sainte-Beuve* », *Bulletin d’informations proustiennes,* n° 3, printemps 1976, p. 7-39.

Ritte, Jürgen, « Anatomie d’un fait divers. Un brouillon inédit des “Sentiments filiaux d’un parricide” de Marcel Proust », in *Cartographie d’une amitié. Pour Stéphane Michaud,* Philippe Daros (dir.), Paris, Presses Sorbonne nouvelle, 2017, p. 151-164.

Saraydar, Alma, « Un premier état d’“Un amour de Swann” », *Bulletin d’informations proustiennes,* n° 14, 1983, p. 21-28.

Sebban, Nicole, « La publication des manuscrits inédits : liste des inédits proustiens publiés (1922-1991) », *Bulletin d’informations proustiennes,* n° 22, 1991, p. 111-142.

Vigneron, Robert, « Genèse de *Swann* », *Revue d’histoire de la philosophie,* janvier 1937, p. 67-115.

Wada, Akio, « Chronologie de l’écriture proustienne (1909-1911) », *Bulletin d’informations proustiennes,* n° 29, 1998, p. 41-65.

—, *Index général des cahiers de brouillon de Marcel Proust,* Osaka, Graduate School of Letters, Osaka University, 2009 (disponible en ligne sur le site de l’ITEM).

—, *La création romanesque de Proust : la genèse de « Combray »,* Paris, Honoré Champion, 2012.

Yoshida, Jo, « Proust contre Ruskin. La genèse de deux voyages dans la *Recherche* d’après des brouillons inédits », thèse de doctorat, Université Paris-IV, 1978, 2 volumes.

—, « L’après-midi à Venise : autour de plusieurs textes inédits sur la basilique Saint-Marc », *Cahiers Marcel Proust 14, Études proustiennes VI,* Paris, Gallimard, 1987, p. 167-189.

—, « La grand-mère retrouvée : le procédé du montage des “Intermittences du cœur” », *Bulletin d’informations proustiennes,* n° 23, 1992, p. 43-64.

Yoshikawa, Kazuyoshi, « Marcel Proust en 1908 – Comment a-t-il commencé à écrire *À la recherche du temps perdu* ? », *Études de langue et littérature françaises,* Société japonaise de langue et littérature françaises, n° 22, 1973, p. 135-152.

TABLEAU DE CONCORDANCE
ENTRE À LA RECHERCHE DU TEMPS PERDU
ET LES « SOIXANTE-QUINZE FEUILLETS »

À la recherche du temps perdu	« Soixante-quinze feuillets »
CS, I, p. 7-8	f. 12-13
CS, I, p. 10-12	f. 1-3
CS, I, p. 13	f. 7-10
CS, I, p. 23	f. 7-9
CS, I, p. 24	f. 10
CS, I, p. 27-30	f. 7, 10-12
CS, I, p. 31-35	f. 12, 14, 16-19
CS, I, p. 37-38	f. 19-20
CS, I, p. 131-134	f. 31-32, 33-34
CS, I, p. 137-138	f. 29-30
CS, I, p. 143	f. 20-23
CS, I, p. 143-145	f. 41v, 40, 41, 35 (passage biffé), 29
CS, I, p. 148	f. 31
CS, I, p. 163-166	f. 32, 35, 34
CS, I, p. 168-169	f. 41v, 27, 40, 51
CS, I, p. 177	f. 30
CS, I, p. 188-191	f. 60-65
JF, II, p. 26-28	f. 12-13
JF, II, p. 35	f. 53

JF, II, p. 38-46	f. 54-60, 70-71, 53
JF, II, p. 76-78	f. 36-37, 39
JF, II, p. 146	f. 67, 69
JF, II, p. 150	f. 67
CG I, II, p. 315	f. 82
CG II, II, p. 825-826	f. 80, 81
CG II, II, p. 831-832	f. 79-80
AD, IV, p. 266-269 (Cahier XV, f. 69-72)	f. 41, 27, 33

INDEX DES NOMS DE PERSONNES, DE PERSONNAGES, DE LIEUX ET D'ŒUVRES

L'index comprend les « soixante-quinze feuillets » et les autres manuscrits de Marcel Proust présentés dans cet ouvrage. L'orthographe des noms propres a été normalisée.

REMERCIEMENTS

Au premier de cordée, mon immense gratitude.

Cette édition n'aurait pu voir le jour sans un accompagnement providentiel. Ma gratitude va d'abord à Jean Milly, Gilles Mauriac et Michel Dyer. Je suis reconnaissante à tous les miens, en particulier aux ayants droit de Marcel Proust.

Je remercie également la Bibliothèque nationale de France, et, au département des Manuscrits, Isabelle le Masne de Chermont et Guillaume Fau.

Il aurait été présomptueux de prétendre établir seule le texte des manuscrits inédits de Marcel Proust présentés ici : que Bertrand Marchal, qui a bien voulu accomplir en parallèle le travail d'établissement et le confronter au mien, reçoive ici l'expression de toute ma gratitude. Ma dette à son égard, et celle de tous les lecteurs, est considérable.

Cette édition doit également beaucoup à l'amitié de Francine Goujon et de Sophie Duval, dont les relectures attentives et rigoureuses m'ont été essentielles.

Il va sans dire que toutes les erreurs qui demeurent sont miennes.

Je remercie également les éditions Gallimard et Jean-Yves Tadié, qui a bien voulu se charger de la préface : sa lecture *princeps* m'a beaucoup touchée.

Depuis des années, de nombreux chercheurs, par leurs travaux sur Marcel Proust, ses manuscrits, son œuvre, sa vie, ont ouvert la voie à cette édition. Elle leur est dédiée avec reconnaissance, en particulier à ceux d'entre eux qui n'auront pu lire les « soixante-quinze feuillets » : Claudine Quémar, Henri Bonnet, Philip Kolb, Anthony Pugh, Jo Yoshida, Richard Bales, Bernard Brun.

"In the infinite stillness of love lies shattered the sword of human will."

APPENDICES

Achevé d'imprimer sur Timson
par Normandie Roto Impression s.a.s.
61250 Lonrai, en mars 2021
Dépôt légal : mars 2021
Numéro d'imprimeur : 2100414
ISBN 978-2-07-293171-0 / Imprimé en France

376839